御製

佛光恩照　三千大千　隨緣徧滿
恒沙法界　普度衆生　悉證菩提
身心安泰　年時豐稔　風雨調順
日月升恒　乾坤清寧　百昌蕃熾
上下樂利　中外協和　庶物咸亨
萬善圓成　情與無情　同登正覺

大清雍正十三年四月初八日

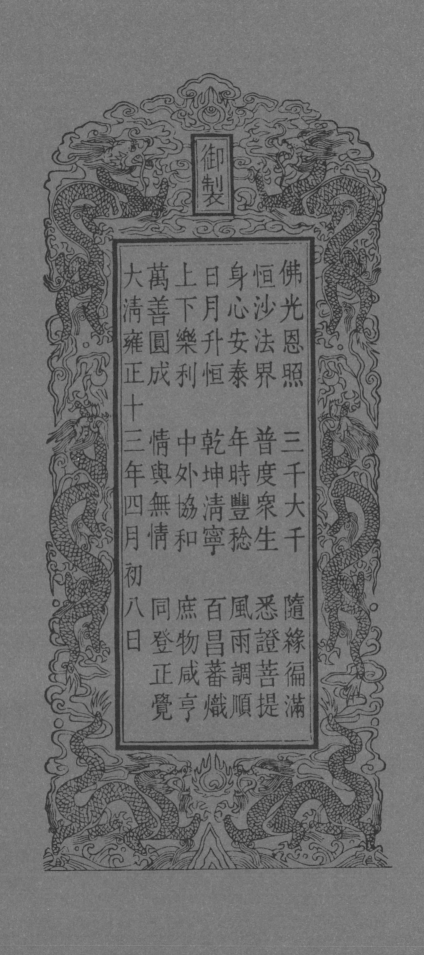

乾隆大藏經　目録

第五一册　小乘經　阿含部（三）

增壹阿含經

符秦三藏曇摩難提譯

清刻龍藏佛說法變相圖

增壹阿含經卷第二十六

符秦三藏曇摩難提譯

等見品第三十四

聞如是一時尊者舍利弗在舍衛國祇樹給孤獨園與大比丘衆五百人俱爾時衆多比丘到舍利弗所共相問訊在一面坐爾時衆多比丘白舍利弗言戒成就比丘當思惟何等法舍利弗報言戒成就比丘當思惟五盛陰無常爲苦爲惱爲多痛畏亦當思惟苦空無我云何爲五所謂色陰痛陰想陰行陰識陰爾時戒成就比丘思惟此五盛陰便成須陀洹道比丘白舍利弗言須陀洹比丘當思惟何等法舍利弗報言須陀洹比丘亦當思惟此五盛陰爲苦爲惱爲多痛畏亦當思惟苦空無我諸賢當知若須陀洹比丘思惟此

五盛陰時便成斯陀含果諸比丘問曰斯陀含比丘當思惟何等法舍利弗報言斯陀含比丘亦當思惟此五盛陰爲苦爲惱爲多痛畏亦當思惟苦空無我爾時斯陀含比丘當思惟此五盛陰時便成阿那含果諸比丘問曰阿那含比丘當思惟何等法舍利弗報言阿那含比丘亦當思惟此五盛陰爲苦爲惱爲多痛畏亦當思惟五盛陰苦空無我爾時阿那含比丘當思惟此五盛陰時便成阿羅漢諸比丘問曰阿羅漢比丘當思惟何等法舍利弗報言汝等所問何甚過乎阿羅漢比丘所作已過更不造行有漏心得解脫不向五趣生死之海更不受有有所造作是故諸賢持戒比丘須陀洹斯陀含阿那含當思惟此五盛陰如是諸比丘當作是學爾時諸比丘聞舍利弗所說歡喜奉行

聞如是一時佛在婆羅㮈仙人鹿野苑中爾時如來成道未久世人稱之爲大沙門爾時波斯匿王新紹王位是時波斯匿王便作是念我今新紹王位先應取釋種家女設與我者乃適我心若不見與我者當以力往逼之爾時波斯匿王即告一臣曰往至迦毗羅衛至釋種家持我名字告彼釋種云波斯匿王問訊與居輕利致問無量又語彼釋吾欲取釋種女設與我者抱德永已若見違者當以力相逼爾時大臣受王教勑往迦毗羅衛國爾時迦毗羅衛釋種五百人集在一處是時大臣即往至五百釋種所持波斯匿王名字語彼釋種言波斯匿王問訊慇懃與居輕利致意無量吾欲取釋種之女設與吾者是其

大幸若不與者當以力相逼時諸釋種聞此語已極懷瞋恚吾等大姓何緣當與婢子結親其衆中或言當與或言不可與爾時有一釋集彼衆中名摩訶男語衆人言諸賢勿共瞋恚所以然者波斯匿王爲人暴惡設當波斯匿王來者壞我國界我今躬自當往與波斯匿王相見說此事情時摩訶男家中婢生一女面貌端正世之希有時摩訶男沐浴此女與著好衣載羽葆車送與波斯匿王又白王言此是我女可共成親時波斯匿王得此女極懷歡喜即立此女爲第一夫人時此夫人未經數日而身懷妊復經八九月生一男兒端正無雙世所殊特時波斯匿王集諸相師與此太子立字時諸相師問訊王已即白王言大王當知求夫人時諸釋共諍或言當與或言不可與使彼此流離今當立名名曰毗流離相師立號已各從座起而去時波斯匿王愛此流離太子未曾去目前然流離太子年向八歲王告之曰汝今已大可詣迦毗羅衛學諸射術是時波斯匿王給諸使人使乘大象往詣釋種家至摩訶男舍語摩訶男訶波斯匿王使我至此學諸射術唯願祖父母事事教授時摩訶男報言欲學術者善可習之是時摩訶男釋種集五百童子使共學術時流離太子與五百童子共學射術爾時迦毗羅衛城中新起一講堂天及人民魔若魔天不在此講堂中住時諸釋種各各自相謂言今此講堂成來未久畫彩已竟猶如天宮而無有異我等先應請如來於中供養及比丘僧令我等受福無窮然後我等當入此

堂長夜之中受福無窮是時釋種即於堂上敷種種坐具懸繒旛蓋香汁灑地燒衆名香復儲好水燃諸明燈是時流離太子將五百童子往至講堂所即昇師子之座時諸釋種見之極懷瞋恚即前捉臂逐出門外各共罵之此是婢子諸天世人未有居中者此婢生物敢入中坐復捉流離太子撲之著地是時流離太子即從地起長歎息而視後是時有梵志子名曰好苦是時流離太子語好苦梵志子曰此諸釋種取我毀辱乃至於斯設我後紹王位時汝當告我此事是時好苦梵志子報曰如太子教時彼梵志子日三時白太子曰憶釋所辱便說此偈

一切歸於盡　果熟亦當墮　合會必當散

有生必有死

是時波斯匿王隨壽在世後取命終便立流離太子爲王是時好苦梵志往至王所而作是說王當憶本釋所毀辱是時流離王報曰善哉善哉善憶本事是時流離王興起瞋恚告群臣曰今人民主者爲是何人群臣報曰大王今日之所統領流離王報曰汝等速嚴駕集四部兵吾欲往征釋種諸臣對曰如是大王是時群臣受王教令即雲集四種之兵是時流離王將四部之兵往至迦毗羅越爾時衆多比丘聞流離王往征釋種至世尊所頭面禮足在一面立以此因緣具白世尊是時世尊聞此語已即往逆流離王便在一枯樹下無有枝葉於中結跏趺坐是時流離王遥見世尊在樹下坐即下車至世尊所頭面禮足在一面立爾時流離王白世尊言更有

好樹樹枝繁茂尼拘留之等何故在此枯樹下坐世尊告曰親族之蔭故勝外人是時流離王便作是念今日世尊故爲親族然我今日應還本國不應往征迦毗羅越是時流離王即辭還退是時好苦梵志復白王言王當憶本爲釋所辱是時流離王聞此語已復興瞋恚汝等速嚴駕集四部兵吾欲往征迦毗羅越是時群臣即集四部之兵出舍衞城往詣迦毗羅越征伐釋種是時衆多比丘聞已往白世尊今流離王與兵衆往攻釋種爾時世尊聞此語已即以神足往在道側在一枯樹下坐時流離王遙見世尊在樹下坐即下車至世尊所頭面禮足在一面立爾時流離王白世尊言更有好樹不在彼坐世尊今日何故在此枯樹下坐世尊告曰親族之蔭勝外人也是時世尊便說此偈

親族之蔭涼　釋種出於佛　盡是我枝葉
故坐斯樹下

是時流離王復作是念世尊今日出於釋種吾不應往征宜可齊此還歸本土是時流離王即還舍衞城是時好苦梵志復語王曰王當憶本釋種所辱是時流離王聞此語已復集四種兵出舍衞城詣迦毗羅越是時大目揵連聞流離王往征釋種聞已至世尊所頭面禮足在一面立爾時目連白世尊言今日流離王集四種兵往攻釋種我今堪任使流離王及四部兵擲著他方世界世尊告曰汝豈能取釋種宿緣著他方世界乎時目連白佛言實不堪任使宿因緣著他方世界爾時世尊語目連曰汝還就坐目連復白佛言我

今堪任移此迦毗羅越著虛空中世尊告曰汝今堪能移釋種宿緣著虛空中乎目連報言不也世尊佛告目連汝今還就本位爾時目連復白佛言唯願聽許以鐵籠䟽覆迦毗羅越城上世尊告曰云何目連能以鐵籠䟽覆釋宿緣乎目連白佛不也世尊佛告目連汝今還就本位釋種今日宿緣已熟今當受報爾時世尊便說此偈

欲使空爲地　復使地爲空　本緣之所繫

此緣不腐敗

是時流離王往詣迦毗羅越時諸釋種聞流離王將四部之衆來攻我等復集四部之衆一由旬中往逆流離王是時諸釋一由旬內遥射流離王或射耳孔不傷其耳或射頭髻不傷其頭或射弓壞或射弓弦不害其人或射鎧器不傷其人或射牀座不害其人或射車壞輪不傷其人或壞幢麾不害其人是時流離王見此事已便懷恐怖告群臣曰汝等觀此箭爲從何來群臣報曰此諸釋種去此一由旬中射箭使來流離王報言彼設發心欲害我者普當死盡宜可於中還歸舍衛是時好苦梵志前白王言大王勿懼此諸釋種皆共持戒蟲尚不害况害人乎今宜前進必壞釋種是時流離王漸漸前進向彼釋種是時諸釋退入城中時流離王在城外而告之曰汝等速開城門若不爾者當盡取汝殺之爾時迦毗羅越城有釋童子年向十五名曰舍摩聞流離王今在門外即著鎧持仗至城上獨與流離王共鬬是時舍摩童子多殺害兵衆各各馳散並作是說此是何人爲是

天耶爲是鬼神耶遥見如似小兒是時流離王便懷恐怖即入地孔中而避之時釋種聞壞流離王衆是時諸釋即呼舍摩童子而告之曰汝年幼小何故辱我等門戸豈不知諸釋修行善法乎我等尚不能害蟲況復人命乎我等亦能壞此軍衆一人敵萬人然我等復作是念然殺害衆生不可稱計世尊亦作是說夫人殺害人命死入地獄若生人中壽命極短汝速去不復住此是時舍摩童子即出國去更不入迦毗羅越城是時流離王復至門中語彼人曰速開城門不須稽留是時諸釋自相謂言可與開門爲不可乎爾時弊魔波旬在釋衆中作一釋形告諸釋言汝等速開城門勿共受困於今日是時諸釋即與開城門是時流離王即告群臣曰今此釋衆人民極多非刀劒所能害盡盡取埋脚地中然後使暴象蹈殺爾時群臣受王教勑即以象蹈殺之時流離王勑群臣曰汝等速選好面手釋女五百人時諸臣受王教令即選五百端正女人將詣王所是時摩訶男釋至流離王所而作是說當從我願流離王言欲何等願摩訶男曰我今沒在水底隨我遲疾使諸釋種並得逃走若我出水隨意殺之流離王曰此事大佳是時摩訶男釋即入水底以頭髮繫樹根而取命終是時迦毗羅越城中諸釋從東門出復從南門入或從南門出還從北門入或從西門出而從北門入是時流離王告群臣曰摩訶男父何故隱在水中如今不出爾時諸臣聞王教令即入水中出摩訶男已取命終爾時流離王以見摩訶男命

終時王方生悔心我今祖父已取命終皆由愛親族故我先不知當取命終設當知者終不來攻伐此釋是時流離王殺九千九百九十萬人流血成河繞迦毗羅越城徃詣尼拘留園中是時流離王語五百釋女言汝等愼莫愁憂我是汝夫汝是我婦要當相接是時流離王便舒手捉一釋女而欲弄之時女問曰大王欲何所爲時王報言欲與汝情通女報王曰我今何故與婢生種情通是時流離王甚懷瞋恚勑群臣曰速取此女刖其手足著深坑中諸臣受王教令刖其手足擲著坑中及五百女人皆罵王言誰持此身與婢生種共交通時王瞋恚盡取五百釋女刖其手足著深坑中是時流離王悉壞迦毗羅越城已還舍衛城爾時祇陀太子在深宮中與諸妓女共相娛樂是流離王聞作妓聲即便問之此是何音聲乃至於斯群臣報言此是祇陀王子在深宮中作倡妓樂而自娛樂時流離王即勑御者汝回此象詣祇陀王子所是時守門人遥見王來而白王言王小徐行祇陀王子今在宮中五樂自娛勿相觸嬈是時流離王即時拔劒取守門人殺之是時祇陀王子聞流離王在門外住竟不辭諸妓女便出在外與王相見善來大王可入小停駕時流離王報言豈不知吾與諸釋共鬬乎祇陀對曰聞之流離王報言汝今何故與妓女遊戲而不佐我耶祇陀王子報言我不堪任殺害衆生之命是時流離王極懷瞋恚即復拔劒斫殺祇陀王子是時祇陀王子命終之後生三十三天中與五百天女共相娛樂爾時

世尊以天眼觀祇陀王子以取命終生三十三天即便說此偈

人天中受福　祇陀王子德　爲善後受報
皆由現報故　此憂彼亦憂　流離二處憂
爲惡後受惡　皆由現報故　當依福祐功
前作後亦然　或獨而爲者　或復人不知
作惡有知惡　前作後亦然　或獨而爲者
或復人不知　人天中受福　二處俱受福
爲善後受報　皆由現報故　此憂彼亦憂
爲惡二處憂　爲惡復受報　皆由現報故

是時五百釋女自歸稱喚如來名號如來於此生亦從此間出家學道而後成佛然佛今日永不見憶遭此苦惱受此毒痛世尊何故而不見憶爾時世尊以天耳清徹聞諸釋女稱怨向佛爾時世尊告諸比丘汝等盡來共觀迦毗羅越及看諸親命終比丘對曰如是世尊爾時世尊將諸比丘出舍衞城往至迦毗羅越時五百釋女遥見世尊將諸比丘來見已皆懷慙愧爾時釋提桓因及毗沙門天王在世尊後而扇爾時世尊還顧語釋提桓因言此諸釋女皆懷慙愧釋提桓因報言如是世尊是時釋提桓因即以天衣覆此五百女身體上爾時世尊告毗沙門天王曰此諸女人飢渴日久當作何方宜毗沙門王白佛言如是世尊時毗沙門天王即辦自然天食與諸釋女皆悉充足是時世尊漸與諸女說微妙法所謂諸法皆當離散會有別離諸女當知此五盛陰皆當受此苦痛諸惱墮五趣中夫受五陰之身必當受此行報已有行報便當受胎已受胎分復當受苦樂之報設當

無五盛陰者便不復受形以無形像則無有生以無有生則無有老以無有老則無有病以無有病則無有死以無有死則無有合會別離之惱是故諸女當念此五陰成敗之變所以然者以知五陰則知五欲以知五欲則知愛法以知愛法則知染著之法知此衆事已則不復受胎以不受胎則無生老病死爾時世尊與衆釋女漸說此法所謂論者施論戒論生天之論欲不淨想出要爲樂爾時世尊觀此諸女心開意解諸佛世尊常所說法苦集盡道爾時世尊盡與彼說之爾時諸女諸塵垢盡得法眼淨各於其所而取命終皆生天上爾時世尊詣城東門見城中煙火洞然即時而說此偈

一切行無常　生者必有死　不生則不死　此滅爲最樂

爾時世尊告諸比丘汝等盡來往詣尼拘留園中就坐爾時世尊告諸比丘此是尼拘留園我昔在中與諸比丘廣說其法如今空墟無有人民昔日之時數千萬衆於中得道獲法眼淨自今已後如來更不復至此間爾時世尊與諸比丘說法已各從座起而去往舍衛祇樹給孤獨園爾時世尊告諸比丘今流離王及此兵衆不久在世却後七日盡當磨滅是時流離王聞世尊所記流離王及諸兵衆却後七日盡當銷滅聞以恐怖告群臣曰如來今已記之云流離王不久在世却後七日及兵衆盡當没滅汝等觀外境無有盜賊水火灾變來侵國者何以故諸佛如來語無有二所言終不異爾時好苦梵志白王言王

勿恐懼今外境無有盜賊畏難亦無水火灾變今日大王快自娛樂流離王言梵志當知諸佛世尊言無有異時流離王使人數日至七日頭王大歡喜踊躍不能自勝將諸兵衆及諸婇女往阿脂羅河側而自娛樂即於彼宿是時夜半有非時雲起暴風疾雨時流離王及兵衆盡爲水所漂皆悉銷滅身壞命終入阿鼻地獄中復有天火燒城内宮殿爾時世尊以天眼觀見流離王及四種兵爲水所漂皆悉命終入地獄中爾時世尊便說此偈

作惡爲極甚　皆由身口行　爾身亦受惱
壽命亦促短　設在家中時　爲火之所燒
若其命終時　必生地獄中

爾時衆多比丘白世尊言流離王及四部兵今已命終爲生何處世尊告曰流離王者今入阿鼻獄中諸比丘白世尊言今此諸釋昔日作何因緣今爲流離王所害爾時世尊告諸比丘昔日之時此羅越城中有捕魚村時世極飢儉人食草根一斗金貿一斗米時彼村中有大池水又復饒魚時羅越城中人民之類往至池中而捕魚食之當於爾時水中有二種魚一名拘璅二名兩舌是時二魚各相謂言我等於此衆人先無過失我是水性之蟲不處乾地此人民之類皆來食噉我等設前世時少有福德者其當用報怨爾時村中有小兒年向八歲亦不捕魚復非害命然後收魚在岸上者皆悉命終小兒見已極懷歡喜比丘當知汝等莫作是觀爾時羅越城中人民之類豈異人乎今釋種是也爾時拘璅魚者今流離王是也爾時兩舌魚者今好

苦梵志是也爾時小兒見魚在岸上而笑者今我身是也爾時釋種坐取魚食由此因緣無數劫中入地獄中今受此對我爾時坐見而笑之今患頭痛如似石壓猶如以頭戴須彌山所以然者如來更不受形已捨衆行度諸厄難是諸比丘由此因緣今受此報諸比丘當護身口意行當念恭敬承事梵行人如是諸比丘當作是學爾時諸比丘聞佛所說歡喜奉行

聞如是一時佛在舍衛國祇樹給孤獨園爾時世尊告諸比丘當知天子欲命終時有五未曾有瑞應而現在前云何爲五一者華冠自萎二者衣裳垢坋三者身體汗臭四者不樂本座五者天女星散是謂天子當命終時有此五瑞應爾時天子極懷愁憂搥胷喚呼

爾時諸天子來至此天子所語此天子言汝今將來可生善處已生善處快得善利已得善利當念安處善業爾時諸天而教授之爾時有一比丘白世尊言三十三天云何得生善處云何快得善利云何安處善業世尊告曰人間於天則是善處得善利者生正見家與善知識從事於如來法中得信根是謂名爲快得善利彼云何名爲安處善業於如來法中而得信根剃除鬚髮以信堅固出家學道彼已學道戒性具足諸根不缺飲食知足恒念經行得三達明是謂名爲安處善業爾時世尊便說此偈

人爲天善處　良友爲善利　出家爲善業
有漏盡無漏

比丘當知三十三天著於五欲彼以人間爲

善趣於如來法得出家爲善利而得三達所以然者諸佛世尊皆出人間非由天而得也是故比丘於此命終當生天上爾時彼比丘白世尊云何比丘當生善趣世尊告曰涅槃者即比丘善趣汝今比丘當求方便得至涅槃如是比丘當作是學爾時諸比丘聞佛所說歡喜奉行

聞如是一時佛在舍衛國祇樹給孤獨園爾時世尊告諸比丘沙門出家有五毀辱之法云何爲五一者頭髮長二者爪長三者衣裳垢坋四者不知時宜五者多有所論所以然者多有論說比丘復有五事云何爲五一者人不信言二者不受其教三者人所不喜見四者妄言五者鬬亂彼此是謂多論說之人有此五事比丘當除此五而無邪想如是諸比丘當作是學爾時諸比丘聞佛所說歡喜奉行

聞如是一時佛在舍衛國祇樹給孤獨園爾時世尊與諸比丘五百人俱爾時頻婆娑羅王勑諸群臣速嚴駕羽葆之車吾欲至舍衛城親覲世尊是時群臣聞王教勑即駕羽葆之車前白王言嚴駕已訖王知是時爾時頻婆娑羅王乘羽葆之車出羅越城往詣舍衛城漸至祇桓精舍步入祇桓精舍夫水灌頭王法有五威容悉捨之一面至世尊所頭面禮足在一面坐爾時世尊漸與說微妙之法爾時王聞法已白世尊言唯願如來當在羅越城夏坐亦當供給衣被飲食牀敷卧具病瘦醫藥爾時世尊默然受頻婆娑羅王請是時王已見世尊默然受請即從座起頭面禮

足遶三帀便退而去還詣羅越城入於宮中爾時頻婆娑羅王在閑靜處便生此念我亦堪任供養如來及比丘僧盡其形壽衣被飲食牀敷臥具病瘦醫藥但當慇其下劣是時頻婆娑羅王尋告群臣曰我昨日而生此念我能盡形壽供養如來及比丘僧衣被飲食牀敷臥具病瘦醫藥然復當慇諸下劣汝等各各相率次第飯如來諸賢長夜受福無窮爾時摩竭國王即於宮門前起大講堂復辦種種食具爾時世尊出舍衛國及將五百比丘漸漸人間遊化至羅越城迦蘭陀竹園所是時頻婆娑羅王聞世尊來至迦蘭陀竹園中尋時乘羽葆之車至世尊所頭面禮足在一面坐爾時頻婆娑羅王白世尊言我在閑靜之處便生此念如我今日能供辦衣被飲食牀敷臥具病瘦醫藥但念下劣之家即告群臣汝等各各供辦飯食之具次第飯佛云何世尊此是其宜爲非其宜世尊告曰善哉善哉大王多所饒益爲天世人而作福田爾時頻婆娑羅王白世尊言唯願世尊明日就宮中食爾時頻婆娑羅王已見世尊默然受請時王尋起頭面禮足便退而去爾時世尊明日清旦著衣持鉢入城至王宮中各次第坐爾時王給以百味食手自斟酌歡喜不亂爾時頻婆娑羅王見世尊食訖除去鉢器更取卑座在如來前坐爾時世尊漸與王說微妙之法令發歡喜之心爾時世尊與諸大王及群臣之類說微妙之法所謂論者施論戒論生天之論欲不淨想婬爲穢惡出要爲樂爾時世尊已知彼衆生心意開解無復狐疑

諸佛世尊常所說法苦習盡道爾時世尊盡與說之當於座上六十餘人諸塵垢盡得法眼淨六十大臣及五百天人諸塵垢盡得法眼淨爾時世尊即與頻婆娑羅王及諸人民說此頌偈

祠祀火爲上　書中頌爲最　王爲人中尊
衆流海爲原　星中月照明　光明日爲上
上下及四方　諸所有萬物　天及世人民
佛爲最尊上　欲求其福者　當供養於佛

爾時世尊說此偈已便從座起而去爾時羅越城中人民之類隨其貴賤從家多少飯佛及比丘僧爾時世尊在迦蘭陀竹園中住國界人民靡不供養者爾時羅越城中諸梵志等次應作食是時彼梵志集在一處各作此論吾等各各出二兩金錢以供食具爾時羅越城中有梵志名曰雞頭極爲貧匱趣自存活無金錢可輸便爲諸梵志所驅逐使出衆中是時雞頭梵志還至家中而告其婦卿今當知諸梵志等所見驅逐不聽在衆所以然者由無金錢故時婦報言還入城中隨人舉債必當得之又語其主七日之後當相報償設不償者我身及婦沒爲奴婢是時梵志隨其婦言即入城中處處求索了不能得還至婦所而告之曰吾所在求索了不能得當如之何時婦報曰羅越城東有大長者名不奢蜜多羅饒財多寶可往至彼而求請之見與二兩金錢七日之後自當相還設不償者我身及婦沒爲奴婢是時梵志從婦受語往語不奢蜜多羅從求金錢不過七日自當相還若不相還者我與婦沒身爲奴婢是時不奢

竅多羅即與金錢是時雞頭梵志持此金錢還詣婦所而告之曰已得金錢當何方宜時婦報言可持此錢衆中輸之時彼梵志即持金錢往衆中輸之諸梵志語此梵志曰我等辦具已訖可持此金錢還歸所在不須住此衆中時彼梵志即還到舍以此因緣向婦說之其婦報言我等二人共至世尊所自宣微意爾時梵志即將其婦至世尊所共相問訊在一面坐又復其婦禮如來足在一面坐爾時梵志以此因緣具白世尊爾時世尊告梵志曰汝今可爲如來及比丘僧辦具飲食爾時梵志還顧熟視其婦時婦報曰但隨佛教不足疑難爾時梵志即從座起前白佛言唯願世尊及比丘衆當受我請是時世尊默然受梵志請爾時釋提桓因在世尊後叉手侍焉爾時世尊回顧謂釋提桓因汝可佐此梵志共辦食具釋提桓因白佛言如是世尊爾時毗沙門天王去如來不遠將諸鬼神衆不可稱計遙扇世尊是時釋提桓因語毗沙門天王曰汝亦可佐此梵志辦比食具毗沙門報曰甚善天王是時毗沙門天王前至佛所頭面禮足遶佛三帀自隱其形化作人像領五百鬼神供辦食具是時毗沙門天王勑諸鬼神汝等速往至栴檀林中而取栴檀著鑊厨中爾時厨中有五百鬼神於中作食時釋提桓因告自在天子曰毗沙門今日已造鐵厨與佛比丘僧作飲食汝今可化作講堂使佛比丘僧於中得飲食自在天子報曰此事甚佳是時自在天子聞釋提桓因語去羅越城不遠化作七寶講堂所謂七寶者金銀水

晶瑠璃碼碯赤珠硨磲復化作四梯陛金銀
水晶瑠璃金梯陛上化作銀樹銀梯陛上化
作金樹金根金莖金枝金葉若復金梯陛上
化作金葉銀枝水晶梯陛上化作瑠璃樹亦
各雜種不可稱計復以雜寶而廁其間復以
七寶而覆其上周帀四面懸好金鈴然彼鈴
聲皆出八種之音復化作好牀座敷以好褥
懸繒旛蓋世所希有爾時以牛頭栴檀然火
作食羅越城側十二由旬香熏遍滿其中是
時摩竭國王告諸群臣我生長深宮初不聞
此香羅越城側何緣聞此好香群臣白王此
是雞頭梵志在食廚中然天栴檀香是其瑞
應是時頻婆娑羅王勑諸群臣速嚴駕羽葆
之車吾欲往至世尊所問訊此緣是時諸臣
報王如是大王頻婆娑羅王即往至世尊所
頭面禮足在一面立爾時國王見此鐵廚中
有五百人作食見已便作是語此是何人所
作飲食時諸鬼神以人形報曰雞頭梵志請
佛及比丘僧而供養之是時國王復遙見高
廣講堂問侍人曰此是何人所造講堂昔所
未有爲誰所造群臣報曰不知此緣是時頻
婆娑羅王作是念我今可至世尊所而問此
義然佛世尊無事不知無事不見時摩竭國
頻婆娑羅王往世尊所頭面禮足在一面坐
爾時頻婆娑羅王白世尊言昔日不見此高
廣講堂今日見之昔日不見此鐵廚今日見
之將是何物爲是誰變世尊告曰大王當知
此是毗沙門天王所造鐵廚及自在天子作
是講堂是時摩竭國王即於座上悲泣交集
不能自勝世尊告曰大王何故悲泣乃至於

斯時頻婆娑羅王白佛言不敢悲泣但念後生民人不覩聖興當來之人慳著財物無有威德尚不聞此奇寶之名何況見乎今蒙如來有奇特之變出現於世是故悲泣世尊告曰當來之世國王人民實不覩此變爾時世尊即與國王說法使發歡喜之心王聞法已即從座而去是時毗沙門天王即於其日語雞頭梵志曰汝舒右手是時雞頭即舒右手毗沙門天王即授與金鋌又告之曰以此金鋌投于地上是時梵志即投于地上乃成百千兩金毗沙門天王報曰汝持此金鋌入城中買種種飯食持來此間是時梵志受天王教即持此金入城買種種飯食持來厨所是時毗沙門天王沐浴梵志與著種種衣裳手執香火教白時到今正是時願尊屈顧是時梵志即受其教手執香爐而白時至唯願屈顧爾時世尊已知時至著衣持鉢將諸比丘衆往至講堂所各次第坐及比丘尼衆亦次第坐是時雞頭梵志見飲食極多然衆僧復少前白世尊言今日飲食極爲豐多然比丘僧少不審云何世尊告曰汝今梵志手執香爐上高臺上向東南西北並作是說諸釋迦文佛弟子得六神通漏盡阿羅漢者盡集此講堂梵志白言如是世尊是時梵志從佛受教即上樓上請諸漏盡阿羅漢是時東方有二萬一千阿羅漢從東方來詣此講堂南方二萬一千西方二萬一千北方二萬一千阿羅漢集此講堂爾時講堂上有八萬四千阿羅漢集此一處是時頻婆娑羅王將諸群臣至世尊所頭面禮足及禮比丘僧是時雞頭

梵志見比丘僧已歡喜踊躍不能自勝以飯食之具飯佛及比丘僧手自斟酌歡喜不亂然故有遺餘之食是時雞頭梵志前白佛言今飯佛及比丘僧故有遺餘飲食在世尊告曰汝今可請佛及比丘僧七日中供養梵志對曰如是瞿曇是時雞頭梵志即前長跪白世尊言今請佛及比丘僧七日供養自當供給衣被飲食牀敷卧具病瘦醫藥爾時世尊默然受請爾時大衆之中有比丘尼名舍鳩利是時比丘尼白世尊言我今心中生念頗有釋迦文佛弟子漏盡阿羅漢不集此乎又以天眼觀東方界南方西方北方皆悉觀之靡不來者皆悉雲集今此大會純是羅漢眞人雲集世尊告曰如是舍鳩利如汝所言此之大會純是眞人東西南北無不集者爾時世尊以此因緣告諸比丘汝等頗見比丘尼中天眼徹覩如此比丘尼等乎諸比丘對曰不見也世尊爾時世尊告諸比丘我聲聞中第一弟子天眼第一者所謂舍鳩利比丘尼是時雞頭梵志七日之中供養聖衆衣被飲食牀敷卧具病瘦醫藥復以香華散如來上是時此華在空中化作七寶交露臺是時梵志見交露臺已歡喜踊躍不能自勝前白佛言唯願世尊聽在道次得作沙門爾時雞頭梵志即得爲道已得爲道諸根寂靜自修其志除去睡眠設眼見色亦不起想念其眼根亦無惡想流馳諸念而護眼根若耳聞聲鼻嗅香舌知味身知細滑不起細滑之想意知法亦然是時便滅五結蓋覆弊人心者令人無智慧亦無殺害之意而淨其心不殺不念

殺不教人殺手不執刀杖起仁慈之心向一切衆生除去不與取不起盜心而淨其意恒有施心於一切衆生亦使不盜已不婬泆亦復教人使不婬泆恒修梵行清淨無瑕穢於梵行中而淨其心亦不妄語亦不教人使行妄語恒念至誠無有虛詐誑惑世人於中而淨其心復不兩舌亦不教人使兩舌若此聞語不傳至彼設彼聞語不傳至此於中而淨其意於食知足不著氣味不著榮色不著肥白但欲支其形體使全其命欲除故痛使新者不生得修行道長處無爲之地猶如有男女以脂膏塗瘡者但欲除愈故也此亦如是所以於食知足者欲使故痛除愈新者不生或復是時達曉行道不失時節不失三十七道品之行或坐或行除去睡眠之蓋或初夜時或坐或行除去睡眠之蓋或中夜時右脅著地脚脚相累繫意在明彼復以後夜時或坐或經行而淨其意是時飲食知足經行不失時節除去欲不淨想無諸惡行而遊初禪有覺有觀息念待歡樂而遊二禪無有樂護念清淨自知身有樂諸賢所求護念清淨者而遊三禪彼苦樂以滅無有愁憂無苦無樂護念清淨遊於四禪彼以三昧心清淨無瑕穢亦得無所畏復得三明自憶無數世事彼便憶過去之事若一生二生三生四生五生十生二十生三十生四十生五十生百生千生萬生數千萬生成劫敗劫成敗之劫我曾生彼處姓其字其食如此之食受如是苦樂壽命長短彼生此死死此生彼因緣本末皆悉知之彼復以三昧心清淨無瑕穢得無所

畏觀衆生類生者死者彼復以天眼觀衆生類生者死者善趣惡趣善色惡色若好若醜隨行所種皆悉知之或有衆生類身口意行惡誹謗賢聖造邪業本身壞命終生地獄中或復有衆生身口意行善不誹謗賢聖身壞命終生善處天上復以清淨天眼觀衆生類若好若醜善趣惡趣善色惡色皆悉知之得無所畏復施心盡漏後觀此苦如實知之此是苦此是苦集苦盡苦出要如實知之彼作是觀已欲漏心有漏心無明漏心得解脱已得解脱便得解脱智生死已盡梵行已立所作已辦更不復受胎如實知之是時雞頭梵志便成阿羅漢爾時尊者雞頭聞佛所說歡喜奉行

聞如是一時佛在舍衛國祇樹給孤獨園爾時世尊告諸比丘世間五事最不可得云何爲五應喪之物欲使不喪者此不可得滅盡之法欲使不盡者此不可得夫老之法欲使不老者此不可得夫病之法欲使不病者此不可得也夫死之法欲使不死者此不可得是謂比丘有此五事最不可得若如來出世若如來不出世此法界恒住如故而不朽敗有喪滅之聲生老病死若生若逝皆歸於本是謂比丘此五難得之物當求方便修行五根云何爲五所謂信根精進根念根定根慧根是謂比丘行此五根已便成須陀洹家家一種轉進成斯陀含轉進滅五結使成阿那含於彼般涅槃不來此世轉進有漏盡成無漏心解脱智慧解脱自身作證而自遊化更不復受胎如實知之當求方便除前五事修

後五根如是比丘當作是學爾時諸比丘聞佛所說歡喜奉行

聞如是一時佛在舍衛國祇樹給孤獨園爾時世尊告諸比丘今有五人不可療治云何爲五一者諛諂之人不可療治姦邪之人不可療治惡口之人不可療治嫉妬之人不可療治無反復之人不可療治是謂比丘有此五人不可療治爾時世尊便說此偈　此人不可療姦邪惡口人　嫉妬無反復　智者之所棄是故諸比丘常當學正意除去嫉妬修行威儀所說如法當知反復識其恩養小恩常不忘何況大者勿懷慳貪又不自譽復不毀他人如是比丘當作是學爾時諸比丘聞佛所說歡喜奉行

聞如是一時佛在舍衛國祇樹給孤獨園爾時世尊告諸比丘昔者釋提桓因告三十三天曰若諸賢與阿須倫共鬬時設阿須倫不如者諸天得勝汝等捉毗摩質多羅阿須倫將來至此身爲五繫是時毗摩質多羅阿須倫復告諸阿須倫曰卿等今日與諸天共鬬設得勝者便捉釋提桓因縛送此間比丘當知爾時二家共鬬諸天得勝阿須倫不如是時三十三天躬捉毗摩質多羅阿須倫王束縛其身將詣釋提桓因所著中門外自觀被五繫是時毗摩質多羅阿須倫王便作是念此諸天法正阿須倫所行非法我今不樂阿須倫便當即住此諸天宮是時以生此念言諸天法正阿須倫非法我欲住此間作此念已是時毗摩質多羅阿須倫王便自覺知身

無縛繫五欲而自娛樂設毗摩質多羅阿須倫王生此念已言諸天非法阿須倫法正我不用此三十三天還欲詣阿須倫宮是時阿須倫王身被五繫五欲娛樂自然消滅比丘當知纏縛之急莫過此事魔之所縛復甚於斯設興結使魔已被縛若不興結使魔已得脫毀人魔被縛不毀人魔不被縛動魔被縛不動魔不被縛是故諸比丘當求方便使心不被縛樂閑靜之處所以然者此諸結使是魔境界若有比丘在魔境界者終不脫生老病死不脫愁憂苦惱我今說此苦際若復比丘心不移動不著結使便脫生老病死愁憂苦惱我今說此苦際是故比丘當學無有結使越出魔界如是比丘當作是學爾時諸比丘聞佛所說歡喜奉行

聞如是一時佛在舍衛國祇樹給孤獨園爾時尊者阿難至世尊所頭面禮足在一面立是時阿難白世尊言夫言盡者名何等法言盡乎世尊告曰阿難色者無爲因緣而有此名無欲無爲名滅之法彼盡者名曰滅盡痛想行識無爲無作皆是摩滅之法無欲無汙彼滅盡者故名滅盡阿難當知此五盛陰無欲無作爲摩滅法彼滅盡者名爲滅盡此五盛陰永以滅盡更不復生故名滅盡是時尊者阿難聞佛所說歡喜奉行

聞如是一時佛在舍衛國祇樹給孤獨園爾時生漏梵志往至世尊所頭面禮足在一面坐是時生漏梵志白世尊言云何瞿曇有何因緣有何宿行使此人民之類有盡有滅有減少者本爲城郭今日已壞本有人民今日

丘荒世尊告曰梵志欲知由此人民所行非法故使本有城郭今日摩滅本有人民今日丘荒皆由生民慳貪結縛習行愛欲之所致故使風以不時雨以不時所種根栽不得長大其中人民死者盈路梵志當知由此因縁使國毀壞民不熾盛復次梵志人民之類所行非法便有雷電霹靂自然之應天降雹雨壞敗生苗爾時人民死者難計復次梵志人民之類所行非法共相爭競或以手拳相加瓦石相擲各各自喪其命復次梵志彼人民之類已共諍競不安其所國主不寧各興兵衆共相攻伐至大衆中死者難計或有被刀死者或有矟箭死者如是梵志由此因緣使民減少不復熾盛復次梵志人民之類所行非法故使神祇不祐而得其便或遭困厄疾病著牀除降者少疫死者多是謂梵志由此因緣使民減少不復熾盛是時生漏梵志白世尊言瞿曇所説甚爲快哉説此人本減少之義實如來教本有城郭今日摩滅本有人民今日丘荒所以然者以有非法便生慳嫉已有慳嫉便生邪業以邪業故使天雨不時五穀不熟人民不熾故使非法流行天雨灾變壞敗生苗彼以行非法貪著慳嫉是時國主不寧各興兵衆共相攻伐死者難計故使國土流荒人民迸散今日世尊所説甚善快哉由非法故致此灾患正使爲他所捉便斷其命由非法故便生盜心以生盜心後爲王殺以生邪業非人得其便由此因緣便取命終人民減少故使無有城郭之所居處瞿曇今日所説已自過多猶如僂者得伸盲者得

眼目冥中得明無目者爲作眼目今沙門瞿曇無數方便而説法我今重自歸佛法衆願聽爲優婆塞盡形不敢復殺若沙門瞿曇見我若乘象騎馬我由恭敬所以然者我爲王波斯匿頻婆娑羅王優填王惡生王優陀延王受梵之福我恐失此之德設我偏露右肩時唯願世尊受我禮拜設我步行時見瞿曇來我當去履唯願世尊受我禮拜爾時世尊頷頭可之是時生漏梵志歡喜踊躍不能自勝前白佛言我今重自歸沙門瞿曇唯願世尊聽我爲優婆塞爾時世尊漸與説法使發歡喜之心梵志聞法已即從座起便退而去

爾時生漏梵志聞佛所説歡喜奉行

增壹阿含經卷第二十六

音釋

麾 許爲切旗屬 刓 五丸切剸也斷也 拘璅 梵語魚名也璅蘇果切

陛 部禮切升堂之階也 鋌 待鼎切冶金成朴曰鋌 姪泆 姪夷針切姪放也泆夷質切泆蕩也

療 力弔切治也 矟 色角切矛屬長丈八者謂之矟 僂 力主切背俯曲也 頷 五感切點首也

增壹阿含經卷第二十七

符秦三藏曇摩難提譯

邪聚品第三十五

聞如是一時佛在舍衛國祇樹給孤獨園爾時世尊告諸比丘若有人在邪見聚者有何相像有何因緣爾時諸比丘白世尊言如來是諸法之王諸法之尊善哉世尊當與諸比丘而說此義我等聞已當奉行之世尊告曰汝等善思念之吾當爲汝分别其義諸比丘對曰如是世尊爾時諸比丘從佛受教世尊告曰在邪聚之人當以五事知之以見五事則知此人爲住邪聚云何爲五應笑而不笑應歡喜時而不歡喜應起慈心而不起慈心作惡而不恥聞其善語而不著意當知此人必住邪聚若有衆生住邪聚者當以此五事知之復次有衆生有住正聚者有何相貌有何因緣爾時諸比丘白佛言如來是諸法之王諸法之尊唯願世尊當與諸比丘而說此義我等聞已當奉行之世尊告曰汝等善思念之吾當爲汝分别其義諸比丘對曰如是世尊爾時諸比丘從佛受教世尊告曰在正聚之人當以五事知之以見五事則知此人爲住正聚云何爲五應笑則笑應歡喜則歡喜應起慈心則起慈心可恥則恥聞善言專意聽當知此人以住正聚是故諸比丘當除邪聚住於正聚如是諸比丘當作是學爾時諸比丘聞佛所說歡喜奉行

聞如是一時佛在舍衛國祇樹給孤獨園爾時世尊告諸比丘如來出現世時必當爲五事云何爲五一者當轉法輪二者當度父母

三者無信之人立於信地四者未發菩薩意使發菩薩心五者當授將來佛決若如來出現世時當爲此五事是故諸比丘當起慈心向於如來如是比丘當作是學爾時諸比丘聞佛所說歡喜奉行

聞如是一時佛在舍衛國祇樹給孤獨園爾時世尊告諸比丘有五惠施不得其福云何爲五一者以刀施人二者以毒施人三者以野牛施人四者婬女施人五者造作神祠是謂比丘有此五施不得其福比丘當知復有五施令得大福云何爲五一者造作園觀二者造作林樹三者造作橋梁四者造作大船五者與當來過去造作房舍住處是謂比丘有此五事令得其福爾時世尊便說此偈

園觀施清涼　及作好橋梁　河津渡人民
并作好房舍　彼人日夜中　恒當受其福
戒定以成就　此人必生天

是故諸比丘當念修行此五惠施如是諸比丘當作是學爾時諸比丘聞佛所說歡喜奉行

聞如是一時佛在舍衛國祇樹給孤獨園爾時世尊告諸比丘女人有五力輕慢夫主云何爲五一者色力二者親族之力三者田業之力四者兒力五者自守力是謂女人有此五力比丘當知女人依此五力已便輕慢夫主設復夫主以一力盡覆蔽彼女人云何爲一力所謂富貴力也夫人以貴色力不如親族田業兒自守盡不如也皆由一力勝爾許力也今弊魔波旬亦有五力云何爲五所謂色力聲力香力味力細滑力夫愚癡之人著

色聲香味細滑之法者不能得度波旬境界若賢聖弟子成就一力勝爾許力云何爲一力所謂無放逸力設賢聖弟子成就無放逸者則不爲色聲香味細滑之所拘繫以不爲五欲所繫則能分别生老病死之法勝魔五力不墮魔境界度諸畏難至無爲之處爾時世尊便説此偈

戒爲甘露道　放逸爲死徑　不貪則不死

失道爲自喪

佛告諸比丘當念修行而不放逸如是諸比丘當作是學爾時諸比丘聞佛所説歡喜奉行

聞如是一時佛在舍衛國祇樹給孤獨園爾時世尊告諸比丘女人有五想欲云何爲五想欲一者生豪貴之家二者嫁適富貴之家三者使我夫主言從語用四者多有兒息五者在家獨得由己是謂比丘女人有此五事可欲之想如是比丘我比丘亦有五事可欲之想云何爲五所謂禁戒多聞成就三昧智慧智慧解脱是謂比丘有此五事可欲之法爾時世尊便説此偈

我生豪族種　亦嫡富貴家　能役使夫主

非福不剋獲　使我饒兒息　香華自嚴飾

雖有此想念　非福不剋獲　信戒而成就

三昧不移動　智慧亦成就　懈怠而不剋

尋欲得道果　不遊生死淵　願欲至涅槃

懈怠而不剋

如是諸比丘當求方便行於善法除去不善法漸當前進無有中悔之心如是諸比丘當作是學爾時諸比丘聞佛所説歡喜奉行

聞如是一時佛在舍衛國祇樹給孤獨園爾時世尊告諸比丘有五時不應向人禮云何爲五若在偷婆中不應向禮在大衆中不應向禮又在道路不應向禮病痛著牀不應向禮若飲食時不應向禮是謂比丘有此五事不應向禮復有五事知時之禮云何爲五不在偷婆中不在大衆中不在道路亦不病痛復非飲食此應向禮是故諸比丘當作方便知時之行爾時諸比丘聞佛所說歡喜奉行

聞如是一時佛在羅越城迦蘭陀竹園所與大比丘衆五百人俱爾時世尊告優頭槃汝今入羅越城求少温湯所以然者如我今日脊患風痛優頭槃白佛如是世尊是時優頭槃受佛教已到時著衣持鉢入羅越城中求湯爾時尊者優頭槃便作是念世尊有何因緣使我求湯如來諸結已盡諸善普會然如來復作是語我今患風又復世尊不授姓名當至誰家是時尊者優頭槃以天眼觀羅越城男女之類必應度者是時見羅越城中有長者名毗舍羅先不種善根無戒無信邪見於佛法衆與邊見共相應彼便有此見無施無與無有受者亦復無有善惡果報無今世後世無父無母世無沙門婆羅門等成就者於今世後世自身作證而自遊化壽命極短餘五日之後當取命終又事五道大神是時優頭槃便作是念如來必欲度此長者所以然者此長者命終之後當生啼哭地獄中是時優頭槃便笑五道大神遥見笑即隱其形而作人像來至優頭槃所以給使令是時尊者優頭槃將此使人往至長者門外住默然

不語是時長者遥見有道人在門外立即時便説此偈

汝今黙然住　剃頭著袈裟　爲欲求何等　因由何故來

爾時優頭槃復以此偈報曰

如來無著尊　今日患風發　設有温湯者　如來欲洗浴

是時長者黙然不報是時五道大神告毗羅先曰長者可以湯相惠必當獲福無量當得甘露之報是時長者報曰我自有五道大神用此沙門爲能加益何等事是時五道大神便説此偈

如來當生時　天帝來下侍　更誰出是者　能與共儔匹　用五道神爲　不能有所濟　寧供養釋師　便獲大果報

爾時五道大神復重語長者曰汝好自守護身口意行汝不知五道大神之威力乎是時五道大神即化作大鬼神形右手執劒語長者曰今我身是五道大神速與此沙門湯勿足稽留是時長者便作是念甚奇甚特五道大神乃供事此沙門即以香湯授與道人復以石蜜授與沙門是時五道大神自執此香湯共優頭槃至世尊所以此香湯奉上如來爾時世尊以此香湯沐浴身體風尋時差更不增劇是時長者後五日便取命終生四天王中是時尊者優頭槃聞長者命終即往至世尊所頭面禮足在一面坐是時優頭槃白如來言此長者命終爲生何處世尊告曰此長者命終生四天王中優頭槃白佛言此長者於彼命終當生何處世尊告曰於彼命終

當生四天王中三十三天乃至生他化自在天於彼命終復來生四天王中此長者身六十劫中不墮惡趣最後得作人身剃除鬚髮著三法衣出家學道成辟支佛所以然者湯施之德其福乃爾是故優頭槃恒念浴衆僧聞說教道如是優頭槃當作是學爾時尊者優頭槃聞佛所說歡喜奉行

聞如是一時佛在舍衛國祇樹給孤獨園爾時有異比丘不樂修梵行欲捨禁戒還爲白衣是時彼比丘往至世尊所頭面禮足在一面坐爾時彼比丘白世尊言我今不樂修於梵行欲捨禁戒還爲白衣世尊告曰汝今何故不樂修梵行欲捨禁戒還爲白衣比丘報曰我今心意熾盛身中火然若我見女人時端正無雙我爾時便作是念使此女人與我共交又復作是念此非正法設我從此心者則非正理我爾時復作是念此是惡利非爲善利此是惡法非爲善法我今欲捨禁戒還爲白衣沙門禁戒實不可犯我於俗人中可分檀布施世尊告曰夫爲女人有五難云何爲五一者穢惡二者兩舌三者嫉妬四者瞋恚五者無返復爾時世尊便說此偈

悲喜由財義　現善内懷毒　壞人趣善道
如鷹捨于地

是時比丘當除不淨之想思惟不淨觀比丘思惟不淨觀已盡斷欲愛色愛無色愛盡斷無明憍慢汝今比丘欲從何生爲從髮生然髮惡露不淨皆由幻化誑惑世人手爪齒形體之屬乃無淨處何者是眞何者是生從頭至足皆悉如是肝膽五臟有形之物無一可

貪何者是眞汝今比丘欲從何生汝今善修梵行如來正法必當盡苦人命極短不久存世雖復極壽不遇百歲所出無幾比丘當知如來出世甚爲難遇聞法亦難受四大形亦復難得諸根具足亦復難得得生中國亦復難值與善知識相遭亦復難得聞法亦難分別義理亦復難得法法成就此事亦難汝今比丘設與善知識從事者便能分別諸法亦當與人廣演其義設當聞法已則能分別能分別法已則能解說其義無有欲想瞋恚愚癡之想已離三毒便脫生老病死我今粗說其義爾時彼比丘從佛受教便從座起禮世尊足便退而去是時彼比丘在閑靜之處思惟其法所以族姓子剃除鬚髮出家學道欲修無上梵行生死已盡梵行已立所作已辦更不復受胎如實知之爾時彼比丘便成阿羅漢爾時彼比丘聞佛所說歡喜奉行

聞如是一時佛在羅越城迦蘭陀竹園所與大比丘衆五百人俱爾時阿難多耆奢到時著衣持鉢入城乞食是時多耆奢在一巷中見一女人極爲端正與世奇特見已心意錯亂不與常同是時多耆奢即以偈向阿難說

欲火之所燒　心意極熾然　願說滅此義
多有所饒益

是時阿難復以偈報曰

知欲顚倒法　心意極熾然　當除想像念
欲念便自休

是時多耆奢復以偈報曰

心爲形之本　眼爲候之原　睡臥見扶接

形如亂草萎
是時尊者阿難即時前進以右手摩多耆奢
頭爾時即說此偈
念佛無貪欲　度彼欲難陀　覩天現地獄
制意離五趣
是時多耆奢聞尊者阿難語已便作是說止
止阿難俱乞食訖還至世尊所是時彼女人
遥見多耆奢便笑時多耆奢遥見女人笑便
生此想念汝今形體骨立皮纏亦如畫瓶內
盛不淨誑惑世人令發亂想爾時尊者多耆
奢觀彼女人從頭至足此形體中有何可貪
三十六物皆悉不淨令此諸物爲從何生是
時尊者多耆奢復作是念我今觀他形爲不
如自觀身中此欲爲從何生爲從地種生耶
水火風種生耶設從地種生地種堅強不可
沮壞設從水種生水種極軟不可護持設從
火種生火種不可護持設從風種生風種無
形而不可護持是時尊者便作是念此欲者
但從思想生爾時便說此偈
欲我知汝本　意從思想生　非我思想汝
則汝而不有
爾時尊者多耆奢又說此偈加思惟不淨之
想即於彼處有漏心得解脫時阿難及多耆
奢出羅越城至世尊所頭面禮足在一面坐
是時多耆奢白世尊言我今快得善利以有
所覺世尊告曰汝今云何自覺多耆奢白佛
言色者無牢亦不堅固不可覩見幻僞不眞
痛者無牢亦不堅固亦如水上泡幻僞不眞
想者無牢亦不堅固幻僞不眞亦如野馬行
亦無牢亦不堅固亦如芭蕉之樹而無有實

識者無牢亦不堅固幻僞不眞重白佛言此五盛陰無牢亦不堅固幻僞不眞是時尊者多耆奢便說此偈

色如聚沫　痛如浮泡　想如野馬　行如芭蕉
識僞幻法　最勝所說　思惟此已　盡觀諸行
皆悉空寂　無有眞正　皆由此身　善逝所說
當滅三法　見色不淨　此身如是　幻僞不眞
此名害法　五陰不牢　以解不眞　今逮上跡

如是世尊我今所覺正謂此耳世尊告曰善哉多耆奢善能觀察此五盛陰本汝今當知夫爲行人當觀察此五陰之本皆不牢固所以然者我當觀察此五盛陰時在道樹下無上等正覺亦如卿今日所觀爾時說此法時座上六十比丘漏盡意解爾時尊者多耆奢聞佛所說歡喜奉行

聞如是一時佛在舍衛國祇樹給孤獨園爾時僧伽摩長者子往至世尊所頭面禮足在一面坐是時長者子白佛言唯願世尊聽在道次是時長者子即得爲道在閑靜之處剋已修行成其法果所以族姓子剃除鬚髮出家學道生死已盡梵行已立所作已辦更不復受胎如實知之是時僧伽摩便成阿羅漢是時在閑靜之處便生此念如來出現甚爲難遇多薩阿竭時時乃出亦如優曇鉢華時時乃出此亦如是如來出現於世時時乃有一切行滅亦復難遇出要亦難愛盡無欲涅槃此乃爲妙爾時僧伽摩婦母聞女壻作道不復著欲捨於家累又捐我女如棄聚唾爾時此母往至女所而語女曰汝壻實作道乎其女報曰女亦不詳爲作道不耶其老母告

曰汝今可自莊嚴著好衣裳抱此男女徃至僧伽摩所爾時母及女共相將至僧伽摩所爾時尊者僧伽摩在一樹下結跏趺坐是時婦母二人在前黙然而立是時老母及女觀僧伽摩從頭至足而語僧伽摩曰汝今何故不與我女共語乎今此兒女由汝而生汝今所爲實爲非理人所不許汝今所思惟者非是人行是時尊者僧伽摩即時便說此偈

此外更無善　此外更無妙　此外更無是
善念無過是

是時婦母語僧伽摩曰我女今有何罪有何非法今何故捨之出家學道是時僧伽摩便說此偈

臭處不淨行　瞋恚好妄語　嫉妬心不正
如來之所說

是時彼老母語僧伽摩曰非獨我女而有此事一切女人皆同此耳舍衛城中人民之類見我女者悉皆意亂欲與交通如渴欲飲覩無猒足皆起想著汝今云何捨之學道方更謗毀設汝今日不用我女者汝所生男女還自録之爾時僧伽摩復說此偈

我亦無男女　田業及財寶　亦復無奴婢
眷屬及營從　獨步無有侶　樂於閑靜處
行作沙門法　求於佛正道　有男有女者
愚者所習行　我向無我身　豈有男女哉

是時老母男女聞說此偈已各作是念如我今日觀察此意必不還家復更觀察從頭至足長歎息已前自長跪而作是語設身口意所造非法者盡共忍之即遶三帀而退所在

是時尊者阿難到時著衣持鉢入舍衛城乞

食遥見老母及女而問之曰向者頗見僧伽摩乎其老母報曰雖見亦不爲見阿難報言頗共言語乎老母報曰雖共言語不入我意是時尊者阿難便説此偈

欲使火生水　復使水生火　空法欲使有
無欲欲使欲

是時尊者阿難乞食已還詣祇樹給孤獨園往至僧伽摩所在一面坐語僧伽摩曰已知如眞法乎僧伽摩報曰我已覺知如眞法也阿難報曰云何覺知如眞法乎僧伽摩報曰色者無常此無常義即是苦苦者即是無我無我者即是空也痛想行識皆悉無常此無常義即是苦苦者即無我無我者即是空也此五盛陰是無常義無常義者即是苦我非彼有彼非我有是時僧伽摩便説此偈

苦苦還相生　度苦亦如是　賢聖八品道
乃成滅盡處　更不過七生　流轉天人間
當盡苦原本　永息無移動　我今見空跡
如佛之所説　今得阿羅漢　更不受胞胎

是時尊者阿難歎曰善哉如眞之法善能決了是時阿難便説此偈

善守梵行跡　亦能善修道　斷諸一切結
眞佛之弟子

爾時阿難説此偈已即從座起而去往至世尊所頭面禮足在一面立爾時阿難以此因緣具白世尊爾時世尊告諸比丘欲平等論阿羅漢當言僧伽摩比丘是也能降伏魔官屬者亦是僧伽摩比丘所以然者僧伽摩比丘七返往降魔今方成道自今已後聽七返作道過此限者則爲非法爾時世尊告諸比

丘我聲聞中第一比丘能降伏魔所謂僧伽摩比丘是爾時諸比丘聞佛所說歡喜奉行

增壹阿含經卷第二十七

音釋

劇 竭戟切甚也

嫉妬 嫉音疾妬都故切害賢曰嫉害色曰妬

芭蕉 芭邦加切蕉茲消切芭蕉草名脆而無實也

壻 蘇計切女夫曰壻

增壹阿含經卷第二十八

符秦三藏曇摩難提譯

聽法品第三十六

聞如是一時佛在舍衛國祇樹給孤獨園爾時世尊告諸比丘隨時聽法有五功德隨時承受不失次第云何爲五未曾聞者便得聞之已聞重諷誦之見不邪傾無有狐疑即解甚深之義隨時聽法有五功德是故諸比丘當求方便隨時聽法如是諸比丘當作是學爾時諸比丘聞佛所說歡喜奉行

聞如是一時佛在舍衛國祇樹給孤獨園爾時世尊告諸比丘造作浴室有五功德云何爲五一者除風二者病者得差三者除去塵垢四者身體輕便五者得肥白是謂比丘造作浴室有此五功德是故諸比丘若有四部之衆欲求此五功德者當求方便造立浴室如是諸比丘當作是學爾時諸比丘聞佛所說歡喜奉行

聞如是一時佛在舍衛國祇樹給孤獨園爾時世尊告諸比丘施人楊枝有五功德云何爲五一者除風二者除延唾三者生藏得消四者口中不臭五者眼得清淨是謂比丘施人楊枝有五功德若善男子善女人求此五功德當念以楊枝用惠施如是比丘當作是學爾時諸比丘聞佛所說歡喜奉行

聞如是一時佛在舍衛國祇樹給孤獨園爾時世尊告諸比丘汝等頗見屠牛之人以此財業後得乘車馬大象乎諸比丘對曰非也世尊世尊告曰善哉諸比丘我亦不見不聞屠牛之人殺害牛已得乘車馬大象所以然

者我亦不見屠牛之人得乘車馬大象終無此理云何比丘汝等頗見屠羊殺猪或獵捕鹿如此之人作此惡已得此財業後得乘車馬大象乎諸比丘對曰非也世尊世尊告曰善哉諸比丘我亦不見不聞屠羊之人殺害生類已得乘車馬大象終無此理汝等比丘若見殺牛之人乘車馬者此是前世之德非今世福也皆是前世宿行所致也汝等若見殺羊之人得乘車馬者當知此人前世宿福之所種也所以然者皆由殺心不除故也何以故若有人親近惡人好喜殺生種地獄之罪若來人中壽命極短若復有人好喜偷盜種地獄罪如彼屠牛之人賤取貴賣誑惑世人不案正法屠羊之人亦復如是由殺心故致此罪咎不得乘車馬大象是故諸比丘當起慈心於一切衆生如是諸比丘當作是學

爾時諸比丘聞佛所說歡喜奉行

聞如是一時佛在舍衛國祇樹給孤獨園爾時世尊與大比丘衆五百人俱爾時釋提桓因如屈伸臂頃來至世尊所頭面禮足在一面坐爾時釋提桓因白世尊言如來亦說夫如來出世必當爲五事云何爲五當轉法輪當度父母無信之人立於信地未發菩薩心令發菩薩意於其中間當授佛決此五因緣如來出現必當爲之今如來母在三十三天欲得聞法今如來在閻浮里內四部圍遶國王人民皆來雲集善哉世尊可至三十三天與母說法是時世尊默然受之爾時難陀優般難陀龍王便作是念此諸禿頭沙門在我上飛當作方便使不陵虛是時龍王便興瞋

恚放大火風使閻浮里內洞然火然是時阿難白佛言此閻浮里內何故有此煙火世尊告曰此二龍王便生此念此禿頭沙門恒在我上飛我等當共制之令不陵虛便興瞋恚放此煙火由此因緣故致此變是時大迦葉即從座起白世尊言我今欲往與彼共戰世尊告曰此二龍王極爲兇惡難可受化卿還就座是時尊者阿那律即從座起白世尊言我今欲往降彼惡龍世尊告曰此二惡龍極爲兇暴難可受化卿還就座是時尊者離越尊者迦旃延尊者須菩提尊者優陀夷尊者娑竭各從座起白世尊言我今欲往降伏惡龍世尊告曰此二龍王極爲兇惡難可受化卿還就座爾時尊者大目揵連即從座起偏露右肩長跪叉手前白佛言欲往詣彼降伏惡龍世尊告曰此二龍王極爲兇惡難可降化卿今云何化彼龍王目連白佛言我先至彼化形極大恐怯彼龍後復化形極爲微小然後以常法則而降伏之世尊告曰善哉目連汝能堪任降伏惡龍然今目連堅持心意勿興亂想所以然者彼龍兇惡備觸嬈汝是時目連即禮佛足屈伸臂頃於彼沒不現往至須彌山上爾時難陀優般難陀龍王繞須彌山七帀極興瞋恚放大煙火是時目連自隱本形化作大龍王有十四頭繞須彌山十四帀放大火煙當在二龍王上住是時難陀優般難陀龍王見大龍王有十四頭便懷恐怖自相謂言我等今日當試此龍王威力爲審勝吾不乎爾時難陀優般難陀龍王以尾擲大海中以水灑三十三天亦不著目連身

是時尊者大目連復以尾著大海水中水乃到梵迦夷天并復灑二龍王身上是時二龍王自相謂言我等盡其力勢以水灑三十三天然此大龍王復過我上去我等正有七頭今此龍王十四頭我等繞須彌山七帀今此龍王繞須彌山十四帀我今二龍王當共并力與共戰鬭是時二龍王極懷瞋恚雷電霹靂放大火燄是時尊者大目連便作是念凡龍戰鬭以火霹靂設我以火霹靂共戰鬭者閻浮里內人民之類及三十三天皆當被害我今化形極小當與戰鬭是時目連即化形使小便入龍口中從鼻中出或從鼻入從耳中出或入耳中從眼中出以出眼中在眉上行爾時二龍王極懷恐懼即作是念此大龍王極有威力乃能從口中入鼻中出從鼻入眼中出我等今日實爲不如我等龍種今有四生卵生胎生濕生化生然無有出我等者今此龍王威力乃爾不堪共鬭我等性命死在斯須皆懷恐懼衣毛悉竪是時目連以見龍王懷恐懼故還隱其形作常形容在眼睫上行是時二龍王見大目連自相謂言此是目連沙門亦非龍王甚奇甚特有大威力乃能與我等共鬭是時二龍王白目連言尊者何爲觸嬈我乃爾今欲何所戒勑目連報曰汝等昨日而作是念云此禿頭沙門恒在我上飛今當制御之龍王報曰如是目連目連告曰龍王當知此須彌山者是諸天道路非汝所居之處龍王報曰唯願恕之不見重責自今已後更不敢觸嬈興惡亂想唯願聽爲弟子目連報言汝等莫自歸我身我所自歸

者汝等便自歸之龍王白目連我等今日自歸如來目連告曰汝等不可依此須彌山自歸世尊今可共我至舍衛城乃得自歸是時目連將二龍王如屈伸臂頃從須彌山上至舍衛城爾時世尊與無央數之衆而爲說法是時目連告二龍王曰汝等當知今日世尊與無央數之衆而爲說法不可作汝形至世尊所龍王報曰如是目連是時龍王還隱龍形化作人形不長不短容貌端正如桃華色是時目連至世尊所頭面禮足在一面坐是時龍王至世尊所頭面禮足在一面坐是時目連語龍王曰今正是時宜可前進是時龍王聞目連語即從座起長跪叉手白世尊言我等二族姓子一名難陀二名優般難陀自歸如來受持五戒唯願世尊聽爲優婆塞盡形壽不復殺生爾時世尊彈指可之時二龍王還復故坐欲得聞法爾時波斯匿王便作是念有何因緣使此閻浮里內煙火乃爾是時王波斯匿乘羽葆之車出舍衛城至世尊所爾時人民之類遥見王來皆共起迎善來大王可就此坐時二龍王默然不起是時波斯匿王禮世尊足在一面坐是時大王白世尊言我今欲有所問唯願世尊事事敷演世尊告曰欲有所問今正是時波斯匿王白佛言有何因緣今此閻浮里內煙火乃爾世尊告曰難陀優般難陀龍王之所造然今大王勿懷恐懼今日更無煙火之變是時波斯匿王便作是念我今是國之大王人民宗敬名聞四遠今此二人爲從何來見吾至此亦不起迎設住吾境界者當取閉之設他界來者

當取殺之是時龍王知波斯匿心中所念便興瞋恚爾時龍王便作是念我等無過於此王所更欲反害吾身要當取比國王及迦夷國人盡取殺之是時龍王即從座起禮世尊足便退而去離祇洹不遠便不復現是時波斯匿王見此人去未久白世尊言國事猥多欲還宮中世尊告曰王知是時是時波斯匿王即從座起便退而去告群臣曰向者二人爲從何道去速取捕之是時諸臣聞王教令即馳走求之而不知處便還宮中是時難陀優般難陀龍王各生此念我等無過於彼王所方欲取我等害之我等當共害彼人民使無遺餘是時龍王復作是念國中人民有何過失當取舍衛城人民害之復重作是念舍衛國人有何過失於我等當取王宮宮屬盡取殺之爾時世尊以知龍王心中所念告目連曰汝今當救波斯匿王無令爲難陀優般難陀龍王所害目連對曰如是世尊是時目連受佛教誡禮世尊足便退而去在王宮上結跏趺坐令身不現是時二龍王雷吼霹靂暴風疾雨在王宮上或雨瓦石或雨刀劒未墮地之頃便爲優鉢蓮華在虛空中是時龍王倍復瞋恚雨大高山於宮殿上是時目連復化使作種種飲食是時龍王倍復瞋恚熾盛雨諸刀劒是時目連復化使作極好衣裳是時龍王倍復瞋恚復雨大沙礫石在波斯匿王宮上未墮地之頃便化作七寶是時波斯匿王見宮殿中雨種種七寶歡喜踊躍不能自勝便作是念閻浮里內有德之人無復過我除如來所以然者我家中種粳米一根

上生收拾得一斛米飯以甘蔗之漿極爲香美今復於宫殿上雨七寶我便能得作轉輪聖王乎是時波斯匿王領諸婇女收攝七寶是時二龍王自相謂言今將有何意我等來時欲害波斯匿王今日變化乃至於斯所有力勢今日盡現猶不能動波斯匿王毫釐之分是時龍王見大目揵連在宫殿上結跏趺坐正身正意形不傾邪見已便作是念此必是大目揵連之所爲也是時二龍王以見目連便退而去是時目連見龍去還捨神足至世尊所頭面禮足在一面坐是時波斯匿王便作是念今此種種飲食不應先食當先奉上如來然後自食是時波斯匿王即車載珍寶及種種飲食往至世尊所昨日天雨七寶及此飲食唯願納受爾時大目揵連去如來不遠佛告王曰汝今可持七寶飲食之具與大目連所以然者蒙目連恩蒙得更生聖賢之地波斯匿王白佛言有何因緣言我更生世尊告曰汝朝不至我所欲得聽法座中爾時有二人亦來聽法王生此念我於此國界最爲豪尊衆人所敬然此二人爲從何來見我不起承迎時王白佛實然世尊世尊告曰此亦非人乃是難陀優般難陀龍王彼知王意自相謂言我等無過於此人王何故欲反來害我要當方宜滅此國界我尋知龍王心中所念即勑目連令可救波斯匿王無令爲龍所害即受我教在王宫殿上隱形不現作此變化是時龍王極懷瞋恚雨沙礫石於宫殿上未墮地之頃化使作七寶衣裳飲食之具由此因縁大王今日便爲更生是時波斯

匿王便懷恐怖衣毛皆竪前跪膝行至如來前而白佛言唯願世尊恩垂過厚得濟生命復禮目連足頭面禮敬蒙尊之恩得濟生命

爾時國王便說此偈

唯尊壽無窮　長夜護其命　度脫苦窮厄
蒙尊得脫難

是時波斯匿王以天香華散如來身便作是說我今持此七寶奉上三尊唯願納受頭面禮足遶佛三帀便退而去是時世尊便作是念此四部之衆多有懈怠皆不聽法亦不求方便使身作證亦復不求未獲者獲未得者得我今宜可使四部之衆渴仰於法爾時世尊不告四部之衆復不將侍者如屈伸臂頃從祇洹不現往至三十三天爾時釋提桓因遥見世尊來將諸天衆前迎世尊頭面禮足請令就座並作是說善來世尊久違覲省是時世尊便作是念我今當以神足之力自隱形體使衆人不見我爲所在爾時世尊復作是念我今可於此三十三天化身極使廣大爾時天上善法講堂有金石縱廣一由旬爾時世尊石上結跏趺坐遍滿石上爾時如來母摩耶將諸天女至世尊所頭面禮足在一面坐並作是說違奉甚久今來至此實蒙大幸渴仰思見佛今日方來是時母摩耶頭面禮足已在一面坐釋提桓因亦禮如來足在一面坐三十三天禮如來足在一面坐是時諸天之衆見如來在彼增益諸天衆減損阿須倫衆爾時世尊漸與彼諸天之衆說於妙論所謂論者施論戒論生天之論欲不淨想婬爲穢惡出要爲樂爾時世尊以見諸來大

衆及諸天人心開意解諸佛世尊常所說法苦集盡道普與諸天說之各各於座上諸塵垢盡得法眼淨復有十八億天女之衆而見道跡三萬六千天衆得法眼淨是時如來毋即從座起禮如來足還入宮中爾時釋提桓因白佛言我今當以何食飯如來乎爲用人間之食爲用自然天食世尊告曰可用人間之食用飯如來所以然者我身生於人間長於人間於人間得佛釋提桓因白佛言如是世尊是時釋提桓因復白佛言爲用天上時節爲用人間時節世尊告曰用人間時節對曰如是世尊是時釋提桓因即以人間之食復以人間時節飯食如來爾時三十三天各各自相謂言我等今見如來竟日飯食是時世尊便作是念我今當入如是三昧欲使諸天進便進欲使諸天退便退是時世尊以入此三昧進却諸天隨其時宜是時人間四部之衆不見如來久往至阿難所白阿難言如來今爲所在渴仰欲見阿難報曰我等亦復不知如來所在是時波斯匿王優填王至阿難所問阿難曰如來今日竟爲所在阿難報曰大王我亦不知如來所在是時二王思覩如來遂得苦患爾時群臣至優填王所白優填王曰今爲所患時王報曰我今以愁憂成患群臣白王云何以愁憂成患其王報曰由不見如來故也設我不見如來者便當命終是時諸臣便作是念當以何方便使優填王不令命終我等宜作如來形像是時群臣白王言我等欲作形像亦可恭敬承事作禮時王聞此語已歡喜踊躍不能自勝告群臣曰

善哉卿等所說至妙群臣白王當用何寶作如來形像是時王即勑國界之內諸奇巧師匠而告之曰我今欲作形像巧匠對曰如是大王是時優填王即以牛頭旃檀作如來形像高五尺是時波斯匿王聞優填王作如來形像高五尺而供養是時波斯匿王復召國中巧匠而告之曰我今欲造如來形像汝等當時辦之時波斯匿王而生此念當用何寶作如來形像耶斯須復作是念如來形體煌如天金今當以金作如來形像是時波斯匿王純以紫磨金作如來像高五尺爾時閻浮里內始有此二如來形像是時四部之衆往至阿難所白阿難曰我等渴仰於如來所思欲覲尊如來今日竟爲所在阿難報曰我等亦復不知如來所在但今共至阿那律所而問此義所以然者尊者阿那律天眼第一清淨無瑕穢彼以天眼見千世界二千世界三千大千世界彼能知見是時四部之衆共阿難往至阿那律所白阿那律曰今此四部之衆來至我所而問我曰今日如來竟爲所在唯願尊者以天眼觀如來今爲所在是時尊者阿那律報曰汝等且止吾今欲觀如來竟爲所在是時阿那律正身正意繫念在前以天眼觀閻浮里內而不見之復以天眼觀瞿耶尼弗于逮鬱單越而不見之復觀四天王三十三天豔天兜術天化自在天他化自在天乃至觀梵天而不見之復觀千閻浮地千瞿耶尼千鬱單越千弗于逮千四天王千豔天千兜術天千化自在天千他化自在天千梵天而不見如來復觀三千大千剎土而復

不見即從座起語阿難曰我今已觀三千大千刹土而不見之是時阿難及四部之衆默然而止阿難作是念如來將無般涅槃乎是時三十三天各各自相謂言我等快得善利唯願七佛常現於世天及世人多所潤益或有天子而作是語且置七佛但使有六佛者此亦甚善或有天子言但有五佛或言四佛或言三佛或言二佛出現世者多所潤益是時釋提桓因告諸天曰且置七佛乃至二佛但使今日釋迦文佛久住世者則多所饒益爾時如來意欲使諸天來諸天便來意欲使諸天去諸天便去是時三十三天各各自相謂言如來何故竟日而食是時釋提桓因告三十三天曰如來今日食以人間時節不用天上時節是時世尊以經三月便作是念閻浮里人四部之衆不見吾久甚有虛渴之想我今當捨神足使諸聲聞知如來在三十三天是時世尊即捨神足時阿難往阿那律所白阿那律言今四部之衆甚有虛渴欲見如來然今如來不取滅度乎是時阿那律語阿難曰昨夜有天來至我所云如來在三十三天善法講堂汝今且止吾今欲觀如來所在是時尊者阿那律即結跏趺坐正身正意心不移動以天眼觀三十三天見世尊在辟方一由旬石上坐是時阿那律即從三昧起語阿難曰如來今在三十三天與毋說法是時阿難及四部之衆歡喜踊躍不能自勝是時阿難問四部之衆曰誰能堪任至三十三天問訊如來阿那律曰今尊者目連神足第一願屈神力往問訊佛是時四部之衆白目連

曰今日如來在三十三天唯願尊者持四部姓名問訊如來又持此義往白如來世尊在閻浮里內世間得道唯屈威神還至世間目連報曰甚善諸賢是時目連受四部之教屈伸臂頃往至三十三天到如來所是時釋提桓因及三十三天遥見目連來諸天各生此念此必僧使若當是諸王之使是時諸天皆起往迎善來尊者是時目連遥見世尊與無央數之衆而爲說法見已便生此念世尊在此天中亦復煩鬧目連往至世尊所頭面禮足在一面立爾時目連白佛言世尊四部之衆問訊如來興居輕利遊步康强又白此事如來生長閻浮里內於世間得道唯願世尊還來至世間四部虛渴欲見世尊世尊告曰使四部之衆進業無倦云何目連四部之衆遊化勞乎無鬬訟耶邪道異學無觸嬈乎目連報曰四部之衆行道無倦但目連汝向者作是念言如來在此亦煩鬧此事不然所以然者我說法時亦不經久設我作是念欲使諸天來諸天便來欲使諸天不來諸天則不來目連汝還世間却後七日如來當往僧伽尸國大池水側是時目連屈伸臂頃還詣舍衛城祇樹給孤獨園往詣四部之衆而告之曰諸賢當知却後七日如來當來下至閻浮里地僧伽尸大池水側爾時四部衆聞此語已歡喜踊躍不能自勝是時波斯匿王優填王惡生王優陀延王頻婆娑羅王聞如來却後七日當來至僧伽尸國大池水側極懷歡喜不能自勝是時毗舍離人民之衆迦毗羅越釋種拘夷羅越人民之衆聞如來當來至

閻浮里地聞已歡喜踊躍不能自勝爾時波斯匿王集四種之兵詣池水側欲見世尊是時五王皆集兵衆往世尊所欲得覲省如來及人民之衆迦毗羅越釋皆悉往世尊所及四部之衆皆悉往至世尊所欲得見如來爾時臨七日頭釋提桓因告自在天子汝今從須彌山頂至僧伽尸池水作三徑路觀如來意不用神足至閻浮地自在天子報曰此事甚佳正爾當辦爾時自在天子即化作三道金銀水精是時金道當在中央夾水精道側銀道側化作金樹當於爾時諸神妙尊天七日之中皆來聽法爾時世尊與數千萬衆前後圍遶而爲說法說五盛陰苦云何爲五所謂色痛想行識云何爲色陰所謂此四大身是四大所造色是謂名爲色陰也彼云何名爲痛陰所謂苦痛樂痛不苦不樂痛是謂名爲痛陰彼云何名想陰所謂三世共會是謂名爲想陰彼云何名爲行陰所謂身行口行意行此名行陰彼云何名爲識陰所謂眼耳鼻口身意識此名識陰彼云何名爲色所謂色者寒亦是色熱亦是色飢亦是色渴亦是色云何名爲痛所謂痛者痛者名覺爲覺何物覺苦覺樂覺不苦不樂故名爲覺也云何名爲想所謂想者想亦是知知青黄白黑知苦知樂故名爲知云何名爲行所謂行者能有所成故名爲行爲成何等或成惡行或成善行故名爲行云何名爲識所謂識者識別是非亦識諸味此名爲識也諸天子當知由此五盛陰知三惡道天道人道此五盛陰滅便知有涅槃之道爾時說此法時有六萬天

人得法眼淨爾時世尊與諸天人說法已即從座起詣須彌山頂便說此偈

汝等當勤學　於佛法聖衆　當滅死徑路
如人鉤調象　若能於此法　而無懈怠者
便當盡生死　無有苦原本

爾時世尊說此偈已便詣中道是時梵天在如來右處銀道側釋提桓因在水精道側及諸天人在虛空中散華燒香作倡妓樂娛樂如來是時優鉢華色比丘尼聞如來今日當至閻浮提僧伽尸　也水側聞已便生此念四部之衆國王大臣國中人民靡不往者設我當以常法往者此非其宜我今當作轉輪聖王形容往見世尊是時優鉢華色比丘尼還隱其形作轉輪聖王形七寶具足所謂七寶者輪寶象寶馬寶珠寶玉女寶居士寶典藏寶是謂七寶爾時尊者須菩提在羅越城者闍崛山中在一山側而縫衣裳是時須菩提聞世尊今日當來至閻浮提地四部之衆靡不見者我今宜可時往問訊禮拜如來爾時尊者須菩提便捨縫衣之業從座起右脚著地是時彼復作是念此如來形何者是世尊爲是眼耳鼻口身意乎往見者復是地水火風種乎一切諸法皆悉空寂無造無作如世尊所說偈言

若欲禮佛者　及諸最勝尊　陰持入諸種
皆悉觀無常　曩昔過去佛　及以當來者
如今現在佛　此皆悉無常　若欲禮佛者
過去及當來　設於現在中　當觀於空法
若欲禮佛者　過去及當來　現在及諸佛
當計於無我

此中無我無命無人無造無作亦無形容有教有授者諸法皆悉空寂何者是我我者無主我今歸命眞法之聚爾時尊者須菩提還坐縫衣是時優鉢華色比丘尼作轉輪聖王形七寶導從至世尊所是時五國王遥見轉輪聖王來歡喜踊躍不能自勝自相謂言甚奇甚特世間出二珍寶如來轉輪聖王於時世尊將數萬天人從須彌山頂來至池水側是時世尊舉足蹈地此三千大千世界六反震動是時化轉輪聖王漸漸至世尊所諸小國王及人民之類各各避之是時化聖王覺知已近世尊還復本形作比丘尼禮世尊足五王見已各各自稱怨自相謂言我等今日極有所失我等先應見如來然今此比丘尼先見之是時比丘尼至世尊所頭面禮足而白佛言我今禮最勝最尊今日先得覲省我優鉢華色比丘尼是如來弟子爾時世尊與彼比丘尼而說此偈

善業以先禮　最初無過者　空無解脱門
此是禮佛義　若欲禮佛者　當來及過去
當觀空無法　此名禮佛義

是時五王及人民之衆不可稱計往至世尊所各自稱名我是迦尸國王波斯匿我是拔耆國王名曰優填我是五都人民之主名曰惡生我是南海之主名曰優陀延我是摩竭國頻婆娑羅王爾時十一那術人民雲集及四部之衆最尊長者千二百五十人往至世尊所頭面禮足在一面立爾時優填王手執牛頭旃檀像幷以偈向如來說

我今欲所問　慈悲護一切　作佛形像者

爲得何報福

爾時世尊復以偈報曰

大王今聽之　少多演其義　作佛形像者
今當粗說之　眼根初不壞　後得天眼視
白黑而分明　作佛形像德　形體常完具
意正不迷惑　勢力倍常人　造佛形像者
終不墮惡趣　終輙生天上　於彼作天王
造佛形像福　餘德不可計　其福不思議
名聞遍四遠　造佛形像福

善哉善哉大王多所饒益天人蒙祐爾時優填王極懷歡悅不能自勝爾時世尊與四部衆及與五王演說妙論所謂論者施論戒論生天之論欲不淨想漏爲大患出要爲妙爾時世尊以知四部之衆心開意解諸佛世尊常所說法苦集盡道盡與彼說之爾時座上天及人民六萬餘人諸塵垢盡得法眼淨爾時五王白世尊言此處福妙最是神地如來始從忉利天來下至此說法今欲建立此處使永存不朽世尊告曰汝等五王於此處造立神寺長夜受福終不朽敗諸王報言當云何造立神寺爾時世尊伸右手從地中出迦葉如來寺視五王而告之曰欲作神寺者當以此爲法爾時五王即於彼處起大神寺爾時世尊告諸比丘諸過去恒沙如來翼從多少亦如今日而無有異王使當來諸佛世尊翼從多少亦如今日而無有異今此經名遊天法本如是諸比丘當作是學爾時四部之衆及五國王聞佛所說歡喜奉行

增壹阿含經卷第二十八

音釋

唌唾 唌徐連切唾吐卧切並口液也　嬈 女巧切亂也　睫 即涉切目旁毛也　懈

波斯匿 梵語也此云勝軍王名也匿音溺　礫 音歷小石也　懈 居隘切懈惰也

怠 徒耐切倦怠也

增壹阿含經卷第二十九

符秦三藏曇摩難提譯

六重品第三十七之一 六法初

聞如是一時佛在舍衛國祇樹給孤獨園爾時世尊告諸比丘汝當思念六重之法敬之重之執在心懷無令忘失云何爲六於是比丘身行念慈如鏡視其形可敬可貴無令忘失復次口行念慈意行念慈可敬可貴無令忘失復次得法利之具能與諸梵行者共之亦無悋想此法可敬可貴無令忘失復次諸有禁戒不朽不敗極爲完具而無缺漏智者之所貴復欲使此戒分布與人使同其味此法可敬可貴無令忘失復次正見邪見賢聖得出要如是之見欲與諸梵行者共同此法亦可敬可貴無令忘失是謂比丘有此六重之法可敬可貴無令忘失是故諸比丘常當修行身口意行設得利養之具當念分布莫起貪想如是諸比丘當作是學爾時諸比丘聞佛所說歡喜奉行

聞如是一時佛在阿耨達泉與大比丘衆五百人俱斯是羅漢三達六通神足自在心無所畏唯除一比丘阿難是也爾時世尊坐金蓮華七寶爲莖及五百比丘各各坐寶蓮華爾時阿耨達龍王至世尊所頭面禮足在一面住爾時龍王遍觀聖衆已白世尊曰我今觀此衆中空缺不具無尊者舍利弗唯願世尊遣一比丘喚舍利弗使來爾時舍利弗在祇洹精舍補納故衣爾時世尊告目連曰汝至舍利弗所語舍利弗云阿耨達龍王欲得相見目連報曰如是世尊是時尊者大目連

如人屈伸臂頃往至祇洹精舍至舍利弗所語舍利弗言如來有教云阿耨達龍王欲得相見舍利弗報曰汝並在前吾後當往目連報曰一切聖衆及阿耨達龍王遲想尊顏欲得相見唯願時赴勿經時節舍利弗報曰汝先至彼吾後當往是時目連復重語曰云何舍利弗神足之中能勝吾乎然今先遣使在前耶若舍利弗不時起者吾當捉臂將詣彼泉是時舍利弗便作是念今日目連方便試弄吾耳爾時尊者舍利弗躬解竭支帶在地語目連曰設汝神足第一者今舉此帶使離於地然後捉吾臂將詣阿耨達泉是時目連復作是念今舍利弗復輕弄我將欲相試乎今解帶在地云能舉者然後捉吾臂將詣泉所是時目連復作是想此必有因事不可苦爾即時伸手而取帶舉然不能使帶移動如毫氂許是時目連盡其力勢移此帶不能使動是時舍利弗取此帶繫著閻浮樹枝是時尊者目連盡其神力欲舉此帶終不能移當舉此帶時此閻浮地大震動爾時舍利弗便作是念目連比丘尚能使此閻浮地動何況此帶我今當持此帶繫著二天下爾時目連亦復舉之繫著三天下四天下亦能舉之如舉輕衣是時舍利弗復作是念目連比丘堪任舉四天下而不足言我今持此帶繫著須彌山腹是時目連復能動此須彌山及四天王宮三十三天宮皆悉動搖是時舍利弗復以此帶繫千世界是時目連亦能使動時舍利弗復以此帶繫二千世界三千世界亦復能動是時天地大動唯有如來坐阿耨達泉

而不移動猶如力士弄於樹葉而無疑難是時阿耨達龍王白世尊言今此天地何故震動爾時世尊具與龍王說此緣本龍王白佛此二人神力何者最勝世尊告曰舍利弗比丘神力最大龍王白佛言世尊前記言目連比丘神足第一無過是者世尊告曰龍王當知有四神足云何爲四自在三昧神力精進三昧神力心三昧神力戒三昧神力是謂龍王有此四神足之力若有比丘比丘尼有此四神力者親近修行而不放捨者此則神力第一阿耨達龍王白佛目連比丘不得此四神足乎世尊告曰目連比丘亦得此四神足之力親近修行初不放捨然目連比丘欲住壽至劫亦復能辦然舍利弗所入三昧目連比丘不知名字是時尊者舍利弗復作是念

三千大千剎土目連皆能移動蠕蟲死者不可稱計然我躬自聞如來坐者不可移動我今可以此帶繫著如來坐所是時目連復以神足而舉此帶然不能動時目連生此念非我於神足退乎今舉此帶而不能動我今往詣世尊所而問此義爾時目連捨此帶已即以神足至世尊所遙見舍利弗在如來前坐見已目連復作是念世尊弟子神足第一無出我者然我不如舍利弗乎爾時目連白佛言我將不於神足退乎所以然者我先發祇洹精舍然後舍利弗發今舍利弗比丘先在如來前坐佛言汝不於神足有退但舍利弗所入神足三昧之法汝所不解所以然者舍利弗比丘智慧無有量心得自在不如舍利弗從心也舍利弗心神足得自在若舍利弗

比丘心所念法即得自在是時大目連即時默然是時阿耨達龍王歡喜踊躍不能自勝今舍利弗比丘極有神力不可思議所入三昧目連比丘而不知名字爾時世尊與阿耨達龍王說微妙之法勸令歡喜即於彼說戒清旦將諸比丘僧還詣舍衛國祇樹給孤獨園爾時諸比丘自相謂言世尊口自記我聲聞中神足第一者目連比丘是也然今日不如舍利弗爾時諸比丘起輕慢想於目連所是時世尊便作是念此諸比丘生輕慢之想向目連受罪難計告目連曰現汝神力使此衆見無令大衆起懈怠想目連對曰如是世尊是時目連禮世尊足即於如來前沒不現往詣東方七恒河沙佛土有佛名奇光如來至真等正覺出現彼土是時目連以凡常之服往詣彼土在鉢盂緣上行又彼土人民形體極大是時諸比丘見目連已自相謂言汝等觀此蟲正似沙門是時諸比丘復持示彼佛唯然世尊今有一蟲正似沙門爾時奇光如來告諸比丘曰西方去此七恒河沙土彼世界名忍有佛名釋迦文如來至真等正覺出現於世是彼弟子神足第一爾時彼佛告目連曰此諸比丘起輕慢意現汝神足使大衆見之目連對曰如是世尊是時目連聞佛教已以鉢盂絡盛彼五百比丘至梵天上是時目連以左脚登須彌山以右脚著梵天上爾時便說此偈

常當念勤加　修行於佛法　降伏魔衆怨
如鉤調於象　若能於此法　能行不放逸
當盡苦原際　無復有衆惱

是時目連以此音響遍滿祇洹精舍諸比丘聞已往白世尊目連爲住何處而說此偈世尊告曰此目連比丘去此佛土七恒河沙正在東方以繩絡盛彼五百比丘以左脚登須彌山右脚著梵天上而說此偈爾時諸比丘歎未曾有甚奇甚特目連比丘有大神足我等起於懈怠於目連所唯願世尊使目連比丘將此五百比丘來至此間是時世尊遥現道力使目連知意是時目連將五百比丘來至舍衛祇樹給孤獨園爾時世尊與數千萬衆而爲說法時大目連將五百比丘至世尊所然釋迦文佛弟子仰觀彼比丘是時東方世界比丘禮世尊足在一面坐爾時世尊告彼比丘曰汝等比丘爲從何來是誰弟子道路爲經幾時彼五百比丘白釋迦文佛我等

世界今在東方佛名奇光如來是彼弟子然我等今日亦復不知爲從何來爲經幾日世尊告曰汝等知佛世界乎諸比丘對曰不也世尊汝等今日欲詣彼土乎諸比丘對曰唯然世尊欲還詣彼土爾時世尊告彼比丘今當與汝說六界法善思念之諸比丘對曰如是世尊爾時諸比丘從佛受教世尊告曰彼云何名爲六界之法比丘當知六界之人禀父母精氣而生云何爲六所謂地界水界火界風界空界識界是謂比丘有此六界人身禀此精氣而生六入云何爲六所謂眼入耳入鼻入舌入身入意入是謂比丘有此六入由父母而得有以依六入便有六識身云何爲六若依眼識則有眼識耳識鼻識舌識身識意識是謂比丘此名六識身若有比丘解

此六界六入六識者能度六天而更受形設於彼壽終來生此間聰明高才於現身上盡於結使得至涅槃爾時世尊告目連曰汝今還將此比丘詣彼佛土目連報曰如是世尊是時目連復以絡盛五百比丘遶佛三帀便退而去如屈伸臂頃已至彼佛土是時目連捨此比丘已禮彼佛足已還來詣此忍界是時彼土比丘聞此六界已諸塵垢盡得法眼淨爾時世尊告諸比丘我弟子中第一聲聞神足難及所謂大目揵連比丘是也爾時諸比丘聞佛所說歡喜奉行

聞如是一時佛在跋耆國師子園中諸神足高德比丘賢者舍利弗賢者大目揵連賢者迦葉賢者離越賢者阿難等五百人俱是時大目揵連大迦葉阿那律晨旦至舍利弗所然阿難遥見三大聲聞詣舍利弗所語離越言三大聲聞往至舍利弗所我等二人亦可往至舍利弗所所以然者備聞舍利弗說竒妙之法離越報曰此事可然是時離越阿難往至舍利弗所是時舍利弗言善來諸賢就此處坐是時舍利弗語阿難曰我今欲有所問此牛師子園極爲快樂自然天香流布四遠云何當使此園快樂阿難報曰若有比丘多有所聞不忘總持諸法義味具足修行梵行如此諸法皆悉具足亦不漏脱與四部之衆而爲說法不失次第亦不卒暴無有亂想如是比丘在牛師子園快樂是時舍利弗語離越言阿難今日已演說之我今復欲問汝義牛師子園快樂如是汝今次說義復云何離越報曰於是比丘樂閑靜之處思惟坐禪

與止觀相應如是比丘樂牛師子園中是時尊者舍利弗語阿那律曰汝今當說快樂之義阿那律報曰若有比丘天眼徹視觀衆生類死者生者善色惡色善趣惡趣若好若醜皆悉知之或有衆生身口意行惡誹謗賢聖身壞命終生地獄中或復有衆生身口意行善不誹謗賢聖猶如士夫觀空中靡不備悉有天眼比丘亦復如是觀諸世界無有疑難如是比丘在牛師子園中快樂如是也是時舍利弗語迦葉曰我今問汝如是諸賢已說快樂之義汝今次應說之迦葉報曰若有比丘行阿練若行復教他人使行阿練若歎說閑靜之德已身著補納之衣復教他人使行頭陀身自知足在閑居之處復教他人使修其行已身戒德具足三昧成就智慧成就解脫成就解脫見慧成就復教他人使行其法歎說其法已能勸化復教他人使行其法教訓無猒足如是比丘在牛師子園中快樂無比爾時尊者舍利弗語大目連曰諸賢已說快樂之義汝今次說快樂之義牛師子園中快樂無雙汝今欲云何說之目連報曰於是比丘有大神足於神足而得自在彼能變化無數千事而無疑難亦能分一身作無數身或復還合爲一石壁皆過涌沒自在亦如駛河猶如飛鳥在空中無跡譬如暴火焚燒山野亦如日月靡所不照亦能舉手摩捫日月亦能化身至梵天上如此比丘宜牛師子園中是時目連語舍利弗曰我等各隨其辯而說之我等今問舍利弗義牛師子園極爲快樂何等比丘宜在其中舍利弗言若有比丘

能降心然彼比丘心不能降比丘設彼比丘欲得三昧即時彼比丘能得三昧隨意遠近成三昧者即能成辦之猶如長者家有好衣服盛著箱篋爾時彼長者隨意欲取何等衣隨意取之而無疑難亦能隨意入三昧中此亦如是心能使比丘非比丘能使心隨意入三昧亦無疑難如是比丘能使心非心使比丘如是之人宜在牛師子園中是時舍利弗告諸賢曰我等隨其辯而說各隨方宜善說此義今各相將往問世尊云何比丘得樂此牛師子園若世尊有所說我等當奉行諸比丘報曰如是舍利弗是時大聲聞等各各相將徃至如來所到已頭面禮足在一面坐爾時大聲聞以此因緣具白佛言爾時世尊告曰善哉如阿難所說所以然者阿難比丘聞法能持總攝諸法具足修行梵行如此之法善聞不忘亦無邪見與四部之衆而說法言不錯亂亦不卒暴離越比丘所說亦復快哉所以然者樂閑靜之處不處人間常念坐禪無有諍訟與止觀相應閑居寂寞阿那律比丘亦復快哉所以然者阿那律比丘天眼第一彼以天眼觀三千世界猶如有眼之人掌中觀珠阿那律比丘亦復如是彼以天眼觀此三千大千世界而無疑難今迦葉比丘亦復快哉所以然者迦葉比丘已身是阿練若行復能歎說閑居之行身能乞食復能歎譽乞食之德身著補納衣復能歎說補納衣之德已身知足復能歎說知足之德已身處巖穴復能歎說巖穴之德已身戒成就三昧成就智慧成就解脫成就解脫見慧成就復能

教人成此五分法身身能教化復能教人使行具法善哉善哉如目連所說所以然者目連比丘有大威力神足第一心得自在彼意欲所爲則能成辦或化一身分爲億或還合爲一石壁皆過無有罣礙涌没自在亦如駛水亦無觸礙如空中之鳥亦無足跡猶如日月靡所不照能化身乃至梵天善哉如舍利弗之所說所以然者舍利弗能降伏心非心能降伏舍利弗若欲入三昧時則能成辦無有疑難猶如長者好衣裳隨意取之而無疑難舍利弗比丘亦復如是能降伏心非心能降伏舍利弗隨意入三昧皆悉在前善哉善哉諸比丘汝等所說各隨方便但今復聽我所說云何比丘樂牛師子園中若有比丘依村落住彼到時著衣持鉢入村乞食彼乞食已還歸所住洗手面在一樹下正身正意結跏趺坐繫念在前彼比丘便作是念我今不壞于坐要當盡有漏成無漏爾時彼比丘即有漏心得解脫如是比丘宜在牛師子園中如是比丘恒勤精進莫有懈怠所在之處靡不宗奉者如是比丘當作是學爾時諸比丘聞佛所說歡喜奉行

聞如是一時佛在舍衛國祇樹給孤獨園爾時世尊告諸比丘我今當說呪願有六德汝等諦聽善思念之諸比丘對曰如是世尊爾時諸比丘從佛受教世尊告曰彼云何名爲六德於是施主檀越成就三法云何檀越施主成就三法於是檀越施主信根成就戒德成就聞成就是謂檀越施主成就此三法施物之法復成三法云何爲三然彼物色成就

味成就香成就有此三法是謂比丘有此六事獲大功德名德遠聞獲甘露之報是故諸比丘若欲成就此六事者當念惠施如是比丘當作是學爾時諸比丘聞佛所說歡喜奉行

聞如是一時佛在舍衛國祇樹給孤獨園爾時世尊與無央數之衆而爲說法爾時座上有一比丘便生此念願如來告我有所論說爾時世尊知比丘心中所念告諸比丘若有比丘生此念如來躬教訓我彼比丘戒具清淨無有瑕穢修行止觀樂閑靜之處若復比丘意欲求衣被飯食牀敷臥具病瘦醫藥者亦當戒德成就在空閑處而自修行與止觀共相應若復比丘欲求知足者當念戒德具足在空閑靜處而自修行與止觀共相應若復比丘欲求使四部之衆國王人民有形之類所見識知彼當念戒德具足若復比丘意欲求四禪中無悔心亦不變易當念戒德成就若復比丘意欲求四禪定彼亦當戒德具足若復比丘意欲求入解脱門而無罣礙彼當念戒德具足若復比丘意欲求天耳徹聽聞天人聲當念戒德具足若復比丘意欲求知他人心中所念諸根缺漏彼亦當念戒德具足若復比丘意欲求知衆生心意有欲心無欲心有瞋恚心無瞋恚心有愚癡心無愚癡心如實知之有愛心無愛心有受心無受心如實知之有亂心無亂心有疾心無疾心有少心無少心有量心無量心有度心無度心有三昧心無三昧心有解脱心無解脱心如實知之欲知如是者當念戒德具足若復

比丘意欲得無量神足分一身作無數復還合爲一涌没自在能化身乃至梵天彼當念戒德具足若復比丘意欲求自憶宿世無數劫事或一生二生乃至千生百千億生成劫敗劫成敗之劫不可稱計我曾死此生彼名某字某或從彼終來生此間自憶如此無數劫事當念戒德具足而無他念若復比丘意欲求天眼徹視觀衆生類善趣惡趣善色惡色若好若醜如實知之或復有衆生身口意行惡誹謗賢聖身壞命終生地獄中或復有衆生身口意行善不誹謗賢聖心意正見身壞命終生善處天上意欲如是者當念戒德具足若復比丘意欲求盡有漏成無漏心解脱智慧解脱生死已盡梵行已立所作已辦更不復受胎如實知之彼當念戒德具足内自思惟無有亂想居在閑處諸比丘當念戒德具足無他餘念威儀成就見少過常恐何況大者若有比丘意欲使如來共論者當念戒德具足已戒德具足當念聞具足聞已具足當念施具足施已具足當念智慧具足解脱知見皆悉具足若有比丘戒身定身慧身解脱身解脱知見身具足者便爲天龍鬼神所見供養可敬可貴天人所奉是故說諸比丘當念五分法身具足者是世福田無能過者如是諸比丘當作是學爾時諸比丘聞佛所說歡喜奉行

增壹阿含經卷第二十九

音釋

毫氄 毫胡刀切氄呂文切毫氄數也十絲曰毫十毫曰氄 **蠕** 乳究切蟲動貌

繩絡 繩神陵切絡歷各切繩絡謂以繩索聯絡也 **摩抆** 摩眉波切撫摩也抆武粉切指拭也 **阿練若** 梵語也此云閑靜處練郎甸切若爾者切 **駛** 爽士切疾也

增壹阿含經卷第三十

符秦三藏曇摩難提譯

六重品第三十七之二

聞如是一時佛在舍衛國祇樹給孤獨園爾時尊者舍利弗往詣世尊所頭面禮足在一面坐爾時舍利弗白世尊言我今已在舍衛城夏坐意欲人間遊化世尊告曰今正是時時舍利弗即從座起頭面禮足便退而去時舍利弗去未久有一比丘懷誹謗意白世尊言舍利弗與諸比丘共諍競不懺悔今遊行人間爾時世尊告一比丘汝速往持吾聲喚舍利弗比丘對曰如是世尊佛勑目連阿難汝等使諸房中召諸比丘詣世尊所所以然者舍利弗所入三昧今當在如來前作師子吼是時諸比丘聞佛教已各集世尊所頭面禮足在一面坐是時彼比丘受世尊教即往至舍利弗所語舍利弗言如來欲得相見爾時舍利弗往至佛所頭面禮足在一面坐是時佛告舍利弗言卿向者去未久有一穢行比丘來至我所而白我言云舍利弗比丘與諸比丘共諍亦不悔過在人間遊化審實爾乎舍利弗白佛言如來自當知之世尊告曰我自知耳但今大衆各懷狐疑汝今於大衆中可以已辯而自明淨舍利弗白佛言自出毋胎年向八十每自思惟未曾殺生亦不妄語正使於調戲之中亦不妄語亦復未曾鬪亂彼此設不專意之時或能有此行耳我今世尊心意清淨豈當與梵行人共鬪諍乎亦如此地亦受淨亦受不淨屎尿穢惡皆悉受之膿血洟唾終不逆之然此地亦不言惡亦

不言善我亦如是世尊心不移轉何得與梵行人共諍而遠遊行心不專者能有此耳我今心正何得與梵行人共諍而遠遊乎亦如水亦能使好物淨亦能使不好物淨彼水不作是念我淨是置是我亦如是無有異想何得與梵行人共鬬而遠遊乎猶如熾火焚燒山野不擇好醜終無想念我亦如是豈當有意與梵行人共諍乎亦如掃篲不擇好醜皆能除之終無想念猶如牛無其雙角極自良善亦不兇暴善可將御隨意所至終不疑難唯然世尊我心如是亦不興想有所傷害豈當與梵行人共諍而遠遊乎亦如旃陀羅女著弊壞衣在人間乞食亦無禁忌我亦如是世尊亦無想念當與諍訟而遠遊也亦如脂瓮處處漏壞有目之人皆悉覩見處處漏出我亦如是世尊九孔之中漏出不淨豈當與梵行人共諍猶如女人年少端正復以死屍繫彼女頸而猒患之世尊我亦如是猒患此身如彼無異豈當與梵行人共諍而遠遊乎此事不然世尊自當知之彼比丘亦當知之設當有是者願彼比丘受我懺悔爾時世尊告彼比丘汝今可自悔過所以然者若不悔者頭便破爲七分是時彼比丘心懷恐怖衣毛皆竪即從座起禮如來足白世尊言我今自知犯舍利弗唯願世尊受我懺悔世尊告曰汝比丘自向舍利弗懺悔若不爾者頭便破爲七分是時彼比丘即向舍利弗頭面禮足白舍利弗言唯願受我懺悔愚不別眞爾時世尊告舍利弗汝今可受此比丘悔過又以手摩頭所以然者若當不受此比丘懺悔

者頭破爲七分爾時舍利弗以手摩頭語比丘曰聽汝懺悔如愚如惑此佛法中極爲曠大能隨時悔過者甚善我今受汝懺悔後更莫犯如是再三是時舍利弗告彼比丘曰汝更莫犯所以然者有六法入地獄六法生天六法至涅槃處云何爲六欲害他人我已起此害心便歡喜踊躍不能自勝我當教人使害他於中起害心已得害人於中起歡喜我當得此不謦之問未起此事便懷愁憂是謂有此六法令人墮惡趣云何有六令人至善處所謂身戒具足口戒具足意戒具足命根清淨無殺害心無嫉妬心是謂有此六法生於善處云何修六法至於涅槃所謂六思念法云何爲六所謂身行慈無瑕穢口行慈無瑕穢意行慈無瑕穢若得利養之具能與人等共分之而無悋想奉持禁戒無瑕疵智者所貴如是之戒能具足諸有邪見正見賢聖出要得盡苦本如是諸見皆悉分明是謂六法得至涅槃汝今比丘當求方便行此六法如是比丘當作是學爾時彼比丘重從座起禮舍利弗足我今重自懺悔如愚如惑而不別眞唯願舍利弗受我悔過後不復犯舍利弗曰聽汝悔過賢聖法中極爲曠大能自改往修來莫復更犯爾時彼比丘聞舍利弗所說歡喜奉行

聞如是一時佛在舍衛國祇樹給孤獨園爾時世尊告諸比丘我今當說第一最空法汝等善思念之諸比丘對曰如是世尊爾時諸比丘從佛受教世尊告曰彼云何名爲第一最空之法若眼起時則起亦不見來處滅時

則滅亦不見滅處除假號法因緣法云何假號因緣所謂緣是有是此生則生無明無明緣行行緣識識緣名色名色緣六入六入緣更樂更樂緣痛痛緣愛愛緣受受緣有有緣生生緣死死緣愁憂苦惱不可稱計如是苦陰成此因緣無是則無此此滅則無明滅無明滅則行滅行滅則識滅識滅則名色滅名色滅則六入滅六入滅則更樂滅更樂滅則痛滅痛滅則愛滅愛滅則受滅受滅則有滅有滅則生滅生滅則死滅死滅則愁憂苦惱皆悉滅盡除假號之法耳鼻舌身意法亦復如是起時則起亦不知來處滅時則滅亦不知滅處除其假號之法彼假號法者此起則起此滅則滅此六入亦無人造作亦名色六入法由父母而有胎者亦無因緣而有此亦假號要前有對然後乃有猶如鑽木求火以前有對然後火生火亦不從木出亦不離木若復有人劈木求火亦不能得皆由因緣合會然後有火此六情起病亦復如是皆由緣會於中起病此六入起時則起亦不見來滅時則滅亦不見滅除其假號之法因由父母合會而有爾時世尊便說此偈

先當受胞胎　漸漸如凍酥　遂復如瘜肉
後轉如像形　先生頭項頸　轉生手足指
支節各各生　髮毛爪齒成　若母飲食時
種種若干饌　精氣用活命　受胎之原本
形體以成滿　諸根不缺漏　由母得出生
受胎苦如是

比丘當知因緣合會乃有此身耳又復比丘一人身中骨有三百六十毛孔九萬九千脈

有五百筋有五百蟲八萬戶比丘當知六入之身有如是災變比丘當念思惟如是知患誰作此骨誰合此筋脉誰造此八萬戶蟲爾時彼比丘作是思惟時便獲二果若阿那含若阿羅漢爾時世尊便說此偈

三百六十骨　在此人身中　諸佛之所演
我今亦說之　筋有五百枚　脉數亦如是
蟲有八萬種　九萬九千毛　當觀身如是
比丘勤精進　速得羅漢道　往至涅槃界
此法皆空寂　愚者之所貪　智者心歡悅
聞此空法本

是謂比丘此名第一最空之法與汝等說如來之所施行之法我今已爲起慈哀心我今已辦常當念修行其法在閑居之處坐禪思惟勿有懈怠今不修行後悔無益此是我之教訓如是諸比丘當作是學爾時諸比丘聞佛所說歡喜奉行

聞如是一時佛在舍衛國祇樹給孤獨園爾時生漏梵志往至世尊所共相問訊在一面坐爾時生漏梵志白世尊言瞿曇剎利今日意欲何求有何行業爲著何教爲究竟何事婆羅門意欲何求有何行業爲著何教爲究竟何事國王今日意欲何求有何行業爲著何教爲究竟何事盜賊今日意欲何求有何行業爲著何教爲究竟何事女人今日意欲何求有何行業爲著何教爲究竟何事爾時世尊告梵志曰剎利種者常好鬬訟多諸技術好喜作務所作要究竟終不中休梵志問曰梵志意何所求世尊告曰梵志意好祝術要作居家樂閑靜之處意在梵天又問曰國

王意何所求世尊告曰梵志當知王意所欲得國故意在兵仗貪著財寶盜賊意何所求世尊告曰賊意盜竊心在姦邪欲使人類不知所作女人意何所求世尊告曰女人意在男子貪著財寶心繫男女心欲自由爾時梵志白世尊言甚奇甚特盡知爾許之變如實不虛今日比丘意何所求世尊告曰戒德具足心遊道法意在四諦欲至涅槃此是比丘之所求也是時生漏梵志白世尊言如是世尊比丘所行意不可移轉其義實爾瞿曇涅槃者極爲快樂如來所說乃爲過多猶如盲者得視聾者得聽在闇者見明今日如來所說亦復如是而無有異我今國事猥多欲還所止世尊告曰宜知是時是時生漏梵志即從座起遶佛三帀便退而去爾時生漏梵志聞佛所說歡喜奉行

聞如是一時佛在舍衛國祇樹給孤獨園爾時生漏梵志往至世尊所頭面禮足在一面坐爾時梵志白世尊言此中頗有比丘云何得修梵行無有缺漏清淨修梵行世尊告曰若有人戒律具足而無所犯此名清淨得修梵行復次梵志若有眼見色不起想著不起識念除惡想去不善法得全眼根是謂此人清淨修梵行若耳聞聲鼻齅香舌知味身知細滑意知法都無識想不起想念清淨得修梵行全其意根如此之人得修梵行無有缺漏婆羅門白佛言何等之人不修梵行不具足清淨行世尊告曰若有人俱會者此名非梵行婆羅門白佛言何等之人漏行不具足世尊告曰若有人與女人交接或手足相觸

戢在心懷而不忘失是謂梵志行不具足漏諸婬泆與婬怒癡共相應復次梵志或與女人共相調戲言語相加是謂梵志此人行不全具漏婬怒癡梵行不具足修清淨行復次梵志若有女人惡眼相視而不移轉於中便起婬怒癡想生諸亂念是謂梵志此人梵行不淨不修梵行復次梵志若復有人遠聞或聞哭聲或聞笑聲於中起婬怒癡起諸亂想是謂梵志此人不清淨修梵行與婬怒癡共相應行不全具復次梵志若有人曾見女人後更生想憶其頭目於中生想在屏閑之處生婬怒癡與惡行相應是謂梵志此人不修梵行是時生漏梵志白世尊言甚奇甚特此沙門瞿曇亦知梵行亦知不梵行亦知漏行亦知不漏行所以然者我今亦生此念諸有人民與女人手足相加起諸亂想我時便生此念此人行不清淨與婬怒癡共相應第一更樂者女人是也第一可欲者所謂眼眼相視然彼女人或語或笑繫綴男子或共言語而繫縛男子是時我便生此念此六人盡行不清淨行如來今日所說甚過猶如盲者得目迷者見路愚者聞道有目之人見色如來說法亦復如是我今自歸佛法衆自今之後不復殺生唯願受爲優婆塞爾時生漏梵志聞佛所說歡喜奉行

聞如是一時佛在毘舍離城外林中與大比丘衆五百人俱爾時尊者馬師到時著衣持鉢入城乞食是時薩遮尼揵子遙見馬師來即往語馬師曰汝師說何等義有何教訓以何教誡向弟子說法乎馬師報曰梵志色者

無常無常者即是苦苦者即是無我無我者即是空也空者彼不我有我非彼有如是者智人之所學也痛想行識無常此五盛陰無常無常者即是苦苦者即是無我無我者即是空空者彼非我有我非彼有卿欲知者我師教誡其義如是與諸弟子說如是義是時尼揵子以兩手掩耳而作是言止止馬師我不樂聞此說設瞿曇沙門有此教者我實不樂聞所以然者如我義者色者是常沙門義者色者無常何日當見沙門瞿曇與共論義當除沙門瞿曇顛倒之想爾時毘舍離城五百童子集在一處欲有所論是時尼揵子往至五百童子所語童子曰汝等皆來共至沙門瞿曇所所以然者意欲與彼沙門瞿曇共論使彼沙門得見正諦之道沙門所說者色者無常如我義者色者是常猶如力士手執長毛之羊隨意將東西亦無疑難我今亦復如是與彼沙門瞿曇論議隨我捉捨而無疑難猶如猛象兇暴而有六牙在深水中戲亦無所難我今亦復如是與彼論議亦無疑難猶如兩健丈夫而捉一劣者在大火炙隨意轉側亦無疑難我今與彼論議亦無疑難我論議中尚能害象何況人乎亦能使象東西南北豈不如人乎今此講堂梁柱無情之物尚能使移轉何況與人共論能勝我乎使彼沸血從面孔出而命終其中或有童子而作此言尼揵子終不能與沙門論議但恐沙門瞿曇與尼揵子論議耳或有作是說沙門不能與尼揵子論議尼揵子能與沙門共論議是時尼揵子便作是念設令沙門瞿曇所說

如馬師比丘者足得相疇若更有義者聞已當知是時尼揵子將五百童子前後圍遶往至世尊所共相問訊在一面坐是時尼揵子白世尊言云何瞿曇有何教誡以何教誡訓諸弟子佛告尼揵子我之所說色者無常無常即是苦苦者即是無我無我者即是空空者彼非我有我非彼有痛想行識及五盛陰皆悉無常無常即是苦苦者無我無我者是空空者彼非我有我非彼有我之教誡其義如是尼揵子報曰我不樂聞此義所以然者如我所解義色者是常世尊告曰汝今專其心意思惟妙理然後說之尼揵子報曰我今所說色者是常此五百童子其義亦爾世尊告曰汝今所說色者是常此五百童子其義亦爾世尊告曰汝今以已之辯說之何爲引彼五百人乎尼揵子報曰我今說色是常沙門欲何等言論世尊告曰我今說色者無常亦復無我權詐合數有此色名亦無眞實無固無牢亦如雪揣是磨滅之法是變易之法汝今說色者是常我還問汝隨意報我云何尼揵子轉輪聖王還於已國得自在不乎又彼大王不應脫者而脫之不應繫者而繫之可得爾乎尼揵子報曰此聖王有此自在之力不應殺者能殺之不應繫者能繫之世尊告曰云何尼揵子轉輪聖王當復老乎頭白面皺衣裳垢坋是時尼揵子黙然不報世尊再三問之彼亦再三黙然不報是時密迹金剛力士手執金剛之杵在虛空中而告之曰汝今不報論者於如來前破汝頭作七分爾時世尊告尼揵子曰汝今觀虛空中是時尼

揵子仰觀空中見密迹金剛力士又聞空中
語設汝不報如來論者當破汝頭作七分見
已驚恐衣毛皆豎白世尊言唯願瞿曇當見
救濟今更問論當相酬對世尊告曰云何尼
揵子轉輪聖王當復老乎亦當頭白齒落皮
緩面皺耶尼揵子報曰沙門瞿曇雖有此語
如我義者色者是常世尊告曰汝善思惟而
後報之前之與後義不相應但且論聖王當
復老乎亦當頭白齒落皮緩面皺耶尼揵子
報曰轉輪聖王許有老耶世尊告曰轉輪聖
王常能於已國得自由何以故不能却老却
病却死我不用老病死我是常之應欲使然
者其義可乎是時尼揵子默然不對愁憂不
樂寂然不語是時尼揵子身體汗出汗于衣
裳亦徹坐處乃至於地世尊告曰尼揵子汝
在大眾中而師子吼汝等童子共我至瞿曇
所與共論議當降伏如捉長毛之羊隨意東
西而無疑難亦如大象入深水中隨意自遊
亦無所畏亦如兩健丈夫捉一劣者在火上
炙隨意轉側汝復說我常能論害大象如此
梁柱草木斯皆無情與共論議能使屈伸低
仰亦能使腋下流汗爾時世尊舉三法衣示
尼揵子曰汝觀如來腋無流汗然汝今日反
更有汗乃徹乎地是時尼揵子復默然不對
爾時有童子名曰頭摩集在彼眾中是時頭
摩童子白世尊言我今堪任有所施行亦欲
所說世尊告曰隨意說之頭摩童子白佛言
猶如去村落不遠有好浴池然彼浴池有蟲
饒脚然村落人民男女大小往至浴池所而
出此蟲各各以瓦石取此蟲打之傷破手脚

彼蟲意中欲還入水者終無此事此尼揵子亦復如是初意猛盛與如來共論心懷妬意兼抱憍慢如來盡以除之永無有餘此尼揵子更終不能重至如來所而共論議是時尼揵子語頭摩童子曰今汝愚惑不別眞僞亦不與汝共論乃與沙門瞿曇共論是時尼揵子白佛言唯問義理當更說之世尊告曰云何尼揵子轉輪聖王欲使老病死不至可得爾乎彼聖大王果此願耶尼揵子報曰不果此願也欲使有此色欲使無此色此可果乎尼揵子報曰不果也瞿曇世尊告曰云何尼揵子色者是常爲是無常尼揵子報曰色者無常設復無常爲變易法汝復見此是我許我是彼有乎對曰不也瞿曇痛想行識爲是常爲是非常對曰無常世尊告曰設復無常爲變易之法汝頗見有乎對曰無也世尊告曰此五盛陰是常無常也尼揵子報曰無常也佛言設復無常爲變易法汝頗見有乎對曰無也云何尼揵子汝言是常此理不與義相違乎是時尼揵子白世尊言我今愚癡不別眞諦乃與此懷與瞿曇共論言色是常猶如猛獸師子遥見人來有恐怖心乎終無此事今日如來亦復如是無有毫氂我今狂惑未明深義乃敢觸嬈沙門瞿曇止止瞿曇所說過多猶如盲者得眼聾者徹聽迷者見路無目者見色沙門瞿曇亦復如是無數方便而爲說法我今自歸沙門瞿曇法比丘僧自今已後盡形壽聽爲優婆塞不復殺生唯願瞿曇及比丘僧當受我請欲飯佛及比丘僧爾時世尊默然受請是時尼揵子見世尊默

然受請即從座起遶佛三帀頭面禮足而去往詣毘舍離童子所到已語童子曰汝等所應供養我具當以時給我莫以非時我今請沙門瞿曇及比丘僧明當飯之是時諸童子各辦飯食之具持用與之是時尼揵子即以其夜供辦種種甘饌飲食敷好坐具而白時到今正是時唯願屈神是時世尊到時著衣持鉢將諸比丘僧入毘舍離往至尼揵子家到已就座及比丘僧各次第坐是時尼揵子已見佛比丘僧坐定自手斟酌行種種飲食見佛比丘僧食訖行清淨水更取一小座在如來前坐欲得聞法爾時世尊漸與說妙論所謂論者施論戒論生天之論欲爲穢惡婬不淨行出要爲樂爾時世尊已見尼揵子心開意解諸佛世尊常所說法苦集盡道盡與彼尼揵子說之是時尼揵子即於座上諸塵垢盡得法眼淨是時世尊便說此偈

祠祀火爲上　詩書頌爲首　人中王爲最
衆流海爲源　星中月爲明　光明日最勝
上下及四方　諸地所出物　天及人民類
佛爲無上尊　欲求其德者　三佛爲最上

爾時世尊說此偈已即從座起而去是時尼揵子五百弟子聞師受佛教化聞已各各自相謂言我等大師云何師宗瞿曇是時諸弟子出毘舍離城在中道立是時尼揵子欲至佛所聽法是時世尊與尼揵子說法勸令歡喜尼揵子聞法已即從座起頭面禮足便退而去是時尼揵子弟子遥見師來各各自相謂言此沙門瞿曇弟子今著道來各各取瓦石而打殺之時諸童子聞尼揵子爲弟子所

殺往至世尊所頭面禮足在一面坐爾時諸
童子白世尊言如來所可教化尼揵子者今
爲弟子所殺今已命終爲生何處世尊告曰
彼是有德之人四諦具足三結使滅成須陀
洹必盡苦際今日命終生三十三天彼見彌
勒佛已當盡苦際此是其義當念修行爾時
諸童子白世尊言甚奇甚特此尼揵子至世
尊所欲捔議論還以已論而自縛束受如來
化夫見如來者終無虛妄猶如有人入海取
寶必有所剋獲終不空還此亦如是其有衆
生至如來所者要得法寶終不空還爾時世
尊與諸童子說微妙法令使歡喜爾時諸童
子從佛聞法已即從座起而遶佛三帀頭面
禮足便退而去爾時諸童子聞佛所說歡喜
奉行

增壹阿含經卷第三十

音釋

膿血（膿奴冬切癰潰血曰膿）　洟（延知切鼻液也）　兇（虛容切惡也）　瑕疵（瑕音霞疵才支切瑕疵諸葉成璧潔如玉之無瑕玷也）　劈（普擊切破也）　瘜（明即切惡肉也）　綴（株衛切連綴也）　皺（側救切皺也皮紅起也）　捔（訖嶽切校也競也）

增壹阿含經卷第三十一

符秦三藏曇摩難提譯

力品第三十八之一

聞如是。一時佛在舍衛國祇樹給孤獨園。爾時世尊告諸比丘。有六凡常之力。云何爲六。小兒以啼爲力。欲有所說。要當先啼。女人以瞋恚爲力。依瞋恚已然後所說。沙門婆羅門以忍爲力。常念下下於人然後自陳。國王以憍慢爲力。以此豪勢而自陳說。然阿羅漢以專精爲力而自陳說。諸佛世尊成大慈悲以大悲爲力。弘益衆生。是謂比丘有此六凡常之力。是故比丘常念修行此大慈悲力。如是諸比丘當作是學。爾時諸比丘聞佛所說歡喜奉行

聞如是。一時佛在舍衛國祇樹給孤獨園。爾時世尊告諸比丘。汝等當思惟無常想。廣布無常想。已思惟無常想。廣布無常想。盡斷欲界愛。色界無色界愛。亦斷無明憍慢。猶如以火焚燒草木。永盡無餘。亦無遺跡。此亦如是。若修無常想。盡斷欲愛。色愛。無色愛。無明憍慢。永無有餘。所以然者。比丘當修無常想時而無欲心。彼已無欲心。便能分別法。思惟其義無有愁憂苦惱。彼已思惟法義。則無愚惑。設修行人若見有鬭諍者。彼便作是念。此諸賢士不修無常想。不廣布無常想。故致此鬭訟耳。彼已鬭諍。不觀其義。已不觀其義。則有迷惑之心。彼已執此愚惑而命終。入三惡道餓鬼畜生地獄中。是故諸比丘當修無常想。廣布無常想。便無瞋恚愚惑之想。亦能觀法。亦觀其義。若命終後生三處。生天上人中涅

槃之道如是諸比丘當作是學爾時諸比丘聞佛所説歡喜奉行

聞如是一時佛在摩竭國優迦支江水側爾時世尊詣一樹下躬自敷座而坐正身正意繫念在前爾時有一梵志往至彼處是時梵志見世尊脚跡極爲殊妙見已便生此念此是何人之跡爲是天龍鬼神乾沓和阿須倫人若非人爲是我先祖梵天耶是時梵志即逐跡前進遥見世尊在一樹下坐正身正意繫念在前見已便作是語爲是天耶世尊告曰我非是天爲乾沓和耶世尊告曰我非乾沓和也爲是龍乎對曰我非是龍爲是閲叉耶佛報梵志我非閲叉爲是祖父耶佛報曰我非祖父是時婆羅門問世尊曰汝今是誰世尊告曰有愛者則有愛有受則有受因緣合會然後各各相生如此五苦盛陰無有斷絶時以知愛已則知五欲亦知外六塵內六入即知此盛陰之本末爾時世尊便説此偈

世間有五欲　意爲第六王　已知內外六
當念盡苦際

是故當求方便滅內外六事如是梵志當作是學爾時彼梵志聞佛如是教思惟翫習不去心懷即於座上諸塵垢盡得法眼淨爾時彼梵志聞佛所説歡喜奉行

聞如是一時佛在舍衛國祇樹給孤獨園爾時世尊告諸比丘我本爲菩薩時未成佛道中有此念此世間極爲勤苦有生有老有病有死然此五盛陰不得盡本原是時我復作是念由何因緣有生老病死復由何因緣致此災患當思惟此時復生此念有生則有老

病死爾時當思惟是時復更生念由何因緣有此生由有而生復生此念有者何由而有我當思惟是時便生此念此有由受而有復念此受何由而有爾時以智觀之由愛而有受復更思惟此愛何由而生重察觀之由痛而有愛復更思惟此痛何由而生當作是觀察時由更樂而有此痛復重思惟此更樂何由而有我生此念時緣六入而有此更樂時我重思惟此六入何由而有觀察是時由名色而有六入時我復作是念名色何由而有觀察是時由識而有名色此識何由而有觀察是時由行生識時我復作是念行何由而生觀察是時行由癡而生無明緣行行緣識識緣名色名色緣六入六入緣更樂更樂緣痛痛緣愛愛緣受受緣有有緣生生緣死死

緣愁憂苦惱不可稱計如是名爲苦盛陰所習我爾時復作是念由何因緣滅生老病死我觀察是時生滅老病死滅時復生此念由何而無生觀此生原有滅生則滅復念由何而無有時生此念無受則無有時我生念由何而滅受觀察是時愛滅受則滅復生此念由何而滅愛重更觀察痛滅愛則滅復思惟由何而滅痛觀察是時更樂滅則痛滅復更思惟更樂何由而滅觀察是時六入滅則更樂滅復觀此六入何由而滅當觀察時名色滅則六入滅復觀名色何由而滅識滅則名色滅復觀此識何由而滅行滅則識滅復觀此行何由而滅癡滅則行滅行滅則識滅觀滅則名色滅名色滅則六入滅六入滅則更樂滅更樂滅則痛滅痛滅則愛滅愛滅則受

滅受滅則有滅有滅則生滅生滅則老病死滅是謂名爲五盛陰滅時我復生此念此識最爲原首令人致此生老病死然不能知此生老病死之原本猶如有人在山林中行逐小徑道小復前行見舊大道古昔諸人在中行處是時彼人便復行此道小復前進見舊城郭園觀浴池皆悉茂盛但彼城中無有居民此人見已還歸本國前白王言昨遊山林見好城郭樹木繁茂但彼城中無有人民大王可使人民在彼止住是時國王聞此人語即居止人民然此城郭還復如故人民熾盛快樂無比比丘當知我昔未成菩薩時在山中學道見古昔諸佛所遊行處便從彼道即知生老病死所起原本有生有滅皆悉分別知生苦生集生盡生道皆悉了知愛有愛痛更樂六入名色識行癡亦復如是無明起則行起行所造者復由於識我今已明於識今與四部之衆而說此本皆當知此原本所起知集知盡知道念使分明已知六入則知生老病死六入滅則老病死滅是故比丘當求方便滅於六入如是諸比丘當作是學爾時諸比丘聞佛所說歡喜奉行

聞如是一時佛在舍衛國祇樹給孤獨園爾時世尊與無央數百千萬衆而爲說法爾時阿那律在彼座上是時阿那律在衆中睡眠爾時佛見阿那律睡便說此偈

愛法快睡眠　意無有錯亂　賢聖所說法
智者之所樂　猶如深淵水　澄清無瑕穢
如是聞法人　清淨心樂受　亦如大方石
風所不能動　如是得毀譽　心無有傾動

是時世尊告阿那律汝畏王法及畏盜賊而作道乎阿那律報曰不也世尊佛告阿那律汝何故出家學道阿那律白佛言猒患此生老病死愁憂苦惱爲苦所惱故欲捨之是故出家學道世尊告曰汝今族姓子信心堅固出家學道世尊今日躬自說法云何於中睡眠是時尊者阿那律即從座起偏露右肩長跪叉手白世尊言自今已後形融體爛終不在如來前坐睡爾時尊者阿那律達曉不眠然不能除去睡眠眼根遂損爾時世尊告阿那律曰勤加精進者與調戲蓋相應設復懈怠與結相應汝今所行當處其中阿那律白佛前已在如來前誓今不能復違本要是時世尊告耆域曰療治阿那律眼根耆域報曰若阿那律小睡眠者我當治目世尊告阿那律曰汝可寢寐所以然者一切諸法由食而存非食不存眼者以眠爲食耳者以聲爲食鼻者以香爲食舌者以味爲食身者以細滑爲食意者以法爲食我今亦說涅槃爲食阿那律白佛言涅槃者以何爲食佛告阿那律涅槃者以無放逸爲食乘無放逸得至無爲阿那律白佛言世尊雖言眼者以眠爲食然我不堪睡眠爾時阿那律縫故衣裳是時眼遂敗壞而得天眼無有瑕穢是時尊者以凡常之法而縫衣裳不能得使縷通針孔中是時阿那律便作是念諸世間得道羅漢當與我貫鍼是時世尊以天耳清淨聞此音聲諸世間得道阿羅漢者當與我貫鍼爾時世尊至阿那律所而告之曰汝持鍼來吾與汝貫之阿那律白佛言向所稱說者謂諸世間欲

求其福者與我貫鍼世尊告曰世間求福之人無復過我如來於六法無有猒足云何爲六一者施二者教戒三者忍四者法說義說五者將護衆生六者求無上正眞之道是謂六阿那律如來於此六法無有猒足阿那律曰如來身者眞法之身復欲更求何法如來以度生死之海又脫愛著然今日故爲求福之道世尊告曰如是阿那律如汝所說如來亦知此六法爲無猒足若當衆生知罪惡之原身口意所行者終不墮三惡趣以其衆生不知罪惡之原故墜墮三惡趣中爾時世尊便說此偈

世間所有力　遊在天人中　福力最爲勝
由福成佛道

是故阿那律當求方便得此六法如是諸比丘當作是學爾時諸比丘聞佛所說歡喜奉行

聞如是一時佛在舍衛國祇樹給孤獨園爾時有衆多比丘入舍衛城乞食聞王波斯匿宮門外有衆多人民於中舉手喚呼皆稱怨國界有賊名鴦掘魔極爲兇暴殺害生類不可稱計無有慈心於一切衆生國界人民無不猒患者日取人殺以指爲鬘故名爲指鬘唯願大王當往共戰是時衆多比丘乞食已還詣祇洹精舍收攝衣鉢以尼師壇著肩上往至世尊所頭面禮足在一面坐爾時衆多比丘白世尊言我等衆多比丘入舍衛城乞食見衆多人民在王宮門外稱怨訴辭今王國界有賊名鴦掘魔爲人兇暴無有慈心殺一切衆生人亡國虛皆由此人又取人指以

爲華鬘爾時世尊聞彼比丘語已即從座起黙然而行是時世尊尋到彼所諸有取薪負草犂作之人及牧牛牧羊者見世尊詣彼道各白佛言沙門沙門勿從彼道所以然者此路側有賊名鴦掘魔於中止住諸有人民欲就此道者要集十人或二十人或三十四十五十人猶不得過盡爲鴦掘魔所擒獲然沙門瞿曇獨無有侶備爲鴦掘魔所觸嬈者於事不省世尊雖聞此語故進不住爾時鴦掘魔母持食詣鴦掘魔所是時鴦掘魔便作是念吾指鬘爲充數不乎是時即數指猶未充數復更重數唯少一人指是時鴦掘魔左右顧視求覓生人欲取殺之然四遠顧望亦不見人便作是念我師有教若能害母者必當生天我今母躬來在此即可取殺之得指充數生於天上是時鴦掘魔左手攝母頭右手拔劒而語母言小住阿母是時世尊便作是念此鴦掘魔當爲五逆即放眉間相光明普照彼山林是時鴦掘魔見光明已復語母言此是何光明照此山林將非國王集諸兵衆攻伐我身乎是時母告曰汝今當知此非日月火光亦非釋梵天王光明爾時其母便說此偈

此非火光明　非日月釋梵　鳥獸不驚怖
和鳴殊於常　此光極清明　使人悅無量
必是尊最勝　十力至此間　於天世人中
天眼觀世界　故欲度汝身　世尊來至此

是時鴦掘魔聞佛音響歡喜踊躍不能自勝便作是語我師亦有教誡而勑我曰設汝能害母并殺沙門瞿曇者必生梵天上是時鴦

掘魔語母曰母今且住我先取沙門瞿曇殺然後當食是時鴦掘魔即放母而往逐世尊遥見世尊來亦如金聚靡所不照見已並笑而說是語今此沙門定在我手必然不疑其有人民欲行此道者皆集大衆而行此道然此沙門獨無伴侶我今當取殺之是時鴦掘魔即拔腰劒往逐世尊是時世尊尋還復道徐而行步而鴦掘魔奔馳而逐亦不能及如來是時鴦掘魔白世尊言住住沙門世尊告曰我自住耳汝自不住是時彼鴦掘魔並走遥說此偈

去而復言住　語我言不住　與我說此義
彼住我不住

爾時世尊復以偈報言

世尊言已住　不害於一切　汝今有殺心
不離於惡原　我住慈心地　愍護一切人
汝種地獄苦　不離於惡原

是時鴦掘魔聞此偈已便作是念我今審為惡耶又師語我言此是大祠獲大果報能取千人殺以指作鬘者果其所願如此之人命終之後生善處天上設取所生母及沙門瞿曇殺者當生梵天上是時佛作威神令彼神識㦜寤諸梵志書籍亦有此言如來出世甚為難遇時時億劫乃出彼出世時不度者度不解脫者今得解脫彼說滅六見之法云何為六言有我見者即說滅六見之法無有我者亦與說滅無有我見之法言有我見無有我見亦與說有我見無我見之法復自觀察說觀察之法自說無我之法亦非我說亦非我不說之法若如來出世說此滅六見之法

又我奔走之時能及象馬車乘亦及人民然此沙門行不暴疾然我今日不能及此必當是如來是時鴦掘魔便說此偈

尊今爲我故　而說微妙偈　惡者今識眞
皆由尊威神　即時捨利劒　投于深坑中
今禮沙門跡　即求作沙門

是時鴦掘魔即前白佛言世尊唯願聽作沙門世尊告曰善來比丘即時鴦掘魔便成沙門著三法衣爾時世尊便說此偈

汝今已剃頭　除結亦當爾　結滅成大果
無復愁苦惱

是時鴦掘魔聞此語已即時諸塵垢盡得法眼淨爾時世尊將鴦掘魔比丘還詣舍衛城祇桓精舍是時王波斯匿集四部之衆欲往攻伐賊鴦掘魔是時王便作是念我今可往至世尊所以此因緣具白世尊若世尊有所說者當奉行之爾時王波斯匿即集四部之兵往世尊所頭面禮足在一面坐爾時世尊問王曰大王今日欲何所至塵坌身體乃至於斯波斯匿王白佛言我今國界有賊名鴦掘魔極爲兇暴無有慈心於一切衆生使國丘荒人民流迸皆由此賊彼今取人殺之以指爲鬘此是惡鬼非爲人也我今欲誅伐此人世尊告曰若當大王見鴦掘魔信心堅固出家學道者王當奈之何王白佛言知復如何但當承事供養隨時禮拜然復世尊彼是惡人無毫氂之善恒殺害人能有此心出家學道乎終無此理是時鴦掘魔去世尊不遠結跏趺坐正身正意繫念在前爾時世尊伸右手指示王曰此是賊鴦掘魔王聞此語便

懷恐怖衣毛皆竪世尊告王勿懷恐怖可往至前自當寤王意耳是時王聞佛語即至鴦掘魔前語鴦掘魔曰汝今姓誰鴦掘魔曰我姓伽伽母名滿足是時王禮足已在一面坐爾時王問曰善樂此正法之中勿有懈怠修清淨梵行得盡苦際我當盡形壽供養衣被飲食牀卧具病瘦醫藥是時鴦掘魔默然不對王即從座起頭面禮足還詣世尊所頭面禮足在一面坐是時王復白佛言不降者使降不伏者使伏甚奇甚特曾所不有乃能降伏極惡之人唯願天尊受命無窮長養生民蒙世尊恩得免此難國事猥多欲還城池世尊告曰王知是時爾時國王即從座起頭面禮足便退而去爾時鴦掘魔作阿練若著五納衣到時持鉢家家乞食周而復始著補納弊壞之衣極爲麤醜亦復露坐不覆形體是時鴦掘魔在閑靜之處自修其行所以族姓子出家學道者欲修無上梵行生死已盡梵行已立所作已辦更不復受胎如實知之時鴦掘魔便成阿羅漢六通清徹無有塵垢已成阿羅漢到時著衣持鉢入舍衛城乞食是時有婦女臨産甚難見已便作此念衆生之類極爲苦痛受惱無限是時鴦掘魔食後收攝衣鉢以尼師壇著肩上往至世尊所頭面禮足在一面坐爾時鴦掘魔白世尊言我向著衣持鉢入舍衛城乞食見一婦女身體重妊是時我便作是念衆生受苦何至於斯世尊告曰汝今往彼婦人所而作是說我從賢聖生已來未曾殺生持此至誠之言使此母人胎得無他鴦掘魔對曰如是世尊是時鴦

掘魔即其日著衣持鉢入舍衛城往至彼母人所語彼母人曰我從賢聖生已來不殺生持此至誠之言使胎得解脫是時母人胎即得解脫是時鴦掘魔城中乞食諸男女大小見之各各自相謂言此名鴦掘魔殺害衆生不可稱計今復在城中乞食是時城中人民各各以瓦石打者或有以刀斫者傷壞頭目衣裳裂盡流血汙體即出舍衛城至如來所是時世尊遥見鴦掘魔頭目傷破流血汙衣而來見已便作是說汝今忍之所以然者此罪乃應永劫受之是時鴦掘魔至世尊所頭面禮足在一面坐爾時鴦掘魔在如來前便說此偈

堅固聽法句　堅固行佛法　堅固親善友
便至滅盡處　我本爲大賊　名曰鴦掘魔
爲流之所漂　蒙尊拔濟之　今觀自歸業
亦當觀法本　今已逮三明　成就佛行業
我本名無害　然害不可計　今名眞諦實
不害於一切　設復身口意　都無害心識
此名無殺害　何況起思想　弓師能調角
水人能調船　巧匠調其木　智者自調身
或以鞭杖伏　或以言語屈　竟不加刀杖
我今自降伏　人前爲過惡　後止不復犯
是照於世間　如雲消月現　比丘老少壯
修行佛法行　是照於世間　如彼月雲消
比丘老少壯　修行佛法者　是照於世間
如彼月雲消　我今受痛少　飲食自知足
盡脫一切苦　本緣今已盡　更不受死跡
亦復不樂生　今正是時節　歡喜而不亂

是時如來可鴦掘魔所說是時鴦掘魔已見

如來然可之即從座起禮世尊足便退而去是時諸比丘白世尊言鴦掘魔本作何功德今日聰明黠慧面目端正世之希有復作何不善行於今身上殺害生類不可稱計復作何功德於今值如來得阿羅漢道爾時世尊告諸比丘昔者過去久遠於此賢劫之中有佛名迦葉如來至真等正覺出現於世迦葉如來去世之後有王名大果統領國界典閻浮提爾時彼王有八萬四千宫人婇女各無兒息爾時大果王向諸樹神山神日月星宿靡所不周欲求男女爾時王第一夫人身即懷妊經八九月便生男兒顏貌端正世之希有是時彼王便生此念我本無有兒息經爾許時今方生兒宜當立字使於五欲之中而自娛樂是時王召諸群臣能瞻相者而告之

曰我今已生此兒各與立字是時群臣聞王教已即白王言今此太子極爲奇妙端正無比面如桃華色必當有大力勢今當立字名曰大力是時相師與太子立字已各從座起而去是時國王愛愍此太子未曾去目前是時太子年向八歲將諸臣佐往父王所朝賀問訊父王復作是念今此太子極自奇特即告之曰吾今與汝娶婦何如乎太子白王子今年幼何須娉娶是時父王權停不與娶婦復經二十年王復告曰吾欲與汝娶婦太子白王不須娶婦是時父王告群臣人民曰我今無兒息經歷久遠方生一子今不肯娶婦清淨無瑕爾時王太子轉字名曰清淨是時清淨太子年向三十王復勑群臣曰吾今年已衰微更無兒息今唯有清淨太子今王高

位應授與太子然此太子不樂五欲之中當云何理國事群臣報曰當爲方便使樂五欲是時父王即椎鍾鳴鼓勑國中人其能使清淨太子樂五欲者當賜與千金及諸寶物爾時有女人名曰婬種盡明六十四變彼女人聞王有教令其能使王太子習五欲者當賜與千金及諸寶物即往至父王所而告之曰見與千金及諸寶物能使太子習於五欲父王報曰審能爾者當重相賜不負言信時婬女白王太子爲寢宿何處王報曰在東堂上無有女人唯有一男兒在彼侍衛女人白曰唯願大王勑內宮中勿見限遮隨意出入是時婬女即其夜鼓二時在太子門側伴舉聲哭是時太子聞女人哭聲便勑侍人曰此是何人於斯而哭侍人報曰此是女人在門側哭太子告曰汝往速問所由哭耶時彼侍臣往而問之所由哭耶婬女報曰夫主見棄是故哭耳侍臣還白太子此女人爲夫主所棄又畏盜賊是故哭耳太子告曰將此女人著象廐中到彼復哭復將至馬廐中復哭太子復語侍臣將來在此即將入堂復於中哭太子躬自問曰何爲復哭婬女報太子曰女人單弱極懷恐怖是故哭耳太子告曰上吾牀上可得無畏是時女人默然不語亦復不哭是時女人即脫衣裳前捉太子手舉著己胷上即時驚覺漸漸起欲想已起欲心便身就之是時清淨太子明日清旦往父王所是時父王遙見太子顏色殊於常日見已便作是說汝所欲者事果乎太子報曰如大王所言是時父王歡喜踊躍不能自勝並作是說欲

求何願吾當與之太子報曰所賜願者勿復中悔當求其願時王報曰如汝所言終不中悔欲求何願太子白王大王今日統領閻浮提内皆悉自由閻浮提里内諸未嫁女者先適我家然後使嫁是時王曰隨汝所言王即勑國内人民之類曰諸有女未出門者先使詣清淨太子然後嫁之爾時彼城中有女名須蠻次應至王所是時須蠻長者女露形倮跣在衆人中行亦無羞耻衆人見已各相對談此是長者女名稱遠聞云何露形在人中行如驢何異女報衆人曰我非爲驢汝等衆人斯是驢耳汝等頗見女人還見女人有相耻乎城中生類盡是女人唯有清淨太子是男子矣若我至清淨太子門者當著衣裳是時城中人民自相謂言此女所說誠入我意我等實是女非男也唯有清淨太子乃是男也我等今日當行男子之法是時城中人民各辦戰具著鎧持仗往至父王所白父王曰欲求二願唯見聽許王報之曰何等二願人民白王王欲存者當殺清淨太子太子欲存者今當殺王我等不堪任承事清淨太子辱國常法是時父王便說此偈

爲家忘一人　爲村忘一家　爲國忘一村
爲身忘世間

是時父王說此偈已告人民曰今正是時隨汝等意是時諸人即將清淨太子取兩手縛之將詣城外各相謂言我等咸共以瓦石打殺何須一人殺乎是時清淨太子臨欲死時而作是說又作誓願此諸人民取吾枉殺然父王自與我願我今受死亦不敢辭使我將

來之世當報此怨又使值眞人羅漢速得解脱是時人民取太子殺已各自散去諸比丘莫作是觀爾時大果王者豈異人乎今鴦掘魔師是也爾時婬女者今師妻是也爾時人民者今八萬人死者是也爾時清淨太子今鴦掘魔比丘是也臨欲死時作此誓願今還報怨無免手者緣此因緣殺害無限復作誓願願欲值佛今得解脱成阿羅漢此是其義當念奉行爾時世尊告諸比丘我弟子中第一聰明捷疾智者所謂鴦掘魔比丘是爾時諸比丘聞佛所説歡喜奉行

增壹阿含經卷第三十一

音釋

耆域 梵語亦云耆婆又云時縛迦此云能活　療 力弔切治也　寢寐 寑七稔切臥也寐密二切息也　縷 力主切綫也　貫鍼 貫古玩切穿也鍼職深切縫器也貫鍼穿鍼也　鴦掘魔 梵語亦云鴦窶利魔羅此云指鬘鴦音央掘巨月切魔本作摩眉波切　兇暴 兇虛容切惡也暴蒲報切猛也　鬘 莫班切　犂作 犂呂支切耕具曰犂又耕也　擒獲 擒巨金切捉也獲胡陌切得也　重數 重直容切複也數踈舉切計也　撮 宗括切挽也又兩指撮也　㸌　寤 㸌正作霩闊鑊切開朗貌寤與悟同覺悟也　塵坌 坌步悶切塵堬也　迸 北諍切走散也　毫氂 氂鄰知切毫氂數也十絲曰毫十毫曰氂　猥多 猥烏賄切雜也遝也　妊 如鴆切懷孕也　黠慧 黠胡八切亦慧也　娉娶 娉匹正切娶問也娶七句切取婦也　椎 直追切擊也　佯 與章切詐也　象廐 廐居祐切象舍也　須鬘 梵語也女子名鬘讙還切　倮跣 倮郎果切赤體曰倮跣息淺切徒足履地曰跣

增壹阿含經卷第三十二

符秦三藏曇摩難提譯

力品第三十八之二

聞如是一時佛在羅閱城耆闍崛山中與大比丘衆五百人俱爾時世尊告諸比丘汝等見此靈鷲山乎諸比丘對曰唯然見之卿等當知過去久遠世時此山更有異名汝等復見此廣普山乎諸比丘對曰唯然見之汝等當知過去久遠此山更有異名不與今同汝等見白墡山乎諸比丘對曰唯然見之過去久遠此山更有異名不與今同汝等頗見此負重山乎諸比丘對曰唯然見之汝等頗見此仙人窟山乎諸比丘對曰唯然見之此山過去久遠亦同此名更無異名所以然者此仙人山恒有神通菩薩得道羅漢諸仙人所居之處又辟支佛亦在中遊戲我今當說辟支佛名號汝等諦聽善思念之有辟支佛名阿利吒婆利吒審諦童辟支佛善觀辟支佛究竟辟支佛聰明辟支佛無垢辟支佛帝奢念觀辟支佛無減無形勝最勝將大將雷電光明辟支佛此比丘諸辟支佛若如來不出世時爾時此山中有此五百辟支佛居此仙人山中如來在兜術天上欲來生時淨居天子自來在此相告普勑世間當淨佛土却後二歲如來當出現於世是時諸辟支佛聞天人語已皆騰在虛空說此偈

諸佛未出時　此處賢聖居　自悟辟支佛
恒居此山中　此名仙人山　辟支佛所居
仙人及羅漢　終無空缺時

是時諸辟支佛即於空中燒身取般涅槃所

以然者世無二佛之號故取滅度耳一商客中終無二導師一國之中亦無二王一佛境界無二尊號所以然者過去久遠此羅閱城中有王名喜益彼恒念地獄苦痛亦念餓鬼畜生之痛爾時彼王便作是念我今恒憶地獄畜生餓鬼之苦痛我今不宜更入此三惡道中今宜盡捨國王正位妻子僕從以信堅固出家學道爾時大王喜益猒此酸苦即捨王位剃除鬚髮著三法衣出家學道在空閑之處而自剋己觀五盛陰觀了無常所謂此色此色集此色盡痛想行識亦復如是皆悉無常當觀此五盛陰時諸可集法盡是滅法觀此法已然後成辟支佛道是時喜益辟支佛已成道果便說此偈

我憶地獄苦　畜生五道中　捨之今學道　獨逝而無憂

是時此辟支佛在彼仙人山中比丘當知以此方便知此山中恒有神通菩薩得道眞人學仙道者而居其中是故名曰仙人之山更無異名若如來不出現於世時此仙人山中諸天恒來恭敬所以然者斯山中純是眞人無有雜錯者若彌勒佛降神世時此諸山名各各別異此仙人山更無異名此賢劫之中此山名亦不異汝等比丘當親近此山承事恭敬便當增益諸善功德如是比丘當作是學爾時諸比丘聞佛所說歡喜奉行

聞如是一時佛在舍衛國祇樹給孤獨園爾時世尊告諸比丘汝等專念而自修已云何當專念於是比丘可行知行舉動進止屈伸俯仰著衣法則睡眠覺寤或語或默皆悉知

時若復比丘心意專正彼比丘欲漏未生便不生已生便滅之未生有漏使不生已生令滅之未生無明漏使不生已生令滅之若專念分别六入終不墮惡道云何六入爲惡道眼觀此色若好若醜見好則喜見惡不喜若耳聞聲若好若醜聞好則喜聞不好則不喜鼻口身意亦復如是猶如六種之蟲性行各異所行不同若有人取繩纏縛之取狗野狐獼猴鱣魚蛇蚖飛鳥皆悉縛之共繫一處而放之爾時六種之蟲各有性行爾時狗意中欲起趣村中野狐意中欲起趣塚間鱣魚意中欲趣水中獼猴意中欲向山林之間毒蛇意中欲入宂中飛鳥意中欲飛在空爾時六種之蟲各各有性行而不共同設復有人取此六種之蟲繫著一處而不得東西南北是時六種之蟲雖復動轉亦不離故處此内六情亦復如是各各有所主其事不同所觀别異若好若醜爾時比丘繫此六情而著一處是故諸比丘當念專精意不錯亂是時弊魔波旬終不得其便衆善功德皆悉成就如是諸比丘當念具足眼根便得二果於現法中得阿那含果若得阿羅漢果如是諸比丘當作是學爾時諸比丘聞佛所説歡喜奉行

聞如是一時佛在波羅㮈鹿野園中與大比丘衆五百人俱爾時世尊告諸比丘當思惟無常想廣布無常想已思惟無常想廣布無常想便斷欲愛色愛無色愛盡斷憍慢無明何以故昔者過去久遠世時有辟支佛名善目顔貌端正面如桃華色視瞻審諦口作優鉢華香體作栴檀香是時善目辟支佛到時

著衣持鉢入波羅㮈城乞食漸漸至大長者家在門外默然而立是時長者女遥見有道士在門外立端正無雙顔貌殊特世之希有口作優鉢蓮華香身作栴檀香便興欲心向彼比丘所便作是説汝今端正面如桃華色世之希有我今雖處女人亦復端正可共合會然我家中饒多珍寶資財無量然作沙門甚爲不易是時辟支佛問曰大妹今爲染著何處長者女報曰我今正著眼色又復口中作優鉢華香身作栴檀香是時辟支佛舒左手以右手挑眼著掌中而告之曰所愛眼者此之謂也大妹今日爲著何處猶如癰瘡無一可貪然此眼中亦漏淨亦漏不淨大妹當知眼如浮泡亦不牢固幻僞非眞誑惑世人耳鼻口身意皆不牢固欺詐不眞口是唾器出不淨之物純合白骨身爲苦器爲摩滅之法恒盛臭處諸蟲所擾亦如畫瓶内盛不淨大妹今日爲著何處是故大妹當專其心思惟此法幻僞不眞如妹思惟眼色無常所有著欲之想便自消滅耳鼻口身意皆悉無常思惟此已所有欲意自當消除思惟六入便無欲想是時長者女便懷恐懼即前禮辟支佛足白辟支佛言自今已去改過修善更不興欲想唯願受悔過如是再三修行辟支佛報曰止止大妹此非汝咎是我宿罪受此形故使人見起欲情意當熟觀眼此眼非我亦非彼有亦非我造亦非彼爲乃從無有中而生已有便自壞敗亦非往世今世後世皆由合會因緣所謂合會因緣者緣是有是此起則起此無則無此滅則滅耳鼻口身意亦如

是皆悉空寂是故大妹莫著眼色以不著色便至安隱之處無復情欲如是大妹當作是學爾時辟支佛與彼女人說四非常之法已昇在虛空現十八變還歸所止爾時彼女人觀眼耳鼻口身意了無所有便在閑靜處思惟此法彼女人復更思惟六情無主得四等心身壞命終生梵天上比丘當知若思惟無常想廣布無常想盡斷欲色無色愛憍慢無明皆悉除盡是故比丘當作是學爾時諸比丘聞佛所說歡喜奉行

聞如是一時佛在舍衛國祇樹給孤獨園爾時波斯匿王告御車人曰汝今辦羽葆之車吾欲出外遊觀是時彼人受王教勑即辦羽葆之車前白王曰已嚴駕羽葆之車王宜知是時波斯匿王將此人便出舍衛城至彼園觀觀諸樹木皆無聲響亦無人民寂然空虛見已便憶如來說諸法之本是時彼人在王後執扇而扇王此園果樹木皆無聲響亦無人民寂然空虛我今欲請如來至真等正覺在此遊化然不知如來今爲所在我欲往覲侍人報曰釋種有村名曰鹿堂如來在彼遊化波斯匿王告曰此鹿堂去此遠近侍人白王如來住處去此不遠計其道里有三由旬是時波斯匿王告曰速辦羽葆之車我今欲見如來是時彼人受王教已即辦駕車前白王曰車今已駕王知是時王即乘車往詣彼村爾時衆多比丘輩於露地而經行是時王下車至衆多比丘所到已頭面禮足在一面住是時王白比丘曰如來今爲所在吾欲見之衆多比丘報曰世尊在此講堂中住可往

見之勿以爲難王欲去時徐舉其足無令有聲是時波斯匿王還顧視彼侍人是時侍人便作是念王今獨與世尊相見我應住此是時王獨往至世尊所爾時世尊以天眼觀見波斯匿王在門外立是時世尊即從座起與王開門王見世尊頭面禮足自稱姓名我是波斯匿王三自稱號世尊告曰汝今是王我今釋種出家學道時王白佛唯願世尊延壽無窮使天人得安世尊告曰使大王當延壽無窮以法治化莫以非法諸有以法治化者皆生天上善處正使命終之後名稱不朽世人所傳云昔有國王以法治化未曾有枉設有人民住此王境界歎王功德思憶不忘者王身在天上增六事功德云何爲六一者天壽二者天色三者天樂四者天神足五者天豪六者天光是故大王當以法治莫以非法我今日身中有此功德應受天人恭敬禮拜王白佛言如來功德應受人禮拜世尊告曰汝今云何言如來應受人禮拜王白佛言如來有六功德應得受人禮拜云何爲六如來正法甚爲和雅智者所修行是謂如來初功德可事可敬復次如來聖衆極爲和順法法成就戒成就三昧成就智慧成就解脱成就解脱見慧成就所謂聖衆者四雙八輩此是如來聖衆可敬可貴世間之大福田是謂如來第二功德復次如來有四部之衆所施行法皆習行之更不重受觸擾如來是謂如來第三功德復次世尊我見刹利之姓婆羅門居士沙門高才蓋世皆來集論議我等當以此論往問如來設彼沙門瞿曇不報此論者

則有缺也設當能報者我等當稱其善是時四姓來至世尊所而問此論或復有默然者爾時世尊與彼說法彼聞法已更不復問事況復欲論皆師事如來是謂如來第四功德復次諸六十二見欺誑世人不解正法由此致愚然如來能除此諸邪見業修其正見是謂第五如來功德復次衆生身口意修惡彼若命終憶如來功德離三惡趣得生天上正使極惡之人得生天上是謂第六如來功德其有衆生見如來者皆起恭敬之心而供養之世尊告曰善哉善哉大王乃能如來前作師子吼演如來功德是故大王常當興心向於如來如是大王當作是學爾時世尊與王波斯匿說微妙之法使令歡喜是時大王聞說法已即從座起禮世尊足便退而去王去未久佛告比丘汝等當持此法供養善諷誦念所以然者此波斯匿王之所說也汝等亦當與四部衆廣演其義如是諸比丘當作是學爾時諸比丘聞佛所說歡喜奉行

聞如是一時佛在羅閱城迦蘭陀竹園所與大比丘衆五百人俱爾時阿闍世王告群臣曰汝等速駕羽葆之車吾欲往見世尊是時群臣受王教勑即駕羽葆之車前白王言嚴駕已辦王宜知時時王乘羽葆之車往至世尊所頭面禮足在一面住爾時阿闍世王白世尊言唯願世尊受我請在羅閱城九十日夏坐爾時世尊默然受王請是時王見世尊默然受請即從座起頭面禮足便退而去是時阿闍世王隨時供養衣被飲食牀卧具病瘦醫藥爾時毗舍離城鬼神興盛人民死亡

不可稱計一日之中死者百數鬼神羅刹充滿其中面目黃色或經三四日而死者是時毗舍離人民恐懼皆集一處而共論議此大城中極為熾盛士人豐熟富樂無限如彼天宮釋所住處然今日為此鬼神所害盡當死亡丘荒猶如山野誰能有此神德却此灾患是時人民各各自相謂曰我等聞有沙門瞿曇所至到處衆邪惡鬼不得嬈近若當如來來至此者此諸鬼神各自馳散但今日世尊在此羅閱城中為阿闍世所供養將恐不來此間遊化或復有作是說如來有大慈悲愍念衆生遍觀一切未度者使令得度不捨一切衆生如母愛子設當有人請者如來便來阿闍世王終不留住誰能堪任至阿闍世王界而白世尊云我等城中今遭此厄唯願世尊慈愍屈顧爾時有大長者名曰最大集在彼衆是時諸人語長者曰我等聞沙門瞿曇所至到處諸邪惡鬼無有能害若當如來至此間者便能除此灾患汝可往世尊所具白此意使此城郭永得存在是時長者默然從衆人語即從座起往至家中到已辦道路行具將諸使人往至世尊所頭面禮足在一面坐爾時長者白世尊言毗舍離城中人民遇此鬼灾人民之類死亡者衆計彼城中一日之內連車載屍動有百數唯願世尊垂愍接度使彼遺餘拔擇安處令得無為又聞世尊所至到處天龍鬼神不敢嬈近願垂屈顧至彼城中度彼人民安處無為世尊告曰我今已受羅閱城阿闍世王請諸佛世尊言無有二若當阿闍世王見聽者如來當往最大長

者白佛言此事甚難阿闍世王終不放如來使至彼國所以然者阿闍世王於我國王無有毫氂之善長夜求方便欲害彼民設當阿闍世王見我者即取我殺況復得陳此事若當聞彼國人民爲鬼神所害者歡喜無量世尊告曰勿懷恐懼汝今徑至王所而白此事言如來記莂王身終無虚妄所言無二父王無咎而取害之當生阿鼻地獄中經歷一劫然今日已離此罪改其過罪於如來法中信根成就緣此德本得滅此罪永無有餘於今身命終當生拍毱地獄中於彼命終當生四天王上於彼命終生豔天上於豔天上命終生兜術天化自在天他化自在天復還以次來至四天王中大王當知二十劫中不墮惡趣恒在天人中生最後受身以信堅固剃除鬚髮著三法衣出家學道名曰除惡辟支佛彼王聞此語便當歡喜踊躍不能自勝亦當告汝作是語隨汝所求要願吾不違之是時長者白世尊言我今當持世尊威神至彼王所即從座起頭面禮足往彼王所爾時阿闍世王與諸群臣在高殿上有所講論是時大長者往至王前王遥見來語群臣曰若當此人今至此所汝等欲取何爲或有作是說我等當取五机之或言當梟其首阿闍世王言汝等催取殺之不須見吾是時長者聞此語已極懷恐懼尋時高聲而作是語我是佛之所使王聞佛音已即下座右膝著地向如來所問彼長者曰如來何所教勑長者報曰世尊記莂聖王而無虚妄所吐言教終無有二如來言王取父王害之緣此罪本當入阿鼻

地獄中經歷一劫然復尋時改過於如來所今當生拘毱地獄中於彼命終當生四天王中展轉生他化自在天中還復次來生四天王中二十劫中不墮三惡趣流轉天人之中最後受身以信堅固出家學道名曰除惡辟支佛出現於世王聞此語已歡喜踊躍不能自勝即告大長者曰汝今欲求何願吾當與之長者白王所求願者王勿見違阿闍世王告曰汝今但說欲求何願吾不違之長者白王毗舍離城人民遇灾爲鬼神所害不可稱計如今羅刹鬼神極爲暴虐唯願大王聽放世尊至彼國界令彼鬼神各各馳散所以然者我等曾聞若如來所至到處天龍鬼神不得其便唯願大王聽許世尊至彼國界王聞此語已便長歎息告長者曰此願極大非常人所及汝若當隨吾求城郭村落國財妻子吾不悋之我不慮汝當屈顧世尊然我先已許所求之願今隨汝意是時長者極懷歡喜即從座起辭王退去往至世尊所白世尊言阿闍世王已許放世尊詣彼國界世尊告曰汝並在前如來自當知時是時長者頭面禮足遶佛三帀便退而去是時世尊清旦將諸比丘衆前後圍遶出迦蘭陀竹園所往詣毗舍離城爾時王阿闍世在高樓上及將持蓋一人爾時王遥見世尊向彼國界便自歎息告左右曰我等爲此長者所欺我今復用活爲乃使如來出此國界是時阿闍世王持五百蓋往送世尊恐有塵土坌身羅閱城中復有五百寶蓋從如來後是時釋提桓因知世尊心中所念復以五百寶蓋在虛空中恐有

塵土坌如來身及諸河神復持五百寶蓋在虛空中是時毗舍離城人民之類聞世尊今當入城復持五百寶蓋前迎世尊爾時有二千五百寶蓋懸在空中爾時世尊見此蓋已即時便笑此是諸佛世尊常法設如來笑時口中便有五色光出青黃白黑赤侍者阿難見此光明作此思惟此是何緣設世尊笑必有因緣事不虛爾是時阿難長跪叉手白世尊言如來終不妄笑笑必當有緣世尊告曰汝今見此二千五百寶蓋供養如來乎阿難白佛唯然見之世尊告曰若如來不出家學道者當二千五百世作轉輪聖王治化人民以如來出家學道更不受此寶蓋阿難當知過去久遠有王名善化治在蜜絺羅國以法治化綏納有方統此閻浮提里地靡不從令者爾時彼王有八萬四千宮人婇女皆是剎利種姓第一夫人名曰日光亦無兒息用繼嗣者是時彼王便作是念我今統此閻浮里地然今無有兒息便向諸山神樹神天地神明求有兒息又未經數日之中夫人懷妊是時日光夫人白王言大王當知我今覺知有身宜自將護復經八九月生一男兒顏貌端正面如桃華色夫人見已極懷歡喜往示大王王見歡喜踊躍不能自勝及八萬四千夫人見生太子亦各歡喜是時國王召諸群臣國師道士使瞻相之又與立字使世稱傳爾時相師前白王言今生太子極爲端正與世有異其有見者莫不愛念今當立字名曰愛念已立字竟各還所在是時國王愛念太子未曾離目即與太子起三時講堂復以婇女

充滿其中與王太子共相娛樂爾時太子便作是念此中婇女頗有常存不離世間亦不變易然觀彼衆中盡皆無常無有常存於世者悉是幻僞無有眞實使人民之類染著愛樂皆不知遠離之我今復用此爲可捨而學道是時愛念太子即以其日剃除鬚髮著三法衣出家學道尋即其夜斷諸結縛思惟有集之法皆是磨滅成辟支佛已便說此偈

欲者無常法　變易無實定　知此爲大患
獨遊不與俱

是時辟支佛說此偈已即飛在虛空遶彼蜜絺羅城三帀是時國王在高殿上及諸宮人共相娛樂見辟支佛遶城三帀極懷歡喜不能自勝我今太子騰在虛空如彼飛鳥又不知成辟支佛而告之曰兒今來下至此殿上與吾共相娛樂是時阿難彼辟支佛尋下殿上欲度父母故時王語曰太子今日何爲著此絲衣又剃鬚髮與人有異辟支佛報曰子今所著甚爲奇雅非常人所習時王報曰何緣更不至宮中辟支佛言自今已後不復習欲亦不樂此五欲之中時王語言設不樂此五欲中者在吾後園中住爾時國王即自至園中造立屋舍是時辟支佛欲度父母故便住彼園館中受王供養經歷數時便於無餘涅槃界而般涅槃王取舍利而耶維之即於彼處立大神寺是時王復以餘日往至園中觀看見彼神寺彫落壞敗見已便作是念此是我兒神寺今已彫壞是時國王即以己蓋覆彼神寺上皆由愛心未盡故阿難莫作是觀爾時善化王者即我身是時以兒故以一

蓋覆寺上緣此德本流轉天人之間數百千變爲轉輪聖王或爲帝釋梵天我爾時不知是辟支佛設我知是辟支佛者其德不可稱量若如來不成無上正眞道者更二千五百反作轉輪聖王治化天下以成道故今有此二千五百蓋自然應現是謂阿難緣此因緣如來笑耳承事諸佛功德乃爾不可稱計是故阿難當求方便供養諸佛世尊如是阿難當作是學是時世尊將諸比丘衆往詣毗舍離城住城門中便說此偈

今以成如來　世間最第一　持此至誠語
毗舍離無他　復以至誠法　得至涅槃界
持此至誠語　毗舍離無他　復以至誠僧
賢聖衆第一　持此至誠語　毗舍離無他
二足獲安隱　四足亦復然　行道亦吉祥
來者亦復然　晝夜獲安隱　無有觸嬈者
持此至誠語　使毗舍無他

如來說此語已是時羅刹鬼神各自馳走不安其所更不復入毗舍離城諸有疾病之人各得除愈爾時世尊遊在獼猴池側國土人民承事供養衣被飲食牀卧具病瘦醫藥隨其貴賤各來飯佛及比丘僧亦受八關齋不失時節是時毗舍離城內有六師在彼遊化所謂六師者不蘭迦葉阿夷湍瞿耶樓波休迦栴先比盧持尼揵子等是時六師集在一處而作是說此沙門瞿曇住此毗舍離城爲人民所供養然我等不爲人民所供養我等可往與彼論議何者得勝何者不如不蘭迦葉曰諸有沙門婆羅門不受他語方更致詰此非沙門婆羅門之法然此瞿曇沙門不受

他語方更致難我等那得與彼論議阿夷端言無施無受亦無與者亦無今世後世衆生之類亦無善惡之報瞿耶樓説曰在恒水側殺害人民不可稱計積肉成山在恒水左作諸功德緣此都無善惡之報波休迦旃言正使在恒水左布施持戒隨時供給不令有乏亦復無此福報先比盧持言無有言語亦無言語之報唯默然快樂尼揵子曰有言語亦有言語之報沙門瞿曇亦是人我等亦是人瞿曇有所知我等亦有所知沙門瞿曇有神足我等亦有神足若彼沙門現一神足我當現二神足彼現二神足我現四神足彼現四我現八彼現八我現十六彼現十六我現三十二恒使增多終不爲彼屈足得與捔力設彼不受我等論者即是彼之咎人民聞已不復供養我等便得供養是時有比丘尼聞此語云六師集在一處生此論本沙門瞿曇不受人論我等足得勝是時輸盧比丘尼飛在虛空向彼六師而説此偈

我師無等倫　最尊無過者　是彼尊弟子
名曰輸盧尼　汝設有境界　便與我論議
我當事事報　汝師子掩鹿　且捨我尊師
本無如來者　我今比丘尼　足能降外道

是比丘尼説此語已六師尚不能仰視顏色況與論議是時毗舍離城人民之類遥見比丘尼在虛空中共六師而論議然六師不能報之各各稱慶歡喜無量六師今日屈折於彼是時六師極懷愁憂出毗舍離城而去更不入城是時衆多比丘聞輸盧比丘尼與六師共論而得勝聞已至世尊所頭面禮足以

此因緣具白世尊世尊告諸比丘輸盧比丘尼有大神足有大威神智慧多聞我長夜恒生此念更無有能與六師共論唯有如來及此比丘尼爾時世尊告諸比丘汝等頗見餘比丘尼能降伏外道如此比丘尼比乎諸比丘對曰不也世尊世尊告諸比丘我聲聞中第一比丘尼能降伏外道所謂輸盧比丘尼是爾時諸比丘聞佛所說歡喜奉行

聞如是一時佛在舍衛國祇樹給孤獨園爾時世尊告諸比丘有六細滑更樂入云何爲六所謂眼耳鼻口身意入是謂六入凡夫之人若眼見色便起染著之心不能捨離彼已見色極起愛著流轉生死無有解時六情亦復如是起染著意不能捨離由是流轉無有解時若世尊賢聖弟子眼見色已不起染著無有汙心即能分別此眼是無常之法苦空非身之法六情亦復如是不起染汙心分別此六情無常苦空非身之法當思惟此時便獲二果於現法中得阿那含若阿羅漢猶如有人極飢欲修治穀麥颺治令淨而取食之除去飢渴賢聖弟子亦復如是於此六情思惟惡露不淨即成道跡入無餘涅槃界是故比丘當求方便滅此六情如是諸比丘當作是學爾時諸比丘聞佛所說歡喜奉行

增壹阿含經卷第三十二

音釋

唯然　唯愈水切唯然應聲也又恭應之詞也
白墡　墡上演切白墡謂白土泥也
弉　即兩切崇也
鱣魚　鱣常演切黃質黑文似蛇而無鱗爲鱣魚
癰瘡　癰於容切癤也瘡初良切瘍也
羽葆　葆博抱切合聚五采羽爲幢曰羽葆
拍毱　拍普革切打也毱居六切以革爲圓囊實以毛髮曰毱
豔天　梵語具云須夜摩此云善時分豔以贍切
杌　五忽切樹無枝曰杌
梟　許么切掛首曰梟
蜜絺羅　梵語也國名絺丑知切
綏　息遺切撫也綏也安也
阿夷湍　梵語也六師之名湍他官切
捔力　捔訖獄切校也競也
颺　音羊颰颺也

增壹阿含經卷第三十三

符秦三藏曇摩難提譯

等法品第三十九七法初

聞如是一時佛在舍衛國祇樹給孤獨園爾時世尊告諸比丘若有比丘成就七法者於現法中受樂無窮欲得盡漏便能獲之云何爲七法於是比丘知法知義知時又能自知復能知足亦復知入衆中觀察衆人是謂七法云何比丘知法於是比丘知法所謂契經祇夜偈因緣譬喻本末廣演方等未曾有廣普授決生經若有比丘不知法者不知十二部經此非比丘也以其比丘能解了法故名爲知法如是比丘解了於法云何比丘解了於義於是比丘知如來機趣解了深義無所疑難若有比丘不解義者此非比丘也以其比丘能知深義故名爲解義也如是比丘能分別義云何比丘知其時宜於是比丘知其時節可修觀時便修觀可修止時便修止可默知默可行知行可誦知誦可授前人便授前人可語知語若有比丘不知此者不知止觀進止之宜此非比丘若復比丘知其時節不失時宜此則名爲隨其方宜如是比丘知其時宜云何比丘自能修已於是比丘能自知已我今有此見聞念知有如是智慧行步進止恒隨正法若有比丘不能自知智慧之宜出入行來此非比丘也以其比丘能自修已進止之宜此名爲自修已行是謂比丘能自知已云何比丘自知止足於是比丘能自籌量睡眠覺寤坐卧經行進止之宜皆能知止足若有比丘不能知是者則非比丘也以

其比丘能解了此故名知足如是比丘名爲知足云何比丘知入大衆於是比丘分别大衆此是刹利種此是婆羅門衆此是長者衆此是沙門衆我當以此法宜則適彼衆中可語可默皆悉知之若有比丘不知入衆此非比丘以其比丘知入大衆故名爲知入衆也是謂比丘知入大衆也云何比丘知衆人根原比丘當知有二人云何爲二彼或有一人欲往至園中親覲比丘彼第二人不喜至彼觀見比丘彼人欲至園觀親覲比丘者此人最爲上比丘復有二人云何爲二彼一人雖至比丘所然不問其誼彼第一人亦不往至寺中見比丘彼至寺人最爲第一比丘復有二人云何爲二人彼一人至比丘所問訊時宜彼第二人不至比丘所問訊時宜彼人至寺者最尊第一出彼人上比丘復有二人云何爲二彼一人至比丘所至心聽法彼第二人不至比丘所不至心聽法彼至心聽法者於彼人最爲第一比丘復有二人云何爲二彼有一人能觀察法受持諷誦彼第二人不能受持諷誦彼人受持諷誦者於此人上最爲第一比丘復有二人云何爲二彼有一人聞法解其義彼第二人聞法不解其義彼人聞法解義者於此人最尊第一比丘復有二人云何爲二彼有一人聞法法法成就彼第二人不聞法法法不成就彼人聞法法法成就者於此人第一比丘復有二人云何爲二彼一人聞法能堪忍修行分别護持正法第二人不能堪忍修行其法彼能修行法者於此諸人最尊第一猶如牛有酪由酪有酥由

酥有醍醐醍醐最爲第一無能及者此亦如是若有人能修行者此人最爲第一無能及者是謂比丘觀察人根若有人不了此者則非比丘也以其比丘聞法分別其義者此爲最上如是比丘觀察人根若有比丘成就七法者於現法中快樂無爲意欲斷漏亦無有疑是故比丘當求方便成此七法如是比丘當作是學爾時諸比丘聞佛所説歡喜奉行

聞如是一時佛在舍衛國祇樹給孤獨園爾時世尊告諸比丘三十三天晝度樹本縱廣五十由旬高百由旬東西南北蔭覆五十由旬三十三天在彼四月自相娛樂比丘當知或有是時彼晝度樹華葉彫落萎黄在地爾時諸天見此瑞應普懷歡喜欣情内發此樹不久當更生華實比丘當知或有是時彼樹華實皆悉彫落捐棄在地是時三十三天倍復歡喜自相謂言此樹不久當作灰色比丘當知復經歷數時彼樹便作灰色是時三十三天已見此樹而作灰色甚懷喜悦自相謂言而今此樹已作灰色不久當生羅網是時三十三天見此晝度樹已生羅網不久當生皰節爾時三十三天見已復懷歡喜此樹今日生皰節不久當復開敷比丘當知三十三天已見此樹漸漸開敷各懷歡喜此樹已漸漸開敷不久當盡著華比丘當知或有是時彼樹普悉開敷皆懷歡喜此樹今日皆悉著華爾時此香逆風百由旬内無不聞香者爾時諸天四月之中於彼自相娛樂樂不可計此亦如是若賢聖弟子意欲出家學道時如似彼樹始欲彫落復次賢聖弟子捐妻棄財

以信堅固出家學道剃除鬚髮如似彼樹葉落在地比丘當知若賢聖弟子無貪欲想除不善法念持歡樂遊志初禪似彼晝度樹而作灰色復次賢聖弟子有覺有觀息內有歡喜專其一心無覺無觀遊心二禪如似彼樹而生羅網復次賢聖弟子無念而有護自覺身有樂諸賢聖所救護念具足遊心三禪如似彼樹而生皰節復次賢聖弟子苦樂已盡先無愁憂無苦無樂護念清淨遊志四禪如似彼樹漸漸敷開復次賢聖弟子盡有漏成無漏心解脫智慧解脫於現法中而自娛樂生死已盡梵行已立所作已辦更不復受胎如實知之如似彼樹皆悉敷華是時賢聖弟子戒德之香遍聞四遠無不稱譽者四月之中自相娛樂遊心四禪具足行本是故諸比丘當求方便成戒德之香如是比丘當作是學爾時諸比丘聞佛所說歡喜奉行

聞如是一時佛在舍衛國祇樹給孤獨園爾時世尊告諸比丘我今當說七事水喻人亦如是諦聽諦聽善思念之諸比丘對曰如是世尊世尊告曰彼云何七事水喻而似人猶如有人沒在水底如復有人蹔出水還沒如復有人出水觀看如復有人出水而住如復有人於水中行如復有人出水而欲到彼岸如復有人已到彼岸是謂比丘七事水喻出現於世彼云何人沒在水底而不得出於是或有一人不善之法遍滿其體當經歷劫數不可療治是謂比人沒在水底彼何等人出水還沒或有一人信根漸薄雖有善法而不牢固彼身口意行善後復身口意行不善法

身壞命終生地獄中是謂此人出水還没彼何等人出水觀看於是或有人有信善根身口意行更不增益其法自守而住彼身壞命終生阿須倫中是謂此人出水而觀彼何等人出水住者於是或有人有信精進斷三結使更不退轉必至究竟成無上道是謂此人出水而住彼何等人欲度水者於是或有人信根精進恒懷慙愧斷三結使婬怒癡薄來至此世而斷苦際是謂此人欲度水者也彼何等人欲至彼岸或有人信根精進斷下五結成阿那含即彼般涅槃更不來此世是謂此人欲至彼岸者也何等人已至彼岸者於是或有一人信根精進而懷慚愧盡有漏成無漏於現法中而自娛樂生死已盡梵行已立所作已辦更不復受胎如實知之於此無餘涅槃界而般涅槃是謂此人已度彼岸者也是謂比丘有此七人水喻向汝等說諸佛世尊所應修行接度人民今已施行當在閑居靜處若在樹下當念坐禪勿起懈怠此是我之教誨爾時諸比丘聞佛所說歡喜奉行

聞如是一時佛在舍衛國祇樹給孤獨園爾時世尊告諸比丘聖王在遠國治化七法成就不爲怨家盜賊所擒獲云何爲七然彼城郭極爲高峻修治齊整是謂彼王先成就第一之法復次彼城門戶牢固是謂彼城成就此二法復次彼城外塹極深且廣是謂此城成就第三之法復次彼城內多諸穀米倉庫盈滿是謂彼城成就第四之法復次彼城饒諸薪草是謂彼城成就第五之法復次彼城多諸器仗備諸戰具是謂彼成就六法復次

彼城主極聰明高才豫知人情可鞭則鞭可治則治是謂彼城成就七法外境不能來侵是謂比丘彼城國主成就七法外人不得嬈近之此比丘亦復如是若成就七法弊魔波旬不得其便云何爲七於是比丘戒律成就威儀具足犯小律尚畏何況大者是謂比丘成就此第一之法弊魔波旬不得其便猶如彼城高廣極峻不可沮壞復次比丘若眼見色不起想著亦不興念具足眼根無所缺漏而護眼根耳聲鼻香舌味身觸意法亦復如是亦不起想具足意根而無亂想具足擁護意根是謂比丘成就此二法弊魔波旬不得其便如彼城郭門戶牢固復次比丘多聞不忘恒念思惟三法道教昔所經歷皆悉備知是謂比丘成就此第三之法弊魔波旬不得其便如彼城郭外塹極深且廣復次比丘多諸方便所有諸法初善中善竟善具足清淨得修梵行是謂比丘成就此四法如彼城郭多諸穀米外寇不敢來侵復次比丘思惟四增上心之法亦不脫漏是謂比丘成就此第五之法弊魔波旬不得其便如彼城郭多諸薪草外人不能來觸嬈復次比丘得四神足所爲無難是謂比丘成就第六之法弊魔波旬不得其便如彼城內器仗備具復次比丘具能分別陰持入界亦復分別十二因緣所起之法是謂比丘成就七法弊魔波旬不得其便如彼城郭之主聰明高才可收則收可放則放今此比丘亦復如是具知分別陰持入諸病若有比丘成就此七法者弊魔波旬終不得其便是故諸比丘當求方宜分別陰

持入及十二因緣不失次第便度魔界不處其中如是比丘當作是學爾時諸比丘聞佛所說歡喜奉行

聞如是一時佛在舍衛國祇樹給孤獨園爾時世尊告諸比丘我今當說七神止處汝等諦聽善思念之諸比丘對曰如是世尊是時世尊告諸比丘彼云何名爲七神識住處所謂衆生若干種身若干種想所謂人及天也又復衆生若干種身而有一想所謂梵迦夷天初出現世也又復衆生一身若干想所謂光音天也又復衆生一身一想所謂遍淨天也又復衆生無量空空處天也又復衆生無量識識處天也又復衆生無有處無有處天也是謂比丘七識住處我今已說七識處諸佛世尊所可施行接度人民今日已辦當在閑居樹下善修其行勿有懈怠此是我之教誨爾時諸比丘聞佛所說歡喜奉行

聞如是一時佛在舍衛國祇樹給孤獨園當於爾時尊者均頭身抱重患卧在牀蓐不能自起居是時均頭便念如來世尊今日不見垂愍又遭重患命在不久醫藥不接又聞世尊言一人不度吾終不捨然今獨見遺棄將何苦哉爾時世尊以天耳聞均頭比丘作是稱怨是時世尊告諸比丘汝等皆集至均頭比丘所問其所疾諸比丘對曰如是世尊世尊將衆多比丘漸漸至均頭比丘房是時均頭遙見如來來即自投地爾時世尊告均頭曰汝今抱患極爲篤重不須下牀吾自有座爾時世尊告均頭曰汝所患爲有增損病不增乎又能堪任受吾教耶是時均頭比丘白

佛言弟子今日所患極篤但有增無損也所服藥草靡不周遍世尊問曰瞻視病者竟爲是誰均頭白言諸梵行來見瞻視爾時世尊告均頭曰汝今堪與吾說七覺意乎均頭是時三自稱說七覺意名我今堪任於如來前說七覺意法世尊告曰若能堪任向如來說者今便說之是時均頭白佛言七覺意者何等爲七所謂念覺意如來之所說法覺意精進覺意喜覺意猗覺意定覺意護覺意是謂世尊有此七覺意者正謂此耳爾時尊者均頭說此語已所有疾患皆悉除愈無有衆惱是時均頭白世尊言藥中盛者所謂此七覺意法是也欲言藥中盛者不過此七覺意也今思惟此七覺意所有衆病皆悉除愈爾時世尊告諸比丘汝等受持此七覺意法善念諷誦設有狐疑於佛法衆者彼衆生類所有疾患皆悉除愈所以然者此七覺意甚難曉了一切諸法皆悉了知照明一切諸法亦如良藥療治一切衆病猶如甘露食之無猒若不得此七覺意者衆生之類流轉生死諸比丘當求方便修七覺意如是諸比丘當作是學爾時諸比丘聞佛所說歡喜奉行

聞如是一時佛在舍衛國祇樹給孤獨園爾時世尊告諸比丘若轉輪聖王出現世間時便有七寶出現世間所謂輪寶象寶馬寶珠寶玉女寶居士寶典兵寶是爲七寶是謂轉輪聖王出現世時便有此七寶流布世間若如來出現世間時便有七覺意寶出現世間云何爲七所謂念覺意法覺意精進覺意喜覺意猗覺意定覺意護覺意出現於世若如

來出現世間時便有此七覺意寶出現世間是故諸比丘當求方便修此七覺意如是諸比丘當作是學爾時諸比丘聞佛所說歡喜奉行

聞如是一時佛在舍衛國祇樹給孤獨園爾時世尊告諸比丘若轉輪聖王出現世間時爾時便選擇好地而起城郭東西十二由旬南北七由旬土地豐熟快樂不可言爾時彼城外郭七重圍遶七寶廁其間所謂七寶者金銀水精瑠璃琥珀碼碯硨磲是謂七寶復有七寶塹遶彼七重極爲深廣人所難踰其間皆有金沙復有七重樹兼生其間然彼樹復有七種色金銀水精瑠璃硨磲碼碯琥珀然彼城中周帀有七重門皆悉牢固亦七寶所造銀門以金扉施其間金門以銀扉錯其間水精門以瑠璃扉錯其間瑠璃門以水精扉錯其間碼碯門以琥珀扉錯其間甚爲快樂實不可言然彼城中四面有四浴池一一浴池縱廣一由旬自然有水金銀水精所造銀池水凍便成銀寶金池水凍便成金寶然轉輪聖王以此爲用爾時彼城中有七種音聲云何爲七所謂貝聲鼓聲小鼓聲鍾聲細腰鼓聲儛聲歌聲是謂七種聲爾時人民以此恒相娛樂而彼衆生無有寒溫亦無飢渴亦無疾病然轉輪聖王在彼遊化成就此七寶及四種神足無有缺減終無忘失轉輪聖王云何成就七寶所謂輪寶象寶馬寶珠寶玉女寶居士寶典兵寶復有千子極爲勇猛能降伏外寇此閻浮里地不以刀杖化彼國爾時有一比丘白世尊言轉輪聖王云何成

就輪寶世尊告曰是時轉輪聖王十五日清旦沐浴洗頭在大殿上玉女圍遶是時輪寶千輻具足從東方來而在殿前光曜煌煌非人所造去地七仞漸漸至王前住轉輪王見已便作是説吾從舊人邊聞若轉輪聖王十五日沐浴頭手在殿上坐是時輪寶自然從東方來在王前住吾今當試此輪寶是時轉輪王以右手執輪寶而作是説汝今以法迴轉莫以非法是時輪寶自然迴轉又在空中住轉輪聖王復將四部兵亦在虚空中是時輪寶迴向東方轉輪聖王亦從寶輪而去若輪寶住時是時轉輪聖王所將之衆亦在中住是時東方粟散王及人民之類遥見王來皆悉起迎又以金鉢盛碎銀銀鉢盛碎金奉上轉輪聖王而白王言善來聖王今此方域人民熾盛快樂不可稱計唯願大王當於中治化是時轉輪聖王告彼民曰汝等當以法治化莫以非法亦莫殺生竊盗婬泆慎莫非法治化是時輪寶復移至南方西方北方普綏化人民還來至王治處去地七仞而住如是比丘轉輪聖王成就輪寶也是時比丘白世尊言轉輪聖王云何成就象寶世尊告曰比丘當知轉輪聖王於十五日中沐浴澡洗在大殿上是時象寶從南方來而有六牙衣毛極白七處齊整皆以金銀珍寶而校飾之能飛行虚空爾時轉輪聖王見已便作是念今此象寶極爲殊妙世之希有體性柔和不行卒暴我今當試此象寶是時轉輪聖王清旦日欲初出乘此象寶遊四海外治化人民如是轉輪聖王成就象寶也是時比丘白世

尊言轉輪聖王云何成就馬寶世尊告曰若轉輪聖王出現世時是時馬寶從西方來毛衣極青毛尾朱光行不移動能飛在虛空無所罣礙見已極懷喜悅此馬寶實為殊妙今當役之又體性良善無有暴疾吾今當試此馬寶是時轉輪聖王即乘此馬經四天下治化人民還來至王治處如是比丘轉輪聖王成就馬寶也比丘白佛言復以何緣成就珠寶乎世尊告曰於是比丘轉輪聖王出現世時是時珠寶從東方來而有八角四面有大光長一尺六寸轉輪聖王見已便作是念今此珠寶極為殊妙吾當試之是時轉輪聖王夜半集四部之兵以此摩尼寶舉著高幢頭是時光明照彼國界十二由旬爾時城中人民之類見此光明已各各自相謂言日今已

出可理家事是時轉輪聖王在殿上普見人民已還入宮中是時轉輪聖王持此摩尼舉著宮內內外悉明靡不周遍如是比丘轉輪聖王成就珠寶也爾時比丘白佛言轉輪聖王云何成就玉女寶世尊告曰比丘當知轉輪聖王出現世時自然有此玉女寶現顏貌端正面如桃華色不長不短不白不黑體性柔和不行卒暴口氣作優鉢華香身作栴檀香恒侍從轉輪聖王左右不失時節常以和顏悅色視王顏貌如是比丘轉輪聖王成就此玉女寶也是時比丘白佛言轉輪聖王云何成就居士寶世尊告曰於是比丘轉輪聖王出現世時便有此居士寶出現世間不長不短身體紅色高才智達無事不閑又得天眼通是時居士來至王所而白王言唯願聖

王延壽無窮若王欲須金銀珍寶者盡當供給是時居士以天眼觀有寶藏者無寶藏者皆悉見之王有所須寶隨時給施是時轉輪聖王欲試彼居士時便將居士度水未至彼岸便語居士言我今欲須金銀珍寶正爾便辦長者報曰前至岸上當供給之轉輪王言我今此間須寶不須至岸上是時居士即前長跪叉手向水尋時水中七寶涌出是時轉輪聖王語彼長者止止居士更不須寶如是比丘轉輪聖王成就此居士寶也是時比丘白佛言轉輪聖王云何成就典兵寶世尊告曰若轉輪聖王出現世時便有典兵寶自然來應聰明蓋世豫知人情身體紅色來至轉輪聖王所白聖王言唯願聖王快自娛樂若聖王欲須兵衆正爾給辦進止之宜不失時節是時典兵寶隨王所念雲集兵衆在王左右是時轉輪聖王欲試典兵寶時便作是念使我兵衆正爾雲集尋時兵衆在王門外若轉輪聖王意欲使兵衆住使住進便進如是比丘轉輪聖王成就此典兵寶也比丘當知轉輪聖王成就此七寶是時彼比丘白世尊言轉輪聖王云何成就四大神足快得善利佛告比丘於是轉輪聖王顏貌端正世之希有出過世人猶彼天子無能及者是謂轉輪聖王成就此第一神足復次轉輪聖王聰明蓋世無事不練人中雄猛爾時智慧之豐無過此轉輪聖王是謂成就此第二神足復次比丘轉輪聖王無復疾病身體康強所可飲食自然銷化無便利患是謂比丘轉輪聖王成就此第三神足復次比丘轉輪聖王壽命

極長壽不可計爾時人中之命無過轉輪聖王之壽是謂比丘轉輪聖王成就此第四神足是謂比丘轉輪聖王有此四神足爾時彼比丘白佛言若轉輪聖王命終之後爲生何處世尊告曰轉輪聖王命終之後生三十三天受天千歲所以然者轉輪聖王自不殺生復教他人使不殺生自不竊盜復教他人使不偷盜自不婬泆復教他人使不行婬自不妄語復教他人使不妄語自行十善法復教他人使行十善比丘當知轉輪聖王緣此功德命終之後生三十三天爾時彼比丘便作是念轉輪聖王甚可貪慕欲言是人復非是人然其實非天又施行天事受諸妙樂不墮三惡趣若我今日持戒勇猛所有之福使將來世得作轉輪聖王者不亦快哉爾時世尊知彼比丘心中所念告彼比丘曰今在如來前勿作是念所以然者轉輪聖王雖成就七寶有四神足無能及者猶故不免三惡之趣地獄畜生餓鬼之道所以然者轉輪聖王不得四禪四神足不得四諦由此因緣復墮三惡趣人身甚爲難得遭值八難求出甚難生正國中亦復不易求善良友亦復不易欲與善知識相遇亦復不易欲從如來法中學道者亦復難遇如來出現甚不可遭所演法教亦復如是解四眞諦及四非常實不可得聞轉輪聖王於此四法亦不得究竟若比丘如來出現世時便有此七寶出現世間如來七覺意寶至無邊究竟天人所譽比丘今日善修梵行於此現身得盡苦際用此轉輪聖王七寶乎爾時彼比丘聞如來如是之教在閑

靜之處思惟道教所以族姓子剃除鬚髮出家學道欲修無上正業生死已盡梵行已立所作已辦更不復受有如實知之爾時彼比丘便成阿羅漢爾時彼比丘聞佛所說歡喜奉行

聞如是一時尊者童真迦葉在舍衛國晝闇園中是時迦葉夜半而經行爾時有天來至迦葉所在虛空中語迦葉言比丘當知此舍夜便有烟晝日火然婆羅門語智者曰汝今可持刀鑿山鑿山時必當見有負物當拔濟之汝重鑿山當鑿山時必當見山汝今當捨山汝今當鑿山當鑿山時必當見蝦蟇汝今當捨蝦蟇汝今當鑿山當鑿山時當見肉聚已見肉聚當捨離之汝今當鑿山當鑿山時當見枷已見枷便捨離之汝今當鑿山已鑿山當見二道已見二道當捨離之汝今當鑿山已鑿山當見樹枝已見樹枝當捨離之汝今當鑿山已鑿山當見龍已見龍勿與共語當自歸命務令得所比丘當善思念此義設不解者便往至舍衛城到世尊所而問此義若如來有所說者善念行之所以然者我今亦不見有人沙門婆羅門魔若魔天能解此義者除如來及如來弟子若從我聞是時迦葉報天曰此事甚佳爾時迦葉清旦至世尊所到已頭面禮足在一面坐以此因緣具白世尊爾時迦葉問世尊曰今當問如來義天之所說何所趣向何以故言當知此舍夜便有烟晝便火然何以故名爲婆羅門何以故名爲智者又言鑿山者其義何所趣向言刀者亦所不解何以故名爲負物又言山者其

義云何何以故復言蝦蟇何以故復言肉聚何以故復言枷何以故言二道樹枝義其義云何何以名龍世尊告曰舍者即是形體也四大色所造受父母血脉漸漸長大恒當養食不令有乏是分散法也夜有烟者衆生之類心之所念是也晝日火然者身口意所造行是也婆羅門者是阿羅漢也智者是學人也鑿山者精進之心是也刀者智慧是也負物者是五結也山者是憍慢也蝦蟇者瞋恚心是也肉聚者貪欲是也枷者五欲是也二道者疑是也樹枝者是無明也龍者如來至眞等正覺是也彼天所說其義如是汝今當熟思惟不久當盡有漏爾時迦葉受如來教在閑靜處而自修行所以族姓子剃除鬚髮出家學道者欲修梵行生死已盡梵行已立所作已辦更不復受胎如實知之爾時迦葉便成阿羅漢爾時迦葉聞佛所說歡喜奉行

聞如是一時佛在羅閱城迦蘭陀竹園所與大比丘衆五百人俱滿願子亦將五百比丘遊本生處爾時世尊於羅閱城九十日夏坐已漸漸在人間遊化來至舍衛城中祇樹給孤獨園爾時衆多比丘各散在人間遊化亦來至世尊所到已頭面禮足在一面坐爾時世尊問諸比丘汝等爲在何處夏坐諸比丘對曰在本所生處而受夏坐世尊告曰汝等所生之處比丘之中能自行阿練若復能稱譽阿練若自行乞食復教他人使行乞食不失時宜自著補衲衣復教他人使著補衲衣自修知足亦復歎譽知足之行自行少欲亦復歎說少欲之行自樂閑靜之處復教他人

在閑靜處自守其行復教他人使守其行已身戒具清淨復教他人使修其戒已身三昧成就復教他人使行三昧已身智慧成就復教他人使行智慧已身解脫成就復教他人使行解脫已身解脫見慧成就復教他人使行此法身能教化不有猒足說法無懈倦爾時諸比丘白世尊言比丘滿願子於此諸比丘中堪任教化已身修阿練若行亦復歎譽阿練若行已身著補衲衣少欲知足精進勇猛乞食樂閑靜處戒三昧智慧解脫解脫見慧成就復教他人使行此法自能教化說法無猒足爾時世尊與諸比丘說微妙法是時諸比丘聞佛說法已小停左右便從座起遶佛三帀便退而去爾時舍利弗去世尊不遠結跏趺坐正身正意繫念在前爾時舍利弗便作是念今滿願子快得善利所以然者諸梵行比丘歎譽其德然復世尊稱可其語亦不逆之我當何日與彼人得共相見與共談論是時滿願子於本生處教化周訖漸漸人間教化來至世尊所頭面禮足在一面坐爾時世尊漸與說法是時滿願子聞說法已即從座起頭面禮足便退而去以尼師壇著右肩上往詣晝闇園中爾時有一比丘遥見滿願子以尼師壇著右肩上至彼園中見已即往至舍利弗所白舍利弗言尊常所歎滿願子者方至如來所從佛聞法今詣園中尊宜知是時是時舍利弗聞比丘語即從座起以尼師壇著右肩上往至彼園中是時滿願子在一樹下結跏趺坐舍利弗亦復在一樹下端坐思惟是舍利弗復從座起往至滿願子

所到已共相問訊在一面坐爾時舍利弗問滿願子曰云何滿願子爲由世尊得修梵行爲弟子乎滿願子報言如是如是時舍利弗復問曰復因世尊得修清淨戒乎滿願子言非也舍利弗言爲由心清淨於如來所而修梵行乎滿願子報曰非也舍利弗言爲見清淨於如來所得修梵行乎滿願子報曰非也舍利弗言云何爲無猶豫得修梵行乎滿願子報曰非也舍利弗曰爲由行跡清淨得修梵行乎滿願子報曰非也舍利弗言云何於道之中智清淨得修梵行乎滿願子報曰非也舍利弗言云何知見清淨得修梵行乎滿願子報曰非也舍利弗言我今所問於如來所得修梵行乎汝復報吾言如是吾復問智慧心清淨道知見清淨得修梵行耶汝皆言非也汝今云何於如來所得修梵行耶滿願子報曰戒清淨義者能使心清淨心清淨義者能使見清淨見清淨義者能使無猶豫清淨無猶豫清淨義者能使行跡清淨行跡清淨義者能使道清淨道清淨義者能使知見清淨知見清淨義者能使入涅槃義是謂於如來所得修梵行舍利弗言汝今所說義何所趣向滿願子言我今當引譬喻解此義智者以譬喻自悟猶如今日波斯匿王從舍衛城至婆祇國兩國中間布七乘車是時波斯匿王出城先乘一車至第二車即乘第二車復捨第一車小復前行乘第三車而捨第二車小復前行乘第四車而捨第三車小復前行乘第五車而捨第四車又復前行乘第六車而捨第五車又復前行乘第七車捨第六

車入婆祇國是時波斯匿王已至宮中設有人問大王今日爲乘何等車來至此宮彼王欲何報舍利弗報言設當有人問者當如是報曰吾出舍衛城先乘第一車至第二車復捨二車乘第三車復捨三車乘第四車復捨四車乘第五車復捨五車乘第六車復捨六車乘第七車至婆祇國所以然者皆由前車至第二車展轉相因得至彼國設有人問者應當作是報之滿願子報曰戒清淨義亦復如是由心清淨得見清淨由見清淨得至除猶豫清淨由無猶豫義得至行跡清淨由行跡清淨義得至道清淨由道清淨義得至知見清淨由知見清淨義得至涅槃由涅槃義於如來所得修梵行所以然者戒清淨義者是受入之貌然如來說使除受入心清淨義亦是受入之貌然如來說除受入乃至知見之義亦是受入如來說除受入乃至涅槃如來所得修梵行若當戒清淨於如來所得修梵行者凡夫之人亦當取滅度所以然者凡夫之人亦有此戒法世尊所說者以次成道得至涅槃界非獨戒清淨得至滅度猶如有人欲上七重樓上要當以次而至戒清淨義亦復如是漸漸至心由心至見由見至無猶豫由無猶豫得至淨於行跡由淨行跡得至於道由於淨道得至知見由淨知見得至涅槃是時舍利弗即時稱善哉善哉快說此義汝今爲名何等諸比丘梵行之人稱汝何等號滿願子言我今名爲滿願子母姓彌多耶尼舍利弗言善哉善哉滿願子賢聖法中實無等倫懷抱甘露演布無窮我今所問甚深

之義汝盡演說設當諸梵行人以首戴行世間猶不能得報其恩其有來親近問訊者彼人快得善利我今亦得善利承受其教滿願子報曰善哉善哉如汝所言汝今爲名何等諸比丘爲何號舍利弗報曰我名優波帝舍母名舍利諸比丘號吾爲舍利弗滿願子言我今與大人共論先亦不知法之大主來至此間設當知尊者舍利弗來至此者亦無此辯共相訓荅然尊問此甚深之義尋時發遣善哉尊者舍利弗佛弟子中最爲上首恒以甘露法味而自娛樂設當諸梵行人以首戴尊者舍利弗行世間從歲至歲猶不能報斯須之恩其有衆生來問訊尊者親近者彼人快得善利我等亦快得善利爾時二賢在彼園中共如是論義是時一人各聞所說歡喜奉行

等法及晝度　水及城郭喻　識均頭二輪
婆蜜及七車

增壹阿含經卷第三十三

音釋

彫 丁聊切彫瘁也　萎 於危切蔫也枯也　皰節 皰匹貌切皰節謂蓝瘡枝節也　塹 七艷切遶城水也　牀蓐 牀仕莊切牀榻也蓐如欲切以荾蒲為薦席曰薄　猗 於羇切輕安也　厠 初吏切間也雜也　扉 匪微切戶扇也　輻 方六切輪輻也　七仭 仭音刃八尺曰仭　婬泆 婬夷斟切婬蕩也泆弋質切浧放也　澡 子浩切洗滌也　鑿山 鑿疾各切穿鑿也　蝦蟇 蝦胡加切蟇莫加切蝦蟇蛙屬

增壹阿含經卷第三十四

符秦三藏曇摩難提譯

七日品第四十之一

聞如是一時佛在舍衛國祇樹給孤獨園爾時衆多比丘食後皆集普會講堂作如是論議此須彌山極爲廣大非衆山所及甚奇甚特高廣極峻如是不久當復壞敗無有遺餘依須彌山更有大山亦復壞敗爾時世尊以天耳聞衆多比丘而作是論即從座起往至彼講堂所即就坐爾時世尊告諸比丘汝等在此爲何等論欲何所施行諸比丘對曰諸人集此論其法事向所論說皆自如法世尊告曰善哉比丘汝等出家正應法論亦復不捨賢聖默然所以然者若比丘集聚一處當施行二事云何爲二一者當共法論二者當賢聖默然汝等論此二事終獲安隱不失時宜汝等向者作何等如法之議諸比丘對曰今衆多比丘來集此堂作如是論議甚奇甚特此須彌山極高廣大然此須彌山如是不久當復壞敗及諸四面鐵圍山亦當如是壞敗向者集此作如法論也世尊告曰汝等欲聞此世間境界壞敗之變乎諸比丘白佛言今正是時唯願世尊以時演說使衆生之類心得解脫世尊告曰汝諸比丘善思念之哉在心懷諸比丘對曰如是世尊爾時諸比丘從佛受教世尊告曰須彌山者極爲廣大非衆山所及若比丘欲知須彌山出水上高八萬四千由旬入水亦深八萬四千由旬然須彌山四種寶所造金銀水精瑠璃又有四角亦四種所造金銀水精瑠璃金城銀郭銀城

金郭水精城瑠璃郭瑠璃城水精郭然須彌山上有五種天在彼居止皆由宿命緣而住彼間云何為五所謂彼銀城中有細脚天在彼居止彼金城中有尸利沙天在彼居止水精城中有歡悅天在彼居止瑠璃城中有力盛天在彼居止金銀城中間毗沙門天王在彼居住將諸閱叉不可稱計金城水精城中間毗留波叉天王將諸龍神在彼居止水精城瑠璃城中間有毗留勒天王在彼居止瑠璃城銀城中間有提頭賴吒天王在彼居止比丘當知須彌山下有阿須倫居止若阿須倫欲與三十三天共鬭時先與細脚天共鬭設得勝已復至金城與尸利沙天共鬭已勝尸利沙天復至水精城與歡悅天共鬭已勝彼天復至瑠璃城已勝彼天便共三十三天共鬭比丘當知須彌山頂三十三天在彼居止晝夜照明光自相照故致此耳依須彌山日月流行日天子城郭縱廣五十一由旬月天子城郭縱廣四十九由旬最大星縱廣一由旬最小星縱廣二百步須彌山頂東西南北縱廣八萬四千由旬近須彌山南有大鐵圍山長八萬四千里高八萬里又此山表有尼彌陀山圍彼山尼彌陀山復有山名佉羅山去此山復更有山名伊沙山去此復更有山名馬頭山去馬頭山復更有山名毗那耶山次毗那耶有山名鐵圍大鐵圍山鐵圍中間有八大地獄一一地獄有十六隔子然彼鐵圍山於閻浮里地多所饒益閻浮里地設無此鐵圍山者此間恒當臭處鐵圍山表有香積山香積山側有八萬四千白象王止住

彼間各有六牙金銀校飾彼香山中有八萬四千窟諸象在彼居止皆金銀水精瑠璃所造最上象者釋提桓因躬自乘之最下象者轉輪聖王乘之香積山側有摩陁池水皆生優鉢蓮華拘牟頭華然彼諸象掘根而食摩陁池水側復有山名優闍伽羅然彼山皆生若干種草木鳥獸蟲豸悉在彼間依彼山皆有神通得道之人而往彼間次復有山名般荼婆次復有山名耆闍崛山此是閻浮里地所依之處比丘當知或有是時若此世間欲壞敗時然天不降雨所種生苗不復長大諸有小河泉源皆悉枯竭一切諸行皆歸無常不得久住比丘當知或有是時此四大駛河所謂恒伽辛頭悉陀婆叉亦復枯竭而無遺餘如是比丘無常百變正謂此耳比丘或有是時若此世間有二日出時是時百草樹木皆悉彫落如是比丘無常變易不得久停是時諸泉源小水皆悉枯竭比丘當知若二日出時爾時四大海水百由旬內皆悉枯竭漸漸至七百由旬水自然竭比丘當知若世間三日出時是時四大海水千由旬內水自然竭漸漸乃至七千由旬水自然竭比丘當知若四日出現世時是時四大海水深千由旬在如是比丘一切諸行皆悉無常不得久住比丘當知或有是時若世間有五日出時是時四大海水餘有七百由旬水漸漸至百由旬比丘當知若五日出時是時海水一由旬在漸漸水竭而無遺餘若五日出時餘正有七尺水在五日出時海水盡竭無有遺餘比丘當知一切行無常不得久住比丘當知或

有是時六日出時此地厚六萬八千由旬皆悉烟出須彌山亦漸漸融壞若六日出時此三千大千國土皆悉融壞猶如陶家燒瓦器也是時三千大千剎土亦復如是洞然火出靡不周遍比丘當知若六日出時八大地獄亦復銷滅人民命終依須彌山五種之天亦復命終三十三天燄天乃至他化自在天亦復命終宮殿皆空若六日出時是時須彌山及三千大千剎土皆悉洞然而無有餘如是比丘一切行無常不得久住比丘當知或有是時若七日出時是時此地雖厚六萬八千由旬及三千大千剎土皆悉火起若復七日出時此須彌山漸漸融壞百千由旬自然崩落永無有餘亦復不見塵烟之分況見灰乎是時三十三天乃至他化自在天宮殿皆悉火然此間火燄乃至梵天上新生天子在彼天宮者由來不見劫燒見此燄光普懷恐懼畏爲火所燒然彼舊生天子等曾見劫燒便來慰勞後生天子汝等勿懷恐怖此火終不來至此間比丘當知七日出時從此間至六天乃至三千大千剎土悉爲灰土亦無形質之兆如是比丘一切行無常不可久保皆歸於盡爾時人民命終盡生他方剎土若生天上設復地獄中衆生宿罪已畢生天上若他方剎土設彼地獄衆生罪未畢者復移至他方剎土比丘當知若七日出時無復日月光明星宿之兆是時日月已滅無復晝夜是謂比丘由緣報故致此壞敗比丘復當知劫還成就時或有是時火還自滅虛空之中有大雲起漸漸降雨是時此三千大千剎土水遍

滿其中水乃至梵天上比丘當知是時此水漸漸停住而自銷滅復有風起名曰隨嵐吹此水聚著一處是時彼風復起千須彌山千祇彌陀山千尼彌陀山千佉羅山千伊沙山千毗那耶山千鐵圍山千大鐵圍山復生八千地獄復生千馬頭山千香積山千般荼婆山千優闍伽羅山千閻浮提千瞿耶尼千弗于逮千欝單越復生千四海水復生千四天王宮千三十三天千燄天千兜述天千化自在天千他化自在天比丘當知或有是時水滅地復還生是時地上自然有地肥極爲香美勝於甘露欲知彼地肥氣味猶如甜婆桃酒比丘當知或有此時光音天自相謂言我等欲至閻浮地看觀彼地形還復之時光音天子來下世間見地上有此地肥便以指嘗著口中而取食之是時天子食地肥多者轉無威神又無光明身體遂重而生骨肉即失神足不能復飛又彼天子食地肥少者身體不重亦復不失神足亦能在虛空中飛行是時天子失神足者皆共號哭自相謂言我等今日極爲窮厄復失神足即住世間不能復還天上遂食此地肥各各相視顏色彼時天子欲意多者便成女人遂行情欲共相娛樂是謂比丘初世成時有此婬欲流布世間是舊常之法女人必出於世亦復舊法非適今也是時餘光音天見此天子既已墮落皆來訶罵而告之曰汝等何爲行此不淨之行是時衆生等復作是念我等當作方便宜共止宿使人不見轉轉作屋舍自覆形體是謂比丘有此因緣令有屋舍比丘當知或有是時

地肥自然入地後轉生秔米極爲鮮淨亦無皮表極爲香好令人肥白朝收暮生暮收朝生是謂比丘爾時始有此秔米名生比丘或有是時人民懈怠不勤生活彼人便作是念我今何爲日日收此秔米應當二日一收是時彼人二日一收秔米爾時人民展轉懷妊由此轉有生分復有衆生語彼衆生言我等共取秔米是時彼人報曰吾已取二日食粮此人聞已復生此念我當儲四日食粮即時辦四日食粮復有衆生語彼衆生曰可共相將外收秔米此人報曰吾已收四日食粮彼人聞已便生此念吾當辦八日食粮即辦八日食儲爾時彼秔米更不復生是時衆生各生此念世間有大灾患今此秔米遂不如本今當分此秔米即時分秔米爾時衆生復生此念我今可自藏秔米當盜他秔米是時彼衆生自藏秔米便盜他秔米彼主見盜秔米語彼人曰汝何故取吾秔米今捨汝罪後莫更犯爾時世間初有此盜心是時復有衆生聞此語已復自生此念我今可自藏秔米當盜他秔米是時彼衆生便捨已物而取他物彼主見之已語彼人曰汝今何爲取我秔米乎然彼人默然不對是時物主即時手拳相加自今已後更莫相侵是時衆多人民聞衆生相盜各共雲集自相語言世間有此非法各共相盜今當立守田人使守護田其有衆生聰明高才者當立爲守田主是時即選擇主而語之曰汝等當知世間有此非法竊盜汝今守田當顧其直諸人民來取他秔米者即懲其罪爾時即安田主比丘當知爾時其

守田者號爲刹利種皆是舊法非爲今法爾時世尊便說此偈
始有刹利種　姓中之上者　聰明高才人　天人所敬侍
爾時其有人民侵他物者是時刹利取懲罰之然後彼人不改其愆故復犯之是時刹利之主勑作刀杖取彼人而梟其首爾時世間初有此殺生是時衆多人民聞此教令其有竊盜秔米者刹利主即取殺之皆懷恐懼衣毛皆竪各作草廬於中坐禪修其梵行而一其心捨離家業妻子兒婦獨靜其志修於梵行因此已來而有婆羅門名姓是時便有此二種姓出現世間比丘當知彼時由盜故便有殺生由殺故便有刀杖是時刹利主告人民曰其有端正高才者當使統此人民又告之曰其有人民竊盜者便懲其罪爾時便有此毗舍種姓出現於世爾時多有衆生便生此念今日衆生之類各共殺生皆由田業之所致今可來往周旋以自生活爾時便有首陁羅種姓出現世間爾時世尊便說此偈
初有刹利種　次有婆羅門　第三名毗舍　次復首陀姓　有此四種姓　漸漸而相生　皆是天身來　而同爲一色
比丘當知爾時有此殺盜心無復有此自然秔米爾時便有五種穀子一者根子二者莖子三者華子四者果子五者技子及餘所生之種子是謂五種之子皆是他方刹土風吹使來取用作種以此自濟如是比丘世間有是瑞應便有生老病死至使今日有五盛陰身不得盡於苦際此名爲刼成敗時之變易

也吾與汝說諸佛世尊常所應行今盡與汝說之當樂閑居靜處當念坐禪勿起懈怠今不精誠後悔無益此是我之教誨也爾時諸比丘聞佛所說歡喜奉行

聞如是一時佛在羅閱祇城迦蘭陀竹園所與大比丘衆五百人俱是時摩竭國王阿闍世在群臣中而作是說此跋祇國極爲熾盛人民衆多吾當攻伐攝彼邦土是時阿闍世王告婆利沙迦羅婆羅門曰汝今往至世尊所持吾姓名往問訊世尊禮敬承事云王阿闍世白世尊言意欲往攻伐跋祇國爲可爾不設如來有所說者汝善思惟來向吾說所以然者如來語終不有二是時婆羅門受王教勑往至世尊所共相問訊在一面坐是時婆羅門白佛言王阿闍世禮敬世尊承事問訊又復重白意欲往攻伐跋祇大國先來問佛爲可爾不爾時彼婆羅門以衣覆頭脚著象牙屐腰帶利劒不應與說法是時世尊告阿難曰若跋祇人民修七法者終不爲外寇所壞云何爲七若當跋祇國人民盡集一處而不散者便不爲他國所壞是謂初法不爲外寇所敗復次阿難跋祇國人上下和順是時跋祇人民不爲外人所擒是謂第二之法不爲外寇所壞復次阿難若跋祇國人亦不邪婬著他女人色是謂第三之法不爲外寇所壞復次阿難若跋祇國不從此閒而傳至彼亦復不從彼閒傳來至此是謂第四之法不爲外寇所壞復次阿難若跋祇國人供養精進沙門婆羅門承事禮敬梵行人者是謂第五之法是時便不爲外寇所壞復次阿難

若跋祇國人民不貪著他財寶者是謂第六法不爲外寇所壞復次阿難若跋祇國人民皆同一心不向神寺專精其意便不爲外寇所壞也是謂第七之法不爲外寇所壞是謂阿難彼跋祇人修此七法者終不爲外人所壞是時梵志白佛言設當彼人成就一法猶不可壞何況七法而可壞乎止止世尊國事猥多欲還所止爾時梵志即從座起而去彼梵志去不遠爾時世尊告諸比丘我今當說七不退轉法汝等諦聽善思念之諸比丘白佛言唯然世尊爾時諸比丘從佛受教世尊告曰云何七不退轉法比丘當知若比丘共集一處皆共和順上下相奉轉進於上修諸善法而不退轉亦不爲魔所得便是謂初法不退轉也復次衆僧和合順從其教轉進於上而行不退轉不爲魔王所壞是謂第二之法不退轉也復次比丘不著事務不修世業轉進於上不爲魔天所得其便是謂第三不退轉法復次比丘不諷誦雜書終日役其情意轉進於上不爲魔王而得其便是謂第四不退轉法復次比丘勤修其法除去睡眠恒自警寤轉進於上不爲弊魔而得其便是謂第五不退轉法復次比丘不學筭術亦不使人習之樂閑靜處修習其法轉進於上不爲弊魔而得其便是謂第六不退轉法復次比丘起一切世間不可樂想習於禪行忍諸法教轉進於上不爲魔所得便也是謂第七不退轉法若有比丘成就此七法共和合者便不爲魔得其便也爾時世尊便說此偈

除去於事業　又非思惟亂　設不行此者

亦不得三昧　能樂於法者　分別其法義
比丘樂此行　便致三昧定
是故比丘當求方便成此七法如是諸比丘
當作是學爾時諸比丘聞佛所說歡喜奉行
聞如是一時佛在舍衛國祇樹給孤獨園爾
時世尊告諸比丘我今當說七使汝等善思
念之諸比丘對曰如是世尊是時諸比丘從
佛受教世尊告曰云何爲七一者貪欲使二
者瞋恚使三者憍慢使四者癡使五者疑使
六者見使七者欲世間使是謂比丘有此七
使使衆生之類永處幽闇纒結其身流轉世
間無有休息亦不能知生死根原猶如彼二
牛一黑一白共同一梔共相牽引不得相遠
此衆生類亦復如是爲此貪欲使無明使所
纒結不得相離其餘五使亦復追從五使適
從七使亦然若凡夫人爲七使所縛流轉生
死不得解脫不能知苦之原本比丘當知由
此七使便有三惡趣地獄畜生餓鬼由此七
使不能得度弊魔境界然此七使之法復有
七藥云何爲七貪欲使者念覺意治之瞋恚
使者法覺意治之邪見使者精進覺意治之
欲世間使者喜覺意治之憍慢使者猗覺意
治之疑使者定覺意治之無明使者護覺意
治之是謂比丘此七使者用七覺意治之比
丘當知我本未成佛道爲菩薩行坐道樹下
便生斯念欲界衆生爲何等所繫復作是念
此衆生類爲七使流轉生死永不得解脫我
今亦爲此七使所繫不得解脫爾時復作是
念此七使爲用何治復重思惟此七使者當
用七覺意治我當思惟七覺意時有漏心盡

便得解脱後成無上正眞之道七日之中結跏趺坐重思惟此七覺意是故諸比丘若欲捨七使者當念修行七覺意法如是諸比丘當作是學爾時諸比丘聞佛所説歡喜奉行

聞如是一時佛在舍衛國祇樹給孤獨園爾時世尊告諸比丘有七種人可事可敬是世間無上福田云何七種人所謂七人者一者行慈二者行悲三者行喜四者行護五者行空六者行無相七者行無願是謂七種之人可事可敬是世間無上福田所以然者其有衆生行此七法於現法中獲其果報爾時阿難白世尊言何以故不説須陀洹斯陀含阿那含阿羅漢辟支佛佛乃説此七事乎世尊告曰行慈七人其行與須陀洹乃至佛其事不同雖供養須陀洹乃至佛不現得報然供養此人者於現世得報是故阿難當勤加勇猛成辦七法如是阿難當作是學爾時阿難聞佛所説歡喜奉行

聞如是一時佛在毗舍離獼猴池側與大比丘衆五百人俱是時世尊到時著衣持鉢及將阿難入毗舍離乞食爾時毗舍離城内有大長者名毗羅先饒財多寶不可稱計然復慳貪無惠施心雖殖宿福更不造新爾時彼長者將諸婇女在後宫作倡伎樂自相娱樂爾時世尊往詣彼巷知而問阿難曰今聞作倡伎樂爲是何家阿難白佛是毗羅先長者家佛告阿難此長者却後七日命終當生啼哭地獄中所以然者此是常法若斷善根人命終之時皆生啼哭地獄中今此長者宿福已盡更不造新阿難白佛言頗有因緣使此

長者七日不命終乎佛告阿難無此因緣得不命終昔所種行今日已盡此不可免阿難白佛言頗有方宜令此長者不生啼哭地獄乎佛告阿難有此方宜可使長者不入地獄耳阿難白佛何等因緣使長者不入地獄佛告阿難設此長者剃除鬚髮著三法衣出家學道者便得免此罪也阿難白佛言今我能使此長者出家學道爾時阿難辭世尊已往至彼長者家在門外立是時長者遥見阿難來即出奉迎便請使坐時阿難語長者曰今我是一切智人阿難言然如來今記汝身却後七日當取命終生啼哭地獄中長者聞已即懷恐懼衣毛皆竪白阿難曰頗有此因緣使七日中不命終乎阿難告曰無此因緣令七日中得免命終長者復白言頗有因緣我今命終不生啼哭地獄中乎阿難告曰世尊亦有此教若當長者剃除鬚髮著三法衣出家學道者便不入地獄中汝今可宜出家學道得到彼岸長者白言阿難並在前去我正爾當往是時阿難便捨而去長者便作是念言七日者猶尚為遠吾今宜可五欲自娛樂然後當出家學道是時阿難明日復至長者家語長者曰一日已過餘有六日在可時出家長者白言阿難並在前正爾當尋從然彼長者猶故不去是時阿難二日三日乃至六日至長者家語長者曰可時出家後悔無及設不出家者今日命終當生啼哭地獄中長者白阿難曰尊者並在前正爾當隨後阿難告曰長者今日以何神足至彼間方言先遣吾耶但今欲共一時往是時阿難將此長者

往至世尊所到已頭面禮足白佛言今此長者欲得出家學道唯願如來當與剃除鬚髮使得學道佛告阿難汝今躬可度此長者是時阿難受佛教勑即時與長者剃除鬚髮教令著三法衣使遵正法是時阿難教彼比丘曰汝當念修行念佛念法念比丘僧念戒念施念天念休息念安般念身念死當修行如是之法是謂比丘行此十念者便獲大果報得甘露法味是時毗羅先修行如是法已即其日命終生四天王中是時阿難即耶維彼身還至世尊所頭面禮足在一面立爾時阿難白世尊言向者比丘毗羅先者今已命終爲生何處世尊告曰今此比丘命終生四天王中阿難白佛言於彼命終當生何處世尊告曰於彼命終當生三十三天展轉生豔天兜術天化自在天他化自在天從彼命終復還來生乃至四天王中是謂阿難毗羅先比丘七反周旋天人之中最後得人身出家學道當盡苦際所以然者斯於如來有信心故阿難當知此閻浮提地南北二萬一千由旬東西七千由旬設有人供養閻浮里地人其福爲多不阿難白佛言甚多甚多世尊告曰阿難若有衆生如𤛓牛頃信心不絕修行十念者其福不可量無有能稱量者如是阿難當求方便修行十念如是阿難當作是學爾時阿難聞佛所說歡喜奉行

聞如是一時佛在舍衛國祇樹給孤獨園爾時世尊告諸比丘我今當說極妙之法初善中善竟善理義深邃具足得修梵行此經名爲淨諸漏法汝等善思念之諸比丘對曰如

是世尊是時諸比丘從佛受教世尊告曰彼云何爲淨諸漏法或有有漏緣見得斷或有有漏恭敬得斷或有有漏親近得斷或有有漏遠離得斷或有有漏娛樂得斷或有有漏威儀得斷或有有漏思惟得斷彼云何有漏由見得斷於是凡夫之人不覩聖人不順從如來之法不能擁護賢聖之法不親近善知識不與善知識從事其聞法所應思惟法者亦不分別不應思惟者而思惟之未生欲漏而生已生欲漏便增多未生有漏而生已生有漏便增多未生無明漏而生已生無明漏便增多此法不應思惟而思惟之彼云何法應思惟然不思惟此法所言思惟法者未生欲漏使不生已生欲漏而滅之未生有漏令不生已生有漏而滅之未生無明漏令不生已生無明漏而滅之是謂此法應可思惟而不思惟所不應思惟者便思惟之所應思惟者復不思惟之未生欲漏而生已生欲漏而增多未生有漏而生已生有漏而增多未生無明漏而生已生無明漏而增多彼人作如是思惟云何有過去久遠我今當有過去久遠或復思惟無過去久遠云何當有過去久遠爲誰有過去久遠云何復有當來久遠過去久遠爲誰有過去久遠云何復有當來久遠我今當有將來久遠或復言無將來久遠云何當有將來久遠爲誰有將來久遠云何有此有衆生久遠此衆生久遠爲從何來從此命終當生何處彼人起此不祥之念便興六見展轉生邪見想有我見審有此見無有我見審與此見有我見無我見於中起審見

又復自觀身復興此見於已而不見已復興此見於無我而不見無我於中起此見爾時彼人復生此邪見我者即是今世亦是後世常存於世而不朽敗亦不變易復不移動是謂名爲邪見之聚邪見災患憂悲苦惱皆由此生而不可療治亦復不能捨遂增苦本由是不爲沙門之行涅槃之道又復比丘賢聖弟子修行其法不失次叙善能擁護與善知識共從事彼能分別不可思惟法亦能知之所可思惟法亦能知之彼所不應思惟法亦不思惟之所應思惟法而思惟之彼云何不應思惟法而不思惟之於是諸法未生欲漏而生已生欲漏而增多未生有漏而生已生有漏而增多未生無明漏而生已生無明漏而增多是謂此法不應思惟者而不思惟之彼何等法應思惟者而思惟之於諸法未生欲漏而不生已生欲漏而滅之未生有漏而不生已生有漏而滅之未生無明漏而不生已生無明漏而滅之是謂此法應可思惟而思惟之彼不應思惟者亦不思惟之可思惟者便思惟之彼作如是思惟便滅三法云何爲三身邪戒盜疑設不知不見則增有漏之行設見聞念知者則不增有漏之行已知已見有漏便不生是謂此漏見所斷也彼云何漏恭敬所斷於是比丘堪忍饑寒勤苦風雨蚊虻惡言罵辱身生痛惱極爲煩疼命垂欲斷便能忍之若不爾者便起苦惱設復能堪忍者如是不生是謂此漏恭敬所斷彼云何漏親近所斷於是比丘持心受衣不興榮飾但使支其形體欲除寒熱欲令風雨不加其

身又覆形體不令外露又復持心隨時乞食不起染著之心但欲趣支形體使故疾得瘥新者不生守護衆行無所觸犯長夜安隱而修梵行久存於世復持心意親近牀座亦不著榮華服飾但欲除饑寒風雨蚊虻之類趣支其形得行道法又復持心親近醫藥不生染著之心於彼醫藥但欲使疾病除愈故身體得安隱設不親近者則生有漏之患若親近則無有漏之患是謂此漏親近所斷彼云何有漏遠離所斷於是比丘除去亂想猶如惡象駱駝牛馬虎狼狗蛇蚖深坑危岸荆棘峻崖深泥皆當遠離之莫與惡知識從事亦復不與惡人相近能熟思惟不去心首設不將護者則生有漏設擁護者則不生有漏是謂有漏遠離所斷彼云何有漏娛樂所斷於是比丘生欲想而不捨離設起瞋恚想亦不捨離設復起疾想亦不捨離設不捨離者則生有漏設能捨離者便能不起有漏是謂此漏娛樂所斷云何有漏威儀所斷於是比丘若眼見色不起色想亦不起染汙之心具足眼根亦無缺漏而護眼根若耳聞聲鼻嗅香舌知味身知細滑意知法都不起染汙之心亦不起想著而護意根若不攝其威儀則生有漏若攝其威儀者則無有漏之患是謂此漏威儀所斷彼何等有漏思惟所斷於是比丘修念覺意依無欲依無汙依滅盡而求出要修法覺意精進覺意喜覺意猗覺意定覺意護覺意依無欲依無汙依滅盡而求出要若不修此者則生有漏之患設能修者則不生有漏之患是謂此漏思惟所斷若復比丘

於比丘中諸所有漏見斷者便見斷之恭敬斷者恭敬斷之親近斷者親近斷之遠離斷者遠離斷之娛樂斷者娛樂斷之威儀斷者威儀斷之思惟斷者思惟斷之是謂比丘具足一切威儀能斷愛結度於四流漸漸越於苦際是謂比丘除有漏之法諸佛世尊常所施行慈念一切有形之類今已施行汝等常樂閑居樹下勤加精進勿有懈怠今不勤加者後悔無益此是我之教訓爾時諸比丘聞佛所說歡喜奉行

增壹阿含經卷第三十四

音釋

戢 側立切藏也斂也　閱叉 梵語也亦名藥叉此云勇健閱音悅　佉羅 梵語也山名佉丘迦切　蟲豸 蟲直弓切有足曰蟲豸直爾切無足曰豸　駃 音史疾也　劫燒 劫訖業切燒失照切劫燒謂劫火也　慰勞 慰紆胃切安也勞郎到切亦慰也　隨嵐 梵語也亦云毗嵐此云迅猛嵐盧含切　甜 徒兼切甘也　秔米 秔古行切稉不粘者曰秔　懲 直陵切創也戒也　愆 去乾切過也　屐 奇逆切屩也　梔 音尼正作軛轅端橫木駕牛領者爲軛　𤛓 音搆謂取乳也　蚊蝱 蚊音文蝱眉庚切並齧人之飛蟲也　疼 徒冬切痛也　駱駝 駱盧各切駝徒河切駱駝正作橐駝謂能負囊橐而馱物也

增壹阿含經卷第三十五

符秦三藏曇摩難提譯

七日品第四十之二

聞如是一時佛在阿踰闍江水邊與大比丘衆五百人俱是時大均頭在閑靜之處而作是念頗有此義增益功德爲無此理是時均頭即從座起往至世尊所頭面禮足在一面坐爾時均頭白佛言世尊向者在閑靜之處而作是念頗有此理所行衆事得益功德耶我今問世尊唯願說之世尊告曰可得增益功德均頭白佛言云何得增益功德世尊告曰增益有七事其福不可稱量亦復無人能筭計此者云何爲七於是族姓子若族姓女未曾起僧伽藍處於中與立者此初福不可計復次均頭若善男子善女人能持牀座施彼僧伽藍者及與比丘僧是謂均頭第二之福不可稱計復次均頭若善男子善女人以食施彼比丘僧是謂均頭第三之福不可稱計復次均頭若善男子善女人以遮雨衣給施比丘僧者是謂均頭第四功德其福不可計量復次均頭若族姓子族姓女以藥施與比丘僧者是謂第五之福不可稱計復次均頭若善男子善女人曠野作好井者是謂均頭第六功德不可稱量復次均頭善男子善女人近道作舍使當來過去得止宿者是謂均頭第七功德不可稱計是謂均頭七功德法其福不可稱量若行若坐正使命終其福隨後如影隨形其德不可稱量言當有爾許之福亦如大海水不可升斗量之言當有爾許之水此七功德亦復如是其福不可稱限

是故均頭善男子善女人當求方便成辦七功德如是均頭當作是學爾時均頭聞佛所說歡喜奉行

聞如是一時佛在舍衛國祇樹給孤獨園爾時世尊告諸比丘汝等當修行死想思惟死想時彼座上有一比丘白世尊言我常修行思惟死想世尊告曰汝云何思惟修行死想比丘白佛言思惟死想時意欲存七日思惟七覺意於如來法中多所饒益死後無恨如是世尊我思惟死想世尊告曰止止比丘此非行死想之行此名爲放逸之法復有一比丘白世尊言我能堪任修行死想世尊告曰汝云何修行思惟死想比丘白佛言我今作是念意欲存在六日思如來正法已便取命終此則有所增益如是思惟死想世尊告曰止止比丘汝亦是放逸之法非爲思惟死想也復有比丘白佛言欲存在五日或言四日或言三日二日一日者爾時世尊告諸比丘止止比丘此亦是放逸之法非爲思惟死想爾時復有一比丘白世尊言我堪任修行死想比丘白佛言我到時著衣持鉢入舍衛城乞食乞食已還出舍衛城歸所在入靜室中思惟七覺意而取命終此則思惟死想世尊告曰止止比丘此亦非思惟修行死想汝等諸比丘所說者皆是放逸之行非是修行死想之法是時世尊重告比丘其能如婆迦利比丘者此則名爲思惟死想彼比丘者善能思惟死想猒患此身惡露不淨若比丘思惟死想繫念在前心不移動念出入息往還之數於其中間思惟七覺意則於如來法多所

饒益所以然者一切諸行皆空皆寂起者滅者皆是幻化無有真實是故比丘當於出入息中思惟死想便脫生老病死愁憂苦惱如是比丘當作是學爾時諸比丘聞佛所說歡喜奉行

聞如是一時佛在舍衛國祇樹給孤獨園爾時波斯匿王即勑群臣速嚴羽葆之車吾欲往世尊所禮拜問訊是時大王即出城至世尊所頭面禮足在一面坐爾時如來與無央數衆圍遶說法是時七尼揵子復有七倮形人復有七黑梵志復有七倮形婆羅門去世尊不遠而過是時波斯匿王見此諸人去世尊不遠而過即白佛言觀此諸人經過不住皆是少欲知足無有家業今此世間阿羅漢者此人最爲上首所以然者於衆人中極爲苦行不貪利養世尊告曰大王竟未識眞阿羅漢不以倮形露體名爲阿羅漢大王當知此皆非眞實之行當念觀察久遠未變又復當觀可親知親可近知近所以然者過去久遠世時有七梵志在一處學年極衰弊以草爲衣裳食以菓蓏起諸邪見各生此念我等持此苦行之法使後作大國王或求釋梵四天王爾時有阿私陀天師是諸婆羅門祖父知彼梵志心中所念即從梵天上沒來至七婆羅門所是時阿私陀天師去天服飾作婆羅門形在露地經行是時七梵志遥見阿私陀經行各懷瞋恚而作是語此是何等著欲之人在我等梵行人前行今當呪灰滅之是七梵志即手掬水灑彼梵志呪曰汝今速爲灰土然婆羅門遂懷瞋恚天師顏色倍更端

正所以然者慈能滅瞋是時七梵志便作是念我等將不爲禁戒退轉乎我等正起瞋恚彼人便自端正爾時七人與天師便說此偈

爲天乾沓和　羅刹鬼神乎　是時名何等
我等欲知之

是時阿私陀天師即時報偈曰

非天乾沓和　非鬼羅刹神　天師阿私陀
今我身是也
我今知汝心　中所念故從　梵天上來下　耳梵
天去此極爲玄遠彼天帝身亦復如是轉輪
聖王亦不可得不可以此苦行作釋梵四天
王是時天師阿私陀便說此偈

心內若干念　外服而麤獷　但勤修正見
遠離於惡道　心戒清淨行　口行亦復然
遠離於惡念　必當生天上

是時七梵志白天師曰審是天師乎報曰是也但念梵志不以倮形得生天上未必修此苦行得生梵天之處又非露暴形體作若干苦行得生彼處能攝心意使不移動便得生天上不可以卿等所習得生彼處大王觀察此義不以倮形名爲阿羅漢凡夫之人欲知眞人者此事不行又復眞人能分別所習凡夫之行又復凡夫之人不能知凡夫之行眞人便能知凡夫之行但大王知之當方便知久遠已來非適今也當以觀之如是大王當以方便學之爾時波斯匿王白世尊言如來所說甚爲快哉非世人所能曉了然國事多猥欲還所止佛告王曰王宜知是時爾時王即從座起禮世尊足便退而去爾時波斯匿王聞佛所說歡喜奉行

聞如是一時佛在釋翅迦毗羅衛國尼拘屢園與大比丘衆五百人俱爾時世尊食後從尼拘屢園往至毗羅耶致聚中在一樹下坐是時執杖釋種出迦毗羅越至世尊所在前默然而住爾時執杖釋種問世尊言沙門作何教爲何等論世尊告曰梵志當知我之所論非天龍鬼神所能及也亦非著世復非住世我之所論正謂斯耳是時執杖釋種頷頭歎吒已便退而去爾時如來即從座起還詣所止爾時世尊告諸比丘向者在彼園中坐有執杖釋種來至我所而問我言沙門爲作何等論吾報之曰我之所論非天世人所能及也亦不著世復非住世我之所論正謂斯耳是時釋種聞此語已便退而去爾時有一比丘白世尊言云何亦不著世復非住世世尊告曰如我所論者都不著世汝今於欲而得解脫斷於釋種狐疑無有衆想我之所論者正謂此耳爾時世尊作此語已即起入室是時諸比丘各相謂言世尊向所論者略說其義誰能堪任廣說此義乎是時諸比丘自相謂言世尊恒歎譽尊者大迦旃延今唯有迦旃延能說此義耳是時衆多比丘語迦旃延曰向者如來略說其義唯願尊者當廣演之事事分別使諸人得解迦旃延報曰猶如聚落有人出於彼村欲求眞實之物彼若見大樹便取斫殺取其枝葉而捨之去然今汝等亦復如是捨如來已來從枝求實然彼如來皆觀見之靡不周遍照明世間爲天人導如來者是法之眞主汝等亦當有此時節自然當遇如來說此義時諸比丘對曰如來

雖是法之眞主廣演其義然尊者爲世尊記堪任廣說其義迦旃延報曰汝等諦聽善思念之吾當演說分別其義諸比丘對曰甚善是時諸比丘從受其教迦旃延告曰今如來所言我之所論非天龍鬼神所能及亦非著世復非住世然我於彼而得解脫斷諸狐疑無復猶豫如今衆生之徒好喜鬬訟起諸亂想又如來言我不於中起染著心此是貪欲瞋恚邪見欲世間使憍慢使疑使無明使或遇刀杖苦痛之報與人鬬訟起若干不善之行起諸亂想與不善行若眼見色而起識想三事相因便有更樂已有更樂便有痛已有痛便有所覺已有所覺便有想已有想便稱量之起若干種想著之念若耳聞聲鼻齅香舌嘗味身更細滑意知法而起識想三事相

因便有更樂已有更樂便有痛已有痛便有所覺已有所覺便有想已有想便稱量之於中起若干想著之念是貪欲使瞋恚使邪見使憍慢使欲世間使癡使疑使皆起刀杖之變與若干種變不可稱計若有人作是說亦無眼亦無色而有更樂此事不然設復言無更樂有痛者此亦不然設言無痛而有想著者此事不然設復有人言無耳無聲無鼻無香無舌無味無身無細滑無意無法而言有識者終無此理也設言無識而有更樂者此事不然設無更樂而言有痛者此事不然設言無痛而有想著者此事不然若復有人言有眼有色於中起識此是必然若言耳聲鼻香舌味身細滑意法於中起識者此事必然諸賢當知由此因緣世尊說曰我之所論天

及世人魔若魔天不能及者亦不著世復不住世然我於欲而得解脫斷於狐疑無復猶豫世尊因此緣略說其義耳汝等若心不解者更至如來所重問此義設如來有所說者好念奉持是時衆多比丘聞迦旃延所言亦不言善復不言非即從座起而去自相謂言我等當持此義往問如來設世尊有所說者當奉行之是時衆多比丘往至世尊所頭面禮足在一面坐爾時衆多比丘以此本緣具白世尊爾時如來告比丘曰迦旃延比丘聰明辯才廣演其義設汝等至吾所問此義我亦當以此與汝說之爾時阿難在如來後是時阿難白佛言此經義理極爲甚深猶如有人行路渴乏而遇甘露取而食之極爲香美食無猒足此亦如是其善男子善女人所至到處聞此法而無猒足重白世尊此經名何等當云何奉行佛告阿難此經名曰甘露法味當念奉行爾時阿難聞佛所說歡喜奉行

莫畏品第四十一

聞如是一時佛在釋翅迦毗羅衛尼拘屢園中是時摩訶男釋往至世尊所頭面禮足在一面坐爾時摩訶男釋白世尊言躬從如來受此言教諸有善男子善女人斷三結使成須陀洹名不退轉必成道果更不求諸外道異學亦復不觀察餘人所爲設當爾者此事不然我若見暴牛馬駱駝即時恐懼衣毛皆豎復作是念設我今日懷此恐懼當取命終者爲生何處世尊告曰摩訶男勿起恐畏之心設當取命終不墮三惡趣所以然者今有三消滅之義云何爲三如有著於婬欲而起

惱亂復起害心向他人已無此欲則不起殺害之心於現法中不起苦惱諸有惡不善法欲自害已設無此者則無擾亂便無愁憂是謂摩訶男此三義諸惡不善法便墮在下諸善之法便在於上亦如酥瓶在水中壞是時瓦石便沉在下酥便浮在上此亦如是諸惡不善之法便在於下諸善之法便浮在上摩訶男當知我昔日未成佛道在優留毗六年勤苦不食膳味身體極爲羸瘦如似百年之人皆由不食之所致若我欲起時便自墮地時我復作是念設我於中命終者當生何處時我復作是念我今命終者必不生惡道中然復義趣不可從樂至樂要當由苦然後至樂我爾時復遊在仙人窟中爾時有衆多尼揵子在彼學道是時尼揵子舉手指日暴體學道或復蹲而學道我爾時往至彼所語尼揵子汝等何故離座舉手翹足乎彼尼揵子曰瞿曇當知昔我先師作不善行今所以苦之欲滅其罪今雖露形體有慙辱分亦消滅此事瞿曇當知行盡苦亦盡苦盡行亦盡苦行已盡便至涅槃我爾時復語尼揵子曰此事不然亦不由行盡苦亦盡亦不由苦盡行亦盡得至涅槃但令苦行盡得至涅槃者此事然矣但不可從樂至樂尼揵子曰頻婆娑羅王從樂至樂有何苦哉我爾時復語尼揵子曰頻婆娑羅王樂何如我樂尼揵子報我言頻婆娑羅王樂勝汝樂也我爾時復語尼揵子曰頻婆娑羅王能使我七日七夜結跏趺坐形體不移動乎正使六五四三乃至一日結跏趺坐乎尼揵子報曰不也瞿曇世尊

告曰我能堪任結跏趺坐形不移動云何尼揵子誰者爲樂頻婆娑羅王樂耶爲我樂耶尼揵子報曰瞿曇沙門樂如是摩訶男當以此方便知不可從樂至樂要當從苦至樂猶如摩訶男大村左有大池水縱廣一由旬水滿其中若復有人來取彼一滴水云何摩訶男水何者爲多一滴水多爲池水多乎摩訶男曰池水多非一滴水多也世尊告曰此亦如是賢聖弟子諸苦已盡永無復有餘存在者如一滴水耳如我衆中最下道者不過七死七生而盡苦際若復勇猛精進便爲寂滅即得道跡爾時世尊重與摩訶男說微妙之法彼聞法已即從座起而去爾時摩訶男聞佛所說歡喜奉行

聞如是一時尊者那伽波羅在鹿野城中是時有一婆羅門年垂朽邁昔與尊者那伽波羅少小舊欵是時婆羅門往至那伽波羅所共相問訊在一面坐爾時梵志語那伽波羅曰汝今所樂之中最爲快樂那伽波羅曰汝觀何等義而作是說於樂之中最爲快樂婆羅門報曰我頻七日中七男兒死皆勇猛高才智慧難及近六日之中十二作使人無常能堪作使無有懈怠近五日已來四兄弟無常多諸技術無事不閑近四日已來父母命終年向百歲捨我去世近三日已來二婦復死顏貌端正世之希有又復家中有八窖珍寶昨日求之而不知處如我今日遭此苦惱不可稱計然尊者今日永離彼患無復愁憂以道法而自娛樂我觀此義已故作是說於樂之中最爲快樂是時尊者那伽波羅告彼

梵志曰汝何爲不作方便使彼爾許之人而不命終乎梵志對曰我亦多作方便欲令不死又不失財亦復隨時布施作諸功德祠祀諸天供養諸長老梵志擁護諸神誦呪術亦能瞻視星宿亦復能和合藥草亦以甘饌飲食施彼窮厄如此之比不可稱也然復不能濟彼命根是時尊者那伽波羅便說此偈

藥草諸呪術　衣被飲食具　雖施而無益
猶抱身苦行　正使祭神祠　香華及沐浴
計校此原本　無能療治者　假使施諸物
精進持梵行　計校此原本　無能療治者

是時梵志問曰當行何法使無此苦惱之患是時尊者那伽波羅便說此偈

恩愛無明本　與諸苦惱患　彼滅而無餘
便無復有苦

是時梵志聞是說已即時便說此偈

雖老不極老　所行如弟子　願聽出家學
使得離此災

是時尊者那伽波羅即授彼三衣使出家學道又告之曰汝今比丘當觀此身從頭至足此髮毛爪齒爲從何來形體皮膚骨髓腸胃悉從何來設從此去當至何所是故比丘勿多憂念世間苦惱又當觀此毛孔之中求方便成四諦是時尊者那伽波羅便說此偈

除想勿多憂　不久成法眼　無常行如電
不遇此大幸　一一觀毛孔　生者滅者原
無常行如電　施心向涅槃

是時彼長老比丘受如是言教在閑靜之處思惟此義所以族姓子剃除鬚髮以信堅固出家學道者欲修無上梵行生死已盡梵行

已立所作已辦更不復受胎如實知之是時彼比丘便成阿羅漢是時有天是彼比丘舊知識見彼比丘成阿羅漢已便往至那伽波羅所在虛空中而說此偈

已得具足戒　在彼閑靜處　得道心無著　除諸原惡本

是時彼天復以天華散尊者上即於空中沒不復現爾時彼比丘及天聞尊者那伽波羅所說歡喜奉行

聞如是一時佛在舍衛國祇樹給孤獨園爾時世尊告諸比丘當觀七處之善又察四法於此現法之中名爲上人云何比丘觀七處之善於是比丘以慈心遍滿一方二方三方四方四維上下亦復如是盡於世間以慈心遍滿其中悲喜護心空無相願亦復如是諸根具足飲食自量恒自覺悟如是比丘觀七處云何比丘察四處之法於是比丘內自觀身除去愁憂身意止外復觀身身意止內外觀身身意止內自觀痛痛意止外自觀痛痛意止內外觀痛痛意止內觀心心意止外觀心心意止內外觀心心意止除去愁憂無復苦患內觀法法意止外觀法法意止內外觀法法意止如是比丘觀四法之善若復比丘能如是七處善及察四法於此現法中名爲上人是故比丘當求方便辦七處之善及觀四法如是比丘當作是學爾時諸比丘聞佛所說歡喜奉行

聞如是一時佛在釋翅伽毗羅越城尼拘屢園與大比丘衆五百人俱是時衆多比丘往至世尊所頭面禮足在一面坐爾時衆多比

丘白世尊言我等欲詣北方遊化世尊告曰宜知是時是時世尊復告比丘曰汝等爲辭舍利弗比丘乎諸比丘對曰不也世尊爾時世尊告諸比丘汝等往辭舍利弗比丘所以然者舍利弗比丘恒與諸梵行人教誡其法說法無猒足爾時世尊與諸比丘說微妙之法諸比丘聞法已即從座起禮世尊足遶佛三帀便退而去爾時舍利弗在釋翅神寺中遊爾時衆多比丘往至舍利弗所共相問訊在一面坐是時衆多比丘白舍利弗言我等欲詣北方人間遊化今已辭世尊舍利弗言卿等當知北方人民沙門婆羅門皆悉聰明智慧難及復有人民喜來相試若當來問卿諸賢師作何等論設當作是問者欲云何報之諸比丘報曰設當有人來問者我當以此義報之色者無常其無常者即是苦苦者無我無我者空也以空無我彼空如是智者之所觀也痛想行識亦復無常苦空無我其實空者彼無我空如是智者之所學也此五盛陰皆空皆寂因緣合會皆歸於磨滅不得久住八種之道將從有七我師所說正謂此耳若剎利婆羅門人民之類來問我義者我等當以此義報之是時舍利弗語衆多比丘曰汝等堅持心意勿爲輕舉是時舍利弗具足與諸比丘說微妙法即從座起而去是時衆多比丘去不遠舍利弗告諸比丘當云何行八種道及七種法是時衆多比丘白舍利弗言我等乃從遠來欲聞其義唯願說之舍利弗報曰汝等諦聽善思念之吾今當說是時諸比丘而受其教舍利弗告曰若一心念正

見者念覺意不亂也等治者念一心一切諸法法覺意也等語者身意精進精進覺意也等業者一切諸法得生喜覺意也等命者知足於賢聖之財悉捨家財安其形體猗覺意也等方便者得賢聖四諦盡除去諸結定覺意也等念者觀四意止身無牢固皆空無我護覺意也等三昧者不獲者獲不度者度不得證者使得證也設當有人來問此義云何修八種道及七法汝等當如是報之所以然者八種道及七法其有比丘修行此者有漏心便得解脫我今重告汝等其有比丘修行思惟八種道及七法者彼比丘便成二果而無狐疑得阿那含若阿羅漢且捨此事若不能多一日之中行此八種道及七法者其福不可稱計得阿那含若阿羅漢是故諸賢當求方便行此八種道及七法者於取道無有狐疑爾時諸比丘聞舍利弗所說歡喜奉行

聞如是一時佛在舍衛國祇樹給孤獨園爾時世尊告迦葉曰汝今年已朽邁無少壯意宜可受諸長者衣裳及其飲食大迦葉白佛言我不堪任受彼衣食今此納衣隨時乞食快樂無比所以然者將來亦當有比丘形體柔輭心貪好衣食便於禪退轉不復能行苦業又當作是語過去佛時諸比丘等亦受人請受人衣食我等何爲不法古時聖人乎坐貪著衣食故便當捨服爲白衣使諸賢聖無復威神四部之衆漸漸減少聖衆已減少如來神寺復當毀壞如來神寺已壞經法復當凋落是時衆生無復精光已無精光壽命遂短是時彼衆生命終已皆墮三惡趣猶如今

曰衆生之類爲福多者皆生天上當來之世爲罪多者盡入地獄世尊告曰善哉善哉迦葉多所饒益爲世人民作良祐福田迦葉當知吾涅槃後千歲餘當有比丘於禪退轉不復行頭陀之法亦不乞食著補納衣貪長者請受其衣食亦復不在樹下閑居之處好喜莊飾房舍亦不用大小便爲藥但著餘藥草極甘美者或於其中貪著財貨慳惜房舍恒共鬭諍爾時檀越施主篤信佛法好喜惠施不惜財物是時檀越施主命終之後盡生天上比丘懈怠者死入地獄中如是迦葉一切諸行皆悉無常不得久保又迦葉知將來之世當有比丘剃除鬚髮而習家業左抱男右抱女又執箏簫在街巷乞食爾時檀越施主受福無窮況復今日至誠乞食者如是迦葉一切行無常不可久保迦葉當知將來之世若有沙門比丘當捨八種道及七種法如我今日於三阿僧祇劫所集法寶將來諸比丘以爲歌曲在衆人中乞食以自濟命然彼檀越施主雖飯彼比丘衆猶獲其福況復今日而不得其福乎我今持此法付授迦葉及阿難比丘所以然者吾今年老已向八十然如來不久當取滅度今持法寶付囑二人善念誦持使不斷絶流布世間其有遏絶聖人言教者便爲墮邊際是故今日囑累汝經法無令脱失是時大迦葉及阿難即從座起長跪叉手白世尊曰以何等故以此經法付授二人不囑累餘人乎又復如來衆中神通弟子不可稱計然不囑累世尊告迦葉曰我於天上人中終不見此人能受持此法寶如迦葉

阿難之比然聲聞中亦復不出二人上者過去諸佛亦復有此二人受持經法如今迦葉阿難比丘之比極爲殊妙所以然者過去諸佛頭陀行比丘法存則存法没則没然我今日迦葉比丘留住在世彌勒佛出世然後取滅度由此因緣今迦葉比丘勝過去時比丘之衆又阿難比丘云何得勝過去侍者過去時諸佛侍者聞他所說然後乃解然今日阿難比丘如來未發語便解如來意須是不須是皆悉知之由此因緣阿難比丘勝過去時諸佛侍者是故迦葉阿難吾今付授汝囑累汝此法寶無令缺減爾時世尊便說此偈

一切行無常　起者必有滅　無生則無死

此滅爲最樂

是時大迦葉及阿難聞佛所說歡喜奉行

增壹阿含經卷第三十五

音釋

阿踰闍 梵語也江水名踰音俞闍音蛇
尼揵子 梵語也此云離繫揵巨言切
菓蓏 蓏郎果切菓木實曰菓草實曰蓏
掬 音菊兩手捧也
灑 所蟹切汎也
麤獷 麤倉胡切踈也獷古猛切麤惡貌
顉頭 顉五感切低頭也又點頭以應也
吒 陟嫁切痛惜曰吒
蹲 徂尊切踞也
翹 渠堯切企也
邁 莫拜切老也
窖 古孝切地藏也
胃 于貴切穀府也

增壹阿含經卷第三十六

符秦三藏曇摩難提譯

八難品第四十二之一 八法初

聞如是一時佛在舍衛國祇樹給孤獨園爾時世尊告諸比丘凡夫之人不聞不知說法時節比丘當知有八不聞時節人不得修行云何爲八若如來出現世時廣演法教得至涅槃如來所行然此衆生在地獄中不聞不覩是謂初一難若復如來出現世時廣演法教然此衆生在畜生中不聞不覩是謂第二之難復次如來出現世時廣說法教然此衆生在餓鬼中不聞不覩是謂第三之難復次如來出現世時廣演法教然此衆生在長壽天上不聞不覩是謂第四之難復次如來出現世時廣演法教然此衆生在邊地生誹謗賢聖造諸邪業是謂第五之難復次如來出現世時廣演法教得至涅槃然此衆生生於中國又且六情而不完具亦復不別善惡之法是謂第六之難若復如來出現世時廣演法教得至涅槃然此衆生在於中國雖復六情完具無所缺漏然彼衆生心識邪見無人無施亦無受者亦無善惡之報無今世後世亦無父母世無沙門婆羅門等成就得阿羅漢者自身作證而自遊樂是謂第七之難復次如來不出現世亦復不說法使至涅槃者又此衆生生在中國六情完具堪任受法聰明高才聞法則解修行正見便有物有施有受者有善惡之報有今世後世世有沙門婆羅門等修正見取證得阿羅漢者是謂第八之難非梵行人所修行是謂比丘有此八難

非梵行所修行於是比丘有一時節法梵行人所修行云何爲一於是如來出現世時廣演法教得至涅槃然此人生在中國世智辯聰觸物皆明修行正見亦能分別善惡之法有今世後世世有沙門婆羅門等修正見取證得阿羅漢者是謂梵行人修行一法得至涅槃爾時世尊便說此偈

八難非一類　令人不得道　如今現在前
世間不可遇　亦當學正法　亦莫失是處
追憶過去等　便生地獄中　於是斷無欲
思惟於正法　久存於世間　而無斷滅時
於是斷無欲　思惟於正法　永斷生死原
久存於世間　已得於人身　分別正眞法
諸不得果者　必遊八難處　今說有八難
佛法之要行　一難猶尚劇　如板孔浮海
雖當離一難　然可有此理　設離一四諦
永離於正道　是故當專心　思惟於妙理
至誠聽正法　便得無爲處

是故比丘當求方便遠離八難之處莫願其中如是諸比丘當作是學爾時諸比丘聞佛所說歡喜奉行

聞如是一時佛在舍衛國祇樹給孤獨園爾時世尊告諸比丘有八大地獄云何爲八一者還活地獄二者黑繩地獄三者等害地獄四者啼哭地獄五者大啼哭地獄六者阿鼻地獄七者餤地獄八者大餤地獄是謂比丘八大地獄爾時世尊便說此偈

還活及黑繩　等害二啼哭　五逆阿鼻獄
餤大餤地獄　此名八地獄　其中不可處
皆由惡行本　十六隔子圍　然彼鐵獄上

爲火之所焼　遍一由旬内　熾火極赫盛
四城四門戶　其閒甚平整　又以鐵作城
鐵板覆其上

斯由衆生罪報之緣令彼衆生受苦無量肉血銷盡唯有骨存以何等故名爲還活地獄又彼衆生形體挺直亦不動揺爲苦所逼不得移轉形體已無肉血是時衆生自相謂言衆生還活是時彼衆生便自還活以此因緣故名還活地獄復以何因緣名爲黑繩地獄然彼衆生形體筋脉皆化爲繩以鋸鋸身故名爲黑繩地獄復以何因緣名爲等害地獄是時彼衆生集在一處而梟其首尋復還生由此因緣名爲等害地獄復以何因緣名爲啼哭地獄然彼衆生善本斷滅無有毛髮遺餘在在彼獄中受惱無量於中稱怨喚呼聲不斷絶由此因緣名爲啼哭地獄復以何因緣名爲大啼哭地獄然彼衆生在地獄中受無量苦痛不可稱計於中喚呼椎胷自摑同聲唱嗥由此因緣名爲大啼哭地獄復以何因緣名爲阿鼻地獄然衆生類殺害父母壞佛偷婆鬬亂衆僧習邪倒見與邪見共相應一劫不可療治以是之故名爲阿鼻地獄復以何因緣名爲燄地獄然衆生類在彼獄中形體烟出皆悉融爛故名爲燄地獄復以何因緣名爲大燄地獄然彼衆生在此獄中都不見罪人之遺餘故名大燄地獄是謂比丘由此因緣名爲八大地獄然八地獄一一地獄有十六隔子其名優鉢地獄鉢頭地獄拘牟頭地獄分陁利地獄未曾有地獄永無地獄愚惑地獄縮聚地獄刀山地獄湯灰地獄

火山地獄灰河地獄荆棘地獄沸屎地獄劒樹地獄熱鐵丸地獄如是此十六隔子不可稱量使彼衆生身壞命終生地獄中彼或有衆生毁正見者誹謗正法而遠離之命終之後皆生還活地獄中諸有衆生好喜殺生便生黑繩地獄中其有衆生屠殺牛羊及種種類命終之後生等害地獄中其有衆生不與取竊他物者便生啼哭地獄中其有衆生常喜婬泆又復妄語命終之後生大啼哭地獄中其有衆生殺害父母破壞神寺鬬亂聖衆誹謗聖人習倒邪見命終之後生阿鼻地獄中其有衆生此間鬬語傳使至彼設彼間鬬復傳來至此求人方便彼人命終之後生啖地獄中其有衆生鬬亂彼此貪著他物興起慳嫉意懷猶豫命終之後生大啖地獄中其有衆生造諸雜業命終之後生十六隔子之中是時獄卒役彼衆生苦痛難量或斷其手或斷其脚或斷手脚或截耳鼻或取材木壓之或以草著其腹或取髮懸之或剥其皮或割其肉或分爲二分或還縫合或取五刖或取火側炙之或融鐵灑或五擽之或張其身或以利斧而梟其首尋復還生要當人中所作罪畢然後乃出是時獄卒取彼衆生大槌碎其形體或取舂脉剥之又復駈逐使上劒樹復駈使下是時有鐵嘴鳥尋復食之復取五繫之不得動轉尋復舉著大鑊湯中加以鐵叉而害其身風吹其身復還生如故是時獄卒復使衆生上刀山火山不令停住於中受苦不可稱量要當人中所作罪畢然後乃出是時罪人不堪受此苦痛復求入熱灰地

獄中受痛無量復從中出入逆刺地獄其中風吹痛不可計復從中出入熱屎地獄中是時熱屎地獄中有蝡細蟲啖彼骨肉是時衆生不堪受苦痛復移至劍樹地獄傷壞形體痛不可忍是時獄卒語彼衆生曰汝等爲從何來是時罪人報曰我曹亦復不知爲從何來又問爲從何去報曰亦復不知當何所至又問今欲求何等報曰吾等極患饑渴是時獄卒以熱鐵丸著彼罪人口中燒爛身體痛不可堪要當畢其罪本然後乃命終是時罪人復還經爾許地獄於中受苦數千萬歲然後乃出比丘當知閻羅王便作是念諸有衆生身口意行惡盡當受如此之罪諸有衆生身口意行善者如是之比皆當生光音天是時世尊便說此偈

愚者常歡喜　如彼光音天　智者常懷懼
猶如處地獄

是時罪人聞閻羅王作是教令我今何日當滅昔所作罪於此命終得受人形生在中國與善知識共會父母篤信佛法於如來衆中得出家學道於現法中得盡有漏成無漏我今重告汝勤加用意去離八難處得生中國與善知識相遇得修梵行所願成果不失本誓是故比丘若善男子善女人欲離八大地獄及十六隔子者當求方便修八正道如是諸比丘當作是學爾時諸比丘聞佛所說歡喜奉行

聞如是一時佛在毗舍離柰氏園中與大比丘衆五百人俱漸漸復在人中遊化是時世尊還顧觀毗舍離城尋時便說此偈

今觀毗舍離　更後不復覩　亦復更不入

於是當別去

是時毗舍離城中人民聞說此偈普懷愁憂從世尊後各各墮淚自相謂曰如來滅度將在不久世間當失光明世尊告曰止止諸人勿懷愁憂應壞之物欲使不壞者終無此理吾先以有此四事之教由此得作證亦復與四部衆說此四事之教云何爲四一切行無常是謂一法一切行苦是謂二法一切行無我是謂三法涅槃爲滅盡是謂第四法本如是不久如來當取滅度汝等當知四法之本普與一切衆生而說其義爾時世尊欲使毗舍離城人民還歸即化作大坑如來將比丘衆在於彼岸國土人民而在此岸是時世尊即擲己鉢在虚空中與彼人民又告之曰汝等好供養此鉢亦當供養高才法師長夜之中獲福無量是時世尊與彼鉢已即時詣拘尸那竭國是時拘尸那竭國人民五百餘力士集在一處各作此論我同共造奇特之事使後命終之時名稱遠布子孫共傳昔日拘尸那竭力勢叵及斯須復作是念當造立何功德爾時去拘尸那竭國不遠有大方石長百二十步廣六十步我等當共豎之盡其筋力欲得豎立而不尅獲亦不動揺何况能舉之乎是時世尊便往至彼所而告之曰諸童子欲何所施爲時諸童子即白佛言我等向者各作此論欲移此石使世世稱傳其名施功已來乃經七日然不能使此石移轉佛告諸童子卿等欲使如來豎此石乎童子報言今正是時唯願世尊當安此石是時世尊以

左手摩捫此石舉著右手中擲著虛空中是時彼石乃至梵天上是時拘尸那竭力士不見此石而白世尊曰此石今何所至我等今日成共不見世尊告曰此石今乃至梵天上童子白佛言此石何時當來閻浮里地上世尊告曰我今當引譬喻智者以譬喻自解設復有人往梵天上取此石投閻浮地者十二年乃到然今如來威神所感正爾當還如來說此語已是時彼石尋時還來虛空之中雨諸天華若千百種是時彼童子五百餘人遥見石來各各馳散不安本處佛告童子勿懷恐懼如來自當知時爾時世尊舒左手遥接彼石著右手中而竪立之是時三千大千剎土六反震動虛空之中諸神妙天散種種優鉢蓮華是時五百童子皆歎未曾有甚奇甚特如來威神實不可及此石今長百二十步廣六十步然以一手而安處之是時五百童子白佛言如來以何力移動此石爲神足力爲用智慧力安處此石乎佛告童子曰吾亦不用神足力亦復不用智慧之力吾今用父母力安處此石諸童子白佛言不審如來用父母力其事云何世尊告曰吾今當與汝引譬喻智者以譬喻自解童子當知十駱駝力不如一凡象力又復十駱駝及一凡象力不如一迦羅勒象力又復十駱駝及一凡象力并迦羅勒象力不如一鳩陁延象力正使十駱駝一凡象乃至鳩陀延象力不如一婆摩那象力復計此象之力不如一迦泥留象力也復計諸象之力復不如一優鉢象力復計爾許象力復不如一鉢頭摩象力復計爾許

象力復不如一拘牟陀象力復取計校之復不如一分陀利象力復取計校之復不如一雪象之力復取計校之復不如一香象之力復取計校之復不如一摩訶那極之力復取計校之復不如一那羅延之力復取計校之復不如一轉輪聖王之力復取計校之復不如一阿維越致之力復取計校之復不如一補處菩薩之力復取計校之復不如一道樹下坐菩薩之力復取計校之復不如一如來父母遺體之力吾今以父母之力安處此石爾時五百童子復白世尊言如來神足力者其事云何世尊告曰吾昔日有弟子名曰目揵連神足之力最爲第一爾時共遊在毗羅若竹園村中爾時國土至儉人民相食白骨盈路然出家學道乞求難得聖衆羸瘦氣力虛竭又復村中生民之類皆懷饑色無復聊賴是時大目揵連來至我所而白我言今此毗羅若極爲饑儉乞求無處生民困悴無復生路我亦躬從如來受此言教今此地下有自然地肥極爲香美唯願世尊聽許弟子反此地肥令在上使此人民得食噉之又使聖衆得充氣力我爾時告目連曰諸地中蠉動之蟲欲安處何所目連白言當化一手似此地形又以一手反此地肥使蠉動之蟲各安其所我爾時復告目連曰汝當有何心識欲反此地目連白言我今反此地形猶如力人反一樹葉而無疑難我爾時語目連曰止止目連不須反此地肥所以然者衆生覩此當懷恐怖衣毛皆竪諸佛神寺亦當毀壞是時目連前白佛言唯願世尊聽許聖衆詣鬱單

越乞食佛告目連此大衆中無神足者當云何詣彼乞食目連白佛言其無神足者我當接詣彼土佛告目連止止目連何須聖衆詣彼乞食所以然者將來之世亦當如是饑儉乞求難得人無顏色爾時諸長者婆羅門當語比丘言汝等何不詣鬱單越乞食昔日釋種弟子有大神足遇此饑儉皆共詣鬱單越乞食而自存濟今日釋迦弟子無有神足亦無威神沙門之行便輕易比丘使彼長者居士普懷憍慢之心受罪無量目連當知以此因緣諸比丘衆不宜盡往詣彼乞食諸童子當知目連神足其德如是計目連神足之力遍三千大千刹土無空缺處不如世尊神足之力百倍千倍巨億萬倍不可以譬喻爲比如來神足其德不可量也諸童子白佛言如來智慧力者何者是乎世尊告曰我昔日亦有弟子名舍利弗智慧之中最爲第一如大海水縱廣八萬四千由旬水滿其中又須彌山高八萬四千由旬入水亦如是然閻浮里地南北二萬一千由旬東西七千由旬今取較之以四大海水爲墨以須彌山爲樹皮現閻浮里地草木作筆使三千大千刹土人民盡能書欲寫舍利弗比丘智慧之業然童子當知四大海水墨筆人之漸漸命終不能使舍利弗比丘智慧竭盡如是童子我弟子之中智慧第一不出舍利弗智慧之上計此舍利弗比丘遍滿三千大千刹土無空缺處欲比如來之智慧百倍千倍巨億萬倍不可譬喻爲比如來智慧力者其事如是是時童子復白佛言頗更有力出此力者乎世尊告曰

亦有此力出諸力之上何者是所謂無常力是今日如來夜半在雙樹間爲無常力所牽當取滅度爾時諸童子咸共墮淚如來取滅度何其速哉世衰眼目爾時君荼羅繫頭比丘尼是婆陀長者女此比丘尼便作是念吾聞世尊取滅度不久然日數已盡今宜可往至世尊所親覲問訊是時彼比丘尼即出毗舍離城往至世尊所遥見如來將諸比丘衆及五百童子欲詣雙樹間爾時比丘尼至世尊所頭面禮足白世尊言我聞世尊取滅度將在不久世尊告曰如來取滅度正在今日夜半耳是時比丘尼白佛言我今所以出家學道又不果所願然世尊捨我滅度唯願説微妙之法使果其願世尊告曰汝今當思惟苦之原本比丘尼復白佛言實苦世尊實苦如來世尊告曰汝觀何等義而言苦乎比丘尼白佛言生苦老苦病苦死苦憂悲惱苦怨憎會苦恩愛别苦取要言之五盛陰苦如是世尊我觀此義已故言謂苦是時比丘尼思惟義已即於座上得三達智是時比丘尼白佛言我不堪見世尊取滅度唯願聽許先取滅度是時世尊默然可之是時比丘尼即從座起禮世尊足尋於佛前身飛在虚空作十八變或行或坐或復經行身放烟火涌沒自由無所觸礙或出水火遍滿空中是時彼比丘尼作無央數變已即於無餘涅槃界而取滅度是時當取滅度之日八萬天子得法眼淨爾時世尊告諸比丘我聲聞中第一比丘尼智慧捷疾者所謂君荼羅比丘尼是也是時世尊告阿難曰汝往雙樹間與如來敷座

對曰如是世尊即受佛教往雙樹間與如來敷座還至世尊所頭面禮足白世尊言敷座已訖使頭北向宜知是時即時世尊往彼樹間就所敷座是時尊者阿難白世尊言有何因緣如來敷座言頭北向佛告阿難吾滅度後佛法當在北天竺以此因緣故使敷座北向是時世尊分別三衣爾時阿難白佛以何等故如來今日分別三衣佛告阿難我以當來之世檀越施主故分別此衣耳欲使彼人受其福故故分別衣耳是時世尊須臾之頃口出五色光遍照方域爾時阿難復白佛言復以何因緣如來今日口出五色光世尊告曰我向作是念本未成道時長處地獄吞熱鐵丸或食草木長此四大或作騾驢駱駝象馬猪羊或作餓鬼長此四大或作人形有受胎之厄或受天福食自然甘露我今已成如來以根力覺道成如來身由此因緣故口出五色光耳是時須臾之間口出微妙之光勝於前光是時阿難白世尊言復以何因緣如來重出妙光勝於前者世尊告曰我向者作是念過去諸佛世尊取滅度時遺法不久存於世我復重思惟以何方便使我法得久存在世如來身者金剛之數意欲碎此身如芥子許流布世間使將來世信樂檀越不見如來形像者取供養之因緣是福祐當生四姓家四天王家三十三天焰天兜術天化自在天他化自在天因此福祐當生欲界色界無色界或復有得須陀洹道斯陀含道阿那含道阿羅漢道辟支佛道若成佛道由此因緣故出斯光明耳是時世尊躬自襞僧伽梨四

疊右脇著地脚脚相累是時尊者阿難悲泣涕零不能自勝又自考責旣未成道爲結所縛然復世尊捨我滅度當何恃怙是時世尊知而告諸比丘曰阿難比丘今爲所在諸比丘對曰阿難比丘今在如來牀後悲號墮淚不能自勝又自考責旣不成道又不斷結使然今世尊捨我涅槃爾時世尊告阿難曰止止阿難無爲愁憂夫物處世應當壞敗欲使不變易者此事不然勤加精進念修正法如是不久亦當盡苦際成無漏行過去時多薩阿竭阿羅訶三耶三佛亦有如此侍者正使將來恒沙諸佛亦當有此侍者如阿難比轉輪聖王有四未曾有法云何爲四於是轉輪聖王欲出國界時人民見者莫不喜悅爾時轉輪聖王有所言教其有聞者靡不喜悅聞其言教乃無猒足爾時轉輪聖王默然正使民人見王默然亦復歡喜是謂比丘轉輪聖王有此四未曾有法比丘當知阿難今日亦有四未曾有法云何爲四正使阿難比丘默然至大衆中其有見者莫不歡悅正使阿難比丘有所說者其聞語者皆共歡喜假使默然亦復如是正使阿難比丘至四部衆中刹利婆羅門衆中入國王居士衆中皆悉歡悅與恭敬心視無猒足正使阿難比丘有所說者其聞法教受無猒足是謂比丘有此四未曾有法是時阿難白世尊言當云何與女人從事然今比丘到時著衣持鉢家家乞食福度衆生佛告阿難莫與相見設與相見莫與共語設共語者當專心意爾時世尊便說此偈

莫與女交通　亦莫共言語　有能遠離者
則離於八難

增壹阿含經卷第三十六

音釋

摑 古獲切打也　嗥 胡刀切呼也哭也　縮 所六切縛束也　沸屎 沸方味切屎詩止切　剥 伯各切褫也脫也　刖 魚厥切斷足也　擽 正作磔陟華切謂裂其支體而殺之　觜 即委切喙也　鑊 胡郭切釜屬　叵 普火切不可也　摩捫 捫音門摩捫謂摩抄捫摸也　擲著 擲直炙切授也著音灼置也　蝡動 蝡音軟蟲動也　自襞 襞必亦切摺疊衣也　脇 虛業切腋下也

增壹阿含經卷第三十七

符秦三藏曇摩難提譯

八難品第四十二之二

當云何與車匿比丘從事世尊告曰當以梵法罰之阿難白佛言云何梵法罰之世尊告曰不應與車匿比丘有所說亦莫言善復莫言惡然此比丘亦復不向汝當有所說阿難白佛言設不究事者此則犯罪不重乎世尊告曰但不與語即是梵法之罰然由不改者當將詣衆中諸人共彈使出莫與說戒亦莫與法會從事爾時世尊便說此偈

欲與彼怨家　而報其怨者　恒念莫與語
此惡無過者

是時拘尸那竭人民聞如來當取滅度剋在夜半是時國土人民往至雙樹間到已頭面禮足在一面坐爾時人民白世尊言今聞如來當取滅度我等當云何興敬是時世尊顧視阿難是時阿難即作是念如來今日身體疲倦欲使我指授彼義是時阿難右膝著地長跪叉手白世尊言今有二種之姓一名婆阿陀二名須拔陀今來自歸如來聖衆唯願世尊聽爲優婆塞自今已後不復殺生復有名帝奢二名憂波帝奢復有名弗舍二名難頭如是之比皆來歸如來唯願世尊聽爲優婆塞自今之後不復殺生奉持五戒是時世尊廣說法發遣使歸是時五百摩羅衆即從座起遶佛三帀便退而去爾時世尊告阿難曰吾最後受證弟子所謂拘尸那竭五百摩羅是也爾時須拔梵志從波波國來至拘尸那竭國遥見五百人來即問之曰汝等爲從

何來五百人報曰須拔當知如來今日當取滅度在雙樹間是時須拔便作是念如來出現於世甚爲難遇如來出世時時乃有如優曇鉢華億劫乃出我今少多有疑不解諸法唯彼瞿曇沙門能解我狐疑我今可往至彼瞿曇所而問此義是時須拔梵志至雙樹間到阿難所白阿難曰吾聞世尊今日當取滅度爲審爾不阿難報曰審有其事須拔白言然我今日猶有狐疑唯願聽許白世尊此言餘人不解六師所說爲得見沙門瞿曇所說乎阿難白言止止須拔勿嬈如來如是再三復白阿難曰如來出世甚不可遇如優曇鉢華時時乃有如來亦復如是時時乃出然我今觀如來足能解我狐疑我今所問義者蓋不足言又今阿難不與我往白世尊又聞如來却觀無窮前觀無極然今日猶不見接納是時世尊以天耳遥聞須拔向阿難作如是論爾時世尊告阿難曰止止阿難勿遮須拔梵志所以然者此來問義多所饒益若我說法者即得度脱是時阿難語須拔言善哉善哉如來今聽在內聞法是時須拔聞此語已歡喜踊躍不能自勝又復須拔往至世尊所頭面禮足在一面坐爾時須拔白世尊言我今欲有所問唯願聽許是時世尊告須拔曰今正是時宜可時問是時須拔白佛言諸異沙門瞿曇知諸筭術多所過度所謂不蘭迦葉阿夷端瞿耶樓波休迦旃先毗盧持尼揵子等如此之輩知三世事乎爲不詳耶其六師之中復有勝如來乎爾時世尊告曰止止須拔勿問此義何煩問此勝如來乎然我今

日在此座上當與汝說法善思念之須拔白佛言今當爲問深義唯願世尊以時說之爾時世尊告曰我初學道時年二十九欲度人民故二十五年在外道中學自是已來更不見沙門婆羅門其大衆中無八賢聖道者則無沙門四果是謂須拔世間空虚更無眞人得道者也以其賢聖法中有賢聖法者則有沙門四果之報所以然者因有沙門四果之報皆由賢聖八品道也若須拔若我不得無上正眞之道皆由不得賢聖八品道以其得賢聖八品道故成佛道是故須拔當求方便成賢聖道然須拔復白佛言我亦樂聞賢聖八品道唯願演說世尊告曰所謂八道者等見等治等語等命等業等方便等念等三昧是謂須拔賢聖八品道是時須拔即於座上得法眼淨爾時須拔語阿難言我今快得善利唯願世尊聽爲沙門阿難報言汝今自往至世尊所求作沙門是時須拔往至世尊所頭面禮足白世尊言唯願世尊聽作沙門爾時須拔即成沙門身著三法衣時須拔仰觀世尊顏即於座上有漏心得解脫爾時世尊告阿難曰我最後弟子之中所謂須拔是也爾時須拔白佛言我今聞世尊夜半當取涅槃唯願世尊先聽我取涅槃我不堪見如來先取滅度爾時世尊默然可之所以然者過去恒沙諸佛世尊最後取證弟子先取涅槃然後如來而取滅度此是諸佛世尊常法非適今日是時須拔見世尊已可之即在如來前正身正意繫念在前於無餘涅槃界而取滅度是時此地六反震動爾時世尊便說此

偈

一切行無常　生者必有死　不生則不死

此滅爲最樂

是時世尊告阿難曰自今已後勑諸比丘不得輕心相向大者稱尊小者稱賢相視當如兄弟自今後不得稱父母所作字是時阿難白世尊言如今諸比丘當云何自稱名號世尊告曰若小比丘向大比丘稱長老大比丘稱小比丘稱姓字又諸比丘欲立字者當依三尊此是我之教戒是時阿難聞世尊所説歡喜奉行

聞如是一時佛在舍衛國鹿野苑中與比丘衆五百人俱是時婆詞羅阿須倫及牟提輪天子非時至世尊所頭面禮足在一面坐是時如來問阿須倫曰汝等甚樂大海中乎阿須倫白佛言實樂非爲不樂世尊告曰大海之中有何奇特之法汝等見已於中娛樂阿須倫白佛言大海之中有八未曾有法諸阿須倫娛樂其中云何爲八於是大海之中極深且廣是謂初未曾有法復次大海有此神德四大江河一一河者將從五百以投大海便失本名字是謂第二未曾有法復次大海皆同一味是謂第三未曾有法復次大海以時潮賀不失時節是謂第四未曾有法復次大海鬼神所居有形之類無不在大海中者是謂第五未曾有法復次大海之中皆容極大之形百由旬形千由旬形乃至七千由旬形亦不逼迮是謂第六未曾有法復次大海之中出若干種珍寶硨磲瑪瑙眞珠琥珀水精瑠璃是謂第七未曾有法復次大海之中

下有金沙又有須彌山四寶所成是謂第八未曾有法此名八未曾有法使諸阿須倫娛樂其中是時阿須倫白世尊如來法中有何奇特使諸比丘見已娛樂其中佛告阿須倫曰有八未曾有法使諸比丘娛樂其中云何爲八又我法中戒律具足無放逸行是謂初未曾有法諸比丘見已娛樂其中如彼大海極深且廣復次我法中有四種姓於我法中作沙門不録前名更作餘字猶如彼大海四大江河皆投于海而同一味更無餘名是名第二未曾有法復次我法中施設禁戒隨其教戒亦不越叙是謂第三未曾有法復次我法中皆同一味所謂賢聖八品道味是也是謂第四未曾有法如彼大海悉同一味復次我法中種種法充滿其中所謂四意止四意斷四神足五根五力七覺意八眞直行諸比丘見已娛樂其中如彼大海諸神居其中是謂五未曾有之法復次我法中有種種珍寶所謂念覺意寶法覺意寶精進覺意寶喜覺意寶猗覺意寶定覺意寶護覺意寶是謂第六未曾有法諸比丘見已娛樂其中如彼大海出種種珍寶復次我法中諸有衆生之類剃除鬚髪著三法衣出家學道於無餘涅槃界而取滅度然我法中無有增減如彼大海諸河投之無有增減是謂第七未曾有法諸比丘見已娛樂其中復次我法中有金剛三昧有滅盡三昧一切光明三昧得不起三昧種種三昧不可稱計諸比丘見已娛樂如彼大海下有金沙是謂第八未曾有法諸比丘見已娛樂其中於我法中有此八未曾有法

諸比丘於其中自娛樂是時阿須倫白世尊曰如來法中使有一未曾有法者勝彼海中八未曾有法百倍千倍不可爲比所謂賢聖八道是也善哉善哉世尊快說斯言爾時世尊漸與說法所謂施論戒論生天之論欲不淨想漏爲大患出要爲妙爾時世尊已見彼心開意解諸佛世尊常所說法苦集盡道盡與說之爾時阿須倫便作是念應有五諦今世尊但說四諦與諸天說五諦是時天子即於座上得法眼淨時阿須倫白世尊言善哉世尊快說斯言今欲還所在世尊告曰宜知是時即從座起頭面禮足復道而去時天子語阿須倫曰汝今所念極爲不善云如來與諸天說五諦與我說四諦所以然者諸佛世尊終無二言諸佛終不捨衆生說法亦無懈倦說法亦復無盡亦復不選擇人與說法平等心而說有四諦苦集盡道汝今莫作是念勿疑如來言有五諦是時阿須倫報曰我今所造不善自當懺悔要當至如來所更問此義爾時阿須倫及天子聞佛所說歡喜奉行

聞如是一時佛在舍衞國祇樹給孤獨園爾時世尊告諸比丘天地大動有八因緣云何爲八比丘當知此閻浮里地南北二萬一千由旬東西七千由旬厚六萬八千由旬水厚八萬四千由旬火厚八萬四千由旬火下有風厚六萬八千由旬風下際有金剛輪過去諸佛世尊舍利盡在彼間比丘當知或有是時大風正動火亦復動火已動水便動水已動地便動是謂第一因緣使地大動復次菩薩從兜術天降神來下在母胎中是時地亦

大動是謂第二因緣使地大動復次菩薩降神出母胎時是時天地大動是謂第三因緣使地大動復次菩薩出家學道成無上正眞等正覺是時天地大動是謂第四因緣使地大動復次若如來入無餘涅槃界而取滅度是時天地大動是謂第五因緣使地大動復次有大神足比丘心得自由意欲行無數變化或分身爲百千之數復還爲一飛行虛空石壁皆過涌沒自由觀地無地相了悉空無是時地爲大動是謂第六因緣地爲大動復次諸天有大神足神德無量從彼命終還生彼間由宿福行具足諸德捨本天形得作帝釋若梵天王時地爲大動是謂第七因緣地爲大動復次若衆生命終福盡是時諸國王不樂本邦各各相攻伐或饑儉死者或刀刃死者是時天地大動是謂第八因緣使地大動如是比丘有八因緣使天地大動爾時諸比丘聞佛所說歡喜奉行

聞如是一時尊者阿那律遊在四佛所居處是時阿那律在閑靜之處便作是念諸釋迦文佛弟子之中戒德智慧成就者皆依戒律於此正法中而得長養諸聲聞中不具足戒律者斯等之類皆離正法不與戒律相應如今此二法戒與聞何者爲勝我今可以此因緣之本往問如來是時阿那律復作是念此法知足之所行非無猒者之所行少欲者之所行非爲多欲者之所行此法應閑居者之所行非在憒丙之所行此法持戒人之所行非犯戒者之所行三昧者之所行非亂者之所行智慧者之所行非愚者之所行多聞者

之所行非少聞者之所行是時阿那律思惟此八大人念今我可往至世尊所而問此義爾時世尊在舍衛城祇樹給孤獨園是時王波斯匿請如來及比丘僧夏坐九十日是時阿那律漸漸人間將五百比丘遊化轉至舍衛國到如來所頭面禮足在一面坐時阿那律白世尊言又我世尊在閑靜處思惟此義戒與聞此二法何者最勝乎是時世尊與阿那律便說此偈

戒勝聞勝耶　汝今起狐疑　戒勝於聞者
於中何狐疑

所以然者阿那律當知若比丘戒成就者便得定意已得定意便獲智慧已得智慧便得多聞已得多聞便得解脫已得解脫於無餘涅槃而取滅度以此明之戒爲最勝是時阿那律向世尊說此八大人念佛告阿那律曰善哉善哉阿那律汝今所念者正是大人之所思惟也少欲知足在閑居之處戒成就三昧成就智慧成就解脫成就多聞成就汝今阿那律當建是意思惟八大人念云何爲八此法精進者之所行非懈怠者之所行所以然者彌勒菩薩應三十劫當成無上正眞等正覺我以精進之力超越成佛阿那律知之諸佛世尊皆同一類同其戒律解脫智慧而無有異亦復同空無相願有三十二相八十種好而莊嚴其身視無厭足無能見頂者皆悉不異唯有精進不同於過去當來諸佛世尊精進者吾最爲勝是故阿那律此第八大人之念此爲最爲上爲尊爲貴爲無有喻猶如由乳有酪由酪有酥由酥有醍醐然復醍

醐於中最上爲無有比此亦如是精進之念於八大人念中最上實無有比是故阿那律當念奉八大人念亦當與四部衆分別其義設當八大人念流布在世者今我弟子皆當成須陀洹道斯陀含道阿那含道阿羅漢道所以然者我法少欲者之所行非多欲者所行也我法知足者之所行非無猒者所行也我法閑居者之所行非衆中者所行也我法持戒者之所行非犯戒者所行也我法定者之所行非亂者所行也我法智者之所行非愚者所行也我法多聞者之所行非少聞者所行也我法精進者之所行非懈怠者所行也是故阿那律四部之衆當求方便行此八大人念如是阿那律當作是學爾時阿那律聞佛所說歡喜奉行

聞如是一時佛在舍衛國祇樹給孤獨園爾時世尊告諸比丘有八部之衆汝等當知云何爲八所謂刹利衆婆羅門衆長者衆沙門衆四天王衆三十三天衆魔王衆梵天王衆比丘當知我曩昔巳來至刹利衆中共相問訊言談講論亦復無人與我等者獨步無侶亦無疇四少欲知足念不錯亂戒成就三昧成就智慧成就解脫成就多聞成就精進成就復自憶念至婆羅門衆中長者衆中沙門衆中四天王衆中三十三天衆中魔王衆中梵天王衆中共相問訊言談講論獨步無侶亦無疇匹於中最尊亦無等倫少欲知足意不錯亂戒成就三昧成就智慧成就解脫成就多聞成就精進成就當我爾時在八部衆中獨步無侶與爾許衆生作大覆蓋是時八

部之衆無能見頂亦不敢瞻顏何況當共論議乎所以然者我亦不見天上人中魔若魔天沙門婆羅門衆中有能成就此八法者除如來存不論之是故比丘當求方便行此八法如是諸比丘當作是學爾時諸比丘聞佛所說歡喜奉行

聞如是一時佛在舍衛國祇樹給孤獨園爾時阿那邠邸長者往至世尊所頭面禮足在一面坐是時世尊告長者曰長者家中廣施不乎長者白佛貧家惠施晝夜不斷四城門中及大市中家中行路及佛比丘僧是爲八處惠施如是世尊其有所須須衣與衣須食與食國中珍寶終不違逆衣被飲食牀臥具病瘦醫藥悉給施之亦有諸天來至我所在虛空中而告我曰分別尊卑此者持戒此者犯戒與此獲福與彼無報然我心正無有彼此不起增減之心普等慈心於一切衆生又且衆生依命根存形有食則存非食命不濟施惠一切衆生其報無量受其報果無有增減佛告長者善哉長者平等施者福第一尊然衆生之心復有勝如施持戒人勝犯戒者是時虛空神天稱慶無量即說此偈

佛說擇施尊　愚衆有增減　求其良福田
何過如來衆

然今世尊所說極爲快哉施持戒人勝犯戒者爾時世尊告阿那邠邸長者曰今當與汝說賢聖之衆善思念之抱在心懷或施少獲福多或施多獲福多阿那邠邸長者白佛言唯願世尊敷演其義云何施少獲福多云何施多獲福多佛告長者向阿羅漢得阿羅漢

向阿那含得阿那含向斯陀含得斯陀含向須陀洹得須陀洹是謂長者賢聖之衆施少獲福多施多獲福多是時世尊便說此偈

四向成就人　四者成果實　此名賢聖衆
惠施獲福廣

過去久遠諸佛世尊亦復有此聖賢之衆如我今日無異正使當來諸佛世尊出現於世者亦得如此聖賢之衆是故長者歡喜悅心供奉聖衆是時世尊與彼長者說微妙法立不退轉地長者聞已喜慶無量即從座起頭面禮足遶佛三帀便退而去是時阿那邠邸長者聞佛所說歡喜奉行

聞如是一時佛在舍衛國祇樹給孤獨園爾時世尊告諸比丘若善男子善女人以財物惠施獲八功德云何爲八一者隨時惠施非爲非時二者鮮潔惠施非爲穢濁三者手自斟酌不使他人四者誓願惠施無憍恣心五者解脫惠施不望其報六者惠施求滅不求生天七者施求良田不施荒地八者然持此功德施惠衆生不自爲已如是比丘善男子善女人以財物惠施獲八功德爾時世尊便說斯偈

智者隨時施　無有慳貪心　所作功德已
盡用惠施人　此施爲最勝　諸佛所加歎
現身受其果　逝則受天福

是故比丘欲求其果報者當行此八事其報無量不可稱計獲甘露寶漸至滅度如是諸比丘當作是學爾時諸比丘聞佛所說歡喜奉行

聞如是一時佛在舍衛國祇樹給孤獨園爾

時世尊告諸比丘我今當說趣泥犂路向涅槃道善思念之無令漏失諸比丘白佛言如是世尊諸比丘從佛受教佛告比丘彼云何趣泥犂路向涅槃道邪見趣泥犂路正見向涅槃道邪治趣泥犂路正治向涅槃道邪語趣泥犂路正語向涅槃道邪業趣泥犂路正業向涅槃道邪命趣泥犂路正命向涅槃道邪方便趣泥犂路正方便向涅槃道邪念趣泥犂路正念向涅槃道邪定趣泥犂路正定向涅槃道是謂比丘趣泥犂路向涅槃道諸佛世尊常所應說法今已畢矣汝等樂在閑居之處樹下露坐念行善法無起懈慢今不勤行後悔無及爾時諸比丘聞佛所說歡喜奉行

非時泥犂道　須倫天地動　大人八念衆

善男子施道

增壹阿含經卷第三十七

音釋

車匿 梵語正云闡釋迦舊云車匿訛也亦釋種佛初出家令牽揵陟馬以從後亦出家為比丘也
逼迮 逼筆力切迫也迮音責狹也
憒丙 憒古對切心亂也丙女教切不靜也
疇匹 疇陳留切疇與儔同匹類也匹僻吉切偶也
阿那邠邸 梵語也長者名邠彼貧切邸直尼切
斟酌 斟職深切酌之若切斟酌謂斟酌飲食也

增壹阿含經卷第三十八

符秦三藏曇摩難提譯

馬血天子品第四十三之一

聞如是一時佛在舍衛國祇樹給孤獨園馬血天子非人之時至世尊所頭面禮足在一面立爾時天子白世尊言向者生此念在地步度可盡此世界不乎我今問世尊可以步盡世界不耶世尊告曰汝今以何義理而作此問天子白佛言我昔日一時至娑伽梵天所是時梵天遥見我來而語我言善來馬血天子此處無爲之境無生無老無病無死無終無始亦無愁憂苦惱當我爾時復作是念此是涅槃道耶何以故涅槃之中無生老病死愁憂苦惱此是世界之極邊耶設當是世界邊際者是爲世間可步度也世尊告曰汝今神足爲何等類天子白佛猶如力士善於射術箭去無礙我今神足其德如是無所罣礙世尊告曰我今問汝隨所樂報之猶如有四男子善於射術然彼四人各向四方射設有人來意欲盡攝四面之矢使不墮地云何天子此人極爲捷疾不耶乃能使箭不墮于地天子當知上日月前有健步天子行來進止復踰斯人之捷速也如彼人及天子捷疾然日月宫殿行甚於斯計彼人天子及日月宫殿疾故不如三十三天之速疾也計三十三天疾不如艷天之疾如是諸天所有神足各各不相知假使汝今有此神德如彼諸天從劫至劫乃至百劫猶不能盡世境界也所以然者地界方域不可稱計天子當知我過去久遠世時曾作仙人名爲馬血與汝同字

欲愛已盡飛行虛空無所觸礙我爾時神足與人有異彈指之頃已能擲此四方箭使令不墮落時我以有此神足便作是念我今能以此神足可盡地境邊際乎即步世界而不能盡其方域命終之後進德修業而成佛道坐樹王下端坐思惟昔經歷所施爲事本爲仙人以此神德猶不能盡其方面當以何神力而得究其邊際乎時我復作是念要當乘賢聖八品徑路然後乃得盡生死邊際彼云何名爲賢聖八品徑路所謂正見正治正語正業正命 正方便正念正三昧天子又知斯名賢聖八品道得盡世界之邊際諸過去恒沙諸佛得盡世界者盡用此賢聖八品道而究世界正使將來諸佛世尊出現世者當以此賢聖之道得盡邊際爾時世尊便說此偈

步涉無究竟　得盡世界者　地種不可稱
非神足所及　凡夫施設意　於中起迷惑
不別眞正法　流轉五道中　賢聖八品道
以此爲舟船　諸佛之所行　而究世界邊
正使當來佛　彌勒之等類　亦用八種道
得盡於世界　是故有智士　修此賢聖道
晝夜習行之　便至無爲處

是時馬血天子從如來聞說賢聖八品道即於座上諸塵垢盡得法眼淨爾時天子即以頭面禮足遶佛三帀便退而去是時彼天子即其日以天種種好華散如來上時說斯偈

流轉生死久　欲步度世界　賢聖八品道
不知又不見　今我以見諦　又聞八品道
便得盡邊際　諸佛所到處

爾時世尊可彼天子所說時彼天子以見佛

可之即禮世尊足便退而去爾時彼天子聞佛所說歡喜奉行

聞如是一時佛在舍衛國祇樹給孤獨園爾時世尊告諸比丘我今當說賢聖八關齋法汝等善思念之隨而奉行爾時諸比丘從佛受教世尊告曰彼云何名爲八關齋法一者不殺生二者不得犯不與取三者不婬四者不妄語五者不飲酒六者不過時食七者不處高廣之牀八者遠離作倡伎樂香華塗身是謂比丘名爲賢聖八關齋法是時優波離白佛言云何修行八關齋法世尊告曰於是優波離若善男子善女人於八日十四日十五日往詣沙門若長老比丘所自稱名字從朝至暮如阿羅漢持心不移動刀杖不加群生普慈於一切我今受齋法一無所犯不起殺心習彼眞人之教不盜不婬不妄語不飲酒不過時食不在高廣之座不習作倡伎樂香華塗身設有智慧者當作是說假令無智者當教彼如此之教又彼比丘當一一指授無令失次亦莫超越復當教使發誓願優波離白佛言云何當發願世尊告曰彼發願時我今以此八關齋法莫墮地獄餓鬼畜生亦莫墮八難之處莫處邊境莫墮凶弊之處莫與惡知識從事父母專正無習邪見生中國中聞此善法分別思惟法法成就持此齋法功德攝取一切衆生之善以此功德惠施彼人使成無上正眞之道持此誓願之福施成三乘使不中退復持此八關齋法用學佛道辟支佛道阿羅漢道諸世界學正法者亦習此業正使將來彌勒佛出現世時如來至眞

等正覺值遇彼會使得時度彌勒出現世時聲聞三會初會之時九十六億比丘之衆第二之會九十四億比丘之衆第三之會九十二億比丘之衆皆是阿羅漢諸漏已盡亦值彼王及國土教授師作如是之教無令缺漏是時優波離白世尊言設彼善男子善女人雖持八關齋於中不發誓願者豈不得大功德乎世尊告曰雖獲其福福不足言也所以然者我今當說過去世時有王名寶岳以法治化無有阿曲領此閻浮境界爾時有佛名曰寶藏如來至眞等正覺名行成爲善逝世間解無上道法御天人師號佛衆祐出現於世彼王有女名牟尼顏貌殊特面如桃華色皆由前世供養諸佛之所致也爾時彼佛亦復三會初聲聞會之時一億六萬八千之衆第二之會一億六萬之衆第三之會一億三萬之衆皆是阿羅漢諸漏已盡是時彼佛與諸弟子說如此之法諸比丘當念坐禪勿有懈怠復求方便誦習經戒彼佛侍者名曰滿願多聞第一如我今日阿難比丘多聞最勝時彼滿願比丘白寶藏佛言諸有比丘諸根闇鈍亦不精勤於禪定之法又不誦習今日世尊欲安此人著何聚中寶藏佛告曰設有比丘諸根闇鈍不堪任行禪法者當修三上人法業云何爲三所謂坐禪誦經佐助衆事如是彼佛與諸弟子說如此微妙之法爾時有長老比丘亦不堪任修行禪法時彼比丘便作是念我今年衰長大亦不能修其禪法今當求願行勸助之法是時彼長老比丘入野馬城中求燭火麻油日來供養寶藏如來

使明不斷是時王女牟尼見此長老比丘里巷乞求即問彼比丘曰比丘今日爲何所求比丘報曰聖王女當知我年衰邁不堪行禪法故求乞脂油用供養佛續尊光明是時彼女聞佛名號歡喜踊躍不能自勝白彼長老比丘曰汝今比丘勿在餘處乞求我自相供給麻油燈炷盡相惠施是時長老比丘受彼女施日來取油供養寶藏如來持此功德福業施與無上正真之道口自演說年既衰大又復鈍根無有智慧得行禪法持此功德之業所生之處莫墮惡趣使將來世值遇聖尊如今寶藏如來無異亦遇聖衆如今聖衆而無有異說法亦當如今無異是時寶藏如來知彼比丘心中所念即時便笑口出五色光而告之曰汝今比丘將來無數阿僧祇劫當作佛號曰燈光如來至真等正覺是時長老比丘歡喜踊躍不能自勝身心堅固意不退轉顔色常勝不與常同時彼牟尼女人見彼比丘顔貌殊特即前問曰比丘今日顔色極爲殊妙不與常同得何意故比丘報曰王女當知向者如來以甘露見灌牟尼女問曰云何如來以甘露見灌比丘報曰我爲寶藏如來所授決言將來無數阿僧祇劫當得作佛號曰燈光如來至真等正覺身心牢固意不退轉如是王女爲彼如來之所授決也王女問曰彼佛頗授我決乎長老比丘報曰我亦不知爲授汝莂不是時王女聞比丘語已即乘羽葆之車往至寶藏如來所頭面禮足在一面坐爾時王女白佛言我今是檀越施主所須脂油恒相供給然今世尊授彼比丘決

獨不見授莂寶藏如來告曰發心求願其福難量何況以財惠施乎牟尼女報曰設當如來不授我莂者當自斷其命根寶藏如來報曰夫處女人之身求作轉輪聖王者終不獲也求作帝釋者亦不可獲也求作梵天王者亦不可得也求作魔王者亦不可得也求作如來者亦不可得也女曰我定不能得成無上道乎寶藏佛報曰能也牟尼女成無上正眞道也然王女當知將來無數阿僧祇劫有佛出世是汝善知識彼佛當授汝決是時王女白彼佛言受者清淨施主穢濁乎寶藏佛告曰吾今所說者心意清淨發願牢固是時王女語已即從座起頭面禮足遶佛三帀便退而去優波離當知無數阿僧祇劫燈光佛乃出現於世治在鉢頭摩大國與大比丘衆十六萬八千衆俱國王人民悉來承事是時彼國有王名提波延那以法治化領此閻浮境界是時彼王請佛及比丘僧而飯食之是時燈光如來清旦著衣持鉢將諸比丘衆入城爾時有梵志子名曰彌佉顏色端正衆中獨出像如梵天通諸經藏靡不貫練諸書呪術皆悉明了天文地理靡不了知是時彼梵志遥見燈光佛來顏貌殊特世之奇異諸根寂定三十二相八十種好莊嚴其身見已便發喜豫之意善心生焉書籍所載如來出現甚爲難遇時時乃出猶如優曇鉢華時乃有耳我今當往試之是時梵志手執五華往至世尊所復作是念其有三十二相者名曰成佛即以五莖華散如來上又求三十二相唯見三十相而不見二相即興狐疑今觀世尊

不見廣長舌及陰馬藏即時說此偈

聞有三十二　大人之相貌　今不見二相
相好爲具不　頗有陰馬藏　貞潔不婬乎
豈有廣長舌　舐耳覆面乎　爲我現其相
斷諸狐疑結　陰馬及舌相　唯願欲見之

是時燈光佛即入三昧定使彼梵志見其二相是時燈光佛復出廣長舌左右舐耳放大光明還從頂上入是時梵志見如來有三十二相具足見已歡喜踊躍不能自勝並作是說唯願世尊當見觀察我今持五華奉上如來又持此身供養聖尊發此誓願時彼五華在空中化成寶臺極爲殊妙四柱四門彼時見交露臺已歡喜踊躍不能自勝發此誓願使我將來之世作佛當如燈光佛弟子翼從皆悉如是是時燈光佛知彼梵志心中所念即時便笑諸佛世尊常法若授決時世尊笑者口出五色光明遍照三千大千世界是時光明已照三千大千世界日月無復光明還從頂上入設如來授決之時光從頂上入設授辟支佛決時光從口出還入口中若授聲聞莂者光從肩上入若授生天之決者是時光明從臂中入若莂生人中者是時光明從兩脇入若授生餓鬼決者是時光明從腋入若授生畜生決者光明從膝入若授生地獄決者是時光明從脚底入是時梵志見光從頂上入歡喜踊躍不能自勝即布髮在地並作是說設如來不授我決者即於此處自斷壞不成諸根是時燈光佛知梵志心中所念即告之曰汝速還起將來之世當成作佛號釋迦文如來至真等正覺是時摩納聞佛授

決已心懷踊躍不能自勝即於彼處得遍現三昧踊在虛空去地七仞叉手向燈光如來汝優波離莫作異觀爾時寶藏如來時長老比丘豈是異人乎爾時燈光如來是也爾時王女牟尼今我是也時寶藏如來立我名號字釋迦文我今以此因緣故說此八關齋法當發誓願無願不果所以然者若彼女復作是誓願即於彼劫成其所願也若長老比丘不發誓者終不成佛道誓願之福不可稱記得至甘露滅盡之處如是優波離當作是學

爾時優波離聞佛所說歡喜奉行

聞如是一時佛在摩竭國界與大比丘衆五百人俱漸至江水側爾時世尊見江水中有大材木爲水所漂即坐水側一樹下坐爾時世尊告諸比丘汝等頗見木爲水所漂乎諸比丘白佛唯然見之世尊告曰設當此木不著此岸不著彼岸又不中没復不在岸上不爲人所捉復不爲非人所捉者復不爲水所迴轉復不腐敗者便當漸漸至海所以然者海者諸江之原本汝等比丘亦如是設不著此岸不著彼岸又不中没復不在岸上不爲人所捉不爲非人所捉亦不爲水所迴轉亦不腐敗當漸漸至涅槃處所以然者涅槃者正見正治正語正業正命正方便正念正定是涅槃之原本爾時有牧牛人名曰難陀憑杖而立是時彼牧牛人遙聞如來所說漸來至世尊所而立爾時牧牛人白世尊言我今亦不著此岸不在彼岸又非中没復非在岸上不爲人捉復非爲非人所捉不爲水所迴轉亦非腐敗漸漸當至涅槃之處唯願世尊

聽在道次得作沙門世尊告曰汝今還主牛已然後乃得作沙門耳牧牛人難陀報曰斯牛哀念犢故自當還家唯願世尊聽在道次世尊告曰此牛雖當還家故須汝往付授之是時牧牛人即受其教往付牛已還至佛所白世尊言今已付牛唯願世尊聽作沙門是時如來即聽作沙門受具足戒有一異比丘白世尊言云何爲此岸云何爲彼岸云何爲中沒云何在岸上云何不爲人所捉云何不爲非人所捉云何不爲水所迴轉云何不腐敗佛告比丘曰此岸者身邪也彼岸者身邪滅也中沒者欲愛也在岸上者五欲也爲人所捉者如有族姓子發此誓願持此功德福祐作大國王若作大臣非人所捉者如有比丘有此誓願生四天王中及諸天中而行梵行我今持功德生諸天之中是謂名爲非人所捉爲水所迴轉者此是邪疑也腐敗者邪見邪治邪語邪業邪命邪方便邪念邪定此是腐敗也是時難陀比丘在閑靜處而自修剋所以族姓子剃除鬚髮出家學道者修無上梵行生死已盡梵行已立所作已辦即於座上成阿羅漢爾時難陀聞佛所說歡喜奉行

聞如是一時佛在羅閱城迦蘭陀竹園所與大比丘衆五百人俱爾時提婆達多已失神足阿闍世太子日遣五百釜食而供養之是時衆多比丘聞提婆達多已失神足又爲阿闍世所供養共相將詣佛所頭面禮足在一面坐是時衆多比丘白佛言提婆達多者極大威力今爲阿闍世王所供養日遣五百釜

食爾時世尊聞此語已告諸比丘汝等莫興此意貪提婆達多比丘利養彼愚人由此利養自當滅亡所以然者於是比丘提婆達多所以出家學者不果其願比丘當知猶如有人出其村落手執利斧往詣大樹先意所望欲望大樹及其到樹持葉還家時智者見問之曰汝今竟不得其實方持葉還今此比丘亦復如是貪著利養由此利養向他自譽毀呰他人比丘所行儀則不果其願彼由此利養故更不求方便起勇猛心如彼人求實不得爲智者所棄設有比丘得利養已亦不自譽復不毀他人或時復向他人自稱說我是持戒之人彼是犯戒之士比丘所願者而不果獲如人捨根持枝還家智者見已此人雖持枝還家然不識根此中比丘亦復如是以得利養奉持戒律并修梵行好修三昧彼以此三昧心向他自譽我今得定餘人無定比丘所應行法亦不果獲猶如有人求其實木往至大樹望其實捨其枝葉取其根持還智者見已便作是說此人別其根今此比丘亦復如是興起利養奉持戒律亦不自譽復非毀他人修行三昧亦復如是漸行智慧夫智慧者於此法中最爲第一提婆達多比丘於此法中竟不獲智慧三昧亦復不具戒律之法有一比丘白世尊言彼提婆達多者云何不解戒律之法彼有神德成就諸行有此智慧云何不解戒律之法有智慧則有三昧有三昧則有戒律世尊告曰戒律之法者世俗常數三昧成就者亦是世俗常數神足飛行者亦是世俗常數智慧成就者此是第一之

義是時世尊便說此偈

由禪得神足　至上不究竟　不獲無爲際
還墮五欲中　智慧爲最上　無憂無所慮
究畢獲等見　斷於生死有

比丘當知以此方便知提婆達多不解戒律之法亦復不解智慧三昧之行汝等比丘莫如提婆達多貪著利養夫利養者墮入惡處不至善趣以著利養便習邪見離於正見習於邪治離於正治習於邪語離於正語習於邪業離於正業習於邪命離於正命習於邪方便離於正方便習於邪念離於正念習於邪定離於正定是故比丘若起利養之心制令不起已起利養之心求方便而滅之如是比丘當作是學當說此微妙之法六十餘比丘捨除法服習白衣行復有六十餘比丘漏盡意解諸塵垢盡得法眼淨爾時諸比丘聞佛所說歡喜奉行

聞如是一時佛在舍衛國祇樹給孤獨園爾時世尊告諸比丘我今當說船栰譬喻汝等善思念之戢在心懷諸比丘對曰如是世尊諸比丘從佛受教世尊告曰彼云何名爲船栰譬喻若汝等路行爲賊所擒當執心意無起惡情當起慈悲喜護心遍滿諸方無量無限不可稱計持心當如地猶如此地亦受於淨亦受於不淨屎尿穢惡皆悉受之然地不起增減之心不言此好此醜汝今所行亦當如是設爲賊所擒獲莫生惡念起增減心亦如地水火風亦受於惡亦受於好都無增減心起慈悲喜護心向一切衆生所以然者行善之法猶可捨之何況惡法而可翫習猶如

有人遭恐難處欲求度難處至安隱處隨意馳走求其安處彼見大河極爲深廣亦無船橋而可得渡至彼岸者然所立處極爲恐難彼岸無爲爾時彼人思惟方計今此河水極深且廣無由得渡今可收拾材木草葉縛栰求渡依此栰已從此岸得至彼岸爾時彼人即收拾材木草葉縛栰求渡依此栰已從此岸得至彼岸彼人已渡岸復作是念此栰於我多所饒益由此栰得濟厄難從有恐之地得至無爲之處我今不捨此栰持用自隨云何比丘彼人所至到處能用此栰自隨乎爲不能耶諸比丘對曰不也世尊彼人所願今已果獲復用栰自隨乎佛告比丘善法猶可捨何況非法爾時有一比丘白世尊言云何當捨於法而況非法我等豈非由法學道乎世尊告曰依憍慢滅憍慢慢慢增上慢自慢邪見慢慢中慢增上慢以無慢滅慢慢滅無慢正慢滅邪慢增上之慢盡滅四慢我昔未成佛道坐樹王下時便生此念欲界之中誰最豪貴我當降伏已降伏此欲界之中天及人民皆悉靡伏時我復重作是念聞有弊魔波旬今當與彼戰以降波旬一切憍慢豪貴之天一切靡伏時我比丘於座上笑使魔波旬境界皆悉震動虛空之中聞說偈聲

捨眞淨王法　出家學甘露　設剋廣願者
空此三惡趣　我今集兵衆　瞻彼沙門顔
設不用我計　執脚擲海表

增壹阿含經卷第三十八

音釋

捷疾 捷疾葉切亟也亦疾也 舐 神帋切舌舐也 釜食 釜扶雨切饋餉又六斗四升爲釜 船栰 栰音伐簰也又海中大船也

增壹阿含經卷第三十九

符秦三藏曇摩難提譯

馬血天子品第四十三之二

是時弊魔波旬瞋恚熾盛即告師子大將曰速集四部之衆欲往攻伐沙門又當觀察爲有何力勢堪任與我共戰鬬耶時我爾時復更思惟與凡人交戰猶不默然何況欲界豪貴者乎要當與彼少多爭競時我比丘著仁慈之鎧手執三昧之弓智慧之箭俟彼大衆是時弊魔大將兵衆十八億數類貌各異猨猴師子來至我所爾時羅刹之衆或一身若干頭或有數十身而共一頭或兩肩有三頭當心有口或有一手或有兩手者或復四手或兩手擎頭口銜死蛇或頭上火燃或口出火或兩手擘口欲前噉之或披腹相向手執刀劒擭持戈鉾或執舂杵或擔山負石持大樹者或兩脚在上頭在下或乘象師子虎狼毒蟲或步來者或空中飛是時弊魔將爾許之衆圍遶道樹時魔波旬在我左側而語我曰沙門速起時我比丘默然不對如是再三魔語我曰沙門畏我不乎爾時我再三不對魔語我曰沙門畏我不乎我告之曰我今執心無所畏懼時波旬曰沙門頗見我四部之衆耶然汝一已無有器仗兵刃禿頭露形著此三衣復言吾無所畏爾時我向波旬便說此偈

仁鎧三昧弓　手執智慧箭　福業爲兵衆
今當壞汝軍

時魔波旬復語我曰我於沙門多所饒益設不從我語者正爾取汝灰滅其形又復沙門

顏貌端正年壯可美出處剎利轉輪王種速起此處習於五樂我當將和使汝得作轉輪聖王時我復報波旬曰汝所說者無常變易不得久住亦當捨離非吾所貪時弊魔波旬復語我曰沙門今日爲何所求志願何物時我報曰吾所願者無憂畏處安隱淡泊涅槃城中使此衆生流浪生死沉翳苦惱者導引正路魔報我曰設令沙門不速起于座者當捉汝脚擲著海表時我報波旬曰我自觀察天上人中魔若魔天人若非人及汝四部之衆不能使吾一毛動也魔報我曰沙門今日欲與吾戰乎我報之曰思得交戰魔報我曰汝怨是誰我當報曰憍慢者是增上慢自慢邪慢慢中慢增上慢魔語我曰汝以何義滅此諸慢時我報曰波旬當知有慈三昧悲三

昧喜三昧護三昧空三昧無願三昧無相三昧由慈三昧辦悲三昧緣悲三昧得喜三昧緣喜三昧得護三昧由空三昧得無願三昧因無願三昧得無相三昧以此三昧之力與汝共戰行盡則苦盡苦盡則結盡結盡則至涅槃魔語我曰沙門頗以法滅法乎時我報曰可以法滅法魔問我言云何以法滅法時我告曰以正見滅邪見邪見滅正見以正治滅邪治邪治滅正治正語滅邪語邪語滅正語以正業滅邪業邪業滅正業正命滅邪命邪命滅正命正方便滅邪方便邪方便滅正方便正念滅邪念邪念滅正念正定滅邪定邪定滅正定魔語我曰沙門今日雖有斯語此處難剋也汝今速起無令吾擲著海表時我復語波旬曰汝本作福唯有一施今得作

欲界魔王我昔所造功德無能稱計汝今所說方言其難耶波旬報曰今我作福汝今證知汝自稱說造無數福誰爲證知時我比丘即伸右手以指按地語波旬曰我所造功德地證知之我當說此語時是時地神從地湧出叉手白言世尊我當證知地神語適訖時魔波旬愁憂苦惱即退不現比丘當以此方便知之法猶尚滅何況非法我長夜與汝說縁一覺喻經不録其文況解其義所以然者此法玄邃聲聞辟支佛所修行修此法者獲大功德得甘露無爲之處彼云何名爲乘栰之喻所謂依慢滅慢慢已滅盡無復諸惱亂想之念猶如野狸之皮極修治之以手拳加之亦無聲響無堅鞕處此亦如是若比丘慢盡都無增減是故我今告汝等曰設爲賊所擒獲者勿興惡念當以慈心遍滿諸方猶如彼極柔之皮長夜便獲無爲之處如是比丘當作是念當說此法時於彼座上三千天子諸塵垢盡得法眼淨六十餘比丘還捨法服習白衣行六十餘比丘漏盡意解得法眼淨爾時諸比丘聞佛所說歡喜奉行

聞如是一時佛在摩竭國神祇恒水側與大比丘衆五百人俱爾時世尊告諸比丘猶如摩竭牧牛人愚惑少智意欲從恒水此岸度牛至彼岸亦復不觀彼此之岸深淺之處便駈牛入水先度瘦者又犢尚小在水中央極爲羸劣不能得至彼岸復次度中流之牛不肥不瘦亦不得度於中受其苦惱次復度極有力者亦在水中受其困厄今我衆中比丘亦復如是心意闇鈍無有慧明不別生死徑

不別魔之橋船欲度生死之流不習於禁戒之法便爲波旬得其便也從邪道求於涅槃望得滅度終不果獲自造罪業復墮他人著罪中猶犛竭牧牛人黠慧多智意欲度牛至彼岸此岸先觀察深淺之處前度極盛力牛到彼岸次度中流之牛不肥不瘦亦得度至彼岸次度極羸者亦度無他小犢尋從其後而濟度無爲比丘如來亦復如是善察今世後世觀生死海魔之徑路自以八正道度生死難復以此道度不度者猶如導牛之正一正餘者悉從我弟子亦復如是盡有漏成無漏心解脱智慧解脱於現法中以身作證而自遊化度魔境界至無爲處亦如彼有力之牛度彼恒水得至彼岸我聲聞亦復如是斷五下結成阿那含於彼般涅槃不還來世間度魔境界至無爲處如彼中流之牛不肥不瘦得度恒水而無疑難我弟子亦復如是斷三結使婬怒癡薄成斯陀含來生此世盡於苦際斷魔境界至無爲處如彼瘦牛將諸小犢得度恒水我弟子亦復如是斷三結使成須陀洹必至得度度魔境界度生死之難如彼小犢隨從母度我弟子亦復如是持信奉法斷魔諸縛至無爲處爾時世尊便説此偈

魔王所應獲　不究生死邊　如來今究竟
世間現慧明　諸佛所覺了　梵志不明曉
猶涉生死岸　兼度未度者　今此五種人
及餘不可計　欲度生死難　盡佛威神力

是故比丘當專其心無放逸行亦求方便成賢聖八品之道依賢聖道已便能自度生死之海所以然者猶如彼愚牧牛之人外道梵

志是也自溺生死之流復墮他人著罪中彼恒水者即是生死海也彼黠慧牧牛者如來是也度生死難由賢聖八品道是故比丘當求方便成八聖道如是諸比丘當作是學爾時諸比丘聞佛所說歡喜奉行

聞如是一時佛在羅閱城耆婆伽梨園中與大比丘千二百五十弟子俱盡是羅漢諸漏已盡六通清徹唯除一人阿難比丘也爾時王阿闍世七月十五日受歲時夜半明星出現告月光夫人曰今十五日月盛滿極爲清明當應施行何事夫人報曰今十五日說戒之日應當作倡妓樂五欲自娛樂時王聞此語已不入其懷復告優陀耶太子曰今夜極清明應作何事優陀耶太子白王言如今夜半極清明應集四種之兵諸外敵異國不靡伏者當往攻伐是時王阿闍世聞此語已亦復不入其意復語無畏太子曰如今極清明之夜應何所施行無畏太子報曰今不蘭迦葉明諸筭數兼知天文地理衆人所宗仰可往至彼問此疑難彼人當與尊說極妙之理永無流滯時王聞此語已亦不入其意復語須泥摩大臣曰如今之夜極爲清明應何所施行須泥摩白王曰如今夜半極爲清明然阿夷耑近在不遠多所曉了唯願大王往問其宜王聞此語已亦復不入其意復告婆沙婆羅門曰如今夜半極爲清明應何所施行婆羅門報曰如今十五日極爲清明然有瞿耶樓近在不遠唯願大王往問其義時王聞此語已復不合其意復語摩持梵志曰如今夜半極爲清明應作何事梵志報曰大王當

知波休迦梅延近在不遠唯願大王往問其情王聞此語已復不合意復告索摩典兵師曰如今夜半極爲清明應何所行索摩報曰先毗盧持近在不遠明諸筭術可往問其義王聞此語已亦不合其意復告最勝大臣曰如今十五日極爲清明應何所施行最勝白王言今有尼揵子博覽諸經師中最上唯願大王往問其義王聞此語已不合其意復作是思惟此諸人等斯是愚惑不別眞僞無有巧便爾時耆婆伽王子在王左側王顧語耆婆伽曰如今夜半極爲清明應何所施行是時耆婆伽即前長跪而白王言今如來近在不遠遊貧聚園中將千二百五十弟子唯願大王往問其義然彼如來爲明爲光亦無疑滯知三世事靡不貫博自當與王演說其事王所有狐疑㸌然自悟是時王阿闍世聞耆婆伽語已歡喜踊躍善心生焉即歎耆婆伽曰善哉善哉王子快說斯言所以然者我今身心極爲熾然又復無故取父王殺我恒長夜作是念誰堪任悟我心意者今耆婆伽所說者正入我意甚奇甚特聞如來音響㸌然大悟時王向耆婆伽便說此偈

今日極清明　心意不得悟　汝等人人說
應往問誰義　不蘭阿夷耑　尼揵梵弟子
斯等不可依　不能有所濟　今日極清明
月滿無瑕穢　今問耆婆伽　應往問誰義

是時耆婆伽復以偈報王曰

聞其柔軟音　得脫摩竭魚　唯願時詣佛
永處無畏境

時王復以偈報曰

我昔所施行　於佛無益事　害彼眞佛子
名曰頻婆娑　今極懷羞恥　無顏見世尊
汝今云何說　使吾往見之
是時耆婆伽復以偈報王曰
諸佛無彼此　諸結永已除　平等無二心
此是佛法義　設以栴檀香　以塗右手者
執刀斷左手　心不起增減　如愍羅云子
一息更無二　持心向提婆　怨親無有異
唯願大王屈　往觀如來顏　當斷其狐疑
勿足有留滯

是時王阿闍世告耆婆伽王子曰汝今速嚴駕五百牙象五百牸象然五百燈耆婆伽對曰如是大王是時耆婆伽王子即時嚴駕千象及然五百燈前白王言嚴駕已辦王知是時爾時王阿闍世將諸營從往詣梨園中中路便懷恐怖衣毛皆竪還顧謂耆婆伽王子曰吾今將非爲汝所誤乎將非持吾與怨家耶耆婆伽白王實無此理唯願大王小復前進今如來去此不遠時王阿闍世意猶懷恐重告耆婆伽曰將非爲汝所惑又聞如來將千二百五十弟子今不聞其聲耆婆伽報曰如來弟子恒入三昧無有亂想唯願大王小復前進是時阿闍世王即下車步入門至講堂前默然而立觀察諸聖衆還顧謂耆婆伽曰如來今在何處爾時一切聖衆盡入燄光三昧照彼講堂靡不周遍是時耆婆伽即時長跪伸右手指示如來言此是如來最在中央如日披雲是時王阿闍世語耆婆伽曰甚奇甚特今此聖衆心定乃爾復以何緣有此光明耆婆伽白王三昧之力故放光明耳王

復告曰如我今日觀察聖衆極爲寂然使我優陀耶太子亦當如是寂然無爲時王阿闍世叉手自稱說曰唯願世尊當見觀察世尊告曰善來大王王聞如來音響極懷歡喜如來乃見稱說王號時王阿闍世即至佛所五體投地以兩手著如來足上而自稱說唯願世尊當見垂愍受其悔過父王無罪而取害之唯願受悔後更不犯自改往修來世尊告曰今正是時宜時悔過無令有失夫人處世有過能自改者斯名上人於我法中極爲廣大宜時懺悔是時王禮如來足已在一面坐時王白佛言唯願欲有所問如來聽者乃敢問耳佛告王曰有疑難者宜時問之王白佛言於現世造福得受現報不乎佛告王曰古昔已來頗以此義曾問人乎王白佛言我昔曾以此義而問他人亦問不蘭迦葉云何不蘭迦葉現世作福得受現報乎不蘭迦葉報我言無福無施無今世後世善惡之報世無阿羅漢等成就者我當爾時問此受果之報彼報曰無也如有人問以瓜義報以柰理今此迦葉亦復如是時我作是念此梵志已不解我豪族王種所問之義此人方便引餘事報時我世尊即欲斷其頭即不受其語尋發遣之時我復至阿夷耑所問此義阿夷耑報我言若於江左殺害衆生作罪無量亦無有罪亦無有惡果之報時我世尊復作是念我今問現世受報之義此人乃持殺害報吾猶如有人問梨之義以柰報之即捨之去復至瞿耶樓所而問此義彼人報我曰於江右邊造諸功德不可稱計於中亦無善惡之報我

爾時復作是念吾今所問義者竟不報其理復捨之去後往至波休迦旃延所而問斯義彼人報曰唯有一人出世一人死一人生一人往反受其苦樂時我復作是念我今所問現世之報乃持生死來相答復捨之去往問先毗盧持如此之義彼人報我言過去者已滅更不復生當來未至亦復不有現在不住不住者即變易時我復作是念我今所問現世之報乃將三世相訓此非正理即復捨去至尼揵子所而問此義云何尼揵子頗有現世作福得受現世報耶彼報我言無因無緣衆生結縛亦無有因亦無有緣衆生著結縛無因無緣衆生清淨時我復作是念此梵志等斯是愚惑不別眞僞猶盲無目所問之義竟不相報如似哢轉輪王種尋復捨去今我世尊故問其義現世作福現受報耶唯願世尊演說其義爾時世尊告曰大王我今問汝義隨所樂報之大王頗有典酒厨宰及賞護物左右使人乎王白佛言唯然有之設彼使人執勞經久復當賞遺不乎王白佛言隨功敘用不令有怨佛告王曰以此方便知現在世作福得受現報云何大王既處高位䘏民以禮當復賞遺不乎王白佛言唯然世尊食共同甘併命不恨佛告王曰當以此方便知昔日出處極卑漸漸積功與王同歡以是之故現世作福得受現報佛告王曰彼有勞之人經歷年歲來白王言我等功勞已立王所明知欲從王求意所願王當與之不乎王白佛言隨彼所願而不違之佛告王曰彼有勞之人欲得辭王剃除鬚髮著三法衣出家學

道修清淨行王聽不乎王白佛言唯然聽之佛告王曰設有見彼剃除鬚髮出家學道在我左右王欲何所施爲王白佛言承事供養隨時禮拜佛告王曰以此方便知現身作福得受現報設彼有勞之人持戒完具無有所犯王欲何所施行王白佛言盡其形壽供給衣被飲食牀敷卧具病瘦醫藥不使缺減佛告王曰以此方便知現身作福得受現報設復彼人已作沙門盡有漏成無漏心解脫智慧解脫已身作證而自遊化生死已盡梵行已立所作已辦更不復受有如實知之王欲何爲王白佛言我當盡形壽承事供養衣被飲食牀敷卧具病瘦醫藥不令有乏佛告王曰當以此方便知現世作福得受現報設復彼人盡其形壽於無餘涅槃界而般涅槃者王欲何所施爲王白佛言當於四道頭起大神寺兼以香華供養懸繒播蓋承事禮敬所以然者彼是天身非爲人身佛告王曰當以此方便知現世作福得受現報王白佛言我今以先譬喻於中受解今日世尊重演其義自今已後信受其義唯願世尊受爲弟子自歸於佛法比丘僧今復懺悔如愚如惑父王無過而取害之今以身命自歸唯願世尊除其罪愆演其妙法長夜無爲如我自知所作罪報無有善本佛告王曰有二種人無罪而命終如屈申臂頃得生天上云何爲二一者不造罪本而修其善二者爲罪改其所造是謂二人而取命終生於天上亦無流滯爾時世尊便說此偈

人作極惡行　悔過轉微薄　日悔無懈息

罪根永已拔

是故大王當以法治化莫以非法夫以法治化者身壞命終生善處天上彼已命終名譽遠布周聞四方後人共傳昔日有王正法治化無有阿曲人以稱傳彼人所生之處增壽益筭無有中夭是故大王當發歡喜之心向三尊佛法聖衆如是大王當作是學爾時阿闍世王即從座起頭面禮佛足便退而去王去不遠佛告諸比丘令此阿闍世王不取父王害者今日應得初沙門果證在四雙八輩衆中亦復得賢聖八品道除去八愛超越八難雖爾今猶獲大幸得無根之信是故比丘爲罪之人當求方便成無根之信我優婆塞中得無根信者所謂阿闍世王是也爾時諸比丘聞佛所說歡喜奉行

聞如是一時佛在舍衛國祇樹給孤獨園爾時世尊告諸比丘有世八法隨世迴轉云何爲八一者利二者衰三者毀四者譽五者稱六者譏七者苦八者樂是謂比丘有此八法隨世迴轉諸比丘當求方便除此八法如是諸比丘當作是學爾時諸比丘聞佛所說歡喜奉行

聞如是一時佛在舍衛國祇樹給孤獨園爾時世尊告諸比丘如來出現世間又於世界成佛道然不著世間八法猶與周旋猶如淤泥出生蓮華極爲鮮潔不著塵水諸天所愛敬見者心歡如來亦復如是由胞胎生於中長養得成佛身亦如琉璃之寶淨水之珎不爲塵垢所染如來亦復如是亦生於世間不爲世八法所染著是故比丘當勤加精進修

行八法如是比丘當作是學爾時諸比丘聞
佛所說歡喜奉行
聞如是一時佛在舍衛國祇樹給孤獨園爾
時世尊告諸比丘有八種人流轉生死不住
生死云何爲八趣須陀洹得須陀洹趣斯陀
含得斯陀含趣阿那含得阿那含趣阿羅漢
得阿羅漢是謂比丘有此八人流轉生死不
住生死是故比丘求其方便度生死難勿住
生死如是比丘當作是學爾時諸比丘聞佛
所說歡喜奉行
馬血齋難陀　提婆達船栰　牧牛無根信
世法善八人

增壹阿含經卷第三十九

音釋

銜胡岩切口含也　擘口擘博陌切分擘也又鈲也　噉徒濫切食也　攫屋號切攫也謂攜作也　鉾莫浮切鉤兵也長二丈爲鉾　舂杵舂書容切杵敞呂切　堅鞕鞕魚孟切亦堅也　牸象牸疾二切牸象牝象也　哶盧賁切　卹雪律切恤也愍也

增壹阿含經卷第四十

符秦三藏曇摩難提譯

九衆生居品第四十四　九法初

聞如是一時佛在舍衛國祇樹給孤獨園爾時世尊告諸比丘有九衆生居處是衆生所居之處云何爲九或有衆生若干種身若干種想所謂天及人也或有衆生若干種身一想所謂梵迦夷天最初出現也或有衆生一身若干想所謂光音天也或有衆生一身一想所謂遍淨天也或有衆生無量空空處天也或有衆生無量識識處天也或有衆生不用處不用處天也或有衆生有想無想處有想無想處天也諸所生之處名爲九也是謂比丘九衆生居處群萌之類曾居已居當居是故比丘當求方便離此九處如是諸比丘當作是學爾時諸比丘聞佛所說歡喜奉行

聞如是一時佛在舍衛國祇樹給孤獨園爾時世尊告諸比丘當說𡣍願有九種德汝等善思念之吾今當敷演其義是時諸比丘受佛教誡佛告比丘彼云何名爲𡣍願九種之德比丘當知檀越施主成就三法所施之物亦成就三法受物之人亦成就三法彼檀越施主云何成就三法於是檀越施主信成就誓願成就亦不殺生是謂檀越施主成就此三法所施之物云何成就三法於是施物色成就香成就味成就是謂施物三事成就云何受物之人成就三事於是受物之人戒成就智慧成就三昧成就是謂受施之人成就三法如是達𡣍成就此九法獲大果報至甘露滅盡之處夫爲施主欲求其福者當求方

便成就此九法如是比丘當作是學爾時諸比丘聞佛所說歡喜奉行

聞如是一時佛在舍衛國祇樹給孤獨園爾時世尊告諸比丘爲成就九法云何爲九強顏耐辱貪心慳著心念不捨離健忘少睡隱匿婬泆無有返復爲九是謂比丘爲成就比九法惡比丘亦復成就九法云何爲九於是惡比丘強顏耐辱貪心慳著健忘少睡婬泆隱匿亦無返復念不捨離爲九云何惡比丘強顏於是惡比丘不應求者而求之違沙門之行如是比丘名爲強顏云何惡比丘耐辱於是惡比丘在諸賢善比丘所自稱歎說告他人如是比丘名爲耐辱云何比丘生貪心於是比丘見他財物皆生貪心此名爲貪也云何比丘慳著於是比丘所得衣鉢不與人共恒自藏舉如是名爲慳著云何比丘健忘於是惡比丘恒多漏失妙善之言亦不思惟方便論說國事兵戰之法如是惡比丘成就此健忘云何惡比丘少於睡眠於是惡比丘所應思惟法而不思惟如是惡比丘少於睡眠云何惡比丘匿處婬泆於是惡比丘所爲隱匿不向人說我今所行勿令人知如是比丘所爲隱匿婬泆云何惡比丘無有返復於是惡比丘無恭敬之心不奉事師長尊敬貴重之人如是惡比丘無有返復若惡比丘成就此九法念不捨離者終不成道果是故比丘諸惡之法念當捨之如是比丘當作是學爾時諸比丘聞佛所說歡喜奉行

聞如是一時佛在舍衛國祇樹給孤獨園爾時世尊告諸比丘孔雀鳥成就九法云何爲

九於是孔雀鳥顏貌端正音響清徹行步庠序知時而行飲食知節常念知足念不分散少於睡眠亦復少欲知於返復是謂比丘孔雀之鳥成此九法賢哲比丘亦復成就九法云何爲九於是賢善比丘顏貌端正音響清徹行步庠序知時而行飲食知節常念知足念不分散少於睡眠亦復少欲知於返復云何賢善比丘顏貌端正所謂彼比丘出入行來進止之宜終不失叙如是賢善比丘顏貌端正云何比丘音響清徹於是比丘善別義理終不錯亂如是比丘音響清徹云何比丘行步庠序於是比丘知時而行不失次敘又知可誦知誦可習知習可默知默可起知起如是比丘知於時節云何比丘知時而行於是比丘應往即往應住即住隨順聽法如是比丘知時而行云何比丘飲食知節於是比丘所得遺餘與人共分不惜所有如是比丘飲食知節云何比丘少於睡眠於是比丘初夜時習於警寤習三十七品無有漏脫恒以經行卧覺而淨其意復於中夜思惟深奧至後夜時右脇著地脚脚相累思惟計明之想復起經行而淨其意如是比丘少於睡眠云何比丘少欲知於返復於是比丘承事三尊奉敬師長如是比丘少欲知於返復如是賢善比丘成就九法今此九法當念奉行如是比丘當作是學爾時諸比丘聞佛所說歡喜奉行

聞如是一時佛在舍衛國祇樹給孤獨園爾時世尊告諸比丘女人成就九法繫縛男子云何爲九所謂歌儛妓樂笑啼常求方宜自

以幻術顏色形體計爾許事中唯有更樂縛人最急百倍千倍終不相比如我今日觀察諸義更樂縛人最急無出是者隨彼男子繫之牢固也是故諸比丘當念捨此九法如是比丘當作是學爾時諸比丘聞佛所說歡喜奉行

聞如是一時佛在優迦羅竹園中與大比丘衆五百人俱爾時世尊告諸比丘我今與汝當說妙法初善中善竟善義理深邃清淨修行梵行此經名曰一切諸法之本汝等善思念之諸比丘對曰如是世尊是時諸比丘從佛受教佛告之曰彼云何名爲一切諸法之本於是比丘凡夫之人不覩賢聖之教亦不寶護如來言教不親近善知識不受善知識言教彼觀此地如實知之此是地如審是地如實是地亦復是水亦復是火亦復是風四事合以爲人愚者之所娛樂天自知爲天樂於天中梵天自知爲梵天大梵自知爲大梵無能出者光音天還自相知由光音天來遍淨天自知爲遍淨天果實天自知爲果實天而不錯亂阿毗耶陀天自知爲阿毗耶陀天空處天自知爲空處天識處天自知爲識處天不用處天自知爲不用處天有想無想處天自知爲有想無想處天見者自知爲見聞者自知爲聞欲者自知爲欲智者自知爲智一類自知爲一類若干類自知爲若干類悉具足自知爲悉具足涅槃自知爲涅槃於中而自娛樂所以然者非智者之所說也若聖弟子往觀聖人承受其法與善知識從事恒親近善知識觀此地種皆悉分明知所來處

亦不著於地無有汙染之心水火風亦復如是人天梵王光音遍淨果實阿毗耶陀天空處識處不用處有想無想處見聞念知一種若干種乃至於涅槃亦不著於涅槃不起涅槃之想所以然者皆由善分別善觀察若彼比丘漏盡阿羅漢所作已辦捨於重擔盡生死原本平等解脱彼能分別地種都不起想著地種人天梵王乃至有想無想處亦復如是至於涅槃不著涅槃不起涅槃之想所以然者皆由壞婬怒癡之所致也比丘當知如來至眞等正覺善能分別於地亦不著於地種不起地種之想所以然者皆由破壞愛綱之所致也因有有生因生有生老死皆悉除盡是故如來成最正覺佛說此語是時諸比丘不受其教所以然者由魔波旬閉塞心意故此經名曰一切諸法之本我今具足說之諸佛世尊所應修行我今已具足施行汝等當念閑居樹下端意坐禪思惟妙義今不爲者後悔無益此是我之教誡也爾時諸比丘聞佛所說歡喜奉行

聞如是一時佛在羅閲城迦蘭陀竹園所與大比丘衆五百人俱爾時羅閲城中有一比丘身遇疾病至爲困悴臥大小便不能自起止亦無比丘往瞻視者晝夜稱佛名號云何世尊獨不見愍是時如來以天耳聞彼比丘稱怨喚呼投歸如來爾時世尊告諸比丘吾與汝等悉案行諸房觀諸住處諸比丘對曰如是世尊是時世尊與比丘僧前後圍遶諸房間案行爾時病比丘遥見世尊來即欲從座起而不能自轉揺是時如來到彼比丘所

而告之曰止止比丘勿自動轉吾自有座具足得坐耳是時毗沙門天王知如來心中所念從野馬世界沒來至佛所頭面禮足在一面立是時釋提桓因知如來心中所念即來至佛所梵天王亦復知如來心中所念從梵天沒來至佛所頭面禮足在一面坐時四天王知如來心中所念來至佛所頭面禮足在一面立是時佛告病比丘曰汝今患苦有損不至增乎比丘對曰弟子患苦遂增不損極爲少賴佛告比丘瞻病人今爲所在何人來相瞻視比丘白佛言今遇此病無人相瞻視也佛告比丘汝昔日未病之時頗往問訊病人乎比丘白佛言不往問訊諸病人也佛告比丘汝今無有善利於正法中所以然者皆由不往瞻視病故也汝今比丘勿懷恐懼當躬供養令不有乏如我今日天上人中獨步無侶亦能瞻視一切病人無救護者與作救護盲者與作眼目救諸病人是時世尊自除不淨更與敷坐具是時毗沙門天王及釋提桓因白佛言我等自當瞻此病比丘如來勿復執勞佛告諸天曰汝等且止如來自當知時如我自憶昔日未成佛道修菩薩行由一鴿故自投命根何況今日已成佛道當捨此比丘乎終無此處又釋提桓因先不瞻此病比丘毗沙門天王護世之主亦不相瞻視是時釋提桓因及毗沙門天王皆默然不對爾時如來手執掃篲除去汙泥更施設坐具復與浣衣裳三法之牀扶病比丘令坐淨水沐浴又諸天在上以香水灌之是時世尊沐浴比丘已還坐牀上手自授食是時世尊見比

丘食訖除其鉢器告彼比丘曰汝今當捨三世之病所以然者比丘當知生有處胎之厄因生有老夫爲老者形羸氣竭因老有病夫爲病者坐卧呻吟四百四病一時俱臻因病有死夫爲死者形神分離往趣善惡設罪多者當入地獄刀山劍樹火車爐炭吞飲融銅或爲畜生爲人所使食以芻草受苦無量復於不可稱計無數劫中作餓鬼形身長數十由旬咽細如鍼復以融銅而灌其口經歷無數劫中得作人身榜笞拷掠不可稱計復於無數劫中得生天上亦經恩愛合會又遇恩愛別離欲無猒足得賢聖道爾乃離苦今有九種之人離於苦患云何爲九所謂向阿羅漢得阿羅漢向阿那含得阿那含向斯陀含得斯陀含向須陀洹得須陀洹種性人爲九是謂比丘如來出現世間甚爲難值人身難得生正國中亦復難遭與善知識相遇亦復如是聞說法言亦不可遇法法相生時時乃有比丘當知如來今日現在世間得聞正法諸根不缺堪任聞其正法今不慇懃後悔無及此是我之教誡爾時彼比丘聞如來教已熟視尊顏即於座上得三明漏盡意解佛告比丘汝已解病之原本乎比丘白佛我已解病之原本去離此生老病死皆是如來神力所加以四等之心覆護一切無量無限不可稱計身口意淨是時世尊具足說法已即從座起而去爾時世尊告阿難曰汝今速打揵椎諸有比丘在羅閱城者盡集普會講堂是時阿難從佛受教即集諸比丘在普會講堂前白佛言比丘已集唯願世尊宜知是時爾

時世尊往至講堂所就座而坐爾時世尊告諸比丘汝等學道爲畏國王盜賊而出家乎比丘信堅固修無上梵行欲得捨生老病死憂悲苦惱亦欲離十二牽連諸比丘對曰如是世尊佛告諸比丘汝等所以出家者共一師同一水乳然各各不相瞻視自今已後當展轉相瞻視設病比丘無弟子者當於衆中差次使看病人所以然者離此已更不見所施之處福勝視病人者其瞻病者瞻我無異

爾時世尊便說斯偈

設有供養我　及過去諸佛　施我之福德
瞻病而無異

爾時世尊說此教已告阿難曰自今已後諸比丘各各當相瞻視若復比丘知而不爲者當案法律此是我之教誡爾時比丘聞佛所說歡喜奉行

聞如是一時佛在舍衛國祇樹給孤獨園爾時世尊告諸比丘有九種人可敬可貴供之得福云何爲九所謂向阿羅漢得阿羅漢向阿那含得阿那含向斯陀含得斯陀含向須陀洹得須陀洹種性人爲九是謂比丘九種之人供之得福終無耗減爾時諸比丘聞佛所說歡喜奉行

聞如是一時佛在羅閱城迦蘭陀竹園所與大比丘衆五百人俱是時滿呼王子往至世尊所頭面禮足在一面坐是時滿呼王子白世尊言我曾聞朱利槃特比丘與盧迦延梵志共論然此比丘不能答對我又曾聞如來弟子衆中諸根闇鈍無有慧明出此比丘上者如來優婆塞中在居家者迦毗羅衛城中

瞿曇釋種諸根闇鈍情意閉塞佛告王子曰朱利槃特比丘有神足之力得上人之法不習世間談議之宜又王子當知此比丘者極有妙義是時滿呼王子白世尊言佛所說雖爾然我意中猶生此念云何有大神足而不能與彼外道異學而共論議我今請佛及比丘僧唯除朱利槃特一人是時世尊默然受請是時王子已見世尊受請即從座起頭面禮世尊足遶佛三帀便退而去即其夜辦種種甘饌飲食敷好坐具而白時到今正是時爾時世尊以鉢使朱利槃特比丘捉在後住將諸比丘衆前後圍遶入羅閱城至彼王子所各次第坐爾時王子白世尊言唯願如來手授我鉢我今躬欲自飯如來佛告王子曰今鉢在朱利槃特比丘所竟不持來王子白佛言唯願世尊遣一比丘往取鉢來佛告王子汝今自往取如來鉢來爾時朱利槃特比丘化五百華樹其樹下皆有朱利槃特比丘坐爾時王子聞佛教已往取鉢遥見五百樹下皆有朱利槃特比丘於樹下坐禪繫念在前無有分散見已便作是念何者是朱利槃特比丘是時滿呼王子即還至世尊所而白佛言往彼園中均是朱利槃特比丘不知何者是朱利槃特比丘佛告王子曰還至園中最在中央住而彈指作是說其實是朱利槃特比丘者唯願從座起是時滿呼王子受教已復至園中在中央立而作是說其實是朱利槃特比丘者便從座起王子正作是語已其餘五百化比丘自然消滅唯有一朱利槃特比丘在是時滿呼王子共朱利槃特比丘

至世尊所頭面禮足在一面立爾時滿呼王子白佛言唯願世尊今自悔責不信如來言教此比丘極有神足有大威力佛告王子曰聽汝懺悔如來所説終無有二又此世間有九種人周旋往來云何爲九一者豫知人情二者聞已便知三者觀相然後乃知四者觀察義理然後乃知五者知味然後乃知六者知義知味然後乃知七者不知義不知味八者學於思惟神足之力九者所受義尠是爲王子九種之人出現世間如是王子彼觀相之人於八人中最爲第一無過是者今此朱利槃特比丘習於神足不學餘法此比丘恒以神足與人説法我今阿難比丘觀相便知豫知人情知如來須是不用是亦知如來應當説是離是皆悉分明如今無有出阿難比丘者上博覽諸經義靡不周遍又此朱利槃特比丘能化形作若干形復還合爲一此比丘後日當於虛空中取滅度吾更不見餘人取滅度如阿難比丘朱利槃特比丘之比也是時佛復告諸比丘曰我聲聞中第一比丘變化身形能大能小無有如朱利槃特比丘之比是時滿呼王子手自斟酌供養衆僧除去鉢器更取小座在如來前叉手白世尊言唯願世尊聽朱利槃特比丘恒至我家隨其所須衣被雜物沙門之法盡在我家取之當盡形壽供給所須佛告王子汝今王子還向朱利槃特比丘懺悔躬自請之所以然者非智之人欲別知智者此事難遇欲言智者能別有智之人可有此理耳是時滿呼王子即前向朱利槃特比丘禮自稱姓名求其懺悔

大神足比丘生意輕慢自今已後更不敢犯唯願受懺悔更不敢犯朱利槃特比丘報曰聽汝悔過後莫復犯亦莫復誹謗賢聖王子當知其有衆生誹謗聖人者必當墮三惡趣生地獄中如是王子當作是學爾時佛與滿呼王子說極妙之法勸發令喜即於座上演此呪願

祀祠火爲上　經書頌爲最　人中王爲尊
衆流海爲首　星中月爲先　光明日第一
上下及四方　諸所有形物　天及世間人
佛者最爲尊　欲求其福者　供養三佛陀

爾時世尊說此偈已即從座起是時滿呼王子聞佛所說歡喜奉行

聞如是一時佛在舍衛國祇樹給孤獨園爾時阿難白世尊言所謂善知識者即是半梵行人也將引善道以至無爲佛告阿難勿作是言言善知識者即是半梵行人所以然者夫善知識人即是全梵行人與共從事將視好道我亦由善知識成無上正眞等正覺以成道果度脫衆生不可稱計皆悉免生老病死以此方便知夫善知識人全是梵行人也復次阿難若善男子善女人與善知識共從事者信根增益聞施慧德皆悉備具猶如月欲盛滿光明漸增倍於常時此亦如是若有善男子善女人親近善知識信聞念施慧皆悉增益以此方便知其善知識者即是全梵行人也若我昔日不與善知識從事終不爲錠光佛所見授決也以與善知識從事故得爲與提和竭羅佛所見授決以此方便知其善知識者即是全梵行人也阿難若當世間

無善知識者則無有尊卑之叙父母師長兄弟宗親則與彼賭犬之屬與共一類造諸惡緣種地獄罪緣有善知識故便別有父母師長兄弟宗親是時世尊便説此偈

善知識非惡　親法非爲食　將導於善路
此親最尊説

是故阿難勿復更説言善知識者是半梵行人也爾時阿難從佛受教聞佛所説歡喜奉行

聞如是一時佛在羅閱城耆闍崛山中與大比丘衆五百人俱是時釋提桓因從三十三天没來至佛所頭面禮足在一面立白世尊言天及人民有何想念意何所求佛告之曰世間流浪其性不同所趣各異想念非一天帝當知昔我無數阿僧祇劫亦生此念天及衆生之類意何所趣向爲求何願從彼劫至今日不見一人心共同者釋提桓因當知世間衆生起顛倒想無常計常想無樂計樂想無我有我想不淨有淨想正路有邪路想惡有福想福有惡想以此方便知衆生之類其根難量性行各異若當衆生盡同一想無若干想者九衆生居處則不可知亦難分別九衆生居神識所止亦復難明亦復不知有八大地獄畜生所趣亦復難知不別有地獄之苦不知有四姓之豪貴不知有阿須倫所趣之道亦復不知三十三天設當盡共同一心者當如光音天以衆生若干種想念亦若干種是故知有九衆生居處九神所止處知有八大地獄三惡道至三十三天亦復如是以此方便知衆生之類其性不同所行各異是

時釋提桓因白世尊言如來所説甚爲奇雅衆生之性其行不同想念各異以其衆生所行不同故致有青黄白黒長短不均又且世尊諸天事煩猥欲還天上佛告釋提桓因曰宜知是時是時釋提桓因即從座起頭面禮足便退而去爾時釋提桓因聞佛所説歡喜奉行

九止嚫孔雀　繫縛法之本　病供養槃特
梵行若干想

增壹阿含經卷第四十

音釋

達嚫（梵語也亦云檀嚫此云財施嚫初覲切）強顔（強巨兩切勉強也）耐辱（耐乃代切忍也）掃箒（掃蘇到切掃除也箒之久切篲也）榜笞（榜蒲庚切笞擊也笞丑知切捶也）拷掠（拷苦浩切打也掠離灼切笞也）揵椎（梵語也此云鐘亦云磬律云隨有瓦木銅鐵鳴者皆曰揵椎揵巨言切椎音槌）

增壹阿含經卷第四十一

符秦三藏曇摩難提譯

馬王品第四十五此品分屬二分

聞如是一時佛在羅閱城迦蘭陀竹園所與大比丘衆五百人俱爾時彼城中有婆羅門名曰摩醯提利善明外道經術天文地理靡不貫練世間所可周旋之法悉皆明了彼婆羅門女名曰意愛極爲聰朗頹貌端正世之希有是時婆羅門便作是念我等婆羅門經籍有是語有二人出世甚爲難遇實不可値云何爲二人所謂如來至眞等正覺轉輪聖王若轉輪聖王出世之時便有七寶自然響應我今有此女寶頹貌殊特玉女中最第一如今無有轉輪聖王又我聞眞淨王子名曰悉達出家學道有三十二大人之相八十種好彼若當在家者便當爲轉輪聖王若出家學道者便成佛道我今可將此女與彼沙門是時婆羅門即將此女至世尊所前白佛言唯願沙門受此玉女佛告婆羅門曰止止梵志吾不須此著欲之人時婆羅門復再三白佛言沙門受此玉女方比世界此女無比佛告梵志以受汝意但吾以離家不復習欲爾時有長老比丘在如來後執扇扇佛是時長老比丘白世尊言唯願如來受此女人若如來不須者給我等使是時世尊告長老比丘汝爲愚惑乃能在如來前吐此惡音汝云何轉繫意在此女人所夫爲女人有九惡法云何爲九一者女人臭穢不淨二者女人惡口三者女人無反復四者女人嫉妒五者女人慳嫉六者女人多喜遊行七者女人多瞋恚

八者女人多妄語九者女人所言輕舉是謂女人有此九法弊惡之行爾時世尊便說斯偈

常喜笑啼哭　現親實不親　常求他方便

汝勿與亂念

是時長老比丘白世尊言女人雖有此九弊惡之法然我今日觀察此女無有瑕疵佛告比丘汝今愚人不信如來神口所說乎吾今當說過去久遠波羅奈城中有商客名曰普富將五百商人入海採寶然彼大海側有羅刹所居之處恒食噉人民是時海中風起吹此船栰墮彼羅刹部中是時羅刹遥見商客來歡喜無量即隱羅刹之形化作女人端正無比語諸商人曰善來諸賢此寶渚上者與彼天宮無異多諸珍寶數千百種饒諸飯食又有好女皆無夫主可與我等共相娯樂比丘當知彼商客衆中其愚惑者見女人已便起想著之念是時普富商主便作是念此大海中非人所居之處那得有此女人止住此必是羅刹勿足狐疑是時商主語女人言止止諸妹我等不貪女色是時月八日十四日十五日馬王在虛空中周旋作此告勑誰欲度大海之難我能負度比丘當知當爾之時彼商主上高樹上遥見馬王聞音響聲歡喜踊躍不能自勝往趣馬王所到已語馬王曰我等五百商人爲風所吹今來墮此極難之處欲得度海惟願度之是時馬王語彼商人曰汝等悉來吾當度至海際是時普富長者語衆商人曰今馬王近在此悉來就彼共度海難是時人衆報曰止止大主我等且在此

閻自相娛樂所以在閻浮提勤苦者欲求於快樂之處珍奇寶物及於玉女此間悉備便可此間五欲自娛樂後日漸漸合集財貨當共度難時彼大商主告諸人曰止止愚人此間無有女人大海之中云何有人居處諸商人報曰且止大主我等不能捨此而去是時普富商主便說此偈

我等墮此難　無男無女想　斯是羅刹種
漸當食我等

設當汝等不與我共去者各自將護設我身口意所犯者悉見原捨莫以經心是時諸商人與說共別之偈

與我問訊彼　閻浮親里輩　在此而娛樂
不得時還家

是時商主復以偈報曰

汝等實遭厄　惑此不肯歸　如此不復久
盡爲鬼所食

說此偈已便捨而去往至馬王所頭面禮足即乘而去是時諸人遙見其主已乘馬王其中或有喚呼或復有大稱怨者是時最大羅刹之主復向諸羅刹而說此偈

已墮師子口　求出甚爲難　何況入我渚
欲出實爲難

是時羅刹主即化作女人形極爲端正又以兩手拍胷說曰設不食汝等終不爲羅刹是時馬王即負商主度至海岸爾時餘五日商人盡受其困爾時波羅奈城中有王名梵摩達治化人民是時羅刹尋從大商主後出失我夫主是時商主即還詣家是時羅刹化抱男兒至梵摩達王所前白王言世間極有災

恠盡當滅壞王告之曰世間有何災恠盡當滅壞耶羅刹白王爲夫所棄又我無過於夫主是時梵摩達王見此女人極爲姝妙興起想著語女人曰汝夫主者乃無仁義而捨汝去是時梵摩達王遣人呼其夫曰汝實棄此好婦乎商人報曰此是羅刹非女人也羅刹女復白王言此人無夫主之義今日見棄復駡我言云是羅刹王問之曰汝實不用者吾當攝之商主白王此是羅刹隨王聖意是時梵摩達王即將此女内著深宫隨時接納不令有怨是時羅刹非人取王食噉唯有骨存便捨而去比丘勿作斯觀爾時商客主者舍利弗比丘是也爾時羅刹者今此女人是也爾時梵摩達王者今長老比丘是也是時馬王者今我身是也爾時五百商人者今五百比丘是以此方便知欲爲不淨想今故興意起於想著乎爾時彼比丘即禮佛足白世尊言唯願受悔恕其重過自今已後更不復犯是時彼比丘受如來教已即在閑靜之處剋已自修所以族姓子勤修梵行者欲得修無上梵行是時彼比丘便成阿羅漢爾時諸比丘聞佛所説歡喜奉行

聞如是一時佛在釋翅闍婆梨果園與大比丘衆五百人俱是時尊者舍利弗尊者目揵連於彼夏坐已將五百比丘在人間遊化漸漸來至釋翅村中爾時行來比丘及住比丘各各自相謂言共相問訊又且聲音高大爾時世尊聞諸比丘音響高大即告阿難曰今此園中是誰音響聲大乃爾如似破木石之聲阿難白佛言今舍利弗及大目連將五百

比丘來在此行來比丘與住比丘共相問訊故有此聲耳佛告阿難曰汝速遣舍利弗目揵連比丘不須住此是時阿難受教已即往至舍利弗目揵連比丘所即語之曰世尊有教速離此去不須住此舍利弗報曰唯然受教爾時舍利弗目揵連即出園中將五百比丘涉道而去爾時諸釋聞舍利弗目揵連比丘爲世尊所遣即往至舍利弗目揵連比丘所頭面禮足白舍利弗曰諸賢欲何所趣向舍利弗報曰我等爲如來所遣各求安處是時諸釋白舍利弗言諸賢小留意我等當向如來懺悔是時諸釋即往至世尊所頭面禮足在一面坐白世尊言唯願世尊原捨遠來比丘過咎唯願世尊以時教誨其中遠來比丘初學道者新來入法中未覩尊顏備有變悔之心猶如茂苗不遇潤澤便不成就今此比丘亦復如是不覩如來而去者或能有變悔之心是時梵天王知如來心中所念猶如力士屈伸臂頃從梵天沒來至如來所頭面禮足在一面立爾時梵天王白世尊言唯願世尊原捨遠來比丘所作愆過以時教誨其中或有比丘未究竟者便懷變悔之心彼人不覩如來顏像便有變意還就本業亦如新生犢子生失其毋憂愁不食此亦如是若新學比丘不得覩如來者便當遠離此正法中爾時世尊便受釋種之諫及梵天王犢子之喻是時世尊顧眄阿難便生斯念如來已受人民及天之諫是時阿難即往至舍利弗目揵連比丘所而語之曰如來欲得與衆僧相見天及人民皆陳啓此理爾時舍利弗告諸

比丘曰汝等各收攝衣鉢共往至世尊所然如來已受我等懺悔是時舍利弗及目揵連將五百比丘至世尊所頭面禮足在一面坐是時佛問舍利弗曰吾向者遣諸比丘僧於汝意云何乎舍利弗言向者如來遣諸衆僧我便作是念如來好遊閑靜獨處無爲不樂在閙是故遣諸聖衆耳佛告舍利弗曰汝後復生何念聖衆是誰之累舍利弗白佛言時我世尊復生此念我亦當在閑靜獨遊不處閙中佛告舍利弗曰勿作是語亦莫生是念云我當在閑靜之處也如今聖衆之累豈非依舍利弗目揵連比丘乎爾時世尊告大目揵連曰我遣衆僧汝有何念目揵連白佛言如來遣衆僧我便生斯念如來欲得獨處無爲故遣聖衆耳佛告目揵連汝後復生何念

目揵連白佛言然今如來遣諸聖衆我等宜還收集之令不分散佛告目揵連善哉目揵連如汝所說衆中之標首唯吾與汝二人耳自今目揵連當教誨諸後學比丘使長夜中永處安隱無令中退墮落生死若有比丘成就九法者於現法中不得長大云何爲九與惡知識從事親近非事恒喜遊行恒抱長患好畜財貨貪著衣鉢多虚健忘亂意非定無有慧明不解義趣不隨時受誨是謂目揵連若比丘成就此九法者於現法中不得長大有所潤及設有比丘能成就九法便有所成辦云何爲九與善知識從事修行正法不著邪業恒遊獨處不樂人閒少病無患亦復不多畜諸財寶不貪著衣鉢勤行精進無有亂心聞義便解更不重受隨時聽法無有猒足

是謂目揵連若有比丘成就此九法者於現法中多所饒益是故目揵連當念勤加往誨諸比丘使長夜中到無爲處爾時世尊便說此偈

常念自覺寤　勿著於非法　所修應正行
得度生死難　作是而獲是　作此獲此福
衆生流浪久　斷於老病死　已辦更不習
復更造非行　如此放逸人　成於有漏行
設有勤加心　恒在心首者　展轉相教誡
便成無漏行

是故目揵連當與諸比丘作如是誨當念作是學是時世尊與諸比丘說極妙法令發歡喜心是時諸比丘聞法已於彼衆中六十餘比丘漏盡意解爾時諸比丘聞佛所說歡喜奉行

聞如是一時佛在舍衛國祇樹給孤獨園爾時世尊告諸比丘若有比丘依村落住善法消滅惡法遂增彼比丘當作是學我今在村落居止惡法遂增善法漸減念不專一不得盡有漏不得至無爲安隱之處我所得衣被飲食牀卧具病瘦醫藥勞苦乃獲彼比丘當作是學吾今住此村落之中惡法遂增善法消滅我亦不以衣被飲食牀卧具醫藥故來作沙門吾所求願者今不獲果又彼比丘當遠離村落去若復有比丘依村落住善法增益惡法消滅所得衣被飲食牀卧具勤勞乃獲彼比丘當作是學我今依此村落住善法增益惡法消滅所得供養之具勤勞乃得又我不以衣被故出家學道修於梵行我所以學道求願者必成其法應當盡形壽承事供

養爾時世尊便說偈曰
衣被及飲食　牀具及所安　不應貪著想
亦莫來此世　不以衣被故　出家而學道
所以學道者　必果其所願　比丘尋應時
盡形住彼村　於彼般涅槃　盡其命根本
是時比丘若在人間靜處所遊之村善法增
益惡法自滅彼比丘盡形壽住彼村中不應
遠遊是時阿難白世尊言如來常不說四大
依食得存亦依於心所念法諸善之法依心
而生又彼比丘依村落住勞苦精神乃辦衣
食彼云何生善法云何住彼村落而不遠遊
佛告阿難衣被飲食牀卧具病瘦醫藥有三
種若復比丘專念四事供養所欲不果此亦
是苦若復興知足之心不起想著諸天人民
代其歡喜又諸比丘當作是學我由此故而

說此義是故阿難比丘當念少欲知足如是
阿難當作是學爾時阿難聞佛所說歡喜奉
行
聞如是一時佛在婆羅園中爾時世尊時到
著衣持鉢入婆羅村乞食是時弊魔波旬便
作是念今此沙門欲入村乞食我今當以方
宜教諸男女不令與食是時弊魔波旬尋告
國界人民之類無令施彼沙門瞿曇之食爾
時世尊入村乞食人民之類皆不與如來共
言談者亦無有來承事供養者如來乞食竟
不得便還出村是時弊魔波旬至如來所問
佛言沙門乞食竟不得乎世尊告曰由魔所
爲使吾不得食汝亦不久當受其報魔今聽
吾說賢劫之中有佛名拘樓孫如來至眞等
正覺明行成爲善逝世間解無上士道法御

天人師號佛衆祐出現於世是時彼亦依此村居止將四十萬衆爾時弊魔波旬便作是念吾今求此沙門方便終不果獲時魔復作是念吾今當約勑婆羅村中人民之類使不施沙門之食是時諸聖衆著衣持鉢入村乞食爾時諸比丘竟不得食即還出村爾時彼佛告諸比丘說如此妙法夫觀食有九事四種人間食五種出人間食云何四種是人間食一者摶食二者更樂食三者念食四者識食是謂世間有四種食彼云何名爲五種之食出世間之表一者禪食二者願食三者念食四者八解脫食五者喜食是謂名爲五種之食如是比丘五種之食出世間食表當共專念捨除四種之食求於方便辦五種食如是比丘當作是學爾時諸比丘受彼佛教

已即自尅已成辦五種之食時魔波旬不能得其便是時波旬便作是念吾今不能得此沙門方便今當求眼耳鼻口身意之便吾今當往村中告諸人民使沙門衆等未得利養使令得之已辦利養倍增多也使彼比丘貪著利養不能暫捨復欲從眼耳鼻口身意得方便乎是時彼佛聲聞到時著衣持鉢入村乞食是時婆羅村人民供給比丘衣被飲食牀卧具病瘦醫藥不令有乏皆前捉僧伽棃以物強施是時彼佛與衆聲聞說如此法夫利養者墮入惡趣不令至無爲之處汝等比丘莫起想著之心向於利養當念捨離其有比丘著利養者不成五分法身不具戒德是故比丘未生利養心令使不生已生利養心時令速滅之是比丘當作是學時魔波旬即

隱形去爾時諸比丘聞佛所說歡喜奉行
聞如是一時佛在舍衛國祇樹給孤獨園爾時世尊告諸比丘當行慈心廣布慈心以行慈心所有瞋恚之心自當消除所以然者比丘當知昔日有鬼極爲弊暴來在釋提桓因座上而坐是時三十三天極爲瞋恚云何此鬼在我主牀上坐乎是時諸天適興恚心彼鬼遂轉端正顏貌殊常爾時釋提桓因在普集講堂上坐與玉女共相娛樂是時有天子往至釋提桓因所白帝釋言拘翼當知今有惡鬼在尊座上坐今三十三天極懷恚怒諸天適興恚怒彼鬼遂轉端正顏貌勝常是時釋提桓因便作是念此鬼必是神妙之鬼是時釋提桓因往至彼鬼所相去不遠自稱姓名吾是釋提桓因諸天之王時釋提桓因自稱姓名時彼惡鬼轉成醜形顏貌可惡是彼惡鬼即時消滅比丘當以此方便知其行慈心而不捨離其德如是又且比丘吾昔日時七歲之中恒修慈心經歷七成劫敗劫不往來生死劫欲壞時便生光音天劫欲成時便生無想天上或作梵天統領諸天領十千世界又復三十七反爲釋提桓因又無數反爲轉輪聖王比丘當以此方便知其行慈心其德如是復次行慈心者身壞命終生梵天上離三惡道去離八難復次其行慈者生中正之國復次行慈心者顏貌端正諸根不缺形體完具復次其行慈心者躬自見如來承事諸佛不樂在家欲得出家學道著三法衣剃除鬚髮修沙門法修無上梵行比丘當知猶如金剛人取食之終不消化要當下過其行

慈心之人亦復如是若如來出世要當作道修無上梵行生死已盡梵行已立所作已辦更不復受後有如實知之是時尊者阿難白佛言世尊設如來不出時彼善男子不樂在家當何所趣向佛告阿難曰若如來不出時然善男子不樂在家自剃鬚髮在閒靜處剋已自修即於彼處盡諸有漏成無漏行是時阿難復白佛言云何世尊彼人自修梵行三乘之行彼人何所趣向佛告阿難如汝所言吾恒說三乘之行過去將來三世諸佛盡當說三乘之法阿難當知或有是時衆生之類顏貌壽命展轉減少形器瘦弱無復威神多諸瞋怒嫉妬恚癡姦偽幻惑所行不真或復有利根捷疾展轉諍競共相鬭訟或以手拳瓦石刀杖共相傷害是時衆生之類執草便成刀劒斷其命根其中衆生行慈心者無有瞋恚見此變怪皆懷恐懼悉共馳走離此惡處在山野中自然剃除鬚髮著三法衣修無上梵行剋己自修盡有漏心而得解脫便入無漏境各各自相謂言我等已勝怨家阿難當知彼名爲最勝是時阿難復白佛言彼人爲在何部聲聞部辟支佛部爲是佛部耶佛告阿難彼人當名正在辟支佛部所以然者此人皆由造諸功德行衆善本修清淨四諦分別諸法夫行善法者即慈心是也所以然者履仁行慈此德廣大吾昔日著此慈仁之鎧降伏魔官屬坐樹王下成無上道以此方便使知慈最第一慈者最勝法也阿難當知故名爲最勝行慈心者其德如是不可稱計當求方便修行慈心如是阿難當作是學爾

時阿難聞佛所說歡喜奉行
聞如是一時佛在舍衛國祇樹給孤獨園是時尊者舍利弗清旦從靜室起至世尊所頭面禮足在一面坐爾時佛告舍利弗曰汝今諸根清淨顏貌與人有異汝今遊何三昧舍利弗白佛言唯然世尊我恒遊空三昧佛告舍利弗言善哉舍利弗乃能遊空三昧所以然者諸空三昧者最尊第一其有比丘遊空三昧計無吾我人壽命亦不見有衆生亦復不見諸行本末已不見亦不造行本已無行更不受有已無受有不復受苦樂之報舍利弗當知我昔未成佛道坐樹王下便作是念此衆生類爲不剋獲何法流轉生死不得解脫時我復作是念有空三昧其有衆生不得是三昧者便流浪生死不得至竟解脫有此空三昧但衆生未剋使衆生起想著之念已起世間之想便受生死之分若得此空三昧亦無所願便得無願三昧已得無願三昧不求死此生彼都無所想念時彼行者復有無相三昧可得娛樂此衆生類皆由不得三三昧故流浪生死觀察諸法已便得空三昧已得空三昧便成阿耨多羅三藐三菩提我當爾時以得空三昧七日七夜觀視道樹目未曾眴舍利弗以此方便知空三昧者於諸三昧最爲第一三昧王三昧者空三昧是也是故舍利弗當求方便辦空三昧如是舍利弗當作是學爾時舍利弗聞佛所說歡喜奉行
聞如是一時佛在羅閱城迦蘭陀竹園所與大比丘衆千二百五十人俱爾時羅閱城中有長者名曰尸利掘饒財多寶金銀珍寶硨

磲碼碯不可稱計又且踈薄佛法但事外道
尼揵子國王大臣皆悉識知是時外道梵志
及尼揵子在家出家者自誹謗言有我計有
我身幷六師輩皆悉雲集共作此論今沙門
瞿曇靡事不知有一切智然我等不得利養
今此沙門多得利養要當作方宜使不得利
養我等當徃至尸利掘舍教彼長者而作權
宜是時外道梵志尼揵子及彼六師徃至尸
利掘長者家語長者曰大姓當知汝是梵天
所生是梵天子多所饒益汝今可徃至沙門
瞿曇所愍我等故請沙門及比丘衆來在家
祠之又勑屋中作大火坑極然熾火食皆著
毒請來食若沙門瞿曇有一切智知三世事
者則不受請設無一切智便當受請將諸弟
子盡爲火所燒天人得安無有災害是時尸
利掘默然隨六師語即出城至世尊所頭面
禮足持雜毒之心白如來言唯願世尊及比
丘僧當受我請爾時世尊知彼心中所念默
然受請是時尸利掘已見如來默然受請便
從座起頭面禮足便退而去中道便作是念
今我六師所說審諦然沙門不知我心中所
念必當爲大火所燒是時尸利掘即還家勑
作大坑然大熾火復約勑辦種種飲食皆悉
著毒復於門外作大火坑極然大火又於火
上施設數牀皆以惡毒著飲食中而白時至
爾時世尊已知時至著衣持鉢將諸比丘衆
前後圍繞徃至彼家又勑諸比丘僧諸人皆
不得先吾前行亦不得先吾前坐亦復不得
先吾前食是時羅閱城中人民之類聞尸利
掘作大火坑又作毒食請佛及比丘僧四部

之衆皆悉涕泣將非害如來及比丘僧乎或復有至世尊所頭面禮足白佛言唯願世尊莫至彼長者家又彼人作大火坑兼作毒食佛告之曰諸人勿懷恐怖如來終不爲他所害正使閻浮里內火至梵天猶不能燒吾何況此小火欲害如來終無此理優婆塞當知吾無復害心爾時世尊與比丘僧前後圍繞入羅閱城至長者家爾時世尊告諸比丘汝等勿先入長者家亦莫先食要須如來食然後乃食爾時世尊適舉足門閾上爾時火坑自然化作浴池極爲清涼衆華滿其中亦生蓮華大如車輪七寶爲莖亦生餘蓮華蜜蜂王遊戲其中爾時釋提桓因梵天王及四天王及乾沓和阿須倫及諸閱叉鬼神等見火坑中生此蓮華各各稱慶異音同聲各各說曰便爲如來勝中第一爾時彼長者家有種種外道異學集在其家爾時優婆塞優婆夷斯見如來變化已歡喜踊躍不能自勝外道異學見如來變已甚懷愁憂上虛空中諸尊神天散種種名華於如來身上爾時世尊履空去地四寸至長者家如來舉足之處便生蓮華大如車輪爾時世尊右迴告諸比丘汝等悉皆蹈此蓮華上時諸聲聞皆從蓮華上至長者家爾時世尊便說古昔之喻設我過去已來供養恒沙諸佛承事禮敬未失聖意持是至誠之誓使此諸座皆悉牢固爾時世尊告諸比丘我今聽諸比丘先以手憑座然後乃坐此是我之教也爾時世尊及諸比丘僧皆悉就坐是座下皆生蓮華極爲芬香是時尸利掘見如來如斯變化便生斯念吾爲

外道異學所誤失我人中之行永失天路心意憒然如飲雜毒必當趣此三惡道中實是如來出世難遇覺知此已即時涕零頭面禮足白佛言唯願如來聽我悔過改往修來自知有罪觸嬈如來唯願世尊受我悔過更不犯之佛告長者改過捐捨本意乃能自知觸犯如來賢聖法中甚爲曠大聽汝改過隨法而捨我今受汝改悔後更莫犯如是再三爾時阿闍世王聞尸利掘長者施大火坑及雜毒食欲害如來聞已瞋恚熾盛告群臣曰要當消滅閻浮里地與此人同尸利掘名字者又復阿闍世憶如來功德已悲泣涕零脱天冠已告群臣曰吾今復用活爲乃使如來爲火所燒及比丘僧皆當被燒汝等速來至長者家觀視如來爾時耆婆伽王子白阿闍世王大王勿懷愁憂亦莫興惡想所以然者如來終不爲他所害今日尸利掘長者當爲如來弟子唯願大王當往觀變化時阿闍世王爲耆婆伽所誨喻乘雪山大象尋時至尸利掘長者家下象即至尸利掘舍內爾時衆人普集門外有八萬四千人爾時阿闍世王見蓮華大如車輪歡喜踊躍不能自勝並作是說使如來恒勝衆魔告耆婆伽王子曰善哉耆婆伽乃信如來如斯之要時阿闍世王至世尊所頭面禮足在一面坐爾時阿闍世王見如來口出光明亦復遍見如來顔色殊特極懷踊躍不能自勝爾時尸利掘長者白世尊言我所設食皆悉有毒唯願世尊小停今當更施食所以然者無令如來體有所增損佛告長者如來及弟子終不爲他所害但長

者食已辦者隨時供設爾時長者手自斟酌行種種飲食爾時世尊便說斯偈

至誠佛法衆　害毒無遺餘　諸佛無有毒
至誠佛害毒　至誠佛法衆　害毒無遺餘
諸佛無有毒　至誠法害毒　至誠佛法衆
害毒無遺餘　諸佛無有毒　至誠僧害毒
貪欲瞋恚毒　世間有三毒　如來永無毒
至誠佛害毒　欲怒瞋恚毒　此三世間毒
如來法無毒　至誠法害毒　欲怒瞋恚毒
世間有三毒　如來僧無毒　至誠僧害毒

爾時世尊說此語已便食雜毒之食爾時世尊告諸比丘汝等皆莫先食要須如來食已然後乃食爾時長者手自斟酌行種種飲食供養佛及比丘僧爾時尸利掘長者見如來食訖除去鉢器更取小座在如來前坐爾時世尊與長者及八萬四千衆說微妙論所謂論者施論戒論生天之論欲不淨想婬泆大患出要爲樂如來觀彼長者心意及八萬四千衆心開意解無復塵垢諸佛世尊常所說法苦集盡道盡與八萬四千衆生說廣分別其行爾時衆人即於座上諸塵垢盡得法眼淨猶如新衣易染爲色爾時庶人亦復如是各於座上已見道跡已見法得法分別諸法度諸狐疑得無所畏更不事餘師自歸佛法衆而受五戒爾時尸利掘長者自知得道跡前白佛言寧施如來毒獲大果報不與餘外道異學甘露更受其罪所以然者我今以毒食請佛及比丘僧於現法中得此證驗長夜爲此外道所惑乃興斯心於如來所其有事外道異學者皆墮邊際佛告長者如汝所言

而無有異皆爲他所誑爾時尸利掘白佛言自今已後不復信此外道異學不聽諸四部衆在家供養佛告長者勿作是說所以然者汝本恒供養斯諸外士施諸畜生其福難量況復人乎若有外道異學問曰尸利掘是誰弟子汝等云何報之爾時尸利掘即從座起長跪叉手白世尊言勇猛而解脫今受此人身是第七仙人是釋迦文弟子世尊告曰善哉長者乃能說此微妙之歎爾時世尊重與長者說甚深之法即時便說斯觀

祠祀火爲上　詩書頌爲最　人中王爲尊
衆流海爲源　星中月爲明　光明日爲上
上下及四方　一切有形類　諸天及世間
佛爲最第一　欲求其福者　當供養三佛

爾時世尊說此偈已即從座起爾時尸利掘及諸來會聞佛所說歡喜奉行

增壹阿含經卷第四十一

音釋

練 連彥切精熟曰練　柭 房越切海中大船也　狐疑 狐戶吳切獸名也狐性多疑故以事不決者爲狐疑　咄 當沒切嗟咨語也　姝 春朱切美好也　內 內奴答切與納同　著 著陟畧切置也　噉 徒濫切食也　犢 徒谷切牛之子也　顧眄 顧古暮切迴首也眄普患切流視也　摶 度官切以手圜之也　嫉妬 嫉昨悉切害賢曰嫉妬都故切害色曰妬　姦偽 姦古閑切詐也偽危睡切詭也　捷 疾葉切斂捷也　鎧 可亥切甲也　眴 松閏切目動也　尸利掘 梵語也掘其月切　閾 越逼切門限也　憤 房吻切懣也怒也　嬈 而沼切擾同亂也　婬泆 婬餘針切泆夷質切婬泆謂婬蕩放泆也　嚫 梵語也此云施嚫初覲切

增壹阿含經卷第四十二

符秦三藏曇摩難提譯

結禁品第四十六十法初

聞如是一時佛在舍衛國祇樹給孤獨園爾時世尊告諸比丘有十事功德如來與諸比丘說禁戒云何爲十所謂承事聖衆和合將順安隱聖衆降伏惡人使諸慚愧比丘不令有惱不信之人使立信根以有信者倍令增益於現法中得盡有漏亦令後世諸漏之病皆悉除盡復令正法得久住世念常思惟當何方便正法久存是謂比丘十法功德如來與諸比丘而說禁戒是故比丘當求方便成就禁戒勿令有失如是比丘當作是學爾時諸比丘聞佛所說歡喜奉行

聞如是一時佛在舍衛國祇樹給孤獨園爾時世尊告諸比丘聖賢所居之處有十事三世諸聖常處其中云何爲十於是比丘五事已除成就六事恒護一事將護四部之衆觀諸劣弱平等親近正向無漏依倚身行心善解脱智慧解脱云何比丘五事已除於是比丘五結已斷如是五事已除云何比丘成就六事於是比丘承六重之法如是比丘成就六事云何比丘恒護一事於是比丘恒護於心有漏無漏有爲無爲至涅槃門如是比丘恒護一事云何比丘將護四部之衆於是比丘成就四神足如是便爲將護四部之衆云何比丘觀於劣弱於是比丘生死衆行已盡如是比丘觀於劣弱云何比丘平等親近於是比丘三結已盡是謂比丘平等親近云何比丘正向無漏於是比丘除去憍慢如是比

丘正向無漏云何比丘依倚身行於是比丘無明已除如是比丘依倚身行云何比丘心善得解脫於是比丘愛已除盡如是比丘心善得解脫云何比丘智慧解脫於是比丘觀苦諦集盡道諦如實知之如是比丘智慧解脫是謂比丘聖賢十事所居之處昔日賢聖亦居此處已居方居是故比丘念除五事成就六法守護一法將護四部之衆觀察劣弱平等親近正向無漏依倚身行心得解脫智慧解脫如是比丘當作是學爾時諸比丘聞佛所說歡喜奉行

聞如是一時佛在舍衞國祇樹給孤獨園爾時世尊告諸比丘如來成就十力自知爲無著在大衆中能師子吼轉於無上梵輪而度衆生所謂此色此色集此色盡此色出要觀此痛想行識識集識盡識出要因是有是此生則生無明緣行行緣識識緣名色名色緣六入六入緣更樂更樂緣痛痛緣愛愛緣受受緣有有緣死死緣愁憂苦惱不可稱計因此五陰之身有此集法此滅則滅此無則無無明盡行盡行盡識盡識盡名色盡名色盡六入盡六入盡更樂痛盡更樂痛盡愛盡愛盡受盡受盡有盡有盡死盡死盡愁憂苦惱皆悉除盡比丘當知我法甚爲廣大無崖無底斷諸狐疑安隱處正法若善男子善女人勤用心不令有缺正使身體枯壞終不捨精進之行繫意不忘修行苦法甚爲不易樂閑居之處靜寂思惟莫捨頭陀之行如今如來現在善修梵行是故比丘若自觀察時思惟微妙之法又當察二義無放逸行使成果實

至甘露滅盡之處若當受他供養衣被飲食牀卧具病瘦醫藥不唐其勞亦使父母得其果報承事諸佛禮敬供養如是比丘當如是學爾時諸比丘聞佛所說歡喜奉行

聞如是一時佛在舍衛國祇樹給孤獨園爾時世尊告諸比丘如來成十種力得四無所畏在大衆中能師子吼云何爲十力於是如來是處如實知之非處如實知之復次如來處所知他衆生因緣處所受其果報復次如來知若干種界若干種持若干種入如實知之復次如來知若干種解脱無量解脱如實知之復次如來知他衆生智慧多少如實知之復次如來知他衆生心中所念如實知之有欲心知有欲心無欲心知無欲心有瞋恚心知有瞋恚心無瞋恚心知無瞋恚心有愚癡心知有愚癡心無愚癡心知無愚癡心有愛心知有愛心無愛心知無愛心有受心知有受心無受心知無受心有亂心知有亂心無亂心知無亂心有散心知有散心無散心知無散心有少心知有少心無少心知無少心有廣心知有廣心無廣心知無廣心無量心知無量心有量心知有量心如實知之定心知有定心無定心知無定心解脱心知解脱心無解脱心知無解脱心復次如來盡知一切所趣心之道或一生二生三生四生五生十生五十生百生千生億百千生無量生成劫敗劫無數成敗劫中我昔生彼處名是字是食如此之食受其苦樂壽命長短死此生彼彼死生此自憶如是無數宿命之事復次如來知衆生生死之趣以天眼觀衆生之

類善色惡色善趣惡趣隨行所種皆悉知之或復衆生身口意行惡誹謗賢聖造邪見業身壞命終生地獄中或復衆生身口意行善不誹謗賢聖恒行正見身壞命終生善處天上是謂名爲天眼清淨觀衆生類所趣之行復次如來有漏盡成無漏心解脫智慧解脫生死已盡梵行已立所作已辦更不復受有如實知之是謂如來有此十力名爲無著得四無所畏在大衆中作師子吼轉於梵輪云何如來得四無所畏欲言如來成等正覺若有衆生欲言知者則無此處若復有沙門婆羅門欲來誹謗佛不成等正覺者則無此處以無此處則獲安隱然我今日欲言已盡有漏設復有沙門婆羅門天若魔天來欲言未盡有漏者則無此處以無此處則獲安隱復次我所說法賢聖得出要者如實盡於苦際設有沙門婆羅門天若魔天來欲言未盡苦際者無此處以無此處則獲安隱復次我所說內法者墮惡趣者設復有沙門婆羅門來欲言非者則無此處是謂比丘如來有四無所畏設有外道異學言彼沙門瞿曇有何等之力有何無畏自稱無著最尊汝等當持此十力往報之設復外道異學重作是說我等亦成就十力汝等比丘復當問曰汝有何十力是時外道異學則不能報也遂增其惑所以然者我終不見沙門婆羅門自稱言得四無所畏除如來者是故比丘當求方便成十力四無所畏如是比丘當作是學爾時諸比丘聞佛所說歡喜奉行

聞如是一時佛在舍衛國祇樹給孤獨園爾

時世尊告諸比丘有十念廣分別修行盡斷欲愛色愛無色愛憍慢無明云何爲十所謂念佛念法念比丘僧念戒念施念天念止觀念安般念身念死是謂比丘有衆生修行此十念者盡斷欲愛色愛無色愛一切無明憍慢皆悉除盡如是比丘當作是學爾時諸比丘聞佛所説歡喜奉行

聞如是一時佛在舍衛國祇樹給孤獨園爾時世尊告諸比丘親近國家有十非法云何十於是國家起謀害心欲殺國王緣此陰謀王致命終彼人民類便作是念此沙門道士數來往返此必是沙門所爲是謂初非法親國之難復次大臣叛逆爲王所收皆取害之是時人民便作是念此沙門道士數來往返此必是沙門所爲是謂第二非法入國之難復次國家忘失財寶時收藏人復生此念今此寶物我恒守護更無餘人來入此者必沙門取之是謂第三非法入國之難復次國王女年在盛時猶未出適身便懷妊是時人民作是念此中更無餘人往返必沙門所爲是謂第四非法親國之難復次國王身抱重患中他人藥是時人民復作是念其中更無餘人此必是沙門所爲是謂第五非法親國之難復次國王大臣各共競諍共相傷害是時人民便作是念此諸大臣本共和合今共競諍此非餘人所爲必是沙門道士是謂第六非法親國之難復次二國共鬭各爭勝是時人民便作是念此沙門道士數來在內必是沙門所爲是謂第七非法親國之難復次國王本好惠施與民分財復便悋悔不肯惠施

是時人民各生斯念我等國主本喜惠施今復慳貪無惠施心此必沙門所爲是謂第八非法親國之難復次國王恒以正法取民財物後復非法取民財寶是時人民各生斯意我等國王本以法取民財寶今復以非法取民財寶此必沙門所爲是謂第九非法親國之難復次國土人民普得疫病皆由宿緣是時人民各生斯念我等昔日無復疾病今各得患死者盈路必是沙門呪術所致是謂第十非法親國之難是謂比丘十非法入國之難是故比丘莫復生心親近國家如是比丘當作是學爾時比丘聞佛所說歡喜奉行

聞如是一時佛在舍衛國祇樹給孤獨園爾時世尊告諸比丘若國王成就十法者不得久存多諸盜賊云何爲十於是國王慳貪以小輕事便興瞋恚不親義理若王成就初法則不得久存國饒盜賊復次彼王貪著財物不肯庶幾是謂國王成就此二法則不得久存復次彼王不受人諫爲人暴虐無有慈心是謂第三法不得久存復次彼王枉諸人民横取繫閉在牢獄中無有出期是謂第四法不得久存復次國王非法相佐不案正行是謂第五法不得久存復次彼王貪著他色遠離已妻是謂彼王成就第六法不得久存復次國王好喜嗜酒不理官事是謂成就第七法不得久存復次國王好喜歌舞戲樂不理官事是謂第八法不得久存復次國王恒抱長患無有強健之日是謂第九之法不得久存復次國王不信忠孝之臣翅羽尠少無有強佐是謂國王成就此十法不得久存今比

丘衆亦復如是若成就十法不增善本功德身壞命終入地獄中何謂十法於是比丘不持禁戒亦無恭恪之心是謂比丘成就初法不得究竟有所至到復次比丘不承事佛不信眞言是謂比丘成就第二之法不得久住復次比丘不承事法漏諸戒律是謂比丘成就第三之法不得久住復次比丘承事聖衆恒自卑意不信彼受是謂比丘成就第四之法不得久住復次比丘貪著利養心不放捨是謂比丘成就第五之法不得久住復次比丘不多學問不勤加誦讀翫習是謂比丘成就第六法不得久存復次比丘不與善知識從事恒與惡知識從事是謂比丘第七之法不得久存復次比丘恒喜事役不念坐禪是謂第八之法不得久存復次比丘復著筭數返道就俗不習正法是謂比丘第九之法不得久存復次比丘不樂修梵行貪著不淨是謂比丘第十之法不得久存是謂比丘成就此十法者必墮三惡趣不生善處若國王成就十法便得久住於世云何爲十於是國王不著財物不興瞋恚亦復不以小事起怒害心是謂第一之法便得久存復次國王受群臣諫不逆其辭是謂成就第二之法便得久存復次國王常好惠施與民同歡是謂第三之法便得久存復次國王以法取物不以非法是謂第四之法便得久存復次國王不著他色恒自守護其妻是謂成就第五之法便得久存復次國王亦不飲酒心不荒亂是謂成就第六之法便得久存復次國王亦不戲笑降伏外敵是謂成就第七之法便得久存

復次國王案法治化終無阿曲是謂成就第八之法便得久存復次國王與群臣和穆無有競爭是謂成就第九之法便得久存復次國王無有病患氣力强盛是謂第十之法便得久存若國王成就此十法者便得久存無奈之何比丘衆亦復如是若成就十法者如屈伸臂頃便生天上云何爲十於是比丘奉持禁戒戒德具足不犯正法是謂比丘成就此初法身壞命終生善處天上復次比丘於如來所有恭敬之心是謂比丘成就此第二法得生善處復次比丘順從法教一無所犯是謂比丘成就第三之法得生善處復次比丘恭奉聖衆無有懈惰之心是謂成就第四之法得生天上復次比丘少欲知足不著利養是謂比丘第五之法得生天上復次比丘不自用意恒隨戒法是謂成就第六之法生於善處復次比丘不著事務常喜坐禪是謂成就第七之法得生天上復次比丘樂閒靜之處不在人間是謂成就第八之法生於善處復次比丘不與惡知識從事常與善知識從事是謂成就第九之法得生善處復次比丘常修梵行離於惡法多聞學義不失次敘如是比丘成就十法者如屈伸臂頃生善處天上是謂比丘十非法之行入地獄者當念捨離十正法之行當共奉修如是比丘當作是學爾時諸比丘聞佛所說歡喜奉行

聞如是一時佛在羅閱城迦蘭陀竹園所與大比丘衆五百人俱是時衆多比丘時到著衣持鉢入羅閱城乞食是時衆多比丘便作是念我等入城乞食日猶故早我等可至外

道異學與共論議是時衆多比丘便至外道異學所時諸外道遥見諸沙門來各各自相謂言各各寂寞勿有高聲語言沙門瞿曇弟子今來此間然沙門之法稱譽寂寞之人令知我等正法不辭有亂爾時衆多比丘便至外道異學所共相問訊在一面坐爾時外道問諸比丘汝等沙門瞿曇與諸弟子說此妙法是諸比丘盡解一切諸法而自然遊不乎我等亦復與諸弟子說此妙法而自遊戲我之所說與汝有何等異有何差別說法教誡一類無異是時衆多比丘聞外道異學所說亦不稱善復非言惡即從座起各退而去是時衆多比丘自相謂言我等當持此義往白世尊若如來有所說者我等當念奉行爾時衆多比丘入羅閱城乞食已還至房中收攝衣鉢往至世尊所頭面禮足住在一面爾時衆多比丘以此緣本盡向如來說之爾時世尊告諸比丘彼外道異學問此義已汝等應持此語報之一論一義一演乃至十論十義十演演說此語時有何等義設汝持此語往問者彼人則不能報之彼外道異學遂增愚惑所以然者非彼所有境界是故比丘我不見天及人民魔若魔天釋梵天王能報此語者除如來及如來弟子從吾聞者此則不論一論一義一演我雖說此義由何故而說乎一切衆生由食而存無食則死彼比丘平等厭患平等解脫平等觀察平等分別其義平等盡其苦際同一義而不二一論一義一演我所說者正謂此耳二論二義二演我雖說此義由何說乎名與色彼何等謂名所謂痛

想念更樂思惟是謂名也彼云何名爲色耶四大及四大所造色是謂名爲色以此緣本故名爲色也二論二義二演者由此因緣故我今說之若比丘平等猒患平等解脱平等觀察平等分别其義平等盡其苦際三論三義三演由何等故而說此義乎所謂三痛云何爲三所謂苦痛樂痛不苦不樂痛彼云何名爲樂痛所謂心中樂想亦不分散是謂名爲樂痛彼云何名爲苦痛所謂心中憒亂而不定一思惟若干想是謂名苦痛彼云何名爲不苦不樂痛所謂心中無苦無樂想復非一定復非亂想亦不思惟法與非法恒自寂默心無有記是故名爲不苦不樂痛是謂三痛若比丘平等猒患平等解脱平等觀察平等分别其義平等盡其苦際我所說三論三義三演者正謂此耳四論四義四演由何等故復說此義乎所謂四諦云何爲四所謂苦集盡道聖諦彼云何爲苦諦所謂生苦老苦病苦死苦憂悲惱苦怨憎會苦恩愛别苦所欲不得苦取要言之五盛陰苦是謂苦諦彼云何名爲集諦所謂愛本與欲相應者是謂名爲集諦彼云何名爲苦盡諦所謂彼愛永盡無餘更不復生是謂名苦盡諦彼云何名爲苦出要諦所謂賢聖八品道正見正治正語正命正業正方便正念正三昧是名爲八品之道也若比丘平等猒患平等解脱平等分别其義平等觀察平等盡其苦際是謂四論四義四演我所說者正謂此耳五論五義五演我今所說由何等故說所謂五根云何爲五信根精進根念根定根慧根云何名爲

信根所謂賢聖弟子信如來道法彼如來至眞等正覺明行成爲善逝世間解無上士道法御天人師號佛衆祐出現於世是謂名爲信根彼云何名爲精進根所謂身心意弁勤勞不倦滅不善法使善增益恒心執持是謂名爲精進根云何爲念根所謂念根者所誦不忘恒在心懷總持不失有爲無漏之法終不忘失是謂名爲念根彼云何名爲定根所謂定根者心中無錯亂無若干想恒專精一意是謂名爲三昧根彼云何名智慧根所謂知苦知集知盡知道是謂名智慧之根此名五根也比丘於中平等解脫平等分別其義平等盡其苦際五論五義五演我所說者正謂此耳六論六義六演我所說者由何等故而說此乎所謂六重之法也云何爲六於是比丘恒身行慈心若在閒靜室中常若一心可尊可貴恒與和合是謂比丘第一重法復次口行慈心終無虛妄可敬可貴是謂第二重法復次意行慈不起憎嫉可敬可貴是謂第三重法復次若得法利之養鉢中遺餘與諸梵行之人等心施與是謂第四重法可敬可貴復次奉持禁戒無所脫失賢聖之所貴是謂第五重法可敬可貴復次正見賢聖得出要得盡苦際意不錯亂與諸梵行之人等修其行是謂第六重之法可敬可貴爾時此丘平等厭患平等解脫平等分別其義平等盡於苦際六論六義六演我所說者正謂此耳七論七義七演由何等故而說此乎所謂七神識止處云何爲七或有衆生若干想若干種身所謂天及人也或有衆生若干種

身一想所謂梵迦夷天最初出時或有衆生一想一身所謂光音天是也或有衆生一身若干想所謂遍淨天是也或有衆生空處無量所謂空處天是也或有衆生識處無量所謂識處天是也或有衆生無所有處無量所謂不用處天是也或有衆生有想無想處無量所謂有想無想天是也是謂比丘七神止處於是比丘平等解脫乃至平等盡於苦際七論七義七演我所說者正謂此耳八論八義八演我所說者由何等故而說此乎所謂世間八法是隨世迴轉云何爲八利衰毀譽稱譏苦樂是謂世間八法隨世迴轉若比丘於中平等解脫乃至盡於苦際八論八義八演我所說者正謂此耳九論九義九演我所說者由何故而說此乎所謂九衆生居處云何爲九若有衆生若干種身所謂天及人或有衆生若干種身一想謂梵迦夷天最初出時是也或有衆生一想一身所謂光音天是也或有衆生一身若干想所謂遍淨天是也或有衆生空處無量所謂空處天是也或有衆生識處無量所謂識天是也或有衆生無所有處無量所謂不用處天是也或有衆生有想無想處無量所謂有想無想天是也無想衆生及諸所生之類爲九神止處於是比丘平等解脫乃至盡於苦際九論九義九演我所說者正謂此耳十論十義十演由何等說乎所謂十念念佛念法念比丘僧念天念戒念施念休息念安般念身念死是謂十念若比丘平等解脫乃至盡於苦際十論十義十演如是比丘從一至十比丘當知若外道

異學聞此語者猶不能熟視顏色況欲報之其有比丘解此義者於現法中最尊第一之人若復比丘比丘尼思惟此義乃至十歲必成二果若阿羅漢若阿那含比丘且捨十歲若一年之中思惟此義者必成二果終無中退比丘且捨一年其四部之衆十月若至一月思惟此義者必成二果亦不中退且捨一月若四部之衆七日之中思惟此義必成二果終不有疑爾時阿難在世尊後執扇扇佛爾時阿難白佛言世尊此法極爲甚深若所在方面有此法者當知便遇如來唯然世尊此法名何等當云何奉行佛告阿難此經名爲十法之義當念奉行爾時阿難及諸比丘聞佛所說歡喜奉行

聞如是一時佛在舍衛國祇樹給孤獨園爾時世尊告諸比丘其有修行十想者便盡有漏通作證漸至涅槃云何爲十所謂白骨想青瘀想脖脹想食不消想血想噉想有常無常想貪食想死想一切世間不可樂想是謂比丘修此十想者得盡有漏得至涅槃界又是比丘十想之中一切世間不可樂想最爲第一所以然者其有修行不可樂想持信奉法此二人必越次取證是故比丘若在樹下靜處露坐當思惟此十想是比丘當作是學爾時諸比丘聞佛所說歡喜奉行

聞如是一時佛在舍衛國祇樹給孤獨園爾時有一比丘至世尊所頭面禮足在一面坐爾時彼比丘白世尊言如來今日與諸比丘說十想之法其能修者斷諸有漏成無漏行如我世尊不堪任行此十想所以然者欲心

多故身意熾盛不得寧息爾時世尊告彼比丘汝今當捨淨想思惟不淨想捨有常想思惟無常想捨有我想思惟無我想捨可樂想思惟不可樂想所以然者若比丘思惟淨想欲心便熾盛若思惟不淨想便無欲心比丘當知欲爲不淨如彼屎聚欲如鸜鵒饒諸聲響欲無返復如彼毒蛇欲如幻化如日消雪當念捨欲如棄塚間欲還自害如蛇懷毒欲無猒患如飲鹹水欲難可滿如海吞流欲多可畏如羅刹村欲猶怨家恒當遠離欲猶少味如蜜塗刀欲不可愛如路白骨欲現外形如廁生華欲爲不眞如彼畫瓶內盛醜物外見殊特欲無牢固亦如聚沫是故比丘當念遠離貪欲之想思惟不淨之想汝今比丘當憶昔迦葉佛所奉行十想今當重思惟十想有漏心便解脫爾時彼比丘悲泣墮淚不能自止即時頭面禮佛白世尊言唯世尊愚惑積久如來躬自說十想方欲遠離今自懺悔後更不犯唯願如來受其重過原恕不及佛告比丘聽汝改過勿復更犯又如來與說女想而不肯奉持是時彼比丘聞世尊教誡已在閒靜之處剋己思惟所以族姓子剃除鬚髮著三法衣修無上梵行者欲果其所願生死已盡梵行已立所作已辦更不復受胎如實知之爾時彼比丘便成阿羅漢爾時諸比丘聞佛所說歡喜奉行

結禁聖賢居　二力及十念　親國無罣礙
十論相觀想

增壹阿含經卷第四十二

音釋

叛薄半切背叛也　嫡施隻切女嫁人曰嫡　妊汝鴆切孕也　中他中陟仲切當也　尠息淺切少也　憒古對切心亂也　青瘀瘀依攄切青瘀謂氣血積壅而色青也　胮脹胮匹江匹降二切脹也脹知亮切脹滿也　屎詩止切糞穢也　鸜鵒鸜其俱切鵒余蜀切鸜鵒鳥名也　廁初吏切溷廁也

增壹阿含經卷第四十三

符秦三藏曇摩難提譯

善惡品第四十七

聞如是一時佛在舍衛國祇樹給孤獨園爾時世尊告諸比丘若有衆生奉行十法便生天上又行十法便生惡趣又行十法入涅槃界云何修行十法生惡趣中於是有人殺生盜劫婬泆妄言綺語惡口兩舌鬬亂彼此嫉妬嗔恚興起邪見是謂十法其有衆生行此十法入惡趣中云何修行十法得生天上於是有人不殺不盜不婬不妄言綺語惡口不兩舌鬬亂彼此不嫉妬瞋恚興起邪見若有人行此十法者便生天上云何修行十法得至涅槃所謂十念念佛念法念比丘僧念天念戒念施念休息念安般念身念死是謂修行十法得至涅槃比丘當知其生天及惡趣者當念捨離其十法得至涅槃者善修奉行如是比丘當作是學爾時諸比丘聞佛所說歡喜奉行

聞如是一時佛在舍衛國祇樹給孤獨園爾時世尊告諸比丘由十惡之本外物衰耗何況內法云何爲十所謂殺盜婬妄言綺語惡口兩舌鬬亂彼此嫉妬瞋恚心懷邪見由殺生報故衆生壽命極短由不與取報故衆生生便貧賤由婬泆報故衆生門不貞良由妄語報故衆生口氣臭弊致不鮮潔由綺語報故致土地不平正由兩舌報故土地生荊棘由惡口報故語有若干種由嫉妬報故以致穀不豐熟由恚害報故多諸穢惡之物由邪見報故自然生八大地獄因此十惡報故使

諸外物衰耗何況內物是謂比丘當念捨離十惡之法修行十善法如是比丘當作是學

爾時諸比丘聞佛所說歡喜奉行

聞如是一時佛在舍衛國祇樹給孤獨園爾時波斯匿王往至世尊所頭面禮足在一面坐爾時波斯匿王往白世尊言如來審有是語施我獲福多餘者獲福少施我弟子勿施餘人設有人作是語者豈非毀如來法乎佛告王曰我無此語獨應施我勿施餘人大王當知我恒有此語若比丘鉢中遺餘擲著水中蠕蟲食之猶得其福何況施人而不獲福乎但大王我有是語施持戒人其福益多勝於犯戒之人爾時波斯匿王前白佛言唯然世尊施持戒人其福倍多於犯戒之人者上王復白佛言尼揵子來語我言沙門瞿曇知於幻術能迴轉世人世尊此語爲審乎爲非耶佛告王曰如是大王如向來言我有幻法能迴轉世人王白佛言何者名爲迴轉幻法佛告王曰其殺生者其罪難量其不殺者受福無量其不與取者獲罪無量其不盜者獲福無量夫婬泆者受罪無量其不婬者受福無量其邪見者受罪無量其正見者獲福無量我所解幻法者正謂此耳是時波斯匿王白世尊言若當世間人民魔若魔天有形之類深解此幻術者則獲大幸自今以後不復聽外道異學入我國界聽四部之衆恒在我宮常當供養隨其所須佛告大王勿作是語所以然者施衆生之類獲其福及施犯戒之人亦獲其福施持戒之人福亦難量施外仙道之人獲一億之福施須陀洹斯陀含阿那

舍阿羅漢辟支佛及佛其福不可量是故大王當興發意供給當來過去諸佛聲聞弟子如是大王當作是學爾時波斯匿王聞佛所說歡喜奉行

聞如是一時佛在舍衛國祇樹給孤獨園爾時衆多比丘食後皆集普會講堂咸共論說此義所謂論者衣裳服飾飲食之論鄰國賊寇戰鬬之論飲酒婬泆五樂之論歌舞戲笑妓樂之論如此非要不可稱計爾時世尊以天耳聽聞諸比丘各作是論即往至普會講堂所問諸比丘汝等集此欲何所論說是時諸比丘白世尊言我等集此共論此不要事是時佛告諸比丘曰止止比丘勿作此論所以然者此論非義亦無善法之趣不由此論得修梵行不得滅盡涅槃之處不得沙門平等之道此皆俗論非正趣之論汝等已離俗修道不應思惟敗行之論汝等設欲論者當論十事功德之論云何爲十若精勤比丘少欲知足有勇猛心多聞能與人說法無畏無恐戒律具足三昧成就智慧成就解脱成就解脱見慧成就汝等設欲論者當論此十事所以然者潤及一切多所饒益得修梵行得至滅盡無爲之處涅槃之要也汝今族姓子以出家學道應當思惟此十事此論者正法之論去離惡趣如是比丘當作是學爾時諸比丘聞佛所說歡喜奉行

聞如是一時佛在舍衛國祇樹給孤獨園爾時衆多比丘皆集普會講堂各生此論今舍衛城穀米湧貴乞求難果世尊又說依於飲食人身得存四大依倚心所念法法依善趣

之本我等今日便當差次一人乞求使乞求之人得見好妙色得極妙更樂得衣裳飲食牀卧具病瘦醫藥不亦善耶爾時世尊清淨無瑕穢以天耳遥聞諸比丘各生此論爾時世尊即往至普會講堂所在衆中坐告諸比丘汝等集此爲何論義比丘對曰我等所論今舍衛城乞求難得欲共差次一人次第乞食隨時得見好色妙服及衣被飲食牀卧具病瘦醫藥我等所論正謂此耳佛告比丘若乞求比丘四事供養衣被飲食牀卧具病瘦醫藥復用色聲香味細滑法乎我恒教勑乞求有二事可親不可親設得衣被飲食牀卧具病瘦醫藥增益惡法無有善法此不可親若得乞求衣被飲食牀卧具病瘦醫藥增益善法不增惡法此便可親汝等比丘於此法

中欲作何等之論汝等所論者非正法論當捨此法更莫思惟不由此得至休息滅盡涅槃之處設欲論者當論此十法云何爲十若精勤比丘少欲知足有勇猛心多聞能與人說法無畏無恐戒律具足三昧成就智慧成就解脱成就解脱見慧成就汝等設欲論者當論此十事所以然者潤及一切多所饒益得修梵行得至滅盡之處無爲涅槃界此論者沙門之義當念思惟勿去離心如是比丘當作是學爾時諸比丘聞佛所說歡喜奉行

聞如是一時佛在舍衛國祇樹給孤獨園爾時衆多比丘各集普會講堂作是異論今舍衛城乞食難得非比丘所安之處我等可立一人次第乞食此乞比丘能辦衣被飲食牀卧具病瘦醫藥無所乏短爾時衆中有一比

丘白諸人曰我等不堪任在此乞求各共詣摩竭國於彼乞求又且穀米豐賤飲食極饒更復有比丘說曰我等不宜在彼國乞食所以然者阿闍世王在彼治化主行非法又殺父王與提婆達兜爲友以此因緣故不宜在彼乞求復有比丘說曰今此拘留沙國土人民熾盛饒財多寶宜在彼土乞求復有比丘作是說我等不宜在彼土乞食所以然者惡生王於彼土治化極爲凶弊無有慈仁人民麤暴好喜鬬訟以此因緣故不應在彼乞食復有比丘說曰我等宜在拘深婆羅㮈城優填王所治之處篤信佛法意不移動我等宜在彼土乞食所願無違爾時世尊以天耳聞諸比丘各生此論即嚴整衣服至諸比丘所在中央坐問諸比丘曰汝等集此欲何等論爲說何事是時比丘白佛言我等集此各與此論今舍衞城穀米湧貴乞求叵得各當共詣摩竭國界於彼乞求又彼國土饒財多寶所索易得其中或有比丘說曰我等不宜彼國乞食所以然者阿闍世王在彼治化主行非法又殺父王與提婆達兜爲友以此因緣故不宜在彼乞求其中復有比丘說曰今此拘留沙國人民熾盛饒財多寶宜在彼國乞食復有比丘作是說我等不宜在彼乞食所以然者惡生王於彼治化爲人凶惡無有慈仁好喜鬬訟以此因緣故不宜在彼乞食復有比丘說曰我等宜在拘深婆羅㮈城優填王所治之處篤信佛法意不移動宜在彼乞食所願無違在此所論正謂此耳爾時佛告諸比丘汝等莫稱譏王治國家界亦莫論王

有勝如爾時世尊便說此偈

夫人作善惡　行本得所因　彼彼獲其報
終不有毀敗　夫人作善惡　行本有所因
爲善受善報　惡受惡果報

是故比丘勿與斯意論國事緣不由此論得至滅盡涅槃之處亦不得沙門正行之法設欲作是論非是正業汝等應當學十事善論云何爲十若精勤比丘少欲知足有勇猛心多聞能與人說法無畏無恐戒律具足三昧成就智慧成就解脫成就解脫見慧成就汝設欲論者當論此十事所以然者普潤一切得修梵行得至滅盡涅槃之處汝等已出家學道離於世俗當勤思惟勿去離心如是比丘當作是學爾時諸比丘聞佛所說歡喜奉行

聞如是一時佛在舍衛國祇樹給孤獨園爾時衆多比丘集普會講堂各興此論今波斯匿王主行非法犯聖律教識比丘尼得阿羅漢道十二年中閉在宮內與共交通又不事佛法比丘僧無篤信之心向阿羅漢則無信心於佛法聖衆我等宜應遠離勿止此土所以然者王行非法時王大臣亦行非法大臣已行非法左右吏佐亦行非法吏佐已行非法諸庶人類亦行非法我今宜在遠國乞求不止此邦又可觀彼俗之化已見風俗之化則見殊異之處爾時世尊以天耳聽聞諸比丘各興此論即往至諸比丘所在中央坐爾時佛告諸比丘汝等集此爲何論說衆多比丘白世尊言我等在此論波斯匿王主行非法犯聖律教十二年中閉識比丘尼在深宮

向接待以色又得道之人行過三界然王亦不事佛法及衆僧無篤信之心向阿羅漢已無此心則無此心於三尊我等宜遠遊不須住此所以然者王行非法時臣佐人民亦復行惡又觀世間風化之法爾時世尊告曰汝等勿論國界之事當自尅己思惟内省校計分別言此論者不合至理亦復不令人得修梵行滅盡無爲涅槃之處當自修己熾然法行自歸最尊若比丘能自修己興隆法樂者此人之類便爲我躬自所生云何比丘能自熾然興隆法樂無有虛妄自歸最尊於是比丘内自觀身身意止自攝其心除去亂想無有憂愁外自觀身身意止自攝其心除去亂想無有愁憂又復内外觀身身意止内觀痛外觀痛内外觀痛内觀心外觀心内外觀心内觀法外觀法内外觀法意止自攝其心除去亂想無有愁憂如是比丘能自熾然其行興隆法樂自歸最尊諸有將來現在比丘能自熾然不失行本便爲我之所生是故比丘若欲有所論當於論十事云何爲十所謂精勤比丘少欲知足有勇猛心多聞能與人說法無畏無恐戒律具足三昧成就智慧成就解脫見慧成就汝等設欲論者當論此十事所以然者潤及一切多所饒益得修梵行至滅盡之處無爲涅槃界此論者沙門之義當念思惟勿去離心如是比丘當作是學爾時諸比丘聞佛所說歡喜奉行

聞如是一時佛在舍衛國祇樹給孤獨園爾時舍衛國城中有一長者與羅雲作坐禪屋爾時羅雲在中坐禪隨其日數止彼屋中後

便人間遊化時彼長者竊生此心我當往覲尊者羅雲爾時長者見羅雲房中寂寞不見人往見已語諸比丘曰尊者羅雲今爲所在比丘報曰羅雲在人間遊化長者報曰唯願諸賢差次人在吾房中住世尊亦說造立園果及作橋船近道作圊厠持用惠施長夜獲其福戒法成就死必生天上以是之故我與羅雲作屋耳今羅雲不樂我房唯願諸賢差次人住我房中諸比丘對曰如長者教爾時諸比丘即差次一比丘住房中是時尊者羅雲便作是念我離世尊積久今可往問訊是時尊者羅雲即往至世尊所頭面禮足在一面坐須臾之間即從座起還詣房中見有異比丘在屋中住見已語彼比丘曰誰持我房與卿使住比丘報曰衆僧差次令我住此房中是時羅雲還至世尊所因此緣本具白世尊不審如來衆僧差次我房使道人在此止住耶佛告羅雲汝往至長者家語長者曰我所行法無有身口意行有過乎又非身三口四意三過乎長者先持房施我後復持與聖衆是時羅雲受佛教已即往長者家語長者曰我非有身三口四意三過乎長者報曰我亦不見羅雲身口意過也羅雲語長者曰何故奪我房舍持與聖衆長者報曰我見房空是故持施聖衆時我復作是念尊者羅雲必不樂我房中故持惠施耳是時羅雲聞長者語已即還至世尊所以此因緣具白如來是時世尊即告阿難速打揵椎諸有比丘在祇洹精舍者盡集普會講堂時阿難即受佛教召諸比丘在普會講堂爾時世尊告諸比丘

我今當說惠施清淨汝等善思念之爾時諸比丘從佛受教世尊告曰彼云何名爲惠施清淨於是比丘若有人以物惠施後復還奪更與餘人此名爲施不均整非平等施若復有人奪彼人物持施聖衆若復有人還奪聖衆持用與人此非爲平等之施亦非清淨之施轉輪聖王自於境界猶得自在比丘於已衣鉢亦得自在若復彼人口不見許而取他人物與人者此非平等之施我今告諸比丘施主見與受主不見與者此非平等之施若復彼比丘會遇命終當持此一房在衆中結羯磨傳告唱令其甲比丘命終今持此房在衆分處欲安處何人隨聖衆教諸賢任使其甲比丘住者各共忍之若不聽者今便說再三亦當作是說之若衆僧一人不聽而與者則非平等之施則爲雜濁之物今還與羅雲房清淨受之爾時諸比丘聞佛所說歡喜奉行

聞如是一時佛在羅閱城迦蘭陀竹園所與大比丘衆五百人俱時尊者大均頭在靜寂之處與此念想諸前後中央之見云何得知爾時均頭到時著衣持鉢到世尊所頭面禮足在一面坐爾時均頭白世尊言今此諸見前後相應云何得滅此見又使餘者不生世尊告曰於是均頭此見所出興所滅之處皆是無常苦空均頭知之當建此意夫見之法六十二種要當住十善之地除去此見云何爲十於是均頭他好殺生我等應當不殺他好盜我不盜他犯梵行我行梵行他妄語我不行妄語他行兩舌鬪亂彼此綺語惡口嫉

姤恚邪見我行正見均頭當知如從惡道得值正道如從邪見得至正見迴邪就正猶如有人自已没溺復欲度人者終無此理已未滅度欲使他人滅度者此事不然如有人自不没溺便能度人可有此理今亦如是自般涅槃復使他人取滅度者可有此理是故均頭當念離殺不殺滅度離盜不盜滅度離婬不婬滅度離妄語不妄語滅度離綺語不綺語滅度離麤言不麤言滅度離鬬亂彼此不鬬亂彼此滅度離嫉妬不嫉妬滅度離恚不恚滅度離邪見得正見滅度均頭當知若凡夫之人便生此念爲有我耶爲無有我耶有我無我耶世有常耶世無常耶世有邊耶世無邊耶命是身耶爲命異身異耶如來死耶如來不死耶爲有死耶爲無死耶爲誰造此世生諸邪見爲是梵天造此世爲是地主施設此世又梵天此衆生地主造此世間衆生本無今有已有便滅凡夫之人無聞無見便生此念爾時世尊便說此偈

自然有梵天　此是梵志語　此見不眞正
如彼之所見　我主生蓮華　梵天於中出
地主生梵天　自生不相應　地主利利種
梵志之父母　云何刹利子　梵志還相生
尋其所生處　諸天之所說　此是歎譽言
還自著羇靽　梵天生人民　地主造世間
或言餘者造　此語誰者審　恚欲之所惑
三事共合集　心不得自在　自稱我世勝
天神造世間　亦非梵天生　設復梵天造
此非虛妄耶　尋跡遂復多　審諦方言虛
其行各各異　此行不審實

均頭當知衆生之類所見不同其念各異此諸見者皆是無常其有懷抱此見則是無常變易之法若他人殺生我等當離殺設他盗者當遠離之不習其行專其心意不使錯亂思惟校計邪見所興乃至十惡之法皆當去離不習其行若他瞋恚我等學於忍辱他人懷嫉妬我當捨離他興憍慢我念捨離若他自稱毀餘人我等不自稱不毀他人他人不少欲我等當學少欲他人犯戒我修其戒他人有懈怠我當精進他人不行三昧我行三昧當作是學他人愚惑我行智慧其能觀察分別其法者邪見消滅餘者不生是時均頭受如來教已在閑靜之處思惟校計所以族姓子出家學道著三法衣修無上梵行生死已盡梵行已立所造已辦更不復受有如實知之是時均頭便成阿羅漢爾時均頭聞佛所說歡喜奉行

聞如是一時佛在舍衛國祇樹給孤獨園爾時世尊告諸比丘地獄衆生受其罪報極至一劫或有其中間夭者受畜生罪報極至一劫其間有中夭者受餓鬼報極至一劫其間有中夭者比丘當知鬱單曰人壽千歲無有中夭者所以然者彼土人民無所係屬設於彼命終生善處天上無有墮落者弗于逮人民壽五百歲亦有中夭者瞿耶尼人民壽二百五十歲亦有中夭者閻浮提人民極壽百歲亦有中夭者多正使人壽命極至十十人民之兆以壽十十其行不同性分各異初十幼小無所識知第二十少多有知猶不貫了第三十欲意識盛食著於色第四十多諸技

術所行無端第五十解義明了所習不忘第六十慳著財物意不決了第七十懈怠喜眠體性遲緩第八十無有少壯之心亦無榮飾第九十多諸病痛皮緩面皺第十十諸根衰耗骨節相連多忘意錯比丘知之設人壽百歲當經歷爾許之難設人壽百歲當經三百冬夏秋計其壽命蓋不足言若人壽百歲當食三萬六千食其間或有不食時瞋不食不與不食病不食計彼食與不食及飲毋乳取要言之三萬六千食比丘若人壽百歲其限歲數飲食之法其狀如是比丘當知閻浮地人民或壽極長與無量壽等過去久遠不可計世有王名療衆病壽命極長顔色端正受樂無量爾時無疾老病之患時有夫婦二人生一子子便命終是時父母抱擧令坐又持食與然彼子不飲不食亦不起坐何以故爾以命終故是時彼父母便生此念我子今日何爲瞋恚不肯食飲亦不言語所以然者由彼人民不聞死亡音響之所致也爾時彼父母便復念曰我子今已經七日不飲不食亦復不知何由默然我今可以此因緣往白療病大王使知是時父母往至王所以此因緣具白大王是時大王便作是念今日已聞死亡音響王告之曰汝等可持此小兒到吾所爾時父母即抱小兒至國王所王見已告父母曰此兒已命終時父母白王言云何名爲命終王告曰此兒更不行起言對談說飲食戲樂身體正直無所復爲故名爲命終是時夫婦復白王言如此之變當經幾時王告之曰此兒不久身體爛壞肨脹臭處無所復任

爾時父母不信王語復抱死兒還至家中未經幾時身體盡壞極爲臭穢是時父母方信王語云此兒不久身體胮脹盡當壞敗是時夫婦復抱此胮脹小兒至國王所而白王言唯然大王今持此兒奉貢大王時父母亦不啼哭所以然者由不聞死亡之音故是時大王剥取其皮而作大鼓復勑作七重樓閣持此鼓安處其上即勑一人汝當知之令守護此鼓百歲一擊無令失時受王教戒百歲一擊時諸人民聞此鼓音怪未曾有語諸人曰何者音響爲是誰聲乃徹於斯王告之曰此是死人皮之響衆生聞已各興念曰奇哉乃聞此聲汝等比丘爾時王者豈異人乎莫作是觀所以然者爾時王者即我身是也以此知之昔日閻浮地壽命極長如今閻浮地人民極爲短命滅者難限所以然者由殺害多故致命極短華色失乎由此因緣故致變怪比丘當知閻浮地五十歲四天王中一日一夜計彼日夜之數三十日爲一月十二月爲一歲四天王壽命五百歲或復有中夭者計人中之壽十八億歲還活地獄一日一夜計彼一日一夜之數三十日爲一月十二月爲一歲還活地獄極壽千歲復有中夭者計人中之壽三十六億歲計人中百歲三十三天一日一夜計彼日月年歲之數三十三天壽千歲其間或有中夭者計人中之壽三十六億歲阿鼻地獄中一日一夜復計彼日月之數三十日爲一月十二月爲一歲計彼日夜之數壽二萬歲計人中之壽壽一拘利如是比丘計此之壽轉轉增倍除無想天計無想

天壽八萬四千劫除淨居天不來此世是故比丘勿懷放逸於現身上得盡有漏如是比丘當作是學爾時諸比丘聞佛所說歡喜奉行

增壹阿含經卷第四十三

經言百歲當經三百冬夏秋謂冬夏秋各一百故言三百而不言春者此順西域三時也言三時者寒熱雨三也言冬即彼寒時夏即彼熱時秋即彼雨時然彼三時各四月計一年有十二月今以冬夏秋擬彼二時而月數少蓋譯者不善方言也

音釋

蠕 而兖切蟲動也 波斯匿 梵語也正云鉢邏斯那恃多此云勝軍匿眂力切 瑕 胡加切瑕玼也 摩竭 梵語也具云摩竭提此云善勝竭其謁切 提 婆達兜 梵語也此云天熱兜當侯切 㮈 乃伐切 叵得 巨普火切不可也 讖 楚譖切符讖也 圚 七情切溷也 揵椎 梵語也此云磬又云鍾又凡法器皆曰揵椎揵巨寒切椎音槌 祇洹 梵語也亦云祇陁此云戰勝洹胡官切 羯磨 梵語也此云作法又云辦事羯居謁切 羇 居宜切羇繫也 皺 側救切面皮皺也 療 力嶠切治也 剝 北角切裂也脫也 拘利 梵語也亦云俱胝此云百億

增壹阿含經卷第四十四

符秦三藏曇摩難提譯

十不善品第四十八

聞如是一時佛在舍衛國祇樹給孤獨園爾時世尊告諸比丘其有衆生修行殺生廣布殺生種地獄罪餓鬼畜生行若生人中壽命極短所以然者由害他命若有衆生盜他物者種三惡道之罪若生人中恒遭貧匱食不充口衣不蓋形皆由盜故劫奪物者即斷他命根若有衆生好喜貪泆種三惡道若生人中門不貞良竊盜婬泆若有衆生妄語者種地獄罪若生人中爲人所輕言不信受爲人所賤所以然者皆由前世妄語所致若有衆生兩舌者種三惡道之罪設生人中心恒不定常懷愁憂所以然者由彼人兩頭傳虛言故若有衆生麤言者種三惡道之罪若生人中爲人醜弊常喜罵呼所以然者由彼人言不專正之所致也若有衆生鬪亂彼此種三惡道之罪設生人中多諸怨憎親親離散所以然者皆由前世鬪亂之所致也若有衆生嫉妬者種三惡道若生人中乏諸衣裳所以然者由彼人起貪嫉故若有衆生起害意種三惡道設生人中恒多虛妄不解至理心亂不定所以然者皆由前世恚怒所致也無有慈仁若有衆生行邪見者種三惡道若生人中乃在邊地不生中國不覩三尊道法之義或復聾盲瘖瘂身形不正不解善法惡法之起所以然者皆由前世無信根故亦不信沙門婆羅門父母兄弟比丘知之由此十惡之報致此殃釁是故比丘當離十惡修行正見

如是比丘當作是學爾時諸比丘聞佛所説歡喜奉行

聞如是一時佛在舍衛國祇樹給孤獨園爾時世尊十五日説戒時將諸比丘前後圍遶往詣普會講堂爾時世尊默然觀察諸聖衆寂寞不語是時阿難白佛言今日聖衆盡集講堂唯然世尊當與諸比丘説禁戒爾時世尊亦復默然不語是時阿難須臾復白佛言今正是時宜説禁戒初夜欲盡爾時世尊復默不語爾時阿難須臾復白佛言中夜欲竟衆僧勞頓唯願世尊以時説戒爾時世尊復默然不語是時阿難須臾復白佛言後夜欲盡唯願世尊以時説戒佛告阿難衆中不淨者故不説戒今聽上座使説禁戒若僧上座不堪任説戒者聽持律説禁戒若無持者其能誦戒通利者當唱之使説戒自今以後如來更不説戒衆中不淨如來於中説戒彼人頭破爲七分如彼酬羅果無有異是時阿難悲泣交集并作是説聖衆今日便爲孤窮如來正法去何速疾使不淨之人出何速疾是時大目揵連便作是念此衆中何等毀法之人在此衆中乃令如來不説禁戒是時大目揵連入三昧定遍觀聖衆心中瑕穢爾時目連見馬師滿宿二比丘在衆會中是時目連即從座起至彼比丘所而告之曰汝等速起離此座中如來見識由卿等故如來不説禁戒爾時二比丘默然不語是時目連復再三告曰汝等速起不須住此是時彼比丘默然不對是時目連即前捉手將至門外還取門閉前白佛言不淨比丘以將在外唯然世尊

時說禁戒佛告目連止止目連如來更不與比丘說戒如來所說言不有二還詣座所是時目連復白佛言今此衆中以生瑕穢我不堪任行維那法唯願世尊更差餘人爾時世尊默然可之是時目連頭面禮世尊足還就本座是時阿難白世尊言毗婆尸如來出現世時聖衆多少爲經幾時乃生瑕穢乃至迦葉如來弟子多少云何說戒佛告阿難九十一劫有佛出世名毗婆尸如來至眞等正覺出現世間爾時三會聖衆初一會時比丘有百十六萬八千聖衆第二會時十六萬聖衆第三會時十萬聖衆皆是阿羅漢彼佛壽八萬四千歲百歲之中聖衆清淨彼佛恒以一偈爲禁戒

忍辱爲第一　佛說無爲最　不以剃鬚髮
害他爲沙門

是時彼佛以此一偈百歲之中而爲禁戒以生瑕穢便立禁戒復於三十一劫中有佛名式詰如來至眞等正覺出現於世爾時亦復三會聖衆初一會時有十六萬聖衆第二會時十四萬聖衆第三會時十萬聖衆彼佛爾時八十年中清淨無瑕穢亦說一偈

若眼見非邪　慧者護不著　棄捐於衆惡
在世爲黠慧

爾時彼佛八十年中說此一偈後有瑕穢便立禁戒爾時式詰佛壽七萬歲於彼劫中復有佛出現世間名曰毗舍羅婆亦三會聖衆初會之時十萬聖衆盡是羅漢第二會時八萬羅漢第三會時七萬羅漢諸漏已盡毗舍羅婆如來七十年中無瑕穢爾時復以一偈

爲禁戒
不害亦不非　奉行於大戒　於食知止足
牀座亦復然　執志爲專一　是則諸佛教
七十年中以此爲禁戒毗舍羅婆如來壽七
萬歲於此賢劫中有佛出世名曰世樓孫如
來出現世間爾時二會聖衆初會之時七萬
聖衆皆是阿羅漢第二會時六萬阿羅漢彼
佛爾時六十年中無有瑕穢彼佛爾時以二
偈以爲禁戒
譬如蜂採華　其色甚香潔　以味惠施他
道士遊聚落　不誹謗於人　亦不觀是非
但自觀身行　諦觀正不正
自此以來以有瑕穢便立禁戒彼佛壽六萬
歲於此賢劫中有佛出世名曰拘那含牟尼
如來至眞等正覺爾時二會聖衆初會之時
六十萬聖衆皆是阿羅漢第二會時三十萬
聖衆皆是阿羅漢爾時彼佛三十年中無有
瑕穢以一偈而爲禁戒
執志莫輕戲　當學尊寂道　賢者無愁憂
常滅志所念
自此以來便立禁戒彼佛壽四萬歲於此賢
劫有佛名爲迦葉出現世間爾時彼佛亦二
會聖衆初會之時四十萬衆第二會時三十
萬衆皆是阿羅漢二十年中無有瑕穢恒以
一偈以爲禁戒
一切惡莫作　當奉行其善　自淨其志意
是則諸佛教
犯禁之後便立制限爾時迦葉佛壽二萬歲
我今如來出現於世一會聖衆千二百五十
人十二年中無有瑕穢亦以一偈以爲禁戒

護口意清淨　身行亦清淨　淨此三行跡
修行仙人道
以生犯律之人轉有二百五十戒自今以後
衆僧集會啓白如律諸賢咸聽今十五日說
戒今僧忍者衆僧和合說禁戒以啓此以設
有比丘有所說者不應說戒各共默然若無
語者應爲說戒乃至說戒序行復當問諸賢
誰不清淨如是再三誰不清淨清淨者默然
持之然今人壽命極短盡壽不過百年是故
阿難當受持之爾時阿難白世尊言過去久
遠諸佛世尊壽命極長犯律者少無有瑕穢
然今人民壽命爲極短少不過十過去諸佛
滅度之後有遺法住世爲經幾時佛告阿難
過去諸佛滅度之後法不久存阿難白佛言
設如來滅度之後正法存世當經幾時佛告
阿難曰我滅度之後法當久存迦葉佛滅度
後遺法住七日中汝今阿難如來弟子爲少
莫作是觀東方弟子無數億千南方弟子無
數億千是故阿難當建此意我釋迦文佛壽
命極長所以然者肉身雖取滅度法身存在
此是其義當念奉行爾時阿難及諸比丘聞
佛所說歡喜奉行
聞如是一時佛在舍衛國祇樹給孤獨園與
大比丘衆五百人俱爾時阿難偏露右肩右
膝著地白世尊言如來玄鑒無事不察當來
過去現在三世皆悉明了過去諸佛姓字名
號弟子菩薩翼從多少皆悉知之一劫百劫
若無數劫悉觀察亦復知國王大臣人民姓
字斯能分別如今現在國界若干亦復明了
將來久遠彌勒出現至眞等正覺欲聞其變

弟子翼從佛境豐樂爲經幾時佛告阿難汝還就座聽我所説彌勒出現國土豐樂弟子多少善思念之執在心懷是時阿難從佛受教即還就座爾時世尊告阿難曰將來久遠於此國界當有城郭名曰雞頭東西十二由旬南北七由旬土地豐熟人民熾盛街巷成行爾時城中有龍王名曰水光夜雨澤香晝則清和是時雞頭城中有羅刹鬼名曰葉華所行順法不違正教常伺人民寢寐之後除去穢惡諸不淨者又以香汁而灑其地極爲香淨阿難當知爾時閻浮地東西南北十萬由旬諸山河石壁皆自消滅四大海水各據一方時閻浮地極爲平整如鏡清明舉閻浮地内穀食豐賤人民熾盛多諸珍寶諸村落相近雞鳴相接是時弊華果樹枯竭穢惡亦自消滅其餘甘美果樹香氣殊好者皆生乎地爾時時氣和適四時順節人身之中無有百八之患貪欲瞋恚愚癡不大慇懃人心平均皆同一意相見歡悦善言相向言辭一類無有差别如彼鬱單曰人而無有異是時閻浮地内人民大小皆同一響無若干之差别也彼時男女之類意欲大小便地自然開事訖之後地復還合爾時閻浮地内自然生粇米亦無皮裹極爲香美食無患苦所謂金銀珍寶硨磲碼碯真珠琥珀各散在地無人省録是時人民手執此寶自相謂言昔者之人由此寶故各相傷害繫閉牢獄更無數苦惱如今此寶與瓦石同流無人守護爾時法王出現名曰儴佉正法治化七寶成就所謂七寶者輪寶象寶馬寶珠寶玉女寶典兵寶守

藏之寶是謂七寶領此閻浮地内不以刀杖自然靡伏如今阿難四珍之藏乾陀越國伊羅鉢寶藏多諸珍奇異物不可稱計第二彌梯羅國般綢大藏亦多珍寶第三須賴吒大國有寶藏亦多珍寶第四婆羅㮈儴佉有大藏多諸珍寶不可稱計此四大藏自然應現諸守藏人各來白王唯願大王以此寶藏之物惠施貧窮爾時儴佉大王得此寶已亦復不省録之意無財物之想時閻浮地内自然樹上生衣極細柔輭人取著之如今欝單曰人自然樹上生衣而無有異爾時彼王有大臣名曰修梵摩是王少小同好王甚愛敬又且顏貌端正不長不短不肥不瘦不白不黑不老不少是時修梵摩有妻名曰梵摩越玉女中最極爲殊妙如天帝妃口作優鉢蓮華香身作栴檀香諸婦人八十四態永無復有亦無疾病亂想之念爾時彌勒菩薩於兜率天觀察父母不老不少便降神下應從右脅生如我今日右脅生無異彌勒菩薩亦復如是兜率諸天各各唱令彌勒菩薩以降神生是時修梵摩即與子立字名曰彌勒有三十二相八十種好莊嚴其身身黄金色爾時人壽極長無有諸患皆壽八萬四千歲女人年五百歲然後出嫡爾時彌勒在家未經幾時便當出家學道爾時去雞頭城不遠有道樹名曰龍華高一由旬廣五百步時彌勒菩薩坐彼樹下成無上道果當其夜半彌勒出家即其夜成無上道時三千大千刹土六變震動地神各各相告曰今彌勒以成佛轉至聞四天王宮彌勒以成佛道轉轉聞徹三十三

天焰天兜率天化自在天他化自在天聲展轉乃至梵天彌勒以成佛道爾時魔名大將以法治化聞如來名教音響之聲歡喜踊躍不能自勝七日七夜不眠不寐是時魔王將欲界無數天人至彌勒佛所恭敬禮拜彌勒聖尊與諸天漸漸說法微妙之論所謂論者施論戒論生天之論欲不淨想出要爲妙爾時彌勒見諸人民以發心歡喜諸佛世尊常所說法苦集盡道悉與諸天人廣分別其義爾時座上八萬四千天子諸塵垢盡得法眼淨爾時大將魔王告彼界人民之類曰汝等速出家所以然者彌勒今日以度彼岸亦當度汝等使至彼岸爾時雞頭城中長者名曰善財聞魔王教令又聞佛音響將八萬四千衆至彌勒佛所頭面禮足在一面坐爾時彌勒漸與說法微妙之論所謂論者施論戒論生天之論欲不淨想出要爲妙爾時彌勒見諸人民心開意解如諸佛世尊常所說法苦集盡道與諸人民廣分別義爾時座上八萬四千人諸塵垢盡得法眼淨是時善財與八萬四千人等即前白佛求索出家善修梵行盡成阿羅漢道爾時彌勒初會八萬四千阿羅漢是時儴佉王聞彌勒以成佛道便往至佛所欲得聞法時彌勒佛與王說法初善中善後善義理深邃爾時大王復於異時立太子賜剃頭師珍寶復以雜寶與諸梵志將八萬四千衆往至佛所求作沙門盡成佛道果得阿羅漢是時修梵摩大長者聞彌勒以成佛道將八萬四千梵志之衆往至佛所求作沙門得阿羅漢唯須梵摩一人斷三結使必

盡苦際是時佛毋梵摩越復將八萬四千婇女之衆往至佛所求作沙門爾時諸女人盡得羅漢唯有梵摩越一人斷三結使成須陀洹爾時諸利利婦聞彌勒如來出現世間成等正覺數千萬衆往至佛所頭面禮足在一面坐各各生心求作沙門出家學道或有越次取證或有不取證者爾時阿難其不越次取證者盡是奉法之人患猒一切世間不可樂想爾時彌勒當說三乘之教如我今日弟子之中大迦葉者行十二頭陀過去諸佛所善修梵行此人常佐彌勒勸化人民爾時迦葉去如來不遠結跏趺坐正身正意繫念在前爾時世尊告迦葉曰吾今年以衰耗年向八十餘然今如來有四大聲聞堪任遊化智慧無盡衆德具足云何爲四所謂大迦葉比丘君屠鉢漢比丘賓頭盧比丘羅云比丘汝等四大聲聞要不般涅槃須吾法沒盡然後乃當般涅槃大迦葉亦不應般涅槃要須彌勒出現世間所以然者彌勒所化弟子盡是釋迦文佛弟子由我遺化得盡有漏摩竭國界毗提村中大迦葉於彼山中住又彌勒如來將無數千人衆前後圍遶往至此山中遂蒙佛恩諸鬼神當與開門使得見迦葉禪窟是時彌勒伸右手指示迦葉告諸人民過去久遠釋迦文佛弟子名曰迦葉今日現在頭陀苦行最爲第一是時諸人民見已歎未曾有無數百千衆生諸塵垢盡得法眼淨或復有衆生見迦葉身已此名爲最初之會九十六億人皆得阿羅漢斯等之人皆是我弟子所以然者悉由受我教訓之所致也亦由四

事因緣惠施仁愛利人等利爾時阿難彌勒如來當取迦葉僧伽棃著之是時迦葉身體奄然星散是時彌勒復取種種華香供養迦葉所以然者諸佛世尊有敬心於正法故彌勒亦由我所受正法化得成無上正眞之道阿難當知彌勒佛第二會時有九十四億人皆是阿羅漢亦復是我遺教弟子行四事供養之所致也又彌勒第三之會九十二億人皆是阿羅漢亦復是我遺教弟子爾時比丘姓號皆名慈氏弟子如我今日諸聲聞皆稱釋迦弟子爾時彌勒與諸弟子說法汝等比丘當思惟無常之想樂有苦想計我無我想實有空想色變之想青瘀之想肨脹之想食不消想血想一切世間不可樂想所以然者比丘當知此十想者皆是過去釋迦文佛與汝等說令得盡有漏心得解脫若復此衆中釋迦文佛弟子過去時修於梵行來至我所或於釋迦文佛所奉持其法來至我所或復於釋迦文佛所供養三寶來至我所或於釋迦文佛所彈指之頃修於善本來至此間或於釋迦文佛所行四等心來至此者或於釋迦文佛所受持五戒三自歸來至我所或於釋迦文佛所起神寺廟來至我所或於釋迦文佛所補治故寺來至我所或於釋迦文佛所受八關齋法來至我所或於釋迦文佛所香華供養來至此者或復於彼聞佛法悲泣墮淚來至我所或復於釋迦文佛專意聽法來至我所復盡形壽善修梵行來至我所或復書讀諷誦來至我所者承事供養來至我所者是時彌勒便說此偈

增益戒聞德　禪及思惟業　善修於梵行
而來至我所　勸施發歡心　修行心源本
意無若干想　皆來至我所　或發平等心
承事於諸佛　飯食於聖衆　皆來至我所
或誦戒契經　善習與人說　熾然於法本
今來至我所　釋種善能化　供養諸舍利
承事法供養　今來至我所　若有書寫經
班宣於素上　其有供養經　皆來至我所
繒綵及衆物　供養於神寺　自稱南無佛
皆來至我所　供養於現在　諸佛過去者
禪定正平等　亦無有增減　是故於佛法
承事於聖衆　專心事三寶　必至無爲處
阿難當知彌勒如來在彼衆中當說此偈爾時衆中諸天人民思惟此十想十一姟人諸塵垢盡得法眼淨彌勒如來千歲之中衆僧無有瑕穢爾時恒以一偈以爲禁戒

口意不行惡　身亦無所犯　當除此三行
速脫生死淵

過千歲之後當有犯戒之人遂復立戒彌勒如來當壽八萬四千歲般涅槃後遺法當存八萬四千歲所以然者爾時衆生皆是利根其有善男子善女人欲得彌勒佛及三會聲聞衆及雞頭城及見儴佉王幷四大藏珍寶者欲食自然秔米幷著自然衣裳身壞命終生天上者彼善男子善女人當勤加精進無生懈怠亦當供養諸法師承事名華擣香種種供養無令有失如是阿難當作是學爾時阿難及諸大會聞佛所說歡喜奉行

聞如是一時佛在舍衛國祇樹給孤獨園爾時衆多比丘集普會講堂各生此念今如來

甚奇甚特過去取般涅槃者亦復知彼姓名種族持戒翼從皆悉分明三昧智慧解脱解脱見慧身壽有長短皆悉知之云何諸賢爲是如來分別法處極爲清淨知彼諸佛姓字所出之處乎爲是諸天來至佛所而告此耶

爾時世尊以天耳徹聞衆多比丘各興此論便往至諸比丘所在中央坐爾時世尊告諸比丘汝等集此爲何等論欲説何法諸比丘白佛言我等集此論正法之要諸人各興此論義如來甚奇甚特乃能知過去諸佛世尊名字姓號智慧多少靡不貫博甚可竒雅云何諸賢爲是如來分別法界極爲清淨知彼諸佛姓字所出之處乎爲是諸天來至佛所而告此耶爾時世尊告諸比丘汝等欲得聞過去諸佛神智之力乎姓字名號壽命長短耶諸比丘對曰今正是時唯願世尊敷演其義佛告諸比丘汝等善思念之吾當與汝廣演其義爾時衆多比丘從佛受教世尊告曰比丘當知過去九十一劫有佛出世號毗婆尸如來至眞等正覺復次三十一劫有佛出世名式詰如來至眞等正覺復於彼三十一劫内有佛名毗舍羅婆如來出世於此賢劫中有佛出世名拘屢孫如來復於賢劫中有佛出世名拘那含牟尼如來至眞等正覺復於賢劫中有佛出世名曰迦葉復於賢劫中我出現世釋迦文如來至眞等正覺爾時世尊便説此偈

九十一劫中　有佛毗婆尸　三十一劫中
式詰如來出　復於彼劫中　毗舍如來現
今日賢劫中　四佛復出世　拘孫那迦葉

如日照世間　欲知名字者　其號悉如是

毗婆尸如來者出刹利種式詰如來亦出刹利種毗舍羅婆如來亦出刹利種拘屢孫如來出婆羅門種拘那含牟尼如來出婆羅門種迦葉如來出婆羅門種如我今出刹利種爾時世尊便說此偈

前佛有現者　皆出刹利種　拘孫至迦葉
出於婆羅門　最尊無能及　我今天人師
諸根而惔怕　出於刹利姓

毗婆尸如來姓瞿曇式詰如來亦出瞿曇毗舍羅婆亦出瞿曇迦葉如來出迦葉姓拘那含牟尼拘屢孫亦出迦葉姓同上而無異我今如來姓瞿曇爾時世尊便說此偈

如初諸三佛　出於瞿曇種　後三至迦葉
出於迦葉姓　如我今現在　天人所奉敬
諸根而惔怕　出於瞿曇姓

比丘當知毗婆尸如來姓拘鄰若式詰如來亦出拘鄰若毗舍羅婆如來出拘鄰若拘屢孫如來出婆羅墮拘那含牟尼如來出婆羅墮迦葉如來出婆羅墮如我今如來至眞等正覺出於拘鄰若爾時世尊便說此偈

如初諸三佛　出於拘鄰若　後三至迦葉
出於婆羅墮　如我今現在　天人所奉敬
諸根而惔怕　出於拘鄰若

毗婆尸如來坐波羅利華樹下而成佛道式詰坐分陀利樹下而成佛道毗舍羅婆如來坐波羅樹下而成佛道拘屢孫如來坐尸利沙樹下而成佛道拘那含牟尼如來坐優頭跋羅樹下而成佛道迦葉如來坐尼拘留樹下而成道果如我今日如來坐吉祥樹下而

成佛道爾時世尊便說此偈

初一成佛道　波羅利樹下　或坐分陀利
毗舍坐波羅　拘孫坐尸利　拘那跋羅下
迦葉拘留樹　吉祥我成道　七佛天中天
照明於世間　因緣坐諸樹　各成其道果

毗婆尸如來弟子有十六萬八千之衆式詰如來弟子之衆有十六萬毗舍羅婆如來弟子之衆十萬拘屢孫如來弟子之衆有八萬人拘那含牟尼如來弟子之衆有七萬人迦葉如來弟子之衆有六萬衆如我今日弟子之衆有千二百五十人皆是阿羅漢諸漏永盡無復諸縛爾時世尊便說此偈

百千六萬八　毗婆尸弟子　百千及六萬
式詰弟子衆　百千比丘衆　毗舍婆弟子
拘孫八萬衆　拘那含七萬　迦葉六萬衆
皆是阿羅漢　我今釋迦文　千二百五十
皆是眞人行　布現於法教　遺法餘弟子
其數不可計

毗婆尸如來侍者名曰大導師式詰如來侍者名曰善覺毗舍羅婆如來侍者名曰勝衆拘屢孫如來侍者名曰吉祥拘那含牟尼如來侍者名曰毗羅先迦葉如來侍者名曰導師我今侍者名曰阿難爾時世尊便說此偈

大導及所覺　勝衆與吉祥　毗羅先導師
阿難第七侍　此人供養聖　無有不得時
諷誦又受持　不失其義理

毗婆尸如來壽八萬四千歲式詰如來壽七萬歲毗舍羅婆如來壽六萬歲拘屢孫如來壽五萬歲拘那含如來壽四萬歲迦葉如來壽二萬歲如我今日壽極減少極壽不過百

歲爾時世尊便說斯偈

初佛八萬四　次佛七萬歲　毗舍婆六萬
拘留壽五萬　一萬二萬年　是拘那含壽
迦葉壽二萬　唯我壽百年

如是諸比丘如來觀知諸佛姓名號字皆悉分明種類出處靡不貫練持戒智慧禪定解脫皆悉了知爾時阿難白世尊言如來亦說過去恒沙諸佛取滅度者如來亦知當來恒沙諸佛方當來者如來亦知如來何故不記爾許佛所造今但說七佛本末佛告阿難皆有因緣本末故如來說七佛之本末過去恒沙諸佛亦說七佛本末將來彌勒出現世時亦當記七佛之本末若師子應如來出時亦當記七佛之本末若承柔順佛出世時亦當記七佛之本末若光焰佛出現世時亦當記七佛之名號若無垢佛出現世時亦當記迦葉之本末若寶光佛出現世時亦當記釋迦文之本末爾時世尊便說此偈

師子柔順光　無垢及寶光　彌勒之次第
皆當成佛道　彌勒記式佛　師子記毗舍
柔順記拘孫　光焰記牟尼　無垢記迦葉
皆說曩所緣　寶光成三佛　亦當記我號
過去諸三佛　及以將來者　皆當記七佛
曩所之本末

由此因緣故如來記七佛名號耳爾時阿難白世尊言此經名何等當云何奉行佛告阿難此經名曰記佛名號當念奉行爾時阿難及諸比丘聞佛所說歡喜奉行

聞如是一時佛在羅閱城迦蘭陀竹園所是時師子長者往至舍利弗所頭面禮足在一

面坐爾時師子長者白舍利弗言惟願尊者當受我請是時舍利弗黙然受請是時長者見尊者黙然受請便從座起禮足而退復至大目揵連離越大迦葉阿那律迦旃延滿願子優波離須菩提羅云均頭沙彌如此上首者請五百人是時師子長者即還辦具種種極妙飲食敷妙座具又白時到諸眞人羅漢靡所不鑒今食具已辦唯願屈顧臨赴下舍爾時諸大聲聞各著三衣持鉢入城至長者家時長者見諸最尊坐已定手自斟酌行種種飲食見諸聖衆食已訖行清淨水人施一白氎前受呪願是時尊者舍利弗與長者說極妙之法便從座起而去還詣靜室爾時羅云至世尊所頭面禮足在一面坐爾時世尊問曰汝今爲從何來羅云報云師子長者今

日來見請佛告之曰云何羅云飲食爲妙爲不妙爲細耶爲麤耶羅云報曰飲食極妙又且豐多今此白氎從彼得之佛告羅云衆僧斯有幾人上座是誰羅云白佛言和尚舍利弗最爲上首及諸神德弟子有五百人佛告羅云云何羅云彼長者獲福爲多乎羅云白佛言唯然世尊彼長者得福之報不可稱計施一羅漢其福難限何況大神妙天人所敬奉今五百人均是眞人其福有何可量佛告羅云今施五百羅漢之功德若從衆中僧次求一沙門請已供養計此衆中差人之福及與五百羅漢之福百倍千倍巨億萬倍不可以譬喻爲比所以然者衆中所差其福難限獲甘露滅盡之處羅云當知猶如有人自誓說曰吾要當飲此江河諸水彼人爲堪任不

乎羅云白佛言不也世尊所以然者此閻浮地極爲廣大此閻浮地有四大河一者恒伽二者新頭三者私陀四者婆叉一一河者從有五百道然此人終不能飲水使盡但勞其功事終不成也彼人復作是說我自有方便因緣可得飲諸水使盡云何有因緣得飲諸水爾時彼人便作是念我當飲海水所以然者一切諸流皆歸投于海云何羅云彼人能得飲諸水乎羅云白佛言如此方便可得飲水使盡所以然者一切諸流皆歸于海由此因緣故彼人得飲水盡佛告之曰如是羅云一切私陀猶如彼流或獲福或不獲福衆僧者如彼大海所以然者流河決水以入于海便滅本名但有大海之名耳羅云此亦如是今此十人皆從衆中出非衆不成云何爲十所謂向須陀洹得須陀洹向斯陀含得斯陀含向阿那含得阿那含向阿羅漢得阿羅漢辟支佛佛是謂十人皆由衆中非獨自立羅云當以此方便知其衆中差者其福不可限量是故羅云善男子善女人欲求其福不可稱計當供養聖衆羅云當知猶如有人以酥投水凝不得廣普若以油投水則遍滿其上是故羅云當念供養聖衆比丘僧如是羅云當作是學爾時師子長者聞如來歎說施衆之福不歎說餘福爾時長者以餘時往至世尊所頭面禮足在一面坐爾時師子長者白世尊言適聞如來而歎說施衆之福不歎別請人之福自今以後常當供養聖衆佛告之曰我不作爾說當供養聖衆不供養餘人今施畜生猶獲其福何況餘人但我所說者福

有多少所以然者如來聖衆可敬可貴是世間無上福田今此衆中有四向四得及聲聞乘辟支佛乘佛乘其有善男子善女人欲得三乘之道者當從衆中求之所以然者三乘之道皆出于衆長者我觀此因緣義故而說此語耳亦不教人應施聖衆不應施餘人爾時長者白世尊言如是如來如尊教勑自今已後若作福業盡當供養聖衆不選擇人施爾時世尊與彼長者說微妙之法令發歡悅之心長者聞法已即從座起頭面禮足便退而去爾時師子長者意欲施立福業爾時諸天來告之曰此是向須陀洹之人此是得須陀洹施此得福多施此得福少爾時天人即歎頌曰

如來歎擇施　與此諸德士　施此獲福多
如良田生苗

爾時師子長者默然不對爾時天人復語長者此是持戒人此是犯戒人此向須陀洹人此是得須陀洹人此向斯陀含人此是得斯陀含人此向阿那含此得阿那含此向阿羅漢此得阿羅漢此是聲聞乘此是辟支佛乘此是佛乘施此得福少施此得福多爾時師子長者默然不對何以故爾但憶如來教誡不選擇而施爾時師子長者復以餘時至世尊所頭面禮足在一面坐我自憶念請聖衆飯之有天來告我言此是持戒此是犯戒此人向須陀洹此人得須陀洹乃至三乘皆悉分別說此偈

如來歎擇施　與此諸德士　施此獲福多
如良田生苗

時我復作是念如來教誡不可違戾豈當生心選擇施乎終無是非之心高下之意也時我復作是念我當盡施一切衆生之類汝自持戒受福無窮若使犯戒自受其殃但慇衆生非食不濟命佛告長者善哉善哉長者行過弘誓菩薩所施心恒平等長者當知若菩薩惠施之日諸天來告之族姓子當知此是持戒人此是犯戒人施此得福多施此得福少爾時菩薩終無此心此應施此不應施然菩薩執意而無是非亦不言此持戒亦不言此犯戒是故長者當念平等惠施長夜之中獲福無量是時師子長者憶如來教誡熟視世尊意不移動即於座上得法眼淨是時師子長者即從座起頭面禮足便退而去爾時長者去未久佛告諸比丘曰此師子長者憶平等施故又視如來從頭至足即於座上得法眼淨爾時世尊告諸比丘我優婆塞中第一弟子平等施者所謂師子長者是爾時諸比丘聞佛所說歡喜奉行

聞如是一時佛在羅閱城迦蘭陀竹園所與大比丘衆五百人俱爾時尊者舍利弗在耆闍崛山中屏猥之處補納故衣爾時有十千梵迦夷天從梵天沒來至舍利弗所頭面禮足各圍遶侍焉又以此偈而歎頌曰

歸命人中上　歸命人中尊　我等今不知
爲依何等禪

是時十千梵迦夷天說此語已舍利弗默然可之爾時諸天以見舍利弗默然可已即禮是退去諸天去未遠舍利弗即入金剛三昧是時有二鬼一名伽羅二名優波伽羅毗沙

門天王使遣至毗留勒天王所欲論人天之事是時二鬼從彼虛空而過遥見舍利弗結跏趺坐繫念在前意寂然定伽羅鬼謂彼鬼言我今堪任以拳打此沙門頭優波伽羅鬼語第二鬼曰汝勿興此意打沙門頭所以然者此沙門極有神德有大威力此尊名舍利弗世尊弟子中聰明高才無復是過智慧弟子中最爲第一備於長夜受苦無量是時彼鬼再三曰我能堪任打此沙門頭優波伽羅鬼報曰汝今不隨我語者汝便住此吾欲捨汝去此惡鬼曰汝畏此沙門乎優波伽羅鬼曰我實畏之設汝以手打此沙門者此地當分爲二分正爾當暴風疾雨地亦振動諸天驚動地已振動四天王亦當驚怖四天王已知於我等不安其所是時惡鬼曰我今堪任辱此沙門善鬼聞已便捨而去時彼惡鬼即以手打舍利弗頭是時天地大動四面有暴風疾雨尋時來至地即分爲二分此惡鬼即以全身墮地獄中爾時尊者舍利弗即從三昧起整衣服下耆闍崛山往詣竹園至世尊所頭面禮足在一面坐爾時佛告舍利弗曰汝今身體無有疾病乎舍利弗言體素無患唯苦頭痛世尊告曰伽羅鬼以手打汝頭若當彼鬼以手打須彌山者即時須彌山便爲二分所以然者彼鬼有大力故今此鬼受其罪報故全身入阿鼻地獄中爾時世尊告諸比丘甚奇甚特金剛三昧力乃至於斯由此三昧力故無所傷害正使須彌山打其頭者終不能動其毫毛所以然者比丘聽之於此賢劫中有佛名拘屢孫如來至眞等正覺彼

佛有二大聲聞一名等壽二名大智比丘等壽神足第一比丘大智智慧第一如我今日舍利弗智慧第一目揵連神足第一爾時等壽大智二比丘俱得金剛三昧當於一時等壽比丘在閒靜之處入金剛三昧時諸牧牛人牧羊人取薪草人見此比丘坐禪各各自相謂言此沙門今日以取無常是時牧牛人及取薪人集諸草木積比丘身上以火燒已而捨之去是時等壽比丘即從三昧起整衣服便退而去是時比丘即以其日著衣持鉢入村乞食時諸取薪草人見此比丘村中乞食各各自相謂言此比丘昨日已取命終我等以火焚燒今日復還活今當立字字曰還活若有比丘得金剛三昧者火所不燒刀斫不入水所不漂不爲他所中傷如是比丘金剛三昧威德如是今舍利弗得此三昧舍利弗比丘多遊二處空三昧金剛三昧是故諸比丘當求方便行金剛三昧如是比丘當作是學爾時世尊告諸比丘我當教汝如舍利弗比丘智慧大智分別智廣智無邊智捷疾之智普遊智利智甚深智斷智少欲知足閒靜勇猛念不分散戒成就三昧成就智慧成就解脫見慧成就柔和無諍去惡辯了忍諸言語歎說離惡常念去離愍念生盲然熾正法與人說法無有猒足爾時世尊便說此偈

十千諸天人　盡是梵迦夷　自歸舍利弗
於靈鷲山頂　歸命人中上　歸命人中尊
我今不能知　爲依何等禪　如是弟子華
莊嚴佛道樹　如天晝度園　快樂無有比

弟子華者即是舍利弗比丘是所以然者此

人則能莊嚴佛樹道樹者即如來是也如來能覆蓋一切衆生是故比丘當念勤加勇猛精進如舍利弗比丘如是比丘當作是學爾時諸比丘聞佛所說歡喜奉行

增壹阿含經卷第四十四

音釋

匱 求位切乏也 殃疊 疊許覲切殃疊謂殃禍疊隙也 式詰 梵語也亦云尸棄此云火依語契吉切 黠慧 黠胡八切亦慧也 汁 之入切渣也 儴佉 梵語也此云貝佛名也儴如羊切佉丘迦切 般綢 梵語也般音班綢除留切 姟 正作垓古哀切十京曰垓 氎 徒協切細毛布也 戾 力計切遠也 屏隈 屏補永切屏蔽也隈烏恢切隩也隈僻也 積 正作積子智切聚也

增壹阿含經卷第四十五

符秦三藏曇摩難提譯

牧牛品第四十九之一 第四分別誦

聞如是一時佛在舍衛國祇樹給孤獨園爾時世尊告諸比丘若牧牛兒成就十一法牛群終不長益亦復不能將護其牛云何爲十一於是牧牛人亦不別其色不解其相應摩刷而不摩刷不覆護瘡痍不隨時放煙不知良田茂草處不知安隱之處亦復不知渡牛處所不知時宜若𤛓牛時不留遺餘盡取搆之是時諸大牛可任用者不隨時將護是謂比丘若牧牛人成就此十一法終不能長養其牛將護其身今此衆中比丘亦復如是終不能有所長益云何爲十一於是比丘不別其色不曉其相應摩刷而不摩刷不覆護瘡痍不隨時放煙不知良田茂草處不知渡處亦復不知安隱之處不知時宜食不知留遺餘諸長老比丘亦不敬待云何比丘不知色於是比丘有四大及四大所造色皆悉不知如是比丘不別其色云何比丘不別其相於是比丘不知行愚亦不知行智如實而不知如是比丘不別其相云何比丘應摩刷而不摩刷於是比丘若眼見色便起色想有諸亂念又且不守護眼根以不善攝念造衆殃舋不守護眼根如是比丘若耳聞聲鼻嗅香舌知味身知細滑意知法起諸亂想亦不守護意根不改其行如是比丘應摩刷而不摩刷云何比丘不覆護瘡於是比丘起欲想而不捨離亦不除去其念若起瞋想殺害想起諸惡不善想終不捨之如是比丘不覆護瘡云

何比丘不隨時起煙於是比丘所諷誦法不隨時向人說如是比丘不隨時放煙云何比丘不知良田茂草於是比丘不知四意止如實而不知如是比丘不知良田茂草處云何比丘不知渡處於是比丘不別賢聖八品道如是比丘不知渡處云何比丘不知所愛於是比丘於十二部契經祇夜受決偈因緣本末方等譬喻生經說廣普未曾有法如是比丘不知所愛云何比丘不知時宜於是比丘便往輕賤家博戲家如是比丘不知時宜云何比丘不留遺餘於是比丘有信梵志優婆塞往而語之然諸比丘貪著飲食不知止足如是比丘不留遺餘云何比丘不敬長老諸高德比丘於是比丘不起恭敬之心向諸有德人如是比丘多有所犯是謂比丘不敬長老若有比丘成就十一法終不能於此法中多所饒益若復牧牛人成就十一法者能擁護其牛終不失時有所饒益云何爲十一於是牧牛人知其色別其相應摩刷而摩刷覆護瘡痍隨時而起煙知良田茂草知渡知要處愛其牛分別時宜亦知性行若犛牛時知留遺餘亦復知隨時將護可任用者如是牧牛人將護牛如是比丘若牧牛人成就此十一法不失時節者終不可沮壞如是比丘若成就十一法者於此現法中多所饒益云何十一法於是比丘知色知相知摩刷知覆護瘡知起煙知良田茂草處知所愛知擇道行知渡處知食止足知敬奉長老比丘隨時禮拜云何比丘而知色於是比丘知四大色亦知四大所造色是謂比丘知色云何比丘知

相於是比丘知愚相知智相如實而知之如是比丘知相云何比丘知摩刷於是比丘若欲想起念知捨離亦不慇懃永無欲想若恚想害想及諸惡不善想起念知捨離亦不慇懃永無恚想如是比丘爲知摩刷云何比丘知覆護瘡於是比丘若眼見色不起色想亦不染著而淨眼根除去愁憂惡不善法心不貪樂於中而護眼根如是比丘若耳聞聲鼻齅香舌知味身知細滑意知法不起識想亦不染著而淨意根如是比丘知覆護瘡云何比丘知起煙於是比丘所從聞法廣與人說如是比丘爲知起煙云何比丘知良田茂草處於是比丘賢聖八品道如實知之是謂比丘知良田茂草處云何比丘知所愛於是比丘若聞如來所說法寶心便愛樂如是比丘爲知所愛云何比丘擇道行於是比丘於十二部經擇而行之所謂契經祇夜授決偈因緣本末方等譬喻生經說廣普未曾有法如是比丘知擇道行云何比丘知渡處於是比丘知四意止是謂比丘知渡處云何比丘知食止足於是比丘有信梵志優婆塞來請者不貪飲食能自止足如是比丘爲知止足云何比丘隨時恭奉長老比丘於是比丘恒以身口意善行向諸長老比丘於是比丘隨時恭奉長老比丘如是若成就十一法者於現法中多所饒益爾時世尊便說此偈

牧牛不放逸　其主獲其福　六牛六年中
展轉六十牛　比丘戒成就　於禪得自在
六根而寂然　六年成六通

如是比丘若有人能離此惡法成就十一法

者於現法中多所饒益如是比丘當作是學
爾時諸比丘聞佛所說歡喜奉行
聞如是一時佛在舍衛國祇樹給孤獨園爾
時世尊告諸比丘若比丘成就十一法者必
能有所成長云何爲十一於是比丘戒成就
三昧成就智慧成就解脱成就解脱見慧成
就諸根寂靜飲食知止足恒修行共法亦知
其方便分別其義不著利養如是比丘若成
就此十一法者堪任長養所以然者一切諸
行正有十一法爾時阿難白世尊言何以故
正有十一法無有出者云何爲十一所謂阿
練若乞食一處坐一時食正中食不擇家食
守三衣坐樹下露坐閒靜之處著補衲衣若
在塚間是謂比丘有人成就此十一法便能
有所至我今復重告汝若有人十一年中學
此法即於現身成阿那含轉身便成阿羅漢
諸比丘且捨十一年若九八七六五四三二
一年學此法者便成二果若阿那含若阿羅
漢且捨十二月若能一月之中修行其法彼
比丘必成二果若阿那含若阿羅漢所以然
者十二因緣皆出十一法中所謂生老病死
愁憂苦惱我今教諸比丘當如迦葉比丘之
比設有人行謙苦之法此行難及所以然者
迦葉比丘成就此十一法當知過去多薩阿
竭成等正覺亦成就此十一苦法今迦葉比
丘皆愍念一切衆生若供養過去諸聲聞後
身方當乃得受報設供養迦葉者現身便受
其報設我不成無上等正覺後當由迦葉成
等正覺由此因緣故迦葉比丘勝過去諸聲
聞其能如迦葉比丘者此則上行如是比丘

當作是學爾時諸比丘聞佛所說歡喜奉行
聞如是一時佛在舍衛國祇樹給孤獨園爾
時佛與無數衆生前後圍遶而爲說法爾時
舍利弗將衆多比丘而經行大目揵連及大
迦葉阿那律離越迦旃延滿願子優波離須
菩提羅云阿難比丘各各將衆多比丘自相
娛樂提婆達兜亦復將衆多比丘而自經行
爾時世尊見諸神足弟子各將其衆而自經
行爾時世尊告諸比丘人根情性各各相似
善者與善共并惡者與惡共并猶如乳與乳
相應酥與酥相應糞與屎溺各自相應此亦
如是衆生根源所行法則各自相應善者與
善相應惡者與惡相應汝等頗見舍利弗比
丘將諸比丘經行乎諸比丘白佛言唯然見
之佛告比丘如此諸人皆智慧之士又告比
丘汝等頗見目連比丘將諸比丘經行乎諸
比丘白佛言唯然見之佛告之曰此諸比丘
皆是神足之士又問汝等見迦葉將諸比丘
而經行乎諸比丘對曰唯然見之佛告之曰
此諸上士皆是十二頭陀行法之人也又問
汝等見阿那律比丘不乎諸比丘對曰唯然
見之佛告之曰此諸賢士皆天眼第一又問
頗見離越比丘不乎諸比丘對曰唯然見之
佛告比丘此諸人皆是入定之士又問汝等
頗見迦旃延比丘不乎諸比丘對曰唯然見
之佛告之曰此諸上士皆是分別義理之人
又問汝等頗見滿願子比丘不乎諸比丘對
曰唯然見之佛告比丘此諸賢士皆是說法
之人又問汝等頗見優波離將諸比丘而經
行乎諸比丘對曰唯然見之佛告之曰此諸

人皆是持禁律之人又問汝等頗見須菩提比丘不乎諸比丘對曰唯然見之佛告之曰此諸上人皆是解空第一又問汝等頗見羅云比丘不乎諸比丘白佛言唯然見之佛告之曰此諸賢士皆是戒具足士又問汝等頗見阿難比丘不乎諸比丘白佛言唯然見之佛告比丘此諸賢士皆是多聞第一所受不忘又問汝等頗見提婆達兜比丘將諸人而經行乎諸比丘對曰唯然見之佛告之曰此諸人爲惡之首無有善本爾時世尊便說斯頌

莫與惡知識　與愚共從事　當與善知識
智者而交通　若人本無惡　親近於惡人
後必成惡因　惡名徧天下

爾時提婆達兜弟子三十餘人聞世尊說此偈已便捨提婆達兜來至佛所頭面禮足求改重罪又白世尊我等愚惑不識眞僞捨善知識近惡知識唯願世尊當見原恕後更不犯佛告比丘聽汝悔過改往修來勿復更犯爾時提婆達兜弟子承世尊教誡在閒靜之處思惟妙義剋已行法所以然族姓子剃除鬚髮出家學道者欲修無上梵行爾時諸比丘皆得阿羅漢比丘當知衆生根源皆自相類惡者與惡相從善者與善相從過去將來衆生根源亦復如是以類相從猶如以淨與淨相應不淨者與不淨相應是故比丘當學與淨相應淨離不淨如是比丘當作是學爾時諸比丘聞佛所說歡喜奉行

聞如是一時佛在拘留沙法行城中與大比丘衆五百人俱爾時象舍利弗還捨法服習

白衣行爾時阿難著衣持鉢入城乞食漸漸至象舍利弗家爾時象舍利弗憑兩女人肩上阿難遥見已便懷愁憂不歡之想象舍利弗見阿難已極懷慚愧獨處而坐爾時阿難乞食周訖還出城至世尊所頭面禮足在一面坐爾時阿難白佛言向入城乞食漸漸至象舍利弗家見扶兩婦人肩上當見之時甚懷愁憂世尊告曰汝見已爲生何意阿難白佛言我念象舍利弗精進多聞性行柔和長與諸梵行之人說法無猒足云何如今還捨法服習白衣行時我見已甚懷愁憂然此象舍利弗有大神力威德無量自念我昔曾見與釋提桓因共論云何今日習欲爲惡世尊告曰如是阿難如汝所言但非阿羅漢夫阿羅漢者終不還捨法服習白衣行但今阿難勿懷愁悒象舍利弗却後七日當來至此間盡有漏成無漏行然此象舍利弗宿行所牽故致此耳今行具滿當盡有漏爾時象舍利弗却後七日至世尊所頭面禮足在一面坐須臾退坐白佛言唯然世尊聽在末行修沙門行爾時象舍利弗比丘即得作沙門尋於座上得阿羅漢爾時象舍利弗著衣持鉢入城乞食時有舍薪梵志遥見象舍利弗入城乞食便生斯念此諸釋種子無處不有無處不偏又遏絕我等所行呪術吾今當向城中人民說此沙門瑕穢爾時此梵志語城中人民曰汝等諸人頗見象舍利弗乎昔日自稱言是阿羅漢中還捨法服習白衣行與五欲相娛樂今復更作沙門家家乞食佯現貞廉觀諸婦人興欲情想還至園中思惟女色不

去心首亦如乏驢不任負馱寂然卧住此釋種子亦復如是佯現乞食觀諸女色思惟校計爾時象舍利弗聞此梵志有惡聲響便生此念此人極爲愚癡興嫉妬心見他得利養起慳嫉心若已得利養便懷歡喜至白衣家主行誹謗吾今當制令不爲惡無令此人受罪無量爾時象舍利弗飛在空中告梵志曰

無眼無巧便　興意謗梵行　自造無益事
久受地獄苦

爾時象舍利弗說此偈已便自退還還歸所在是時城中人民聞梵志誹謗又聞象舍利弗說偈各生斯念若當如梵志語者然後現神足難及又我等見還捨法服習白衣行是時衆多人民各各相將至象舍利弗所頭面禮足在一面坐爾時衆多人民問象舍利弗曰頗有阿羅漢還捨法服習白衣行耶象舍利弗報曰無有阿羅漢還捨法服習白衣行是時諸人民白象舍利弗言阿羅漢頗由本緣而犯戒乎象舍利弗報言已得阿羅漢終不犯戒諸人民復白言在學地之人由本緣故而犯戒乎象舍利弗報言有若住學地之人由本緣故而犯禁戒時諸人民復白言尊者先已是阿羅漢復捨法服習白衣行於五欲自相娛樂今復出家學道本先有神足今何故乃爾爾時象舍利弗便說此偈

遊於世俗禪　至竟不解脫　不得滅盡跡
復習於五欲　無薪火不然　無根枝不生
石女無有生　羅漢不受漏

爾時諸人民復問象舍利弗曰尊先非羅漢乎象舍利弗報曰我先非羅漢也諸居士當

知五通與六通各各差別今當說十一通夫五通仙人欲愛已盡若生上界復來墮欲界六通阿羅漢如來弟子者得漏盡通即於無餘涅槃界而般涅槃時諸人民復白言我等觀察象舍利弗所說世間無有阿羅漢還捨法服習白衣行時象舍利弗報曰如是如汝所言無有阿羅漢還捨法服習白衣行者有十一法阿羅漢所不習者云何爲十一漏盡阿羅漢終不捨法服習白衣行漏盡阿羅漢終不習不淨行漏盡阿羅漢終不殺生漏盡阿羅漢終不盜漏盡阿羅漢食終不留遺餘漏盡阿羅漢終不妄語漏盡阿羅漢終不群類相佐漏盡阿羅漢終不吐惡言漏盡阿羅漢終不有狐疑漏盡阿羅漢終不恐懼漏盡阿羅漢終不受餘師又不更受胞胎是謂諸賢士漏盡阿羅漢終不處十一之地爾時諸人民白象舍利弗言我等聞尊者所說觀外道異學如觀空瓶而無所有今察內法如似蜜瓶靡不甘美今如來正法亦復如是今彼梵志受罪無量爾時象舍利弗飛在虛空結跏趺坐便說此偈

不解彼此要　習於外道術　彼此而鬬亂
智者所不行

爾時拘留沙人民白象舍利弗言所說過多實爲難及猶盲者得眼聾者得聽今尊者所說亦復如是無數方便而說法教我等今日自歸如來法及比丘僧唯願尊者聽爲優婆塞盡形壽不復殺生爾時象舍利弗與諸人民說微妙之法令發歡喜之心各從座起禮足而去爾時尊者阿難聞梵志謗象舍利弗

然無所至尚不能熟視象舍利弗況與共論即往世尊所以此因緣具白如來爾時世尊告阿難曰夫論平等阿羅漢當說象舍利弗是也所以然者今象舍利弗已成阿羅漢昔所傳羅漢名者今日已獲世俗五通非眞實行後必還失六通者是眞實行所以然者此象舍利弗先有五通今獲六通汝亦當學及象舍利弗此是其義當念奉行爾時阿難聞佛所說歡喜奉行

聞如是一時佛在舍衞國祇樹給孤獨園爾時世尊告諸比丘今當說因緣之法善思念之修習其行諸比丘白佛言唯然世尊爾時諸比丘從佛受教世尊告曰彼云何名爲因緣之法所謂無明緣行行緣識識緣名色名色緣六入六入緣更樂更樂緣痛痛緣愛愛緣受受緣有有緣生生緣老死憂悲苦惱不可稱計如是成此五陰之身彼云何名爲無明所謂不知苦不知集不知盡不知道此名爲無明彼云何名爲行所謂行者有三種云何爲三所謂身行口行意行是謂爲行彼云何名爲識所謂六識身是也云何爲六所謂眼耳鼻舌身意識是謂爲識云何爲名所謂名者痛想念更樂思惟是爲名彼云何爲色所謂四大身及四大身所造色是謂名爲色色異名異故曰名色彼云何名六入內六入云何爲六所謂眼耳鼻舌身意入是謂六入彼云何名爲更樂所謂六更樂身云何爲六所謂眼耳鼻舌身意更樂是謂名爲更樂彼云何爲痛所謂三痛云何爲三所謂樂痛苦痛不苦不樂痛是謂名爲痛彼云何名爲愛

所謂三愛身是也欲愛有愛無有愛是謂爲愛云何爲受所謂四受是云何爲四所謂欲受見受戒受我受是謂四受彼云何爲有所謂三有云何爲三欲有色有無色有是名爲有彼云何爲生所謂生者等具出處受諸有得五陰受諸入是謂爲生彼云何爲老所謂彼彼衆生於此身分齒落髮白氣力劣竭諸根純熟壽命日衰無復本識是謂爲老云何爲死所謂彼彼衆生展轉受形身體無溫無常變易五親分張捨五陰身命根斷壞是謂爲死比丘當知故名爲老病死此名爲因緣之法廣分別其義諸佛如來所應施行起大慈哀吾今已辦當念在樹下露坐若在冢間當念坐禪勿懷恐難今不精勤後悔無益爾時阿難白世尊言如來與諸比丘說甚深緣本然我觀察無甚深之義世尊告曰止止阿難勿興此意所以然者十二因緣者極爲甚深非是常人所能明曉我昔未覺此因緣法時流浪生死無有出期又復阿難不但今日汝言因緣不甚深也昔日以來言不甚深也所以然者乃昔過去世時有須焰阿須倫王竊生此念欲捉日月出大海水化身極大海水齊腰爾時彼阿須倫王有兒名拘那羅自白其父我今欲於海水沐浴須焰阿須倫報曰莫樂海水中浴所以然者海水極深且廣終不堪任海水中浴時拘那羅白言我今觀水齊大王腰何以故復言甚深是時阿須倫王即取兒著大海水中爾時阿須倫兒足不至水底極懷恐怖爾時須焰告其子曰我先勑汝海水甚深汝言無苦唯我能在大海水

洗浴非汝所能欲洗爾時須焰阿須倫者豈異人乎莫作是觀所以然者須焰者即我身是也爾時阿須倫兒即汝身是也爾時海水甚深汝言無苦今復言十二因緣甚深之法汝復言無是甚深其有衆生不解十二緣法流轉生死無有出期皆悉迷惑不識行本於今世至後世從後世至今世永在五惱之中求出甚難如我初成佛道思惟十二因緣降伏魔官屬以除無明而得慧明諸闇永除無復塵垢又我阿難三轉十二說此緣本時即成覺道以此方便知十二緣法極爲甚深非常人所能宣暢如是阿難當甚深奉持此十二因緣之法當念作是學爾時阿難聞佛所說歡喜奉行

聞如是一時佛在羅閱城迦蘭陀竹園所與大比丘衆五百人俱爾時羅閱城中有梵志名曰施羅備知諸術外道異學經籍所記天文地理靡不貫練又復教授五百梵志童子又彼城中有異學之士名曰翅寗各有所知爲頻毗娑羅王所見愛敬隨時供養給與梵志所須之施爾時如來名稱遠布如來至眞等正覺明行成爲善逝世間解無上士道法御天人師號佛衆祐度人無量出現世間是時翅寗梵志興此念如來名號甚爲難聞今我欲往問訊親近禮敬是時翅寗梵志便往佛所頭面禮足在一面坐爾時梵志白世尊言沙門瞿曇爲姓何等佛告梵志吾姓刹利梵志問曰諸婆羅門各有此論吾姓最豪無有出者或言姓白或言姓黑婆羅門自稱言梵天所生今沙門瞿曇欲何等論說佛告之

曰梵志當知其有婚姻嫁娶便當求豪貴之姓然我正法之中無有高下是非之名姓也梵志復白言云何瞿曇生處清淨然後法得清淨佛告梵志汝用法清淨生處清淨爲乎梵志又曰諸婆羅門各興此論吾姓最豪無有出者或言姓白或言姓黑婆羅門自稱言梵天所生佛告梵志若當刹利女出嫡婆羅門家設生男兒者當從何姓梵志報曰彼當言婆羅門種所以然者由父遺形故得有此兒佛告梵志若復婆羅門女出嫡刹利家生男兒者彼當從何姓梵志報曰彼人當是刹利種所以然者由父遺形故得有此兒佛告梵志熟自思惟然後報吾汝今所說前與後皆不相應云何梵志設驢從馬後生駒者當言是馬爲是驢也梵志報曰如此之類當言驢馬所以然者由驢遺形故得此駒也佛告梵志汝熟思惟然後報吾汝今所說前後不相應汝前所說刹利女出嫡婆羅門家若生兒者便言婆羅門種今驢逐馬生駒者便言驢馬將不違前語乎設復梵志若馬逐驢生駒者名之云何梵志報曰當名爲馬驢佛告之曰云何梵志馬驢驢馬豈復有異乎若復有人言寶一斛復有人言一斛寶此二義豈有異乎梵志報曰此是一義所以然者寶一一寶此義不異也佛告梵志云何馬驢驢馬此非一義乎梵志報言今沙門瞿曇雖有斯言然婆羅門自稱言吾姓最豪無有出者佛告梵志汝先稱譽其母後復歎說其父若復父亦是婆羅門種母亦是婆羅門種後生二兒彼時其中一兒多諸技術無事不覽第二

子者了無所知是時父母爲敬待何者爲當敬待有智者爲當敬待無所知者梵志報曰其父母應當敬待高德聰明者不應敬待無有智者所以然者今此一子無事不了無事不閑正應敬待此子不應敬待無智之子佛告梵志若彼二子一聰明者便復興意作殺盜婬泆十惡之法彼一子不聰明者守護身口意行十善之法一無所犯彼父母應當敬待何者梵志報曰彼父母應當敬待行十善之子彼行惡之人復敬待爲佛告梵志汝先歎其多聞後歎其戒云何梵志若復有二子一子父專正母不專正一子父不專正母專正彼子若母正父不正者無事不閑博知經術第二子父正母不正者既不博學但持十善然其父母應敬待何者爲當敬待母淨父不淨者當爲敬待父淨母不淨者梵志報曰應當敬待母淨之子所以然者由知經書博諸技術故所謂第二子父淨母不淨雖復持戒而無智慧竟何所至有聞則有戒佛告梵志汝前歎說父淨不歎說母淨今復歎說母淨不歎說父淨先歎聞德後歎禁戒復歎說戒後方說聞云何梵志若彼二梵志子其中一子多聞博學兼持十善其第二子既無智慧兼行十惡彼父母應當敬待何者梵志報曰應當敬父淨母不淨之子所以然者由其博覽諸經曉諸技術由父淨生得此子兼行十善無所觸犯一切具足諸德本故佛告之曰汝本說其姓後說其聞不說其姓後復說戒不說聞後復說其聞不說其戒汝今歎說父母聞戒豈不違前言乎梵志白佛言沙門

瞿曇雖有斯言然婆羅門自稱言我姓最豪貴無有出者世尊告曰諸有嫁娶之處則論姓然我法中無有此義汝頗聞邊國遠邦及餘邊地人乎梵志報曰唯然聞之有此諸人世尊告曰彼土人民有二種之姓云何爲二一者人二者奴此二姓亦復不定又問云何不定世尊告曰或先作人後作奴或先作奴後作人然衆生之類盡同一類而無若干若復梵志天地敗時世間皆空是時山河石壁草木之徒皆悉燒盡人亦命終若天地還欲成時未有日月年歲之限爾時光音天來至此間是時光音天福德稍盡無復精光展轉相視興起欲想欲意偏多者便成女人欲意少者成男子展轉交接便成胞胎由此因緣故最初有人轉生四姓流布天下當以此方便知人民盡出於刹利種爾時梵志白世尊言止止瞿曇如僂者得伸盲者得目冥者得見明沙門瞿曇亦復如是無數方便與我說法我今自歸沙門瞿曇唯願與我說法聽爲優婆塞爾時梵志復白世尊唯願如來當受我請將諸比丘衆當至我家爾時世尊默然受請是時梵志見佛默然受請即從座起頭面禮足便退而去還至家中辦具飲食敷諸座具香汁灑地并自吐言如來當於此座爾時施羅梵志將五百弟子至翅寗梵志家遥見彼家敷好座具見已問翅寗梵志汝今欲與男女嫁娶爲欲請摩竭國頻毗娑羅王乎翅寗梵志報曰我亦不請頻毗娑羅王亦無嫁娶之事我今欲施設大福業施羅梵志問曰願聞其意欲施何福業爾時翅寗梵志報

施羅梵志曰當知有釋種子出家學道成無上至眞等正覺我今請佛及比丘僧是故辦具種種坐具耳是時施羅梵志語翅寧梵志汝今言佛乎報曰吾今言佛又問甚奇甚特今乃聞佛音響如來竟爲所在吾欲見之翅寧報曰今在羅閱城外竹園中將五百弟子自相娛樂欲往者宜知是時時此梵志即將五百弟子往至佛所到已共相問訊在一面坐爾時施羅梵志便生此念沙門瞿曇極爲端正身作黃金色我等經籍亦有斯言如來出世之時實不可遇猶如優曇鉢華時時乃現若成就三十二相八十種好當趣二處若在家者當作轉輪聖王七寶具足若出家學道者必成無上道爲三界世祐我今欲觀佛三十二相爾時梵志唯見三十相而不覩二相起狐疑猶豫不見廣長舌陰馬藏爾時施羅梵志即以偈問曰

吾聞三十二　大人之相好
今不見二相　竟爲在何所
眞潔陰馬藏　其相甚難喻
頗有廣長舌　舐耳覆面不
願出廣長舌　使我無狐疑
又使我見之　永無疑結網

爾時世尊即吐舌左右舐耳還復縮之爾時世尊即入三昧使彼梵志見馬陰藏時梵志見佛三十二相八十種好歡喜踊躍不能自勝爾時施羅梵志白佛言我今婆羅門沙門剎利種然沙門婆羅門皆同一道求一解脫唯願沙門聽我等有得同一道乎佛告梵志汝有此見梵志報曰我有斯見佛告梵志汝當與意向一解脫所謂正見是也梵志白佛言正見即是一解脫復更有解脫乎世尊告

曰梵志更有解脫得涅槃界其事有八所謂正見正治正語正業正命正方便正念正定是謂梵志八種之道得至涅槃爾時梵志白佛言頗有此衆生知此八種道乎世尊告曰非一百千梵志當知無數百千衆生知此八種之道梵志白佛言頗復有此衆生不解此種之道乎世尊告曰有此衆生其不解者非一人也梵志白佛言頗復有衆生不得此法乎佛告之曰有此衆生不得道如此之人十一種云何爲十一所謂姧僞惡語難諫無返復好憎性害父母殺阿羅漢斷善根善事返爲惡計有我起惡念向如來是謂梵志十一之人不能得此八種之道當說此八種道時是時彼梵志諸塵垢盡得法眼淨爾時施羅梵志告五百弟子曰汝等各所好者各自誦習吾欲於如來所善修梵行諸弟子白曰我等亦復欲出家學道爾時梵志及五百弟子各各長跪白世尊言唯願世尊聽出家學道佛告諸梵志善來比丘於如來所善修梵行漸盡苦原如來說此語時五百梵志即成沙門爾時世尊漸與五百人說微妙之論所謂論者施論戒論生天之論欲不淨想出要爲樂如諸佛世尊常所說法苦集盡道爾時世尊廣與諸人說之時五百人諸漏永盡得上人法爾時翅寗梵志又白時到唯願屈神爾時世尊告施羅等五百比丘汝等各著衣持鉢千比丘圍繞至城中梵志所就座而坐爾時翅寗梵志見五百婆羅門皆作沙門即語之曰善哉諸人趣道之要莫復是過爾時施羅比丘爲翅寗說此偈曰

此外更無法　能勝此要者　如此之比像
善者無過是
爾時翅寗梵志白世尊言唯願世尊小留神
待時正爾更辦飲食世尊告曰所辦飲食但
時貢之勿懼不足是時翅寗梵志歡喜無量
躬自行食供養佛及比丘僧爾時世尊飯食
以訖除去食器以若干種華散佛比丘僧上
前白佛言唯願世尊男女大小盡求作優婆
塞爾時梵志婦懷妊婦人白佛言我有娠亦
不知是男是女耶亦復自歸如來聽爲優婆
塞爾時如來與諸大衆說微妙之法即於座
上而說此偈
快哉斯福報　所願必得果　漸至安隱處
求無憂厄患　死得生天上　設使諸魔天
亦復不能使　爲福者墮罪　彼亦求方便
賢聖之智慧　當盡於苦本　長離去八難
爾時世尊說此偈已便從座起而去爾時翅
寗梵志聞佛所說歡喜奉行

增壹阿含經卷第四十五

音釋

刷 所滑切拭也　瘡痍 瘡初良切瘍也痍弋支切亦瘡也　𣫍 古候切以手取牛乳也　齅 許救切以鼻擬氣也　阿練若 梵語也此云閑靜處若爾者切　愍 眉殞切憐也　溺 奴弔切與尿同　悒 於汲切憂也　靳 居焮切　過 烏割切止也　愆 去乾切過也　佯 與章切詐也　負馱 負房久切背荷物也馱唐何切載荷也　翅寗 梵語人名也翅矢利切寗乃定切　僂 力主切傴也　舐 甚爾切以舌餂也　娠 失人切孕也

增壹阿含經卷第四十六

符秦三藏曇摩難提譯

牧牛品第四十九之二

聞如是一時佛在舍衛國祇樹給孤獨園爾時世尊告諸比丘我恒一坐而食身體輕便氣力強盛汝等比丘亦當一食身體輕便氣力強盛得修行梵行爾時跋提婆羅白世尊言我不堪任而一食所以然者氣力弱劣佛告之曰若汝至檀越家一分食之一分持還家跋提婆羅白佛言我亦不堪行此法世尊告曰聽汝壞齋通日而食跋提婆羅白佛言我亦不堪任施行此法爾時世尊默然不報爾時迦留陀夷向暮日入著衣持鉢入城乞食爾時極爲闇冥時迦留陀夷漸漸至長者家又彼長者婦懷妊聞沙門在外乞食即自持飯出惠施之然迦留陀夷顏色極黑又彼時天欲降雨處處泄電爾時長者婦出門見沙門顏色極黑即時驚怖乃呼是鬼自便稱喚咄我見鬼即時傷胎兒尋命終是時迦留陀夷尋還精舍愁憂不歡坐自思惟悔無所及爾時舍衛城中有如此之惡聲沙門釋種子呪咀他子其中男女各相謂言今諸沙門行無節度食不知時如在家白衣有何等異爾時衆多比丘聞諸人民各論此理沙門釋種子不知節度行來無忌其中持戒比丘戒完具者亦自怨責實非我等之宜食無禁限行無時節實是我等之非也各共相將至佛所頭面禮足以此因緣具白世尊爾時佛告一比丘汝往喚迦留陀夷使來是時彼比丘受佛教已即往喚迦留陀夷時迦留陀夷聞

佛見呼即來至世尊所頭面禮足在一面坐
爾時世尊問迦留陀夷曰汝審昨日暮入城
乞食至長者家使長者婦胎墮乎迦留陀夷
白佛言唯然世尊佛告迦留陀夷汝何故不
別時節又復欲雨而入城乞食此非汝宜然
是族姓子出家學道而貪著於食爾時迦留
陀夷即從座起白世尊言自今之後不敢復
犯唯願世尊聽受懺悔爾時世尊告阿難曰
速打揵椎集諸比丘在普會講堂阿難受佛
教已即集諸比丘集在講堂前白佛言諸比
丘已集世尊宜知是時爾時世尊即往講堂
在中央坐告諸比丘過去久遠諸佛世尊皆
一坐而食諸聲聞等亦一坐而食正使將來
諸佛及弟子衆亦當一坐而食所以然者此
是行道之要法應當一坐而食若能一坐而

食身體輕便心得開解心已得解得諸善根
已得善根便得三昧已得三昧如實而知之
云何如實而知之所謂苦諦如實而知之苦
集諦如實而知之苦盡諦如實而知之苦出
要諦如實而知之汝等族姓子以出家學道
捨世八業而不知時節如彼貪欲之人有何
差別梵志別有梵志之法外道別有外道之
法是時優波離白世尊言過去如來將來諸
佛皆一坐而食唯願世尊當與諸比丘眼時
而食世尊告曰如來亦有此智但未犯者要
限前有罪乃當制限耳爾時世尊告諸比丘
我專一坐而食汝等亦當一坐而食今汝日
中而食不得過時汝等亦當學乞食之法云
何比丘學乞食之法於是比丘趣以支命得
亦不喜不得亦不憂設得食時思惟而食無

有貪著之心但欲使此身趣得存形除去舊病更不造新使氣力充足如是比丘名爲乞食汝等比丘應當一坐而食云何比丘一坐而食起則犯食更不應食如是比丘名爲一坐而食汝等比丘亦當應得食而食之云何比丘得而食之於是比丘以得食已更復有爲齊此乎以食更得者不應復食如是比丘得食而食之汝等比丘亦當著三衣應坐樹下坐閑靜處應露坐苦行應著補衲衣應在塚間應著弊惡之衣所以然者歎說少欲之人我今教汝等當知迦葉比丘所以然者迦葉比丘自行頭陀十二法亦復教人行此要法我今教誡汝等當如面王比丘所以然者面王比丘著弊壞之衣不著校飾是謂比丘我之教誡當念修習如是比丘當作是學爾

時跋提婆羅及經三月不至世尊所爾時阿難臨三月初至跋提婆羅比丘所而告之曰今諸衆僧皆補衲衣裳如是如來當人間遊行今不往者後悔無益是時阿難將跋提婆羅至世尊所頭面禮足並復白佛言唯然世尊聽我懺悔自今以後更不犯之如來制禁戒然我不受之唯願垂恕如是再三是時佛告曰聽汝悔過後莫復犯所以然者我自念生死無數或作驢騾駱駝象馬猪羊以草養此四大形或在地獄中以熱鐵丸噉之或作餓鬼恒食膿血或作人形食此五穀或作天形食自然甘露無數劫中形命共競初無猒足優波離當知如火獲薪初無猒足如大海水呑流無足今凡夫之人亦復如是貪食無猒足爾時世尊便說此偈

生死不斷絶　皆由貪欲故　怨憎長其惡
愚者之所習

是故䟦提婆羅當念少欲知足無起貪想與諸亂念如是優波離當作是學爾時䟦提婆羅聞如來教誡已在閑靜之處而自剋責所以族姓子出家學道者欲修無上梵行生死已盡梵行已立所作已辦更不復受有如實而知爾時䟦提婆羅即成阿羅漢爾時世尊告諸比丘我弟子中第一聲聞多飲食者所謂吉讓比丘是也爾時諸比丘聞佛所說歡喜奉行

聞如是一時佛在鴦藝村中與大比丘衆五百人俱爾時世尊告諸比丘諸人民皆稱汝等爲沙門設復問汝等是沙門乎汝等亦言是沙門吾今告汝沙門之行婆羅門之行汝等當念修習後必成果如實不異所以然者有二種沙門有習行沙門誓願沙門彼云何名爲習行沙門於是比丘行來進止視瞻容貌著衣持鉢皆悉如法不著貪欲瞋恚愚癡但持戒精進不犯非法等學諸戒是謂名爲習行沙門彼云何名誓願沙門彼於是或有比丘威儀戒律出入進止行步容貌視瞻舉動皆悉如法盡有漏成無漏於現法中身得證而自遊化生死已盡梵行已立所作已辦更不復受有如實知之是謂名誓願沙門是謂比丘二種沙門爾時阿難白世尊言彼云何名爲沙門法行婆羅門法行佛告阿難於是比丘食知足晝夜經行不失時節行諸道品云何比丘諸根寂靜於是比丘若眼見色不起想著與諸亂念於中眼根而得清淨除

諸惡念不念不善之法若耳聞聲鼻齅香舌知味身知細滑意知法不起想著興諸亂念於意根而得清淨如是比丘根得清淨云何比丘飲食知足於是比丘量腹而食不求肥白但欲使此身趣存而已除去故痛新者不生得修梵行猶如男女身生瘡痍隨時以膏塗瘡常欲使瘡愈故令此比丘亦復如是量腹而食如以膏膏車者欲致遠故比丘量腹而食者欲趣存命故也如是比丘飲食知足云何比丘恒知警寤於是比丘初夜後夜恒知警寤思惟三十七道品之法若晝日經行除去惡念諸結之想復於初夜後夜經行除去惡結不善之想復於中夜右脇著地以脚相累惟向明之想復於後夜出入經行除去不善之念如是比丘知時警寤如是阿難此是沙門要行彼云何名婆羅門要行於是比丘苦諦如實知之苦集苦盡苦出要如實而知之後以解此欲漏心有漏心無明漏心而得解脫已得解脫便得解脫智生死已盡梵行已立所作已辦更不復受胎如實知之此名爲婆羅門要行之法阿難當知此名爲要行之義也爾時世尊便說此偈

沙門名息心　諸惡永已盡　梵志名清淨
除去諸亂想

是故阿難沙門法行婆羅門法行當念修行其有衆生行此諸法然後乃稱爲沙門復以何故名爲沙門諸結永息故名爲沙門復以何故名爲婆羅門盡除愚惑之法名爲梵志亦名爲刹利復以何故名刹利以其斷婬怒癡故名爲刹利亦名爲沐浴以何故名爲沐

浴以其洗二十一結故名爲沐浴亦名爲覺以何故名爲覺以其覺了愚法慧法故名爲覺亦名爲彼岸以何等故名爲彼岸以其從此岸至彼岸故名爲彼岸阿難能行此法者然後乃名爲沙門婆羅門此是其義當念奉行爾時阿難聞佛所說歡喜奉行

聞如是一時佛在釋翅迦毗羅越尼拘留園中與大比丘衆五百人俱爾時提婆達兜王子往至世尊所頭面禮足在一面坐是時提婆達兜白佛言唯然世尊聽我道次得作沙門佛告提婆達兜汝宜在家分檀惠施夫爲沙門實爲不易是時提婆達兜復再三白佛言唯然世尊聽在末行佛復告曰汝宜在家不宜出家修沙門行爾時提婆達兜便生此念此沙門懷嫉妬心我今宜自剃頭善修梵行何用是沙門爲是時提婆達兜即自退歸自剃鬚髮著袈裟自稱言我是釋種子爾時有一比丘名修羅陀頭陀行乞食著補納衣五通清徹是時提婆達兜往至彼比丘所頭面禮足前白言唯願尊者當與我說教使長夜而獲安隱是時修羅陀比丘即與說威儀禮節思惟此法捨此就彼是時提婆達兜如彼比丘教而不漏失是時提婆達兜白比丘言唯願尊者當與我說神足道我能堪任修行此道爾時比丘復與說神足之道汝今當學心輕以知心意輕重復當分別四大地水火風之輕重以得知四大輕重便當修行自在三昧復當修勇猛三昧以行勇猛三昧復當修行心意三昧已行心意三昧復當行自戒三昧已修行自戒三昧如是不久便當成

神足道爾時提婆達兜受師教已自知心意輕重復知四大輕重盡修諸三昧無所漏失爾時不久便成神足之道如是無數方便作變無量爾時提婆達兜名聲流布四遠是時提婆達兜以神足力乃至三十三天採取種種優鉢蓮華拘牟頭華奉上阿闍世太子又告之曰此華是三十三天所出釋提桓因遣來奉上太子爾時王太子見提婆達兜神足如是便隨時供養給其所須太子復作是念提婆達兜神足極爲難及時提婆達兜復自隱形作小兒身在王太子膝上時諸婇女各作斯念此是何人爲是鬼耶爲是天耶語言未竟便復化身還復如故是時王太子及諸宮人皆稱言此是提婆達兜即給與所須又傳此言提婆達兜名德不可具記爾時衆多比丘聞已往至世尊所頭面禮足白佛言提婆達兜者極大神足能得衣裳飲食牀卧具病瘦醫藥佛告比丘汝等勿興此意著提婆達兜利養又莫欽羨彼神足之力彼人即當以此神足墮墜三惡道提婆達兜所獲利養及其神足當復耗盡所以然者提婆達兜自當造身口意行爾時復興此念沙門瞿曇有神足我亦有神足沙門瞿曇有所知我亦有所知沙門瞿曇姓貴我亦姓貴若沙門瞿曇現一神足我當現二沙門現二我當現四彼四我八彼八我十六彼十六我三十二隨其沙門所現變化我當轉倍爾時衆多比丘聞提婆達兜有此語五百餘比丘至提婆達兜所到已是時提婆達兜及五百比丘受太子供養時舍利弗目揵連自相謂言我等共到

提婆達兜所聽彼說法爲何論說即共相將至提婆達兜所爾時提婆達兜遥見舍利弗目揵連來即告諸比丘此二人是悉達弟子甚懷歡悦到已共相問訊在一面坐爾時諸比丘各與此念釋迦文佛弟子今盡來向提婆達兜爾時提婆達兜語舍利弗言汝今堪任與諸比丘說法乎吾欲小息又患脊痛是時提婆達兜以脚相累右脇卧以其歡喜心故便睡眠爾時舍利弗目揵連見提婆達兜眠即以神足接諸比丘飛在空中而去是時提婆達兜覺寤不見諸比丘極懷瞋恚并吐斯言吾若不報怨者終不名爲提婆達兜也此是提婆達兜最初犯五逆惡提婆達兜適生此念即時失神足爾時衆多比丘白世尊言提婆達兜比丘極有神足乃能壞聖衆爾

時世尊告諸比丘提婆達兜不但今壞聖衆乃過去世時恒壞聖衆所以然者乃往過去時亦壞聖衆復興惡念我要當取沙門瞿曇殺之於三界作佛獨尊無侶是時提婆達兜語阿闍世王古昔諸人壽命極長如今遂短使王太子一旦命終者則唐生於世間何不取父王害之紹聖王位我當取如來害之當得佛新王新佛不亦快哉爾時阿闍世王即便差守門人取父王閉在牢獄自立爲王治化人民時諸群庶各相謂言此子未生則是怨家之子因以爲名阿闍世王爾時提婆達兜見阿闍世王檢父王已復興此念吾要當取沙門瞿曇害之爾時世尊在耆闍崛山一小山側爾時提婆達兜到耆闍崛山手擎大石長三十肘廣十五肘而擲世尊是時山神

金毗羅鬼恒住彼山見提婆達兜抱石打佛即時伸手接著餘處爾時石碎一小片石著如來足即時出血爾時世尊見已語提婆達兜曰汝今復興意欲害如來此是第二五逆之罪爾時提婆達兜復自思惟我今竟不得害此沙門瞿曇當更求方便即捨而去至阿闍世王所啓白王曰可飲黑象使醉使害沙門所以然者此象凶暴必能害此沙門瞿曇若當沙門有一切智者明日必不來入城乞食若無一切智者明日入城乞食必當爲此惡象所害也爾時阿闍世王即以醇酒飲象使醉告令國中人民曰其欲自安惜已命者明日勿復城中行來爾時世尊到時著衣持鉢入羅閱城乞食國中男女大小四部之衆聞阿闍世王以酒飲象欲害如來皆共相將至世尊所頭面禮足白佛言唯願世尊莫入羅閱城乞食何以故王阿闍世飲象使醉欲害如來佛告諸優婆塞夫等正覺終不爲他人所害也爾時世尊雖聞斯言猶故入城爾時惡象遥見世尊來瞋恚熾盛奔趣如來欲得害之然佛見象來即說斯偈

象莫害於龍　龍象出現難　不以害龍故

得生於善處

爾時彼象聞如來說此偈已即前長跪舐如來足爾時彼象即以悔過心不自寧即便命終生三十三天爾時王阿闍世及提婆達兜見象已死慘然不悅提婆達兜語王曰沙門瞿曇以取象殺王報之曰此沙門瞿曇有大神力多諸技術乃能呪此龍象殺之時王阿闍世復作是說此沙門必威德具足竟不爲

惡象所害提婆達兜報言沙門瞿曇有幻惑之呪能使外道異學皆悉靡伏何況畜生之類乎是時提婆達兜復作是念我今觀察阿闍世王意欲變悔爾時提婆達兜愁憂不樂出羅閱城爾時法施比丘尼遥見提婆達兜來語提婆達兜曰汝今所造極爲過差今悔猶易恐後將難時提婆達兜聞此語已倍復瞋恚尋報之曰禿婢有何過差今易後難耶法施比丘尼報曰汝今與惡共并造衆不善之本爾時提婆達兜熾火洞然即以手打比丘尼殺爾時提婆達兜已害眞人往至已房告語弟子汝等當知我今已興意向沙門瞿曇然其義理不應以羅漢復興惡還向羅漢吾今宜可向彼懺悔是時提婆達兜以此愁憂不樂尋得重病提婆達兜告語弟子我無此力得往見沙門瞿曇汝等當扶我至沙門所爾時提婆達兜以毒塗十指爪甲語諸弟子汝等舁我到彼沙門所爾時諸弟子即舁將至世尊所爾時阿難遥見提婆達兜遠來即白世尊言提婆達兜今來必有悔心欲向如來求改悔過佛告阿難提婆達兜終不得至世尊所爾時阿難再三復白佛言今此提婆達兜以欲求至求其悔過佛告阿難此惡人終不得至如來所此人今日命根已熟爾時提婆達兜未至世尊所語諸弟子我今不宜卧見如來宜當下牀乃見耳提婆達兜適下足在地爾時地中有大火風起生燒提婆達兜身爾時提婆達兜爲火所燒便發悔心於如來所正欲稱南無佛然不究竟適得稱南無便入地獄爾時阿難已見提婆達兜入

地獄中白世尊言提婆達兜今日已取命終入地獄中耶佛告之曰提婆達兜不爲滅盡至究竟處今此提婆達兜與起惡心向如來身身壞命終入阿鼻地獄中爾時阿難悲泣涕淚不能自勝佛告阿難汝何爲悲泣乃爾阿難白佛言我今欲愛心未盡未能斷欲故悲泣耳爾時佛世尊便說斯偈

如人自造行　還自觀察本　善者受善報
惡者受惡殃　世人爲惡行　死受地獄苦
設復爲善行　轉身受天祿　彼自招惡行
自致入地獄　此非佛怨咎　汝今何爲悲

爾時阿難白世尊言提婆達兜身壞命終爲生何處佛告阿難今此提婆達兜身壞命終入阿鼻地獄中所以然者由其造五逆惡故致斯報爾時阿難復重白佛如是世尊如聖尊教也已身爲惡現身入地獄所以我今悲泣涕淚者由其提婆達兜不惜名號姓族故亦復不爲父母尊長辱諸釋種毀我等門戶然提婆達兜現身入地獄誠非其宜所以然者我等門族出轉輪聖王位然提婆達兜身出於王種不應現身入地獄中提婆達兜應當現身盡有漏成無漏心解脫慧解脫於此現身得受證果生死已盡梵行已立所作已辦更不復受胎如實知之習眞人跡得阿羅漢於無餘涅槃界而般涅槃何圖持此現身入地獄中提婆達兜在時有大威神極有神德乃能往至三十三天變化自由豈意斯人復入地獄乎不審世尊提婆達兜在地獄中爲經歷幾許年歲佛告阿難此人在地獄中經歷一劫是時阿難復重白佛言然劫有兩

種有大劫小劫此人爲應何劫佛告阿難斯人當經歷大劫所謂大劫者即賢劫是盡劫數行盡命終還復人身阿難白佛提婆達兜盡喪人根遂復成就所以然者劫數長遠夫大劫者不過賢劫爾時阿難倍復悲泣哽咽不樂復重白佛提婆達兜從阿鼻地獄出當生何處佛告阿難提婆達兜於彼命終當生四天王上阿難復問於彼命終當生何處佛告阿難於彼命終展轉當生三十三天焰天兜率天化自在天他化自在天阿難復問於彼命終當生何處佛告阿難於是提婆達兜從地獄終生善處天上經歷六十劫中不墮三惡趣往來天人最後受身當剃除鬚髮著三法衣以信堅固出家學道成辟支佛名曰南無爾時阿難前白佛言如是世尊提婆達兜由其惡報致地獄罪爲造何德六十劫經歷生死不受苦惱後復成辟支佛號名曰南無佛告阿難彈指之頃發善意其福難喻何況提婆達兜博古明今多所誦習總持諸法所聞不忘計彼提婆達兜昔所怨讎起殺害心向於如來復由曩昔緣報故有喜悅心向於如來由此因緣報故六十劫中不墜墮三惡趣復由提婆達兜最後命終之時起和悅心稱南無故後作辟支佛號名曰南無爾時阿難即前禮佛重自陳說唯然世尊如神所教是時大目揵連前白佛言我今欲至阿鼻地獄中與提婆達兜說要行慰勞慶賀佛告目連汝宜知之勿復卒暴專心正意無興亂想所以然者極惡行衆生難調難成然後乃墮阿鼻地獄中又彼罪人不解人間音響言

語往來爾時目連復白佛言我今所解六十四音言語開通我當以此音響往語彼人佛告目連汝宜知時是時阿難聞斯語已歡喜踊躍不能自勝時大目連前禮佛足繞佛三帀即於佛前猶如力士屈伸臂頃即往至阿鼻地獄所爾時大目連當在阿鼻地獄上虛空中彈指覺曰提婆達兜爾時提婆達兜默然不應時諸獄卒語目連曰汝今爲喚何者提婆達兜獄卒復白此間亦有拘屢孫佛時提婆達兜拘那含牟尼佛時提婆達兜迦葉佛時提婆達兜亦有在家提婆達兜出家提婆達兜汝今比丘正命何者提婆達兜目連報曰吾今所命釋迦文佛叔父兒提婆達兜故欲相見是時獄卒手執鐵叉或執火焰燒炙彼身使令覺寤爾時提婆達兜身體火焰熾然高三十肘諸獄卒告曰汝今愚人何爲眠寐爾時提婆達兜衆苦所逼而報之曰汝等今日何所教勑獄卒復語汝今仰觀空中尋隨彼語仰觀虛空見大目連結跏趺坐坐寶蓮華如日披雲提婆達兜見已便說斯偈

是誰現天光　如日披雲出　猶如金山聚
永無塵穢汙

爾時目連復以偈報

我是釋師子　瞿曇之族末　是彼次聲聞
名曰大目連

爾時提婆達兜語目連曰尊者目連何由故屈此間此間衆生造惡無量難可開化不作善根命終之後來生此間目連報曰我是佛使故來適此欲相愍念衆苦元本爾時提婆達兜聞佛音響歡喜踊躍不能自勝并吐此

言唯願尊者以時敷演如來世尊有何言教更不記說惡趣之元乎目連報曰提婆達兜勿懷恐怖地獄極苦無過斯處彼釋迦文佛如來至眞等正覺愍念一切蜎飛蠢動如毋愛子心無差別以時演義終不失叙亦不違類所演過量今神口所記汝本興起惡念欲害世尊復將教餘人使趣惡源由此緣報入阿鼻地獄中當經歷一劫終無出期盡其劫數行盡命終當生四天王上展轉當生三十三天焰天兜術天化自在天他化自在天六十劫中不趣惡道周流人天之間最後受身還復人形剃除鬚髮著三法衣以信堅固出家學道當成辟支佛號名曰南無所以然者由汝初死臨斷命時稱南無故致斯號今彼如來觀此善言南無故說名說名號六十劫中作辟支佛爾時提婆達兜聞斯語已歡喜踴躍善心生焉復白目連如來所說言教必然不疑愍念群生所濟無量大慈大悲兼化愚惑設我今日以右脇卧阿鼻地獄中經歷一劫心意專正終無勞倦爾時目連復告提婆達兜曰汝今云何苦痛叵有增損乎提婆達兜報曰我身苦痛遂增無損今聞如來見授名號痛猶小折蓋不足言目連問曰汝今所患苦痛之源爲像何類提婆達兜報曰以熱鐵輪轢我身壞復以鐵杵㕮咀我形有黑暴象蹋蹈我身復有火山來鎮我面昔日袈裟化爲銅鍱極爲熾然來著我體苦痛之源其狀如斯目連報曰汝頗自知罪過元本受斯苦惱不乎吾今一一分別卿欲聞耶提婆達兜白言唯然時說爾時目連便說此偈

汝本最勝所　壞亂比丘僧　今以熱鐵杵
吹擣汝形體　然彼之大衆　第一聲聞者
鬪亂比丘僧　今以熱輪轢　汝等教王放
醇酒飲黒象　今以群黒象　蹋蹈汝形體
汝本以大石　遥擲如來足　今以火山報
燒汝無遺餘　汝本以手拳　殺彼比丘尼
今被熱銅鍱　捲焫不得伸　行報終不敗
亦復不住空　是故當勸勉　離此諸惡元

汝本提婆達兜所造元本正謂斯耳當自專意向佛如來長夜之中獲福無量爾時提婆達兜復白目連今寄目連頭面禮世尊足與居輕利履歩康強亦復禮拜尊者阿難爾時尊者大目揵連放大神足使阿鼻地獄苦痛休息爾復說斯偈

皆稱南無佛　釋師最勝者　彼能施安隱
除去諸苦惱

爾時地獄衆生聞目連說此偈已六萬餘人行盡罪畢即彼命終生四天王上爾時目連即攝神足還至所在到世尊所頭面禮足在一面立爾時目連白世尊曰提婆達兜問訊敬奉無量與居輕利遊歩康強亦復問訊阿難並作是說如來見記六十劫中成辟支佛號名曰南無設我以右脇卧阿鼻地獄中終不辭勞爾時世尊告曰善哉善哉目連多所饒益多所潤及愍念群生天人得安使諸如來聲聞漸至滅盡涅槃之處是故目連常當勤加成就三法所以然者若當提婆達兜修行善法身三口四意三者彼人終身不貪利養亦復不造五逆罪入阿鼻地獄中所以然者夫人貪利養者亦有恭敬之心向於三寶

亦復不奉持禁戒不具足身口意行當念專意身口意行如是目連當作是學爾時目連聞佛所說歡喜奉行

聞如是一時佛在舍衛國祇樹給孤獨園爾時世尊告諸比丘若有衆生修行慈心解脫廣布其義與人演說當獲此十一果報云何爲十一卧安覺安不見惡夢天護人愛不毒不兵水火盜賊終不侵枉若身壞命終生梵天上是謂比丘能行慈心獲此十一之福爾時世尊便說斯偈

若有行慈心　亦無放逸行　諸結漸漸薄
轉見於道跡　以能行此慈　當生梵天上
速疾得滅度　永至無爲處　不殺無害心
亦無勝負意　行慈普一切　終無怨恨心

是故比丘當求方便行於慈心廣布其義如是比丘當作是學爾時諸比丘聞佛所說歡喜奉行

增壹阿含經卷第四十六

音釋

鴦藝（梵語也鴦於良切藝倪祭切）警寤（警居影切亦寤也寤五故切覺也）脊（資昔切背呂也）舁（以諸切兩手對舉也）蜎（馨緣切小飛也）蠢（尺尹切蟲動也）轢（郎擊切車所踐也）咬咀（咬奉甫切咀在呂切咬咀猶擣碎也）蹋（徒合切踐也）鍱（與涉切銅鐵薄也）擣（部皓切舂也）

增壹阿含經卷第四十七

符秦三藏曇摩難提譯

禮三寶品第五十

聞如是一時佛在舍衛國祇樹給孤獨園爾時世尊告諸比丘若善男子善女人欲禮拜如來神寺者當行十一法禮如來寺云何爲十一興勇猛意有所堪故意不錯亂恒一心故當念專意諸止觀故諸念永息入三昧故意及無量由智慧故意難觀察由其形故意惔然靜由威儀故意無流馳以名稱故意無想像由其色故梵意難及由柔輭響故諸比丘若善男子善女人欲拜如來寺當具此十一法禮拜如來神寺長夜之中獲福無量如是比丘當作是學爾時諸比丘聞佛所說歡喜奉行

聞如是一時佛在舍衛國祇樹給孤獨園爾時世尊告諸比丘若善男子善女人欲行禮法當念十一事然後禮法云何爲十一有慢當除慢夫正法者於欲而除渴愛想夫正法者於欲而除欲夫正法者能斷生死深流夫行正法獲平等法然此正法斷諸惡趣尋此正法得至善處夫正法者能斷愛綱行正法者從有至無行正法者明靡不照夫正法者至涅槃界若善男子善女人欲行禮法當思惟此十一法然後便獲福無量長夜之中受福無限如是比丘當作是學爾時諸比丘聞佛所說歡喜奉行

聞如是一時佛在舍衛國祇樹給孤獨園爾時世尊告諸比丘若善男子善女人修禮僧者當專十一法然後乃當禮僧云何爲十一

如來衆者正法成就如來聖衆上下和合如來僧者法法成就如來聖衆戒成就三昧成就智慧成就解脫成就解脫見慧成就如來聖衆能掌護三寶如來聖衆能降伏外道異學如來聖衆是一切衆生良友福田若善男子善女人欲禮僧者當思惟此十一法長夜之中獲福無量如是比丘當作是學爾時諸比丘天龍鬼神乾沓和阿須倫迦留羅甄陀羅摩休勒天及人民聞佛所說歡喜奉行

聞如是一時婆伽婆在摩竭國蜜提羅城東大天園中止與大比丘僧千二百五十人俱爾時世尊食後起與阿難共於樹園中經行佛便笑阿難心念如來無所著等正覺不妄笑今何以笑必當有意我當問之阿難整衣服右膝著地叉手問佛如來無所著等正覺不妄笑今何以笑必當有意願聞笑意佛語阿難我當爲汝說過去賢劫初於此中間有轉輪聖王王四天下名曰大天長壽無病端正勇猛治以正法不枉人民有自然七寶何等爲七一者輪寶二者象寶三者馬寶四者珠寶五者玉女寶六者主藏寶七者典兵寶佛語阿難此大天王爲童子時八萬四千歲作太子時八萬四千歲登聖王位八萬四千歲阿難問佛云何爲輪寶佛語阿難月十五日盛滿之時王沐浴清淨與婇女上東樓上東向視有千輻金輪輪高七仞爲一多羅多羅者獨樹爲限高七多羅純以紫磨金爲輪王見輪已心念此輪好輪願得捉之可耶念已輪即就王左手便舉移右手中王語此輪曰諸不伏者爲我伏之非我地者爲我取

之如法非不如法語已輪還住空輞東向轂北向王勑左右具四種兵具兵已即將兵衆逐輪立空隨輪東引巡行盡東界暮則王與兵衆宿於輪下東界諸小王皆來朝覲所貢皆以金鉢盛銀粟銀鉢盛金粟善來大王此東界土地珍寶人民盡是王有願當停駕住此我等當禀承天教大天王答諸小王曰汝等欲承我教者各還本國以十善教民勿行枉橫誡勑已訖輪即於海上南迴輪乘虛而行海中自然開道廣一由延王與四種兵隨輪如前巡行南界南界諸小王亦來朝覲皆以金鉢盛銀粟銀鉢盛金粟貢上曰善來天王此南界土地珍寶人民盡是王有願王停駕住此我當禀承天命大天答諸王曰汝等欲承我命者各還本土以十善教民勿行枉橫誡勑已訖輪則西迴按行西界西界諸王貢獻勸請如南方已訖復北迴巡行北界北界諸王亦皆朝覲貢獻勸請盡如前法周旋四日遍閻浮提四海內便還本土審提羅城於宮門前虛空中住高七多羅輞東向王便入宮佛語阿難大天得輪寶如此阿難復問佛大天得象寶復云何佛語阿難大天以後十五日月盛滿時沐浴清淨從諸婇女上東樓上東向觀見空中有白象王名滿呼乘虛而來七般平跱口有六牙頭上金冠金爲瓔珞以眞珠交絡其體左右佩金鈴象有神力變形自在大天見之心自念曰我得此象可耶當使有所爲念訖象便立空中於王前王即教以五事王復念曰當試此象爲能以不至明日日出乘此象須臾之間周遍四海還

到本處於宮門東東向而立阿難大天所得象寶如此阿難復問佛大天所得馬寶復云何佛語阿難大天到後十五日月盛滿時沐浴清淨從諸婇女上西樓上西向視見有紺馬王名婆羅舍珠毛尾乘虛而來行不動身頭上金冠寶爲瓔珞被珠交絡左右垂鈴馬有神力變形自在大天見之心自念言得此乘之可耶念訖至前王便欲乘試之至明日日出王乘東行須臾之頃周遍四海還至本國住宮門西西向而立阿難大天所獲馬寶如此阿難問佛大天所得珠寶復云何佛語阿難大天至後十五日月盛滿時沐浴清淨將諸婇女上東樓上東向視見有神珠珠長一尺六寸有八楞作紺瑠璃色乘虛而來高七多羅大天見之心念曰得此珠觀之可耶如念獲之王便欲試之至夜半時合四種兵以珠懸於幢頭出城而遊珠照辟方十二由延兵衆相見如晝無異珠光所及人民驚起皆言天明王即還軍以幢竪之宮有內外常明與晝不異阿難大天所獲珠寶如此阿難問佛大天所得玉女寶復云何佛語阿難大天至十五日月盛滿時沐浴清淨從諸婇女上東樓上東向視見有剎帝利女寶名曼那訶利端正無比姝妙嚴淨不長不短不麤不細不白不黑冬則温暖夏則清涼身毛孔中出栴檀香口出優鉢蓮華香亦無女人衆惡姿態情性調和先意承志乘虛而來徑至王所阿難大天所獲玉女寶如是阿難問佛大天所得主藏者寶復云何佛語阿難大天至十五日月盛滿時沐浴清淨將諸婇女上北

樓上北向觀見主藏臣名阿羅哋吱大端正姝妙不長不短不肥不瘦身黃金色髮紺色眼白黑分明又能徹視見地中伏藏七寶有主者爲護之無主者取供王用聰明智慧善有方謀乘虛而來徑詣王前而謂王曰自今已後王快可自樂勿復憂愁我當給王寶藏不令有乏王便試藏臣與之乘船獨共入海王謂藏臣吾欲得金銀財寶藏臣白王還至岸邊當給財寶王曰吾欲得水中寶不用岸上者藏臣便從座起整衣服跪右膝叉手禮水水中即自然出金鋌大如車轂須臾滿船王曰可止勿復上金船將欲沒阿難大天所獲典寶臣如此阿難復問佛大天所得典兵將軍者復云何佛語阿難大天至十五日月盛滿時沐浴清淨將諸婇女上南樓上南向視南方有大將軍名比毗那端正姝好髮如眞珠色身猶綠色不長不短不肥不瘦眼能徹視知他人心念軍策變謀進還知時乘虛而來徑詣王所謂王曰願王自恣快樂莫憂天下征伐四方臣自辦之王欲試之半夜思惟欲合四種兵念訖四種兵盡集王復念欲使東引軍即東引王在中央將軍在前四種兵圍繞王念欲住即住王念欲還即還阿難大天所獲典兵將軍寶如此佛語阿難大天所獲七寶如此佛語阿難大天王治天下遂久便語梳頭侍者名曰劫比若有白髮者便拔示我劫比視髮遂久見有一白髮便白王曰前所勅者今已白現王曰拔來示我劫比即以金鑷拔取白髮置王掌中王捉白髮便說偈曰

我身首上生此毀莊身使來召入道時到王心念曰我已極人五欲今當出家下鬚髮披法服召太子長生告曰童子吾頭已有白髮出世間五欲吾已猒之今欲求天所欲我今欲剃鬚髮著法服出家爲道汝當領國政立長爲太子好養劫比使伺白髮白髮出者以國付太子如我出家下鬚髮被法服王告太子我今以此聖王位慇懃累汝當使聖王位世世相紹莫使種斷種斷者便爲邊地人也若斷善行者便生無法處大天王誡勑已便以國付太子長生給劫比田業佛語阿難大天王於此城於此園於此地下鬚髮著法服入道於此處八萬四千歲行四梵行慈悲喜護於是壽終得生梵天大天出家七日後女寶命終長生登位已至十五日月盛滿時將諸婇女上東樓上東向視見有王女端正如前乘虛而來長生還服七寶王長生已領國政統四天下長生復語劫比從今已去爲我梳頭時若見白髮輒來白我登聖王位遂經八萬四千歲白髮復生劫比白王素髮已生王曰拔來著吾掌中劫比即以金鑷拔置王手中王執白髮即說偈曰

我身首上生此毀莊身使來召入道時到王心念曰我已極人五欲今當出家下鬚髮被法服即召太子冠結告曰童子吾已頭白世間五欲吾已猒之當求天欲我今欲出家爲道剃除鬚髮被著法服汝當領國政立長爲太子好養劫比使伺白鬚白髮出者以國付太子如我出家下鬚髮被法服王告太子我今以此聖王位慇懃累汝當使聖王位世

世相紹莫使種斷種斷者便爲邊地人也若斷善行者便生無法處長生王誡勑已即以國付太子冠結給劫比田業佛語阿難長生王亦於此城此園此地下鬚髮著法服入道於此處八萬四千歲行四梵行慈悲喜護於是壽終得生梵天佛語阿難王長生出家之後七日之中七寶自然化去冠結王憂愁不樂諸臣見王不悅便問王曰天王何以不悅王答諸臣曰以七寶化去故也諸臣白王王勿以爲憂王曰何得不憂耶臣等啓曰父王梵行近在園中可往咨承必當誨王致寶之法王即勑嚴駕諸臣便嚴駕訖便白於王王與群臣乘七寶車以五物爲幟寶冠羽蓋劒履寶屐左右臣從進詣園所到則下車廢却五物步入園門前至父王所稽首禮足却住一面叉手白言王所有七寶今皆化去父先定坐聞所啓白仰頭答曰童子夫聖王法不恃父之所有也汝自行法求之王復問曰轉輪聖王以何法化父便答曰敬法重法念法養法長法熾法大法行此七法者便應聖王治可以致寶也王復問曰云何敬法至大法耶父答曰當學給賜貧窮教民孝養二親四時八節以時祭祠誨以忍辱除婬嫉癡行此七法者乃應聖王法也王即受教辭退却禮繞七帀已便引還歸於是王輒承父命奉行七法宣令遠近祗崇王教王便開藏給賜貧窮侍養孤老四方之民莫不奉承於是王以十五日月盛滿時沐浴清淨將諸婇女上東樓上東向視見有千輻紫磨金輪輪高七多羅去地亦七多羅乘虛而來住於空中王心

念曰願得此輪可乎輪即下至王左手復移之於右手王語此輪諸不伏者爲我伏之非我地者爲我取之如法非不如法王便以手捉輪還之虛空於宮門東輞東向轂北向而住空中輪後次有白象次有紺馬次有神珠次有玉女次有主藏次有將軍此七寶出如大天王比試亦如之經八萬四千歲竟王賜劫比弃勑太子及付國事出家入道皆如前王法佛語阿難此冠結王於此城園地下鬚髮被法服八萬四千歲修四梵行慈悲喜護於是壽盡亦生梵天佛語阿難大天王子孫相紹乃至八萬四千歲代轉輪聖王位善種不斷最後聖王名荏治以正法爲人聰明審諦不妄相有三十二色循紅蓮華好喜布施供養沙門婆羅門侍養孤老賑給貧窮於四城門及城中央置設庫藏金銀雜寶象馬車乘衣服牀褥病瘦醫藥香花飲食諸孤獨者皆給妻婦種種惠施隨人所欲王於六齋之日具勑內外皆持八關於斯之日首陀會天常悉來下授其八戒帝釋三十三天皆歎其國人曰快哉善利乃值斯法王耶種種惠施恣民所欲又能清潔齋戒無闕天帝釋告諸天子欲得見荏王不咸言欲見可使來至此釋提桓因即勑窮鼻尼天女汝詣蜜提羅城告荏王曰卿大得善利也此間諸天皆歎卿功德巍巍爲吾致問慇懃此諸天子甚思相見暫可屈意來至於此窮鼻尼受教便下如人屈伸臂頃忽然在王殿前虛空中立王侍一婇女於殿上坐思念世間欲使一切皆得安隱無衆苦患窮鼻尼於空中彈指覺之王

舉頭見殿上光明聞其聲曰我是釋提桓因侍者故遣我詣王王答曰不審天帝何所約勑天女答曰天帝致意慇懃此諸天子讚卿功德豫思相見可暫屈意王默然許之天女便還白天帝曰已達宣命許當馳詣天帝即勑侍御嚴駕七寶飛行馬車下至蜜提羅城迎於荏王侍御受教即駕馬車忽然便下王與群臣會於都坐車當王前於空中止御者告曰天帝今遣車相迎諸天子儼然相待便可上車勿復顧戀諸臣大小聞王當去僉然不悅皆起而立叉手白言王去之後臣等何所承命王答曰御等勿憂吾去之後施惠齋戒養民治國如吾在時我比還不久王誠勑訖車即下地王便上車侍御問王當從何道王曰此言何謂侍御答曰夫行有兩道一者

惡道二者善道行惡者從惡道到苦處修善者遊善道至樂處王曰今日行道善惡皆欲從之御者聞之久乃悟曰甚善大王御者便引在兩道之中善惡悉覩徑詣三十三天天帝及諸天子遙見王來釋提桓因曰善來大王命令共坐佛語阿難王便就天帝坐王與帝釋相貌被服音聲一撲諸天子心中念言何者帝釋何者為王又復念曰人法當眴而俱不眴各懷愕然無以別之天帝見諸天有疑心復念言我當留王使住然後乃悟耳帝釋謂諸天子卿等欲使我留王住此不諸天子曰實欲使住天帝謂荏大王可住此不我當供給五欲因是諸天乃識人王王白天帝曰正爾便為給賜已願諸天子壽命無極實主請讓如是至三帝釋謂王何以不住王答

曰我當出家修道今在天上無緣學道天帝曰胡爲作道王曰被父王遺令若白髮生法當出家天帝聞遺令入道默然不對王於天上須臾之間五欲自恣方之世間已十二年王將欲別與諸天子說審諦法帝釋勑侍御汝送荏王還於本國侍御受教便即嚴駕駕訖白王曰王可上車於是王便與帝釋及諸天子告別辭還王即上車循本道而歸到塞提羅宮侍御即還天上王下數日復勑劫比若見白髮白我數日之中頭上白髮生劫比以金鑷拔白髮置王手中王見已便說偈曰

我身頭上　生此毀壯　身使來召　入道時到

王心念我已極人五欲今當出家剃鬚髮被法服王即召太子善盡告曰吾白髮已出世間五欲吾已猒之當求天欲當下鬚髮被法服出家入道童子今以國事付汝好養劫比白髮出者以國付太子出家入道童子今以此聖王位累汝莫使種斷種斷者便爲邊地人也佛語阿難荏王即付太子國政給劫比田業已於此城園地下鬚髮被法服出家修道修道之後於七日中輪珠化去象馬玉女長者將軍皆悉無常王於園中八萬四千歲行四梵行慈悲喜護命終生梵天其後善盡王不承父業正法替廢由是七寶不復來應善行不繼五減遂至人民短命薄色少力多病無智五減已至轉復貧困因窮竊盜相糺詣王啓曰此人不與取王即勑外行刑國人聞不與取王輙殺之皆憾其惡各興利刀刃自此始造由是殺生從此起便有兩惡出次復婬犯他妻夫主共諍自言我不便成四惡

兩舌遘鬪是爲五惡鬪則相罵是爲六惡言不至誠是爲七惡嫉他和合是爲八惡含忿色變是爲九惡心懷疑亂是爲十惡十惡已具五減轉增佛語阿難欲知爾時大天王在賢劫初興者不則我是也阿難欲知爾時八萬四千末王名荏治政無枉者則汝是也欲知爾時最後名善盡王暴逆不道斷聖王種者調達是也阿難汝於徃時承繼大天轉輪聖王之善嗣使其紹立不斷者汝之功也如法非不如法阿難我今是無上法王我今遺無上善法慇懃囑累汝是釋種子莫作邊地人莫爲斷種行阿難問佛何以故當作斷種行佛語阿難大天王雖行善法未得漏盡未出世間未得度未得斷欲未得破二十一結六十二見未除三垢未淨未得神通未得解脫眞道未得涅槃大天所行善法不過生梵天阿難我今明法究竟無爲我法得到眞際天人之上我法無漏無欲滅度神通解脫眞沙門至涅槃阿難我今以是無上法慇懃囑累汝莫增減我法莫作邊地人也若有現行聲聞阿難設有斷此法者便爲邊地人若能興此法者便爲佛長子即爲眷屬成就阿難汝當成就眷屬莫作滅族行阿難我前後所說法盡囑累汝汝當學是佛說是已阿難歡喜奉行

聞如是一時佛在舍衛國祇樹給孤獨園爾時世尊告諸比丘有四大泥犂之人云何爲四所謂末佉梨罪人帝舍比丘是大罪人提婆達兜是大罪人瞿波離比丘是大罪人末佉梨罪人者身出火光長六十肘帝舍罪人

者身出火光長四十肘提婆達兜罪人者身出火光長三十肘瞿波離罪人者身出火光長二十肘比丘當知末佉棃教無數衆生使行邪見顛倒之想計有無之想帝舍愚人者斷諸聖衆應器遺餘提婆達兜愚人者鬪亂衆僧殺阿羅漢比丘尼起害意向於如來瞿波離罪人者誹謗舍利弗目揵連又復比丘末佉棃罪人教無數衆生使行邪見身壞命終墮燄光泥犂中帝舍罪人斷聖衆應器遺餘身壞命終墮等害地獄中提婆達兜罪人者起謀害心向於如來身壞命終墮於阿鼻地獄中瞿波離罪人者由其誹謗舍利弗目揵連身壞命終墮鉢頭摩地獄中末佉棃罪人者是時獄卒生拔其舌著背脊上所以然者由其曩昔教無數衆生使行邪見帝舍大罪人者是時獄卒生擗其身鎔銅灌壞其心又以熱鐵丸使令呑之所以然者由其斷應器遺餘故提婆達兜罪人者以熱鐵輪轢壞其身又以鐵杵吹咀其體群暴惡象蹋蹈其身又復大熱鐵山鎮壓面上舉身爲熱銅鍱所裹所以然者由其曩昔鬪亂聖衆壞和合僧故致鐵輪轢斷其頭又彼提婆達兜愚人教彼太子使害父王由是果報故使鐵杵破壞其身又彼提婆達兜愚人飲象使醉往害如來由是果報群象蹋蹈其體又彼提婆達兜惡人上耆闍崛山頭執石擲佛由斯果報故執熱鐵山鎮壓其面然彼提婆達兜愚人殺阿羅漢比丘尼由斯果報使熱銅鐵鍱纏裹其身比丘當知瞿波離罪人者在彼蓮華地獄中千具犂牛犂其舌所以然者由其誹

謗舍利弗目揵連故由此因緣果報使千具犂牛而壞其舌復次比丘末佉梨罪人者身出火光長六十肘若有衆生興起此念我當拔濟饒益此人取四大海水高四十肘澆灌其身然彼海水尋時消盡燄不增減猶如熱鐵鍱火燒四日有人來以四滴水澆然水尋時消盡此亦如是若有人來以大海水澆彼人身欲令無爲終不可果所以然者由彼罪人過極深重故然彼帝舍罪人身出火光長四十肘設有衆生愍念此人以三大海水澆灌其身然彼海水尋時消盡火燄不減其猶有人以三滴水著熱鐵上水尋消滅不得久停此亦如是若以三大海水澆帝舍身上水尋時滅火終無增減提婆達兜罪人身出火光長三十肘若有衆生興起愛念之心欲使提婆達兜身永處無爲以二大海水澆灌其身水尋時盡火終不滅猶如以二滴水著熱鐵上終無增減提婆達兜愚人亦復如是以二大海水澆灌其身水尋時盡火終不滅提婆達兜身體苦痛如斯瞿波離罪人身出火光長二十肘設有衆生愍念斯人取一大海水澆灌其身然彼海水尋時消盡火終不滅猶如一滴水著熱鐵上尋時消盡不得久停瞿波離比丘亦如是罪報所牽故受斯罪是謂比丘此四種人受罪極重當自建意遠離斯患承諸賢聖等修梵行者如是仁者當作斯學爾時諸比丘聞佛所說歡喜奉行

聞如是一時佛在舍衛國祇樹給孤獨園爾時世尊告諸比丘我今明曉地獄亦知趣地獄之徑亦復知彼地獄衆生之本設復衆生

造諸惡不善之行身壞命終入地獄中我亦知之又復比丘我亦知明曉畜生亦知趣畜生之道亦復知畜生之本作諸惡行來生彼者亦悉曉了我今亦知餓鬼之道其有作惡根源者生餓鬼中我亦知之我今亦知人道向人之趣其有衆生得人身者我亦知之我亦知趣天之道其有衆生作諸德本生彼天上我亦知之我亦知涅槃之趣其有衆生有漏盡成無漏心解脱智慧解脱於現法中而取果證我亦知之比丘當知我知地獄之趣以何因緣而説斯言乎佛告諸比丘我今觀察衆生心意所謂此人身壞命終應入地獄中然彼後時觀此人已入地獄中受苦酸酷拷掠無數愁憂苦惱不可稱計猶如一大火坑無有塵煙設有人來徑趣斯處又且有目

之士觀此人所趣必當墜火終不虚也然復後時觀此人已墮墜火坑吾所謂人者已墮火坑我今觀察衆生心意所念必入地獄不疑如我後時觀察此人已定入地獄受苦酸酷不可稱計云何斯人已入地獄是謂我觀趣地獄衆生作諸惡行不善之業身壞命終入地獄中我悉知之吾所説者正謂此耳我知畜生之道亦知趣畜生者以何緣本而説此乎於是比丘我觀察衆生心中所念此人身壞命終生畜生中又我後時觀察此人已生畜生中愁憂苦惱不可稱計云何斯人已墮畜生中乎猶如村落有大圊廁屎滿其中設有斯人徑趣斯處有目之士見斯人來徑趣斯處此人不久徑墮于廁然彼後時觀此人已墮于廁受厄窮困不可稱計云何斯人已

墮于廁我今觀衆生類亦復如是斯人命終應生畜生中又復後時觀已生畜生中受苦無量我今觀畜生衆生皆悉明了我所說者正謂此耳我亦知餓鬼衆生餓鬼之道身壞命終生餓鬼者我亦知之其有衆生身壞命終趣餓鬼之道我悉知之我復於後時觀見此衆生已入餓鬼受苦痛樂痛云何斯人已入餓鬼中乎猶如大村落側有一大樹生危嶮之處枝葉彫落設有人來徑趣斯處有目之士遥觀此人必趣樹下不疑復於後時觀此人或坐或卧受其苦樂之報云何斯人已至樹下坐卧乎我今觀衆生之類亦復如是身壞命終必趣餓鬼不疑受其苦樂之報不可稱計我知餓鬼趣餓鬼之道皆悉分明我所說者正謂此耳我知人道亦知趣人道其有造行身壞命終生人中者我亦知之於是比丘我觀衆生類心中所念此人應當身壞命終應生人中我復於後時觀此人已生人中云何斯人已生人中猶如村落側有一大樹在平正之處多諸蔭涼若有人直從一道來有目之士見已便知之斯人所趣向定至此樹不疑我復於後時觀此人已至此樹受樂無量云何斯人得至斯處此亦如是我觀衆生心意所念亦復如是身壞命終必生人中不疑我復於後時觀此人已生人中受樂無量我知人趣亦知趣人之道今生人中者我亦知之我所說者正謂此耳我亦知天亦知趣天之道其有衆生作諸功業生天上者我亦知之以何因緣而說此乎我今觀衆生之類心中所念此人必當身壞命終生善處

天上然於後時觀此人身壞命終生善處天上於彼受自然之福快樂無比是謂斯人已生天上於彼受自然之福快樂無比猶如村落之側有好高廣講堂雕文刻鏤懸繒幡蓋香汁灑地敷好坐具氍毹毾㲪文繡綩綖若有人直從一道來有目之士直從一道來此人所趣向定至高廣講堂必至不疑復於後時觀見此人已到講堂上或坐或卧於中受福快樂無比此亦如是吾今觀衆生類身壞命終應生善處天上於彼受樂快不可計云何斯人已生善處天上乎我知天道趣天之路乎我所説者正謂此耳我今知涅槃亦知涅槃之道亦知衆生應般涅槃者或有衆生盡有漏成無漏心解脫智慧解脫現身取證而自遊化我悉知之由何因緣而説此乎於是比丘我觀衆生類心中所念此人盡有漏成無漏心解脫智慧解脫是謂斯人已盡有漏成無漏猶如去村落不遠有大池水水極清徹若有人直從一道來有目之士遥見斯人來知此人必至池水不疑又於後時見此人已至池水沐浴澡洗除諸穢汙去諸垢坋在側而坐亦不與人共相諍競我今觀衆生類亦復如是盡有漏成無漏心解脫智慧解脫生死已盡梵行已立所作已辦名爲真人是謂斯人已至此處我知涅槃趣涅槃之道亦知衆生般涅槃者皆悉知之如來至真等正覺有此之智無畏力具皆悉成就如來智無有量如來能觀過去無限無量不可計事皆悉知之將來現在無限無量皆悉分别是故比丘當求方便當具足十力無畏如是比

丘當作是學爾時諸比丘聞佛所說歡喜奉行

聞如是一時佛在舍衛國祇樹給孤獨園爾時世尊告諸比丘依雪山上有大高廣之樹五事長大云何爲五根不移動皮極厚大枝節廣遠蔭靡不覆葉極茂盛是謂比丘依雪山上有此大樹極爲俊好今善男子善女人亦復如是依豪族之家五事長益云何爲五所謂信長益戒長益聞長益施長益慧長益是謂比丘信善男子善女人依豪族家成就此五事是故比丘當求方便成就信戒聞施智慧爾時世尊便說此偈

猶如雪山樹　五事功德成　根皮枝節廣

蔭葉極茂盛　有信善男女　五事功德成

信戒聞惠施　智慧遂益增

如是比丘當作是學爾時諸比丘聞佛所說歡喜奉行

聞如是一時佛在舍衛國祇樹給孤獨園爾時茂羅破群比丘與諸比丘尼共相遊處然諸比丘尼亦復好樂共相遊處其有人民稱譏茂羅破群比丘者是時諸比丘尼極懷瞋恚愁憂不悅若復有人毁呰言諸比丘尼者是時破群比丘亦復愁憂不悅是時衆多比丘告破群比丘曰汝今云何親近諸比丘尼諸比丘尼亦復與汝交接破群報曰我今解如來所說教戒其有犯婬者罪不足言衆多比丘復告曰止止比丘勿作斯言莫誹謗如來言教其誹謗如來言教者罪咎不少又復世尊無數方便說婬之穢其有習婬使無罪者終無此理汝今可捨此惡見備於長夜受苦

無量然此破群比丘故與交通而不改其行爾時衆多比丘往至世尊所頭面禮足而白世尊言舍衛城中有一比丘名曰破群與諸比丘尼共相交接然諸比丘尼亦與破群比丘交接往來我等往彼勸喻使改其行然彼二人遂更增益亦不捨此顛倒之見亦不順正法之業爾時世尊告一比丘汝往至破群比丘所云如來喚卿爾時比丘受如來教即往至破群比丘所汝當知之如來喚卿破群比丘聞彼比丘語即往到世尊所頭面禮足在一面坐爾時世尊問彼比丘曰汝審親近諸比丘尼耶彼比丘對曰如是世尊佛告比丘汝爲比丘云何與比丘尼共相交接汝今是族姓子剃除鬚髮著三法衣以信堅固出家學道破群比丘白佛言唯然世尊我是族姓子以信堅固出家學道佛告比丘非汝之法云何與比丘尼共相交接破群比丘白佛言我聞如來所説其習婬者罪蓋不足言佛告比丘汝愚人云何説如來習婬無罪我無數方便説婬之穢汙汝今云何作是語如來説婬無罪汝好守護口過無令長夜恒受其罪佛告之曰汝今且止須吾更問諸比丘爾時世尊告諸比丘曰汝等頗聞吾與諸比丘説婬無罪乎諸比丘對曰唯然世尊不聞如來説婬無罪所以然者如來無數方便説婬之穢汙設言無罪此義不然佛告諸比丘善哉善哉諸比丘如汝所言我無數方便説婬之穢汙爾時世尊重告諸比丘曰汝等當知若有愚人習於法行所謂契經祇偈授決因縁本末譬喻生方等未曾有説廣普雖誦斯

法不解其義以不觀察其義亦不順從其法所應順法終不從其行所以誦斯法者從欲與人共競諍意計勝負亦不自為已有所濟及彼誦法已則犯制限猶如有人出彼村落欲求惡蛇彼若見極大之蛇到已以左手摩捫其尾然彼蛇迴頭螫蛆其手由此緣報便致命終此亦如是若有愚人翫習其法十二部經靡不斟酌亦不觀察其義所以然者由不究竟正法義故於是若有善男子將護翫習其法契經祇偈授決因緣本末譬喻生方等未曾有說廣普彼人誦此法已深解其義已解彼深義之法順從其教無所違失所以誦法者不以勝負之心與彼競諍所以誦習法者欲自纂修有所濟及所以誦法者果其所願由此因緣漸至涅槃猶如有人出彼村落求覓惡蛇彼見蛇已手執鐵鉗先鉗其頭後便捉頸不令動搖設彼惡蛇迴尾欲害彼人終無所至所以然者諸比丘由其捉頸故此善男子亦復如是誦習諷讀靡不周徧觀察其義順從其法終不違失漸漸由此因緣得至涅槃所以然者由其執正法故諸比丘其有解吾義者當念奉行其不解者重來問我如來譲今現在後悔無益爾時佛告諸比丘設有比丘在大衆中而作是說如來所說禁戒我悉解了其習婬者罪蓋不足言彼比丘當語斯比丘止止莫作斯言莫誹謗如來言說斯語如來終不說此言若此比丘改其所犯者善若不改其行者復當再三諫之設當改者善設不改者墮若復諸比丘隱匿其事不使露現者諸人皆墮是謂比丘我之禁

戒爾時諸比丘聞佛所說歡喜奉行

聞如是一時佛在舍衛國祇樹給孤獨園爾時生漏梵志往至世尊所共相問訊在一面坐爾時生漏梵志白世尊曰爲有幾劫過去佛告梵志過去諸劫不可稱計梵志白佛爲可計數不乎沙門瞿曇恒說三世云何爲三所謂過去將來現在沙門瞿曇亦知過去當來現在之世唯願沙門演說劫數之義佛告梵志若當我說因此劫復次此劫我既滅度汝取命終不知劫數之義所以然者如今人壽短促極壽不過百年計百年中數劫者我滅度汝既命終終不知劫數之義梵志當知如來亦有此智具足分別劫數衆生壽命長短受其苦樂皆悉分明今當與汝引譬智者以譬喻得解猶如恒沙之數亦無有限無有量不可計筭過去劫者其數如是不可稱計不可籌量梵志白佛當來劫頗有幾數佛告梵志亦如恒沙之數無有齊畔不可稱計非筭所及梵志復問佛頗有現在劫成劫敗劫乎佛告梵志有此成劫敗劫非一劫百劫猶如器皿在危地終不安住設當住者要當顚倒諸世界方域亦復如是或有劫成或有劫敗此數亦復叵計爲幾劫成爲幾劫敗所以然者生死長遠無有邊際衆生以無明結所覆蓋漂浪流滯從今世至後世從後世至今世長夜受苦惱當可猒患去離此惱是故梵志當作此學爾時生漏梵志白世尊言沙門瞿曇甚奇甚特知過去當來劫數之義我今重復自歸沙門瞿曇唯願沙門瞿曇聽爲優婆塞盡其形壽不敢復殺爾時生漏梵志聞

佛所說歡喜奉行

聞如是一時佛在羅閱城耆闍崛山中與大比丘衆五百人俱爾時有一異比丘白世尊言劫頗有邊際乎佛告比丘方便引譬然劫數無窮盡過去久遠於此賢劫中有佛出號曰拘樓孫至眞等正覺爾時此耆闍崛山更有姓號爾時人民之類上此耆闍崛山四日四夜行乃徹頂又復比丘拘那鋡牟尼佛時此耆闍崛山更有姓號爾時羅閱城人民之類三日三夜行乃至此山頂迦葉如來出現於世此耆闍崛山更有姓號時羅閱城人民之類二日二夜行乃至此山頂如我今日釋迦文佛出現於世此山名耆闍崛山須臾之頃乃到此山頂若彌勒如來出現於世此山亦名耆闍崛山所以然者諸佛神力咸使此山在比丘當以方便知劫有衰盡不可稱計然劫有二種大劫小劫若於劫中無佛出世爾時復有辟支佛出世此名爲小劫若如來於劫中出世爾時彼劫中無有辟支佛出現於世此名爲大劫比丘當以此方便知劫數長遠不可稱計是故比丘當憶此劫數之義

爾時異比丘聞佛所說歡喜奉行

增壹阿含經卷第四十七

音釋

梴丑連切長木也 輞文紡切車輞也 轂古祿切輻所湊者爲轂 滿呼梵語也此云覺 平跱跱直里切平跱猶等齊也 婆羅舍梵語也此云髮 嗚曼那訶利梵語也此云奪情 阿羅吔吱大梵語也此云財幢吔音他吱去智竹支二切 鋌待鼎切金銀鋌也 比毗那梵語

也此云無畏
鑷尼輒切鑷也
屐奇逆切屩也
茌梵語也此云不胸如甚切
賑給賑章忍切舉救也給訖立切相足也供給也
窮鼻尼梵語也此云極端正
愕五各切驚遽也
糺居黝切絞也
遘古候切猶結構也
末佉黎梵語也亦云未伽黎此云不見道佉丘加切
瞿波離梵語也亦云瞿伽離此云惡時者
擗匹歷切開也
鎔餘封切銷也
澆灌澆古堯切沃也灌古玩切溉也
鏉五到切煎鏉也
拷掠拷苦老切打也掠力灼切笞也
鏤盧候切彫鏤也
氍氀氍強魚切氍毹毛席之類氀力朱切氀㲪毛布之名
毾㲪毾吐盍切㲪都滕切㲪毛席也又毛布也
綩綖綩於阮切綖以然切
垢坋垢古厚切塵垢也坋古八切亦垢也
摩捫摩莫婆切撫也捫莫奔切摸也
螫蜇螫施隻切蟲行毒也蜇阮列切亦螫也
篹祖管切綜集也
鉗巨塩切鍛器也
頸居郢切頭莖也
鋡胡南切

增壹阿含經卷第四十八

符秦三藏曇摩難提譯

非常品第五十一

聞如是。一時佛在舍衛國祇樹給孤獨園。爾時世尊告諸比丘。云何比丘。汝等流轉生死經歷苦惱於中悲號涕泣淚出爲多耶。爲恒水多乎。爾時諸比丘前白佛言。我等觀察如來所說義。經歷生死涕泣之淚多於恒水。佛告比丘。善哉善哉。諸比丘。如汝所說無有異。汝等在生死淚多於恒水。所以然者。於生死中亦更父母終亡。於中墮淚不可稱計。長夜之中父兄姊妹妻子五親及諸恩愛追慕悲泣不可稱計。是故比丘當猒患生死去離此法。如是比丘當作是學。當說此法時六十餘比丘漏盡意解。爾時諸比丘聞佛所說歡喜奉行

聞如是。一時佛在舍衛國祇樹給孤獨園。爾時世尊告諸比丘。云何比丘。汝等在生死中身體毀壞流血多耶。爲恒水多乎。爾時諸比丘白佛言。如我等觀察如來所說者。流血多於恒水。佛告諸比丘。善哉善哉。比丘。如汝所言。流血多於恒水。所以然者。在生死中或作牛羊猪犬鹿馬鳥獸及餘無數所經歷苦惱實可猒患。當念捨離。如是比丘當作是學。說是法時六十餘比丘漏盡意解。爾時諸比丘聞佛所說歡喜奉行

聞如是。一時佛在舍衛國祇樹給孤獨園。爾時世尊告諸比丘。當思惟無常想。廣布無常想。已思惟無常想。廣布無常想。盡斷欲愛色愛無色愛無明憍慢皆悉除盡。猶如以火焚

焼草木永盡無餘比丘當知若思惟無常想廣布無常想盡斷三界愛著昔有國王名曰清淨音響統領閻浮地有八萬四千城郭有八萬四千大臣有八萬四千宫人婇女一一妓女各有四侍人爾時音響聖王無有子息時彼大王便作是念吾今領此國界以法治化無有枉理然我今日亦無繼嗣設我終後門族斷滅時彼國王以息因緣故自歸諸天龍神日月星辰自歸釋梵四天王山神樹神下及藥草果神願求福使我生息爾時三十三天有一天子名曰須菩提命將欲終有五瑞應自然逼已云何爲五又此諸天華冠終不萎此天子華冠自萎是時諸天衣無垢坋爾時此天子衣生垢坋又且三十三天身體香潔光明徹照爾時彼天子身體臭處不可親近又且三十三天恒有玉女前後圍繞作倡妓樂五欲自恣爾時彼天子命將欲終玉女離散又且三十三天有自然之座四尺入地設天子起座離地四尺然此天子命將欲終不樂本座是謂五瑞應自然逼已時須菩提天子以有此瑞應爾時釋提桓因告一天子曰汝今往至閻浮地語音響王曰釋提桓因致問無量興居輕利遊步康強閻浮地無有德之人與王作息但今三十三天有天子名曰須菩提今有五瑞應自然逼已必當降神與王作息雖爾年在盛時必當出家學道修無上梵行彼天對曰如是天王受天王教猶如力士屈伸臂頃從三十三天没來至閻浮地爾時音響大王在高樓上及持蓋一人是時彼天在樓上虛空中而告王曰釋提桓

因致敬無量遊步康強興居輕利閻浮地無有德人與王作息今三十三天有天子名須菩提今有五瑞應已逼於已當降神下應與王作息但年在盛時必當出家學道修無上梵行時音響王聞此語已歡喜踊躍不能自勝即報天曰今來所告甚過大幸但降神與我作息欲求出家終不違逆是時彼天還至釋提桓因所即白天王音響王者甚慶所白音響王言但使降神欲出家者終不違逆時釋提桓因便往至須菩提天子所語須菩提天子言汝今發誓願生音響人王宮中所以然者音響人王無有子息恒以正法治化汝昔有福造衆功德今應降神生彼宮中須菩提天子曰止止天王我不樂願生人王宮中意欲出家學道在王宮者學道甚難釋提桓因告曰汝但發願生彼王宮中我當將護令汝出家學道比丘當知爾時須菩提天子即發誓願生王宮中是時音響人王與第一夫人共相交接覺身懷妊是時夫人白音響王曰大王當知我今覺身懷妊時王聞已踊躍歡喜不能自勝更以殊特布好坐具食以甘美味如王無異是時夫人經八九月生一男兒極爲端正顏貌奇特世之希有時音響王召諸外道梵志群臣使令占相以此因緣本末具向諸相師説諸婆羅門報曰唯願大王當察此理今生太子世之殊特昔爲天子名須菩提今尋前號名須菩提時諸相師立姓號已各從座起而去時王子須菩提爲王所敬重未曾離目前是時音響王便作是念我昔日已來無有子息緣子息故禱謝諸天使

生一子經歷爾許時今方生子然天帝所記當出家學道我今要設巧便使不出家學道是時音響王爲太子故設三時宫殿寒時設温殿熱時設凉殿不寒不熱時設適時宫殿與設四種宫女居處第一宫有六萬婇女第二宫有六萬婇女第三宫有六萬婇女第四宫有六萬婇女各有侍從四人作轉關坐具令彼太子於上而坐卧若須菩提王子意欲在前遊戲是時諸婇女輙在前立是時彼坐具隨身迴轉前有六萬婇女及侍者有四若彼意欲在後遊戲是時坐牀輙隨身迴轉若復欲與諸婇女共相娱樂是時坐具隨身迴轉使王子須菩提意在五欲不樂出家是時釋提桓因夜半非人之時便往至王子須菩提所在虚空中告須菩提王子曰王子昔日豈不作是念乎若我在家年在盛時當出家學道今日何故在五欲中而自娱樂意不復願出家學道乎然我亦有斯言勸樂王子使出家學道今正是時設不出家學道者後悔無益釋提桓因説斯語已便退而去時王子須菩提在宫人中便生此念音響王者已與我作愛欲羅網緣此愛欲羅網故不得出家學道我今可斷此羅網不與穢濁所拘牽以信堅固出家學道在空静之處勤經學業使令日新是時王子須菩提重作是念音響父王有此數萬婇女前後圍繞我今當觀察頗有斯理在世永存乎爾時王子須菩提徧觀宫裏無有女人久存世者是時須菩提復作是念我今何故觀於外物當觀身内因緣所起今此身中頗有髮毛爪齒骨髓之屬久存

於世乎從頭至足觀三十六物惡露不淨然自觀察無一可貪亦無真實幻僞非真皆歸於空不久存世是時王子須菩提復作是念我今當斷此羅網出家學道是時須菩提觀此五受陰身所謂此色苦此色集此色滅此色出要痛想行識苦識集識滅識出要爾時觀此五陰身已所謂集法皆是盡法即於座上得辟支佛時須菩提辟支佛已覺成佛便說斯偈

欲我知汝本　意以思想生　我不思想汝則汝而不有

是時辟支佛說此偈已飛在虛空而去在一山中獨在樹下於無餘涅槃界而般涅槃爾時音響王告傍臣曰汝往觀須菩提宮內王子爲寤寐爲安隱乎爾時大臣受王教令即往至王子宮內然所寢內室門戶牢固時彼大臣還至王所前白王言王子寤寐安隱門戶牢固時王再三問汝往看王子爲善眠乎爾時彼臣復至宮門然門戶牢固復往白王王子在室眠寐不覺門戶牢閉至今不開時音響王復作是念我息王子少時猶不眠寐何況今日年在盛時有眠寐乎宜自往看知子吉凶我子將不得疾病耶是時音響王即往至須菩提宮內至門外立告一人曰汝今施梯踰墻入內與吾開門彼人受王教勑即施梯踰墻入內與王開門時王入內觀內宮中所卧牀空不見王子見已告婇女曰王子須菩提今爲所在諸婇女曰我等亦不知王子所在時音響王聞斯語已自投于地良久乃穌是時音響王告群臣曰我息小時猶生

斯念設我長大當剃除鬚髮著三法衣以信堅固出家學道然今王子必當捨我出家學道汝等各各四面求索王子竟爲所在即時群臣乘駕流馳處處求索爾時有臣徑至彼山中中道復作是念若王子須菩提出家學道者必當在此學道爾時大臣遙見王子須菩提在一樹下結跏趺坐時臣便生斯念此是王子須菩提熟視察之還詣王所前白王言王子須菩提近在山中樹下結跏趺坐時音響王聞斯語已即往詣彼山中遙見須菩提在山樹下結跏趺坐復自投于地我自昔日自誓願曰設我年向二十當出家學道今將不誤又且天告我言汝子必當學道時音響王直前語須菩提曰汝今何故捨我出家學道時辟支佛默然不對王復告曰汝毋極懷愁憂須見汝乃食時起詣宮時辟支佛不言不語默然而住時音響王即前捉手亦不動搖王復告群臣曰王子今日已取命終釋提桓因先來告我汝應得息但當出家學道然今王子已出家學道今舉此舍利詣王國界當蛇旬之彼時山中諸神祇現半身白王曰此是辟支佛非是王子蛇旬舍利法不如王子法所以然者我是過去諸佛弟子諸佛亦有此教世有四人應與起偷婆云何爲四如來至眞等正覺應起偷婆辟支佛應起偷婆如來弟子漏盡阿羅漢應起偷婆轉輪聖王應起偷婆當蛇旬轉輪聖王身時蛇旬如來辟支佛身亦復如是爾時音響王復語天曰當云何供養蛇旬轉輪聖王身樹神報曰轉輪聖王與作鐵槨盛滿香油沐浴轉輪聖

王身以白淨劫波育衣纏裹其身復以綵畫之衣而覆其上舉著槨中復以鐵蓋而蓋其上㲲㲲施釘復以百張白氎而裹其槨以種種雜香積在于地以鐵槨安著其中七日七夜之中華香供養懸繒幡蓋作倡伎樂過七日後取王子身而蛇旬之已取舍利復經七日七夜供養不絕於四衢道中而起偷婆復以香華幡蓋種種供養大王當知供養轉輪聖王舍利其事如是諸佛如來辟支佛阿羅漢亦復如是時音響王語彼天曰以何因緣供養轉輪聖王身以何因緣供養如來辟支佛阿羅漢身天報王曰轉輪聖王以法王治自不殺生復教他人使不行殺自不與取復教他人使不竊盜已不婬泆復教他人不犯他妻已不妄言綺語惡口兩舌鬪亂彼此嫉妬恚癡已意專正恒行正見亦使他人習其正見是謂大王由此因緣轉輪聖王應起偷婆王問天曰復以何因緣漏盡阿羅漢應起偷婆天報王曰漏盡阿羅漢比丘欲愛已盡瞋恚愚癡已除已度有至無是世間良祐福田由此因緣漏盡阿羅漢應起偷婆王復問曰以何因緣辟支佛應起偷婆天報王曰辟支佛者無師自覺出世甚難得現法報脫於惡趣令人生天上由此因緣辟支佛應起偷婆王復問曰以何因緣如來應起偷婆天報王曰如來十力具足此十力者非聲聞辟支佛所能及逮非轉輪聖王非世間群萌所能及逮也如來四無所畏在大衆中能師子吼轉於梵輪如來不度者度不脫者脫不般涅槃者令般涅槃無救護者與作覆蔭盲者作

眼目與諸疾病作大醫王天及世人魔若魔天靡不宗奉可敬可貴迴於惡趣令至善處是謂大王由此因緣如來應起偷婆是謂大王由此因緣本末四種之人應起偷婆爾時音響王語彼天曰善哉善哉神天我今受汝教令供養此舍利當如供養辟支佛爾時音響王告諸人曰汝等各舁須善提辟支佛舍利往王國界群臣聞王教已卧著金牀舁詣國界是時音響王即勑使作鐵槨盛滿香油沐浴辟支佛身以劫波育衣纏裹其身復以雜綵好衣而覆其上安處鐵槨中復以鐵蓋而蓋其上處處安釘極令牢固以百張白氎而覆其上取種種好香以辟支佛身而著其中七日七夜香華供養過七日後蛇旬辟支佛舍利復供養七日作倡妓樂於四衢道頭起一偷婆復以香華繒綵旛蓋作倡妓樂而供養之比丘當知其有衆生恭敬供養辟支佛舍利者命終之後即生三十三天上其有衆生思惟無常之想迴三惡趣生天人中諸比丘汝等莫作斯觀爾時音響王者豈異人乎爾時音響王者則我身是其思惟無常想者多所饒益我今觀此義已告諸比丘當思惟無常想廣布無常想已思惟無常想廣布無常想使欲愛色愛無色愛盡盡斷無明憍慢永無遺餘猶如以火焚燒草木高好講堂窓牖門閾永盡無餘比丘思惟無常想亦復如是盡斷欲愛色愛無色愛永無遺餘是故比丘當建心意無令違失當說斯法時於彼座上六十餘比丘漏盡意解爾時諸比丘聞佛所說歡喜奉行

聞如是一時佛在舍衛國祇樹給孤獨園爾時世尊告諸比丘若比丘比丘尼心五弊不除心五結不斷彼比丘比丘尼於日夜中善法損減而無增益云何比丘心五弊不除於是比丘有狐疑心於如來所亦不解脫亦不入其正法彼人心不在諷誦是謂比丘心弊不除復次比丘有疑心於正法亦不解脫亦不入其正法彼人心不諷誦是謂比丘心弊不除復次比丘有疑心於聖衆亦不解脫亦不施意向和合衆亦復不在道品法中是謂比丘心弊不除復次比丘犯於禁戒不自悔過彼比丘已犯禁戒不自改悔亦不施心在道品中是比丘心弊不除復次比丘心意不定而修梵行我以此梵行之德生於天上若諸神祇然彼比丘以此心行修於梵行心不專在道品之中心已不在道品之中是謂比丘心弊不除如是比丘心五弊不除云何比丘心五結不斷於是比丘懈怠不求方便彼比丘已有懈怠不求方便是謂比丘心結不斷復次比丘恒喜多忘貪在眠寐彼比丘已喜多忘貪在眠寐是謂比丘心結不斷復次比丘心意不定恒喜多亂彼比丘心已亂不定是謂比丘心結不斷復次比丘根門不定彼比丘已根門不定是謂比丘心結不斷復次比丘恒喜在閙不在靜處是謂比丘心結不斷若比丘比丘尼有此五心弊不除五心結不斷彼比丘比丘尼晝夜之中善法斷絕無有增益猶如雞子若八若十若十二不隨時覆蔭不隨時育養不隨時將護彼雞雖生此念使我雞子得全無他然此雞子終不安

隱所以然者皆由不隨時將護之所致後復斷壞不成其子此亦如是若比丘比丘尼五心結不斷五心弊不除晝夜之中於善法減無有增益若復比丘比丘尼五心結斷五心弊除晝夜之中善法增益無有損減猶如雞子若八若十若十二隨時將護隨時育養隨時蔭覆彼雞雖生斯念使我雞子令不成就然彼雞子自然成就安隱無爲所以然者隨時長養令得無爲時諸雞子尋得出外此亦如是若比丘比丘尼五心弊斷五心結除彼比丘比丘尼於長夜之中善法長益無有損減是故比丘若比丘尼當施設心無有猶豫狐疑於佛猶豫狐疑於法猶豫狐疑於衆具足戒律心意專正無有錯亂亦不興意希望餘法亦不僥倖修行梵行我當以此行法作天人身神妙尊豪若復有比丘比丘尼無有狐疑猶豫於佛法聖衆亦不犯戒無所漏失我今告汝重囑累汝彼比丘當趣二處若生天上若在人中猶如人處極熱之中兼復飢渴遇得陰涼之處得冷泉水飲彼人雖生斯念我雖遇陰涼冷水飲之猶不斷飢渴但彼人暑熱已盡飢渴已除此亦如是若比丘比丘尼無狐疑猶豫於如來所者彼比丘便趣二處若生天上若處人中若比丘比丘尼當求方便除心五弊斷心五結如是諸比丘當作是學爾時諸比丘聞佛所説歡喜奉行

聞如是一時佛在舍衛國祇樹給孤獨園爾時世尊告諸比丘或有是時王威不普盜賊競興賊已競興村落城郭人民之類皆悉敗亡或遭遇飢饉取命終者設彼衆生於飢饉

取命終皆墮三惡趣今此精進比丘亦復如是若持戒減少爾時惡比丘已競起正法漸衰增益非法非法已增益其中衆生皆墮三惡趣若復是時王威遠接賊便隱藏王已遠接城郭村落人民熾盛今此精進比丘亦復如是若持戒完具爾時犯戒比丘漸漸衰耗正法興隆非法衰耗其中衆生命終之後皆生天上人中是故比丘當念具足戒律威儀禮節無令缺減如是比丘當作是學爾時諸比丘聞佛所說歡喜奉行

聞如是一時佛在舍衛國祇樹給孤獨園爾時世尊告諸比丘寧常眠寐不於覺寤之中思惟亂想身壞命終生於惡趣寧以火燒鐵錐而烙于眼不以視色興起亂想興想比丘爲識所敗比丘以爲識所敗必當趣三惡道地獄畜生餓鬼今我所以說者何彼人寧常眠睡不於覺寤之中思惟亂想寧以利錐刺壞其耳不以聽聲興起亂想興想比丘爲識所敗寧恒睡眠不於覺寤起於亂想寧以熱鉗壞其鼻根不以聞香興起亂想興想比丘爲識所敗以爲識所敗便墮三惡趣地獄畜生餓鬼我所說者正謂此耳寧以利劒截斷其舌不以惡言麤語墮三惡趣地獄畜生餓鬼寧常睡眠不於覺寤興起亂想寧以熱銅鍱纏裹其身不共長者居士婆羅門女共相交接設與交接言語往返者必墮三惡趣地獄畜生餓鬼我所說者正謂此耳寧恒睡眠不以覺寤意有所念欲壞聖衆以壞聖衆墮五逆罪億千姟佛終不療救夫鬪亂衆者必當墮不救之罪是故我今說寧常睡眠不於

覺寤意有所念欲壞聖衆受無救之罪是故比丘當將護六情無令漏失如是比丘當作是學爾時諸比丘聞佛所說歡喜奉行

聞如是一時佛在舍衛國祇樹給孤獨園爾時阿那邠祁長者有四兒不事佛法聖衆亦復不自歸命佛法聖衆是時阿那邠祁長者告四兒曰汝等各各自歸佛法聖衆長夜之中獲福無量諸兒白父我等諸子不堪自歸佛法聖衆阿那邠祁長者告曰我今各賜卿等純金千兩隨我教勑自歸命佛法聖衆諸子白言我等不堪任自歸佛法聖衆父復告曰加賜汝二千三千四千五千兩純金宜當自歸佛法聖衆長夜之中獲福無量爾時諸子聞斯語已默然受之是時諸子白阿那邠祁長者曰我等當云何自歸佛法聖衆阿那邠祁長者報曰汝等盡來隨吾至世尊所若世尊有所說者汝等當念奉行諸子白父如來今爲所在去此遠近其父報曰今如來至眞等正覺近在舍衛國止吾園中時阿那邠祁將四兒往至世尊所到已頭面禮足在一面立爾時長者白世尊言我今四子不自歸佛法聖衆近昨各賜五千兩金勸令事佛法聖衆唯願世尊各與說法使長夜之中受福無量爾時世尊與長者四子漸漸說法勸令歡喜長者諸子聞佛說法踊躍歡喜不能自勝前自長跪白世尊言我等各各自歸世尊正法聖衆自今已後不復殺生如是再三時阿那邠祁長者白世尊言若使有人出物顧人使事佛者其福云何世尊告曰善哉善哉長者乃致斯問天人得安乃能問如來斯義

善思念之吾當爲汝說時長者從佛受教世尊告曰有四大藏云何爲四有伊羅鉢龍在乾陀衛國此名一藏無數珍寶積滿其宮復有班稠大藏在蜜絺羅國珍寶積聚不可稱計復有賓伽羅大藏在須賴吒國珍寶積聚不可稱計復有儴佉大藏在波羅㮈國珍寶積聚不可稱計設閻浮地男女大小各各擔抱四年四月四日取伊羅鉢藏者終不減少班稠藏四年四月四日各來取者不知減少賓伽羅藏四年四月四日各各取者不知減少儴佉大藏在波羅㮈國四年四月四日取者不知減少是謂長者四大寶藏若閻浮提地男女大小各各擔抱經四年四月四日不知減少將來之世有佛名彌勒出現於世爾時國界名雞頭王所治處東西十二由延南北七由延人民熾盛穀米豐登雞頭王治處繞城七帀有四池水各縱廣一由延金沙在下優鉢蓮華拘勿頭華分陀利華各生其中水像金色銀色水精色瑠璃色設銀色水凍化成爲銀若金色水凍化成爲金若瑠璃水凍化爲瑠璃若水精水凍化爲水精長者當知爾時有四城門銀池水中金作門閾金池水中銀作門閾瑠璃池中水精作門閾水精池中瑠璃作門閾長者當知爾時雞頭城中周帀懸鈴是時鈴聲皆出五樂之音爾時城中恒有七種之聲云何爲七螺聲鼓聲琴聲小鼓聲圓鼓聲鞞鼓聲歌舞聲爲七爾時雞頭城中生自然粳米皆長三寸極爲香美出衆味上尋取尋生皆不見所取之處爾時有王名儴佉以法治化七寶具足長者當知爾

時典藏人名爲善寶高德智慧天眼第一皆能知寶藏處所有主之藏自然擁護無主之藏便奉上王爾時伊羅鉢龍王班稠龍王賓伽羅龍王儴佉龍王是時四龍王主典寶藏皆往至善寶典藏所而語之曰欲所須者我等相給時四龍王唯願奉上四藏之寶以自營己時善寶典主即取四藏之寶奉上儴佉王金篠羽車爾時世尊便說斯偈

伊羅在乾陀　班稠在蜜絺　賓伽須賴國
儴佉婆羅國　此是四寶藏　種種藏充滿
爾時當出現　功德之所致　奉上彼聖王
金銀篠羽車　諸神皆擁護　長者受其福

爾時有佛出世名爲彌勒至眞等正覺明行成爲善逝世間解無上士道法御天人師號佛衆祐教化人民長者當知爾時善寶典藏者豈異人乎莫作是觀所以然者時藏王者今長者身是也時儴佉王以金銀廣作福德將八萬四千大臣前後圍繞往至彌勒所出家學道爾時典藏亦復廣作福德亦當出家學道盡於苦際皆由長者將導四子使自歸於佛法比丘僧緣是功德不墮三惡趣復緣此德得四大藏亦緣此報與儴佉作典藏主即於彼世盡於苦際所以然者歸佛法僧其德不可量其有自歸佛法衆者其福如是是故長者當慈愍有形之類求其方便向佛法衆如是長者當作是學爾時阿那邠祁長者歡喜踊躍不能自勝即從座起繞佛三帀禮足而去及其四子亦復如是爾時阿那邠祁長者及四子聞佛所說歡喜奉行

聞如是一時佛在舍衛國祇樹給孤獨園爾

時阿那邠祁長者身抱重患時舍利弗以天眼觀清淨無瑕穢見阿那邠祁長者身抱重患尋告阿難曰汝來共至阿那邠祁長者所問訊時阿難報曰宜知是時爾時阿難到時著衣持鉢入舍衛城乞食以次漸漸至阿那邠祁長者家即便就坐時舍利弗即於座上語阿那邠祁長者曰汝今所疾有增有損乎覺知苦痛漸漸除不不至增劇耶長者報曰我今所患極爲少賴覺增不覺減舍利弗報曰如今長者當憶佛是謂如來至眞等正覺明行成爲善逝世間解無上士道法御天人師號佛衆祐亦當追憶念法如來法者極爲甚深可尊可貴無與等者賢聖之所修行亦當念僧如來僧者上下和順無有諍訟法法成就聖衆者戒成就三昧成就智慧成就解脫成就解脫見慧成就所謂僧者四雙八輩此名如來聖衆可尊可貴是世間無上福田長者若修行念佛念法念比丘僧者其德不可稱計獲甘露味滅盡之處若善男子善女人念三尊已佛法聖衆入三惡趣者終無此事若彼善男子善女人修念三尊必至善處天上人中然復長者不起於色亦不依色而起於識不起於聲不依聲而起於識不起香不依香而起於識不起於味不依味而起於識不起細滑不依細滑而起於識不起意不依意而起於識不起今世後世不依今世後世而起於識不起於愛莫依愛而起於識所以然者緣愛有受緣受有有緣有有生緣生有死愁憂苦惱不可稱計是謂有此五苦盛陰無有我人壽命士夫萌兆有形之類若眼

起時則起亦不知來處若眼滅時則滅亦不知去處無有而眼生已有而眼滅皆由合會諸法因緣所謂因緣法者緣是有是無是則無所謂無明緣行行緣識識緣名色名色緣六入六入緣更樂更樂緣痛痛緣愛愛緣受受緣有有緣生生緣死死緣愁憂苦樂不可稱計耳鼻舌身意亦復如是無有而生以有而滅亦復不知來處亦不知去處皆由合會諸法因緣是謂長者名爲空行第一之法也是時阿那邠祁長者悲泣涕零不能自止時舍利弗語阿那邠祁曰以何因緣悲感乃爾乎長者報曰我不悲感所以然者我昔日來數承事佛亦復尊敬諸長老比丘亦不聞如斯尊重之法如舍利弗之所演説是時阿難語阿那邠祁曰長者當知世間有二種之人

如來之所説云何爲二一者知樂二者知苦彼習樂之人所謂尊者耶輸提族姓子是彼習苦之人婆伽梨比丘是又復長者耶輸提比丘空行第一信解脱者婆伽梨比丘又復長者知苦之人知樂之人二人心俱解脱二俱如來弟子無與等者由其不没不生二人勤受佛教亦無懈廢但心有增減故人有知者有不知者如長者之所説我昔已來承事諸佛恭敬長老比丘初不聞如斯尊重之法如舍利弗之所説耶輸提比丘觀梘於地而心得解脱婆伽梨比丘觀視於刀即時心得解脱是故長者當作如婆伽梨比丘之比是時舍利弗廣與説法勸令歡喜使發無上之心即從座起而去舍利弗阿難去未久須臾之頃阿那邠祁長者命終便生三十三天爾

時阿那邠祁天子有五事功德勝彼諸天云何爲五所謂天壽天色天樂天威神天光明爾時阿那邠祁天子便作是念我今獲此天身皆由如來之恩今我不宜於五欲自娛樂先應至世尊所拜跪問訊時阿那邠祁天子將諸天人前後圍繞持諸天華散如來身上時如來在舍衛祇樹給孤獨園時彼天子在虛空中叉手向世尊便說斯偈

此是祇洹界　仙人衆娛戲　法王所治處
當發歡悅心

爾時阿那邠祁天子說斯偈已如來默然可之時彼天子即生此念如來已然可我即捨神足在一面立時阿那邠祁天子白世尊言我是須達又名阿那邠祁人所明了亦是如來弟子受聖尊教今取命終生三十三天世尊告曰汝由何恩今獲此天身天子白佛蒙世尊之力得受天身時阿那邠祁天子復以天華散如來身上亦散阿難及舍利弗身上遍遶祇洹七帀還沒不現是時世尊告阿難曰昨夜有天來至我所而說此偈

此是祇洹界　仙人衆娛戲　法王所治處
當發歡喜心

是時彼天子繞祇洹七帀便退而去汝今阿難汝頗識彼天子乎阿難白佛言必當是阿那邠祁長者也佛告阿難如汝所言善哉乃能以未知智而識彼天子所以然者彼是阿那邠祁天子阿難白佛言阿那邠祁今生天上爲名何等世尊告曰即名阿那邠祁所以然者彼天即生之日諸天各各有此言此天子在人中時是如來弟子恒等心普施一切

周窮濟之作此功德已此是三十三天今故續名阿那邠祁爾時世尊告諸比丘阿難比丘有大功德智慧成就阿難比丘今在學地智慧無與等者所以然者阿羅漢所應知者阿難便知之過去諸佛世尊所應學者阿難皆明了知過去時亦有斯人聞便了知如我今日阿難比丘瞻望方知之如來須是如來不須是過去諸佛弟子入三昧方知未然之事如我今日阿難比丘覩便曉了爾時世尊告諸比丘我聲聞中博有所知有勇猛精進念不錯亂多聞第一堪任執事所謂阿難比丘是爾時諸比丘聞佛所說歡喜奉行

聞如是一時佛在舍衛國祇樹給孤獨園爾時阿那邠祁長者有兒婦名曰善生顔貌端正面如桃華色王波斯匿大臣之女憑其姓望依其豪族亦不恭敬姑嫜及其夫壻亦不事佛法及比丘僧亦不敬奉三尊是時阿那邠祁長者便往至世尊所頭面禮足在一面生爾時長者白世尊言近與兒取婦是波斯匿王第一大臣之女自恃其姓望不承事三尊長老尊卑唯願世尊當與說法使發歡喜心開意解爾時如來默然許可長者所說時長者復白佛言唯願世尊當受我請及比丘僧爾時長者已見如來默然受請即從座起禮佛三帀而去還至家中辦具種種飲食敷好坐具尋白時至唯願世尊當受我請飲食已具爾時世尊將比丘衆前後圍繞至長者家就座而坐爾時長者更取小座在如來前坐爾時世尊告善生女人曰長者女當知夫爲婦人有四事云何爲四有婦如似母有婦

似親親有婦似賊有婦似婢汝今當知婦似毋者隨時瞻視夫主不令有乏承事供養爾時諸天便復將護若人非人不得其便死便生天是謂長者女此名婦人似毋者也彼云何有婦似親親者於是長者婦見夫已無有增減之心同其苦樂是謂其人似親親者也彼云何名爲婦如似賊於是女人若見夫已便懷瞋恚憎嫉夫主亦不承事恭敬禮拜見輒欲害心在他所夫不親婦婦不親夫不爲人所愛敬諸天不擁護惡鬼侵害身壞命終入地獄中是謂斯人如似賊也彼云何名爲婦人如似婢於是賢良之婦見夫主隨時瞻視忍其言語終不還報忍其寒苦恒有慈心於三尊所亦生斯念此存我在此衰我耗以此之事諸天擁護若人非人皆悉愛念身壞命終生善處天上是謂長者女有此四婦汝今爲在何條時彼女人聞世尊說此語已前禮佛足白世尊言唯世尊我今改往修來更不敢爲自今已後當行禮法如似婢也是時善生女人還至夫所頭面禮足唯願瞻視當如婢也是時善生女人復至世尊所頭面禮足在一面坐爾時世尊漸與說法所謂論者施論戒論生天之論欲爲不淨想婬爲大穢是時世尊以知女人心開意解諸佛世尊常所說法苦集盡道爾時世尊盡與女人說之即於座上得法眼淨猶如新衣易染爲色此亦如是分別諸法善解深妙之義自歸三尊而受五戒爾時善生女人聞佛所說歡喜奉行

聞如是一時佛在舍衛國祇樹給孤獨園爾

時尊者舍利弗便往至世尊所頭面禮足在一面坐須臾退坐白世尊言世尊恒稱譽豪尊高位不說卑賤然我世尊不歎豪尊不說卑賤處中而說使得出家學道佛告舍利弗汝自稱言不歎豪尊不說卑賤處中而說得出家學道然我今日亦不說上中下及受生分所以然者夫生甚苦不足願樂如彼糞除少尚極臭何況積多今受生分亦復如是一生二生猶尚苦難何況流轉終始而可甘處由有有生有老有病由病有死愁憂苦惱何可貪樂便成五盛陰身吾今觀此義已而作是說一生二生猶尚苦難何況流轉終始而可甘處若當舍利弗意欲生者便當發願生豪貴家不生卑賤所以然者舍利弗衆生長夜爲心所縛不爲豪族所縛然我舍利弗處豪貴家是刹利種出轉輪聖王設我不出家學道者應爲轉輪聖王今捨轉輪聖王位出家學道成無上道夫生卑賤家者不得出家學道反墮惡趣是故舍利弗當求方便降伏於心如是舍利弗當作是學爾時舍利弗聞佛所說歡喜奉行

增壹阿含經卷第四十八

音釋

擧 以諸切兩手對擧曰擧 蛇旬 梵語也亦云闍維此云焚燒 偷婆 梵語也亦云窣堵波此云高顯 劫波育 梵語也亦云劫貝即木綿也 牖 與久切穿壁以交不爲窻也 僥倖 僥古堯切倖胡耿切僥倖覬非望也 錐 職垂切如鑽而銳 烙 盧各切燒灼也 阿那邠祁 梵語也正云阿那他擯茶陀此云無依怙即給孤長者也 鞞皷 鞞部迷切騎鞞皷也 葆羽 葆博抱切葆羽謂合聚五采羽爲之曰葆羽 姑嫜 姑攻乎切婦稱夫之母曰姑嫜諸良切亦姑也

增壹阿含經卷第四十九

符秦三藏曇摩難提譯

大愛道般涅槃品第五十二之一

聞如是一時佛在毗舍離普會講堂所與大比丘衆五百人俱爾時大愛道遊於毗舍離城高臺寺中與大比丘尼衆五百人俱皆是羅漢諸漏已盡爾時大愛道聞諸比丘說如來不久當取滅度不過三月當在拘夷那竭娑羅雙樹間爾時大愛道便作是念我不堪任見如來取滅度亦復不堪任見阿難取滅度我今宜可先取滅度爾時大愛道便往至世尊所頭面禮足在一面坐爾時大愛道前白佛言我聞世尊不久當取滅度却後不過三月在拘夷那竭娑羅雙樹間我今不堪見世尊及阿難取滅度也唯願世尊聽我先取滅度爾時世尊默然可之爾時大愛道重白佛言自今已後唯願世尊與諸比丘尼說戒佛告之曰我今聽比丘尼還與比丘尼說禁戒如我本所施行禁戒無令差錯爾時大愛道前禮佛足在佛前立爾時大愛道復白佛言我今更不見如來顏色亦復不見將來諸佛不受胞胎永處無爲今日違離聖顏永更不覩時大愛道繞佛七帀亦復繞阿難七帀盡繞諸比丘衆便退而去還詣比丘尼衆中告諸比丘尼曰我今欲入無爲涅槃界所以然者如來不久當取滅度汝等各宜隨時所行爾時差摩比丘尼優鉢色比丘尼基利施比丘尼舍仇梨比丘尼奢摩比丘尼鉢陀蘭遮比丘尼婆羅遮羅比丘尼迦旃延比丘尼闍耶比丘尼及五百比丘尼往至世尊所在

一面立爾時五百比丘尼差摩比丘尼最爲上首而白佛言我等諸人聞如來不久當取滅度我等不忍見世尊及阿難先取滅度唯願世尊聽我等先取滅度我等今取涅槃正是其宜爾時世尊默然可之時差摩比丘尼及五百比丘尼見世尊默然可之前禮佛足繞三帀便退而去還詣本房時大愛道閉講堂門擊揵椎於露地敷坐具騰在虛空於虛空中坐卧經行或出火炎身下出煙身上出火身下出水身上出煙舉身放燄舉身放煙左脅出水右脅出火右脅出水左脅出火前出火後出水前出水後出火舉身出火舉身出水爾時大愛道作若干變化還在本座結跏趺坐正身正意繫念在前而入初禪從初禪起而入第二禪從第二禪起而入第三禪從第三禪起入第四禪從第四禪起入空處從空處起入識處從識處起入不用處從不用處起入有想無想處從有想無想處起入想知滅從想知滅起還入有想無想處從有想無想處起還入不用處從不用處起還入識處從識處起還入空處從空處起還入第四禪從第四禪起還入三禪從三禪起還入二禪從二禪起還入初禪從初禪起還入二禪從二禪起還入三禪從三禪起還入四禪從四禪起還入三禪從三禪起還入四禪已入四禪便取滅度爾時天地大動東涌西没西涌東没四邊都涌中央没又四面涼風起諸天在空作倡伎樂欲界諸天涕零悲泣猶如春月天降甘雨神妙之天雜碎優鉢華香又雜碎栴檀而散其上爾時差摩比丘尼優鉢色比丘尼基梨施瞿曇彌比丘尼舍瞿

離比丘尼奢摩比丘尼鉢陀蘭遮比丘尼婆羅遮羅比丘尼迦旃延比丘尼闍耶比丘尼如此上首五百比丘尼等各於露地敷坐飛在虛空於虛空中坐卧經行作十八變乃至入想知滅各取滅度爾時毗舍離城内有大將名曰耶輸提將五百童子集普會講堂有所講說時耶輸提及五百童子逢見五百比丘尼作十八變見已歡喜踊躍無量各共叉手而向彼所爾時世尊而告阿難曰汝往至耶輸提大將所而告之曰速辦五百牀具五百坐具五百瓶酥五百瓶油五百轝華五百裹香五百車薪爾時阿難前白佛言不審世尊欲何施爲佛告之曰大愛道已取滅度及五百比丘尼泥洹我等欲供養舍利爾時阿難悲泣交集不能自勝大愛道取滅度何其速哉爾時阿難以手揮淚便往至耶輸提大將所爾時耶輸提遙見阿難來皆起前迎並作是說善來阿難欲何所告勑又行非常爾時阿難報曰我是佛使欲有所告勑時大將咸共問曰欲何所告勑阿難報曰世尊告大將曰當辦五百牀具五百坐具五百瓶酥五百瓶油五百轝花五百裹香五百車薪大愛道及五百比丘尼皆取滅度我等欲往供養舍利爾時大將悲泣交集而作是說大愛道取滅度何其速哉及五百比丘尼取滅度甚爲速哉誰當教授我等教化分檀布施爾時耶輸提大將即辦五百牀具五百坐具五百瓶油酥薪及諸耶維之具往至世尊所頭面禮足在一面立爾時耶輸提大將白世尊言如來所約勑供養之具今日已辦佛告之曰

汝今各取大愛道身及五百比丘尼身出毗
舍離到曠野之處吾欲於彼供養舍利耶輸
提大將白佛言唯然世尊是時長者即往至
大愛道寺所告一人曰汝今施梯登墻入內
徐徐開門無令有聲是時彼人如彼教勑即
入開門復勑五百人各舉轝舍利著于牀上
爾時有二沙彌尼在一名難陀二名優般難
陀是時二沙彌尼語大將曰止止大將勿觸
擾諸師耶輸提大將報曰汝師不為睡眠皆
取滅度爾時二沙彌尼聞諸師皆取滅度心
懷恐怖即自思惟觀有習之法皆是盡法即
於坐處得三明六通爾時二沙彌尼即飛在
虛空中先至曠野之中作十八變坐臥經行
身出水火變化無量即於無餘涅槃界而取
般涅槃爾時世尊將諸比丘僧前後圍繞往
至大愛道比丘尼寺爾時世尊告阿難難陀
羅云汝等轝大愛道身我當躬自供養是時
釋提桓因知世尊心中所念即從三十三天
上譬如力人屈伸臂頃來至毗舍離到世尊
所頭面禮足在一面立其中漏盡比丘皆見
釋提桓因及三十三天其不漏盡有欲比丘
及比丘尼優婆塞優婆夷未漏盡者亦不見
釋提桓因及三十三天爾時梵天王遙知如
來心中所念將諸梵天從梵天上沒來至世
尊所頭面禮足在一面立爾時毗沙門天王
知世尊心中所念將諸閱叉鬼神到如來所
頭面禮足在一面立爾時提地賴吒天王將
諸乾沓和從東方來至如來所頭面禮足在
一面立毗婁勒叉天王將諸無數拘槃荼從
南方來至世尊所頭面禮足在一面立毗婁

波叉天王將諸龍神來至如來所頭面禮足在一面立及欲界色界無色界諸天各各知如來心中所念來至世尊所頭面禮足在一面立爾時釋提桓因毗沙門天王前白佛言唯願世尊勿自勞神我等自當供養舍利佛告諸天止止天王如來自當知時此是如來所應修行非是天龍鬼神所及也所以然者父母生子多有所益長養恩重乳哺懷抱要當報恩不得不報恩然諸天當知過去諸佛世尊所生母先取滅度然後諸佛世尊皆自供養耶維舍利正使將來諸佛世尊所生之母先取滅度然後諸佛以此方便知如來應自供養非天龍鬼神所及也爾時毗沙門天王告五百鬼曰汝等往至栴檀林中取栴檀薪來當供養耶維時五百鬼聞天王語已即往至栴檀林中取栴檀薪來至曠野之間是時世尊躬自舉牀一脚難陀舉一脚羅云舉一脚阿難舉一脚飛在虛空往至彼冢間其中四部之衆比丘比丘尼優婆塞優婆夷舉五百比丘尼舍利至大冢間爾時世尊告耶輸提大將曰汝今更辦二牀具二坐具二車薪香華供養二沙彌尼身耶輸提大將白佛言唯然世尊尋時即辦供養之具爾時世尊以栴檀木各傳與諸天是時世尊復告大將曰汝今各取五百舍利各分別而供養之二沙彌尼亦復使然時大將受佛教已各各分別而取供養即取耶維爾時世尊復以栴檀木著大愛道身上爾時世尊便說斯偈

一切行無常　生者必有盡　不生則不死
此滅爲最樂

爾時諸天人民皆悉雲集在於家間天人大衆十億姟那術他時大將火滅已復取舍利而起偷婆佛告大將曰汝今取五百比丘尼舍利與起偷婆長夜之中受福無量所以然者世間有四人起於偷婆云何爲四若有人與如來至眞等正覺起於偷婆與轉輪聖王與辟支佛及如來弟子漏盡阿羅漢與起偷婆者受福無量爾時世尊與諸天人民說微妙之法勸令歡喜爾時天與人有一億諸塵垢盡得法眼淨爾時諸天人民乾沓和阿須倫四部之衆聞佛所說歡喜奉行

聞如是一時佛在舍衛國祇樹給孤獨園與大比丘衆五百人俱爾時舍衛城内有比丘尼名曰婆陀將五百比丘尼於彼遊化時婆陀比丘尼在閑靜之處而自思惟結跏趺坐繫念在前自憶無數宿命之事復自笑有比丘尼遥見婆陀比丘尼笑見已便往至比丘尼所今婆陀比丘尼獨在樹下而笑將有何緣時五百比丘尼即相將至婆陀比丘尼所頭面禮足爾時五百比丘尼白婆陀曰有何因緣獨坐樹下而笑耶爾時婆陀比丘尼告五百比丘尼曰我向者在此樹下自憶無數宿命之事復見昔日所經歷身死此生彼皆悉觀見時五百比丘尼復白言唯願當說曩昔之緣時婆陀比丘尼告五百比丘尼曰過去久遠九十一劫有佛出世名曰毗婆尸如來至眞等正覺明行成爲善逝世間解無上士道法御天人師號佛衆祐出現於世爾時世界名槃頭摩人民熾盛不可稱計爾時如來遊彼國界將十六萬八千比丘衆前後圍

繞而爲說法時佛名號流布四遠毗婆尸佛者衆相具足是一切人良祐福田爾時彼國界中有童子名曰梵天顏貌端正世之希有時彼童子手執寶蓋而行詣街巷中時有居士婦亦復端正亦從此道行衆人皆共觀看時童子便作是念我今亦復端正手執寶蓋衆人皆不觀視我身此諸人民皆共觀此女人我今要當作方便使人觀視我時彼童子即出彼城往至毗婆尸佛所手執寶華供養七日七夜亦作誓願設當毗婆尸佛有此神足有此神力是世間無上福田待此功德使我將來之世作女人身人民見之莫不喜踊爾時彼童子七日七夜供養彼佛已隨命長短後便生三十三天於彼復作女身極爲端正玉女中第一以五事功德勝彼天女云何爲五所謂天壽天色天樂天威福天自在時三十三天見已各自說曰此天女者極爲殊妙無與等者其中或有天子作是說此天女我應得以爲天后各相競爭時大天王說曰汝等勿共鬬訟其中能說極妙偈者便以此天女與之作婦爾時有一天子便說斯偈

若起若復坐　寤寐無有歡
設我眠睡時　然後乃無欲

爾時復有天子而說斯偈

汝今故爲樂　於眠無念想
我今興欲念　如似打戰鼓

爾時復有天子而說斯偈

設復打戰鼓　猶有休息時
我欲馳速疾　如水流不停

爾時復有天子而說斯偈

如水漂大木　猶有休息時　我恒思想欲
如殺象不眴
爾時諸天中最尊天子與諸天人而說斯偈
汝等猶閑暇　各能說斯偈　我今不自知
爲存爲亡乎
爾時諸天人白彼天子曰善哉天子所說偈者極爲清妙今以此天女奉貢天王爾時天女即入天王宮汝等諸妹勿有猶豫所以然者爾時童子供養佛上寶蓋者豈異人乎莫作是觀爾時童子身者即我身是也過去三十一劫中有式詰如來出現於世遊化於野馬世界與大比丘衆十六萬人俱爾時彼天女後便命終而生人中受女人身極爲端正世之希有時式詰如來到時著衣持鉢入野馬城乞食時彼天女人復爲長者婦以好飲食奉上式詰如來並作誓願持此功德之業所生之處莫墮三惡趣顔貌端正與人殊異爾時彼女人後便命終生三十三天於彼復作女人身極爲端正有五事功德勝彼諸天爾時天女豈異人乎莫作是觀所以然者時女人者則我身是即於彼劫毗舍羅婆如來出現於世爾時天女隨壽長短命終之後來生人中受女人身顔貌端正世之希有復與長者居士作婦爾時長者婦復以妙衣好服奉上如來發此誓願使我將來之世得作女人身時彼婦人命終之後生三十三天顔貌端正勝彼天女爾時彼女人者豈異人乎莫作斯觀所以然者爾時女人者則我身是時彼女人隨壽長短命終之後來生人中在波羅㮈大城與月光長者作婢顔貌麤醜人所

惡見自毗舍羅婆去世更無佛出爾時辟支佛遊化時月光長者婦告其婢曰汝在外遊行求覓沙門顏貌端正入吾意者將來在家吾欲供養爾時彼婢即出家中在外求覓沙門遇見辟支佛城内遊乞然彼顏貌麤惡姿色醜弊時彼婢使語辟支佛曰大家欲見願屈至家即入白主沙門已至可往相見時長者婦見沙門已心不歡樂即語其婢此還發遣吾不布施所以然者由其顏貌麤弊故爾時其婢語夫人曰設不惠施沙門者我今日所應食分盡用惠施時彼夫人即出食分細麨一斗時彼婢使授與沙門時辟支佛受此食已飛在虛空作十八變時長者婢復作誓願持此功德所生之處莫墮三惡趣使我將來之世得作女身極爲端正時彼辟支佛手擎鉢飯遶城三帀時月光長者將五百商人集會普會講堂時彼城中男女大小見辟支佛擎鉢飯飛在虛空見已自相謂言斯是何人功德乃爾乎誰遇此辟支佛飲食惠施時長者婢白夫人曰願出觀看沙門神德飛在虛空作十八變神德無量時長者婦告其婢曰汝今所惠施沙門之食設獲福者盡持與我我當與汝二日食直其婢報曰我不堪任以福相與夫人告曰與汝四日食直乃至十日食直其婢報曰我不堪任以福相與夫人告曰我今與汝百枚金錢其婢報曰我亦不須夫人復告與汝二百乃至千枚金錢其婢報曰我亦不須夫人告曰我免汝身使不作婢其婢報曰我亦不須求爲良人夫人復告汝爲夫人我爲婢使其婢報曰我亦不須求

爲良人夫人告曰我今當取汝撾打毀杌耳鼻截汝手足當斷汝頭其婢報曰如斯之痛盡堪任受終不以福而相惠施身屬大家心善各異爾時長者婦即撾打其婢時五百商人各作斯論此神人者今來乞食必當是我家施與時月光長者發遣諸人還來入家見夫人取婢鞭打即問之曰以何因縁而鞭此婢時婢便以斯因縁具白時月光長者歡喜踊躍不能自勝即攝夫人爲婢使使其婢身代夫人處爾時波羅㮈城有王治化名梵摩達時彼大王聞月光長者飯辟支佛甚懷喜悦乃遇眞人隨時惠施梵摩達王即遣人召月光長者而告之曰汝實飯神仙眞人乎長者白王實遇眞人以食惠施時梵摩達王尋時賞賜更增職位時長者婢隨壽長短命終之後生三十三天顔貌殊妙世之希有有五事功德勝彼諸天諸妹莫作是觀爾時長者婢者即我身是也於此賢劫中有佛出世名拘樓孫如來時彼天女隨壽長短命終之後生於人中爾時與耶若達梵志作女時此女人復飯如來發此誓願求作女人身後命終生三十三天顔貌端正勝諸天女復從彼命終生於人中爾時拘那含牟尼佛出現於世時彼天女爲長者女復以金華供養拘那含牟尼佛持此功德所生之處莫墮三惡趣使我後身得作女人身時此女人隨壽長短命終之後生三十三天於彼端正出衆天女上有五事功德而不可及爾時長者女供養拘那含牟尼佛豈異人乎莫作斯觀爾時女人則我身是時彼天女隨壽長短來生人中復

與長者作婦顔貌殊特世之希有爾時迦葉如來出現於世時彼長者婦七日七夜供養迦葉佛發此誓願言使我將來世得作女身時長者婦隨壽長短命終之後生三十三天有五事功德勝彼天女爾時長者婦供養迦葉佛者豈異人乎莫作斯觀爾時長者婦則我身是於此賢劫釋迦文佛出現於世時彼天女命終之後生羅閱城中與劫毗羅婆羅門作女顔貌端正出諸女表劫毗羅婆羅門女正似紫磨金像至彼女人所黮䵩如似墨意不貪五欲諸妹莫作斯觀此女人身豈異人乎爾時婆羅門女者則我身是諸妹當知緣昔日功報與比鉢羅摩納作婦所謂摩訶迦葉是尊大迦葉先自出家後日我方出家自憶昔日所經歷女人之身是以今故自笑耳我以無智自蔽供養六如來求作女人身以此因緣故笑昔日所經歷爾時衆多比丘聞婆陀比丘尼自憶宿命無數世事即往世尊所頭面禮足在一面坐以此因緣具白如來爾時世尊告諸比丘汝等頗見聲聞之中比丘尼自憶無數世事如斯人乎諸比丘白佛不見也世尊佛告諸比丘我聲聞中第一弟子自憶宿命無數世事劫毗羅比丘尼是

爾時諸比丘聞佛所說歡喜奉行

聞如是一時佛在舍衞國祇樹給孤獨園爾時有一比丘往至世尊所頭面禮足在一面坐須臾退坐前白佛言劫爲長短爲有限乎佛告比丘劫極長遠我今與汝引譬專意聽之吾今當說爾時比丘從佛受教世尊告曰比丘當知猶如鐵城縱廣一由旬高一由旬

芥子滿其中無空缺處設有人來百歲取一芥子其鐵城芥子猶有減盡然後乃爲一劫不可稱計所以然者生死長遠無有邊際衆生恩愛縛著流轉生死死此生彼無有窮已我於其中猒患生死如是比丘當求巧便免此愛著之想爾時諸比丘聞佛所說歡喜奉行

增壹阿含經卷第四十九

音釋

耶維 梵語也亦云闍維此云焚燒　麨 尺沼切乾糧也　枚 莫杯切箇也　撾 陟瓜切擊也　杌 五忽切木無枝也　黤黮 黤烏感切黮吐感切黤黮黑也

增壹阿含經卷第五十

符秦三藏曇摩難提譯

大愛道般涅槃品第五十二之二

聞如是一時佛在舍衛國祇樹給孤獨園爾時有一比丘至世尊所頭面禮足在一面坐爾時彼比丘白世尊曰劫爲長遠佛告比丘劫極長遠不可以筭籌量我今當與汝引譬喻善思念之吾今當爲汝說爾時彼比丘從佛受教世尊告曰譬如大石山縱廣一由旬高一由旬設有人來手執天衣百歲一拂石猶摩滅劫數難限所以然者劫數長遠無有邊際如此非一劫百劫所以然者生死長遠不可限量無有邊際衆生之類無明所蔽流浪生死無有出期死此生彼無有窮已我於其中猒患生死如是比丘當求巧便免此愛著之想爾時諸比丘聞佛所說歡喜奉行

聞如是一時佛在舍衛國祇樹給孤獨園爾時世尊告諸比丘隨時聞法有五功德恒不失時云何爲五未曾聞法便聞之已聞便受持除去狐疑亦無邪見解甚深之法是謂比丘隨時聞法有此五功德是故比丘常當念聽甚深之法此是我之教誡如是比丘當作是學爾時諸比丘聞佛所說歡喜奉行

聞如是一時佛在毗舍離摩訶婆那園中與大比丘衆五百人俱爾時師子大將便往至世尊所頭面禮足在一面坐爾時如來告大將曰施主檀越有五功德云何爲五於是施主名聞遠布某甲村中有此好施之人周窮濟乏無所愛惜是謂師子大將第一功德由施主所致復次師子大將施主檀越若至刹

利衆婆羅門衆沙門衆中皆無所畏亦無疑難是謂師子第二功德復次施主檀越多爲人所愛念普來宗仰如子愛母其心不相離施主亦復如是多爲人愛復次師子施主檀越布施之時發歡喜心以有歡心則有悦豫意性堅固是時便自覺有樂有苦亦不變悔如實自知云何自知知有苦諦苦集苦盡苦出要諦如實知之爾時世尊便説斯偈

施爲衆福具　而遠第一義　其能憶施者便發歡悦心

復次師子長者施主檀越布施之時身壞命終生三十三天又有五事勝彼諸天云何爲五一者顏貌豪貴威神光明二者所欲自在無事不果三者若檀越施主生人中者值富貴家四者饒財多寶五者言從語用是謂師子檀越有此五功德引入善道爾時師子大將聞佛所説歡喜踊躍不能自勝前白佛言唯願世尊及比丘僧當受我請爾時世尊默然受請時師子大將已見世尊默然受請即從座起頭面禮足便退而去還至家中辦具種種飲食敷好坐具即白時至今正是時唯願大聖垂愍臨顧爾時世尊到時著衣持鉢將比丘衆前後圍遶至大將家各次第坐爾時師子將軍見佛及比丘僧已次第坐手自斟酌行種種飲食爾時大將行食之時諸天在虚空中而告之曰此是阿羅漢斯人向阿羅漢施此得福多施此得福少此是阿那含此人向阿那含此人是斯陀含斯人向斯陀含道此人是須陀洹斯人向須陀洹道是人七生往返此人一生此是持信此人奉法此

是利根此是鈍根此人下卑此人精進持戒此人犯戒施此人得福多施此得福少時師子大將聞諸天語已亦不經懷見如來食已訖除去鉢器更取小座在如來前坐爾時師子大將白世尊言我向者有諸天來至我所而告我曰從羅漢至犯戒皆具白如來雖聞斯言亦不經懷亦復不生此念我當捨此施彼捨彼施此然我復生斯念應施一切衆生有形之類由食而存無食則喪我躬自從如來聞說斯偈恒在心懷而不忘失云何爲一偈

施當普平等　終不有所逆　必當遇賢聖
緣斯而得度

是謂世尊斯偈所說我躬從如來聞之恒念奉行佛告大將善哉善哉斯名菩薩之心平等惠施若菩薩布施之時亦不生此念我當與此置此恒有平等而惠施亦復有此念一切衆生有食則存無食則喪菩薩行施之時亦復思惟此業便說斯偈

夫人修其行　行惡及其善　彼彼自受報
行終不衰耗　如人尋其行　即受其果報
爲善獲其善　作惡受惡報　爲惡及其善
隨人之所習　如似種五穀　各獲其果實

師子大將當以此方便知善惡故各有其行所以然者從初發意至于成道心無增減不選擇人亦不觀其地是故師子若欲惠施之時恒念平等勿興是非之心如是師子當作是學爾時世尊復說覭曰

施歡人所愛　衆人所稱歎　所至無疑難
亦無嫉妬心　是故智者施　除去諸惡想

長夜至善處　諸天所嘉歎

爾時世尊說斯語已便從座起而去爾時師子聞佛所說歡喜奉行

聞如是一時佛在舍衛國祇樹給孤獨園爾時波斯匿王往到世尊所頭面禮足在一面坐是時波斯匿王白世尊言夫施之家當於何處施世尊告王隨心所歡便於彼施王復白佛為施何處得大功德佛告王曰汝前所問當施何處今復問獲福功德王白佛言我今問如來為施何處獲其功德佛告王曰吾今還問王隨所樂還報吾云何大王若有刹利子來婆羅門子來然愚惑無所知心意錯亂恒不一定來至王所而問王言我等當恭奉聖王隨時所須云何大王須此人在左右乎王白佛言不須也世尊所以然者由彼人無有黠慧心識不定不堪倏外敵之所致也佛告王曰云何大王若刹利婆羅門種多諸方便無有恐難亦不畏懼能降外敵來至王所而白王言我等隨時瞻奉聖王唯願垂恩當見納受云何大王當受斯人不乎王白佛言唯然世尊我等當納受斯人所以然者由彼人堪任倏外敵無有畏難亦復不恐懼佛告王曰今比丘亦復如是諸根完具捨五成六護一降四施此之人獲福最多王白佛言云何比丘捨五成六護一降四佛告王曰於是比丘捨貪欲蓋瞋恚蓋睡眠蓋掉戲蓋疑蓋如是比丘名為捨五云何比丘成就六王當知之若比丘見色已不起色想緣此護眼根除去惡不善念而護眼根若耳鼻舌身意不起意識而護意根如是比丘成就六云何

比丘而護一於是比丘繫念在前如是比丘而護一云何比丘而降四於是比丘降身魔欲魔死魔天魔皆悉降伏如是比丘降伏於四如是大王捨五成就六護一降四施如此之人獲福難量夫爲邪見與邊見相應如斯之人施蓋無益時王白佛言如是世尊施斯之人其福難量若比丘成就一法福尚難量何況餘者云何爲一法所謂身念是也所以然者尼揵子恒計身行不計口行意行佛告王曰尼揵子者愚惑意常錯亂心識不定是彼師法故致斯言耳彼受身行之報口行之報蓋不足言意行無形而不可見王白佛言此三行中何者最重身行耶口行耶意行耶佛告王曰此三行之中意行最重口行身行蓋不足言王白佛言復何因緣故説念意最爲第一佛告王曰夫人所行先意念然後口發口已發便身行殺盜婬舌根不定亦無端緒正使彼人命終身根舌根在大王彼人何以故身口不有所説耶王白佛言彼人以無意根故致斯變耳佛告王曰當以此方便知意根最爲重餘二者輕爾時世尊便説斯偈

心爲法本　心尊心使　心之念惡　即行即施
於彼受苦　輪轢于轍　心爲法本　心尊心使
中心念善　即行即爲　受其善報　如影隨形

爾時波斯匿王白世尊言如是如來爲惡之人身行惡隨行墮惡趣佛告王言汝爲觀何等義而來問我爲施何人獲福益多王白佛言我昔至尼揵子所問尼揵子曰當於何處惠施尼揵子聞我所問已更論餘事亦不見報時尼揵子語我言沙門瞿曇作是説施我

得福多餘者無福當施我弟子不應施餘人其有人民施我弟子者其福不可量也佛告王曰爾時為云何報之王白佛言時我便作是念或有斯理惠施如來其福難量今故問佛為與何𠍴其福難量然今世尊不自稱譽亦不毀人佛告王曰我亦不作是説施我得福多餘者不得福但我今日所説鉢中遺餘持與人者其福難量以清淨之心著淨水中普生斯念斯中有形之類蒙祐無量何況人形但大王我今所説施持戒人其福難量與犯戒人者蓋不足言大王當知如田家子善治其地除去穢惡以好穀子著良田中於中獲子無有限量亦如田家子不修治地亦不除去穢惡而下穀子後所收蓋不足言今比丘亦復如是若比丘捨五成就六護一降四

如斯之人其施惠者其福無量與邪見之人蓋不足言猶如大王刹利種婆羅門種意無疑難能降外敵當觀亦如羅漢之人彼婆羅門種意不專定者當觀如邪見之人時波斯匿王白世尊言施持戒之人其福難量自今已後其來求索者終不違逆若復四部之衆有所求索者亦不逆之隨時給與衣被飲食牀卧具亦復施與諸梵行者佛告之曰勿作是説所以然者施畜生之類其福難量況復人身乎但我今日所説者施持戒人難計非犯戒人波斯匿王白佛言我今重復自歸然世尊慇懃乃至於斯外道異學恒誹世尊又且世尊恒歎譽彼人外道異學貪著利養又復如來不貪利養國事猥多欲還所止佛告王曰宜知是時爾時波斯匿王聞佛所説歡

喜奉行

聞如是一時佛在舍衛國祇樹給孤獨園爾時波斯匿王殺庶母百子即懷變悔我造惡原極爲甚多復用此爲由王位故殺比百人誰能堪任除我愁憂時波斯匿王復作是念唯有世尊能去我憂耳時復作斯念我今不宜懷此愁憂默然至世尊所當駕王威至世尊所時波斯匿王告群臣曰汝等催駕羽葆之車如前王法欲出舍衛城親近如來群臣聞王教已即時嚴駕羽葆之車即來白王言嚴駕已訖王知是時時波斯匿王即乘羽葆之車椎鍾鳴鼓懸繒幡蓋人民之徒皆著鎧器諸臣圍遶出舍衛城往至祇桓步入祇桓精舍如前王法除五威儀蓋天冠拂劍履屣盡捨之至世尊所頭面布地復以手摩如來足並自陳啓我今悔過改往修來愚惑不別眞僞殺庶母百子由王威力故今來自悔唯願納受佛告王曰善哉大王還就本位今當說法時波斯匿王即從座起禮世尊足還詣本位佛告王曰命極危脆極壽不過百年所出無幾人壽百年計三十三天一日一夜計彼日夜三十日爲一月十二月爲一歲彼三十三天正壽千歲計人中壽壽十二萬歲復計還活地獄中一日一夜復計彼日夜三十日爲一月十二月爲一歲還活地獄中五千歲或壽半劫或壽一劫隨人所作行或有中夭者計人中之壽百億之歲智者恒念普修此行我復用此惡爲樂少苦多其殃難計是故大王莫由己身父母妻子國土人民施行罪業亦莫爲王身故而作罪本猶如石蜜爲

初甜後苦此亦如是於短壽之中何爲作惡大王當知有四大畏恒逼人身終不可制却亦復不可呪術戰鬬藥草所能抑折所謂生老病死亦如四大山從四方來各各相就摧壞樹木皆悉磨滅此四事亦復如是大王當知若生來時使父母懷憂愁苦惱不可稱計若老來至無復少壯壞敗形貌支節漸緩若病來至丁壯之年無復氣力轉轉命促若死來至斷於命根恩愛別離五陰各散是謂大王有此四大皆不得自在若復有人親近殺生受諸惡原若生人中壽命極短若人習盜後生貧困衣不蓋形食不充口所以然者皆由取他財物故致斯變若生人中受苦無量若人婬他妻後生人中妻不貞良若人妄語後生人中言不信用爲人輕慢皆由前世詐稱虛僞故若人惡言受地獄罪若生人中顏色醜陋皆由前世惡言故獲斯報若人綺語受地獄罪若生人中家中不和恒被鬬亂所以然者皆由前身所造之報若人兩舌鬬亂彼此受地獄罪若生人中室家不和恒有諍訟所以然者皆由前世鬬亂彼此之所致若人喜憎嫉受地獄罪若生人中爲人所憎皆由前世行本之所致也若人興謀害之心受地獄罪若生人中意不專定所以然者皆由前世興斯心故若復有人習於邪見受地獄罪若生人中聾盲瘖瘂人所惡見所由爾者皆因前世行本所致也是謂大王由此十惡之報致斯殃釁受罪無量況復外者乎是故大王當以法治化莫以非法以理治民亦莫非理大王諸以正法治民者命終之後皆生

天上正使大王命終之後人民追憶終不忘矣名稱遠布大王當知諸以非法治化人民死後皆生地獄中是時獄卒以五縛繫之其中受苦不可稱量或鞭或縛或捶或解諸支節或取火炙或以融銅灌其身或剥其皮或以草著腹或拔其舌或刺其體或鋸解其身或鐵臼中擣或輪壞其形使走刀山劒樹不令停息抱熱銅柱或挑其眼或壞耳根或截手足取鼻以截復生復舉身形著大鑊中復以鐵叉攪動其身不令止住復從鑊中出生拔舂筋持用治車復使入熱灰地獄中復入熱屎地獄中復入刺地獄中復入灰河地獄中復入刀樹地獄中復令仰臥以熱鐵丸使令食之腸胃五藏皆悉爛盡從下而過復以融銅而灌其口從下而過於中受苦惱要當罪畢然後乃出如是大王衆生入地獄其事如是皆由前世治法不正之所致也爾時世尊便說斯偈

百年習於欲　後故入地獄　斯竟何足貪
受罪難稱計

大王以法治化自濟其身父母妻子奴婢親族將護國事是故大王常當以法治化莫以非法人命極短在世須臾閒耳生死長遠多諸畏難若死來至於中啼哭骨節離解身體煩疼爾時無有救者非有父母妻子奴婢僕從國土人民所能救也有此之難誰堪代者唯有布施持戒語常和悅不傷人意作衆功德行諸善本爾時世尊便說斯偈

智者當惠施　諸佛所嘉歎　是故清淨心
勿有懈慢意　爲死之所逼　受大極苦惱

至彼惡趣中　無有休息時　若復欲來時
極受於苦惱　諸根自然壞　由惡無休息
若醫師來時　合集諸藥草　不遍其身體
由惡無休息　若復親族來　問其財貨本
耳下不聞聲　由惡無休想　若復移在地
病人卧其上　形如枯樹根　由惡無休息
若復以命終　身冷識已離　形如墻壁土
由惡無休息　若復彼死屍　親族舉冢間
彼無可恃者　唯福可怙耳
是故大王當求方便施行福業今不爲者後
悔無益爾時世尊便說斯偈
夫爲作福者　常當離苦患　造福受其報
今世亦後世
是故大王當念作福爾時世尊便說斯偈
如來由福力　降伏魔官屬　今已逮佛力
是故福力尊
是故大王當念作福爲惡尋當悔過更莫復
犯爾時世尊便說斯偈
雖爲極惡原　悔過漸復薄　是照於世間
根本皆消滅
是故大王莫由己身修行其惡莫爲父母妻
子沙門婆羅門施行於惡習其惡行如是大
王當作是學爾時世尊便說斯偈
非父母兄弟　亦非諸親族　能免此患者
皆捨歸於死
是故大王自今已後當以法治化莫以非法
如是大王當作是學爾時波斯匿王聞佛所
說歡喜奉行
聞如是一時佛在舍衛國祇樹給孤獨園爾
時國王波斯匿夜夢見十事王即覺寤大用

愁怖懼畏亡國及身妻子明日即召公卿大臣明智道士婆羅門能解夢相者悉來集會王即爲說夜夢十事誰能解者婆羅門言我能解之恐王聞之即當不樂王言便說之婆羅門言當亡國王及王太子王妻王言諸人寧可禳䄏不耶婆羅門言斯事可禳禬之當殺太子及王所重大夫人邊傍侍者僕從奴婢幷所貴大臣以用祠天王所有卧具珍奇寶物皆當火燒以祠於天如是王身及國可盡無他王聞婆羅門言大用愁憂不樂却入齋室思念此事王有夫人名曰摩利就到王所問王意故何以愁憂不樂妾身將有過於王耶王言卿無過於我但莫問是事卿儻聞之令汝愁怖夫人答王不敢愁怖王言不須問也聞者卿怖夫人言我是王身之半有急緩當以告我就當殺妾一人大王女隱不以爲怖願王說之王即爲夫人說昨夜夢見十事一者見三釜羅兩邊釜滿中央釜空兩邊釜沸氣相交往不入中央空釜中二者夢見馬口亦食尻亦食三者夢見大樹生華四者夢見小樹生果五者夢見一人索繩然後有羊羊主食繩六者夢見狐坐金牀上食以金器七者夢見大牛還從犢子數乳八者夢見黑牛群從四面鳴吼來相趣欲鬭當合未合不知牛處九者夢見大陂池水中央濁四邊清十者夢見大溪水波流正赤夢見已即寤大用惶怖恐亡國及身妻子人民今召公卿大臣道人婆羅門能解說者時有一婆羅門言當殺王太子所重夫人大臣奴婢以祠於天以故致愁耳夫人報言大王莫愁夢義如

人行買金又以火燒兼石上磨好惡自現今佛近在祇桓精舍可往問佛佛解說者可隨佛說云何信此狂癡婆羅門語以自愁苦乃至於斯王方喜寤即召左右傍臣速嚴駕車騎王乘高蓋之車乘騎從數千萬人出舍衛城到祇桓精舍下步到佛所頭面禮足長跪叉手前白佛言昨夜夢見十事願佛哀我事事解說佛告王曰善哉大王王所夢者乃爲將來後世現瑞應耳後世人民不畏禁法普當婬泆貪著妻息放情婬嫟無有猒足妬忌愚癡不知慚愧貞廉見棄佞諂亂國王夢見三釜羅兩邊釜滿中央釜空兩邊釜沸氣相交往不入中央空釜中者後世人民皆當不給足養親貧窮同生不親近反親他人富貴相從共相饋遺王夢見一事正爲此耳王夢

見馬口亦食尻亦食後世人民大臣百官長吏公卿稟食於官復食於民賦斂不息下吏作奸民不得寧不安舊土王夢見二事正爲此耳王夢見大樹生華後世人民多逢驅役心憔意惱常有愁怖年未滿三十頭鬚皓白王夢見三事正爲是耳王夢見小樹生果後世女人年未滿十五便行求嫁抱兒來歸不知慚愧王夢見四事正爲是耳王夢見一人索繩後有羊羊主食繩末後世人夫壻行賈或入軍征遊伴街里朋黨交戲不肖之妻在家與他男子私通棲宿食啖夫財快情恣欲無有愧陋夫亦知之效人伴愚王夢見五事正爲是耳王夢見狐上金牀食用金器後世人賤者當貴在金牀上坐食飲重味貴族大姓當給走使良人作奴婢奴婢爲良人王夢

見六事正謂此耳王夢見大牛還從犢子下
嗽乳後世人毋當爲女作媒將他男子與共
房室毋住守門從得財物用自給活父亦同
情伴聾不知王夢見七事正謂是耳王夢見
黑牛從四面群來相趣鳴吼欲鬬當合未合
不知牛處後世人國主大臣長吏人民皆當
不畏大禁貪婬嗜欲畜財貯產妻女大小皆
不廉潔婬泆饕餮無有猒極嫉妬愚癡不知
慚愧忠孝不行諛諂破國不畏上下雨不時
節氣不和適風塵暴起飛沙折木蝗蟲噉稼
使茲不熟帝王人民施行如此故天使然又
現四邊起雲帝王人民皆喜各言雲以四合
令必當雨須臾之間雲各自散故現此怪欲
使下民改行守善持戒畏懼天地不入惡道
貞廉自守一妻一婦慈心不怒王夢見八事

正謂此耳王夢見大陂水中央濁四邊清後
世人在閻浮地內臣當不忠子當不孝不敬
長老不信佛道不敬明經道士臣貪官賜子
貪父財無有反復不顧義理邊國當忠孝尊
敬長老信樂佛道給施明經道士念報反復
王夢見九事正謂此耳王夢見大溪水流波
正赤後世人諸帝王國主當不猒其國興師
共鬬當作車兵馬兵當相攻伐還相殺害流
血正赤王夢見十事正謂是耳盡皆爲後世
人之事耳後世人若能心存佛道奉事明經
道人者死皆生天上若作愚行更共相殘者
死入三惡道不可復陳王即長跪叉手受佛
教心中歡喜得定慧無復恐怖王便稽首作
禮頭面著佛足還宮重賜夫人拜爲正后多
給財寶恣令施人國遂豐樂皆奪諸公卿大

臣婆羅門俸祿悉逐出國不復信用一切人民皆發無上正眞之道王及夫人禮佛而去

爾時波斯匿王聞佛所說歡喜奉行

十一法竟（二十五萬首盧其有八十萬言五百五十五聞如是一時也）

增壹阿含經卷第五十

音釋

縱廣（縱將容切廣古曠切南北曰縱東西曰廣）捶（之累切擊也）炙（之石切凡物附火皆曰炙）鋸（居御切刀鋸也）禳襵（禳如羊切卻變異曰禳襵益涉切亦禳也）釜（扶雨切鍑屬）尻（苦刀切脊梁盡處曰尻）嗽（色角切含吸也）

嫟（女力切婬也）饋遺（饋求位切餉也遺以醉切贈也）

雜阿含經

宋天竺三藏求那跋陀羅譯

清刻龍藏佛說法變相圖

雜阿含經卷第一

宋天竺三藏求那跋陀羅譯

如是我聞一時佛住舍衞國祇樹給孤獨園爾時世尊告諸比丘當觀色無常如是觀者則爲正觀正觀者則生猒離猒離者喜貪盡喜貪盡者說心解脫如是觀受想行識無常如是觀者則爲正觀正觀者則生猒離猒離者喜貪盡喜貪盡者說心解脫如是比丘心解脫者若欲自證則能自證我生已盡梵行已立所作已作自知不受後有如觀無常苦空非我亦復如是時諸比丘聞佛所說歡喜奉行

如是我聞一時佛住舍衞國祇樹給孤獨園爾時世尊告諸比丘於色當正思惟觀色無常如實知所以者何比丘於色正思惟觀色

無常如實知者於色欲貪斷欲貪斷者說心解脫如是受想行識當正思惟觀識無常如實知所以者何於識正思惟觀識無常者則於識欲貪斷欲貪斷者說心解脫如是心解脫者若欲自證則能自證我生已盡梵行已立所作已作自知不受後有如是正思惟無常苦空非我亦復如是時諸比丘聞佛所說歡喜奉行

如是我聞一時佛住舍衛國祇樹給孤獨園

爾時世尊告諸比丘於色不知不明不斷不離欲則不能斷苦如是受想行識不知不明不斷不離欲則不能斷苦諸比丘於色若知若明若斷若離欲則能斷苦如是受想行識若知若明若斷若離欲則能堪任斷苦時諸比丘聞佛所說歡喜奉行

如是我聞一時佛住舍衛國祇樹給孤獨園

爾時世尊告諸比丘於色不知不明不斷不離欲心不解脫者則不能越生老病死怖如是受想行識不知不明不斷不離欲貪心不解脫者則不能越生老病死怖比丘於色若知若明若斷若離欲則能越生老病死怖諸比丘若知若明若離欲貪心解脫者則能越生老病死怖如是受想行識若知若明若斷若離欲貪心解脫者則能越生老病死怖時諸比丘聞佛所說歡喜奉行

如是我聞一時佛住舍衛國祇樹給孤獨園

爾時世尊告諸比丘於色愛喜者則於苦愛喜於苦愛喜者則於苦不得解脫不明不離欲如是受想行識愛喜者則愛喜苦愛喜苦者則於苦不得解脫諸比丘於色不愛喜者

則不喜於苦不喜於苦者則於苦得解脫如是受想行識不愛喜者則不喜於苦不喜於苦者則於苦得解脫諸比丘於色不知不明不離欲貪心不解脫貪心不解脫者則不能斷苦如是受想行識不知不明不離欲貪心不解脫者則不能斷苦於色若知若明若離欲貪心得解脫者則能斷苦如是受想行識若知若明若離欲貪心得解脫者則能斷苦時諸比丘聞佛所說歡喜奉行

如是我聞一時佛住舍衛國祇樹給孤獨園爾時世尊告諸比丘於色不知不明不離欲貪心不解脫者則不能越生老病死怖如是受想行識不知不明不離欲貪心不解脫者則不能越生老病死怖諸比丘於色若知若明若離欲貪心解脫者則能越生老病死怖如是受想行識若知若明若離欲貪心解脫者則能越生老病死怖時諸比丘聞佛所說歡喜奉行

如是我聞一時佛住舍衛國祇樹給孤獨園爾時世尊告諸比丘於色愛喜者則於苦愛喜於苦愛喜者則於苦不得解脫如是受想行識愛喜者則愛喜苦愛喜苦者則於苦不得解脫諸比丘於色不愛喜者則不喜於苦不喜苦者則於苦得解脫如是受想行識不愛喜者則不喜於苦不喜於苦者則於苦得解脫時諸比丘聞佛所說歡喜奉行

無常及苦空　非我正思惟　無知等四種
及於色喜樂

如是我聞一時佛住舍衛國祇樹給孤獨園爾時世尊告諸比丘過去未來色無常況現

在色聖弟子如是觀者不顧過去色不欣未來色於現在色猒離欲正向滅盡如是過去未來受想行識無常況現在識聖弟子如是觀者不顧過去識不欣未來識於現在識猒離欲正向滅盡如無常苦空非我亦復如是時諸比丘聞佛所說歡喜奉行

如是我聞一時佛住舍衛國祇樹給孤獨園爾時世尊告諸比丘色無常無常即苦苦即非我非我者亦非我所如是觀者名眞實正觀如是受想行識無常無常即苦苦即非我非我亦非我所如是觀者名眞實正觀聖弟子如是觀者猒於色猒受想行識猒故不樂不樂故得解脫解脫者眞實智生我生已盡梵行已立所作已作自知不受後有時諸比丘聞佛所說歡喜奉行

如是我聞一時佛住舍衛國祇樹給孤獨園爾時世尊告諸比丘色無常無常即苦苦即非我非我者即非我所如是觀者名眞實正觀如是受想行識無常無常即苦苦即非我非我即非我所如是觀者名眞實正觀聖弟子如是觀者於色解脫於受想行識解脫我說是等解脫於生老病死憂悲苦惱時諸比丘聞佛所說歡喜奉行

如是我聞一時佛住舍衛國祇樹給孤獨園爾時世尊告諸比丘色無常若因若緣生諸色者彼亦無常無常因無常緣所生諸色云何有常如是受想行識無常若因若緣生諸識者彼亦無常無常因無常緣所生諸識云何有常如是諸比丘色無常受想行識無常無常者則是苦苦者則非我非我者則非我

所聖弟子如是觀者猒於色猒於受想行識猒者不樂不樂則解脱解脱知見我生已盡梵行已立所作已作自知不受後有時諸比丘聞佛所說歡喜奉行

如是我聞一時佛住舍衛國祇樹給孤獨園爾時世尊告諸比丘色無常若因若緣生諸色者彼亦無常無常因無常緣所生諸色云何有常受想行識無常若因若緣生諸識者彼亦無常無常因無常緣所生諸識云何有常如是比丘色無常受想行識無常無常者則是苦苦者則非我非我者則非我所如是觀者名眞實正觀聖弟子如是觀者於色解脱於受想行識解脱我說是等爲解脱生老病死憂悲苦惱時諸比丘聞佛所說歡喜奉行

如是我聞一時佛住舍衛國祇樹給孤獨園爾時世尊告諸比丘若衆生於色不味者則不染於色以衆生於色味故則有染著如是衆生於受想行識不味者彼衆生則不染於識以衆生味受想行識故彼衆生染著於識諸比丘若色於衆生不爲患者彼諸衆生不應猒色以色爲衆生患故彼諸衆生則猒於色如是受想行識不爲患者彼諸衆生不應猒識以受想行識爲衆生患故彼諸衆生則猒於識諸比丘若色於衆生無出離者彼諸衆生不應出離於色以色於衆生有出離故彼諸衆生出離於色如是受想行識於衆生無出離者彼諸衆生不應出離於識以受想行識於衆生有出離故彼諸衆生出離於識諸比丘若我於此五受陰不如實知味是味

患是患離是離者我於諸天若魔若梵沙門婆羅門天人衆中不脫不出不離永住顛倒亦不能自證得阿耨多羅三藐三菩提諸比丘我以如實知此五受陰味是味患是患離是離故我於諸天若魔若梵沙門婆羅門天人衆中自證得脫得出得離得解脫結縛永不住顛倒亦能自證得阿耨多羅三藐三菩提時諸比丘聞佛所說歡喜奉行

如是我聞一時佛住舍衞國祇樹給孤獨園爾時世尊告諸比丘我昔於色味有求有行若於色味隨順覺於色味以智慧如實見如是於受想行識味有求有行若於受想行識味隨順覺則於識味以智慧如實見諸比丘我於色患有求有行若於色患隨順覺則於色患以智慧如實見如是受想行識患有求有行若於識患隨順覺則於識患以智慧如實見諸比丘我於色離有求有行若於色隨順覺則於色離以智慧如實見如是受想行識離有求有行若於受想行識離隨順覺則於受想行識離以智慧如實見諸比丘我於五受陰不如實知味是味患是患離是離者我於諸天若魔若梵沙門婆羅門天人衆中不脫不離不出永住顛倒不能自證得阿耨多羅三藐三菩提諸比丘我以如實知五受陰味是味患是患離是離我於諸天若魔若梵沙門婆羅門天人衆中已脫已離已出永不住顛倒能自證得阿耨多羅三藐三菩提時諸比丘聞佛所說歡喜奉行

過去四種說　猒離及解脫　二種說因緣　味亦復二種

如是我聞一時佛住舍衛國祇樹給孤獨園時有異比丘來詣佛所稽首佛足却住一面白佛言善哉世尊今當為我畧說法要我聞法已當獨一靜處修不放逸修不放逸已當復思惟所以善男子出家剃除鬚髮身著法服信家非家出家為究竟無上梵行現法作證我生已盡梵行已立所作已作自知不受後有爾時世尊告彼比丘善哉善哉比丘快說此言云當為我畧說法要我聞法已獨一靜處修不放逸乃至自知不受後有如是說耶比丘白佛如是世尊佛告比丘諦聽諦聽善思念之當為汝說比丘若隨使使者即隨使死若隨死者為取所縛比丘若不隨使使則不隨使死不隨使死者則於取解脫比丘白佛知已世尊知已善逝佛告比丘汝云何於我畧說法中廣解其義比丘白佛言世尊色隨使使色隨使死隨使使隨使死者則為取所縛如是受想行識隨使使隨使死隨使使隨使死者為取所縛世尊若色不隨使使不隨使死不隨使使不隨使死者則於取解脫如是受想行識不隨使使不隨使死不隨使使不隨使死者則於取解脫如是世尊畧說法中廣解其義佛告比丘善哉善哉比丘於我畧說法中廣解其義所以者何色隨使使隨使死隨使使隨使死者則為取所縛如是受想行識隨使使隨使死隨使使隨使死者則為取所縛比丘色不隨使使不隨使死不隨使使不隨使死者則於取解脫如是受想行識不隨使使不隨使死不隨使使不隨使死者則於取解脫時彼比丘聞佛所說心

大歡喜禮佛而退獨在靜處精勤修習住不放逸精勤修習住不放逸已思惟所以善男子出家剃除鬚髮身著法服信家非家出家乃至自知不受後有時彼比丘即成羅漢心得解脫

如是我聞一時佛住舍衛國祇樹給孤獨園爾時有異比丘來詣佛所所問如上差別者隨使使隨使死者則增諸數若不隨使使不隨使死者則不增諸數佛告比丘汝云何於我畧說法中廣解其義時彼比丘白佛言世尊若色隨使使隨使死隨使使隨使死者則增諸數如是受想行識隨使使隨使死隨使使隨使死者則增諸數世尊若色不隨使使不隨使死不隨使使不隨使死者則不增諸數如是受想行識不隨使使不隨使死不隨使使不隨使死者則不增諸數如是世尊我於畧說法中廣解其義如是乃至得阿羅漢心得解脫

如是我聞一時佛住舍衛國祇樹給孤獨園有異比丘從座起偏袒右肩合掌白佛言善哉世尊爲我畧說法要我聞法已當獨一靜處專精思惟住不放逸所以善男子出家剃除鬚髮身著法服信家非家出家學道爲究竟無上梵行現法身作證我生已盡梵行已立所作已作自知不受後有爾時世尊告彼比丘善哉善哉汝作是說世尊爲我畧說法要我於畧說法中廣解其義當獨一靜處專精思惟住不放逸乃至自知不受後有汝如是說耶比丘白佛如是世尊佛告比丘諦聽諦聽善思念之當爲汝說比丘非汝所應之

法宜速斷除斷彼法者以義饒益長夜安樂時彼比丘白佛言知已世尊知已善逝佛告比丘云何於我畧說法中廣解其義比丘白佛言世尊色非我所應宜速斷除受想行識非我所應宜速斷除以義饒益長夜安樂是故世尊我於世尊畧說法中廣解其義佛言善哉善哉比丘汝於我畧說法中廣解其義所以者何色者非汝所應宜速斷除如是受想行識非汝所應宜速斷除斷除已以義饒益長夜安樂時彼比丘聞佛所說心大歡喜禮佛而退獨一靜處精勤修習住不放逸精勤修習住不放逸已思惟所以善男子出家剃除鬚髮身著法服正信非家出家乃至自知不受後有時彼比丘成阿羅漢心得解脫

如是我聞一時佛住舍衛國祇樹給孤獨園爾時有異比丘從座起偏袒右肩爲佛作禮却住一面而白佛言善哉世尊爲我畧說法要我聞法已當獨一靜處專精思惟不放逸住乃至自知不受後有佛告比丘善哉善哉汝作如是說世尊爲我畧說法要我聞法已當獨一靜處專精思惟不放逸住乃至自知不受後有耶時彼比丘白佛言如是世尊佛告比丘諦聽諦聽善思念之當爲汝說若非汝所應亦非餘人所應此法宜速除斷斷彼法已以義饒益長夜安樂時彼比丘白佛言知已世尊知已善逝佛告比丘云何於我畧說法中廣解其義比丘白佛言世尊色非我非我所應亦非餘人所應是法宜速除斷斷彼法已以義饒益長夜安樂如是受想行識非我非我所應亦非餘人所應宜速除斷斷

彼法已以義饒益長夜安樂是故我於如來畧說法中廣解其義佛告比丘善哉善哉汝云何於我畧說法中廣解其義所以者何比丘色非我非我所應亦非餘人所應是法宜速除斷斷彼法已以義饒益長夜安樂如是受想行識非我非我所應亦非餘人所應是法宜速除斷斷彼法已以義饒益長夜安樂時彼比丘聞佛所說心大歡喜禮佛而退獨一靜處精勤修習不放逸住乃至自知不受後有時彼比丘心得解脱成阿羅漢

如是我聞一時佛住舍衛國祇樹給孤獨園爾時有異比丘從座起爲佛作禮而白佛言世尊爲我畧說法要我聞法已當獨一靜處專精思惟不放逸住不放逸住已思惟所以善男子正信家非家出家乃至自知不受後有爾時世尊告彼比丘善哉善哉汝今作是說善哉世尊爲我畧說法要我聞法已當獨一靜處專精思惟不放逸住乃至自知不受後有耶比丘白佛言如是世尊佛告比丘諦聽諦聽善思念之當爲汝說比丘結所繫法宜速除斷斷彼法已以義饒益長夜安樂時彼比丘白佛言知已世尊知已善逝佛告比丘汝云何於我畧說法中廣解其義比丘白佛言世尊色是結所繫法是結所繫法宜速除斷斷彼法已以義饒益長夜安樂如是受想行識結所繫法是結所繫法宜速除斷斷彼法已以義饒益長夜安樂是故我於世尊畧說法中廣解其義佛告比丘善哉善哉汝於我畧說法中廣解其義所以者何色是結所繫法此法宜速除斷斷彼法已以義饒益

長夜安樂如是受想行識是結所繫法此法宜速除斷斷彼法已以義饒益長夜安樂時彼比丘聞佛所說心大歡喜禮佛而退獨一靜處專精思惟不放逸住乃至心得解脫成阿羅漢

深經亦如是說

如是我聞一時佛住舍衛國祇樹給孤獨園爾時有異比丘從座起爲佛作禮而白佛言世尊爲我畧說法要我聞法已當獨一靜處專精思惟不放逸住不放逸住已思惟所以善男子正信非家出家乃至自知不受後有爾時世尊告彼比丘善哉善哉汝今作是說善哉世尊爲我畧說法要我聞法已當獨一靜處專精思惟不放逸住乃至自知不受後有耶比丘白佛言如是世尊佛告比丘諦聽諦聽善思念之當爲汝說比丘動揺時則爲魔所縛若不動者則解脫波旬比丘白佛言知已世尊知已善逝佛告比丘汝云何於我畧說法中廣解其義比丘白佛言世尊色動揺時則爲魔所縛若不動者則解脫波旬如是受想行識動揺時爲魔所縛若不動者則解脫波旬是故我於世尊畧說法中廣解其義佛告比丘善哉善哉汝於我畧說法中廣解其義所以者何若色動揺時則爲魔所縛若不動者則解脫波旬如是受想行識動揺則爲魔所縛若不動者則解脫波旬乃至自知不受後有心得解脫成阿羅漢

如是我聞一時佛住舍衛國祇樹給孤獨園爾時有比丘名劫波來詣佛所頭面禮足却住一面白佛言如世尊說比丘心得善解脫

世尊云何比丘心得善解脱爾時世尊告劫波曰善哉善哉能問如來心善解脱善哉劫波諦聽諦聽善思念之當爲汝説劫波當觀知諸所有色若過去若未來若現在若內若外若麤若細若好若醜若遠若近彼一切悉皆無常正觀無常已色愛即除色愛除已心善解脱如是觀受想行識若過去若未來若現在若內若外若麤若細若好若醜若遠若近彼一切悉皆無常正觀無常已識愛即除識愛除已我説心善解脱劫波如是比丘心善解脱者如來説名心善解脱所以者何愛欲斷故愛欲斷者如來説名心善解脱時劫波比丘聞佛所説心大歡喜禮佛而退爾時劫波比丘受佛教已獨一靜處專精思惟不放逸住乃至自知不受後有心善解脱成阿羅漢

如是我聞一時佛住王舍城迦蘭陀竹園爾時尊者羅睺羅往詣佛所頭面禮足却住一面白佛言世尊云何知云何見我此識身及外境界一切相能令無有我我所見我慢使繫著佛告羅睺羅善哉善哉能問如來云何知云何見我此識身及外境界一切相能令無有我我所見我慢使繫著耶羅睺羅白佛言如是世尊佛告羅睺羅善哉諦聽諦聽善思念之當爲汝説羅睺羅當觀若所有諸色若過去若未來若現在若內若外若麤若細若好若醜若遠若近彼一切悉皆非我不異我不相在如是平等慧正觀如是受想行識若過去若未來若現在若內若外若麤若細若好若醜若遠若近彼一切非我不異我不

相在如是平等慧如實觀如是羅睺羅比丘如是知如是見如是知如是見者於此識身及外境界一切相無有我我所見我慢使繫著羅睺羅比丘若如是於此識身及外境界一切相無有我我所見我慢使繫著者比丘是名斷愛欲轉去諸結正無間等究竟苦邊時羅睺羅聞佛所說歡喜奉行

如是我聞一時佛住王舍城迦蘭陀竹園爾時世尊告羅睺羅比丘云何知云何見我此識身及外境界一切相無有我我所見我慢使繫著羅睺羅白佛言世尊爲法主爲導爲覆善哉世尊當爲諸比丘演說此義諸比丘從佛聞已當受持奉行佛告羅睺羅諦聽諦聽善思念之當爲汝說羅睺羅白佛唯然受教佛告羅睺羅當觀諸所有色若過去若未來若現在若内若外若麤若細若好若醜若遠若近彼一切非我不異我不相在如是平等慧如實觀如是受想行識若過去若未來若現在若内若外若麤若細若好若醜若遠若近彼一切非我不異我不相在如是平等慧如實觀比丘如是知如是見我此識身及外境界一切相無有我我所見我慢使繫著羅睺羅比丘如是識身及外境界一切相無有我我所見我慢使繫著者超越疑心遠離諸相寂靜解脫是名比丘斷除愛欲轉去諸結正無間等究竟苦邊時羅睺羅聞佛所說歡喜奉行

使增諸數　非我非彼　結繫動揺　劫波所問　亦羅睺羅所問二經

如是我聞一時佛住舍衞國祇樹給孤獨園

時有異比丘來詣佛所爲佛作禮却住一面白佛言如世尊說多聞云何爲多聞佛告比丘善哉善哉汝今問我多聞義耶比丘白佛唯然世尊佛告比丘諦聽諦聽善思當爲汝說比丘當知若聞色是生猒離欲滅盡寂靜法是名多聞如是聞受想行識是生猒離欲滅盡寂靜法是名多聞比丘是名如來所說多聞時彼比丘聞佛所說踊躍歡喜作禮而去

如是我聞一時佛住舍衛國祇樹給孤獨園爾時有異比丘來詣佛所頭面禮足却住一面白佛言如世尊所說法師云何名爲法師佛告比丘善哉善哉汝今欲知如來所說法師義耶比丘白佛唯然世尊佛告比丘諦聽善思當爲汝說佛告比丘若於色說是生猒離欲滅盡寂靜法者是名法師若於受想行識說是生猒離欲滅盡寂靜法者是名法師是名如來所說法師時彼比丘聞佛所說踊躍歡喜作禮而去

如是我聞一時佛住舍衛國祇樹給孤獨園爾時有異比丘來詣佛所頭面作禮却住一面白佛言如世尊說法次法向云何法次法向佛告比丘善哉善哉汝今欲知法次法向耶比丘白佛唯然世尊佛告比丘諦聽善思當爲汝說比丘於色向猒離欲滅盡是名法次法向如是於受想行識向猒離欲滅盡是名法次法向時彼比丘聞佛所說踊躍歡喜作禮而去

如是我聞一時佛住舍衛國祇樹給孤獨園爾時有異比丘來詣佛所頭面禮足却住一

面白佛言世尊如世尊所說得見法涅槃云何比丘得見法涅槃佛告比丘善哉善哉汝今欲知見法涅槃耶比丘白佛唯然世尊佛告比丘諦聽善思當爲汝說佛告比丘於色生猒離欲滅盡不起諸漏心正解脫是名比丘見法涅槃如是受想行識生猒離欲滅盡不起諸漏心正解脫是名比丘見法涅槃時彼比丘聞佛所說踊躍歡喜作禮而退

如是我聞一時佛住舍衛國祇樹給孤獨園爾時有異比丘名三密離提來詣佛所頭面禮足却住一面白佛言如世尊說說法師云何名爲說法師佛告比丘汝今欲知說法師義耶比丘白佛唯然世尊佛告比丘諦聽善思當爲汝說若比丘於色說猒離欲滅盡是名說法師如是於受想行識說猒離欲滅盡是名說法師時彼比丘聞佛所說踊躍歡喜作禮而去

多聞善說法　向法及涅槃　三密離提問
云何說法師

如是我門一時佛住王舍城迦蘭陀竹園爾時尊者舍利弗在耆闍崛山中時有長者子名輸屢那日日遊行到耆闍崛山詣尊者舍利弗問訊起居已却坐一面語舍利弗言若諸沙門婆羅門於無常色變易不安隱色言我勝我等我劣何故沙門婆羅門作如是想我勝我等我劣何故沙門婆羅門於無常變易不而不見眞實若沙門婆羅門於無常變易不安隱受想行識而言我勝我等我劣何故沙門婆羅門作如是想而不見眞實若沙門婆羅門於無常色不安隱色變易言我勝我等我劣何所計而不見眞實於無常變易不安

隱受想行識言我勝我等我劣何所計而不見眞實輸屢那於汝意云何色爲常爲無常耶答言無常輸屢那若無常爲是苦耶答言是苦輸屢那若無常苦是變易法於意云何聖弟子於中見色是我異我相在不答言不也輸屢那於意云何受想行識爲常爲無常答言無常若無常是苦耶答言是苦輸屢那識若無常苦是變易法於意云何聖弟子於中見識是我異我相在不答言不也輸屢那當知色若過去若未來若現在若内若外若麤若細若好若醜若遠若近彼一切色不是我不異我不相在是名如實知如是受想行識若過去若未來若現在若内若外若麤若細若好若醜若遠若近彼一切識不是我不異我不相在是名如實知輸屢那如是於色

受想行識生猒離欲解脫解脫知見我生已盡梵行已立所作已作自知不受後有時舍利弗說是經已長者子輸屢那遠塵離垢得法眼淨時長者子輸屢那見法得法不由於他於正法中得無所畏從座起偏袒右肩胡跪合掌白舍利弗言我今已度我從今日歸依佛歸依法歸依僧爲優婆塞我從今日已盡壽命清淨歸依三寶時長者子輸屢那聞舍利弗所說歡喜踊躍作禮已去

如是我聞一時佛住王舍城迦蘭陀竹園爾時尊者舍利弗在耆闍崛山時有長者子名輸屢那日日遊行到耆闍崛山詣舍利弗所頭面禮足却坐一面時舍利弗謂輸屢那若沙門婆羅門於色不如實知色集不如實知色滅不如實知色滅道跡不如實知故輸屢

那當知此沙門婆羅門不堪能斷色如是沙門婆羅門於受想行識不如實知識集不如實知識滅不如實知識滅道跡不如實知故不堪能斷識輸屢那若沙門婆羅門於色如實知色集如實知色滅如實知色滅道跡如實知故輸屢那當知此沙門婆羅門堪能斷色如是輸屢那若沙門婆羅門於受想行識如實知識集如實知識滅如實知識滅道跡如實知故輸屢那當知此沙門婆羅門堪能斷識輸屢那於意云何色爲常爲無常耶答言無常又問若無常者是苦耶答言是苦舍利弗言若色無常苦者是變易法聖弟子寧於中見色是我異我相在不答曰不也輸屢那如是受想行識爲常爲無常耶答言無常又問若無常者是苦耶答言是苦又問若無常苦者是變易法聖弟子寧於中見識是我異我相在不答曰不也輸屢那當知色若過去若未來若現在若內若外若麤若細若好若醜若遠若近於一切色不是我不異我不相在是名如實知輸屢那聖弟子於色生猒離欲解脫解脫生老病死憂悲苦惱如是受想行識若過去若未來若現在若內若外若麤若細若好若醜若遠若近彼一切識不是我不異我不相在是名如實知輸屢那聖弟子於識生猒離欲解脫解脫生老病死憂悲苦惱時輸屢那聞舍利弗所說歡喜踊躍作禮已去

如是我聞一時佛住王舍城迦蘭陀竹園爾時尊者舍利弗在耆闍崛山時有長者子名輸屢那日日遊行到耆闍崛山詣舍利弗所

頭面禮足却坐一面時舍利弗告輸屢那若沙門婆羅門於色不如實知色集不如實知色滅不如實知色味不如實知色患不如實知色離不如實知故不堪能超越色若沙門婆羅門於受想行識不如實知識集不如實知識滅不如實知識味不如實知識患不如實知識離不如實知故此沙門婆羅門不堪能超越識若沙門婆羅門於色色集色滅色味色患色離如實知此沙門婆羅門堪能超越色若沙門婆羅門於受想行識識集識滅識味識患識離如實知此沙門婆羅門堪能超越於識輸屢那於汝意云何色爲常爲無常耶答言無常無常者爲苦耶答言是苦輸屢那若色無常苦是變易法聖弟子於中寧有是我異我相在不答言不也輸屢那於汝意云何如是受想行識爲常爲無常答言無常若無常者是苦耶答言是苦輸屢那若無常苦是變易法聖弟子於中寧有是我異我相在不答言不也輸屢那當知色若過去若未來若現在若内若外若麤若細若好若醜若遠若近於一切色不是我不異我不相在是名如實知輸屢那受想行識若過去若未來若現在若内若外若麤若細若好若醜若遠若近於一切識不是我不異我不相在是名如實知輸屢那聖弟子於此五受陰正觀非我非我所如是正觀於諸世間無所攝受無攝受者則無所著無所著者自得涅槃我生已盡梵行已立所作已作自知不受後有時長者子輸屢那聞舍利弗所說歡喜踊躍作禮而去

雜阿含經卷第一

音釋

阿含 梵語也正云阿笈多此云教又云無比法又云法歸阿於何切

怖 普故切惶懼也

染著 染而琰切著直略切染著謂貪染樂著也

稽首 稽遣禮切下拜首至地曰稽

偏袒 偏紕延切半也袒徒旱切脫衣之袖曰袒

羅睺羅 梵語也此云執日睺別鉤切

醜 齒久切惡也可惡也

唯然 唯愈水切唯然恭應之辭

踴躍 踊尹竦切跳也躍弋約切騰踍也

雜阿含經卷第二

宋天竺三藏求那跋陀羅譯

如是我聞一時佛住舍衛國祇樹給孤獨園爾時世尊告諸比丘色非是我若色是我者不應於色病苦生亦不應於色欲令如是不令如是以色無我故於色有病有苦生亦得於色欲令如是不令如是受想行識亦復如是比丘於意云何色爲是常爲無常耶比丘白佛無常世尊比丘若無常者是苦不比丘白佛是苦世尊若無常苦是變易法多聞聖弟子於中寧見有我異我相在不比丘白佛不也世尊受想行識亦復如是是故比丘諸所有色若過去若未來若現在若內若外若麤若細若好若醜若遠若近彼一切非我不異我不相在如是觀察受想行識亦復如是比丘多聞聖弟子於此五受陰非我非我所如實觀察如實觀察已於諸世間都無所取無所取故無所著無所著故自覺涅槃我生已盡梵行已立所作已作自知不受後有佛說此經已諸比丘聞佛所說歡喜奉行

如是我聞一時佛住波羅㮈國仙人住處鹿野苑中爾時世尊告餘五比丘色非有我若色有我者於色不應病苦生亦不得於色欲令如是不令如是以色無我故於色有病有苦生亦得於色欲令如是不令如是受想行識亦復如是比丘於意云何色爲是常爲無常耶比丘白佛無常世尊比丘若無常者是苦耶比丘白佛是苦世尊比丘若無常苦是變易法多聞聖弟子寧於中見是我異我相在不比丘白佛不也世尊受想行識亦復如

是是故比丘諸所有色若過去若未來若現在若內若外若麤若細若好若醜若遠若近彼一切非我非我所如實觀察受想行識亦復如是比丘多聞聖弟子於此五受陰見非我非我所如是觀察於諸世間都無所取無所取故無所著無所著故自覺涅槃我生已盡梵行已立所作已作自知不受後有佛說此經已餘五比丘不起諸漏心得解脫佛說此經已諸比丘聞佛所說歡喜奉行

如是我聞一時佛住支提竹園精舍爾時有三正士出家未久所謂尊者阿㝹律陀尊者難提尊者金毗羅爾時世尊知彼心中所念而為教誡比丘此心此意此識當思惟此莫思惟此斷此欲斷此以身作證具足住比丘寧有色若常不變易正住不比丘白佛不也世尊佛告比丘善哉善哉色是無常變易之法猒離欲滅寂沒如是色從本以來一切無常苦變易法如是知已緣彼色生諸漏害熾然憂惱皆悉斷滅斷滅已無所著無所著已安樂住安樂住已得般涅槃受想行識亦復如是佛說此經時三正士不起諸漏心得解脫佛說此經已諸比丘聞佛所說歡喜奉行

如是我聞一時佛住摩偷羅國跋提河側傘蓋菴羅樹園爾時世尊告諸比丘住於自洲住於自依住於法洲法依不異洲不異依比丘當正觀察住自洲自依法洲法依不異洲不異依何因生憂悲惱苦云何有四何故何繫著云何自觀察未生憂悲惱苦而生已生憂悲惱苦生長增廣諸比丘白佛世尊法根法眼法依唯願為說諸比丘聞已當如說奉

行佛告比丘諦聽善思當爲汝說比丘有色色因色繫著色自觀察未生憂悲惱苦而生已生而復增長廣大受想行識亦復如是比丘頗有色常恒不變易正住耶答言不也世尊佛告比丘善哉善哉比丘色是無常若善男子知色是無常已變易離欲滅寂靜沒從本以來一切色無常苦變易法知已若色因緣生憂悲惱苦斷彼斷已無所著不著故安隱樂住安隱樂住已名爲涅槃受想行識亦復如是佛說此經時十六比丘不生諸漏心得解脫佛說此經已諸比丘聞佛所說歡喜奉行

竹園毗舍離　清淨正觀察　無常苦非我

五三與十六

如是我聞一時佛住舍衞國祇樹給孤獨園爾時世尊告諸比丘我不與世間諍世間與我諍所以者何比丘若如法語者不與世間諍世間智者言有我亦言有云何爲世間智者言有我亦言有比丘色無常苦變易法世間智者言有我亦言有如是受想行識無常苦變易法世間智者言有我亦言有世間智者言無我亦言無謂色是常恒不變易正住者世間智者言無我亦言無受想行識常恒不變易正住者世間智者言無我亦言無是名世間智者言無我亦言無比丘有世間世間法我亦自知自覺爲人分別演說顯示世間盲無目者不知不見非我咎也諸比丘云何爲世間世間法我自知我自覺爲人演說分別顯示盲無目者不知不見是比丘色無常苦變易法是名世間世間法如是受想行

識無常苦是世間世間法比丘此是世間世間法我自知自覺爲人分別演說顯示盲無目者不知不見我於彼盲無目不知不見者其如之何佛說此經已諸比丘聞佛所說歡喜奉行

如是我聞一時佛住舍衛國祇樹給孤獨園爾時世尊告諸比丘世人爲卑下業種種求財活命而得巨富世人皆知如世人之所知我亦如是說所以者何莫令我異於世人諸比丘譬如一器有一處入名爲揵茨有名鉢有名匕匕羅有名遮留有名毗悉多有名婆闍那有名薩牢如彼彼所知我亦如是說所以者何莫令我異於世人故如是比丘有世間法我自知自覺爲人分別演說顯示知見而說世間盲無目者不知不見世間盲無目者不知不見我其如之何比丘云何世間世間法我自知自覺乃至不知不見色無常苦變易法是爲世間世間法受想行識無常苦變易法是世間世間法比丘是名世間世間法我自知自見乃至盲無目者不知不見其如之何佛說此經已諸比丘聞佛所說歡喜奉行

如是我聞一時佛住舍衛國祇樹給孤獨園爾時世尊告諸比丘有五種種子何等爲五謂根種子莖種子節種子自落種子實種子此五種子不斷不壞不腐不中風新熟堅實有地界而無水界彼種子不生長增廣若彼種新熟堅實不斷不壞不中風有水界而無地界彼種子亦不生長增廣若彼種子新熟堅實不斷不壞不腐不中風有地水界彼種

子生長增廣比丘彼五種子者譬取陰俱識地界者譬四識住水界者譬貪喜四取攀緣識住何等爲四於色中識住攀緣色喜貪潤澤生長增廣於受想行中識住攀緣受想行貪喜潤澤生長增廣比丘識於中若來若去若住若没若生長增廣比丘若離色受想行識有若來若去若住若坐者彼但有言數問已不知增益生癡以非境界故色界離貪離貪已於色封滯意生縛斷於色封滯意生縛斷已攀緣斷攀緣斷已識無住處不復生長增廣受想行界離貪離貪已於行封滯意生觸斷於行封滯意生觸斷已攀緣斷攀緣斷已彼識無所住不復生長增廣不生長故不作行不作行已住住已知足知足已解脱解脱已於諸世間都無所取無所著無所取無所著已自覺涅槃我生已盡梵行已立所作已作自知不受後有我説彼識不至東西南北四維上下無所至趣唯見法欲入涅槃寂滅清涼清淨眞實佛説此經已諸比丘聞佛所説歡喜奉行

如是我聞一時佛住舍衛國祇樹給孤獨園爾時世尊告諸比丘封滯者不解脱不封滯則解脱云何封滯不解脱比丘攀緣四取陰識住云何爲四色封滯識住受想行封滯識住乃至非境界故是名封滯故不解脱云何不封滯則解脱於色界離貪受想行識貪乃至清涼眞實是則不封滯則解脱佛説此經已諸比丘聞佛所説歡喜奉行

如是我聞一時佛住舍衛國祇樹給孤獨園爾時世尊告諸比丘有五受陰色受陰受想

行識受陰我於此五受陰五種如實知色如實知色集色味色患色離如實知如是受想行識如實知識集識味識患識離如實知云何色如實知諸所有色一切四大及四大造色是名色如是色如實知云何色集如實知於色喜愛是名色集如是色集如實知云何色味如實知謂色因緣生喜樂是名色味如是色味如實知云何色患如實知若色無常苦變易法是名色患如是色患如實知云何色離如實知若於色調伏欲貪斷欲貪越欲貪是名色離如是色離如實知云何受如實知有六受身眼觸生受耳鼻舌身意觸生受是名受如是受如實知云何受集如實知觸集是受集是受集如實知云何受味如實知緣六受生喜樂是名受味如是受味如實知云何受患如實知若受無常苦變易法是名受患如是受患如實知云何受離如實知於受調伏欲貪斷欲貪越欲貪是名受離如是受離如實知云何想如實知謂六想身云何爲六謂眼觸生想耳鼻舌身意觸生想是名想如是想如實知云何想集如實知謂觸集是想集如是想集如實知云何想味如實知想因緣生喜樂是名想味如是想味如實知云何想患如實知謂想無常苦變易法是名想患如是想患如實知云何想離如實知若於想調伏欲貪斷欲貪越欲貪是名想離如是想離如實知云何行如實知謂六思身眼觸生思耳鼻舌身意觸生思是名爲行如是行如實知云何行集如實知觸集是行集如是行集如實知云何行味如實知謂行因緣

生喜樂是名行味如是行味如實知云何行患如實知若行無常苦變易法是名行患如是行患如實知云何行離如實知若於行調伏欲貪斷欲貪越欲貪是名行離如是行離如實知云何識如實知謂六識六識身眼識身耳鼻舌身意識身是名爲識身如是識身如實知云何識集如實知謂名色集是名識集如是識集如實知云何識味如實知識因緣生喜樂是名識味如是識味如實知云何識患如實知若識無常苦變易法是名識患如是識患如實知云何識離如實知謂於識調伏欲貪斷欲貪越欲貪是名識離如是識離如實知比丘若沙門婆羅門於色如是知如是見如是知如是見離欲向是名正向若正向者我說彼人受想行識亦復如是若沙門婆羅門於色如實知如實見於色生猒離欲不起諸漏心得解脫若心得解脫者則爲純一純一者則梵行立梵行立者離他自在是名苦邊受想行識亦復如是佛說此經已諸比丘聞佛所說歡喜奉行

如是我聞一時佛住舍衛國祇樹給孤獨園爾時世尊告諸比丘有七處善三種觀義盡於此法得漏盡得無漏心解脫慧解脫現法自知身作證具足住我生已盡梵行已立所作已作自知不受後有云何比丘七處善比丘如實知色色集色滅色滅道跡色味色患色離如實知如是受想行識識集識滅識滅道跡識味識患識離如實知云何色如實知諸所有色一切四大及四大造色是名爲色如是色如實知云何色集如實知受喜樂是

名色集如是色集如實知云何色滅如實知受喜滅是名色滅如是色滅如實知云何色滅道跡如實知謂八聖道正見正志正語正業正命正方便正念正定是名色滅道跡如是色滅道跡如實知云何色味如實知謂色因緣生喜樂是名色味如是色味如實知云何色患如實知若色無常苦變易法是名色患如是色患如實知云何色離如實知謂於色調伏欲貪斷欲貪越欲貪是名色離如是色離如實知云何受如實知謂六受眼觸生受耳鼻舌身意觸生受是名受如是受如實知云何受集如實知觸集是受集如是受集如實知云何受滅如實知觸滅是受滅如是受滅如實知云何受滅道跡如實知謂八聖道正見乃至正定是名受滅道跡如是受滅道跡如實知云何受味如實知受因緣生喜樂是名受味如是受味如實知云何受患如實知若受無常苦變易法是名受患如是受患如實知云何受離如實知若於受調伏欲貪斷欲貪越欲貪是名受離如是受離如實知云何想如實知謂六想眼觸生想耳鼻舌身意觸生想是名爲想如是想如實知云何想集如實知觸集是想集如是想集如實知云何想滅如實知觸滅是想滅如是想滅如實知云何想滅道跡如實知謂八聖道正見乃至正定是名想滅道跡如是想滅道跡如實知云何想味如實知想因緣生喜樂是名想味如是想味如實知云何想患如實知若想無常苦變易法是名想患如是想患如實知云何想離如實知若於想調伏欲貪斷欲

貪越欲貪是名想離如是想離如實知云何行如實知謂六思身眼觸生思耳鼻舌身意觸生思是名爲行如是行如實知云何行集如實知觸集是行集如是行集如實知云何行滅如實知觸滅是行滅如是行滅如實知云何行滅道跡如實知謂八聖道正見乃至正定是名行滅道跡如是行滅道跡如實知云何行味如實知行因緣生喜樂是名行味如是行味如實知云何行患如實知若行無常苦變易法是名行患如是行患如實知云何行離如實知若於行調伏欲貪斷欲貪越欲貪是名行離如是行離如實知云何識如實知謂六識身眼識耳鼻舌身意識身是名爲識如是識如實知云何識集如實知名色集是識集如是識集如實知云何識滅如實知名色滅是識滅如是識滅如實知云何識滅道跡如實知謂八聖道正見乃至正定是名識滅道跡如是識滅道跡如實知云何識味如實知識因緣生喜樂是名識味如是識味如實知云何識患如實知若識無常苦變易法是名識患如是識患如實知云何識離如實知若識調伏欲貪斷欲貪越欲貪是名識離如實知比丘是名七處善云何三種觀義比丘若於空閑樹下露地觀察陰界入正方便思惟其義是名比丘三種觀義是名比丘七處善三種觀義盡於此法得漏盡得無漏心解脫慧解脫現法自知作證具足住我生已盡梵行已立所作已作自知不受後有

佛說此經已諸比丘聞佛所說歡喜奉行

如是我聞一時佛住舍衛國祇樹給孤獨園

爾時世尊告諸比丘取故生著不取則不著諦聽善思當爲汝說比丘白佛唯然受教佛告比丘云何取故生著愚癡無聞凡夫於色見是我異我相在見色是我我所而取取已彼色若變若異心亦隨轉心隨轉已亦生取著攝受心住攝受心住故則生恐怖障礙心亂以取著故愚癡無聞凡夫於受想行識見我異我相在見識是我我所而取取已彼識若變若異彼心隨轉心隨轉故則生取著攝受心住住已則生恐怖障礙心亂以取著故是名取著云何名不取著多聞聖弟子於色不見我異我相在於色不見我我所而取不見我我所而取已彼色若變若異心不隨轉心不隨轉故不生取著攝受心住不攝受住故則不生恐怖障礙心亂不取著故如是受想行識不見我異我相在不見我我所而取彼識若變若異心不隨轉心不隨轉故不取著攝受心住不攝受心住故心不恐怖障礙心亂以不取著故是名取著不取著佛說此經已諸比丘聞佛所說歡喜奉行

如是我聞一時佛住舍衛國祇樹給孤獨園爾時世尊告諸比丘若生則繫著不生則不繫著諦聽善思當爲汝說云何若生則繫著愚癡無聞凡夫於色集色滅色味色患色離不如實知故於色受喜讚歎取著於色是我我所而取取已彼色若變若異心隨變異心隨變異故則攝受心住攝受心住故則生恐怖障礙顧念以生繫著故受想行識亦復如是是名生繫著云何不生不繫著多聞聖弟子色集色滅色味色患色離如實知如實知

故不受喜讚歎取著不繫我我所而取以不取故彼色若變若異心不隨變異心不隨變異故心不繫著攝受心住不攝受心住故心不恐怖障礙顧念以不生不著故受想行識亦復如是是名不生不繫著佛說此經已諸比丘聞佛所說歡喜奉行

如是我聞一時佛住舍衛國祇樹給孤獨園爾時世尊告諸比丘有五受陰云何爲五色受陰受想行識受陰若諸沙門婆羅門見有我者一切皆於此五受陰見我諸沙門婆羅門見色是我色異我我在色色在我見受想行識是我異我我在識識在我愚癡無聞凡夫以無明故見色是我異我相在言我真實不捨以不捨故諸根增長諸根增長已增諸觸六觸入處所觸故愚癡無聞凡夫起苦樂覺從觸入處起何等爲六謂眼觸入處耳鼻舌身意觸入處如是比丘有意界法界無明界愚癡無聞凡夫無明觸故起有覺無覺有無覺我勝覺我等覺我卑覺我知我見如是知如是見覺皆由六觸入故多聞聖弟子於此六觸入處捨離無明而生明不生有覺無覺有無覺勝覺等覺卑覺我知我見覺如是知如是見已先所起無明觸滅後明觸覺起佛說此經已諸比丘聞佛所說歡喜奉行

如是我聞一時佛住舍衛國祇樹給孤獨園爾時世尊告諸比丘有五受陰云何爲五色受陰受想行識受陰若沙門婆羅門以宿命智自識種種宿命已識當識今識皆於此五受陰已識當識今識我過去所經如是色如是受如是想如是行如是識若可礙可分是

名色受陰相所礙若手若石若杖若刀若冷若暖若渴若饑若蚊虻諸毒蟲風雨觸是名觸礙是故礙是色受陰復以此色受陰無常苦變易諸覺相是受受陰何所覺覺苦覺樂覺不苦不樂是故名覺相是受受陰復以此受受陰是無常苦變易諸想是想受陰何所想少想多想無量想都無所有作無所有想是故名想受陰復以此想受陰是無常苦變易法爲作相是行受陰何所爲作於色爲作於受想行識爲作是故爲作相是行受陰復以此行受陰是無常苦變易法別知相是識受陰何所識識色識聲香味觸法是故名識受陰復以此識受陰是無常苦變易法諸比丘彼多聞聖弟子於此色受陰作如是學我今爲現在色所食過去世已曾爲彼色所食如今現在復作是念我今爲現在色所食我若復樂著未來色者當復爲彼色所食如今現在作如是知已不顧過去色不樂著未來色於現在色生猒離欲滅患向滅多聞聖弟子於此受想行識受陰學我今現在爲現在識所食於過去世已曾爲識所食如今現在我今已爲現在識所食若復樂著未來識者亦當復爲彼識所食如今現在如是知已不顧過去識不樂未來識於現在識生猒離欲滅患向滅而不增退而不進滅而不起捨而不取於何滅而不增色滅而不增受想行識滅而不增於何退而不進色退而不進受想行識退而不進於何滅而不起色滅而不起受想行識滅而不起於何捨而不取色捨而不取受想行識捨而不取滅而不增寂滅而

住退而不進寂退而住滅而不起寂滅而住捨而不取不生繫著不繫著已自覺涅槃我生已盡梵行已立所作已作自知不受後有佛說此經時衆多比丘不起諸漏心得解脫佛說此經已諸比丘聞佛所說歡喜奉行

我甲下種子　封滯五轉七　二繫著及覺
三世陰世食

如是我聞一時佛住舍衛國祇樹給孤獨園爾時世尊告諸比丘信心善男子應作是念我應隨順法我當於色多修猒離住於受想行識多修猒離住信心善男子即於色多修猒離住於受想行識多修猒離住故於色得猒於受想行識得猒猒已離欲解脫離欲解脫知見我生已盡梵行已立所作已作自知不受後有佛說此經已諸比丘聞佛所說歡喜奉行

如是我聞一時佛住舍衛國祇樹給孤獨園爾時世尊告諸比丘信心善男子正信非家出家自念我應隨順法於色當多修猒住於受想行識多修猒住信心善男子正信非家出家於色多修猒住於受想行識多修猒住已於色得離於受想行識得離我說是等悉離一切生老病死憂悲惱苦佛說此經已諸比丘聞佛所說歡喜奉行

如是我聞一時佛住舍衛國祇樹給孤獨園爾時世尊告尊者阿難曰若信心長者長者子來問汝言於何等法知其生滅汝當云何答乎阿難白佛世尊若有長者長者子來問我者我當答言知色是生滅法知受想行識是生滅法世尊若長者長者子如是問者我

當如是答佛告阿難善哉善哉應如是答所以者何色是生滅法受想行識是生滅法知色是生滅法者名爲知色知受想行識是生滅法者名爲知識佛說此經已諸比丘聞佛所說歡喜奉行

如是我聞一時佛住舍衛國祇樹給孤獨園爾時世尊告尊者阿難曰若有諸外道出家來問汝言阿難世尊何故教人修諸梵行如是問者云何答乎阿難白佛世尊若外道出家來問我言阿難世尊何故教人修諸梵行者我當答言爲於色修猒離欲滅盡解脫不生故世尊教人修諸梵行爲於受想行識修猒離欲滅盡解脫不生故教人修諸梵行世尊若有外道出家作如是問者我當作如是答佛告阿難善哉善哉應如是答所以者何我實爲於色修猒離欲滅盡解脫不生故教人修諸梵行於受想行識修猒離欲滅盡解脫不生故教人修諸梵行佛說此經已尊者阿難聞佛所說歡喜奉行

如是我聞一時佛住舍衛國祇樹給孤獨園爾時世尊告諸比丘我今爲汝說壞不壞法諦聽善思當爲汝說諸比丘色是壞法彼色滅涅槃是不壞法受想行識是壞法彼識滅涅槃是不壞法佛說此經已諸比丘聞佛所說歡喜奉行

鬱低迦修多羅如增一阿含經四法中說

如是我聞一時佛在拘薩羅國人間遊行於薩羅聚落村北申恕林中住爾時聚落主大姓婆羅門聞沙門釋種子於釋迦大姓剃除鬚髮著袈裟衣正信非家出家學道成無上

等正覺於此拘薩羅國人間遊行到此薩羅聚落村北申恕林中住又彼沙門瞿曇如是色貌名稱眞實功德天人讚歎聞于八方爲如來應等正覺明行足善逝世間解無上士調御丈夫天人師佛世尊於諸世間諸天魔梵沙門婆羅門中大智能自證知我生已盡梵行已立所作已作自知不受後有爲世說法初中後善善義善味純一滿淨梵行清白演說妙法善哉應見善哉應往善應敬事作是念已即便嚴駕多將翼從執持金瓶金杖傘蓋往詣佛所恭敬奉事到於林口下車步進至世尊所問訊安否却坐一面白世尊曰沙門瞿曇何論何說佛告婆羅門我論因說因又白佛言云何論因云何說因佛告婆羅門有因有緣集世間有因有緣世間集有因有緣滅世間有因有緣世間滅婆羅門白佛言世尊云何爲有因有緣集世間有因有緣世間集佛告婆羅門愚癡無聞凡夫色集色滅色味色患色離不如實知不如實知故愛樂於色讚歎於色染著心住彼於色愛樂故取取緣有有緣生生緣老死憂悲惱苦是則大苦聚集受想行識亦復如是婆羅門是名有因有緣集世間有因有緣世間集婆羅門白佛言云何爲有因有緣滅世間有因有緣世間滅佛告婆羅門多聞聖弟子於色集色滅色味色患色離如實知知已於彼色不愛樂不讚歎不染著不留住不愛樂不留住故色愛則滅愛滅則取滅取滅則有滅有滅則生滅生滅則老死憂悲惱苦滅受想行識亦復如是婆羅門是名有因有緣滅世間是名

有因有緣世間滅婆羅門是名論因是名説因婆羅門白佛言瞿曇如是論因如是説因世間多事今請辭還佛告婆羅門宜知是時佛説此經已諸婆羅門聞佛所説歡喜隨喜禮足而去

如是我聞一時佛住波羅柰國仙人住處鹿野苑中彼時毗迦多魯迦聚落有婆羅門來詣佛所恭敬問訊却坐一面白佛言瞿曇我有年少弟子知天文族姓爲諸大衆占相吉凶言有必有言無必無言成必成言壞必壞瞿曇於意云何佛告婆羅門且置汝年少弟子知天文族姓我今問汝隨汝意答婆羅門於意云何色本無種耶答曰如是世尊受想行識本無種耶答曰如是世尊佛告婆羅門汝言我年少弟子知天文族姓爲諸大衆作如是説言有必有言無必無知見非不實耶婆羅門白佛如是世尊佛告婆羅門於意云何頗有色常住百歲耶爲異生異滅耶受想行識常住百歲耶異生異滅耶答曰如是世尊佛告婆羅門於意云何汝年少弟子知天文族姓爲大衆説成者不壞知見非不異耶答曰如是世尊佛告婆羅門於意云何此法彼法此説彼説何者爲勝婆羅門白佛世尊此如法説如佛所説顯現開發譬如有人溺水能救獲泅能救迷方示路闇惠明燈世尊今日善説勝法亦復如是顯現開發佛説此經已毗迦多魯迦婆羅門聞佛所説歡喜隨喜即從座起禮足而去

如是我聞一時佛在波羅柰國仙人住處鹿野苑中爾時世尊告諸比丘我今當説陰及

受陰云何爲陰若所有諸色若過去若未來若現在若內若外若麤若細若好若醜若遠若近彼一切總說色陰隨諸所有受想行識亦復如是彼一切總說受想行識陰是名爲陰云何爲受陰若色是有漏是取若彼色過去未來現在生貪欲瞋恚愚癡及餘種種上煩惱心法受想行識亦復如是是名受陰佛說此經已諸比丘聞佛所說歡喜奉行

如是我聞一時佛住波羅㮈國仙人住處鹿野苑中爾時世尊告諸比丘我今當說有漏無漏法若色有漏是取彼色能生愛恚是名受想行識有漏是取彼識能生愛恚是名有漏法云何無漏法諸所有色無漏非受彼色若過去未來現在彼色不生愛恚如是受想行識無漏非受彼識若過去未來現在不生愛恚是名無漏法佛說此經已諸比丘聞佛所說歡喜奉行

二信二阿難　壞法鬱低迦　婆羅及世間
除漏無漏法

如是我聞一時佛住舍衛國祇樹給孤獨園爾時世尊著衣持鉢入舍衛城乞食還持衣鉢不語衆不告侍者獨一無二於西方國土人間遊行時安陀林中有一比丘遥見世尊不語衆不告侍者獨一無二見已進詣尊者阿難所白阿難言尊者當知世尊不語衆不告侍者獨一無二而出遊行爾時阿難語彼比丘若使世尊不語衆不告侍者獨一無二而出遊行不應隨從所以者何今日世尊欲住寂滅少事故爾時世尊遊行北至半闍國波陀聚落於人所守護林中住一䟦陀薩羅

樹下時有衆多比丘詣阿難所語阿難言今問世尊住在何處阿難答曰我聞世尊北至半闍國波陀聚落人所守護林中跋陀薩羅樹下時諸比丘語阿難曰尊者當知我等不見世尊已久若不憚勞者可共往詣世尊哀愍故阿難知時默然而許爾時尊者阿難與衆多比丘夜過晨朝著衣持鉢入舍衞城乞食乞食已還精舍舉卧具持衣鉢出至西方人間遊行北至半闍國波陀聚落入守護林中時尊者阿難與衆多比丘置衣鉢洗足已詣世尊所頭面禮足於一面坐爾時世尊爲衆多比丘說法示教利喜爾時座中有一比丘作是念云何知云何見疾得漏盡爾時世尊知彼比丘心之所念告諸比丘若有比丘於此座中作是念云何知云何見疾得漏盡者我已說法言當善觀察諸陰所謂四念處四正勤四如意足五根五力七覺分八聖道分我已說如是法觀察諸陰而今猶有善男子不勤欲作不勤樂不勤念不勤信而自慢惰不能增進得盡諸漏若復善男子於我所說法觀察諸陰勤欲勤樂勤念勤信彼能疾得盡諸漏愚癡無聞凡夫於色見是我若見我者是名爲行彼行何因何集何生何轉無明觸生愛緣愛起彼行彼愛何因何集何生何轉彼愛受因受集受生受轉彼受何因何集何生何轉彼受觸因觸集觸生觸轉彼觸何因何集何生何轉謂彼觸六入處因六入處集六入處生六入處轉彼六入處無常有爲心緣起法彼觸受行受亦無常有爲心緣起法如是觀者而見色是我不見色是我而

見色是我所不見色是我所而見色在我不見色在我而見我在色不見我在色而見受是我不見受是我而見受是我所不見受是我所而見受在我不見受在我而見我在受不見我在受而見想是我不見想是我而見想是我所不見想是我所而見想在我不見想在我而見我在想不見我在想而見行是我不見行是我而見行是我所不見行是我所而見行在我不見行在我而見我在行不見我在行而見識是我不見識是我而見識是我所不見識是我所而見識在我不見識在我而見我在識不見我在識復作斷見壞有見不作斷見壞有見而不離我慢不離我慢者而復見我見我者即是行彼行何因何集何生何轉如前所說乃至我慢作如是知如是見者疾得漏盡佛說此經已諸比丘聞佛所說歡喜奉行

如是我聞一時佛住舍衛國東園鹿母講堂爾時世尊於晡時從禪覺於諸比丘前敷座而坐告諸比丘有五受陰云何爲五謂色受陰受想行識受陰時有一比丘從座起整衣服偏袒右肩右膝著地合掌白佛言世尊此五受陰色受陰受想行識受陰耶佛告比丘還坐而問當爲汝說時彼比丘爲佛作禮還復本坐白佛言世尊此五受陰以何爲根以何集以何生以何觸佛告比丘此五受陰欲爲根欲集欲生欲觸時彼比丘聞佛所說歡喜隨喜而白佛言世尊爲說五陰即受善哉所說今當更問世尊陰即受爲五陰異受耶佛告比丘非五陰即受亦非五陰異受能於

彼有欲貪者是五受陰比丘白佛善哉世尊歡喜隨喜今復更問世尊有二陰相關耶佛告比丘如是如是猶若有一人如是思惟我於未來得如是色如是受如是想如是行如是識是名比丘陰陰相關也比丘白佛善哉所說歡喜隨喜更有所問世尊云何名陰佛告比丘諸所有色若過去若未來若現在若內若外若麤若細若好若醜若遠若近彼一切總說陰是名爲陰受想行識亦復如是如是比丘是名爲陰比丘白佛善哉所說歡喜隨喜更有所問世尊何因何緣名爲色陰何因何緣名受想行識陰佛告比丘四大因四大緣是名色陰所以者何諸所有色陰彼一切悉皆四大緣四大造故觸因觸緣生受想行是故名受想行陰所以者何若所有受想行彼一切觸緣故名色因名色緣是故名爲識陰所以者何若所有識彼一切名色緣故比丘白佛善哉所說歡喜隨喜更有所問云何色味云何色患云何色離云何受想行識味云何識患云何識離佛告比丘緣色生喜樂是名色味若色無常苦變易法是名色患若於色調伏欲貪斷欲貪越欲貪是名色離若緣受想行識生喜樂是名識味受想行識無常苦變易法是名識患於受想行識調伏欲貪斷欲貪越欲貪是名識離比丘白佛善哉所說歡喜隨喜更有所問世尊云何生我慢佛告比丘愚癡無聞凡夫於色見我異我相在於受想行識見我異我相在於此生我慢比丘白佛善哉所說歡喜隨喜更有所問世尊云何得無我慢佛告比丘多聞聖弟子

不於色見我異我相在不於受想行識見我異我相在比丘白佛善哉所說更有所問何所知何所見盡得漏盡佛告比丘諸所有色若過去若未來若現在若內若外若麤若細若好若醜若遠若近彼一切非我不異我不相在受想行識亦復如是比丘如是知如是見疾得漏盡爾時會中復有異比丘鈍根無知在無明㲉起惡邪見而作是念若無我者作無我業於未來世誰當受報爾時世尊知彼比丘心之所念告諸比丘於此衆中若有愚癡人無智無明而作是念若色無我受想行識無我作無我業誰當受報如是所疑先以解釋彼云何比丘色爲常耶爲非常耶答言無常世尊若無常者是苦耶答言是苦世尊若無常苦是變易法多聞聖弟子於中寧見是我異我相在不答言不也世尊受想行識亦復如是是故比丘若所有色若過去若未來若現在若內若外若麤若細若好若醜若遠若近彼一切非我非我所如是見者是爲正見受想行識亦復如是多聞聖弟子如是觀者便修猒猒已離欲離欲已解脫解脫知見我生已盡梵行已立所作已作自知不受後有佛說此經時衆多比丘不起諸漏心得解脫佛說此經已諸比丘聞佛所說歡喜奉行

陰根陰即受　二陰共相關　名字因二味
我慢疾漏盡

雜阿含經卷第二

音釋

阿㝹律陀梵語或云阿那律陀此云無滅又云如意　誡居隘切警敕之辭曰誡　揵茨梵語亦云鍵鎡毋論譯為淺鐵鉢今呼為鐼子是也揵巨言切茨才資切　蚊虻蚊音文虻眉庚切蚊虻並齧人之飛蟲也　翼從翼逸職切衛也又在旁曰翼從才用切隨行也又隨篤曰翼從　泅徐由切浮行水上也　憚徒案切畏難也　殼克角切

雜阿含經卷第三

宋天竺三藏求那跋陀羅譯

如是我聞一時佛住舍衛國祇樹給孤獨園爾時世尊告諸比丘有五受陰云何爲五色受陰受想行識受陰觀此五受陰是生滅法所謂此色此色集此色滅此受想行識此識集此識滅云何色集云何色滅云何受想行識集云何受想行識滅受喜集是色集受喜滅是色滅觸集是受想行識集觸滅是受想行識滅名色集是識集名色滅是識滅比丘如是色集色滅是爲色集色滅如是受想行識集受想行識滅是爲受想行識集受想行識滅佛說此經已時諸比丘聞佛所說歡喜奉行

如是我聞一時佛住舍衛國祇樹給孤獨園爾時世尊告諸比丘有五受陰何等爲五所謂色受陰受想行識受陰善哉比丘不樂於色不讚歎色不取於色不著於色善哉比丘不樂於受想行識不讚歎識不取於識不著於識所以者何若比丘不樂於色不讚歎色不取於色不著於色則於色不樂心得解脫如是受想行識不樂於識不讚歎識不取於識不著於識則於識不樂心得解脫若比丘不樂於色心得解脫如是受想行識不樂心得解脫不滅不生平等捨住正念正智彼比丘如是知如是見者前際俱見永盡無餘前際俱見永盡無餘已後際俱見亦永盡無餘後際俱見永盡無餘已前後際俱見永盡無餘無所封著無所封著者於諸世間都無所取無所取者亦無所求無所求者自覺涅槃

我生已盡梵行已立所作已作自知不受後有佛說此經已時諸比丘聞佛所說歡喜奉行

如是我聞一時佛住舍衛國祇樹給孤獨園爾時世尊告諸比丘有五受陰何等爲五謂色受陰受想行識受陰云何色受陰所有色彼一切四大及四大所造色是名爲色受陰復次彼色是無常苦變易之法若彼色受陰永斷無餘究竟捨離滅盡離欲寂沒餘色受陰更不相續不起不出是名爲妙是名寂靜是名捨離一切有餘愛盡無欲滅盡涅槃云何受受陰謂六受身何等爲六謂眼觸生受耳鼻舌身意觸生受是名受受陰復次彼受陰無常苦變易之法乃至滅盡涅槃云何想受陰謂六想身何等爲六謂眼觸生想乃至意觸生想是名想受陰復次彼想受陰無常苦變易之法乃至滅盡涅槃云何行受陰謂六思身何等爲六謂眼觸生思乃至意觸生思是名行受陰復次彼行受陰無常苦變易之法乃至滅盡涅槃云何識受陰謂六識身何等爲六謂眼識身乃至意識身是名識受陰復次彼識受陰是無常苦變易之法乃至滅盡涅槃比丘若於此法以智慧思惟觀察分別忍是名隨信行超昇離生越凡夫地未得須陀洹果中間不死必得須陀洹果比丘若於此法增上智慧思惟觀察忍是名隨法行超昇離生越凡夫地未得須陀洹果中間不死必得須陀洹果比丘於此法如實正慧等見三結盡斷知謂身見戒取疑比丘是名須陀洹果不墮惡道必定正趣三菩提七有

天人往生然後究竟苦邊比丘若於此法如實正慧等見不起心漏名阿羅漢諸漏已盡所作已作捨離重擔逮得已利盡諸有結正智心得解脫佛說此經已諸比丘聞佛所說歡喜奉行

如是我聞一時佛住舍衛國祇樹給孤獨園爾時世尊告諸比丘有五受陰謂色受陰受想行識受陰愚癡無聞凡夫無慧無明於五受陰生我見繫著使心繫著而生貪欲比丘多聞聖弟子有慧有明於此五受陰不爲見我繫著使心結縛而起貪欲云何愚癡無聞凡夫無慧無明於五受陰見我繫著使心結縛而生貪欲比丘愚癡無聞凡夫無慧無明見色是我異我相在如是受想行識是我異我相在如是愚癡無聞凡夫無慧無明於五受陰說我繫著使心結縛而生貪欲比丘云何聖弟子有慧有明不說我繫著使結縛心而生貪欲聖弟子不見色是我異我相在如是受想行識不見是我異我相在如是多聞聖弟子有慧有明於五受陰不見我繫著使結縛心而生貪欲若所有色若過去若未來若現在若內若外若麤若細若好若醜若遠若近彼一切正觀皆悉無常如是受想行識若過去若未來若現在若內若外若麤若細若好若醜若遠若近彼一切正觀皆悉無常佛說此經已諸比丘聞佛所說歡喜奉行

如是我聞一時佛住舍衛國祇樹給孤獨園爾時世尊告諸比丘有五受陰謂色受陰受想行識受陰比丘若沙門婆羅門計有我一切皆於此五受陰計有我何等爲五諸沙門

婆羅門於色見是我異我相在如是受想行識見是我異我相在如是愚癡無聞凡夫計我無明分別如是觀不離我所不離我所者入於諸根入於諸根已而生於觸六觸入所觸愚癡無聞凡夫生苦樂從是生此等及餘謂六觸身云何六謂眼觸入處耳鼻舌身意觸入處比丘有意界法界無明界無明觸所觸愚癡無聞凡夫言有言無言有無言非有非無言我最勝言我相似我知我見復次比丘多聞聖弟子住六觸入處而能猒離無明能生於明彼於無明離欲而生於明不有不無非有無非不有無非有我勝非有我劣非有我相似我知我見作如是知如是見已所起前無明觸滅後明觸集起佛說是經已諸比丘聞佛所說歡喜奉行

如是我聞一時佛住舍衛國東園鹿子毋講堂爾時世尊晡時從禪起出講堂於堂陰中大衆前敷座而坐爾時世尊歎優陀那偈

法無有吾我　亦復無我所　我既非當有
我所何由生　比丘解脫此　則斷下分結

時有一比丘從座起偏袒右肩右膝著地合掌白佛言世尊云何無吾我亦無有我所我既非當有我所何由生比丘解脫此則斷下分結佛告比丘愚癡無聞凡夫計色是我異我相在受想行識是我異我相在多聞聖弟子不見色是我異我相在不見受想行識是我異我相在亦非知者亦非見者此色是無常受想行識是無常色是苦受想行識是苦色是無我受想行識是無我此色非當有受想行識非當有此色壞有受想行識壞有故

非我非我所我我所非當有如是解脫者則斷五下分結時彼比丘白佛言世尊斷五下分結已云何漏盡無漏心解脫慧解脫現法自知作證具足住我生已盡梵行已立所作已作自知不受後有佛告比丘愚癡凡夫無聞衆生於無畏處而生恐畏愚癡凡夫無聞衆生怖畏

無我無我所　二俱非當生

攀緣四識住何等爲四謂色識住色攀緣色愛樂增進廣大生長於受想行識住攀緣愛樂增進廣大生長比丘識於此處若來若去若住若起若滅增進廣大生長若作是說更有異法識若來若去若住若起若滅若增進廣大生長者但有言說聞已不知增益生癡以非境界故所以者何比丘離色界貪已於色意生縛亦斷於色意生縛斷已識攀緣亦斷識不復住無復增進廣大生長受界想行界離貪已於受想行意生縛亦斷受想行意生縛斷已攀緣亦斷識無所住無復增進廣大生長識無所住故不增長不增長故無所爲作無所爲作故則住住故知足知足故解脫解脫故於諸世間都無所取無所取故無所著無所著故自覺涅槃我生已盡梵行已立所作已作自知不受後有比丘我說識不住東方南西北方四維上下除欲見法涅槃滅盡寂靜清涼佛說此經已諸比丘聞佛所說歡喜奉行

生滅以不樂　及三種分別　貪著等觀察

是名優陀那

如是我聞一時佛住舍衛國祇樹給孤獨園

爾時世尊告諸比丘常當修習方便禪思內寂其心所以者何比丘常當修習方便禪思內寂其心如實觀察云何如實觀察此是色此是色集此是色滅此是受想行識此是識集此是識滅云何色集受想行識集愚癡無聞凡夫於苦樂不苦不樂受不如實觀察此受集受滅受味受患受離不如實觀察故於受樂著生取取緣有有緣生生緣老病死憂悲苦惱如是純大苦聚從集而生是名色集是名受想行識集云何色滅受想行識滅多聞聖弟子受諸苦樂不苦不樂受如實觀察受集受滅受味受患受離如實觀察故於樂著滅著滅故取滅取滅故有滅有滅故生滅生滅故老病死憂悲苦惱滅如是純大苦聚皆悉得滅是名色滅受想行識滅是故比丘常當修習方便禪思內寂其心比丘禪思住內寂其心精勤方便如實觀察佛說此經已諸比丘聞佛所說歡喜奉行

如觀察如是分別種種分別知廣知種種知親近親近修習入觸證二經亦如是廣說

如是我聞一時佛住舍衛國祇樹給孤獨園爾時世尊告諸比丘常當修習方便禪思內寂其心所以者何修習方便禪思內寂其心已如實觀察云何如實觀察如實觀察此色此色集此色滅此受想行識此識集此識滅云何色集云何受想行識集比丘愚癡無聞凡夫不如實觀察色集色味色患色離故樂彼色讚歎愛著於未來世色復生受想行識亦如是廣說彼色生受想行識生已不解脫於色不解脫於受想行識我說彼不解脫生

老病死憂悲惱苦純大苦聚是名色集受想行識集云何色滅受想行識滅多聞聖弟子如實觀察色集色滅色味色患色離如實知故不樂於色不讚歎色不樂著色亦不生未來色受想行識亦如是廣說色不生受想行識不生故於色得解脫於受想行識得解脫我說彼解脫生老病死憂悲惱苦純大苦聚是名色滅受想行識滅是故比丘常當修習方便禪思内寂其心精勤方便如實觀察佛說此經已諸比丘聞佛所說歡喜奉行

如觀察如是乃至作證十二經亦應廣說

如是我聞一時佛在舍衛國祇樹給孤獨園爾時世尊告諸比丘常當修習方便禪思内寂其心所以者何比丘修習方便禪思内寂其心已如實觀察云何如實觀察如實知此色此色集此色滅此受想行識此識集此識滅云何色集受想行識集愚癡無聞凡夫不如實知色集色滅色味色患色離不如實知故樂著彼色讚歎於色樂著於色讚歎色故取取緣有有緣生生緣老死憂悲惱苦如是純大苦聚生是名色集受想行識集云何色滅受想行識滅多聞聖弟子如實知色集色滅色味色患色離如實知故不樂著色不讚歎色不樂著讚歎色故愛樂滅愛樂滅故取滅取滅故有滅有滅故生滅生滅故老病死憂悲惱苦滅如是純大苦聚滅云何多聞聖弟子如實知受想行識識集識滅識味識患識離如實知知彼故不樂著彼識不讚歎於識不樂著讚歎識故樂愛滅樂愛滅故取滅取滅故有滅有滅故生滅生滅故老病死憂

悲惱苦滅如是純大苦聚滅云何多聞聖弟子如實知受想行識識集識滅識味識患識離如實知知彼故不樂著彼識不讚歎於識不樂著讚歎識故樂愛滅樂愛滅故取滅取滅故有滅有滅故生滅生滅故老病死憂悲惱苦滅如是純大苦聚皆悉得滅比丘是名色滅受想行識滅比丘常當修習方便禪思內寂其心佛說此經已諸比丘聞佛所說歡喜奉行

如觀察乃至作證十二經亦如是廣說

如是我聞一時佛住舍衛國祇樹給孤獨園

爾時世尊告諸比丘常當修習方便禪思內寂其心如實觀察云何如實觀察如實知此色此色集此色滅此受想行識此識集此識滅云何色集受想行識集緣眼及色眼識生三事和合生觸緣觸生受緣受生愛乃至純大苦聚生是名色集如是緣耳鼻舌身意緣意及法生意識三事和合生觸緣觸生受緣受生愛如是乃至純大苦聚生是名色集受想行識集云何色滅受想行識滅緣眼及色眼識生三事和合生觸觸滅則受滅乃至純大苦聚滅如是耳鼻舌身意及法意識生三事和合生觸觸滅則受滅受滅乃至純大苦聚滅是名色滅受想行識滅是故比丘常當修習方便禪思內寂其心佛說此經已諸比丘聞佛所說歡喜奉行

如觀察乃至作證十二經亦如是廣說

受與生及樂　亦說六入處　一一十二種

禪定三昧經

如是我聞一時佛住舍衛國祇樹給孤獨園

爾時世尊告諸比丘我今當說有身集趣道及有身集滅道云何有身集趣道愚癡無聞凡夫見不如實知色集色滅色味色患色離不如實知故樂色歎色著色住色樂色歎色著色住色故愛樂取緣取有緣有生緣生老病死憂悲苦惱如是純大苦聚生如是受想行識廣說是名有身集趣道比丘有身集趣道當知即是苦集趣道云何有身滅道多聞聖弟子如實知色色集色滅色味色患色離如實知故於色不樂不歎不著不住不樂不歎不著不住故彼色愛樂滅愛樂滅則取滅取滅則有滅有滅則生滅生滅老病死憂悲惱苦純大苦聚滅如色受想行識亦如是是名有身滅道跡有身滅道跡則是苦滅道跡是故說有身滅道跡佛說此經已諸比丘聞佛所說歡喜奉行

如當說有及當知亦如是說

如是我聞一時佛住舍衛國祇樹給孤獨園爾時世尊告諸比丘今當說有身苦邊有身集邊有身滅邊諦聽善思念之當爲汝說云何有身苦邊謂五受陰何等爲五色受陰受想行識受陰是名有身苦邊云何有身集邊謂愛當來有貪喜俱彼彼樂著是名有身集邊云何有身滅邊即此愛當來有貪喜俱彼彼樂著無餘斷吐盡離欲滅寂沒是名有身滅邊是故當說有身苦邊有身集邊有身滅邊佛說是經已諸比丘聞佛所說歡喜奉行

如當說有及當知亦如是說

如是我聞一時佛住舍衛國祇樹給孤獨園爾時世尊告諸比丘我今當說有身有身集

有身滅有身滅道跡諦聽善思當爲汝說云何有身謂五受陰云何爲五色受陰受想行識受陰是名有身云何有身集當來有愛貪喜俱彼彼染著是名有身集云何有身滅當來有愛貪喜俱彼彼樂著無餘斷吐盡離欲滅是名有身滅云何有身滅道跡謂八聖道正見正志正語正業正命正方便正念正定是名有身滅道跡是名當說有身有身集有身滅有身滅道跡佛說是經已諸比丘聞佛所說歡喜奉行

餘如是說差別者當知有身當知斷有身集當知證有身滅當知修斷有身道跡佛說此經已諸比丘聞佛所說歡喜奉行

如當說有及當知亦如是說又復差別者比丘知有身斷有身集證有身滅修斷有身道是名比丘斷愛欲縛諸結等法修無間等究竟苦邊又復差別者是名比丘究竟邊際究竟離垢究竟梵行純淨上士又復差別者是名比丘阿羅漢盡諸有漏所作已作已捨重擔逮得已利盡諸有結正智心解脫又復差別者是名比丘斷關度塹超越境界脫諸防邏建聖法幢又復差別者云何斷關謂斷五下分結云何度塹謂度無明深塹云何超越境界謂究竟無始生死云何脫諸防邏謂有愛盡云何建聖法幢謂我慢盡又復差別者是名比丘斷五支成六支守護一依四種棄捨諸諦離諸求淨諸覺身行息心善解脫慧善解脫純一立梵行無上士

其道有三種　實覺亦三種　有身四種說
羅漢有六種

如是我聞一時佛住舍衛國祇樹給孤獨園爾時世尊告諸比丘當說所知法智及智者諦聽善思當爲汝說云何所知法謂五受陰何等爲五色受陰受想行識受陰是名所知法云何爲智調伏貪欲斷貪欲越貪欲是名爲智云何智者阿羅漢是阿羅漢者非有他世死非無他世死非有無他世死非非有無他世死廣說無量諸數永滅是名說所知法智及智者佛說此經已諸比丘聞佛所說歡喜奉行

如是我聞一時佛住舍衛國祇樹給孤獨園爾時世尊告諸比丘我今當說重擔取擔捨擔擔者諦聽善思當爲汝說云何重擔謂五受陰何等爲五色受陰受想行識受陰云何取擔當來有愛貪喜俱彼彼樂著云何捨擔若當來有愛貪喜俱彼彼樂著永斷無餘已滅已吐盡離欲滅沒云何擔者謂士夫是士夫者如是名如是生如是姓族如是食如是受苦樂如是長壽如是久住如是壽命齊限是名爲重擔取擔捨擔擔者爾時世尊而說偈言

已捨於重擔　不復應更取　重任爲大苦
捨任爲大樂　當斷一切愛　則盡一切行
曉了有餘境　不復轉還有

佛說此經已諸比丘聞佛所說歡喜奉行

如是我聞一時佛住舍衛國祇樹給孤獨園爾時世尊告諸比丘有五受陰何等爲五色受陰受想行識受陰愚癡無聞凡夫不如實知色色集色滅色味色患色離有如實知故於色所樂讚歎繫著住色縛所縛内縛所縛

不知根本不知邊際不知出離是名愚癡無聞凡夫以縛生以縛死以縛從此世至他世於彼亦復以縛生以縛死是名愚癡無聞凡夫隨魔自在入魔網中隨魔所化魔縛所縛爲魔所牽受想行識亦復如是多聞聖弟子如實知色色集色滅色味色患色離如實知故不貪喜色不讚歎不繫著住非色縛所縛非內縛所縛知根本知津濟知出離是名多聞聖弟子不隨縛生不隨縛死不隨縛從此世至他世不隨魔自在不入魔手不隨魔所作非魔所縛解脱魔縛離魔所牽受想行識亦復如是佛説此經已諸比丘聞佛所説歡喜奉行

如是我聞一時佛住舍衛國祇樹給孤獨園爾時世尊告諸比丘有五受陰何等爲五謂色受陰比丘於色猒離欲滅不起解脱是名如來應等正覺如是受想行識猒離欲滅不起解脱是名如來應等正覺比丘亦於色猒離欲滅名阿羅漢慧解脱如是受想行識猒離欲滅名阿羅漢慧解脱比丘如來應等正覺阿羅漢慧解脱有何差別比丘白佛如來爲法根爲法眼爲法依唯願世尊爲諸比丘廣説此義諸比丘聞已當受奉行佛告比丘諦聽善思當爲汝説如來應等正覺未曾聞法能自覺法通達無上菩提於未來世開覺聲聞而爲説法謂四念處四正勤四如意足五根五力七覺八道比丘是名如來應等正覺未得而得未利而利知道分別道説道通道能復成就諸聲聞教授教誡如是説正順欣樂善法是名如來羅漢差別佛説此經已

諸比丘聞佛所說歡喜奉行

如是我聞一時佛住舍衛國祇樹給孤獨園爾時世尊告諸比丘有五受陰何等爲五色受陰受想行識受陰汝等比丘當觀察於色觀察色已見有我異我相在不諸比丘白佛言不也世尊佛告比丘善哉善哉色無我無我者則無常無常者則是苦若苦者彼一切非我不異我不相在當作是觀受想行識亦復如是多聞聖弟子於此五受陰觀察非我非我所如是觀察已於世間都無所取無所取者則無所著無所著者自覺涅槃我生已盡梵行已立所作已作自知不受後有佛說此經已諸比丘聞佛所說歡喜奉行

如是我聞一時佛住舍衛國祇樹給孤獨園爾時世尊告諸比丘當斷色欲貪欲貪斷已則色斷色斷已得斷知得斷知已則根本斷如截多羅樹頭未來不復更生如是受想行識欲貪斷乃至未來世不復更生佛說此經已諸比丘聞佛所說歡喜奉行

如是我聞一時佛住舍衛國祇樹給孤獨園爾時世尊告諸比丘若色起住出則苦於此起病於此住老死於此出受想行識亦如是說比丘若色滅息沒苦於此滅病於此息老死於此沒受想行識亦復如是佛說此經已諸比丘聞佛所說歡喜奉行

如是我聞一時佛住舍衛國祇樹給孤獨園爾時世尊告諸比丘過去未來色尚無常況復現在色多聞聖弟子如是觀察已不顧過去色不欣未來色於現在色猒離欲滅寂靜受想行識亦復如是比丘若無過去色者多

聞聖弟子無不顧過去色以有過去色故多聞聖弟子不顧過去色若無未來色者多聞聖弟子無不欣未來色以有未來色故多聞聖弟子不欣未來色若無現在色者多聞聖弟子不於現在色生猒離欲滅盡向以有現在色故多聞聖弟子於現在色生猒離欲滅盡向受想行識亦如是說佛說此經已諸比丘聞佛所說歡喜奉行

如無常苦空非我三經亦如是說

如是我聞一時佛住舍衛國祇樹給孤獨園

爾時世尊告諸比丘當說聖法印及見清淨諦聽善思若有比丘作是說我於空三昧未有所得而起無相無所有離慢知見者莫作是說所以者何若於空未得者而言我得無相無所有離慢知見者無有是處若有比丘作是說我得空能起無相無所有離慢知見者此則善說所以者何若得空已能起無相無所有離慢知見斯有是處云何爲聖弟子及見清淨比丘白佛佛爲法根法眼法依唯願爲說諸比丘聞說法已如說奉行佛告比丘若比丘於空閑處樹下坐善觀色無常磨滅離欲之法如是觀察受想行識無常磨滅離欲之法觀察彼陰無常磨滅不堅固變易法心樂清淨解脫是名爲空如是觀者亦不能離慢知見清淨復有正思惟三昧觀色相斷聲香味觸法相斷是名無相如是觀者猶未離慢知見清淨復有正思惟三昧觀察貪相斷瞋恚癡相斷是名無所有如是觀者猶未離慢知見清淨復有正思惟三昧觀察我我所從何而生復有思惟觀察我我所從

若見若聞若齅若甞若觸若識而生復作是觀察若因若縁而生識者彼識因縁爲常爲無常復作是思惟若因若縁而生識者彼因彼縁皆悉無常復次彼因彼縁皆悉無常彼所生識云何有常無常者是有爲行從縁起是患法滅法離欲法斷知法是名聖法印知見清淨是名比丘當說聖法印知見清淨如是廣說佛說此經已諸比丘聞佛所說歡喜奉行

如是我聞一時佛住毗耶離獼猴池側重閣講堂爾時有離車名摩訶男日日遊行往詣佛所時彼離車作是念若我早詣世尊所者世尊及我知識比丘皆悉禪思我今當詣七菴羅樹阿耆毗外道所即往詣彼富蘭那迦葉住處時富蘭那迦葉外道衆主與五百外道前後圍遶高聲嬉戲論說俗事時富蘭那迦葉遥見離車摩訶男來告其眷屬令寂靜住汝等嘿然是離車摩訶男是沙門瞿曇弟子此是沙門瞿曇白衣弟子毗耶離中最爲上首常樂寂靜讚歎寂靜彼所之詣寂靜之衆是故汝等應當寂靜時摩訶男詣彼衆富蘭那所與富蘭那共相問訊相慰勞已却坐一面時摩訶男語富蘭那言我聞富蘭那爲諸弟子說法無因無縁衆生有垢無因無縁衆生清淨世有此論汝爲審有此爲是外人相毀之言世人所撰爲是法爲非法頗有世人共論難問嫌責以不富蘭那迦葉言實有此論非世妄傳我立此論是如法論我說此法皆是順法無有世人來共難問而呵責者所以者何摩訶男我如是見如是說無因無

縁衆生有垢無因無縁衆生清淨時摩訶男聞富蘭那所説心不喜樂呵罵已從座起去向世尊所頭面禮足却坐一面以向與富蘭那所論事向佛廣説佛告離車摩訶男彼富蘭那爲出意語不足記也如是富蘭那愚癡不辯不善非因而作是説無因無縁衆生有垢無因無縁衆生清淨所以者何有因有縁衆生有垢有因有縁衆生清淨摩訶男何因何縁衆生有垢何因何縁衆生清淨摩訶男若色非一向是苦非樂非隨樂非樂長養離樂者衆生不應因此而生樂著摩訶男以色非一向是苦非樂隨樂樂所長養不離樂是故衆生於色染著染著故繫繫故有惱摩訶男若受想行識非一向是苦非樂非隨樂非樂長養離樂者衆生不應因此而生樂著摩訶男以識非一向是苦非樂隨樂樂所長養不離樂是故衆生於識染著染著故繫繫故生惱摩訶男是名有因有縁衆生有垢摩訶男何因何縁衆生清淨摩訶男若色一向是樂非苦非隨苦非憂苦長養離苦者衆生不應因色而生猒離摩訶男以色非一向樂是苦隨苦憂苦長養不離苦是故衆生猒離於色猒故不樂不樂故解脫摩訶男若受想行識一向是樂非苦非隨苦非憂苦長養離苦者衆生不應因識而生猒離摩訶男以受想行識非一向樂是苦隨苦憂苦長養不離苦是故衆生猒離於識猒故不樂不樂故解脫摩訶男是名有因有縁衆生清淨時摩訶男聞佛所説歡喜隨喜禮佛而退

知法及重擔　往詣觀欲貪　生及與略説

法印富蘭那

如是我聞一時佛住支提竹園精舍爾時世尊告諸比丘多聞聖弟子於何所而見無常苦諸比丘白佛言世尊爲法根法眼法依唯願爲說諸比丘聞已當如說奉行佛告比丘諦聽善思當爲汝說多聞聖弟子於色見無常苦於受想行識見無常苦比丘色爲是常無常耶比丘白佛無常世尊比丘無常者是苦耶比丘白佛是苦世尊比丘若無常苦是變易法多聞聖弟子寧於中見我異我相在不比丘白佛不也世尊受想行識亦復如是是故比丘所有諸色若過去若未來若現在若內若外若麤若細若好若醜若遠若近彼一切皆非我非異我不相在受想行識亦復如是多聞聖弟子如是觀察猒於色猒受想行識猒故不樂不樂故解脫解脫故我生已盡梵行已立所作已作自知不受後有時諸比丘聞佛所說歡喜奉行

如是我聞一時佛住毗耶離獼猴池側重閣講堂爾時世尊告諸比丘多聞聖弟子於何所見非我不異我不相在如是平等正觀如實知見比丘白佛世尊爲法根法眼法依唯願爲說諸比丘聞已如說奉行佛告比丘諦聽善思當爲汝說多聞聖弟子於色見非我不異不相在是名如實正觀受想行識亦復如是佛告諸比丘色爲是常爲無常耶比丘白佛無常世尊復告比丘若無常者是苦不比丘白佛是苦世尊比丘若無常苦是變易法多聞聖弟子於中寧見有我異我相在不比丘白佛不也世尊受想行識亦復如是是

故比丘所有諸色若過去若未來若現在若內若外若麤若細若好若醜若遠若近彼一切皆非我不異我不相在是名如實正觀受想行識亦復如是多聞聖弟子如是觀察於色得解脫於受想行識得解脫我說彼解脫生老病死憂悲惱苦純大苦聚佛說此經時諸比丘聞佛所說歡喜奉行

如是我聞一時佛住舍衛國祇樹給孤獨園爾時世尊告諸比丘色是無常無常則苦苦則非我非我者彼一切非我不異我不相在如實知是名正觀受想行識亦復如是多聞聖弟子於此五受陰非我非我所觀察如是觀察於諸世間都無所取無所取故無所著無所著故自覺涅槃我生已盡梵行已立所作已作自知不受後有佛說此經已諸比丘聞佛所說歡喜奉行

如是我聞一時佛住舍衛國祇樹給孤獨園爾時世尊告諸比丘比丘於何所不見我異我相在比丘白佛世尊爲法根法眼法依唯願爲說諸比丘聞已如說奉行佛告比丘諦聽善思當爲汝說於色不見有我異我相在不於受想行識亦復如是比丘色爲是常無常耶比丘白佛無常世尊佛言比丘若無常者是苦不比丘白佛是苦世尊比丘若無常苦是變易法多聞聖弟子寧於中見我異我相在不比丘白佛不也世尊受想行識亦復如是是故比丘諸所有色若過去若未來若現在若內若外若麤若細若好若醜若遠若近彼一切非我不異我不相在受想行識亦復如是比丘多聞聖弟子觀察五受陰非我

非我所如是觀察者於諸世間都無所取無所取者無所著無所著故自覺涅槃我生已盡梵行已立所作已作自知不受後有佛說此經已諸比丘聞佛所說歡喜奉行

如是我聞一時佛住舍衛國祇樹給孤獨園爾時世尊告諸比丘若無常色有常者彼色不應有病有苦亦不應於色有所求欲令如是不令如是以色無常故於色有病有苦生亦得不欲令如是不令如是受想行識亦復如是比丘於意云何色爲常爲無常耶比丘白佛無常世尊比丘無常爲是苦不比丘白佛是苦世尊比丘若無常苦是變易法多聞聖弟子於中寧見是我異我相在不比丘白佛不也世尊受想行識亦復如是是故比丘諸所有色若過去若未來若現在若內若外若麤若細若好若醜若遠若近彼一切非我非我所如實知受想行識亦復如是多聞聖弟子正觀於色正觀已於色生猒離欲不樂解脫受想行識生猒離欲不樂解脫我生已盡梵行已立所作已作自知不受後有佛說此經已諸比丘聞佛所說歡喜奉行

如是我聞一時佛住舍衛國祇樹給孤獨園爾時世尊告諸比丘色是苦若色是苦者不應於色有病有苦生亦不欲令如是亦不令不如是以色是苦以色是苦故於色病生亦行於色欲令如是不令如是受想行識亦復如是比丘色爲常無常耶比丘白佛無常世尊比丘無常者是苦不比丘白佛是苦世尊比丘若無常苦是變易法多聞聖弟子寧於中見我異我相在不比丘白佛不也世尊受

想行識亦復如是是故比丘諸所有色若過去若未來若現在若內若外若麤若細若好若醜若遠若近彼一切非我不異我不相在如實觀察受想行識亦復如是多聞聖弟子於色得解脫於受想行識得解脫我說彼解脫生老病死憂悲苦惱純大苦聚佛說此經已諸比丘聞佛所說已歡喜奉行

雜阿含經卷第三

音釋

重擔 擔都濫切重擔謂五陰重擔也 塹 七豔切坑塹也 邏 朗可切遮也巡也又遊偵也 齅 許救切以鼻摣氣也 獮猴 獮音彌猴音侯獮猴猿猻之屬 撰 雛綰切造也撰述也 難問 難乃旦切難問謂詰難問之也 以不 不俯九切以不猶言可不可也

雜阿含經卷第四

宋天竺三藏求那跋陀羅譯

如是我聞一時佛住舍衛國祇樹給孤獨園時有年少婆羅門名鬱多羅來詣佛所與世尊面相問訊慰勞已退坐一面白佛言世尊我常如法行乞持用供養父母令得安樂離苦世尊我作如是為多福不佛告鬱多羅實有多福所以者何若有如法乞求供養父母令其安樂除苦惱者實有大福爾時世尊即說偈言

如法於父母　恭敬修供養　現世名稱流　命終生天上

佛說此經已年少鬱多羅歡喜隨喜作禮而去

如是我聞一時佛住舍衛國祇樹給孤獨園時有年少婆羅門名優波迦來詣佛所與世尊面相問訊慰勞已退坐一面白佛言瞿曇諸婆羅門常稱歎邪盛大會沙門瞿曇亦復稱歎邪盛大會不佛告優波迦我不一向稱歎或有邪盛大會可稱歎或有邪盛大會不可稱歎優波迦白佛何等邪盛大會可稱歎何等邪盛大會不可稱歎佛告優波迦若邪盛大會繫羣少特牛水特水牸反諸羊犢小小衆生悉皆傷殺逼迫苦切僕使作人鞭笞恐怛悲泣號呼不善不樂衆苦作役如是等邪盛大會我不稱歎以造大難故若復大會不繫縛羣牛乃至不令衆生辛苦作役者如是邪盛大會我所稱歎以不造大難故爾時世尊即說偈言

祠祀等大會　造諸大難事　如是等邪盛

大仙不稱歎　繫縛諸衆生　殺害微細蟲
是非爲正會　大仙不隨順　若不害衆生
造作衆難者　是名等正會　大仙隨稱歎
惠施修供養　爲應法邪盛　施者清淨心
梵行良福田　如是大會者　是則羅漢會
是會得大果　諸天皆歡喜　自行恭敬請
自手而施與　彼我悉清淨　是施得大果
慧者如是施　信心應解脫　無罪樂世間
智者往生彼

佛說此經已優波迦婆羅門聞佛所說歡喜隨喜作禮而去

如是我聞一時佛住舍衛國祇樹給孤獨園廣說如上差別者謂隨說異偈言

無爲無諸難　邪盛時清淨　如法隨順行
攝護諸梵行　馨香歸世界　超過諸凡鄙
佛於邪盛善　稱歎此邪盛　惠施修供養
邪盛隨所應　淨信平等施　梵行良福田
彼作如是施　是施羅漢田　如是廣大施
諸天所稱歎　自行恭敬請　自手而供養
等攝自他故　邪盛得大果　慧者如是施
淨信心解脫　於無罪世界　智者往生彼

佛說此經已優波迦婆羅門聞佛所說歡喜作禮而去

如是我聞一時佛住舍衛國祇樹給孤獨園時有年少婆羅門名鬱闍迦來詣佛所稽首佛足退坐一面白佛言世尊俗人在家當行幾法得現法安及現法樂佛告婆羅門有四法俗人在家得現法安現法樂何等爲四謂方便具足守護具足善知識具足正命具足何等爲方便具足謂善男子種種工巧業處

以自營生謂種田商賈或以王事或以書疏筭畫於彼彼工巧業處精勤修行是名方便具足何等爲守護具足謂善男子所有錢穀方便所得自手執作如法而得能極守護不令王賊水火劫奪漂没不令失不善守護者亡失不愛念者輙取及諸災患所壞是名善男子不善守護何等爲善知識具足若有善男子不落度不放逸不虚妄不兇險如是知識能善安慰未生憂苦能令不生已生憂苦能令開覺未生喜樂能令速生已生喜樂護令不失是名善男子善知識具足云何爲正命具足謂善男子所有錢財出内稱量周圓掌護不令多入少出也多出少入也如執稱者少則增之多則減之知平而捨如是善男子稱量財物等入等出莫令入多出少出多入少若善男子無有錢財而廣散用以此生活人皆名爲優曇鉢華無有種子愚癡貪欲不顧其後或有善男子財物豐多不能食用傍人皆言是愚癡人如餓死狗是故善男子所有錢財能自稱量等入等出是名正命具足如是婆羅門四法成就現法安現法樂婆羅門白佛言世尊在家之人有幾法能令後世安後世樂佛告婆羅門在家之人有四法能令後世安後世樂何等爲四謂信具足戒具足施具足慧具足何等爲信具足謂善男子於如來所得信敬心建立信本非諸天魔梵及餘世人同法所壞是名善男子信具足何等戒具足謂善男子不殺生不偷盗不邪婬不妄語不飲酒是名戒具足云何施具足謂善男子離慳垢心在於居家行解脱施常

自手與樂修行捨等心行施是名善男子施具足云何爲慧具足謂善男子苦聖諦如實知集滅道聖諦如實知是名善男子慧具足若善男子在家行此四法者能得後世安後世樂爾時世尊復說偈言

方便建諸業　積集能守護　知識善男子
正命以自活　淨信戒具足　惠施離慳妬
淨除於迷道　得後世安樂　若處於居家
成就於八法　審諦尊所說　等正覺所知
現法得安隱　現法喜樂住　後世喜樂住

佛說此經已鬱闍迦聞佛所說歡喜隨喜作禮而去

如是我聞一時佛在拘薩羅人間遊行至舍衛國祇樹給孤獨園爾時舍衛國有憍慢婆羅門止住父母種姓俱淨無偷盜能說者七世相承悉皆清淨爲婆羅門師言論通達諸論記典悉了萬名解法優劣分別諸字悉知萬事久遠本末因緣句句記說容貌端正或生志高族姓志高容色志高聰明志高財富志高不敬父母諸尊師長聞沙門瞿曇在拘薩羅國人間遊行至舍衛國祇樹給孤獨園聞已作是念我當往彼沙門瞿曇所若有所說我當共論無所說者默然而還時憍慢婆羅門乘白馬車諸年少婆羅門前後導從持金柄傘蓋手執金瓶往見世尊至於園門下車步進爾時世尊與諸大衆圍遶說法不時顧念憍慢婆羅門時憍慢婆羅門作是念沙門瞿曇不顧念我且當還去爾時世尊知憍慢婆羅門心念而說偈言

憍慢既來此　不善更增慢　向以義故來

應轉增其義

時憍慢婆羅門作是念沙門瞿曇已知我心欲修敬禮爾時世尊告憍慢婆羅門止止不須作禮心淨已足時諸大衆咸各高聲唱言奇哉世尊大德大力今此憍慢婆羅門恃生憍慢族姓憍慢容色憍慢聰明憍慢財富憍慢不敬父母諸尊師長今於沙門瞿曇所謙早下下欲接足禮時憍慢婆羅門於大衆前唱令靜黙而說偈言

云何不起慢　云何起恭敬　云何善慰喻

云何善供養

爾時世尊說偈答言

父母及長兄　和尚諸師長　及諸尊重者

所不應生慢　應當善恭敬　謙下而問訊

盡心而奉事　兼設諸供養　離貪恚癡心

漏盡阿羅漢　正智善解脱　伏諸憍慢心

於此賢聖等　合掌稽首禮

爾時世尊爲憍慢婆羅門種種說法示教照喜如佛世尊次第說法說布施持戒生天功德愛欲味患煩惱清淨出要遠離諸清淨分如是廣說如白淨衣無諸黒惡速受染色憍慢婆羅門即於座上解四聖諦苦集滅道得無間等時憍慢婆羅門見法得法知法入法度諸疑惑不由他度於正法中得無所畏即從座起整衣服爲佛作禮合掌白佛我今可得於正法中出家受具足不佛告憍慢婆羅門汝今可得於正法中出家受具足彼即出家獨靜思惟所以善男子剃除鬚髮著袈裟衣正信非家出家學道得阿羅漢心善解脱

如是我聞一時佛在拘薩羅人間遊行至舍

衛國祇樹給孤獨園時有長身婆羅門作如是邪盛大會以七百特牛行列繫柱特牸水牛及諸羊犢種種小蟲悉皆繫縛辦諸飲食廣行布施種種外道從諸國國皆悉來集邪盛會所時長身婆羅門聞沙門瞿曇從拘薩羅人間遊行至舍衛國祇樹給孤獨園作是念我今辦邪盛大會所以七百特牛行列繫柱乃至小小諸蟲皆悉繫縛爲邪盛大會故種種異道從諸國國來至會所我今當往沙門瞿曇所問邪盛法莫令我作邪盛大會分數中有所短少作是念已乘白馬車諸年少婆羅門前後導從持金柄傘蓋執金澡瓶出舍衛城詣世尊所恭敬承事至精舍門下車步進至於佛前面相問訊慰勞已退坐一面白佛言瞿曇我今欲作邪盛大會以七百特牛行列繫柱乃至小小諸蟲皆悉繫縛爲邪盛大會故種種異道從諸國國皆悉來至邪盛會所又聞瞿曇從拘薩羅人間遊行至舍衛國祇樹給孤獨園我今故來請問瞿曇邪盛大會法諸物分數莫令我所作邪盛大會諸分數之中有所短少佛告婆羅門或有一邪盛大會主行施作福而生於罪爲三刀劒之所刻削得不善果報何等三謂身刀劒口刀劒意刀劒何等爲意刀劒生諸苦報如一會主造作大會作是思惟我作邪盛大會當殺爾所少壯特牛爾所水特水牸爾所羊犢及種種諸蟲是名意刀劒生諸苦報如是施主雖念作種種布施種種供養實生於罪云何爲口刀劒生諸苦報有一會主造作大會作如是教我今作邪盛大會汝等當殺爾所

少壯特牛乃至殺害爾所微細蟲是名口刀劒生諸苦報大會主雖作是布施供養實生於罪云何爲身刀劒爲身刀劒生諸苦報謂有一大會主造作大會自手傷殺爾所特牛乃至殺害種種細蟲是名身刀劒生諸苦報彼大會主雖作是念種種布施種種供養實生於罪然婆羅門當勤供養三火隨時恭敬禮拜奉事施其安樂何等爲三一者根本二者居家三者福田何者爲根本火隨時恭敬奉事供養施其安樂謂善男子方便得財手足勤苦如法所得供養父母令得安樂是名根本火何故名爲根本若善男子從彼而生所謂父母故名爲根本若善男子以崇本故隨時恭敬奉事供養施以安樂何等爲居家火善男子隨時育善施以安樂謂善男子方便得財手足勤苦如法所得供給妻子宗親眷屬僕使傭客隨時給與恭敬施安是名家火何故名家火其善男子處於居家樂則同樂苦則同苦在所爲作皆相順從故名爲我是故善男子隨時供給施與安樂何等名田火善男子方便得財手足勤勞如法所得奉事供養諸沙門婆羅門善能調伏貪恚癡者如是等沙門婆羅門建立福田崇向增進樂分樂報未來生天是名田火何故名田爲世福田謂爲應供是故名田是善男子隨時恭敬奉事供養施其安樂爾時世尊復說偈言

根本及居家　應供福田火　是火增供養
充足安隱樂　無罪樂世間　慧者往生彼
如法財復會　供養所應養　供養應養故

生天得名稱
然婆羅門令善男子善所供養三火應斷令
滅何等爲三謂貪欲火瞋恚火愚癡火所以
者何若貪火不斷不滅者自害害他自他俱
害現法得罪後世得罪現法後世得罪緣彼
而生心法憂苦恚火癡火亦復如是婆羅門
若善男子事積薪火隨時辛苦隨時然隨時
滅火因緣受苦爾時長身婆羅門默然而住
時有婆羅門子名鬱多羅於會中坐長身婆
羅門須臾默然思惟已告鬱多羅汝能往至
邪盛會所放彼繫柱特牛及諸衆生受繫縛
者悉開放不而告之言長身婆羅門語汝隨
意自在山澤曠野食不斷草飲淨流水四方
風中受諸快樂鬱多羅白言隨大師教即往
彼邪盛會所放諸衆生而告之言長身婆羅
門語汝隨其所樂山澤曠野飲水食草四風
自適爾時世尊知鬱多羅知已爲長身婆羅
門種種說法示教照喜如律世尊說法先後
說戒說施及生天功德愛欲味患出要清淨
煩惱清淨開示顯現譬如鮮淨白氎易受染
色長身婆羅門亦復如是即於座上見四眞
諦得無間等時長身婆羅門見法得法知法
入法度諸疑惑不由他度於正法中得無所
畏即從座起整衣服偏袒右肩合掌白佛已
度世尊我從今日盡其壽命歸佛歸法歸比
丘僧爲優婆塞證知我惟願世尊與諸大衆
受我飯食爾時世尊默然而許時長身婆羅
門知佛受請已爲佛作禮右遶三帀而去長
身婆羅門還邪盛處作諸供辦淨美好者布
置牀座遣使請佛白言時到惟聖知時爾時

世尊著衣持鉢大衆圍遶往到長身婆羅門會所大衆前坐時長身婆羅門知世尊坐定已手自供養種種飲食食已澡漱洗鉢畢別敷卑牀於大衆前端坐聽法爾時世尊爲長身婆羅門說種種法示教照喜已從座起而去

如是我聞一時佛住舍衛國祇樹給孤獨園時有年少婆羅門名僧迦羅來詣佛所與世尊面相問訊慰勞已退坐一面白佛言瞿曇不善男子云何可知佛告婆羅門譬猶如月婆羅門復問善男子云何可知佛告婆羅門譬猶如月婆羅門白佛云何不善男子如月佛告婆羅門如月黑分光明亦失色亦失所係亦失日夜消滅乃至不現如是有人於如來所得信寂心受持淨戒善學多聞損已布施正見眞實於如來所淨信持戒惠施多聞正見眞實已然後退失於戒聞施正見悉皆忘失日夜消滅乃至須臾一切忘失復次婆羅門若善男子不習近善知識不數聞法不正思惟身行惡行口行惡行意行惡行行惡因緣故身壞命終墮惡趣泥犁中如是婆羅門不善男子其譬如月婆羅門白佛云何善男子其譬如月佛告婆羅門譬如明月淨分光明色澤日夜增明乃至月滿一切圓淨如是善男子於如來法律得淨信心乃至正見眞淨增明戒增施增聞增慧增日夜增長復於餘時親近善知識聞說正法內正思惟行身善行口善行行意善行故以是因緣身壞命終化生天上婆羅門是故善男子譬如月爾時世尊而說偈言

譬如月無垢　周行於虛空　一切諸星中
其光最盛明　淨信亦如是　戒聞離慳施
於諸慳世間　其施特明顯

佛說此經已僧迦羅婆羅門聞佛所說歡喜隨喜從座起而去

如是我聞一時佛住舍衛國祇樹給孤獨園時有生聞婆羅門來詣佛所與世尊面相問訊慰勞已退坐一面白佛言瞿曇我聞瞿曇說言唯應施我不應施餘人施我得大果非施餘人而得大果應施我弟子不應施餘弟子施我弟子得大果報非施餘弟子得大果報云何瞿曇作是語者為實說耶非為謗毀瞿曇乎為如說說如法說非法次法說不為餘人以同法來訶責耶佛告婆羅門彼如是說者謗毀我耳非如說說如法說法次法說不致他人來以同法訶責所以者何我不如是說應施於我不應施餘施我得大果報非施餘人得大果報應施我弟子施我弟子得大果報非施餘弟子得大果報然婆羅門我作如是語者作二種障障施者施障受者利婆羅門乃至士夫以洗器餘食著於淨地令彼處衆生即得利樂我說斯等亦入福門況復施人婆羅門然我復說施持戒者得果報不同犯戒生聞婆羅門白佛言如是瞿曇我亦如是說施持戒者得大果報非施犯戒爾時世尊復說偈言

若黑若有白　若赤若有色　犁雜及金色
純黃及鴿色　如是等牸牛　牛犢姝好者
丁壯力具足　調善行捷疾　但使堪運重
不問本生色　人亦復如是　各隨彼彼生

刹利婆羅門　毗舍首陀羅　旃陀羅下賤
所生悉不同　但使持淨戒　離重擔煩惱
純一修梵行　漏盡阿羅漢　於世間善逝
施彼得大果　愚者無智慧　未嘗聞正法
施彼無大果　不近善友故　若習善知識
如來及聲聞　清淨信善逝　根生堅固力
所往之善趣　及生大姓家　究竟般涅槃
大仙如是說

佛說此經已生聞婆羅門聞佛所說歡喜隨喜作禮而去

如是我聞一時佛住舍衛國祇樹給孤獨園爾時世尊晨朝著衣持鉢入舍衛城乞食時有異婆羅門年耆根熟執杖持鉢家家乞食爾時世尊告婆羅門汝今云何年耆根熟拄杖持鉢家家乞食婆羅門白佛瞿曇我家中所有財物悉付其子爲子娶妻然後捨家是故拄杖持鉢家家乞食佛告婆羅門汝能於我所受誦一偈還歸於衆中爲兒說耶婆羅門白佛能受瞿曇爾時世尊即說偈言

生子心歡喜　爲子聚財物　亦爲娉其妻
而自捨出家　邊鄙田舍兒　違負於父母
人形羅刹心　棄捨於尊老　老馬無復用
則奪其麵麥　兒少而父老　家家行乞食
曲杖爲最勝　非子離恩愛　爲我防惡牛
危險地得安　能却兇暴狗　扶我闇處行
避深坑空井　草木棘刺林　憑杖威力故
跱立不墮落

時婆羅門從世尊受斯偈已還歸婆羅門大衆中爲子而說先白大衆聽我所說然後誦偈如上廣說其子愧怖即抱其父還將入家

摩身洗浴覆以青衣被立爲家主時婆羅門
作是念我今得勝族姓是沙門瞿曇恩我經
所說爲師者如師供養爲和尚者如和尚供
養我今所得皆沙門瞿曇力即是我師我今
當以上妙好衣以奉瞿曇時婆羅門持上妙
衣至世尊所面前問訊慰勞已退坐一面白
佛言瞿曇我今居家成就是瞿曇力我經記
說爲師者以師供養爲和尚者以和尚供養
今日瞿曇即爲我師願受此衣哀愍故世尊
即受爲哀愍故爾時世尊爲婆羅門說種種
法示教照喜時婆羅門聞佛所說歡喜隨喜
作禮而去

如是我聞一時佛住舍衛國祇樹給孤獨園
爾時世尊晨朝著衣持鉢入舍衛城乞食時
有異婆羅門年耆根熟攝杖持鉢家家乞食
彼婆羅門遥見世尊而作是念沙門瞿曇攝
杖持鉢家家乞食我亦攝杖持鉢家家乞食
我與瞿曇俱是比丘爾時世尊說偈答言

所謂比丘者　非但以乞食　受持在家法
是何名比丘　於功德過惡　俱離修正行
其心無所畏　是則名比丘

佛說是經已彼婆羅門聞佛所說歡喜隨喜
作禮而去

如是我聞一時佛在拘薩羅人間遊行至一
那羅聚落住一那羅林中爾時世尊著衣持
鉢入一那羅聚落乞食而作是念今日太早
今且可過耕田婆羅豆婆遮婆羅門作飲食
處爾時耕田婆羅豆婆遮婆羅門五百具犁
耕田爲作飲食時耕田婆羅豆婆遮婆羅門
遥見世尊白言瞿曇我今耕田下種以供飲

食沙門瞿曇亦應耕田下種以供飲食佛告婆羅門我亦耕田下種以供飲食婆羅門白佛我都不見沙門瞿曇若犂若軛若鞅若纍若鑱若鞭而今瞿曇說言我亦耕田下種以供飲食爾時耕田婆羅豆婆遮婆羅門即說偈言

自說耕田者　而不見其耕　爲我說耕田
令我知耕法

爾時世尊說偈答言

信心爲種子　苦行爲時雨　智慧爲犂軛
慚愧心爲轅　正念自守護　是則善御者
保藏身口業　如食處內藏　眞實爲其乘
樂住爲懈息　精進無廢荒　安隱而速進
直往不轉還　得到無憂處　如是耕田者
逮得甘露果　如是耕田者　不還受諸有

時耕田婆羅豆婆遮婆羅門白佛言善耕田瞿曇極善耕田瞿曇於是耕田婆羅豆婆遮婆羅門聞世尊說偈心轉增信以滿鉢香美飲食以奉世尊世尊不受以因說偈得故即說偈言

不因說法故　受彼食而食　但爲利益他
說法不受食

如是廣說如前爲火與婆羅門廣說時耕田婆羅豆婆遮婆羅門白佛言瞿曇今以此食安著何處佛告婆羅門我不見諸天魔梵沙門婆羅門天神世人堪食此食而得安身婆羅門汝持此食著無蟲水中及少生草地時婆羅門即持此食著無蟲水中水即煙起涌沸啾啾作聲如熱鐵丸投於冷水啾啾作聲如是彼食投著無蟲水中煙起涌沸啾啾作

聲婆羅門作是念沙門瞿曇實爲奇特大德大力乃令飲食神變如是時彼婆羅門見食瑞應信心轉增白佛言瞿曇我今可得於正法中出家受具足不佛告婆羅門汝今可得於正法中出家受具足得比丘分彼即出家已獨靜思惟所以族姓子剃除鬚髮著袈裟衣正信非家出家學道乃至得阿羅漢心善解脫

如是我聞一時佛住王舍城時有尊者名曰淨天在鞞提訶國人間遊行至彌絺羅城菴羅園中時尊者淨天晨朝著衣持鉢入彌絺羅城乞食次第乞食到自本家時淨天母年老在中堂持食祀火求生梵天不覺尊者淨天在門外立時毗沙門天王於尊者淨天所極生敬信時毗沙門天王諸夜叉導從乘虛而行見尊者淨天在門外立又見其母手擎飲食在中堂上供養祀火不見其子在外門立見已從空中下至淨天母前而說偈言

此婆羅門尼　梵天極遼遠　爲求彼生故
於此祠祀火　此非梵天道　何爲徒祀此
汝婆羅門尼　淨天住門外　垢穢永無餘
是則天中天　蕭然無所有　獨一不兼資
爲乞食入舍　所應供養者　淨天善修身
人天良福田　遠離一切惡　不爲染所染
德同於梵天　形在人間住　不著一切法
如彼淳熟龍　比丘正念住　其心善解脫
應奉以初揣　是則上福田　應以淨信心
及時速施與　當預建立洲　令未來安樂
汝觀此牟尼　已度苦海流　是故當信心
及時速施與　當預建立洲　令未來安樂

毗沙門天王　開發彼令捨
時尊者淨天即爲其母種種說法示教照喜
已復道而去
如是我聞一時佛住舍衛國祇樹給孤獨園
時有異婆羅門來詣佛所面前問訊相慰勞
已退坐一面白佛言瞿曇所謂佛者云何爲
佛爲是父母制名爲是婆羅門制名時婆羅
門即說偈言
佛者是世間　超度之勝名　爲是父母制
名之爲佛耶
爾時世尊說偈答言
佛見過去世　如是見未來　亦見現在世
一切行起滅　明智所了知　所應修已修
應斷悉已斷　是故名爲佛　歷劫求選擇
純苦無暫樂　生者悉磨滅　遠離息塵垢
拔諸使剌本　等覺故名佛
佛說偈已彼婆羅門聞佛所說歡喜隨喜從
座起去
如是我聞一時佛在拘薩羅人間遊行有徒
迦帝聚落隨鳩羅聚落二村中間一樹下坐
入晝正受時有豆磨種姓婆羅門隨彼道行
尋佛後來見佛脚跡千輻輪相印文顯現齊
輻圓輞衆好滿足見已作是念我未曾見人
間有如是足跡今當隨跡以求其人即尋脚
跡至於佛所見世尊坐一樹下入晝正受嚴
容絕世諸根澄靜其心寂定第一調伏止觀
成就光相巍巍猶若金山見已白言爲是天
耶佛告婆羅門我非天也爲龍夜叉乾闥婆
阿修羅迦樓羅緊那羅摩睺羅伽人非人等
佛告婆羅門我非龍乃至人非人也婆羅門

白佛若言非天非龍乃至非人非非人爲是何等爾時世尊說偈答言

天龍乾闥婆　緊那羅夜叉　無善阿修羅
諸摩睺羅伽　人與非人等　悉由煩惱生
如是煩惱漏　一切我已捨　已破已磨滅
如分陀利生　雖生於水中　而未曾著水
我雖生世間　不爲世間著　歷劫常選擇
純苦無暫樂　一切有爲行　悉皆生滅故
離垢不傾動　已拔諸劒刺　究竟生死際
故名爲佛陀

佛說此經已豆摩種婆羅門聞佛所說歡喜隨喜從路而去

如是我聞一時佛住王舍城迦蘭陀竹園爾時世尊晨朝著衣持鉢入王舍城乞食次第乞食至婆羅豆婆遮婆羅門舍時婆羅門手執木杓盛諸飲食供養火具住於門邊遥見佛來見已白佛作是言住住領羣特愼勿近我門佛告婆羅門汝知領羣特領羣特法耶婆羅門言我不知領羣特亦不知領羣特法沙門瞿曇知領羣特及領羣特法不佛言我善知是領羣特及領羣特法是時婆羅門即放事火具疾敷牀座請佛令坐白言瞿曇爲我說領羣特及領羣特法佛即就座爲說偈言

瞋恚心懷恨　隱覆諸過惡　犯戒起惡見
虛僞不眞實　如是等士夫　當知領羣特
弊暴貪恡惜　惡欲慳諂僞　無慚無愧心
當知領羣特　一生二生者　一切皆殺害
無有慈愍心　是爲領羣特　若殺縛椎打
聚落及城邑　無道以切責　當知領羣特

住止及行路　爲衆之導首　苦切諸羣下
恐恒相迫愶　取利以供已　當知領羣特
聚落及空地　有主無主物　掠詆爲已有
當知領羣特　自棄薄其妻　又不入婬舍
侵陵他所愛　當知領羣特　内外諸親屬
同心善知識　侵掠彼所愛　當知領羣特
妄語欺誑人　詐取無證財　他索而不還
當知領羣特　爲已亦爲他　舉責及與責
或復順他語　妄語爲他證　如是妄語者
當知領羣特　作惡不善業　無有人知者
隱諱覆藏惡　當知領羣特　若人問其義
而答以非義　顛倒欺誑人　當知領羣特
實空無所有　而輕毀智者　愚癡爲利故
當知領羣特　高慢自稱舉　毀壞於他人
是極卑鄙慢　當知領羣特　自造諸過惡
移過誣他人　妄語謗清白　當知領羣特
前受他利養　他若來詣已　無有敬報心
當知領羣特　沙門婆羅門　如法來乞求
訶責而不與　當知領羣特　若父母年老
少壯氣已謝　不勤加奉養　當知領羣特
父母諸尊長　兄弟親眷屬　實非阿羅漢
自顯羅漢德　世間之大賊　當知領羣特
和尚種姓生　習婆羅門典　而於其中間
習行諸惡業　不以勝生故　障訶責惡道
現法受訶責　後世墮惡道　生旃陀羅家
世稱須陀夷　名聞徧天下　旃陀羅所無
婆羅門刹利　大姓所供養　乘於淨天道
平等正眞住　不以生處障　令不生梵天
現法善名譽　後世生善趣　二生汝當知
如我所顯示　不以所生故　名爲領羣特

不以所生故　名爲婆羅門　業爲領羣特
業爲婆羅門

婆羅門白佛言

如是大精進　如是大牟尼　不以所生故
名爲領羣特　不以所生故　名爲婆羅門
業故領羣特　業故婆羅門

時事火婆羅豆婆遮婆羅門轉得信心以滿鉢好食奉上世尊世尊不受以説偈得故偈如上説時事火婆羅豆婆遮婆羅門見食瑞應已增其信心白佛言世尊我今可得於正法律出家受具足不佛告婆羅門汝今可得於正法律出家受具足即得出家獨靜思惟如前説乃至得阿羅漢心善解脱時婆羅豆婆遮婆羅門得阿羅漢心善解脱自覺喜樂而説偈言

非道求清淨　供養祠祀火　不識清淨道
猶如生盲者　今已得安樂　出家受具足
逮得於三明　佛所教已作　先婆羅門難
今爲婆羅門　沐浴離塵垢　度諸天彼岸

雜阿含經卷第四

音釋

牸疾置切牝牛也　犢徒谷切牛子也　逼迫逼筆力切驅逼也迫博陌切窘迫也　鞭笞鞭卑連切扑也笞超之切擊也　出內出尺類切出之也凡物人使之出則曰出內諾合切受也入也　濼子皓切濼洗也　傭餘封切僱作謂之傭　氎達協切毛布也　[麥*廣]古猛切亦麥也　跱丈里切踏也　軛乙革切轅端橫木也　鞅倚兩切牛駕具在腹曰鞅　鑱鋤銜切犂鐵也　轅于元切車前曲木也　鞞駢迷切　絺抽之切　揣徒官切與摶同揣食也謂以手圜食也　輻方六切輪轑也謂輪中木之直指者也　輞文紡切車輞也　愶迄業切以威力相恐　掠詆掠力灼切刦人財物也詆典禮切訶也　誣微夫切詐也謗也又以無爲有曰誣

雜阿含經卷第五

宋天竺三藏求那跋陀羅譯

如是我聞一時佛有衆多上座比丘往拘舍彌國瞿師羅園時有差摩比丘住拘舍彌國跋陀梨園身得重病時有陀娑比丘爲瞻病者時陀娑比丘詣諸上座比丘禮諸上座比丘足於一面住諸上座比丘告陀娑比丘言汝往詣差摩比丘所語言諸上座問汝身小差安隱苦患不增劇耶時陀娑比丘受諸上座比丘敎至差摩比丘所語差摩比丘言諸上座比丘問訊汝苦患漸差不衆苦不至增耶差摩比丘語陀娑比丘言我病不差不安隱身諸苦轉增無救譬如多力士夫取羸劣人以繩縛頭兩手急絞極大苦痛我今苦痛有過於彼譬如屠牛以利刀生割其腹取其內藏其牛腹痛當何可堪我今腹痛甚於彼牛如二力士捉一劣夫懸著火上燒其兩足我今兩足熱過於彼時陀娑比丘還至諸上座所以差摩比丘所說病狀具白諸上座時諸上座還遣陀娑比丘至差摩比丘所語差摩比丘言世尊所說有五受陰何等爲五色受陰受想行識受陰汝差摩能少觀察此五受陰非我非我所耶時陀娑比丘受諸上座比丘敎已往語差摩比丘言諸上座語汝世尊說五受陰汝少能觀察非我非我所耶差摩比丘語陀娑言我於彼五受陰能觀察非我非我所陀娑比丘還白諸上座差摩比丘言我於五受陰能觀察非我非我所諸上座比丘復遣陀娑比丘語差摩比丘言汝能於五受陰觀察非我非我所如漏盡阿羅漢耶

時陀娑比丘受諸上座比丘教往詣差摩比丘所語差摩言比丘能如是觀五受陰者如漏盡阿羅漢耶差摩比丘語陀娑比丘言我觀五受陰非我非我所非漏盡阿羅漢也時陀娑比丘還至諸上座所白諸上座差摩比丘言我觀五受陰非我非我所而非漏盡阿羅漢也時諸上座語陀娑比丘汝復還語差摩比丘汝言我觀五受陰非我非我所而非漏盡阿羅漢前後相違陀娑比丘受諸上座比丘教往語差摩比丘汝言我觀五受陰非我非我所而非漏盡阿羅漢前後相違差摩比丘語陀娑比丘言我於五受陰觀察非我非我所而非阿羅漢者我於我慢我欲我使未斷未知未離未吐陀娑比丘還至諸上座所白諸上座差摩比丘言我於五受陰觀察非我非我所而非漏盡阿羅漢者於五受陰我慢我欲我使未斷未知未離未吐諸上座復遣陀娑比丘語差摩比丘言汝言有我於何所有我爲色是我爲我異色受想行識是我爲我異識耶差摩比丘語陀娑比丘言我不言色是我我異色受想行識是我我異識能於五受陰我慢我欲我使未斷未知未離未吐差摩比丘語陀娑比丘言何煩令汝驅馳往反汝取杖來我自扶杖詣彼上座願授以杖差摩比丘願自扶杖詣諸上座時諸上座遥見差摩比丘扶杖而來自爲敷座安停橙脚自往迎接爲持衣鉢命令就坐共相慰勞慰勞已語差摩比丘言汝言我慢何所見我色是我耶我異色耶受想行識是我耶我異識耶差摩比丘白言非色是我非我異色

非受想行識是我非我異識能於五受陰我慢我欲我使未斷未知未離未吐譬如優鉢羅鉢曇摩拘牟頭分陀利華香爲即根香耶爲香異根耶爲莖葉鬚精麤香耶爲香異根精麤耶爲等說不諸上座答言不也差摩比丘非優鉢羅鉢曇摩拘牟頭分陀利根即是香非香異根亦非莖葉鬚精麤是香亦非香異精麤也差摩比丘復問彼何等香上座答言是華香差摩比丘復言我亦如是非色即我我不離色非受想行識即我我不離識然我於五受陰見非我非我所而於我慢我欲我使未斷未知未離未吐諸上座聽我說譬凡智者因譬類得解譬如乳母衣付浣衣者以種種灰湯浣濯麤垢猶有餘氣要以種種雜香熏令消滅如是多聞聖弟子離於五受陰正觀非我非我所能於五受陰我慢我欲我使未斷未知未離未吐然後於五受陰增進思惟觀察生滅此色此色集此色滅此受想行識此識集此識滅於五受陰如是觀生滅已我慢我欲我使一切悉除是名眞實正觀差摩比丘說此法時彼諸上座遠塵離垢得法眼淨差摩比丘不起諸漏心得解脫法喜利故身病悉除時諸上座比丘語差摩比丘言我聞仁者初所說已解已樂況復重聞所以問者欲發仁者微妙辯才非爲嬈亂汝便堪能廣說如來應等正覺法時諸上座聞差摩比丘所說歡喜奉行

如是我聞一時佛住舍衛國祇樹給孤獨園爾時有比丘名燄摩迦起惡邪見作如是言如我解佛所說法漏盡阿羅漢身壞命終更

無所有時有衆多比丘聞彼所說往詣其所語燄摩迦比丘言汝實作是說如我解佛所說法漏盡阿羅漢身壞命終更無所有耶答言實爾諸尊時諸比丘語燄摩迦勿謗世尊謗世尊者不善世尊不作是說汝當盡捨此惡邪見諸比丘說此論時燄摩迦比丘猶執惡邪見作如是言諸尊唯此眞實異則虛妄如是三說時諸比丘不能調伏燄摩迦比丘即便捨去往詣尊者舍利弗所語尊者舍利弗言尊者當知彼燄摩迦比丘起如是惡邪見言我解知佛所說法漏盡阿羅漢身壞命終更無所有我等聞彼所說以故往問燄摩迦比丘汝實作如是知見耶彼答我言諸尊實爾異則愚說我即語言汝勿謗世尊世尊不作此語汝當捨此惡邪見再三諫彼猶不捨惡邪見是故我今詣尊者所唯願尊者當令燄摩迦比丘息惡邪見憐愍彼故舍利弗言如是我當令彼息惡邪見時衆多比丘聞舍利弗語歡喜隨喜而還本處爾時尊者舍利弗晨朝著衣持鉢入舍衛城乞食食已出城還精舍舉衣鉢已往詣燄摩迦比丘所時燄摩迦比丘遥見尊者舍利弗來即爲敷座洗足安停脚机奉迎爲執衣鉢請令就坐尊者舍利弗就坐洗足已語燄摩迦比丘汝實作如是語我解知世尊所說法漏盡阿羅漢身壞命終無所有耶燄摩迦比丘白舍利弗言實爾尊者舍利弗舍利弗言我今問汝隨意答我云何燄摩迦色爲常耶爲非常耶答言尊者舍利弗無常復問若無常者是苦不答言是苦復問若無常苦是變易法多聞聖

弟子寧於中見我異我相在不答言不也尊者舍利弗受想行識亦復如是復問云何燄摩迦色是如來耶答言不也尊者舍利弗受想行識是如來耶答言不也尊者舍利弗復問云何燄摩迦異色有如來耶異受想行識有如來耶答言不也尊者舍利弗復問色中有如來耶受想行識中有如來耶答言不也尊者舍利弗復問如來中有色耶如來中有受想行識耶答言不也尊者舍利弗復問非色受想行識有如來耶答言不也尊者舍利弗如是燄摩迦如來見法眞實如住無所得無所施設汝云何言我解知世尊所說漏盡阿羅漢身壞命終無所有爲時說耶答言不也尊者舍利弗復問燄摩迦先言我解知世尊所說漏盡阿羅漢身壞命終無所有云何今復言非耶燄摩迦比丘言尊者舍利弗我先不解無明故作如是惡邪說聞尊者舍利弗說已不解無明一切悉斷復問燄摩迦若復問比丘如先惡邪見所說今何所知所見一切悉得遠離汝當云何答燄摩迦答言尊者舍利弗若有來問者我當如是答漏盡阿羅漢色無常無常者是苦苦者寂靜清涼永没受想行識亦復如是有來問者作如是答舍利弗言善哉善哉燄摩迦比丘汝應如是答所以者何漏盡阿羅漢色無常無常者是苦若無常苦者是生滅法受想行識亦復如是尊者舍利弗說是法時燄摩迦比丘遠塵離垢得法眼淨尊者舍利弗語燄摩迦比丘今當說譬夫智者以譬得解如長者子長者子大富多財廣求僕從善守護財物時有怨

家惡人詐來親附爲作僕從常伺其便晚眠早起侍息左右謹敬其事遜其言辭令主意悅作親友想子想極信不疑不自防護然後手執利刀以斷其命餤摩迦比丘於意云何彼惡怨家爲長者親友非爲初始方便害心常伺其便至其終耶而彼長者不能覺知至今受害答言實爾尊者舍利弗語餤摩迦比丘於意云何彼長者本知彼人詐親欲害善自防護不受害耶答言如是尊者舍利弗如是餤摩迦比丘愚癡無聞凡夫於五受陰作常想安隱想不病想我想我所想於此五受陰保持護惜終爲此五受陰怨家所害如彼長者爲詐親怨家所害而不覺知餤摩迦多聞聖弟子於此五受陰觀察如病如癰如刺如殺無常苦空非我非我所於此五受陰不著不受不受故不著不著故自覺涅槃我生已盡梵行已立所作已作自知不受後有尊者舍利弗說是法時餤摩迦比丘不起諸漏心得解脫尊者舍利弗爲餤摩迦比丘說法示教照喜已從座起去

如是我聞一時佛住王舍城迦蘭陀竹園爾時有外道出家名仙尼來詣佛所恭敬問訊於一面坐白佛言世尊先一日時若沙門若婆羅門若遮羅迦若出家集於希有講堂如是義稱富蘭那迦葉爲大衆主五百弟子前後圍遶其中有極聰慧者有鈍根者及其命終悉不記說其所往生處復有末迦梨瞿舍梨子爲大衆主五百弟子前後圍遶其諸弟子有聰慧者有鈍根者及其命終悉不記說所往生處如是先闍那毗羅胝子阿耆多翅

舍欽婆羅迦羅拘陀迦旃延尼揵陀若提子等各與五百弟子前後圍遶亦如前者沙門瞿曇爾時亦在彼論中言沙門瞿曇爲大衆主其諸弟子有命終者即記說言某生彼處某生此處我先生疑云何沙門瞿曇得如此法佛告仙尼汝莫生疑以有惑故彼則生疑仙尼當知有三種師何等爲三有一師見現在世眞實是我如所知說而無能知命終後事是名第一師出於世間復次仙尼有一師見現在世眞實是我命終之後亦見是我如所知說復次仙尼有一師不見現在世眞實是我亦復不見命終之後眞實是我仙尼其第一師見現在世眞實是我如所知說者名曰斷見彼第二師見今世後世眞實是我如所知說者則是常見彼第三師不見現在世眞實是我命終之後亦不見我是則如來應等正覺說現法愛斷離欲滅盡得涅槃仙尼出家白佛言世尊我聞世尊所說遂更增疑佛告仙尼正應增疑所以者何此甚深處難見難知應須甚深照微妙至到聰慧所了凡衆生類未能辯知所以者何衆生長夜異見異忍異求異欲故仙尼白佛言世尊我於世尊所心得淨信唯願世尊爲我說法令我即於此座慧眼清淨佛告仙尼今當爲汝隨所樂說佛告仙尼色是常耶爲無常耶答言無常世尊復問仙尼若無常者是苦耶答言是苦世尊復問仙尼若無常苦是變易法多聞聖弟子寧於中見我異我相在不答言不也世尊受想行識亦復如是復問云何仙尼色是如來耶答言不也世尊受想行識是如來

耶答言不也世尊復問仙尼異色有如來耶異受想行識有如來耶答言不也世尊復問仙尼色中有如來耶受想行識中有如來耶答言不也世尊復問仙尼如來中有色耶如來中有受想行識耶答言不也世尊復問仙尼非色非受想行識有如來耶答言不也世尊佛告仙尼我諸弟子聞我所說不悉解義而起慢無間等非無間等故慢則不斷慢不斷故捨此陰已與陰相續生是故仙尼我則記說是學弟子身壞命終生彼彼處所以者何以彼有餘慢故仙尼我諸弟子於我所說能解義者彼於諸慢得無間等得無間等故諸慢則斷諸慢斷故身壞命終更不相續仙尼如是弟子我不說彼捨此陰已生彼彼處所以者何無因緣可記說故欲令我記說者當記說彼斷諸愛欲永離有結正意解脫究竟苦邊我從昔來及今現在常說慢過慢集慢生慢起若於慢無間等觀衆苦不生佛說此法時仙尼出家遠塵離垢得法眼淨爾時仙尼出家見法得法斷諸邪疑惑不由他知不由他度於正法中心得無畏從座起合掌白佛言世尊我得於正法中出家修梵行不佛告仙尼汝於正法得出家受具足戒得比丘分爾時仙尼得出家已獨往一靜處修不放逸作如是思惟所以族姓子剃除鬚髮正信非家出家學道修行梵行見法自知得證我生已盡梵行已立所作已作自知不受後有得阿羅漢聞佛所說歡喜奉行

如是我聞一時佛住王舍城迦蘭陀竹園爾時有比丘名阿㝹羅度住耆闍崛山時有衆

多外道出家往詣阿㝹羅度所共相問訊共相問訊已於一面住白阿㝹羅度言欲有所問寧有閑暇爲解釋不阿㝹羅度語諸外道言隨所欲問知者當答諸外道復問云何尊者如來死後爲有耶阿㝹羅度言如世尊說此是無記又問如來死後爲無耶有無耶非有非無耶阿㝹羅度言如世尊說此亦無記復問阿㝹羅度言云何尊者如來死後有耶說言無記死後無耶說言無記死後有無耶非有非無耶說言無記云何尊者沙門瞿曇爲不知不見耶阿㝹羅度言世尊非不知非不見時諸外道於阿㝹羅度所說心不喜悅訶罵已從座起去時阿㝹羅度知諸外道去已往詣佛所稽首佛足於一面住以諸外道所問向佛廣說白佛言世尊彼如是問我如是答爲順諸法說耶得無謗世尊耶爲順法耶爲違法耶無令他來難詰墮訶責處耶佛告阿㝹羅度言我今問汝隨所問答阿㝹羅度色爲常耶爲無常耶答言無常受想行識爲常無常耶答言無常世尊如燄摩迦契經廣說乃至識是如來耶答曰不也佛告阿㝹羅度作如是說者隨順諸說不謗如來非爲越次如如來說諸次法說無有能來難詰訶責者所以者何我於色如實知色集色滅色滅道跡如實知阿㝹羅度若捨如來所作無知無見說者此非等說佛說此經已阿㝹羅度聞佛所說歡喜奉行

如是我聞一時佛住婆祇國設首婆羅山鹿野深林中爾時有那拘羅長者百二十歲年耆根熟羸劣苦病而欲覲見世尊及先所宗

重知識比丘來詣佛所稽首佛足退坐一面白佛言世尊我年衰老羸劣苦病自力勉勵覲見世尊及先所宗重知識比丘唯願世尊爲我說法令我長夜安樂爾時世尊告那拘羅長者善哉長者汝實年耆根熟羸劣苦患而能自力覲見如來并餘宗重知識比丘長者當知於苦患身常當修學不苦患身爾時世尊爲那拘羅長者示教照喜已默然而住那拘羅長者聞佛所說歡喜隨喜禮佛而去時尊者舍利弗去世尊不遠坐一樹下那拘羅長者往詣尊者舍利弗所稽首禮足退坐一面時尊者舍利弗問長者言汝今諸根和悅貌色鮮明於世尊所得聞深法耶那拘羅長者白舍利弗今日世尊爲我說法示教照喜以甘露法灌我身心是故我今諸根和悅顏貌鮮明尊者舍利弗問長者言世尊爲汝說何等法示教照喜甘露潤澤那拘羅長者白舍利弗我向詣世尊所白世尊言我年衰老羸劣苦患自力而來覲見世尊及所宗重知識比丘佛告我言善哉長者汝實衰老羸劣苦患而能自力詣我及見先所宗重比丘汝今於此苦患之身常當修學不苦患身世尊爲我說如是法示教照喜甘露潤澤尊者舍利弗問長者言汝向何不重問世尊云何苦患身苦患心云何苦患身不苦患心長者答言我以是義故來詣尊者唯願爲我略說法要尊者舍利弗語長者言善哉長者汝今諦聽當爲汝說愚癡無聞凡夫於色集色滅色患色味色離不如實知不如實知故愛樂於色言色是我是我所而取攝受彼色若壞

若異心識隨轉惱苦生惱苦生已恐怖障礙顧念憂苦結戀於受想行識亦復如是是名身心苦患云何身苦患心不苦患多聞聖弟子於色集色滅色味色患色離如實知如實知已不生愛樂見色是我是我所彼色若變若異心不隨轉惱苦生心不隨轉惱苦生已得不恐怖障礙顧念結戀受想行識亦復如是是名身苦患心不苦患尊者舍利弗說是法時那拘羅長者得法眼淨爾時那拘羅長者見法得法知法入法度諸狐疑不由於他於正法中心得無畏從座起整衣服恭敬合掌白尊者舍利弗我已超已度我今歸依佛法僧寶爲優婆塞證知我我今盡壽歸依三寶爾時那拘羅長者聞尊者舍利弗所說歡喜隨喜作禮而去

如是我聞一時佛住釋氏天現聚落爾時有西方衆多比丘欲還西方安居詣世尊所稽首佛足退坐一面爾時世尊爲其說法示教照喜種種示教照喜已時西方衆多比丘從座起合掌白佛言世尊我西方衆多比丘欲還西方安居今請奉辭佛告西方諸比丘汝辭舍利弗未答言未辭佛告西方諸比丘舍利弗淳修梵行汝當奉辭能令汝等以義饒益長夜安樂時西方諸比丘辭退欲去時尊者舍利弗去佛不遠坐一堅固樹下西方諸比丘往詣尊者舍利弗所稽首禮足退坐一面白尊者舍利弗言我等欲還西方安居故來奉辭舍利弗言汝等辭世尊未答言已辭舍利弗言汝等還西方處處異國種種異衆必當問汝汝等今於世尊所聞善說法當善

受善持善觀善入足能爲彼具足宣說不毀佛耶不令彼衆難問詰責墮負處耶彼諸比丘白舍利弗我等爲聞法故來詣尊者惟願尊者具爲我說哀愍故尊者舍利弗告諸比丘閻浮提人聰明利根若剎利若婆羅門若長者若沙門必當問汝汝彼大師云何說法以何教授汝當答言大師唯說調伏欲貪以此教授當復問汝於何法中調伏欲貪當復答言大師唯說於彼色陰調伏欲貪於受想行識陰調伏欲貪我大師如是說法彼當復問欲貪有何過患故大師說於色調伏欲貪受想行識調伏欲貪汝復應答言若於色欲不斷貪不斷愛不斷念不斷渴不斷者彼色若變若異則生憂悲惱苦受想行識亦復如是見欲貪有如是過故於色調伏欲貪於受想行識調伏欲貪彼復當問見斷欲貪有何福利故大師說於色調伏欲貪於受想行識調伏欲貪當復答言若於色斷欲斷貪斷念斷愛斷渴彼色若變若異不起憂悲惱苦受想行識亦復如是諸尊若受諸不善法因緣故令得現法樂住不苦不礙不惱不熱身壞命終生於善處者世尊終不說言當斷諸不善法亦不教人於佛法中修諸梵行得盡苦邊以受諸不善法因緣故令現法苦住障礙熱惱身壞命終墮惡道中是故世尊說言當斷不善法於佛法中修諸梵行平等盡苦究竟苦邊若受諸善法因緣現法苦住障礙熱惱身壞命終墮惡道中者世尊終不說受持善法於佛法中修諸梵行平等盡苦究竟苦邊受持善法現法樂住不苦不礙不惱不熱

身壞命終生於善處是故世尊讚歎教人受諸善法於佛法中修諸梵行平等盡苦究竟苦邊尊者舍利弗說是法時西方諸比丘不起諸漏心得解脱尊者舍利弗說是法時諸比丘歡喜隨喜作禮而去

如是我聞一時佛住舍衞國祇樹給孤獨園爾時世尊告諸比丘譬如池水方五十由旬深亦如是其水盈滿復有士夫以毛以草或以指爪以渧彼水諸比丘於意云何彼士夫水渧爲多池水爲多比丘白佛彼士夫以毛以草或以指爪所渧之水少少不足言池水甚多百千萬倍不可爲比如是諸比丘見諦者所斷衆苦如彼池水於未來世永不復生爾時世尊說是法已入室坐禪時尊者舍利弗於衆中坐世尊入室去後告諸比丘未曾所聞世尊今日善說池譬所以者何聖弟子具足見諦得無間等果若凡俗邪見身見根本身見集身見生身見起謂憂慼隱覆慶吉保惜說我說衆生說奇特矜舉如是衆邪悉皆除滅斷除根本如折多羅樹於未來世更不復生諸比丘何等爲見諦聖弟子斷上衆邪於未來世永不復起愚癡無聞凡夫見色是我異我我在色色在我見受想行識是我異我我在識識在我云何見色是我得地一切入處正受觀已作是念地即是我我即是地我及地唯一無二不異不別如是水火風青黄赤白一切入處正受觀已作是念行即是我我即是行唯一無二不異不別如是於一切入處一一計我是名色即是我云何見色異我若彼見受是我見受是我已見色是

我所或見想行識即是我見色是我所云何見我中色謂見受是我色在我中又見想行識即是我色在我中云何見色中我謂見受即是我於色中住入於色周徧其四體見想行識是我於色中住周徧其四體是名色中我云何見受即是我謂六受身眼觸生受耳鼻舌意觸生受此六受身一一見是我是名受即是我云何見受異我謂見色是我受是我所謂想行識是我受是我所是名受異我云何見我中受謂色是我受在其中想行識是我受在其中是謂我中受云何見受中我謂色是我於受中住周徧其四體想行識是我謂於受中住周徧其四體是名受中我云何見想即是我謂六想身眼觸生想耳鼻舌身意觸生想此六想身一一見是我是名想

即是我云何見想異我謂見色是我想是我所受行識是我想是我所是名想異我云何見我中想謂色是我想在中住受行識是我想在中住是謂我中想云何見想中我謂色是我於想中住周徧其四體受行識是我於想中住周徧其四體是名想中我云何見行即是我謂六思身眼觸生思耳鼻舌身意觸生思於此六思身一一見是我是名行即是我云何見行異我謂見色是我行是我所受想識是我行是我所是名行異我云何見我中行謂色是我行在中住受想識是我行在中住是謂我中行云何見行中我謂色是我於行中住周徧其四體謂受想識是我於行中住周徧其四體是名行中我云何見識即是我謂六識身眼識耳鼻舌身意識身於此六

識身一一見是我是名識即是我云何見識異我謂見色是我識是我所見受想行是我識是我所是名識異我云何見我中識謂色是我識在中住受想行是我識在中住是名我中識云何識中我謂色是我於識中住周徧其四體受想行是我於識中住周徧其四體是名識中我如是聖弟子見四眞諦得無間等果斷諸邪見於未來世永不復起所有諸色若過去若未來若現在若內若外若麤若細若好若醜若近若遠一向積聚作如是觀一切無常一切苦一切空一切非我不應愛樂攝受保持受想行識亦復如是不應愛樂攝受保持如是觀善繫心住不愚於法復觀精進離諸懈怠心得喜樂身心猗息寂靜捨住具諸道品修行滿足永離諸惡非不消烊非不寂滅滅而不起減而不增斷而不生不取不著自覺涅槃我生已盡梵行已立所作已作自知不受後有舍利弗說是法時六十比丘不受諸漏心得解脫佛說此經已諸比丘聞佛所說歡喜奉行

如是我聞一時佛住毗舍離獼猴池側毗舍離國有尼揵子聰慧明哲善解諸論有聰明慢所廣集諸論妙智入微爲衆說法超諸論師每作是念諸沙門婆羅門無敵我者乃至如來亦能共論諸師輩聞我名者頭額津腋汗毛孔流水我論義風能偃草折樹摧破金石伏諸龍象何況人間諸論師輩能當我者時有比丘名阿濕波誓晨朝著衣持鉢威儀庠序端視平涉入城乞食爾時薩遮尼揵子有少緣事詣諸聚落從城門出遥見比丘阿

濕波誓即詰其所問言沙門瞿曇爲諸弟子云何說法以何等法教諸弟子令其修習阿濕波誓言火種居士世尊如是說法教諸弟子令隨修學言諸比丘於色當觀無我受想行識當觀無我此五受陰勤方便觀如病如癰如刺如殺無常苦空非我薩遮尼揵子聞此語心不喜作是言阿濕波誓汝必誤聽沙門瞿曇終不作是說若沙門瞿曇作是說者則是邪見當詰彼難詰令止爾時薩遮尼揵子往詣聚落諸離車等集會之處語諸離車言我今日見沙門瞿曇第一弟子名阿濕波誓薄共論義若如其所說者我當詣彼沙門瞿曇與共論義進却迴轉必隨我意譬如士夫刈菱茇草手執其莖空中抖擻除諸亂穢我亦如是與沙門瞿曇論義難詰執其要領進却迴轉隨其所欲去其邪說如酤酒家執其酒囊壓取清淳去其糟滓我亦如是詣沙門瞿曇論義難詰進却迴轉取其清真去諸邪說如織席師以席盛諸穢物欲市賣時以水洗澤去諸臭穢我亦如是詣沙門瞿曇所與共論義進却迴轉執其綱領去諸穢說譬如王家調象之師牽大醉象入深水中洗其身體四支耳鼻周徧沐浴去諸塵穢我亦如是詣沙門瞿曇所論義難詰進却迴轉隨意自在執其要領去諸穢說汝諸離車亦應共往觀其得失中有離車作如是言若薩遮尼揵子能與沙門瞿曇共論義者無有是處復有說言薩遮尼揵子聰慧利根能共論義時有五百離車與薩遮尼揵共詣佛所爲論義故爾時世尊於大林中坐一樹下住於天住

時有衆多比丘出房外林中經行遥見薩遮尼揵子來漸漸詣諸比丘所問諸比丘言沙門瞿曇住在何所比丘答言在大林中依一樹下住於天住薩遮尼揵子即詣佛所恭敬問訊於一面坐諸離車長者亦詣佛所有恭敬者有合掌問訊者問訊已於一面住時薩遮尼揵子白佛言我聞瞿曇作如是說法作如是教授諸弟子教諸弟子於色觀察無我受想行識觀察無我此五受陰勤方便觀察如病如癰如刺如殺無常苦空非我耶爲是瞿曇有如是教爲是傳者毁瞿曇也如說說耶不如說說耶如法說耶法次法說耶無有異人來相難詰令墮負處耶佛告薩遮尼揵如汝所聞彼如說說如法說法次法說非爲謗毁亦無難問令墮負處所以者何我實爲諸弟子如是說法我實常教諸弟子令隨順法教令觀色無我受想行識無我觀此五受陰如病如癰如刺如殺無常苦空非我薩遮尼揵子白佛言瞿曇我今當說譬佛告薩遮尼揵子宜知是時譬如世間一切所作皆依於地如是色是我人善惡從生受想行識是我人善惡從生又復譬如人衆神界藥草樹木皆依於地而得生長如是色是我人受想行識是我人佛告火種居士汝言色是我人受想行識是我人耶答言如是瞿曇色是我人受想行識是我人此等諸衆悉作是說佛告火種居士且立汝論本用引衆人爲薩遮尼揵白佛言色實是我人佛告火種居士我今問汝隨意答我譬如國王於自國土有罪過者若殺若縛若擯若鞭斷絶手足若有功

者賜其象馬車乘城邑財寶悉能爾不答言能爾瞿曇佛告火種居士凡是主者悉得自在不答言如是瞿曇佛告火種居士汝言色是我受想行識即是我得隨意自在令彼如是不令如是耶時薩遮尼揵默然而住佛告火種居士速說速說何故默然如是再三薩遮尼揵猶故默然時有金剛力士鬼神持金剛杵猛火熾然在虛空中臨薩遮尼揵頭上作是言世尊再三問汝何故不答我當以金剛杵碎破汝頭令作七分佛神力故唯令薩遮尼揵子見金剛神餘衆不見薩遮尼揵得大恐怖白佛言不爾瞿曇佛告薩遮尼揵徐徐思惟然後解說汝先於衆中說色是我受想行識是我而今言不前後相違汝先常說言色是我受想行識是我火種居士我今問汝色爲常耶爲無常耶答言無常瞿曇復問無常者是苦耶答言是苦瞿曇復問無常苦者是變易法多聞聖弟子寧於中見我異我相在不答曰不也瞿曇受想行識亦如是說佛告火種居士汝好思而後說復問火種居士若於色未離貪未離欲未離念未離愛未離渴彼色若變若異當生憂悲苦惱不答曰如是瞿曇受想行識亦如是說復問火種居士於色離貪離欲離念離愛離渴彼色若變若異則不生憂悲惱苦耶答曰如是如是瞿曇如實無異受想行識亦如是說火種居士譬如士夫身嬰衆苦常與苦俱彼苦不斷不捨當得樂不答言不也瞿曇如是火種居士身嬰衆苦常與苦俱彼苦不斷不捨不得樂也火種居士譬如士夫持斧入山求堅實材

見芭蕉樹洪大牖直即斷其根葉剥剥其皮乃至窮盡都無堅實火種居士汝亦如是自立論端我今善求眞實之義都無堅實如芭蕉樹也而於此衆中敢有所說我不見沙門婆羅門中所知所見能與如來應等正覺所知所見共論義不摧伏者而便自說我論義風偃草折樹能破金石調伏龍象要能令彼額津腋汗毛孔水流汝今自論已義而不自立先所誇說能伏彼相今盡自取而不能動如來一毛爾時世尊於大衆中披鬱多羅僧現胷而示汝等試看能動如來一毛以不爾時薩遮尼揵子默然低頭慚愧失色爾時衆中有一離車名突目佉從座起整衣服合掌白佛言世尊聽我說譬佛告突目佉宜知是時突目佉白佛言世尊譬如有人執持斗斛於大聚穀中取二三斛今此薩遮尼揵子亦復如是世尊譬如長者巨富多財忽有罪過一切財物悉入王家薩遮尼揵子亦復如是所有才辯悉爲如來之所攝受譬如城邑聚落邊有大水男女大小悉入水戲取水中蟹截斷其足置於陸地以無足故不能還復入於大水薩遮尼揵子亦復如是諸有才辯悉爲如來之所斷截終不復敢重詣如來命敵論義爾時薩遮尼揵子忿怒熾盛罵呵突目佉離車言汝麤疎物不審諦何爲其鳴吾自與沙門瞿曇論何預汝事薩遮尼揵子呵罵突目佉已復白佛言置彼凡輩鄙賤之說我今別有所問佛告薩遮尼揵恣汝所問當隨問答云何瞿曇爲弟子說法令離疑惑佛告火種居士我爲諸弟子說諸所有色若過去

若未來若現在若內若外若麤若細若好若醜若遠若近彼一切如實觀察非我非異我不相在受想行識亦復如是彼學必見跡不斷壞堪任成就猒離知見守甘露門雖非一切悉得究竟具向涅槃如是弟子從我教法得離疑惑復問瞿曇復云何教諸弟子於佛法得盡諸漏無漏心解脫慧解脫現法自知作證我生已盡梵行已立所作已作自知不受後有佛告火種居士正以此法諸所有色若過去若未來若現在若內若外若麤若細若好若醜若遠若近彼一切如實知非我非異我不相在受想行識亦復如是彼於爾時成就三種無上智無上道無上解脫無上成就三種無上已於大師所恭敬尊重供養如佛世尊覺一切法即以此法調伏弟子令得安隱令得無畏調伏寂靜究竟涅槃世尊爲涅槃故爲弟子說法火種居士我諸弟子於此法中得盡諸漏得心解脫得慧解脫於現法中自知作證我生已盡梵行已立所作已作自知不受後有薩遮尼揵白佛言瞿曇猶如壯夫鋒刃亂下猶可得免瞿曇論手難可得脫如盛毒蛇猶可得避曠澤猛火猶可得避兇惡醉象亦可得免狂餓師子悉可得免沙門瞿曇論義手中難可得脫非我凡品輕躁鄙夫論具不備以論義故來詣瞿曇沙門瞿曇此毗舍離豐樂國土有遮波梨支提漆菴羅樹支提多子支提瞿曇在拘樓陀支提娑羅受持支提捨重擔支提力士寶冠支提世尊當安樂於此毗舍離國諸天魔梵沙門婆羅門及諸世間於世尊所常得恭敬奉事

供養令此諸天魔梵沙門婆羅門長夜安樂唯願止此明朝與諸大衆受我薄食爾時世尊默然而許時薩遮尼揵子知佛世尊默然受請已歡喜隨喜從座起去爾時薩遮尼揵子於彼道中語諸離車我已請沙門瞿曇及諸大衆供設飯食汝等人各辦一釜食送至我所諸離車各還其家星夜供辦晨朝送至薩遮尼揵子所薩遮尼揵子晨朝灑掃敷座供辦淨水遣使詣佛白言時到爾時世尊與諸大衆著衣持鉢往薩遮尼揵子所大衆前坐薩遮尼揵子自手奉施清淨飲食充足大衆食已洗鉢竟薩遮尼揵子知佛食竟洗鉢已取一卑床於佛前坐爾時世尊爲薩遮尼揵子說隨喜偈言

於諸大會中　奉火爲其最　闡陀經典中
娑毗諦爲最　人中王爲最　諸河海爲最
諸星月爲最　諸明日爲最　十方天人中
等正覺爲最

爾時世尊爲薩遮尼揵種種說法示教照喜已還歸本處時諸比丘於彼道中衆共論義五百離車各爲薩遮尼揵子供辦飲食彼諸離車於何得福薩遮尼揵子於何得福爾時諸比丘還自住處舉衣鉢洗足已至世尊所頭面禮足退坐一面白佛言世尊我等向於路中自共論義五百離車爲薩遮尼揵子供辦飲食供養世尊諸大衆彼諸離車於何得福薩遮尼揵子於何得福佛告諸比丘彼諸離車供辦飲食爲薩遮尼揵子於薩遮尼揵子所因緣得福薩遮尼揵子得福佛功德彼諸離車得施有貪恚癡因緣果報薩遮尼揵

子得施無貪恚癡因緣果報
彼多羅十問　差摩餤仙尼　阿㲉羅長者
西毛端薩遮

雜阿含經卷第五

音釋

差楚懈切病除瘉也　絞古巧切絞縛也　橙丁鄧切小床也　嬈爾沼切擾同亂也　机舉履切小机也　癱於容切癱疽也　難詰難乃旦切責也詰契吉切問也又責讓也　贏劣贏倫為切瘦也劣龍輟切弱也　滯丁歷切水點也又遮下也　矜居陵切驕矜也　猗於宜切輕安也　腋夷益切左右肘脅之問曰腋　刈茇刈倪祭切割也茇蒲撥切草木根也　芟師銜切刈也　抖擻抖當口切擻蘇口切抖擻擧振衣也　糟滓糟則刀切酒滓也滓壯士切　傭丑容切均也圓直也　剽剝剽匹妙切亦剝也剝北角切刻割也　躁側到切不安靜也　釜奉甫切鍑鬴又量名受六斗四升謂之釜

雜阿含經卷第六

宋天竺三藏求那跋陀羅譯

如是我聞一時佛住摩拘羅山時有侍者比丘名曰羅陀晡時從禪覺往詣佛所禮佛足退坐一面白佛言如世尊說有流云何名有流云何名有流滅佛告羅陀善哉所問當為汝說所謂有流者愚癡無聞凡夫於色集色滅色味色患色離不如實知不如實知故於色愛樂讚歎攝受染著緣愛樂色故取緣取故有緣有故生緣生故老病死憂悲惱苦增如是純大苦聚斯集起受想行識亦復如是是名有流多聞聖弟子於色集色滅色味色患色離如實知如實知故於彼色不起愛樂讚歎攝受染著不愛樂讚歎攝受染著故色愛則滅愛滅則取滅取滅則有滅有滅則生滅生滅則老病死憂悲惱苦滅如是純大苦聚滅受想行識亦復如是是名如來所說有流有流滅佛說此經已羅陀比丘聞佛所說歡喜奉行

如是我聞一時佛住摩拘羅山時有侍者比丘名羅陀晡時從禪覺往詣佛所禮佛足退坐一面白佛言世尊如世尊說色斷知受想行識斷知世尊云何色斷知受想行識斷知佛告羅陀善哉所問當為汝說於色憂悲惱苦盡離欲滅息沒是名色斷知於受想行識憂悲惱苦盡離欲滅息沒是名受想行識斷知佛說此經已羅陀比丘聞佛所說歡喜奉行

如是我聞一時佛住摩拘羅山時有侍者比丘名曰羅陀時有衆多外道出家詣尊者羅

陀所共相問訊已退坐一面問尊者羅陀言汝何故於沙門瞿曇所出家修梵行尊者羅陀答言我爲斷苦故於世尊所出家修梵行復問汝爲斷何等苦故於沙門瞿曇所出家修梵行羅陀答言爲斷色苦故於世尊所出家修梵行斷受想行識苦故於世尊所出家修梵行時諸外道出家聞尊者羅陀所說心不喜從座起訶罵而去爾時尊者羅陀諸外道出家去已作是念我向如是說將不毀謗世尊耶如說說耶如法說法次法說耶將不爲他難問詰責墮負處耶爾時尊者羅陀晡時從禪覺往詣佛所稽首佛足却坐一面以其上事具白佛言世尊我向所說得無過耶將不毀謗世尊耶不爲他人難問詰責墮負處耶如說說耶如法說法次法說耶佛告羅陀汝誠實說不毀如來如說說如法說法次法說所以者何羅陀色苦爲斷彼苦故出家修梵行受想行識苦爲斷彼苦故出家修梵行佛說此經已羅陀比丘聞佛所說歡喜奉行

如是我聞一時佛住摩拘羅山時有侍者比丘名曰羅陀時有衆多外道出家至尊者羅陀所共相問訊已退坐一面問羅陀言汝爲何等故於沙門瞿曇所出家修梵行羅陀答言我爲知苦故於世尊所出家修梵行時諸外道聞羅陀所說心不喜從座起訶罵而去爾時羅陀晡時從禪覺往詣佛所稽首佛足退坐一面以其上事具白佛言世尊我向所說得無毀謗世尊耶將不令他難問詰責墮負處耶不如說說非如法說非法次法說耶

佛告羅陀汝眞實說不毁如來不令他人難問詰責墮負處也是如說說如法說法次法說所以者何色是苦爲知彼苦故於如來所出家修梵行受想行識是苦爲知彼苦故於如來所出家修梵行佛說此經已羅陀比丘聞佛所說歡喜奉行

如是我聞一時佛住摩拘羅山時有侍者比丘名曰羅陀時有衆多外道出家至尊者羅陀所共相問訊已退坐一面問羅陀言汝爲何等故於沙門瞿曇所出家修梵行羅陀答言爲於色憂悲惱苦盡離欲滅寂沒故於如來所出家修梵行爲於受想行識憂悲惱苦盡離欲滅寂沒故於如來所出家修梵行爾時衆多外道出家聞是已心不喜從座起訶罵而去爾時羅陀晡時從禪覺往詣佛所稽首禮足退坐一面以其上事具白佛言世尊我得無謗世尊耶不令他人來難問詰責墮負處耶不如說說非法如法說非法次法說耶佛告羅陀汝眞實說不謗如來不令他人難問詰責墮負處也如說說如法說法次法說所以者何羅陀色憂悲惱苦爲斷彼故於如來所出家修梵行受想行識憂悲惱苦爲斷彼故於如來所出家修梵行佛說此經已羅陀比丘聞佛所說歡喜奉行

如是我聞一時佛住摩拘羅山時有侍者比丘名曰羅陀時有衆多外道出家至羅陀所共相問訊已退坐一面問羅陀比丘言汝何故於沙門瞿曇所出家修梵行羅陀答言於色見我我所我慢使繫著彼若盡離欲滅寂沒於受想行識見我我所我慢使繫著彼若

盡離欲滅寂沒故於世尊所出家修梵行諸外道出家聞是語心不喜從座起訶罵而去羅陀比丘晡時從禪覺往詣佛所稽首禮足退坐一面以其上事具白佛言世尊我之所說得無毀謗世尊耶不令他人難問詰責墮負處耶不如說說不如法說非法次法說耶佛告羅陀汝眞實說不謗如來不令他人難問詰責墮負處也是如說說如法說法次法說所以者何於色見我我所我慢使繫著彼若盡離欲滅寂沒故受想行識見我我所我慢使繫著彼若盡離欲滅寂沒故於如來所出家修梵行佛說此經已羅陀比丘聞佛所說歡喜奉行

如是我聞一時佛住摩拘羅山時有侍者比丘名曰羅陀時有衆多外道出家至羅陀所共相問訊已退坐一面問羅陀言汝何故於沙門瞿曇所出家修梵行羅陀答言於色有漏障礙熱惱憂悲彼若盡離欲滅寂沒受想行識有漏障礙熱惱憂悲彼若盡離欲滅寂沒故於如來所出家修梵行時衆多外道出家聞是已心不喜從座起訶罵而去爾時羅陀晡時從禪覺往詣佛所稽首佛足退坐一面以其上事具白佛言世尊我之所說將無謗世尊耶不令他人難問詰責墮負處耶不如說說不如法說非法次法說耶佛告羅陀汝眞實說不謗如來不令他人難問詰責墮負處也如說說如法說法次法說所以者何色有漏有障礙熱惱憂悲彼若盡離欲滅寂沒受想行識有漏障礙熱惱憂悲彼若盡離欲滅寂沒故於如來所出家修梵行佛說此

經已羅陀比丘聞佛所說歡喜奉行
如是我聞一時佛住摩拘羅山時有侍者比丘名曰羅陀時有外道出家至羅陀所共相問訊已退坐一面問羅陀言汝何故於沙門瞿曇所出家修梵行羅陀答言於色貪恚癡彼彼若盡離欲滅寂没於受想行識貪恚癡彼若盡離欲滅寂没於如來所出家修梵行諸外道聞是語已心不喜從座起訶罵而去羅陀比丘晡時從禪覺往詣佛所稽首佛足退坐一面以其上事具白佛言世尊我之所說將無謗世尊耶不令他人難問詰責墮負處耶不如說說不如法說非法次法說耶佛告羅陀汝眞實說不謗如來不令他人難問詰責墮負處也如說說如法說如法次法說所以者何於色貪恚癡彼若盡離欲滅寂没於受想行識貪恚癡彼若盡離欲滅寂没故於如來所出家修梵行佛說此經已羅陀比丘聞佛所說歡喜奉行
如是我聞一時佛住摩拘羅山時有侍者比丘名曰羅陀時有衆多外道出家至羅陀所共相問訊已退坐一面問羅陀言汝何故於沙門瞿曇所出家修梵行羅陀答言於色欲愛喜彼若盡離欲滅寂没於受想行識欲愛喜彼若盡離欲滅寂没故於如來所出家修梵行時諸外道聞是語已心不喜從座起訶罵而去羅陀比丘晡時從禪覺詣佛所稽首佛足退坐一面以其上說具白佛言世尊我之所說不謗如來耶不令他人難問詰責墮負處耶不如說說不如法說非法次法說耶佛告羅陀汝眞實說不謗如來不令他人難

問訶責墮負處也如說說如法說法次法說所以者何於色欲愛喜彼若盡離欲滅寂沒於受想行識欲愛喜彼若盡離欲滅寂沒故於如來所出家修梵行佛說此經已羅陀比丘聞佛所說歡喜奉行

如是我聞一時佛住摩拘羅山時有侍者比丘名曰羅陀爾時世尊告羅陀言諸所有色若過去若未來若現在若內若外若麤若細若好若醜若遠若近彼一切當觀皆是魔所作諸所有受想行識若過去若未來若現在若內若外若麤若細若好若醜若遠若近彼一切當觀皆是魔所作佛告羅陀色爲常耶爲無常耶答曰無常世尊復問若無常者是苦耶答曰是苦世尊受想行識亦復如是復問羅陀若無常苦者是變易法多聞聖弟子寧於中見色是我異我相在不答曰不也世尊受想行識亦復如是佛告羅陀若多聞聖弟子於此五受陰不見是我是我所故於諸世間都無所取無所取故無所著無所著故自覺涅槃我生已盡梵行已立所作已作自知不受後有佛說此經已羅陀比丘聞佛所說歡喜奉行

如是我聞一時佛住摩拘羅山時有侍者比丘名曰羅陀爾時世尊告羅陀比丘言諸所有色若過去若未來若現在若內若外若麤若細若好若醜若遠若近彼一切皆是死法所有受想行識若過去若未來若現在若內若外若麤若細若好若醜若遠若近彼一切皆是死法佛告羅陀色爲常耶爲無常耶答曰無常世尊復問無常者是苦耶答曰是苦

世尊受想行識爲常耶爲無常耶答曰無常世尊復問若無常者是苦耶答曰是苦世尊復問若無常苦者是變易法多聞聖弟子寧於中見是我異我相在不答曰不也世尊佛告羅陀若多聞聖弟子於此五受陰如實觀察非我非我所者於諸世間都無所取無所取者無所著無所著故自覺涅槃我生已盡梵行已立所作已作自知不受後有佛說此經已羅陀比丘聞佛所說歡喜奉行

如是我聞一時佛住摩拘羅山時有侍者比丘名曰羅陀白佛言世尊所謂衆生者云何名爲衆生佛告羅陀於色染著纏綿名曰衆生於受想行識染著纏綿名曰衆生佛告羅陀我說於色境界當散壞消滅於受想行識境界當散壞消滅斷除愛欲愛盡則苦盡苦盡者我說作苦邊譬如聚落中諸小男小女嬉戲聚上作城郭宅舍心愛樂著愛未盡欲未盡念未盡渴未盡心常愛樂守護言我城郭我舍宅若於彼土聚愛盡欲盡念盡渴盡則以手撥足蹈令其消散如是羅陀於色散壞消滅愛盡愛盡故苦盡苦盡故我說作苦邊佛說此經已羅陀比丘聞佛所說歡喜奉行

如是我聞一時佛住摩拘羅山時有侍者比丘名曰羅陀往詣佛所稽首禮足退坐一面白佛言善哉世尊爲我畧說法要我聞法已我當獨一靜處專心思惟不放逸住所以族姓子剃除鬚髮身著染衣正信非家出家學道增加精進修諸梵行見法自知作證我生已盡梵行已立所作已作自知不受後有爾

時世尊告羅陀曰善哉羅陀能於佛前問如是義諦聽善思當爲汝說羅陀當知有身有身集有身滅有身滅道跡何等爲有身謂五受陰色受陰受想行識受陰云何有身集謂當來有愛貪喜俱於彼彼愛樂是名有身集云何有身滅謂當有愛喜貪俱彼彼愛樂無餘斷捨吐盡離欲寂沒是名有身盡云何有身滅道跡謂八正道正見正志正語正業正命正方便正念正定是名有身滅道跡有身當知有身集當斷有身滅當證有身滅道跡當知當修羅陀若多聞聖弟子於有身若知若斷有身集若知若斷有身滅若知若證有身滅道跡若知若修已羅陀名斷愛離愛轉結止慢無間等究竟苦邊羅陀比丘聞佛所說歡喜隨喜奉行從座起作禮而去世尊如是教授已羅陀比丘獨一靜處專精思惟所以者何善男子剃除鬚髮著染色衣正信非家出家學道增益精進修諸梵行見法自知作證我生已盡梵行已立所作已作自知不受後有成阿羅漢心善解脫佛說此經已羅陀比丘聞佛所說歡喜奉行

如是我聞一時佛住摩拘羅山時有侍者比丘名曰羅陀爾時世尊告羅陀比丘言諸比丘有色若過去若未來若現在若內若外若麤若細若好若醜若遠若近彼一切當觀皆是魔受想行識若過去若未來若現在若內若外若麤若細若好若醜若遠若近彼一切當觀皆是魔羅陀於意云何色爲常耶爲無常耶答曰無常世尊若無常者是苦耶答曰是苦世尊若無常苦者是變易法多聞聖弟

子寧於中見我不受想行識亦復如是是故羅陀多聞聖弟子於色生猒於受想行識生猒猒故不樂不樂故解脱解脱知見我生已盡梵行已立所作已作自知不受後有佛説此經已羅陀比丘聞佛所説歡喜奉行

如是我聞一時佛住摩拘羅山時有侍者比丘名曰羅陀爾時世尊告羅陀比丘言諸所有色若過去若未來若現在若内若外若麤若細若好若醜若遠若近彼一切皆是魔所作受想行識亦復如是佛告羅陀於意云何色是常耶爲非常耶答曰無常世尊復問若無常者是苦耶答曰是苦世尊復問受想行識爲是常耶爲無常耶答曰無常世尊復問若無常者是苦耶答曰是苦世尊佛告羅陀若無常苦者是變易法多聞聖弟子寧於中見我異我相在不答曰不也世尊是故羅陀多聞聖弟子於色生猒猒故不樂於受想行識生猒猒故不樂不樂故解脱解脱知見我生已盡梵行已立所作已作自知不受後有佛説此經已羅陀比丘聞佛所説歡喜奉行

第三經亦如是所異者佛告羅陀多聞聖弟子於此五受陰觀察非我非我所觀察已於諸世間都無所取不取故不著不著故自覺涅槃我生已盡梵行已立所作已作自知不受後有佛説此經已羅陀比丘聞佛所説歡喜奉行

如是我聞一時佛住摩拘羅山時有侍者比丘名曰羅陀爾時世尊告羅陀言諸所有色若過去若未來若現在若内若外若麤若細若好若醜若遠若近當觀彼一切皆是死法

受想行識亦復如是餘如前說
如是我聞一時佛住摩拘羅山時有侍者比丘名曰羅陀爾時世尊告羅陀言諸所有色若過去若未來若現在若內若外若麤若細若好若醜若遠若近彼若一切當觀皆是斷法受想行識亦復如是多聞聖弟子如是觀者於色生猒於受想行識生猒猒故不樂不樂故解脫解脫知見自知我生已盡梵行已立所作已作自知不受後有佛說此經已羅陀比丘聞佛所說歡喜奉行
如是我觀察斷法如是觀察滅法觀察棄捨法觀察無常法觀察苦法觀察空法觀察非我法觀察無常苦空非我法觀察病法觀察癰法觀察刺法觀察殺法觀察殺根本法觀察病癰刺殺殺根本法如是諸經皆如上說
如是我聞一時佛住摩拘羅山時有侍者比丘名曰羅陀爾時世尊告羅陀言諸所有色若過去若未來若現在若內若外若麤若細若好若醜若遠若近彼一切當觀皆是斷法觀察已於色欲貪斷欲貪斷已我說心善解脫受想行識亦復如是佛說此經已羅陀比丘聞佛所說歡喜奉行
如是比十四經亦如上說
如是我聞一時佛住摩拘羅山時有侍者比丘名曰羅陀爾時世尊告羅陀言諸所有色若過去若未來若現在若內若外若麤若細若好若醜若遠若近彼一切當觀皆是斷法觀察斷法已於色欲貪斷欲貪斷已我說心善解脫受想行識亦復如是佛說此經已羅陀比丘聞佛所說歡喜奉行

如是我聞一時佛住舍衛國祇樹給孤獨園爾時世尊告諸比丘欲斷五受陰者當求大師何等爲五謂色受陰受想行識受陰欲斷此五受陰當求大師佛說此經已諸比丘聞佛所說歡喜奉行

如當斷如是當知當吐當息當捨亦復如是

如求大師如是勝師者順次師者教誡者勝教誡者順次教誡者通者廣通者圓通者導者廣導者究竟導者說者廣說者順次說者正者伴者眞知識者親者愍者悲者崇義者安慰者崇樂者崇觸者崇安慰者欲者精進者方便者勤者勇猛者固者强者堪能者專者心不退者堅執持者常習者不放逸者和合者思量者憶念者覺者知者明者慧者受者思惟者梵行者念處者正勤者如意足者根者力者覺分者道分者止者觀者念身者正憶念者亦復如是

如是我聞一時佛住舍衛國祇樹給孤獨園爾時世尊告諸比丘若沙門婆羅門習於色者隨魔自在入於魔手隨魔所欲爲魔所縛不脫魔繫受想行識亦復如是若沙門婆羅門不習色如是沙門婆羅門不隨魔自在不入魔手不隨魔所欲解脫魔縛解脫魔繫受想行識亦復如是佛說是經已諸比丘聞佛所說歡喜奉行

如是習近者習著者味者決定著者止者使者往者選擇者不捨者不吐者如是等沙門婆羅門隨魔自在如上說

如是我聞一時佛住舍衛國祇樹給孤獨園爾時世尊告諸比丘若沙門婆羅門於色不

習近者不隨魔自在不入魔手不隨魔所欲非魔縛所縛解脱魔繫不習受想行識亦復如是佛説此經已諸比丘聞佛所説歡喜奉行乃至吐色亦復如是

如是我聞一時佛住舍衛國祇樹給孤獨園爾時世尊告諸比丘何所有故何所起何所繫著何所見我令衆生無明所蓋愛繫其首長道驅馳生死輪迴生死流轉不知本際諸比丘白佛言世尊是法根法眼法依善哉世尊唯願哀愍廣説其義諸比丘聞已當受奉行佛告比丘諦聽善思當爲汝説諸比丘色有故色事起色繫著色見我令衆生無明所蓋愛繫其首長道驅馳生死輪迴生死流轉受想行識亦復如是諸比丘色爲常耶爲非常耶答曰無常世尊復問若無常者是苦耶答曰是苦世尊如是比丘若無常者是苦是苦有故是事起繫著見我令衆生無明所蓋愛繫其頭長道驅馳生死輪迴生死流轉受想行識亦復如是如是是故諸比丘諸所有色若過去若未來若現在若内若外若麤若細若好若醜若遠若近彼一切非我非異我不相在是名正慧受想行識亦復如是如是見聞覺識得求憶隨覺隨觀彼一切非我非異我不相在是名正慧若有見言有我有世間有此世常恒不變易法彼一切非我非異我不相在是名正慧若復有見非此我非此我所非當來我非當來我所彼一切非我非異我不相在是名正慧若多聞聖弟子於此六見處觀察非我非我所如是觀者於佛所狐疑斷於法於僧狐疑斷是名比丘多聞聖弟子

不復堪任作身口意業趣三惡道正使放逸聖弟子決定向三菩提七有天人往來作苦邊佛說此經已諸比丘聞佛所說歡喜奉行

如是我聞一時佛住舍衛國祇樹給孤獨園爾時世尊告諸比丘如上說差別者多聞聖弟子於此六見處觀察非我非我所如是觀者於苦狐疑斷於集滅道狐疑斷是名比丘多聞聖弟子不復堪任作身口意業趣三惡道如是廣說乃至作苦邊佛說此經已諸比丘聞佛所說歡喜奉行

如是我聞一時佛住舍衛城祇樹給孤獨園爾時世尊告諸比丘廣說如上差別者若多聞聖弟子於此六見處觀察非我非我所如是觀者於佛狐疑斷於法僧苦集滅道狐疑斷如是廣說乃至作苦邊佛說此經已諸比丘聞佛所說歡喜奉行

如是我聞一時佛住舍衛國祇樹給孤獨園爾時世尊告諸比丘於何所是事有故何所起何所繫著何所見我諸比丘令彼衆生無明所蓋愛繫其首長道驅馳生死輪迴生死流轉不知本際諸比丘白佛世尊是法根法眼法依善哉世尊惟願哀愍廣說其義諸比丘聞已當受奉行

佛告諸比丘諦聽善思當爲汝說諸比丘色有故是色事起於色繫著於色見我令衆生無明所蓋愛繫其首長道驅馳生死輪迴生死流轉受想行識亦復如是諸比丘色是常耶爲非常耶答曰無常世尊復問若無常者是苦耶答曰是苦世尊如是比丘若無常者是苦是苦有故是事起繫著見我令衆生無

明所蓋愛繫其首長道驅馳生死輪迴生死流轉受想行識亦復如是是故諸比丘諸所有色若過去若未來若現在若內若外若麤若細若好若醜若遠若近彼一切非我非異我不相在如是觀者是名正慧受想行識亦復如是如是見聞覺識求得隨憶隨覺隨觀彼一切非我非異我不相在是名正慧若有見言有我有此世有他世有常有恒不變易彼一切非我非異我不相在是名正慧若復有見非此我非此我所非當來我非當來我所彼一切非我非異我不相在是名正慧若多聞聖弟子於此六見處觀察非我非我所如是觀者於佛狐疑斷於法僧狐疑斷是名比丘不復堪任作身口意業趣三惡道正使放逸諸聖弟子皆悉決定向於三菩提七有天人往生作苦後邊佛說此經已諸比丘聞佛所說歡喜奉行

第二經亦如是差別者於苦集滅道狐疑斷

第三經亦如是差別佛法僧狐疑斷於苦集滅道狐疑斷

雜阿含經卷第六

雜阿含經卷第七

宋天竺三藏求那跋陀羅譯

如是我聞一時佛住舍衛國祇樹給孤獨園爾時世尊告諸比丘何所有故何所起何所繫何所著何所見我若未起憂悲苦惱令起已起憂悲惱苦重令增廣諸比丘白佛言世尊是法根法眼法依惟願廣說諸比丘聞已當受奉行

佛告諸比丘色有故色起色繫著故於色見我未起憂悲苦惱令起已起憂悲苦惱重令增廣受想行識亦復如是諸比丘於意云何色爲常耶爲非常耶答曰無常世尊復問若無常者是苦耶答曰是苦世尊如是比丘若無常者是苦是苦有故是事起繫著見我若未起憂悲苦惱令起已起憂悲苦惱重令增廣受想行識亦復如是是故諸比丘諸所有色若過去若未來若現在若內若外若麤若細若好若醜若遠若近彼一切非我非異我不相在是名正慧受想行識亦復如是若復見聞覺識起求憶隨覺隨觀彼一切非我非異我不相在是名正慧若見有我有世間有此世有他世常恒不變易彼一切非我非異我不相在是名正慧若復見有非此世我非此世我所非當來我非當來我所彼一切非我不異我不相在是名正慧若多聞聖弟子於此六見處觀察非我非我所如是觀者於佛狐疑斷於法僧狐疑斷是名比丘多聞聖弟子不復堪任作身口意業趣三惡道正使放逸聖弟子決定向三菩提七有天人往來作苦邊佛說此經已諸比丘聞佛所說歡喜

奉行

次經亦如是差別者苦集滅道狐疑斷次經亦如是差別者佛法僧苦集滅道狐疑斷

如是我聞一時佛住舍衛國祇樹給孤獨園爾時世尊告諸比丘何所有故何所起何所繫著何所見我我未起我我所我慢繫著使起已起我我所我慢繫著使重令增廣諸比丘白佛世尊是法根法眼法依如是廣說乃至佛說此經已諸比丘聞佛說歡喜奉行

第二第三經亦復如上

如是我聞一時佛住舍衛國祇樹給孤獨園爾時世尊告諸比丘何所有故何所起何所繫著何所見我若未起有漏障礙燒然憂悲惱苦生已起有漏障礙燒然憂悲惱苦重令增廣諸比丘白佛世尊是法根法眼法依如是廣說次第如上三經

如是我聞一時佛住舍衛國祇樹給孤獨園爾時世尊告諸比丘何所有故何所起何所繫著何所見我若三受於世間轉諸比丘白佛言世尊是法根法眼法依如是廣說次第如上三經

如是我聞一時佛住舍衛國祇樹給孤獨園爾時世尊告諸比丘何所有故何所起何所繫著何所見我令三苦世間轉諸比丘白佛世尊是法根法眼法依如是廣說次第如上三經

如是我聞一時佛住舍衛國祇樹給孤獨園爾時世尊告諸比丘何所有故何所起何所繫著何所見我令世八法世間轉諸比丘白佛言世尊是法根法眼法依如是廣說次第

如上三經
如是我聞一時佛住舍衛國祇樹給孤獨園
爾時世尊告諸比丘何所有故何所起何所
繫著何所見我令諸衆生作如是見如是說
我勝我等我卑諸比丘白佛言世尊是法根
法眼法依如是廣說次第如上三經
如是我聞一時佛住舍衛國祇樹給孤獨園
爾時世尊告諸比丘何所有故何所起何所
繫著何所見我令諸衆生作如是見如是說
有勝我者有等我者有卑我者諸比丘白佛
言世尊是法根法眼法依如是廣說次第如
上三經
如是我聞一時佛住舍衛國祇樹給孤獨園
爾時世尊告諸比丘何所有故何所起何所
繫著何所見我令諸衆生作如是見如是說
無勝我者無等我者無卑我者諸比丘白佛
世尊是法根法眼法依如是廣說次第如上
三經
如是我聞一時佛住舍衛國祇樹給孤獨園
爾時世尊告諸比丘何所有故何所起何所
繫著何所見我令諸衆生作如是見如是說
有我有此世有他世常恒不變易法如爾安
住諸比丘白佛世尊是法根法眼法依如是
廣說次第如上三經
如是我聞一時佛住舍衛國祇樹給孤獨園
爾時世尊告諸比丘何所有故何所起何所
繫著何所見我令諸衆生作如是見如是說
如是我彼一切不二不異不減諸比丘白佛
世尊是法根法眼法依如是廣說次第如上
三經

如是我聞一時佛住舍衛國祇樹給孤獨園爾時世尊告諸比丘何所有故何所起何所繫著何所見我令諸衆生作如是見如是說無施無會無說無善趣惡趣業報無此世他世無母無父無衆生無世間阿羅漢正到正趣若此世他世見法自知身作證具足住我生已盡梵行已立所作已作自知不受後有諸比丘白佛世尊是法根法眼法依如是廣說次第如上三經

如是我聞一時佛住舍衛國祇樹給孤獨園爾時世尊告諸比丘何所有故何所起何所繫著何所見我令諸衆生作如是見如是說無力無精進無力精進無士夫方便無士夫精勤無士夫方便精勤無自作無他作無自他作一切人一切衆生一切神無方便無力無勢無精進無堪能定分相續轉變受苦樂六趣諸比丘白佛言世尊是法根法眼法依如是廣說次第如上三經

如是我聞一時佛住舍衛國祇樹給孤獨園爾時世尊告諸比丘何所有故何所起何所繫著何所見我令諸衆生作如是見如是說諸衆生此世活死後斷壞無所有四大和合士夫身命終時地歸地水歸水火歸火風歸風根隨空轉轝牀弟子四人持死人往塚間乃至未燒可知燒然已骨白鴿色立憍慢者知施黠慧者知受若說有者彼一切虛誑妄說若愚若智死後他世俱斷壞無所有諸比丘白佛世尊是法根法眼法依如是廣說次第如上三經

如是我聞一時佛住舍衛國祇樹給孤獨園

爾時世尊告諸比丘何所有故何所起何所繫著何所見我令諸衆生作如是見如是說衆生煩惱無因無緣諸比丘白佛世尊是法根法眼法依如是廣說次第如上三經

如是我聞一時佛住舍衛國祇樹給孤獨園爾時世尊告諸比丘何所有故何所起何所繫著何所見我令諸衆生作如是見如是說衆生清淨無因無緣諸比丘白佛世尊是法根法眼法依如是廣說次第如上三經

如是我聞一時佛住舍衛國祇樹給孤獨園爾時世尊告諸比丘何所有故何所起何所繫著何所見我令諸衆生作如是見如是說衆生無知無見無因無緣時諸比丘白佛世尊是法根法眼法依如是廣說次第如上三經

如是我聞一時佛住舍衛國祇樹給孤獨園爾時世尊告諸比丘何所有故何所起何所繫著何所見我令諸衆生作如是見如是說時諸比丘白佛言世尊是法根法眼法依如是廣說次第如上三經

如是我聞一時佛住舍衛國祇樹給孤獨園爾時世尊告諸比丘何所有故何所起何所繫著何所見我令諸衆生作如是見如是說謂七身非作非作所作非化非化所化不殺不動堅實何等爲七所謂地身水身火身風身樂苦命此七種身非作非作所作非化非化所化不殺不動堅實不轉不變不相逼迫若福若惡若福惡若苦若樂若苦樂若士梟士首亦不逼迫世間若命若身七身間間容刀往反亦不害命於彼無殺無殺者無繫無

繫者無念無念者無教無教者諸比丘白佛世尊是法根法眼法依如是廣說次第如上三經

如是我聞一時佛住舍衛國祇樹給孤獨園爾時世尊告諸比丘何所有故何所起何所繫著何所見我令諸衆生作如是見如是說作教作斷教斷煑教煑殺教殺害衆生盜他財行邪婬知言妄語飲酒穿墻斷鎖偷奪復道害村害城害人民以極利劎輪剬割斫截作大肉聚作如是學彼非惡因緣亦非招惡於恒水南殺害而去恒水北作大會而來彼非因緣福惡亦非招福惡惠施調伏護持行利同利於此所作亦非作福諸比丘白佛世尊是法根法眼法依如是廣說次第如上三經

如是我聞一時佛住舍衛國祇樹給孤獨園爾時世尊告諸比丘何所有故何所起何所繫著何所見我令諸衆生作如是見如是說於此十四百千生門六十千六百五業三業二業一業半業六十二道跡六十二內劫百二十泥犁百三十根三十六貪界四十九千龍家四十九千金翅鳥家四十九千邪命外道四十九千外道出家七想劫七無想劫七阿修羅七毗舍遮七天七人七百人七夢七百夢七險七百險七覺七百覺六生十增進八大士地於此八萬四千大劫若愚若智往來經歷究竟苦邊彼無有沙門婆羅門作如是說我常持戒受諸苦行修諸梵行不熟業者令熟已熟業者棄捨進退不可知此苦樂常住生死定量譬如縷丸擲著空中漸漸來

下至地自住如是八萬四千大劫生死定量
亦復如是諸比丘白佛世尊是法根法眼法
依如是廣說次第如上三經
如是我聞一時佛住舍衛國祇樹給孤獨園
爾時世尊告諸比丘何所有故何所起何所
繫著何所見我令衆生作如是見如是說風
不吹火不然水不流箭不射懷妊不產乳不
犛日月若出若沒若明若闇不可知諸比丘
白佛世尊是法根法眼法依如是廣說次第
如上三經
如是我聞一時佛住舍衛國祇樹給孤獨園
爾時世尊告諸比丘何所有故何所起何所
繫著何所見我令諸衆生作如是見如是說
此大梵自在造作自然爲衆生及諸比丘白
佛言世尊是法根法眼法依如是廣說次第

如上三經
如是我聞一時佛住舍衛國祇樹給孤獨園
爾時世尊告諸比丘何所有故何所起何所
繫著何所見我令諸衆生作如是見如是說
色是我餘則虛名無色是我餘則虛名色非
色是我餘則虛名非色非無色是我餘則虛
名我有邊餘則虛名我無邊餘則虛名我色
有邊無邊餘則虛名我非有邊非無邊餘則
虛名一想種種想多想無量想我一向樂一
向苦不苦不樂餘則虛名諸比丘白佛言世
尊是法根法眼法依廣說次第如上三經
如是我聞一時佛住舍衛國祇樹給孤獨園
爾時世尊告諸比丘何所有故何所起何所
繫著何所見我令諸衆生作如是見如是說
色是我餘則妄想非色非非色是我餘則妄

想我有邊餘則妄想我無邊餘則妄想我非有邊非無邊餘則妄想我一想種種想少想無量想我一向樂一向苦苦樂不苦不樂諸比丘白佛言世尊是法根法眼法依如是廣說次第如上三經

如是我聞一時佛住舍衛國祇樹給孤獨園

爾時世尊告諸比丘何所有故何所起何所繫著何所見我令衆生作如是見如是說我世間常世間無常世間常無常世間非常非無常世有邊世無邊世有邊無邊世非有邊非無邊命即是身命異身異如來死後有如來死後無如來死後有無如來死後非有非無諸比丘白佛世尊是法根法眼法依如是廣說次第如上三經

如是我聞一時佛住舍衛國祇樹給孤獨園

爾時世尊告諸比丘何所有故何所起何所繫著何所見我令諸衆生作如是見如是說世間我常世間我無常世間我常無常世間我非常非無常我苦常我苦無常我苦常無常我苦非常非無常世間我自作世間我他作世間我自作他作世間我非自作非他作非自非他無因作世間我苦自作世間我苦他作世間我苦自他作世間我苦非自非他無因作諸比丘白佛世尊是法根法眼法依如是廣說次第如上三經

如是我聞一時佛住舍衛國祇樹給孤獨園

爾時世尊告諸比丘何所有故何所起何所繫著何所見我令諸衆生如是見如是說若無五欲娛樂是則見法般涅槃若離欲惡不善法有覺有觀離生喜樂入初禪乃至第四

禪是第一義般涅槃諸比丘白佛世尊是法根法眼法依如是廣說次第如上三經

如是我聞一時佛住舍衛國祇樹給孤獨園爾時世尊告諸比丘何所有故何所起何所繫著何所見我令諸衆生作如是見如是說若麤四大色斷壞無所有是名我正斷若復我欲界斷壞死無所有是名我正斷若復我色界死後斷壞無所有是名我正斷若得空入處識入處無所有入處非想非非想入處我死後斷壞無所有是名我正斷諸比丘白佛世尊是法根法眼法依如是廣說次第如上三經

如是我聞一時佛住舍衛國祇樹給孤獨園爾時世尊告諸比丘若法無常者當斷斷彼法已以義饒益長夜安樂何法無常色無常受想行識無常佛說此經已諸比丘聞佛所說歡喜奉行

如是我聞一時佛住舍衛國祇樹給孤獨園爾時世尊告諸比丘若過去無常法當斷斷彼法已以義饒益長夜安樂云何過去無常法過去色是無常法過去欲是無常法彼法當斷斷彼法已以義饒益長夜安樂受想行識亦復如是佛說此經已諸比丘聞佛所說歡喜奉行

如是未來現在過去現在未來現在過去未來過去未來現在

如是我聞一時佛住舍衛國祇樹給孤獨園爾時世尊告諸比丘爲斷無常法故當求大師云何是無常法謂色是無常法爲斷彼法當求大師受想行識亦復如是佛說是經已

諸比丘聞佛所說歡喜奉行
如是過去未來現在過去未來過去現在未來現在過去未來現在當求大師八種經如是種種教隨順安廣安周普安導廣導究竟導說廣說隨順說第二伴眞知識同意愍悲崇義崇安慰樂崇觸崇安隱欲精進方便廣方便堪能方便堅固强健勇猛身心勇猛難伏攝受常學不放逸修思惟念覺智明慧辯思量梵行如意念處正勤根力覺道止觀念身正憶念一一八經亦如上說如斷義如是知義盡義吐義止義捨義亦如是
如是我聞一時佛住舍衛國祇樹給孤獨園爾時世尊告諸比丘猶如有人火燒頭衣當云何救比丘白佛言世尊當起增上欲慇懃方便時救令滅佛告比丘頭衣燒然尚可暫忘無常盛火應盡除斷滅爲斷無常火故勤求大師斷何等無常故勤求大師謂斷色無常故勤求大師斷受想行識無常故勤求大師佛說此經已諸比丘聞佛所說歡喜奉行
如斷無常如是過去無常未來無常現在無常過去未來無常過去現在無常未來現在無常過去未來現在無常如是八種救頭然譬經如上廣說如求大師如是求種種教隨順教如上廣說如斷義如是知義盡義吐義止義捨義滅義沒義亦復如是
如是我聞一時佛住舍衛國祇樹給孤獨園爾時世尊告諸比丘爲斷無常故當隨順內身身觀住何等法無常謂色無常爲斷彼故當隨順內身身觀住如是受想行識無常爲斷彼故當隨順內身身觀住佛說此經已諸

比丘聞佛所說歡喜奉行
如無常如是過去色無常未來色現在色過去未來色過去現在色未來現在色過去未來現在色無常斷彼故當隨順内身身觀住受想行識亦復如是如隨順内身身觀住八種如是外身身觀内外身身觀内受受觀外受受觀内外受受觀内心心觀外心心觀内外心心觀内法法觀外法法觀内外法法觀住一一八經亦如上說如斷無常義修四念處如是知義盡義吐義捨義滅義沒義故隨順四念處亦如上說
如是我聞一時佛住舍衛國祇樹給孤獨園爾時世尊告諸比丘猶如有人火燒頭衣當云何救比丘白佛言世尊當起增上欲慇懃方便時救令滅佛告比丘頭衣燒然尚可暫忘無常盛火應盡斷爲斷無常火故隨修内身身觀住云何爲斷無常火故隨順内身身觀住謂色無常爲斷彼故隨修内身身觀住受想行識無常爲斷彼故隨修内身身觀住廣說乃至佛說此經已諸比丘聞佛所說歡喜奉行
如無常如是過去無常未來無常現在無常過去未來無常過去現在無常未來現在無常過去未來現在無常如内身身觀住八經如是外身身觀八經内外身身觀八經如上說如身念處二十四經如是受念處心念處法念處二十四經如上說如當斷無常九十六經如是當知當吐當盡當止當捨當滅當沒一一九十六經亦如上說
如是我聞一時佛住舍衛國祇樹給孤獨園

爾時世尊告諸比丘猶如有人火燒頭衣當云何救比丘白佛言世尊當起增上欲慇懃方便時救令滅佛告比丘頭衣燒然尚可暫忘無常盛火應盡斷爲斷無常火故已生惡不善法當斷起欲精勤攝心令增長斷何等無常法故已生惡不善法爲斷故起欲方便攝心增進謂色無常故受想行識無常當斷故已生惡不善法令斷起欲方便攝心增進廣說乃至佛說此經已諸比丘聞佛所說歡喜奉行

如無常經如是過去無常未來無常現在無常過去未來無常過去現在無常未來現在無常過去未來現在無常八經亦如上說

如已生惡不善法當斷故如是未生惡不善法令不生未生善法令生已生善法令增廣故起欲方便攝心增進八經亦如上說如當斷無常三十二經如是當知當吐當盡當止當捨當滅當沒一一三十二經廣說如上

如是我聞一時佛住舍衛國祇樹給孤獨園爾時世尊告諸比丘猶如有人火燒頭衣當云何救比丘白佛言世尊當起增上欲慇懃方便時救令滅佛告比丘頭衣燒然尚可暫忘無常盛火當盡斷爲斷無常火故當修欲定斷斷行成就如意足當斷何等法無常謂當斷色無常當斷受想行識無常故修欲定斷斷行成就如意足如經廣說乃至佛說此經已諸比丘聞佛所說歡喜奉行

如無常如是過去無常未來無常現在無常過去未來無常過去現在無常未來現在無常八經如上說如修欲定如是精進定意定

思惟定亦如是如當斷三十二經如是當知當吐當盡當止當捨當滅當沒一一三十二經亦如上說

如是我聞一時佛住舍衛國祇樹給孤獨園爾時世尊告諸比丘猶如有人火燒頭衣當云何救比丘白佛言世尊當起增上欲慇懃方便時救令滅佛告比丘頭衣燒然尚可暫忘無常盛火當盡斷爲斷無常火故當修信根斷何等無常法謂當斷色無常當斷受想行識無常故修信根如是廣說乃至佛說此經已諸比丘聞佛所說歡喜奉行

如無常如是過去無常未來無常現在無常過去未來無常過去現在無常未來現在無常過去未來現在無常亦如上說如信根八經如是修精進根念根定根慧根八經亦如上說如當斷四十經如是當知當吐當盡當止當捨當滅當沒四十經亦如上說

如是我聞一時佛住舍衛國祇樹給孤獨園爾時世尊告諸比丘猶如有人火燒頭衣當云何救比丘白佛言世尊當起增上欲慇懃方便時救令滅佛告比丘頭衣燒然尚可暫忘無常盛火當盡斷爲斷無常火故當修信力斷何等無常故當修信力謂斷色無常故當修信力斷受想行識無常故當修信力斷如是廣說乃至佛說此經已諸比丘聞佛所說歡喜奉行

如無常如是過去無常未來無常現在無常過去未來無常過去現在無常未來現在無常過去未來現在無常八經如上說如信力如是精進力念力定力慧力八經亦如上說

如當斷四十經如是當知當吐當盡當止當捨當滅當沒一一四十經亦如上說

如是我聞一時佛住舍衛國祇樹給孤獨園爾時世尊告諸比丘猶如有人火燒頭衣當云何救比丘白佛言世尊當起增上欲慇懃方便時救令滅佛告比丘頭衣燒然尚可暫忘無常盛火當盡斷爲斷無常火故修念覺分斷何等法無常故修念覺分謂斷色無常修念覺分當斷受想行識無常修念覺分如是廣說乃至佛說此經已諸比丘聞佛所說歡喜奉行

如無常如是過去無常未來無常現在無常過去未來無常過去現在無常未來現在無常過去未來現在無常八經如上說如念覺分八經如是擇法覺分精進覺分念覺分喜覺分除覺分捨覺分定覺分一一八經亦如上說如當斷五十六經如是當知當吐當盡當止當捨當滅當沒一一五十六經如上說

如是我聞一時佛住舍衛國祇樹給孤獨園爾時世尊告諸比丘猶如有人火燒頭衣當云何救比丘白佛言世尊當起增上欲慇懃方便時救令滅佛告比丘頭衣燒然尚可暫忘無常盛火當盡斷爲斷無常火故常修正見斷何等無常火故當修正見斷色無常故當修正見斷受想行識無常故當修正見如是廣說乃至佛說此經已諸比丘聞佛所說歡喜奉行

如無常如是過去無常未來無常現在無常過去未來無常過去現在無常未來現在無常過去未來現在無常亦如上說如正見八

經如是正志正語正業正命正方便正念正定一一八經亦如上說如當斷六十四經如是當知當吐當盡當止當捨當滅當沒一一六十四經亦如上說

如是我聞一時佛住舍衛國祇樹給孤獨園爾時世尊告諸比丘猶如有人火燒頭衣當云何救比丘白佛言世尊當起增上欲慇懃方便時救令滅佛告比丘頭衣燒然尚可暫忘無常盛火當盡斷無餘為斷無常故當修苦集盡道斷何等無常法故當修苦集盡道謂斷色無常故當修苦集盡道斷受想行識無常故當修苦集盡道如是廣說乃至佛說此經已諸比丘聞佛所說歡喜奉行

如無常如是過去無常未來無常現在無常過去未來無常過去現在無常未來現在無常過去未來現在無常亦如上說如苦集盡道八經如是苦盡道樂非盡道樂盡道一一八經亦如上說如當斷三十二經如是當知當吐當盡當止當捨當滅當沒一一三十二經亦如上說

如是我聞一時佛住舍衛國祇樹給孤獨園爾時世尊告諸比丘猶如有人火燒頭衣當云何救比丘白佛言世尊當起增上欲慇懃方便時救令滅佛告比丘頭衣燒然尚可暫忘無常盛火當斷無餘為斷無常故當修無貪法句斷何等法無常故當修無貪法句謂當斷色無常故修無貪法句斷受想行識無常故修無貪法句如是廣說乃至佛說此經已諸比丘聞佛所說歡喜奉行

如無常如是過去無常未來無常現在無常

過去未來無常過去現在無常未來現在無常過去未來現在無常亦如上說如當修無貪法句八經如是無恚無癡諸句正句法句一一八經如上說如當斷二十四經如是當知當吐當盡當止當捨當滅當沒一一二十四經亦如上說

如是我聞一時佛住舍衛國祇樹給孤獨園爾時世尊告諸比丘猶如有人火燒頭衣當云何救比丘白佛言世尊當起增上欲慇懃方便時救令滅佛告比丘頭衣燒然尚可暫忘無常盛火當盡斷為斷無常故當修止斷何等法無常故當修止謂斷色無常故當修止斷受想行識無常故當修止如是廣說乃至佛說此經已諸比丘聞佛所說歡喜奉行

如無常如是過去無常未來無常現在無常過去未來無常過去現在無常未來現在無常過去未來現在無常亦如上說如修止八經如是修觀八經亦如上說如當斷十六經如是當知當吐當盡當止當捨當滅當沒一一十六經亦如上說諸所有色若過去若未來若現在若內若外若麤若細若好若醜若遠若近彼一切非我非異我不相在如實知受想行識亦如是多聞聖弟子如是正觀者於色生猒受想行識生猒猒已不樂不樂故解脫解脫知見我生已盡梵行已立所作已作自知不受後有佛說此經已諸比丘聞佛所說歡喜奉行

如無常如是動搖旋轉尫𤺋破壞飄疾朽敗危頓不恒不安變易惱苦災患魔邪魔勢魔器如沫如泡如芭蕉如幻微劣貪嗜殺摽刀

鬭疾妬相殘損減衰耗繫縛搥打惡瘡癰疽利刺煩惱讁罰陰蓋過患處愁慼惡知識苦空非我非我所怨家連鎖非義非安慰熱惱無蔭無洲無覆無依無護生法老法病法死法憂悲法惱苦法無力法羸劣法不可欲法誘引法將養法有苦法有殺法有惱法有熱法有相法有吹法有取法深險法難澁法不正法兇暴法有貪法有恚法有癡法不住法燒然法罣礙法災法集法滅法骨聚法肉段法執炬法火坑法如毒蛇如夢如假借如樹果如屠牛者如殺人者如觸露如淹水如駛流如織縷如輪涉水如跳狀如毒瓶如毒身如毒華如毒果煩惱動如是比乃至斷過去未來現在無常乃至滅沒當修止觀斷何等法過去未來現在無常乃至滅沒修止觀謂斷色過去未來現在無常乃至滅沒故修止觀受想行識亦復如是是故諸所有色若過去若未來若現在若內若外若麤若細若好若醜若遠若近彼一切非我非異我不相在如實知受想行識亦復如是多聞聖弟子如是觀者於色生猒於受想行識生猒猒故不樂不樂故解脫解脫知見我生已盡梵行已立所作已作自知不受後有佛說此經已諸比丘聞佛所說歡喜奉行

如是我聞一時佛住舍衛國祇樹給孤獨園爾時世尊告諸比丘以成就一法故不復堪任知色無常知受想行識無常何等爲一法成就謂貪欲一法不成就堪能知色無常知受想行識無常何等一法成就謂無貪欲成就無貪欲法者堪能知色無常堪能知受想

行識無常佛說此經已諸比丘聞佛所說歡喜奉行

如成就不成就如是知不知親不親明不明識不識察不察量不量覆不覆種不種掩不掩暎翳不暎翳亦如是如是知如是識解受求辯獨證亦復如是如是貪如是恚癡瞋恨呰執嫉慳幻諂無慚無愧慢慢慢增慢我慢增上慢邪慢卑慢憍慢放逸矜高曲僞相規利誘利惡欲多欲常欲不敬惡口惡知識不忍貪嗜下貪惡貪身見邊見邪見見取戒取欲愛瞋恚睡眠掉悔疑惛悴蹁躚贔屓嬾亂想不正憶身濁不直不軟不異欲覺恚覺害覺親覺國土覺輕易覺愛他家覺愁憂苦惱於此等一一法乃至暎翳不堪任滅色作證何等爲一法所謂惱苦以惱苦暎翳故不堪任於色滅盡作證不堪任於受想行識滅盡作證一法不暎翳故堪任於色滅盡作證堪任於受想行識滅盡作證何等一法謂惱苦此一法不暎翳故堪任於色滅盡作證堪任於受想行識滅盡作證佛說此經已諸比丘聞佛所說歡喜奉行

雜阿含經卷第七

音釋

舁羊諸切兩手對舉曰舁　黠下八切亦慧也　梟賢堯切不孝鳥也大則食其母故以夏至日捕磔之以頭掛木上今謂掛首爲梟　剬止兖切細割也　掉徒弔切擲也　𤛑居候切取牛羊乳也　尫瘵尫烏光切足跛曲也又尫羸也瘵則界切病也　疽千余切癰疽也　讁罰讁側革切亦罰也又責也罰房越切罪之小者謂罵詈之罰也　駛爽士切疾也　惛悴惛呼昆切心不明了也悴秦醉切憂也　蹁躚蹁部眠切躚蘇前切蹁躚旋行貌　贔屓贔平祕切屓虛器切贔屓作力貌

雜阿含經卷第八

宋天竺三藏求那跋陀羅譯

誦六入處品第二

如是我聞一時佛住舍衛國祇樹給孤獨園爾時世尊告諸比丘當正觀察眼無常如是觀者是名正見正觀故生猒猒故離喜離貪離喜貪故我說心正解脫如是耳鼻舌身意離喜離貪離喜貪故比丘我說心正解脫心正解脫者能自記說我生已盡梵行已立所作已作自知不受後有佛說此經已諸比丘聞佛所說歡喜奉行

如無常如是苦空非我亦如是說

如是我聞一時佛住舍衛國祇樹給孤獨園爾時世尊告諸比丘於眼當正思惟觀察無常所以者何於眼正思惟觀察無常故於眼欲貪斷欲貪斷故我說心正解脫耳鼻舌身意正思惟觀察故欲貪斷欲貪斷者我說心正解脫如是比丘心正解脫者能自記說我生已盡梵行已立所作已作自知不受後有佛說此經已諸比丘聞佛所說歡喜奉行

如是我聞一時佛住舍衛國祇樹給孤獨園爾時世尊告諸比丘若於眼不識不知不斷不離欲者不堪任正盡苦耳鼻舌身意亦復如是諸比丘於眼若識若知若斷若離欲者堪任正盡苦於耳鼻舌身意若識若知若斷若離欲者堪任正盡苦佛說此經已諸比丘聞佛所說歡喜奉行

如是我聞一時佛住舍衛國祇樹給孤獨園爾時世尊告諸比丘於眼若不識不知不斷不離欲者不堪任越生老病死苦耳鼻舌身

意不識不知不斷不離欲者不堪任越生老病死苦諸比丘於色若識若知若斷若離欲者堪任越生老病死苦於耳鼻舌身意若識若知若斷若離欲堪任越生老病死苦佛說此經已諸比丘聞佛所說歡喜奉行

如是我聞一時佛住舍衛國祇樹給孤獨園

爾時世尊告諸比丘於眼不離欲心不解脫者不堪任正盡苦於耳鼻舌身意不離欲心不解脫者不堪任正盡苦諸比丘若於眼離欲心解脫者彼堪任正盡苦於耳鼻舌身意離欲心解脫者堪任正盡苦佛說此經已諸比丘聞佛所說歡喜奉行

如是我聞一時佛住舍衛國祇樹給孤獨園

爾時世尊告諸比丘若於眼色不離欲心不解脫老不堪任越生老病死苦於耳鼻舌身意不離欲心不解脫者不堪任越生老病死苦諸比丘若於眼色離欲心解脫者堪任越生老病死苦於耳鼻舌身意離欲心解脫者堪任越生老病死苦佛說此經已諸比丘聞佛所說歡喜奉行

如是我聞一時佛住舍衛國祇樹給孤獨園

爾時世尊告諸比丘若於眼生喜者則於苦生喜若於苦生喜者我說彼不解脫於苦於耳鼻舌身意生喜者則於苦生喜於苦生喜者我說彼不解脫於苦諸比丘若於眼不生喜者則於苦不生喜於苦不生喜者我說彼解脫於苦於耳鼻舌身意不生喜者則於苦不生喜於苦不生喜者我說彼解脫於苦佛說此經已諸比丘聞佛所說歡喜奉行

如是我聞一時佛住舍衛國祇樹給孤獨園

爾時世尊告諸比丘一切無常云何一切無常謂眼無常若色眼識眼觸若眼觸因緣生受苦覺樂覺不苦不樂覺彼亦無常耳鼻舌身意亦復如是多聞聖弟子如是觀者於眼生猒若色眼識眼觸眼觸因緣生受苦覺樂覺不苦不樂覺於彼生猒耳鼻舌身意聲香味觸法意識意觸意觸因緣生受苦覺樂覺不苦不樂覺彼亦生猒猒故不樂不樂故解脱解脱知見我生已盡梵行已立所作已作自知不受後有佛說此經已諸比丘聞佛所說歡喜奉行

如無常經如是苦空無我亦如是說

如是我聞一時佛住舍衛國祇樹給孤獨園

爾時世尊告諸比丘一切無常云何一切謂眼無常若色眼識眼觸眼觸因緣生受若苦若樂不苦不樂彼亦無常如是耳鼻舌身意若法意識意觸意觸因緣生受若苦若樂不苦不樂彼亦無常多聞聖弟子如是觀者於眼解脱若色眼識眼觸眼觸因緣生受若苦若樂不苦不樂彼亦解脱如是耳鼻舌身意法意識意觸因緣生受若苦若樂不苦不樂彼亦解脱我說彼解脱生老病死憂悲苦惱佛說此經已諸比丘聞佛所說歡喜奉行

如說一切無常如是一切苦一切空一切非我一切虚業法一切破壞法一切生法一切老法一切病法一切死法一切愁憂法一切煩惱法一切集法一切滅法一切知法一切識法一切斷法一切覺法一切作證一切魔一切魔勢一切魔器一切然一切熾然一切燒皆如上二經廣說

如是我聞一時佛住伽闍尸利沙支提與千比丘俱皆是舊縈髮婆羅門爾時世尊爲千比丘作三種示現教化云何爲三神足變化示現他心示現教誡示現神足示現者世尊隨其所應而示現入禪定正受陵虛至東方作四威儀行住坐卧入火三昧出種種火光青黃赤白紅玻瓈色水火俱現或身下出火身上出水身上出火身下出水周圓四方亦復如是爾時世尊作種種神變已於衆中坐是名神足示現他心示現者如彼心如彼意如彼識彼應作如是念不應作如是念彼應作如是捨彼應作如是身證住是名他心示現教誡示現者如世尊說諸比丘一切燒然云何一切燒然謂眼燒然若色眼識眼觸眼觸因緣生受若苦若樂不苦不樂彼亦燒然如是耳鼻舌身意燒然若法意識意觸意觸因緣生受若苦若樂不苦不樂彼亦燒然以何燒然貪火燒然恚火燒然癡火燒然生老病死憂悲惱苦火燒然爾時千比丘聞佛所說不起諸漏心得解脫佛說此經已諸比丘聞佛所說歡喜奉行

如是我聞一時佛住王舍城耆闍崛山爾時尊者羅睺羅往詣佛所稽首佛足退住一面白佛言世尊云何知云何見我内識身及外一切相令我我所我慢使繫著不生爾時世尊告羅睺羅善哉羅睺羅能問如來甚深之義佛告羅睺羅眼若過去若未來若現在若内若外若麤若細若好若醜若遠若近彼一切非我非異我不相在如實知耳鼻舌身意亦復如是羅睺羅作如是知如是見我此識

身及外一切相令我我所我慢使繫著不生羅睺羅如是我我所我慢使繫著不生者羅睺羅是名斷愛濁見正無間等究竟苦邊佛說此經已尊者羅睺羅聞佛所說歡喜奉行

如內入處如是外入處色聲香味觸法眼識耳鼻舌身意識眼觸耳鼻舌身意觸眼觸生受耳鼻舌身意觸生受眼觸生想耳鼻舌身意觸生想眼觸生思耳鼻舌身意觸生思眼觸生愛耳鼻舌身意觸生愛亦如上說

如是我聞一時佛住王舍城迦蘭陀竹園爾時世尊告羅睺羅云何知云何見於此識身及外一切相無有我我所我慢使繫著羅睺羅白佛言世尊是法根法眼法依善哉世尊當爲諸比丘廣說此義諸比丘聞已當受奉行佛告羅睺羅善哉諦聽當爲汝說諸所有眼若過去若未來若現在若內若外若麤若細若好若醜若遠若近彼一切非我非異我不相在如實正觀羅睺羅耳鼻舌身意亦復如是羅睺羅如是知如是見我此識身及外一切相我我所我慢使繫著不生羅睺羅如是比丘超越於二離諸相寂滅解脫羅睺羅如是比丘斷諸愛欲轉去諸結究竟苦邊佛說此經已羅睺羅聞佛所說歡喜奉行

如內入如是外入乃至意觸因緣生受亦如是廣說

如是我聞一時佛住舍衛國祇樹給孤獨園爾時尊者羅睺羅往詣佛所稽首佛足退坐一面白佛言善哉世尊爲我說法我聞法已獨一靜處專精思惟不放逸住獨一靜處專精思惟不放逸住已如是思惟所以族姓子

剃除鬚髮正住非家出家學道修持梵行見法自知作證我生已盡梵行已立所作已作自知不受後有爾時世尊觀察羅睺羅心解脫慧未熟未堪任受增上法問羅睺羅言汝以授人五受陰未羅睺羅白佛未也世尊佛告羅睺羅汝當為人演說五受陰爾時羅睺羅受佛教已於異時為人演說五受陰說已還詣佛所稽首佛足退住一面白佛言世尊我已為人說五受陰唯願世尊為我說法我聞法已獨一靜處專精思惟不放逸住乃至自知不受後有爾時世尊復觀察羅睺羅心解脫智未熟不堪任受增上法問羅睺羅言汝為人說六入處未羅睺羅白佛未也世尊佛告羅睺羅汝當為人演說六入處爾時羅睺羅於異時為人廣說六入處廣說六入處已來詣佛所稽首禮足退住一面白佛言世尊我已為人廣說六入處唯願世尊為我說法我聞法已當獨一靜處專精思惟不放逸住乃至自知不受後有爾時世尊觀察羅睺羅心解脫智未熟不堪任受增上法問羅睺羅言汝已為人說尼陀那法未羅睺羅白佛言未也世尊佛告羅睺羅汝當為人演說尼陀那法爾時羅睺羅於異時為人廣說尼陀那法已來詣佛所稽首禮足退住一面而白佛言世尊為我說法我聞法已獨一靜處專精思惟不放逸住乃至自知不受後有爾時世尊復觀察羅睺羅心解脫智未熟廣說乃至告羅睺羅言汝當於上所說諸法獨於一靜處專精思惟觀察其義爾時羅睺羅受佛教勑如上所聞法所說法思惟稱量觀察其

義作是念此諸法一切皆順趣涅槃流注涅槃後住涅槃爾時羅睺羅往詣佛所稽首禮足退住一面白佛言世尊我已於如上所聞法所說法獨一靜處思惟稱量觀察其義知此諸法皆順趣涅槃流注涅槃後住涅槃爾時世尊觀察羅睺羅心解脫智熟堪任受增上法告羅睺羅言羅睺羅一切無常何等法無常謂眼無常若色眼識眼觸如上無常廣說爾時羅睺羅聞佛所說歡喜隨喜禮佛而退爾時羅睺羅受佛教已獨一靜處專精思惟不放逸住所以族姓子剃除鬚髮著袈裟衣正信非家出家學道純修梵行乃至見法自知作證我生已盡梵行已立所作已作自知不受後有成阿羅漢已善解脫佛說此經已羅睺羅聞佛所說歡喜奉行

如是我聞一時佛住舍衛國祇樹給孤獨園時有異比丘來詣佛所稽首佛足退住一面白佛言世尊云何知云何見次第疾得漏盡爾時世尊告彼比丘當正觀無常何等法無常謂眼無常若色眼識眼觸眼觸因緣生受若苦若樂不苦不樂當觀無常耳鼻舌身意當觀無常若法意識意觸意觸因緣生受若苦若樂不苦不樂彼亦無常比丘如是知如是見次第盡有漏時彼比丘聞佛所說歡喜作禮而去

如是比丘所說經若差別者云何知云何見次第盡盡一切結斷一切縛斷一切使斷一切上煩惱斷一切結斷諸流斷諸扼斷諸取斷諸觸斷諸蓋斷諸受斷諸垢斷諸愛斷諸意斷邪見生正見斷無明生明比丘如是觀

察眼無常乃至如是知如是見次第無明斷明生時彼比丘聞佛所説歡喜歡喜已作禮而去
如是我聞一時佛住舍衛國祇樹給孤獨園時有異比丘往詣佛所稽首佛足白佛言世尊云何知云何見次第我見斷無我見生佛告彼比丘於眼正觀無常若色眼識眼觸眼觸因緣生受若苦若樂不苦不樂彼亦正觀無我如是乃至意觸因緣生受若苦若樂不苦不樂彼亦正觀無我比丘如是知如是見次第我見斷無我見生時彼比丘聞佛所説歡喜歡喜已作禮而去
如是我聞一時佛住毗舍離耆婆拘摩羅藥師菴羅園爾時世尊告諸比丘若有比丘能斷一法者則得正智能自記説我生已盡梵行已立所作已作自知不受後有諸比丘白佛言世尊是法根法眼法依唯願演説諸比丘聞已當受奉行佛告諸比丘諦聽善思當爲汝説諸比丘云何一法斷故乃至不受後有所謂無明離欲明生得正智能自記説我生已盡梵行已立所作已作自知不受後有時有異比丘從座起整衣服偏袒右肩爲佛作禮右膝著地合掌白佛言世尊云何知云何見無明離欲明生佛告比丘當正觀察眼無常若色眼識眼觸眼觸因緣生受若苦若樂不苦不樂彼亦正觀無常耳鼻舌身意亦復如是比丘如是知如是見無明離欲明生佛説此經已諸比丘聞佛所説歡喜奉行
如是我聞一時佛住毗舍離耆婆拘摩羅藥師菴羅園爾時世尊告尊者阿難於眼當如

實知如實見若眼眼色眼識眼觸眼觸因緣生受若苦若樂不苦不樂彼亦如實知如實見耳鼻舌身意亦復如是彼如實知如實見已於眼生猒若色眼識眼觸眼觸因緣生受若苦若樂不苦不樂彼亦生猒耳鼻舌身意亦復如是猒已不樂不樂已解脱解脱知見我生已盡梵行已立所作已作自知不受後有佛說此經已諸比丘聞佛所說歡喜奉行

如是我聞一時佛住毗舍離耆婆拘摩羅藥師菴羅園爾時世尊説一切優陀那偈已告尊者阿難眼無常苦變易異分法若色眼識眼觸眼觸因緣生受若苦若樂不苦不樂彼亦無常苦變易異分法耳鼻舌身意亦復如是多聞聖弟子如是觀者於眼得解脱若色眼識眼觸眼觸因緣生受彼亦解脱耳鼻舌身意法意識意觸意觸因緣生受若苦若樂不苦不樂彼解脱我說彼解脱生老病死憂悲惱苦佛說此經已尊者阿難聞佛所說歡喜奉行

如是我聞一時佛住毗舍離城耆婆拘摩羅藥師菴羅園爾時世尊告諸比丘當勤方便禪思內寂其心所以者何比丘方便禪思內寂其心如是如實知顯現於何如實知顯現於眼如實知顯現若色眼識眼觸眼觸因緣生受若苦若樂不苦不樂彼亦如實知顯現耳鼻舌身意亦復如是此諸法無常有爲亦如是如實知顯現佛說此經已諸比丘聞佛所說歡喜奉行

如是我聞一時佛住毗舍離耆婆拘摩羅藥師菴羅園爾時世尊告諸比丘當修無量三

摩提精勤繫念所以者何修無量三摩提精勤繫念已則如實顯現於何如實顯現於眼如實顯現如是廣說乃至此諸法無常有爲此如實顯現佛說此經已諸比丘聞佛所說歡喜奉行

如是我聞一時佛住毗舍離耆婆拘摩羅藥師菴羅園爾時世尊告諸比丘過去未來眼無常況現在眼多聞聖弟子如是觀者不顧過去眼不欣未來眼於現在眼猒不樂離欲向猒耳鼻舌身意亦復如是佛說此經已諸比丘聞佛所說歡喜奉行

如無常苦空無我亦如是說如內入處四經如是外入處色聲香味觸法四經內外入處四經亦如是說

如是我聞一時佛住毗舍離耆婆拘摩羅藥師菴羅園爾時世尊告諸比丘有六觸入處云何爲六眼觸入處耳鼻舌身意觸入處沙門婆羅門於此六觸入處集滅味患離不如實知當知是沙門婆羅門去我法律遠如虛空與地時有異比丘從座起整衣服爲佛作禮合掌白佛言我具足如實知此六觸入處集滅味患離佛告比丘我今問汝汝隨問答我比丘汝見眼觸入處是我異我相在不答言不也世尊佛告比丘善哉善哉於此眼觸入處非我非異我不相在如實知見者不起諸漏心不染著心得解脫是名初觸入處已斷已知斷其根本如截多羅樹頭於未來法永不復起所謂眼識及色汝見耳鼻舌身意觸入處是我異我相在不答言不也世尊佛告比丘善哉善哉於耳鼻舌身意觸入處非

我非異我不相在作如是如實知見者不起諸漏心不染著心得解脱是名比丘六觸入處已斷已知斷其根本如截多羅樹頭於未來世欲不復生謂意識法佛說此經已諸比丘聞佛所說歡喜奉行

如是我聞一時佛住毗舍離耆婆拘摩羅藥師菴羅園爾時世尊告諸比丘莫樂莫苦所以者何有六觸入處地獄衆生生彼地獄中者眼所見不可愛色不見可愛色見不可念色不見可念色見不善色不見善色以是因緣故一向受憂苦耳聲鼻香舌味身觸意識法見不可愛不見可愛見不可念不見可念見不善法不見善法以是因緣故長受憂苦諸比丘有六觸入處其有衆生生彼處者眼見可愛不見不可愛見可念色非不可念色見善色非不善色以是因緣故一向長受喜樂耳聲鼻香舌味身觸意所識法可愛非不可愛可念非不可念善非不善佛說此經已諸比丘聞佛所說歡喜奉行

如是我聞一時佛住毗舍離耆婆拘摩羅藥師菴羅園爾時世尊告諸比丘我昔未成正覺時獨一靜處禪思思惟自心多向何處觀察自心多逐過去五欲功德少逐現在五欲功德逐未來世轉復微少我觀多逐過去五欲心已極生方便精勤自護不復令隨過去五欲功德我以是精勤自護故漸漸近阿耨多羅三藐三菩提汝等諸比丘亦復多逐過去五欲功德現在未來亦復微少汝今亦當以心多逐過去五欲功德故增加自護亦當不久得盡諸漏無漏心解脱慧解脱現法自

知作證我生已盡梵行已立所作已作自知不受後有所以者何眼見色因緣生內受若苦若樂不苦不樂耳鼻舌身意法因緣生內受若苦若樂不苦不樂是故比丘於彼入處當覺知若眼滅色想則離耳鼻舌身意滅法想則離佛說當覺六入處言已入室坐禪時有衆多比丘世尊去後作此論義世尊爲我等畧說法要不廣分別而入室坐禪世尊說言當覺六入處若彼眼滅色想則離耳鼻舌身意滅法想則離我等今日於世尊畧說法中猶故不解今此衆中誰有慧力能爲我等於世尊畧說法中廣爲我等演說其義復作是念唯有尊者阿難常侍世尊常爲大師之所讚歎聰慧梵行唯有尊者阿難堪能爲我等於世尊畧說法中演說其義我等今日皆共往詣尊者阿難所問其要義如阿難所說悉當奉持爾時衆多比丘往詣尊者阿難所共相問訊已於一面坐白尊者阿難言尊者當知世尊爲我等畧說法要如上所說具問阿難當爲我等廣說其義尊者阿難語諸比丘諦聽善思於世尊畧說法中當爲汝等廣說其義世尊畧說者即是滅六入處有餘之說故言眼處滅色想則離耳鼻舌身意入處滅法想則離世尊畧說此法已入室坐禪我今已爲汝等分別說義尊者阿難說此義已諸比丘聞其所說歡喜奉行

如是我聞一時佛住舍衛國祇樹給孤獨園爾時世尊告諸比丘我不爲一切比丘說不放逸行亦非不爲一切比丘說不放逸行不向何等像類比丘說不放逸行若比丘得阿

羅漢盡諸有漏離諸重擔逮得己利盡諸有結心正解脫如是像類比丘我不爲說不放逸行所以者何彼諸比丘已作不放逸故不復堪能作放逸事我今見彼諸尊得不放逸果是故不爲彼說不放逸行爲何等像類比丘說不放逸行若諸比丘在學地者未得心意增上安隱向涅槃住如是像類比丘我爲其說不放逸行所以者何以彼比丘習學諸根心樂隨順資生之具親近善友不久當得盡諸有漏無漏心解脫慧解脫現法自知作證我生已盡梵行已立所作已作自知不受後有所以者何彼眼識所可愛樂染著之色彼比丘見已不喜不讚歎不染不繫著住以不喜不讚歎不染不著住故專精勝進身心止息心安極住不忘常定一心無量法喜但逮得第一三昧正受終不退減隨於眼色於耳鼻舌身意識法亦復如是佛說此經已諸比丘聞佛所說歡喜奉行

如是我聞一時佛住舍衛國祇樹給孤獨園爾時世尊告諸比丘當爲汝等演說二法諦聽善思何等爲二眼色爲二耳聲鼻香舌味身觸意法爲二是名二法若有沙門婆羅門作如是說是非二者沙門瞿曇所說二法此非爲二彼自以意說二法者但有言說問已不知增其疑惑以非其境界故所以者何緣眼色眼識生三事和合緣觸觸生受若苦若樂不苦不樂若於此受集受滅受味受患受離不如實知者種貪欲身觸種瞋恚身觸種戒取身觸種我見身觸亦種植增長諸惡不善法如是純大苦聚皆從集生如是耳鼻舌

身意法緣生意識三事和合觸廣說如上復次眼緣色生眼識三事和合觸觸緣受若苦若樂不苦不樂於此諸受集滅味患離如是知如是知已不種貪欲身觸不種瞋恚身觸不種戒取身觸不種我見身觸不種諸惡不善法如是諸惡不善法滅純大苦聚滅耳鼻舌身意法亦復如是佛說此經已諸比丘聞佛所說歡喜奉行

如是我聞一時佛住舍衛國祇樹給孤獨園爾時世尊告諸比丘有二因緣生識何等爲二謂眼色耳聲鼻香舌味身觸意法如是廣說乃至非其境界故所以者何眼色因緣生眼識彼無常有爲心緣生色若眼識無常有爲心緣生此三法和合觸觸已受受已思思已想此等諸法無常有爲心緣生所謂觸想思耳鼻舌身意亦復如是佛說此經已諸比丘聞佛所說歡喜奉行

如是我聞一時佛住舍衛國祇樹給孤獨園爾時尊者富留那比丘往詣佛所稽首佛足退住一面白佛言世尊說現法說滅熾然說不待時說正向說即此見說緣自覺世尊云何爲現法乃至緣自覺佛告富留那善哉富留那能作此問富留那諦聽善思當爲汝說富留那比丘眼見色已覺知色覺知色貪我此內有眼識色貪我此內有眼識色貪如實知富留那若眼見色已覺知色覺知色貪我此內有眼識色貪如實知者是名現見法云何滅熾然云何不待時云何正向云何即此見云何緣自覺富留那比丘眼見色已覺知色不起色貪覺我有內眼識色貪不起色

貪覺如實知若富留那比丘眼見色巳覺知色不起色貪覺如實知色不起色貪覺如實知是名滅熾然不待時正向即此見緣自覺知耳鼻舌身意亦復如是佛說此經巳富留那比丘聞佛所說歡喜奉行

如是我聞一時佛在舍衛國祇樹給孤獨園爾時世尊告諸比丘言大海者愚夫所說非聖所說此大海小水耳云何聖所說海謂眼識色巳愛念染著貪樂身口意業是名爲海一切世間阿修羅衆乃至天人悉於其中貪樂沉没如狗壯藏如亂草蘊此世他世絞結纏鎖亦復如是耳識聲鼻識香舌識味身識觸此世他世絞結纏鎖亦復如是佛說此經巳諸比丘聞佛所說歡喜奉行

如身口意業如是貪恚癡老病死亦如是說如五根三經六根三經亦如是說

如是我聞一時佛住舍衛國祇樹給孤獨園爾時世尊告諸比丘所謂海者世間愚夫所說非聖所說大海小水耳眼是人大海彼色爲濤波若能堪忍色濤波者得度眼大海竟於濤波洄澓諸水惡蟲羅刹女鬼耳鼻舌身意是人大海聲香味觸法爲濤波若堪忍彼法濤波得度於意海竟於濤波洄澓惡蟲羅刹女鬼爾時世尊以偈頌曰

大海巨濤波　惡蟲羅刹怖　難度而能度
集離永無餘　能斷一切苦　不復受餘有
永之般涅槃　不復還放逸

佛說此經巳諸比丘聞佛所說歡喜奉行

如是我聞一時佛住舍衛國祇樹給孤獨園爾時世尊告諸比丘我今當爲汝等說苦集

道跡苦滅道跡諦聽善思當爲汝說云何苦集道跡緣眼色生眼識三事和合觸緣觸受緣受愛緣愛取緣取有緣有生緣生老病死憂悲惱苦集如是耳鼻舌身意亦復如是是名苦集道跡云何苦滅道跡緣眼色生眼識三事和合觸觸滅則受滅受滅則愛滅愛滅則取滅取滅則有滅有滅則生滅生滅則老病死憂悲苦惱滅如是純大苦聚滅耳鼻舌身意亦如是說是名苦滅道跡佛說此經已諸比丘聞佛所說歡喜奉行

如是我聞一時佛住舍衛國祇樹給孤獨園爾時世尊告諸比丘我今當說涅槃道跡云何爲涅槃道跡謂觀察眼無常若色眼識眼觸因緣生受內覺若苦若樂不苦不樂彼亦無常耳鼻舌身意亦復如是是名涅槃道跡佛說此經已諸比丘聞佛所說歡喜奉行

如是我聞一時佛住舍衛國祇樹給孤獨園爾時世尊告諸比丘有似趣涅槃道跡云何爲似趣涅槃道跡觀察眼非我若色眼識眼觸因緣生受若內覺若苦若樂不苦不樂彼亦觀察無常耳鼻舌身意亦復如是是名似趣涅槃道跡佛說此經已諸比丘聞佛所說歡喜奉行

如是我聞一時佛住舍衛國祇樹給孤獨園爾時世尊告諸比丘有趣一切取道跡云何爲趣一切取道跡緣眼色生眼識三事和合觸觸緣受受緣愛愛緣取取所取故耳鼻舌身意亦復如是取所取故是名趣一切取道跡云何斷一切取道跡緣眼色生眼識三事和合觸觸滅則受滅受滅則愛滅愛滅則取

滅如是知耳鼻舌身意亦復如是佛說此經已諸比丘聞佛所說歡喜奉行

如是我聞一時佛住舍衛國祇樹給孤獨園爾時世尊告諸比丘當知一切知法一切識法諦聽善思當為汝說云何一切知法一切識法諸比丘眼是知法識法若色眼識眼觸眼觸因緣生受內覺若苦若樂不苦不樂彼一切是知法識法耳鼻舌身意亦復如是佛說此經已諸比丘聞佛所說歡喜奉行

如是我聞一時佛住舍衛國祇樹給孤獨園爾時世尊告諸比丘我不說一法不知不識而得究竟苦邊云何不說一法不知不識而得究竟苦邊謂不說於眼不知不識而得究竟苦邊若色眼識眼觸眼觸因緣生受內覺若苦若樂不苦不樂亦復不說不知不見而得究竟苦邊耳鼻舌身意亦復如是佛說此經已諸比丘聞佛所說歡喜奉行

如是我聞一時佛住舍衛國祇樹給孤獨園爾時世尊告諸比丘一切欲法應當斷云何一切欲法應當斷謂眼是一切欲法應當斷若色眼識眼觸眼觸因緣生受內覺若苦若樂不苦不樂彼一切欲法應當斷耳鼻舌身意亦復如是佛說此經已諸比丘聞佛所說歡喜奉行

如是我聞一時佛住舍衛國祇樹給孤獨園爾時世尊告諸比丘我不說一法不知不斷而究竟苦邊云何不說一法不知不斷而究竟苦邊謂不說眼不知不斷而究竟苦邊若色眼識眼觸眼觸因緣生受內覺若苦若樂不苦不樂彼一切不說不知不斷而究竟苦

邊耳鼻舌身意亦復如是佛說此經已諸比丘聞佛所說歡喜奉行

如是我聞一時佛住舍衛國祇樹給孤獨園爾時世尊告諸比丘我今當說斷一切計諦聽善思當為汝說云何不計謂不計我見色不計眼我所不計相屬若色眼識眼觸眼觸因緣生受內覺若苦若樂不苦不樂彼亦不計樂我我所不計樂相樂不計耳鼻舌身意亦復如是如是不計者於諸世間常無所取無所取故無所著無所著故自覺涅槃我生已盡梵行已立所作已作自知不受後有佛說此經已諸比丘聞佛所說歡喜奉行

如上所說眼等不計一切事不計亦如是

如是我聞一時佛住舍衛國祇樹給孤獨園爾時世尊告諸比丘計者是病計者是癰計者是刺如來以不計住故離病離癰離刺是故比丘欲求不計住離病離癰離刺者彼比丘莫計眼我我所莫計眼相屬莫計色眼識眼觸眼觸因緣生受內覺若苦若樂不苦不樂彼亦莫計是我我所相在耳鼻舌身意亦復如是比丘如是不計者則無所取無所取故無所著無所著故自覺涅槃我生已盡梵行已立所作已作自知不受後有佛說此經已諸比丘聞佛所說歡喜奉行

如眼等所說餘一一事亦如是

如是我聞一時佛住舍衛國祇樹給孤獨園爾時世尊告諸比丘我今當說增長法損減法云何增長法謂緣眼色生眼識三事和合觸緣觸受廣說乃至純大苦聚集是名增長法耳鼻舌身意亦復如是是名增長法云何

損滅法緣眼色生眼識三事和合觸觸滅則受滅廣說乃至純大苦聚滅耳鼻舌身意亦復如是是名損滅法佛說此經已諸比丘聞佛所說歡喜奉行

如增長損滅如是起法處變易法集法滅法亦如上說

如是我聞一時佛住舍衛國祇樹給孤獨園爾時世尊告諸比丘我今當說有漏無漏法云何有漏法謂眼色眼識眼觸眼觸因緣生受內覺若苦若樂不苦不樂耳鼻舌身意法意識意觸意觸因緣生受內覺若苦若樂不苦不樂世俗者是名有漏法云何無漏法謂出世間意若法意識意觸意觸因緣生受內覺若苦若樂不苦不樂出世間者是名無漏法佛說此經已諸比丘聞佛所說歡喜奉行

雜阿含經卷第八

音釋

扼乙革切謂四扼也　截昨結切斷也　鎖蘇果切鐵鎖也　濤徒刀切大波也　洄澓洄胡限切泝洄也逆流而上曰泝洄澓房六切水洄流也

雜阿含經卷第九

宋天竺三藏求那跋陀羅譯

如是我聞一時佛住舍衛國祇樹給孤獨園時有比丘名三彌離提往詣佛所稽首佛足退坐一面白佛言世尊所謂世間者云何名世間佛告三彌離提謂眼色眼識眼觸眼觸因緣生受內覺若苦若樂不苦不樂耳鼻舌身意法意識意觸意觸因緣生受內覺若苦若樂不苦不樂是名世間所以者何六入處集則觸集如是乃至純大苦聚集三彌離提若無彼眼無色無眼識無眼觸無眼觸因緣生受內覺若苦若樂不苦不樂無耳鼻舌身意法意識意觸意觸因緣生受內覺若苦若樂若不苦不樂者則無世間亦不施設世間所以者何六入處滅則觸滅如是乃至純大苦聚滅故佛說此經已諸比丘聞佛所說歡喜奉行

如世間如是衆生如是魔亦如是說

如是我聞一時佛住舍衛國祇樹給孤獨園時有比丘名三彌離提往詣佛所稽首佛足退坐一面白佛言世尊所謂世間者云何名世間佛告三彌離提危脆敗壞是名世間云何危脆敗壞三彌離提眼是危脆敗壞法若色眼識眼觸眼觸因緣生受內覺若苦若樂不苦不樂彼一切亦是危脆敗壞耳鼻舌身意亦復如是是說危脆敗壞法名爲世間佛說此經已三彌離提比丘聞佛所說歡喜奉行

如是我聞一時佛住舍衛國祇樹給孤獨園時有比丘名三彌離提往詣佛所稽首佛足

退坐一面白佛言世尊所謂世間空云何名爲世間空佛告三彌離提眼空常恒不變易法空我所空所以者何此性自爾若色眼識眼觸眼觸因緣生受若苦若樂不苦不樂彼亦空常恒不變易法空我所空所以者何此性自爾耳鼻舌身意亦復如是是名空世間佛說此經已三彌離提比丘聞佛所說歡喜奉行

如是我聞一時佛住舍衛國祇樹給孤獨園爾時世尊告諸比丘我今當說世間集世間滅世間滅道跡諦聽善思云何爲世間謂六內入處云何六眼內入處耳鼻舌身意內入處云何世間集謂當來有愛喜貪俱彼彼集著云何世間滅謂當來有愛喜貪俱彼彼集著無餘斷已捨已吐已盡離欲滅止沒云何世間滅道跡謂八聖道正見正志正語正業正命正方便正念正定佛說此經已諸比丘聞佛所說歡喜奉行

如是我聞一時佛住舍衛國祇樹給孤獨園爾時世尊告諸比丘我不說有人行到世界邊者我亦不說不行到世界邊而究竟苦邊者如是說已入室坐禪時衆多比丘世尊去後即共議言世尊向者畧說法言我不說有人行到世界邊者我亦不說不行到世界邊而得究竟苦邊者如是說已入室坐禪我等今於世尊畧說法中未解其義是中諸尊誰有堪能於世尊畧說法中廣爲我等說其義者復作是言唯有尊者阿難聰慧總持而常給侍世尊左右世尊讚歎多聞梵行堪爲我等於世尊畧說法中廣說其義今當往詣尊

者阿難所請求令說時衆多比丘往詣尊者阿難所共相問訊已於一面坐具以上事廣問阿難爾時阿難告諸比丘諦聽善思今當爲說若世間世間名世間覺世間言辭世間語說此等皆入世間數諸尊謂眼是世間世間名世間覺世間言辭世間語說是等悉入世間數耳鼻舌身意亦復如是多聞聖弟子於六入處集滅味患離如實知是名聖弟子到世界邊知世間世間所重度世間爾時尊者阿難復說偈言

非是遊步者　能到世界邊　不到世界邊
不能免衆苦　是故牟尼尊　名知世間者
能到世界邊　諸梵行已立　世界邊唯有
正智能諦了　覺慧達世間　故說度彼岸

如是諸尊向者世尊畧說法已入室坐禪我今爲汝分別廣說尊者阿難說是法已衆多比丘聞其所說歡喜奉行

如是我聞一時佛住舍衛國祇樹給孤獨園爾時世尊告諸比丘有師有近住弟子則苦獨住無師無近住弟子則樂獨住云何有師有近住弟子則苦獨住緣眼色生惡不善覺貪恚癡俱若彼比丘行此法者是名有師若於此邊住者是名近住弟子耳鼻舌身意亦復如是如是有師有近住弟子常苦獨住云何無師無近住弟子常樂獨住緣眼色生惡不善覺貪恚癡俱彼比丘不行是名無師不依彼住是名無近住弟子是名無師無近住弟子常樂獨住若彼比丘無師無近住弟子者我說彼得梵行福所以者何無師無近住弟子比丘於我建立梵行能正盡苦究竟苦

集佛說此經已諸比丘聞佛所說歡喜奉行
如是我聞一時佛住舍衞國祇樹給孤獨園爾時尊者舍利弗晨朝著衣持鉢入舍衞城乞食乞食已還精舍舉衣鉢洗足已持尼師壇入林中晝日坐禪時舍利弗從禪覺詣世尊所稽首禮足退坐一面爾時佛告舍利弗汝從何來舍利弗答言世尊從林中晝日坐禪來佛告舍利弗今入何等禪住舍利弗白佛言世尊我今於林中入空三昧禪住佛告舍利弗善哉善哉舍利弗汝今入上座禪住而坐禪若諸比丘欲入上座禪者當如是學若入城時若行乞食時若出城時當作是思惟我今眼見色頗起欲恩愛愛念著不舍利弗比丘作如是觀時若眼識於色有愛念染著者彼比丘爲斷惡不善故當勤欲方便堪能繫念修學譬如有人火燒頭衣爲盡滅故當起增上方便勤教令滅彼比丘亦復如是當起增上勤欲方便繫念修學若比丘觀察時若於道路若聚落中行乞食若出聚落於其中間眼識於色無有愛念染著者彼比丘願以此喜樂善根日夜精勤繫念修習是名比丘於行住坐卧淨除乞食是故此經名清淨乞食住佛說此經已尊者舍利弗聞佛所說歡喜奉行
如是我聞一時佛住毗舍離獼猴池側重閣講堂時有長者名郁瞿婁往詣佛所稽首佛足退坐一面白佛言世尊何故有一比丘見法般涅槃何故比丘不得見法般涅槃佛告長者若有比丘眼識於色愛念染著以愛念染著故常依於識爲彼縛故若彼取故不得

見法般涅槃耳鼻舌身意識法亦復如是若比丘眼識於色不愛樂染著不愛樂染著者不依於識不觸不著不取故此諸比丘得見法般涅槃耳鼻舌身意識法亦復如是是故長者有比丘得見法般涅槃者有不得見法般涅槃者如長者所問經如是阿難所問經及佛自爲諸比丘所說經亦如上說

如是我聞一時佛住毗舍離獼猴池側重閣講堂時有異比丘往詣佛所稽首佛足退坐一面白佛言世尊何因何緣眼識生何因何緣耳鼻舌身意識生佛告比丘眼因緣色眼識生所以者何若眼識生一切眼色因緣故耳聲因緣鼻香因緣舌味因緣身觸因緣意法因緣意識生所以者何諸所有意識彼一切皆意法因緣生故是名比丘眼識因緣生乃至意識因緣生時彼比丘聞佛所說歡喜隨喜作禮而去

如是我聞一時佛住毗舍離獼猴池側重閣講堂爾時世尊告諸比丘我今當說結所繫法及結法云何結所繫法眼色耳聲鼻香舌味身觸意法是名結所繫法云何結法謂欲貪是名結法佛說此經已諸比丘聞佛所說歡喜奉行

如是我聞一時佛住毗舍離獼猴池側重閣講堂爾時世尊告諸比丘我今當說所取法及取法云何所取法眼色耳聲鼻香舌味身觸意法是名所取法云何取法謂欲貪是名取法佛說此經已諸比丘聞佛所說歡喜奉行

如是我聞一時佛住毗舍離獼猴池側重閣

講堂爾時世尊告諸比丘愚癡無聞凡夫比丘寧以火燒熱銅籌以燒其目令其燒然不以眼識取於色相取隨形好所以者何取於色相取隨形好故墮惡趣中如沉鐵丸愚癡無聞凡夫寧燒鐵錐以鑽其耳不以耳識取其聲相取隨聲好所以者何耳識取聲相取隨聲好者身壞命終墮惡趣中如沉鐵丸愚癡無聞凡夫寧以利刀斷截其鼻不以鼻識取於香相取隨香好所以者何以取香相取隨香好故身壞命終墮惡趣中如沉鐵丸愚癡無聞凡夫寧以利刀斷截其舌不以舌識取於味相取隨味好所以者何以取味相隨味好故身壞命終墮惡趣中如沉鐵丸愚癡無聞凡夫寧以剛鐵利槍以刺其身不以身識取於觸相及隨觸好所以者何以取觸相及隨觸好故身壞命終墮惡趣中如沉鐵丸諸比丘睡眠者是愚癡活是癖命無利無福然諸比丘寧當睡眠不於彼色而起覺想若起覺想者必生纏縛諍訟能令多衆起於非義不能饒益安樂天人彼多聞聖弟子作如是學我今寧以熾然鐵槍以貫其目不以眼識取於色相墮三惡趣長夜受苦我從今日當正思惟觀眼無常有爲心緣生法若色眼識眼觸眼觸因緣生受內覺若苦若樂不苦不樂彼亦無常有爲心緣生法耳鼻舌身入處當如是學寧以鐵槍貫其身體不以身識取於觸相及隨觸好故墮三惡道我從今日當正思惟觀身無常有爲心緣生法若觸身識身觸因緣生受內覺若苦若樂不苦不樂彼亦無常有爲心緣生法多聞聖弟子作如

是學睡眠者是愚癡活癖命無果無利無福我當不眠亦不起覺想起想者生於纏縛諍訟令多人非義饒益不得安樂多聞聖弟子如是觀者於眼生猒若色眼識眼觸眼觸因緣生受內覺若苦若樂不苦不樂彼亦生猒猒故不樂不樂故解脫解脫知見我生已盡梵行已立所作已作自知不受後有耳鼻舌身意亦復如是佛說此經已諸比丘聞佛所說歡喜奉行

如是我聞一時佛住毗舍離獼猴池側重閣講堂爾時世尊告諸比丘若眼不知不識不斷不離欲不堪能正盡苦於眼若知若識若斷若離欲堪能正盡苦佛說此經已諸比丘聞佛所說歡喜奉行

如眼四經如是乃至意二十四經如上說

如是我聞一時佛住毗舍離獼猴池側重閣講堂爾時世尊告諸比丘若諸比丘於眼味著當知是沙門婆羅門不得自在脫於魔手魔縛所縛入於魔繫耳鼻舌身意亦復如是若沙門婆羅門於眼不味著當知是沙門婆羅門不隨於魔脫於魔手不入魔繫佛說此經已諸比丘聞佛所說歡喜奉行

如味如是歡喜讚歎染著堅住愛樂憎嫉亦如是說如內入處七經外入處七經亦如是說

如是我聞一時佛住毗舍離獼猴池側重閣講堂爾時世尊告諸比丘有六魔鉤云何爲六眼味著色是則魔鉤耳味著聲是則魔鉤鼻味著香是則魔鉤舌味著味是則魔鉤身味著觸是則魔鉤意味著法是則魔鉤若沙

門婆羅門眼味著色者當知是沙門婆羅門魔鉤鉤其咽於魔不得自在穢說淨說魔說如上

如是我聞一時佛住拘留搜調伏駮牛聚落爾時世尊告諸比丘我今當爲汝等說法初語亦善中語亦善後語亦善善義善味純一滿淨清白梵行謂四品法經諦聽善思當爲汝說何等爲四品法經有眼識色可愛可念可樂可著比丘見已歡喜讚歎樂著堅住有眼識色不可愛不可念不可樂著苦猒比丘見已瞋恚嫌薄如是比丘於魔不得自在乃至不得解脫魔繫耳鼻舌身意亦復如是有眼識色可愛可念可樂可著比丘見已知喜不讚歎不樂著堅實有眼識色不可愛念樂著比丘見已不瞋恚嫌薄如是比丘不隨魔自在乃至解脫魔繫耳鼻舌身意亦復如是是名比丘四品法經

如是我聞一時佛住王舍城耆闍崛山爾時世尊晨朝著衣持鉢入王舍城乞食爾時天魔波旬作是念沙門瞿曇晨朝著衣持鉢入王舍城乞食我今當往亂其道意時魔波旬化作御車像類執杖負牛著弊衣蓬頭亂髮手脚剥裂手執牛杖至世尊前問言瞿曇見我牛不世尊作是念此是惡魔欲來亂我即告魔言惡魔何處有牛何用牛爲魔作是念沙門瞿曇知我是魔而白佛言瞿曇眼觸入處是我所乘耳鼻舌身意觸入處是我所乘復問瞿曇欲何所之佛告惡魔汝有眼觸入處耳鼻舌身意觸入處若彼無眼觸入處無耳鼻舌身意觸入處汝所不到我往到彼爾

時天魔波旬即說偈言
若常有我者　彼悉是我所　一切悉屬我
瞿曇何所之
爾時世尊說偈答言
若言有我者　彼說我則非　是故知波旬
即自墮負處
魔復說偈言
若說言知道　安隱向涅槃　汝自獨遊往
何煩教他爲
世尊復說偈答言
若有離魔者　問度彼岸道　爲彼平等說
眞實永無餘　時習不放逸　永離魔自在
魔復說偈言
有石似段肉　餓烏來欲食　彼作軟美想
欲以補饑虛　竟不得其味　折觜而騰虛
我今猶如烏　瞿曇如石生　不入愧而去
猶烏陵虛逝　內心懷愁毒　即彼沒不現

如是我聞一時佛住王舍城耆闍崛山爾時世尊告諸比丘若沙門婆羅門眼習近於色則爲魔所自在乃至不得解脫魔繫耳鼻舌身意亦復如是若沙門婆羅門眼不習近於色不隨魔自在乃至得解脫魔繫耳鼻舌身意亦復如是佛說此經已諸比丘聞佛所說歡喜奉行

如習近如是繫著如是味如是鄰聚若使受持繫著我所求欲淳濃不捨亦如上說

如是我聞一時佛住波吒利弗多羅國雞林園爾時尊者阿難住詣尊者大純陀所共相問訊已於一面坐爾時尊者阿難語尊者純陀言欲有所問寧有閑暇見答以不尊者純

陀語尊者阿難言隨仁所問知者當答尊者阿難問尊者純陀如世尊如來應等正覺所知所見說四大造色施設顯露此四大色非我如來應等正覺所知所見亦復說識非我耶尊者純陀語尊者阿難言仁者最爲多聞我從遠來詣尊者所爲問此法故今日尊者唯願爲說此義尊者阿難語純陀言我今問尊者隨意見答尊者純陀爲有眼有色有眼識不答言有尊者阿難復問爲緣眼及色生眼識不答言如是尊者阿難復問緣眼及色生眼識彼因彼緣爲常爲無常答言無常尊者阿難又問彼因彼緣生眼識彼因彼緣無常變易時彼識住耶答曰不也尊者阿難尊者阿難復問於意云何彼法若生若滅可知多聞聖弟子於中寧見是我異我相在不答曰不也尊者阿難耳鼻舌身意法於意云何有意有法有意識不答曰有尊者阿難復問爲緣意及法生意識不答曰如是尊者阿難復問若意緣法生意識彼因彼緣爲常爲無常答曰無常尊者阿難復問若因若緣生意識彼因彼緣無常變易時意識住耶答曰不也尊者阿難復問於意云何彼法若生若滅可知多聞聖弟子寧於中見我異我相在不答言不也尊者阿難尊者阿難語純陀言是故尊者而如來應等正覺所知所見說識亦無常譬如士夫持斧入山見芭蕉樹謂堪材用斷根截葉斫枝剥皮求其堅實剥至於盡都無堅處如是多聞聖弟子正觀眼識耳鼻舌身意識當正觀時都無可取無可取故無所著無所著故自覺涅槃我生已盡梵行已

立所作已作自知不受後有彼二正士說是法時展轉隨喜各還其所

如是我聞一時佛住舍衛國祇樹給孤獨園爾時尊者阿難詣尊者舍利弗所語尊者舍利弗欲有所問寧有閑暇爲解說不舍利弗言隨仁所問知者當答尊者阿難問尊者舍利弗六觸入處盡離欲滅息沒已更有餘不尊者舍利弗語阿難言莫作此問六觸入處盡離欲滅息沒已更有餘不阿難又問尊者舍利弗六觸入處盡離欲滅息沒已無有餘耶尊者舍利弗答阿難言亦復不應作如是問六觸入處盡離欲滅息沒已無有餘耶阿難復問尊者舍利弗六觸入處盡離欲滅息沒已有餘無餘非有餘非無餘耶尊者舍利弗答阿難言此亦不應作此問六觸入處盡離欲滅息沒已有餘無餘非有餘非無餘耶尊者阿難又問舍利弗如尊者所說六觸入處盡離欲滅息沒已有亦不應說無亦不應說有無亦不應說非有非無亦不應說此語有何義尊者舍利弗語尊者阿難六觸入處盡離欲滅息沒已有餘耶此則虛言無餘耶此則虛言有餘無餘耶此則虛言非有餘非無餘耶此則虛言若言六觸入處盡離欲滅息沒已離諸虛僞得般涅槃此則佛說時二正士展轉隨喜各還本處

如是我聞一時佛住王舍城迦蘭陀竹園時尊者舍利弗尊者摩訶拘絺羅俱在耆闍崛山尊者摩訶拘絺羅晡時從禪覺詣尊者舍利弗所共相問訊已退坐一面語舍利弗言欲有所問寧有閑暇見答以不尊者舍利弗

語摩訶拘絺羅隨仁所問知者當答尊者摩訶拘絺羅問尊者舍利弗言云何尊者舍利弗眼繫色耶色繫眼耶耳聲鼻香舌味身觸意法意繫法耶法繫意耶尊者舍利弗答尊者摩訶拘絺羅言非眼繫色非色繫眼乃至非意繫法非法繫意尊者摩訶拘絺羅於其中間若彼欲貪是其繫也尊者摩訶拘絺羅譬如二牛一黑一白共一軛鞅縛繫人問言爲黑牛繫白牛爲白牛繫黑牛爲等問不答言不也尊者舍利弗非黑牛繫白牛亦非白牛繫黑牛然於中間若軛若繫鞅者是彼繫縛如是尊者摩訶拘絺羅非眼繫色非色繫眼乃至非意繫法非法繫意中間欲貪是其繫也尊者摩訶拘絺羅若眼繫色若色繫眼乃至若意繫法若法繫意世尊不教人建立梵行得盡苦邊以非眼繫色非色繫眼乃至非意繫法非法繫意故世尊教人建立梵行得盡苦邊尊者摩訶拘絺羅世尊說眼見色若好若惡不起欲貪其餘衆生眼若見色若好若惡則起欲貪是故世尊說當斷欲貪則心解脱乃至意法亦復如是時二正士展轉隨喜各還本處

如是我聞一時佛住王舍城迦蘭陀竹園爾時尊者舍利弗尊者摩訶拘絺羅俱在耆闍崛山中尊者摩訶拘絺羅晡時從禪覺詣尊者舍利弗所共相問訊已退坐一面語尊者舍利弗欲有所問寧有閑暇見答以不舍利弗言隨仁所問知者當答尊者摩訶拘絺羅問尊者舍利弗言謂無明者云何爲無明尊者舍利弗言所謂無知無知者是爲無明云

何無知謂眼無常不如實知是名無知眼生滅法不如實知是名無知耳鼻舌身意亦復如是如是尊者摩訶拘絺羅於此六觸入處如實不知不見不無間等愚癡無明大冥是名無明尊者摩訶拘絺羅又問尊者舍利弗所謂明者云何爲明舍利弗言所謂爲知知者是明爲何所知謂眼無常眼無常如實知眼生滅法眼生滅法如實知耳鼻舌身意亦復如是尊者摩訶拘絺羅於此六觸入處如實知見明覺悟慧無間等是名爲明時二正士各聞所說展轉隨喜各還其所

如是我聞一時佛住王舍城迦蘭陀竹園時有比丘名優波先那住王舍城寒林中塚間蛇頭巖下迦陵伽行處時尊者優波先那獨一於內坐禪時有惡毒蛇長尺許於上石間墮優波先那身上優波先那喚舍利弗語諸比丘毒蛇墮我身上我身中毒汝等駛來扶持我身出置於外莫令於內身壞碎如糠糩聚時尊者舍利弗於近處住一樹下聞優波先那語即詣優波先那所語優波先那言我今觀汝色貌諸根不異於常而言中毒持我身出莫令散壞如糠糩聚竟爲云何優波先那語舍利弗言若當有言我眼是我我所耳鼻舌身意是我我所色聲香味觸法色聲香味觸法是我我所地界地界是我我所水火風空識界水火風空識界是我我所色陰色陰是我我所受想行識陰受想行識陰是我我所者面色諸根應有變異我今不爾眼非我我所乃至識陰非我我所是故面色諸根無有變異舍利弗言如是優波

先那汝若長夜離我我所我慢繫著使斷其根本如截多羅樹頭於未來世永不復起云何面色諸根當有變異時舍利弗即周帀扶持優波先那身出於窟外優波先那身中毒碎壞如聚糠糟時舍利弗即說偈言

久植諸梵行　善修八聖道　歡喜而捨壽
猶如棄毒鉢　久植諸梵行　善修八聖道
歡喜而捨壽　如人重病愈　久植諸梵行
善修八聖道　如出火燒宅　臨死無憂悔
久植諸梵行　善修八聖道　以慧觀世間
猶如織草木　不復更求餘　餘亦不相續

時尊者舍利弗供養優波先那屍已往詣佛所稽首禮足退坐一面白佛言世尊尊者優波先那有小惡毒蛇如治眼籌墮其身上其身即壞如聚糠糟佛告舍利弗若優波先那誦此偈者則不中毒身亦不壞如聚糠糟舍利弗白佛言世尊誦何等偈何等辭句佛即爲舍利弗而說偈言

常慈念於彼　堅固賴吒羅　慈伊羅槃那
尸婆弗多羅　欽婆羅上馬　亦慈迦拘吒
及彼黑瞿曇　難陀跋難陀　慈悲於無足
及以二足者　四足與多足　亦悉起慈悲
慈悲於諸龍　依於水陸者　慈一切衆生
有畏及無畏　安樂於一切　亦離煩惱生
欲令一切賢　一切莫生惡　常住蛇頭巖
衆惡不來集　凶害惡毒蛇　能害衆生命
如此眞諦言　無上大師說　我今誦習此
大師眞實語　一切諸惡毒　不能害我身
貪欲瞋恚癡　世間之三毒　如此三惡毒
永除名佛寶　法寶滅衆毒　僧寶亦無餘

破壞凶惡毒　攝受護善人　佛破一切毒
汝蛇毒今破
故說是呪術章句所謂
塢躭婆隸　躭婆隸　躭陸　婆羅躭陸
捺滯　肅捺滯　枳跋滯　文那移　三摩
移　檀諦　尼羅枳施婆羅拘閇塢隸　塢
娛隸　悉波訶
舍利弗優波先那善男子爾時說此偈說此
章句者蛇毒不能中其身身亦不壞如糠糩
聚舍利弗白佛言世尊優波先那未曾聞此
偈未曾聞此呪術章句世尊今日說此正爲
當來世耳尊者舍利弗聞佛所說歡喜作禮
而去
如是我聞一時尊者優陀夷住拘薩羅國人
間遊行至拘槃荼聚落到毗紐迦旃延氏婆
羅門尼菴羅園中住時毗紐迦旃延氏婆羅
門尼有諸年少弟子遊行採樵至菴羅園中
見尊者優陀夷坐一樹下容貌端正諸根寂
靜心意安諦成就第一調伏見已往詣其所
共相問訊已退坐一面時優陀夷爲諸年少
種種說法勸勵已默然而住彼諸年少聞尊
者優陀夷所說歡喜隨喜從座起去時諸年
少擔持束薪還至毗紐迦旃延氏婆羅門尼
所置薪束於地詣毗紐迦旃延氏婆羅門尼
所白言我和尚尼當知菴羅園中有沙門優
陀夷姓瞿曇氏依於彼住極善說法毗紐迦
旃延氏婆羅門尼語諸年少言汝可往請沙
門優陀夷瞿曇氏明日於此飯食時諸年少
弟子受毗紐迦旃延氏婆羅門尼教已往詣
尊者優陀夷所白優陀夷言尊者當知我和

尚毗紐迦旃延氏婆羅門尼請尊者優陀夷明旦飯食時優陀夷默然受請時彼諸年少知優陀夷受請已還歸和尚毗紐迦旃延氏婆羅門尼所白言和尚尼我以和尚尼語請尊者優陀夷尊者優陀夷默然受請和尚尼自知時爾時尊者優陀夷夜過晨朝著衣持鉢往詣毗紐迦旃延氏婆羅門尼舍時毗紐迦旃延氏婆羅門尼遥見尊者優陀夷來疾敷牀座請令就坐設種種飲食自手供養豐美滿足食已澡漱洗鉢訖還就本坐時毗紐迦旃延氏婆羅門尼知食已訖著好革屣以衣覆頭别施高牀現起輕相憿慢而坐語優陀夷言欲有所問寧有閑暇見答以不優陀夷答言姊妹今是非時作此語已從座起去如是明日諸弟子復至菴羅園採樵聽法還復白和尚尼和尚尼復遣詣請食如前三反乃至請法答言非時不爲說法諸年少弟子復白和尚尼菴羅園中沙門優陀夷極善說法和尚尼答言我亦知彼極善說法再三請來設食問法常言非時不說而去諸弟子言和尚尼著好革屣以衣覆頭不恭敬坐彼云何說所以者何彼尊者優陀夷以敬法故不說而去和尚尼答言若如是者更爲我請彼諸弟子受敎更請供養如前時和尚尼知食訖已脫革屣整衣服更坐卑牀恭敬白言欲有所問寧有閑暇見答以不優陀夷答言汝今宜問當爲汝說彼即問言有沙門婆羅門說苦樂自作復有說言苦樂他作復有說言苦樂自他作復有說言苦樂非自非他作尊者復云何尊者優陀夷答言姊妹阿羅訶說

苦樂異生非如是說婆羅門尼復問其義云何優陀夷答言阿羅訶說從其因緣生諸苦樂優陀夷復語婆羅門尼言我今問汝隨意答我於意云何有眼不答言有有色不答言有有眼識眼觸眼觸因緣生受內覺若苦若樂不苦不樂不答言如是尊者優陀夷優陀夷復問有耳鼻舌身意意觸意觸因緣生受內覺若苦若樂不苦不樂不答言如是尊者優陀夷優陀夷言此是阿羅訶說從其因緣生於苦樂婆羅門尼言尊者優陀夷如是阿羅訶說從其因緣生苦樂耶優陀夷答言如是婆羅門尼婆羅門尼復問沙門云何阿羅訶說因緣生苦樂不苦不樂滅優陀夷答言我今問汝隨意答我婆羅門尼一切眼一切時滅無餘猶有眼觸因緣生受內覺若苦若樂不苦不樂耶答言無也沙門如是耳鼻舌身意一切時滅永盡無餘猶有意觸因緣生受內覺若苦若樂不苦不樂耶答言無也沙門如是婆羅門、尼是爲阿羅訶說因緣生苦樂不苦不樂滅尊者優陀夷說是法時毗紐迦旃延氏婆羅門尼遠塵離垢得法眼淨爾時毗紐迦旃延氏婆羅門尼見法得法知法入法度疑惑不由於他入佛教法於法得無所畏從座起整衣服恭敬合掌白尊者優陀夷我今日超入決定我從今日歸依佛歸依法歸依僧我從今日盡壽歸依 三寶爾時優陀夷爲婆羅門尼說法示教照喜已從座起去

如是我聞一時佛住王舍城迦蘭陀竹園爾時尊者二十億耳住耆闍崛山常精勤修習

菩提分法時尊者二十億耳獨靜禪思而作是念於世尊弟子精勤聲聞中我在其數然我今日未盡諸漏我是名族姓子多饒財寶今寧可還受五欲廣行施作福爾時世尊知二十億耳心之所念告一比丘汝等今往二十億耳所告言世尊呼汝是一比丘受佛教已往詣二十億耳所語言世尊呼汝二十億耳聞彼比丘稱大師命即詣世尊所稽首禮足退住一面爾時世尊告二十億耳汝實獨靜禪思作是念世尊精勤修學聲聞中我在其數而今未得漏盡解脫我是名族姓子又多錢財我寧可還俗受五欲樂廣施作福耶時二十億耳作是念世尊已知我心驚怖毛竪白佛言實爾世尊佛告二十億耳我今問汝隨意答我二十億耳汝在俗時善彈琴不答言如是世尊復問於意云何汝彈琴時若急其絃得作微妙和雅音不答言不也世尊復問云何若緩其絃寧發微妙和雅音不答言不也世尊復問云何善調琴絃不緩不急然後發妙和雅音不答言如是世尊佛告二十億耳精進太急增其掉悔精進太緩令人懈怠是故汝當平等修習攝受莫著莫放逸莫取相時尊者二十億耳聞佛所說歡喜隨喜作禮而去時尊者二十億耳常念世尊說彈琴譬獨靜禪思如上所說乃至漏盡心得解脫成阿羅漢爾時尊者二十億耳得阿羅漢內覺解脫喜樂作是念我今應往問訊世尊爾時尊者二十億耳往詣佛所稽首禮足退坐一面白佛言世尊於世尊法中得阿羅漢盡諸有漏所作已作捨離重擔逮得已利

盡諸有結正智心解脫當於爾時解脫六處云何爲六離欲解脫離恚解脫遠離解脫愛盡解脫諸取解脫心不忘念解脫世尊若有依少信心而言離欲解脫此非所應貪恚癡盡是名眞實離欲解脫若復有人依少持戒而言我得離恚解脫此亦不應貪恚癡盡是名眞實解脫若復有人依於修習利養遠離而言遠離解脫是亦不應貪恚癡盡是眞實遠離解脫貪恚癡盡亦名離愛亦名離取亦名離忘念解脫如是世尊若諸比丘未得羅漢未盡諸漏於此六處不得解脫若復比丘在於學地未得增上樂涅槃習向心住爾時成就學戒成就學根後時當得漏盡無漏心解脫乃至自知不受後有當於爾時得無學戒得無學諸根譬如嬰童愚小仰卧爾時成就童子諸根彼於後時漸漸增長諸根成就當於爾時成就長者諸根在學地者亦復如是未得增上安樂乃至成就無學戒無學諸根若眼常識色終不能妨心解脫慧解脫意堅住故内修無量善解脫觀察生滅乃至無常耳識聲鼻識香舌識味身識觸意識法不能妨心解脫慧解脫意堅住故内修無量善解脫觀察生滅譬如村邑近大石山不斷不壞不穿一向厚密假使四方風吹不能動搖不能穿過彼無學者亦復如是眼常識色乃至意常識法不能妨心解脫慧解脫意堅住故内修無量善解脫觀察生滅爾時二十億耳重説偈言

離欲心解脫　無恚脫亦然　遠離心解脫
貪愛永無餘　諸取心解脫　及意不忘念

曉了入處生　於彼心解脫　彼心解脫者
比丘意止息　諸所作巳作　更不作所作
猶如大石山　四風不能動　色聲香味觸
及法之好惡　六入處常對　不能動其心
心常住堅固　諦觀法生滅
尊者二十億耳說是法時大師心悅諸多聞
梵行者聞尊者二十億耳所說皆大歡喜
爾時尊者二十億耳聞佛說法歡喜隨喜作
禮而去
爾時世尊知二十億耳去不久告諸比丘善
心解脫者應如是記說如二十億耳以智記
說亦不自舉亦不下他正說其義非如增上
慢者不得其義而自稱歎得過人法自取損
減
如是我聞一時尊者摩訶迦旃延住阿槃提
國濕摩陀江側獼猴室阿練若窟有魯醯遮
婆羅門恭敬承事如羅漢法爾時尊者摩訶
迦旃延晨朝著衣持鉢入獼猴室聚落次行
乞食乞食還舉衣鉢洗足巳入室坐禪時魯
醯遮婆羅門有諸年少弟子遊行採薪至尊
者摩訶迦旃延窟邊共戲笑言此中剃髮沙
門住是黑闇人非世勝人而魯醯遮婆羅門
尊重供養如羅漢法時尊者摩訶迦旃延語
諸年少言年少年少莫作聲諸年少言終不
敢復言如是再三語猶不止於是尊者摩訶
迦旃延出戶外語諸年少言年少年少汝等
莫語我今當爲汝等說法汝等且聽諸年少
言諾唯願說法我當聽受爾時尊者摩訶迦
旃延即說偈言
古昔婆羅門　修習勝妙戒　得生宿命智

娛樂眞諦禪　常住於慈悲　關閉諸根門
調伏於口過　古昔行如是　捨本眞實行
而存虛爲事　守族姓放逸　從諸根六境
自餓居塚間　三浴誦三典　不守護根門
猶如夢得寶　編髮衣皮褐　戒盜灰坌身
麤衣以蔽形　執杖持水瓶　假形婆羅門
以求於利養　善攝護其身　澄淨離塵垢
不惱於衆生　是道婆羅門

爾時諸年少婆羅門瞋恚不喜語尊者摩訶迦旃延謗我經典毀壞所說罵辱婆羅門執持薪束還詣魯醯遮婆羅門所語魯醯遮婆羅門言和尚知不彼摩訶迦旃延誹謗經典毀呰言說罵辱婆羅門魯醯遮婆羅門語諸年少諸年少莫作是語所以者何摩訶迦旃延宿重戒德不應謗毀經典毀呰言說罵婆羅門諸年少言和尚不信我言當自往看時魯醯遮婆羅門不信諸年少語往詣摩訶迦旃延共相問訊慰勞已退坐一面語摩訶迦旃延言我諸年少弟子來到此不答言到此少多與共言語不答云與共言語魯醯遮婆羅門言汝與諸年少共語今可爲我盡說是摩訶迦旃延即爲廣說時魯醯遮婆羅門亦復瞋恚心得不喜語摩訶迦旃延我先不信諸年少語今摩訶迦旃延眞實誹謗經典毀呰而說罵辱婆羅門作此語已小默然住須臾復語摩訶迦旃延仁者所說門何等爲門摩訶迦旃延言善哉善哉婆羅門所問如法我今當爲汝說門婆羅門眼是門以見色故耳鼻舌身意是門以識法故婆羅門言奇哉摩訶迦旃延我問其門即說其門如摩訶迦旃

延所說不守護門云何不守護門摩訶迦旃延言善哉善哉婆羅門問不守護門是如法問今當爲汝說不守護門婆羅門愚癡無聞凡夫眼見色已於可念色而起緣著不可念色而起瞋恚不住身念處故於心解脫慧解脫無如實知於彼起種種惡不善法不得無餘滅盡於心解脫慧解脫妨礙不得滿足心解脫慧解脫不滿故身滿惡行不得休息心不寂靜以不寂靜故於其根門則不調伏不守護不修習如眼色耳聲鼻香舌味身觸意法亦復如是魯醯遮婆羅門言奇哉奇哉摩訶迦旃延我問不守護門即爲我說不守護門摩訶迦旃延云何復名善守護門摩訶迦旃延語婆羅門善哉善哉言汝能問我善守護門義諦聽善思當爲汝說守護門義多聞聖弟子眼見色已於可念色不起緣著不可念色不起瞋恚常攝其心住身念處無量心解脫慧解脫如實知於彼所起惡不善法寂滅無餘於心解脫慧解脫而得滿足解脫滿足已身觸惡行悉得休息心得正念是名初門善調伏守護修習如眼及色耳聲鼻香舌味身觸意法亦復如是魯醯遮婆羅門言奇哉摩訶迦旃延我問守護門義即爲我說守護門義譬如士夫求毒藥草乃得甘露今我如是瞋恚而來至此座坐而摩訶迦旃延以大法雨雨我身中如雨甘露摩訶迦旃延家中多事今請還家摩訶迦旃延言婆羅門宜知是時時魯醯遮婆羅門聞摩訶迦旃延所說歡喜隨喜從座起去

雜阿含經卷第九

音釋

危脆（脆此苗切危脆謂危險不安脆弱易斷也）錐鑽（朱惟切鑽也）鑽（祖官切穿也）槍（千羊切矟也）癖（匹辟切腹病也又嗜好之偏謂之癖）觜（即委切鳥喙也）中毒（中之仲切毒徒沃切中毒謂為蛇毒之所中著也）糠糩（糠丘剛切糩苦會切糠糩穀皮也）毗紐（毗頻脂切紐女九切）勵（力制切勉勵也）濼漱（濼子皓切濼洗也漱先奏切蕩口也）傲慢（傲疑到切倨傲也慢莫晏切忽慢也）革屣（屣所爾切革屣皮履也）醯（謦夷切）坌（蒲悶切塵塕也）呰（將此切亦毀也）

雜阿含經卷第十

宋天竺三藏求那跋陀羅譯

如是我聞一時佛住王舍城迦蘭陀竹園爾時尊者舍利弗尊者摩訶拘絺羅在耆闍崛山時尊者拘絺羅晡時從禪起詣尊者舍利弗所共相問訊種種相娛悅已却坐一面時尊者摩訶拘絺羅語舍利弗言欲有所問寧有閑暇爲我說不舍利弗言隨仁所問知者當說摩訶拘絺羅問舍利弗言所謂無明云何是無明誰有此無明舍利弗答言無明者謂不知不知者是無明何所不知謂色無常色無常如實不知色磨滅法色磨滅法如實不知色生滅法色生滅法如實不知受想行識受想行識無常如實不知識磨滅法識磨滅法如實不知識生滅法識生滅法如實不知摩訶拘絺羅於此五受陰如實不知不見無無間等愚闇不明是名無明成就此者名有無明又問舍利弗所謂明者云何爲明誰有此明舍利弗言摩訶拘絺羅所謂明者是知知者是名爲明又問何所知謂知色無常知色無常如實知色磨滅法色磨滅法如實知色生滅法色生滅法如實知受想行識受想行識無常如實知識磨滅法識磨滅法如實知識生滅法識生滅法如實知拘絺羅於此五受陰如實知見明覺慧無間等是名爲明成就此法者是名有明是二正士各聞所說展轉隨喜從座而起各還本處

如是我聞一時佛住王舍城迦蘭陀竹園時尊者舍利弗尊者摩訶拘絺羅在耆闍崛山時摩訶拘絺羅晡時從禪起詣尊者舍利弗

所共相問訊種種相娱悦已却坐一面時尊者摩訶拘絺羅語舍利弗言欲有所問寧有少暇爲我說不舍利弗言仁者且問知者當說摩訶拘絺羅問舍利弗言所謂無明復云何爲無明誰有此無明舍利弗答言無明者謂不知不知者是無明何所不知謂色不如實知色集色滅色滅道跡不如實知受想行識不如實知識集識滅識滅道跡不如實知摩訶拘絺羅於此五受陰不如實知不知不見不無間等愚闇不明是名無明成就此者名有無明又問舍利弗云何爲明誰有此明舍利弗言所謂明者是知知者是明又問何所知舍利弗言色如實知色集色滅色滅道跡如實知受想行識如實知識集識滅識滅道跡如實知拘絺羅於此五受陰如實知見明覺慧無間等是名爲明成就此法者是名有明是二正士各聞所說展轉隨喜從座而起各還本處

如是我聞一時佛住王舍城迦蘭陀竹園爾時尊者舍利弗尊者摩訶拘絺羅在耆闍崛山時摩訶拘絺羅晡時從禪起詣舍利弗所共相問訊相娱悦已却坐一面時摩訶拘絺羅語舍利弗欲有所問仁者寧有閑暇見答以不舍利弗言仁者且問知者當答時摩訶拘絺羅語舍利弗言所謂無明無明者爲何謂耶誰有此無明舍利弗言不知是無明不知何等謂色不如實知色集色滅色味色患色離不如實知受想行識識集識滅識味識患識離不如實知摩訶拘絺羅於此五受陰不如實知不如實見不無間等若闇若愚是

名無明成就此法者名有無明又問明者云何爲明誰有此明舍利弗言知者是明爲何所知舍利弗言色如實知色集色滅色味色患色離如是如實知受想行識如實知識集識滅識味識患識離如實知摩訶拘絺羅於此五受陰如實知如實見明覺慧無間等是名爲明成就此者名爲有明時二正士各聞所說歡喜而去

如是我聞一時佛住王舍城迦蘭陀竹園爾時尊者舍利弗共摩訶拘絺羅在耆闍崛山摩訶拘絺羅晡時從禪起詣舍利弗所共相問訊相娛悅已却坐一面時摩訶拘絺羅語舍利弗欲有所問仁者寧有閑暇見答以不舍利弗言仁者且問知者當答時摩訶拘絺羅問舍利弗言若比丘未得無間等法欲求無間等法云何方便求思惟何等法舍利弗言若比丘未得無間等法欲求無間等法精勤思惟五受陰爲病爲癰爲刺爲殺無常苦空非我所以者何是所應處故若比丘於此五受陰精勤思惟得須陀洹果證又問舍利弗得須陀洹果證已欲得斯陀含果證者當思惟何等法舍利弗言拘絺羅已得須陀洹果證已欲得斯陀含果證者亦當精勤思惟此五受陰法爲病爲癰爲刺爲殺無常苦空非我所以者何是所應處故若比丘於此五受陰精勤思惟得斯陀含果證摩訶拘絺羅又問舍利弗言得斯陀含果證已欲得阿那含果證者當思惟何等法舍利弗言拘絺羅得斯陀含果證已欲得阿那含果證者當復精勤思惟此五受陰法爲病爲癰爲刺爲殺

無常苦空非我所以者何是所應處故若比丘於此五受陰精勤思惟得阿那含果證摩訶拘絺羅又問舍利弗言得阿那含果證已欲得阿羅漢果證者當思惟何等法舍利弗言拘絺羅得阿那含果證已欲得阿羅漢果證者當復精勤思惟此五受陰法爲病爲癰爲刺爲殺無常苦空非我所以者何是所應處故若比丘於此五受陰法精勤思惟得阿羅漢果證摩訶拘絺羅又問舍利弗得阿羅漢果證已復思惟何等法舍利弗言摩訶拘絺羅阿羅漢亦復思惟此五受陰法爲病爲癰爲刺爲殺無常苦空非我所以者何爲得未得故證未證故見法樂住故時二正士各聞所說歡喜而去

如是我聞一時佛住舍衛國祇樹給孤獨園爾時尊者舍利弗詣尊者阿難所共相問訊已却坐一面時尊者舍利弗問尊者阿難言欲有所問仁者寧有閑暇見答以不阿難言仁者且問知者當答舍利弗言阿難所謂滅者云何爲滅耶誰有此滅阿難言舍利弗五受陰是本行所作本所思願是無常滅法彼法滅故是名爲滅云何爲五所謂色受陰是本行所作本所思願是無常滅法彼法滅故是名爲滅如是受想行識是本行所作本所思願是無常滅法彼法滅故是名爲滅舍利弗言如是如是阿難如汝所說此五受陰是本行所作本所思願是無常滅法彼法滅故是名爲滅云何爲五所謂色受陰是本行所作本所思願是無常滅法彼法滅故是名爲滅如是受想行識是本行所作本所思願是

無常滅法彼法滅故是名爲滅阿難此五受陰若非本行所作本所思願者云何可滅阿難以五受陰是本行所作本所思願是無常滅法彼法滅故是名爲滅時二正士各聞所說歡喜而去

如是我聞一時尊者阿難住拘睒彌國瞿師羅園時尊者阿難告諸比丘尊者富留那彌多羅尼子年少初出家時常說深法作如是言阿難生法計是我非不生阿難云何於生法計是我非不生色生生是我非不生受想行識生生是我非不生譬如士夫手執明鏡及淨水鏡自見面生生故見非不生是故阿難色生生故計是我非不生如是受想行識生生故計是我非不生云何阿難色是常耶爲無常耶答曰無常又問無常者是苦耶答曰是苦又問若無常苦者是變易法聖弟子於中復計我異我相在不答曰不也如是受想行識爲是常耶爲無常耶答曰無常若無常是苦耶答曰是苦又問若無常苦者是變易法多聞聖弟子於中寧復計我異我相在不答曰不也阿難是故色若過去若未來若現在若内若外若麤若細若好若醜若遠若近彼一切非我不異我不相在如是受想行識若過去若未來若現在若内若外若麤若細若好若醜若遠若近彼一切非我不異我不相在如實知如實觀察不如是觀者聖弟子於色生猒離欲解脱我生已盡梵行已立所作已作自知不受後有如是受想行識生猒離欲解脱我生已盡梵行已立所作已作自知不受後有諸比丘當知彼尊者於我有

大饒益我從彼尊者所聞法已遠塵離垢得法眼淨我從是來常以此法爲四衆說非餘外道沙門婆羅門出家者說

如是我聞一時有衆多上座比丘住波羅㮈國仙人住處鹿野苑中佛般泥洹未久時長老闡陀晨朝著衣持鉢入波羅㮈城乞食食已還攝衣鉢洗足已持戶鉤從林至林從房至房從經行處至經行處處處請諸比丘言當教授我爲我說法令我知法見法我當如法知如法觀時諸比丘語闡陀言色無常受想行識無常一切行無常一切法無我涅槃寂滅闡陀語諸比丘言我已知色無常受想行識無常一切行無常一切法無我涅槃寂滅闡陀復言然我不喜聞一切諸行空寂不可得愛盡離欲涅槃此中云何有我而言如是知如是見是名見法第二第三亦如是說闡陀復言是中誰復有力堪能爲我說法令我知法見法復作是念尊者阿難今在拘睒彌國瞿師羅園曾供養親覲世尊佛所讚歎諸梵行者皆悉識知彼必堪能爲我說法令我知法見法時闡陀過此夜已晨朝著衣持鉢入波羅㮈城乞食食已還攝舉臥具攝臥具已持衣鉢詣拘睒彌國漸漸遊行到拘睒彌國攝舉衣鉢洗足已詣尊者阿難所共相問訊已却坐一面時闡陀語尊者阿難言一時諸上座比丘住波羅㮈國仙人住處鹿野苑中時我晨朝著衣持鉢入波羅㮈城乞食食已還攝衣鉢洗足已持戶鉤從林至林從房至房從經行處至經行處處處見諸比丘而請之言當教授我爲我說法令我知法見

法時諸比丘為我說法言色無常受想行識無常一切行無常一切法無我涅槃寂滅我爾時語諸比丘言我已知色無常受想行識無常一切行無常一切法無我涅槃寂滅然我不喜聞一切諸行空寂不可得愛盡離欲涅槃此中云何有我而言如是知如是見是名見法我爾時作是念是中誰復有力堪能為我說法令我知法見法我時復作是念尊者阿難今在拘睒彌國瞿師羅園曾供養親覲世尊佛所讚歎諸梵行者皆悉知識彼必堪能為我說法令我知法見法善哉尊者阿難今當為我說法令我知法見法時尊者阿難語闡陀言善哉闡陀我意大喜我慶仁者能於梵行人前無所覆藏破虛偽刺闡陀愚癡凡夫所不能解色無常受想行識無常一切諸行無常一切法無我涅槃寂滅汝今堪受勝妙法汝今諦聽當為汝說時闡陀作是念我今歡喜得勝妙心得踊悅心我今堪能受勝妙法爾時阿難語闡陀言我親從佛聞教摩訶迦旃延言世人顛倒依於二邊若有若無世人取諸境界心便計著迦旃延若不受不取不住不計於我此苦生時生滅時滅迦旃延於此不疑不惑不由於他而能自知是名正見如來所說所以者何迦旃延如實正觀世間集者則不生世間無見如實正觀世間滅則不生世間有見迦旃延如來離於二邊說於中道所謂此有故彼有此生故彼生謂緣無明有行乃至生老病死憂悲苦惱集所謂此無故彼無此滅故彼滅謂無明滅滅則行滅乃至生老病死憂悲惱苦滅尊者

阿難說是法時闡陀比丘遠塵離垢得法眼淨爾時闡陀比丘見法得法知法起法超越狐疑不由於他於大師教法得無所畏恭敬合掌白尊者阿難言正應如是如是智慧梵行善知識教授教誡說法我今從尊者阿難所聞如是法於一切行皆空皆寂悉不可得愛盡離欲滅盡涅槃心樂正住解脫不復轉還不復見我唯見正法時阿難語闡陀言汝今得大善利於甚深佛法中得聖慧明時二正士展轉隨喜從座而起各還本處

輸屢那三種　無明亦有三　無聞苦及滅

富留那闡陀

如是我聞一時佛住拘留國雜色牧牛聚落

爾時佛告諸比丘我以知見故得諸漏盡非不知見云何以知見故得諸漏盡非不知見謂此色此色集此色滅此受想行識此識集此識滅不修方便隨順成就而用心求令我諸漏盡心得解脫當知彼比丘終不能得漏盡解脫所以者何不修習故不修何等謂不修習念處正勤如意足根力覺道譬如伏鷄生子衆多不能隨時蔭鷄消息冷暖而欲令子以觜以爪啄卵自生安隱出㲉當知彼子無有自力堪能方便以觜以爪安隱出㲉所以者何以彼雞母不能隨時蔭鷄冷暖長養子故如是比丘不勤修習隨順成就而欲令得漏盡解脫無有是處所以者何不修習故不修何等謂不修念處正勤如意足根力覺道若比丘修習隨順成就者雖不欲令漏盡解脫而彼比丘自然漏盡心得解脫所以者何以修習故何所修習謂修念處正勤如意

足根力覺道如彼伏雞善養其子隨時蔭鷚冷暖得所正復不欲令子方便自啄卵出然其諸子自能方便安隱出鷇所以者何以彼伏雞隨時蔭鷚冷暖得所故如是比丘善修方便正復不欲漏盡解脫而彼比丘自然漏盡心得解脫所以者何以勤修習故何所修習謂修念處正勤如意足根力覺道譬如巧師巧師弟子手執斧柯捉之不已漸漸微盡手指處現然彼不覺斧柯微盡而盡處現如是比丘精勤修習隨順成就不自知見今日爾所漏盡明日爾所漏盡然彼比丘知有漏盡所以者何以修習故何所修習謂修習念處正勤如意足根力覺道譬如大舶在於海邊經夏六月風飄日暴藤綴漸斷如是比丘精勤修習隨順成就一切結縛使煩惱纏漸得解脫所以者何善修習故何所修習謂修習念處正勤如意足根力覺道說是法時六十比丘不起諸漏心得解脫佛說此經已諸比丘聞佛所說歡喜奉行

如是我聞一時佛住舍衛國祇樹給孤獨園時有異比丘於禪中思惟作是念頗有色常恒不變易正住耶如是受想行識常恒不變易正住耶是比丘晡時從禪起往詣佛所頭面禮足却住一面白佛言世尊我於禪中思惟作是念頗有色常恒不變易正住耶如是受想行識常恒不變易正住耶今白世尊頗有色常恒不變易正住耶頗有受想行識常恒不變易正住耶爾時世尊手執小土摶告彼比丘言汝見我手中土摶不比丘白佛已見世尊比丘如是少土我不可得若我可得

者則是常恒不變易正住法佛告比丘我自憶宿命長夜修福得諸勝妙可愛果報之事曾於七年中修習慈心經七劫成壞不還此世七劫壞時生光音天七劫成時還生梵世空宮殿中作大梵王無勝無上領千世界從是以後復三十六反作天帝釋復百千反作轉輪聖王領四天下正法治化七寶具足所謂輪寶象寶馬寶摩尼寶玉女寶主藏臣寶主兵臣寶千子具足皆悉勇健於四海內其地平正無諸毒刺不威不迫以法調伏灌頂王法有八萬四千龍象皆以衆寶莊嚴而校飾之寶網覆上建立寶幢布薩象王最爲導首朝晡二時自會殿前我時念言是大羣象日日再反往來蹈殺衆生無數願令四萬二千象百年一來即如所願八萬四千象中四萬二千象百年一至灌頂王法復有八萬四千疋馬亦如純金爲諸乘具金網覆上婆羅馬王爲其導首灌頂王法有八萬四千四種寶車所謂金車銀車瑠璃車玻瓈車師子虎豹皮雜色欽婆羅以爲覆𧟌跋求毗闍耶難提音聲之車爲其導首灌頂王法領八萬四千城安隱豐樂人民熾盛拘舍婆提王而爲上首灌頂王法有八萬四千四種宮殿所謂金銀瑠璃玻瓈摩尼瑠璃由訶而爲上首比丘灌頂王法有八萬四千四種寶牀所謂金銀瑠璃玻瓈種種繒褥氍氀㲣毾迦陵伽卧具以敷其上安置丹枕復次比丘灌頂王法復有八萬四千四種衣服所謂迦尸細衣芻摩衣頭鳩羅衣拘沾婆衣復次比丘灌頂王法有八萬四千玉女所謂刹利女似刹利女

況復餘女復次比丘灌頂王法有八萬四千
釜食衆味具足比丘八萬四千玉女中唯以
一人以爲給侍八萬四千寶衣唯著一衣八
萬四千寶牀唯卧一牀八萬四千宮殿唯處
一殿八萬四千城唯居一城名拘舍婆提八
萬四千寶車唯乘一車名毗闍耶難提瞿沙
出城遊觀八萬四千寶馬唯乘一馬名婆羅
訶毛尾紺色八萬四千龍象唯乘一象名布
薩陀出城遊觀比丘此是何等業報得如是
威德自在耶此是三種業報云何爲三一者
布施二者調伏三者修道比丘當知凡夫染
習五欲無有猒足聖人智慧成滿而常知足
比丘一切諸行過去盡滅過去變易彼自然
衆具及以名稱皆悉磨滅是故比丘永息諸
行猒離斷欲解脱比丘色爲常無常比丘白

佛言無常世尊若無常者是苦耶比丘白佛
是苦世尊比丘若無常苦是變易法聖弟子
寧復於中計我異我相在不比丘白佛不也
世尊如是受想行識爲常爲無常比丘白佛
言無常世尊若無常者是苦耶比丘白佛言
是苦世尊比丘若無常苦是變易法聖弟子
寧復於中計我異我相在不比丘白佛不也
世尊佛告比丘諸所有色若過去若未來若
現在若内若外若麤若細若好若醜若遠若
近彼一切非我不異我不相在如是受想行
識若過去若未來若現在若内若外若麤若
細若好若醜若遠若近彼一切非我不異我
不相在比丘於色當生猒離猒離欲解脱如
是於受想行識當生猒離欲解脱解脱知見
我生已盡梵行已立所作已作自知不受後

有時彼比丘聞佛所說踊躍歡喜作禮而去常念土搏譬教授獨一靜處精勤思惟不放逸住不放逸住已所以善男子剃除鬚髮正信非家出家學道爲究竟無上梵行見法自知身作證我生已盡梵行已立所作已作自知不受後有時彼尊者亦自知法故心解脫成阿羅漢

如是我聞一時佛住阿毗陀處恒河側爾時世尊告諸比丘譬如恒河大水暴起隨流聚沫明目士夫諦觀分別諦觀分別時無所有無牢無實無有堅固所以者何彼聚沫中無堅實故如是諸所有色若過去若未來若現在若內若外若麤若細若好若醜若遠若近比丘諦觀思惟分別無所有無牢無實無有堅固如病如癰如刺如殺無常苦空非我所以者何色無堅實故諸比丘譬如大雨水泡一起一滅明目士夫諦觀思惟分別諦觀思惟分別時無所有無牢無實無有堅固所以者何以彼水泡無堅實故如是比丘諸所有受若過去若未來若現在若內若外若麤若細若好若醜若遠若近比丘諦觀思惟分別諦觀思惟分別時無所有無牢無實無有堅固如病如癰如刺如殺無常苦空非我所以者何以受無堅實故諸比丘譬如春末夏初無雲無雨日盛中時野馬流動明目士夫諦觀思惟分別諦觀思惟分別時無所有無牢無實無有堅固所以者何以彼野馬無堅實故如是比丘諸所有想若過去若未來若現在若內若外若麤若細若好若醜若遠若近比丘諦觀思惟分別諦觀思惟分別時無所

有無牢無實無有堅固如病如癰如刺如殺無常苦空非我所以者何以想無堅實故諸比丘譬如明目士夫求堅固材執持利斧入於山林見大芭蕉樹𦟛直長大即伐其根斬截其峯葉葉次剥都無堅實諦觀思惟分別諦觀思惟分別無所有無牢無實無有堅固所以者何以彼芭蕉無堅實故如是比丘諸所有行若過去若未來若現在若內若外若麤若細若好若醜若遠若近比丘諦觀思惟分別諦觀思惟分別時無所有無牢無實無有堅固如病如癰如刺如殺無常苦空非我所以者何以彼諸行無堅實故諸比丘譬如幻師若幻師弟子於四衢道頭幻作象兵馬兵車兵步兵有智明目士夫諦觀思惟分別諦觀思惟分別時無所有無牢無實無有堅固所以者何以彼幻無堅實故如是比丘諸所有識若過去若未來若現在若內若外若麤若細若好若醜若遠若近比丘諦觀思惟分別諦觀思惟分別時無所有無牢無實無有堅固如病如癰如刺如殺無常苦空非我所以者何以識無堅實故爾時世尊欲重宣此義而說偈言

觀色如聚沫　受如水上泡　想如春時燄
諸行如芭蕉　諸識法如幻　日種姓尊說
周帀諦思惟　正念善觀察　無實不堅固
無有我我所　於此苦陰身　大智分別說
離於三法者　身爲成棄物　壽暖及諸識
離此餘身分　永棄丘塜間　如木無識想
此身常如是　幻僞誘愚夫　如殺如毒刺
無有堅固者　比丘勤修習　觀察此陰身

晝夜常專精　正智繫念住　有爲行長息
永得清涼處
時諸比丘聞佛所說歡喜奉行
如是我聞一時佛住舍衛國祇樹給孤獨園
爾時佛告諸比丘於無始生死無明所蓋愛
結所繫長夜輪迴不知苦之本際有時長久
不雨地之所生百穀草木皆悉枯乾諸比丘
若無明所蓋愛結所繫衆生生死輪迴愛結
不斷不盡苦邊諸比丘有時長夜不雨大海
水悉皆枯竭諸比丘無明所蓋愛結所繫衆
生生死輪迴愛結不斷不盡苦邊諸比丘有
時長夜須彌山王皆悉崩落無明所蓋愛結
所繫衆生長夜生死輪迴愛結不斷不盡苦
邊諸比丘有時長夜此大地悉皆敗壞而衆
生無明所蓋愛結所繫衆生長夜生死輪迴
愛結不斷不盡苦邊比丘譬如狗子繫柱彼
繫不斷長夜繞柱輪迴而轉如是比丘愚夫
衆生不如實知色色集色滅色味色患色離
長夜輪迴順色而轉如是不如實知受想行
識識集識滅識味識患識離長夜輪迴順識
而轉諸比丘隨色轉隨受轉隨想轉隨行轉
隨識轉隨色轉故不脫於色隨受想行識轉
故不脫於識以不脫故不脫生老病死憂悲
惱苦多聞聖弟子如實知色色集色滅色味
色患色離如實知受想行識識集識滅識味
識患識離故不隨識轉不隨轉故脫於色脫
於受想行識我說脫於生老病死憂悲惱苦
佛說此經已時諸比丘聞佛所說歡喜奉行
如是我聞一時佛住舍衛國祇樹給孤獨園
爾時世尊告諸比丘衆生於無始生死無明

所蓋愛結所繫長夜輪迴生死不知苦際諸比丘譬如狗繩繫著柱結繫不斷故順柱而轉若住若卧不離於柱如是凡愚衆生於色不離貪欲不離愛不離念不離渴輪迴於色隨色轉若住若卧不離於色如是受想行識隨受想行識轉若住若卧不離於識諸比丘當善思惟觀察於心所以者何長夜心爲貪欲所染瞋恚愚癡所染故比丘心惱故衆生惱心淨故衆生淨比丘我不見一色種種如斑色鳥心復過是所以者何彼畜生心種種故色種種是故比丘當善思惟觀察於心諸比丘長夜心貪欲所染瞋恚愚癡所染心惱故衆生惱心淨故衆生淨比丘當知汝見嗟蘭那鳥種種雜色不答言曾見世尊佛告比丘如嗟蘭那鳥種種雜色我說彼心種種雜亦復如是所以者何彼嗟蘭那鳥心種種故其色種種是故當善觀察思惟於心長夜種種貪欲瞋恚愚癡種種心惱故衆生惱心淨故衆生淨譬如畫師畫師弟子善治素地具衆彩色隨意圖畫種種像類如是比丘凡愚衆生不如實知色色集色滅色味色患色離於色不如實知故樂著於色樂著色故復生未來諸色如是凡愚不如實知受想行識識集識滅識味識患識離不如實知故樂著於識樂著識故復生未來諸識當生未來色受想行識故於色不解脫受想行識不解脫我說彼不解脫生老病死憂悲惱苦有多聞聖弟子如實知色色集色滅色味色患色離如實知故不樂著於色以不樂著故不生未來色如實知受想行識識集識滅識味識患識

離如實知故不染著於識不樂著故不生未來諸識不樂著於色受想行識故於色得解脫受想行識得解脫我說彼等解脫生老病死憂悲惱苦佛說此經已時諸比丘聞佛所說歡喜奉行

如是我聞一時佛在舍衛國祇樹給孤獨園爾時世尊告諸比丘譬如河水從山澗出彼水深駛其流激注多所漂没其河兩岸生雜草木大水所偃順靡水邊衆人涉渡多爲水所漂隨流没溺遇浪近岸手援草木草木復斷還隨水漂如是比丘若凡愚衆生不如實知色集色滅色味色患色離不如實知故樂著於色言色是我彼色隨斷如是不如實知受想行識識集識滅識味識患識離不如實知故樂著於識言識是我識復隨斷若多聞聖弟子如實知色色集色滅色味色患色離如實知故不樂著於色如實知受想行識識集識滅識味識患識離如實知故不樂著識不樂著故如是自知得般涅槃我生已盡梵行已立所作已作自知不受後有佛說此經已時諸比丘聞佛所說歡喜奉行

如是我聞一時佛住舍衛國祇樹給孤獨園爾時世尊告諸比丘非汝所應法當盡捨離捨彼法已長夜安樂比丘何等法非汝所應當速捨離如是色受想行識非汝所應當盡捨離斷彼法已長夜安樂譬如祇桓林中樹木有人斫伐枝條擔持而去汝等亦不憂慼所以者何以彼樹木非我非我所如是比丘非汝所應者當盡捨離捨離已長夜安樂何等非汝所應色非汝所應當盡捨離捨離已

長夜安樂如是受想行識非汝所應當速捨離捨彼法已長夜安樂諸比丘色爲常耶爲無常耶諸比丘白佛言無常世尊比丘無常者爲是苦耶答言是苦世尊佛告比丘若無常苦是變易法多聞聖弟子寧於中見有我異我相在不答言不也世尊如是受想行識爲是常耶無常耶答言無常世尊比丘若無常者是苦耶答言是苦世尊佛告比丘若無常苦是變易法多聞聖弟子寧於中見有我異我相在不答言不也世尊比丘是故諸所有色若過去若未來若現在若内若外若麤若細若好若醜若遠若近彼一切非我不異我不相在如是受想行識若過去若未來若現在若内若外若麤若細若好若醜若遠若近彼一切非我不異我不相在聖弟子觀此五受陰非我非我所如是觀時於諸世間無所取著無所取著者自得涅槃我生已盡梵行已立所作已作自知不受後有佛說此經已時諸比丘聞佛所說歡喜奉行

如是我聞一時佛住舍衛國祇樹給孤獨園爾時世尊告諸比丘無常想修習多修習能斷一切欲愛色愛無色愛掉慢無明譬如田夫於夏末秋初深耕其地發荄斷草如是比丘無常想修習多修習能斷一切欲愛色愛無色愛掉慢無明譬如比丘如人刈草手攬其端舉而抖擻萎枯悉落取其長者如是比丘無常想修習多修習能斷一切欲愛色愛無色愛掉慢無明譬如菴羅果著樹猛風摇條果悉墮落如是無常想修習多修習能斷一切欲愛色愛無色愛掉慢無明譬如樓閣

中心堅固衆材所依攝受不散如是無常想修習多修習能斷一切欲愛色愛無色愛掉慢無明譬如一切衆生跡象跡爲大能攝受故如是無常想修習多修習能斷一切欲愛色愛無色愛掉慢無明譬如閻浮提一切諸河悉趣大海其大海者最爲第一悉攝受故如是無常想修習多修習能斷一切欲愛色愛無色愛掉慢無明譬如日出能除一切世間闇冥如是無常想修習多修習能斷一切欲愛色愛無色愛掉慢無明譬如轉輪聖王於諸小王最上最勝如是無常想修習多修習能斷一切欲愛色愛無色愛掉慢無明諸比丘云何修無常想修習多修習能斷一切欲愛色愛無色愛掉慢無明若比丘於空露地若林樹間善正思惟觀察色無常受想行識無常如是思惟斷一切欲愛色愛無色愛掉慢無明所以者何無常想者能建立無我想聖弟子住無我想心離我慢順得涅槃佛說是經已時諸比丘聞佛所說歡喜奉行

如是我聞一時佛住舍衛國祇樹給孤獨園爾時有比丘名曰低舍與衆多比丘集於食堂語諸比丘言諸尊我不分別於法不樂修梵行多樂睡眠疑惑於法爾時衆中有一比丘往詣佛所禮佛足却住一面白佛言世尊低舍比丘以衆多比丘集於食堂作如是說唱言我不能分別於法不樂修梵行多樂睡眠疑惑於法佛告比丘是低舍比丘是愚癡人不守根門飲食不知量初夜後夜心不覺悟懈怠嬾墮不勤精進不善觀察思惟善法彼於分別法心樂修梵行離諸睡眠於正法

中離諸疑惑無有是處若當比丘守護根門飲食知量初夜後夜覺悟精進觀察善法樂分别法樂修梵行離於睡眠心不疑法斯有是處爾時世尊告一比丘汝往語低舍比丘言大師呼汝比丘白佛唯然受教前禮佛足往詣低舍所而作是言長老低舍世尊呼汝低舍聞命詣世尊所稽首禮足却住一面爾時世尊語低舍比丘言汝低舍實與衆多比丘集於食堂作是唱言諸長老我不能分別於法不樂修梵行多樂睡眠疑惑於法耶低舍白佛實爾世尊佛問低舍我今問汝隨汝意答於意云何若於色不離貪不離欲不離愛不離念不離渴彼色若變若異於汝意云何當起憂悲惱苦爲不耶低舍白佛如是世尊若於色不離貪不離欲不離愛不離念不離渴彼色若變若異實起憂悲苦惱世尊實爾不異佛告低舍善哉善哉低舍正應如是不離貪欲說法低舍於受想行識不離貪不離欲不離愛不離念不離渴彼識若變若異於汝意云何當起憂悲苦惱爲不耶低舍白佛如是世尊於識不離貪不離欲不離愛不離念不離渴彼識若變若異實起憂悲苦惱世尊實爾不異佛告低舍善哉善哉正應如是識不離貪欲說法佛告低舍於意云何若於色離貪離欲離愛離念離渴彼色若變若異時當生憂悲苦惱耶低舍白佛不也世尊如是不異於意云何受想行識離貪離欲離愛離念離渴彼識若變若異當生憂悲苦惱耶低舍答曰不也世尊如是不異佛告低舍善哉善哉低舍今當說譬夫智慧者以譬得

解如二士夫共伴行一路一善知路一不知路其不知者語知路者作如是言我欲詣某城某村某聚落當示我路時知路者即示彼路語言士夫從此道去前見二道捨左從右前行復有坑澗渠流復當捨左從右復有叢林復當捨左從右汝當如是漸漸前行得至某城佛告低舍其譬如是不知路者譬愚癡凡夫其知路者譬如來應等正覺前二路者謂衆生狐疑左路者三不善法貪恚害覺其右路者謂三善覺出要離欲覺不瞋覺不害覺前行左路者謂邪見邪志邪語邪業邪命邪方便邪念邪定前行右路者謂正見正志正語正業正命正方便正念正定坑澗渠流者謂瞋恚覆障憂悲叢林者謂五欲功德也城者謂般涅槃佛告低舍佛為大師為諸聲聞所作已作如今當作哀愍悲念以義安樂皆悉已作汝等今日當作所作當於樹下或空露地山巖窟宅敷草為座善思正念修不放逸莫令久後心有悔恨我今教汝爾時低舍聞佛所說歡喜奉行

如是我聞一時佛住舍衛國祇樹給孤獨園爾時衆中有少諍事世尊責諸比丘故晨朝著衣持鉢入城乞食食已出攝舉衣鉢洗足入安陀林坐一樹下獨靜思惟作是念衆中有少諍事我責諸比丘然彼衆中多年少比丘出家未久不見大師或起悔心愁憂不樂我已長夜於諸比丘生哀愍心今當復還攝取彼衆以哀愍故時大梵王知佛心念如力士屈伸臂頃從梵天没住於佛前而白佛言如是世尊如是善逝責諸比丘以少諍事故

於彼衆中多有年少比丘出家未久不見大師或起悔心愁憂不樂世尊長夜哀愍攝受衆僧善哉世尊願今當還攝諸比丘爾時世尊心已垂愍梵天故默然而許時大梵天知佛世尊默然已許爲佛作禮右繞三帀忽然不現爾時世尊大梵天王還去未久即還祇樹給孤獨園敷尼師壇斂身正坐表現微相令諸比丘敢來奉見時諸比丘來詣佛所懷慚愧色前禮佛足却坐一面爾時世尊告諸比丘出家之人卑下活命剃髮持鉢家家乞食如被禁呪所以然者爲求勝義故爲度生老病死憂悲惱苦究竟苦邊故諸善男子汝不爲王賊所使非負債人不爲恐怖不爲失命而出家正爲解脱生老病死憂悲惱苦汝等不爲此而出家耶比丘白佛實爾世尊佛告比丘汝等比丘爲如是勝義而出家云何於中猶復有一愚癡凡夫而起貪欲極生染著瞋恚兇暴懈怠下劣失念不定諸根迷亂譬如士夫從闇而入闇從冥入冥從糞廁出復墮糞廁以血洗血捨離諸惡還復取惡我説此譬凡愚比丘亦復如是又復譬如焚尸火櫞捐棄塚間不爲樵伐之所採拾我説此譬愚癡凡夫比丘而起貪欲極生染著瞋恚兇暴懈怠下劣失念不定諸根散亂亦復如是比丘有三不善覺法何等爲三貪覺恚覺害覺此三覺由想而起云何想想有無量種種貪想恚想害想諸不善覺從此而生比丘貪想恚想害想貪覺恚覺害覺及無量種種不善云何究竟滅盡於四念處繫心住無相三昧修習多修習惡不善法從是而滅無餘

永盡正以此法善男子善女人信樂出家修習無相三昧修習多修習已住甘露門乃至究竟甘露涅槃我不說此甘露涅槃依三見者何等為三有一種見如是如是說命則是身復有如是見命異身異又作是說色是我無二無異長存不變多聞聖弟子作是思惟世間頗有一法可取而無罪過者思惟已都不見一法可取而無罪過者我若取色即有罪過若取受想行識則有罪過作是知已於諸世間則無所取無所取者自覺涅槃我生已盡梵行已立所作已作自知不受後有佛說此經已時諸比丘聞佛所說歡喜奉行

應說小土摶　泡沫二無知　河流祇林樹
低舍責諸想

雜阿含經卷第十

音釋

拘睒彌 梵語也亦云憍賞彌中印度境也睒失冉切　波羅㮈 梵語也此云鹿苑㮈乃帶切　蔭鷚 蔭於禁切庇也鷚力救切蔭鷚鷄伏卵也　㲉 克角切卵殼也　土摶 摶徒官切土摶謂摶土為團也　襯 初覲切　繒褥 繒慈陵切帛也褥如欲切裀褥也　氍毹 氍其俱切毹力朱切氍毹毛褥之類也　毾㲪 毾他盍切㲪音登毾㲪毛席類也　激 激古歷切水激射也　灠 魯敢切攬持也　抖擻 抖當口切擻蘇后切抖擻振舉貌　萎枯 萎邕危切蔫也枯空胡切枯槁也　糞廁 糞方問切穢也廁初吏切溷廁也　㮇 他念切添火木也

雜阿含經卷第十一

宋天竺三藏求那跋陀羅譯

如是我聞一時佛住舍衛國祇樹給孤獨園時有異比丘獨靜思惟云何爲我我何所爲何等是我我何所住從禪覺已往詣佛所稽首禮足退住一面白佛言世尊我獨一靜處作是思惟云何爲我我何所爲何法是我我於何住佛告比丘今當爲汝說於二法諦聽善思云何爲二眼色爲二耳聲鼻香舌味身觸意法爲二是名二法比丘若有說言沙門瞿曇所說二法此非爲二我今捨此更立二法彼但有言數問已不知增其疑惑以非境界故所以者何緣眼色生眼識比丘彼眼者是肉形是肉是因緣是堅是受是名眼肉形内地界比丘若眼肉形若内若因緣津澤是受是名眼肉形内水界比丘若彼眼肉形若内若因緣明暖是受是名眼肉形内火界比丘若彼眼肉形若内若因緣輕飄動搖是受是名眼肉形内風界比丘譬如兩手和合相對作聲如是緣眼色生眼識三事和合觸觸俱生受想思此等諸法非我非常是無常之我非恒非安隱變易之我所以者何比丘謂生老死沒受生之法比丘諸行如幻如燄剎那時頃盡朽不實來實去是故比丘於空諸行當知當喜當念空諸行常恒住不變易法空無我我所譬如明目士夫手執明燈入於空室彼空室觀察如是比丘於一切空行心觀察歡喜於空法行常恒住不變易法空我我所如眼耳鼻舌身意法因緣生意識三事和合觸觸俱生受想思此諸法無我無常乃

至空我我所比丘於意云何眼是常爲非常耶答言非常世尊復問若無常者是苦耶答言是苦世尊復問若無常苦是變易法多聞聖弟子寧於中見我異我相在不答言不也世尊耳鼻舌身意亦復如是如是多聞聖弟子於眼生猒猒故不樂不樂故解脫解脫知見我生已盡梵行已立所作已作自知不受後有耳鼻舌身意亦復如是時彼比丘聞世尊說合手聲譬經教已獨一靜處專精思惟不放逸住乃至自知不受後有成阿羅漢

如是我聞一時佛住舍衞國祇樹給孤獨園爾時世尊告諸比丘非汝有者當盡棄捨捨彼法已長夜安樂諸比丘於意云何於此祇桓中諸草木枝葉有人持去汝等頗有念言此諸物是我所彼人何故輙持去答言不也世尊所以者何彼亦非我非我所故汝諸比丘亦復如是於非所有物當盡棄捨捨彼法已長夜安樂何等爲非汝所有謂眼眼非汝所有彼應棄捨捨彼法已長夜安樂耳鼻舌身意亦復如是云何比丘眼是常耶爲非常耶答言無常世尊復問若無常者是苦耶答言是苦世尊復問若無常苦者是變易法多聞聖弟子寧於中見我異我相在不答言不也世尊耳鼻舌身意亦復如是多聞聖弟子於此六入處觀察非我非我所觀察已於諸世間都無所取無所取故無所著無所著故自覺涅槃我生已盡梵行已立所作已作自知不受後有佛說此經已諸比丘聞佛所說歡喜奉行

如是我聞一時佛在舍衞國祇樹給孤獨園

爾時世尊告諸比丘其有說言有大力者其唯難陀此是正說其有說言最端正者其唯難陀是則正說其有說言愛欲重者其唯難陀是則正說諸比丘而今難陀關閉根門飲食知量初夜後夜精勤修習正智成就堪能盡壽純一滿淨梵行清白彼難陀比丘關閉根門故若眼見色不取色相不取隨形好若諸眼根增不律儀無明闇障世間貪憂惡不善法不漏其心生諸律儀防護於眼耳鼻舌身意根生諸律儀是名難陀比丘關閉根門飲食知量者難陀比丘於食繫數不自高不放逸不著色不著莊嚴支身而已任其所得為止飢渴修梵行故故起苦覺令息滅故未起苦覺令不起故成其崇向故氣力安樂無間獨住故如人乘車塗以膏油不為自高乃至莊嚴為載運故又如塗瘡不貪其味為息苦故如是善男子難陀知量而食乃至無間獨住是名難陀知量而食彼善男子難陀初夜後夜精勤修業者彼難陀晝則經行坐禪除去陰障以淨其身於初夜時經行坐禪除去陰障以淨其身於中夜時房外洗足入於室中右脇而卧屈膝累足繫念明相作起覺想於後夜時徐覺徐起經行坐禪是名善男子難陀初夜後夜精勤修習彼善男子難陀勝念正知者是善男子難陀觀察東方一心正念安住觀察觀察南西北方亦復如是一心正念安住觀察如是觀者世間貪憂惡不善法不漏其心彼善男子難陀覺諸受起覺諸受住覺諸受滅正念而住不令散亂覺諸想起覺諸想住覺諸想滅覺諸覺起覺諸覺

住覺諸覺滅正念而住不令散亂是名善男子難陀正念正智成就是故諸比丘當作是學關閉根門如善男子難陀飲食知量如善男子難陀初夜後夜精勤修業如善男子難陀正念正智成就如善男子難陀如教授難陀法亦當持是爲其餘人說時有異比丘而說偈言

善關閉根門　正念攝心住　飲食知節量
覺知諸心相　善男子難陀　世尊之所歎

佛說此經已諸比丘聞佛所說歡喜奉行

如是我聞一時佛住舍衛國祇樹給孤獨園爾時有如是像類大聲聞尼衆住舍衛國王園中比丘尼衆其名曰純陀比丘尼氏陀比丘尼摩羅婆比丘尼波羅遮羅比丘尼阿羅毗迦比丘尼差摩比丘尼難摩比丘尼告難舍瞿曇彌比丘尼優鉢羅色比丘尼摩訶波闍波提比丘尼此等及餘比丘尼住王園中爾時摩訶波闍波提比丘尼與五百比丘尼前後圍遶來詣佛所稽首禮足退坐一面爾時世尊爲摩訶波闍波提比丘尼說法示教照喜種種說法示教照喜已發遣令還言比丘尼應時宜去摩訶波闍波提比丘尼聞佛所說歡喜隨喜作禮而去爾時世尊知摩訶波闍波提比丘尼去已告諸比丘我年已老遂不復堪能爲諸比丘尼說法汝等諸比丘僧今日諸宿德上座當教授諸比丘尼時諸比丘受世尊教次第教授比丘尼次至難陀爾時難陀次第應至而不欲教授爾時摩訶波闍波提比丘尼與五百比丘尼前後圍遶詣世尊所稽首禮足乃至聞法歡喜隨喜作

禮而去爾時世尊知摩訶波闍波提比丘尼去已問尊者阿難誰應次至教授諸比丘尼尊者阿難白佛言世尊諸上座次第教授比丘尼次至難陀而難陀不欲教授爾時世尊告難陀言汝當教授諸比丘尼爲諸比丘尼說法所以者何我自教授比丘尼汝亦應爾我爲比丘尼說法汝亦應爾爾時難陀默然受教時難陀夜過晨朝著衣持鉢入舍衞城乞食食已還精舍舉衣鉢洗足已入室坐禪從禪覺著僧伽棃將一比丘往詣王園諸比丘尼遥見尊者難陀來疾敷牀座請令就座尊者難陀坐已諸比丘尼稽首敬禮退坐一面尊者難陀語諸比丘尼諸姊妹汝等當問我今當爲汝等說法汝等解者當說言解若不解者當說不解於我所說義若當解者當善受持若不解者汝當更問當爲汝說諸比丘尼白尊者難陀言我等今日聞尊者教令我等問告我等言汝等若未解者今悉當問已解者當言解未解者當言不解於我所說義已解者當奉持未解者當復更問我等聞此心大歡喜未解義者今日當問爾時尊者難陀告諸比丘尼云何姊妹於眼内入處觀察是我異我相在不答言不也尊者難陀耳鼻舌身意内入處觀察是我異我相在不答言不也尊者難陀所以者何尊者難陀我等已曾於此法如實知見於六内入處觀察無我我等已曾作如是意解六内入處無我尊者難陀告諸比丘尼善哉善哉姊妹應如是解六内入處觀察無我諸比丘尼色外入處是我異我相在不答言不也尊者難陀聲香

味觸法外入處是我異我相在不答言不也尊者難陀所以者何尊者難陀我已曾於六外入處如實觀察無我我常作此意解六外入處如實無我尊者難陀讚諸比丘尼善哉善哉汝於此義應如是觀六外入處無我若緣眼色生眼識彼眼識是我異我相在不答言不也尊者難陀耳鼻舌身意法緣生意識彼意識是我異我相在不答言不也尊者難陀所以者何我已曾於此六識身如實觀察無我我亦常作是意解六識身如實無我尊者難陀告諸比丘尼善哉善哉姊妹汝於此義應如是觀察六識身如實無我緣眼色生眼識三事和合生觸彼觸是我異我相在不答言不也尊者難陀耳鼻舌身意法緣生意識三事和合生觸彼觸是我異我相在不答言不也尊者難陀所以者何我已曾於此六觸觀察如實無我我亦常如是意解六觸如實無我尊者難陀告諸比丘尼善哉善哉當如實觀察於六觸身如實無我緣眼色生眼觸三事和合觸觸緣受彼觸緣受是我異我相在不答言不也尊者難陀耳鼻舌身意法緣生意識三事和合觸觸緣受彼受是我異我相在不答言不也尊者難陀所以者何我等曾於此六受身如實觀察無我我亦常作此意解六受身如實無我尊者難陀告諸比丘尼善哉善哉汝於此義應如是觀察此六受身如實無我緣眼色生眼識三事和合生觸觸緣想彼想是我異我相在不答言不也尊者難陀耳鼻舌身意法緣生意識三事和合生觸觸緣想彼想是我異我相在不答言

不也尊者難陀所以者何我曾於此六想身如實觀察無我我亦常作此意解六想身如實無我尊者難陀告諸比丘尼善哉善哉比丘尼汝於此義應如是觀察此六想身如實無我緣眼色生眼識三事和合觸觸緣思彼思是我異我相在不答言不也尊者難陀耳鼻舌身意法緣生意識三事和合觸觸緣思彼思是我異我相在不答言不也尊者難陀所以者何我曾於此六思身如實觀察無我我常作此意解此六思身如實無我尊者難陀告諸比丘尼善哉善哉比丘尼汝於此義應如是觀察此六思身如實無我緣眼色生眼識三事和合觸觸緣愛彼愛是我異我相在不答言不也尊者難陀耳鼻舌身意法緣生意識三事和合觸觸緣愛彼愛是我異我相在不答言不也尊者難陀所以者何我曾於此六愛身如實觀察無我我常作此意解此六愛身如實無我尊者難陀告諸比丘尼汝於此義應如是觀察此六愛身如實無我姊妹譬因膏油因炷燈明得然彼油無常炷亦無常火亦無常器亦無常若有作是言無油無炷無火無器而所依起燈光常恒住不變易作是說者爲等說不答言不也尊者難陀所以者何緣油炷器然燈彼油炷器悉無常若無油無炷無器所依燈光亦復隨滅息没清涼真實如是姊妹此六內入處無常若有說言此六內入處因緣生喜樂常恒住不變易安隱是爲等說不答言不也尊者難陀所以者何我等曾如實觀察彼彼法緣生彼彼法彼彼緣法滅彼彼生法復隨滅息没清

涼眞實尊者難陀告諸比丘尼善哉善哉比丘尼汝於此義應如是觀察彼彼緣生彼彼法彼彼緣滅彼彼生法亦復隨滅息沒寂靜清涼眞實諸姊妹譬如大樹根莖幹枝葉根亦無常莖幹枝葉皆悉無常若有說言無彼樹根莖幹枝葉唯有其影常恒住不變易安隱者爲等說不答言不也尊者難陀所以者何如彼大樹根莖枝葉彼根亦無常莖枝葉亦復無常無根無莖無枝無葉所依樹影一切悉無諸姊妹若緣外六入處無常若言外六入因緣生喜樂常恒住不變易安隱者此爲等說不答言不也尊者難陀所以者何我曾於此義如實觀察彼彼法緣生彼彼法彼彼法緣滅彼彼生法亦復隨滅息沒寂靜清涼眞實尊者難陀告諸比丘尼善哉善哉姊

妹汝於此義當如實觀察彼彼法緣生彼彼法彼彼法緣滅彼彼生法亦復隨滅息沒寂滅清涼眞實諸姊妹聽我說譬夫智者因譬得解譬如善屠牛師屠牛弟子手執利刀解剥其牛乘間而剥不傷內肉不傷外皮解其肢節筋骨然後還以皮覆其上若有人言此牛皮肉全而不離爲等說不答言不也尊者難陀所以者何彼善屠牛師屠牛弟子手執利刀乘間而剥不傷皮肉肢節筋骨悉皆斷截還以皮覆上皮肉已離非不離也姊妹我說所譬今當說義牛者譬人身麤色如篋毒蛇經廣說肉者謂內六入處外皮者謂外六入處屠牛者謂學見跡皮肉中間筋骨者謂貪喜俱利刀者謂利智慧多聞聖弟子以智慧利刀斷截一切結縛使煩惱上煩惱纏是

故諸姊妹當如是學於所可樂法心不應著斷除貪故所可瞋法不應生瞋斷除瞋故所可癡法不應生癡斷除癡故於五受陰當觀生滅於六觸入處當觀集滅於四念處當善繫心住七覺分修七覺分已於其欲漏心不緣著心得解脫於其有漏心不緣著心得解脫於無明漏心不緣著心得解脫諸姊妹當如是學爾時尊者難陀爲諸比丘尼說法示教照喜示教照喜已從座起去時摩訶波闍波提比丘尼與五百比丘尼眷屬圍遶往詣佛所稽首禮足退住一面乃至爲佛作禮而去爾時世尊知摩訶波闍波提比丘尼去已告諸比丘譬如明月十四日夜多衆觀月爲是滿耶爲未滿耶當知彼月未究竟滿如是善男子難陀爲五百比丘尼正教授正說法

於其解脫猶未究竟然此等比丘尼命終之時不見一結不斷能使彼還生於此世爾時世尊復告難陀更爲諸比丘尼說法爾時尊者難陀默然奉教夜過晨朝持鉢入城乞食食已乃至往詣王園就座而坐爲諸比丘尼說法示教照喜示教照喜已從座起去摩訶波闍波提比丘尼復於異時與五百比丘尼前後圍遶往詣佛所稽首禮足乃至作禮而去爾時世尊知摩訶波闍波提比丘尼去已告諸比丘譬如明月十五日夜無有人疑月滿不滿者然其彼月究竟圓滿如是善男子難陀爲諸比丘尼說如是正教授究竟解脫若命終時無有說彼道路所趣此當知即是苦邊是爲世尊爲五百比丘尼授第一果記佛說此經已諸比丘聞佛所說歡喜奉行

如是我聞一時佛住舍衛國祇樹給孤獨園
爾時世尊告諸比丘有不律儀律儀諦聽善思當爲汝說云何不律儀眼根不律儀所攝護眼識著色緣著故以生苦受苦受故不一其心不一心故不得如實知見不得如實知見故不離疑惑不離疑惑故由他所誤而常苦住耳鼻舌身意亦復如是是名不律儀云何律儀眼根律儀所攝護眼識色心不染著心不染著已常樂受住心樂住已常一其心一其心已如實知見如實知見已離諸疑惑離諸疑惑已不由他誤常安樂住耳鼻舌身意亦復如是是名律儀佛說此經已諸比丘聞佛所說歡喜奉行

如是我聞一時佛住舍衛國祇樹給孤獨園
爾時世尊告諸比丘有退不退法六觸入處諦聽善思當爲汝說云何退法謂眼識色生欲覺彼比丘歡喜讚歎執取繫著隨順彼法迴轉當知是比丘退諸善法世尊所說是名退法耳鼻舌身意亦復如是云何名不退法眼識色緣不生欲覺結彼比丘不喜不讚歎不執取不繫著於彼法不隨順迴轉當知是比丘不退轉諸善法世尊說是不退法耳鼻舌身意亦復如是云何六勝入處眼識色緣不生欲覺結染著當知是比丘勝彼入處勝彼入處是世尊所說耳鼻舌身意亦復如是若彼比丘於六勝入處勝已貪欲結斷恚瞋愚癡結斷譬如王者摧敵勝怨名曰勝王斷除衆結名勝婆羅門佛說此經已諸比丘聞佛所說歡喜奉行

如是我聞一時佛住舍衛國祇樹給孤獨園

爾時世尊告諸比丘於此六根不調伏不關閉不守護不執持不修習於未來世必受苦報何等為六根眼根不調伏不關閉不守護不修習不執持於未來世必受苦報耳鼻舌身意根亦復如是愚癡無聞凡夫眼根見色執受相執受隨形好任彼眼根趣向不律儀執受住世間貪憂惡不善法以漏其心此等不能執持律儀防護眼耳鼻舌身意根亦復如是如是於六根不調伏不關閉不守護不執持不修習於未來世必受苦報云何六根善調伏善關閉善守護善執持善修習於未來世必受樂報多聞聖弟子眼見色不取色相不取隨形好任其眼根之所趣向常住律儀世間貪憂惡不善法不漏其心能生律儀善護眼根耳鼻舌身意根亦復如是是名六根善調伏善關閉善守護善執持善修習於未來世必受樂報即說偈言

於六觸入處　住於不律儀　是等諸比丘
長夜受大苦　斯等於律儀　常當勤修習
正信心不二　諸漏不漏心　眼見於彼色
可意不可意　可意不生欲　不可不憎惡
耳聞彼諸聲　亦有念不念　於念不樂著
不念不起惡　鼻根之所齅　若香若臭物
等心於香臭　無欲亦無違　所食於衆味
彼亦有美惡　美味不起貪　惡味亦不擇
樂觸以觸身　不生於放逸　為苦觸所觸
不生過惡想　平等捨苦樂　不滅者令滅
心意所觀察　彼種彼種相　虛偽而分別
欲貪轉增廣　覺悟彼諸惡　安住離欲心
善攝此六根　六境觸不動　摧伏衆魔怨

度生死彼岸

佛說此經已諸比丘聞佛所說歡喜奉行

如是我聞一時世尊在拘薩羅國人間遊行到頻頭城比申恕林中爾時頻頭城中婆羅門長者皆聞世尊於拘薩羅國人間遊行住頻頭城申恕林中聞已悉共出城至申恕林詣世尊所稽首禮足退坐一面爾時世尊告頻頭城婆羅門長者若人問汝言何等像類沙門婆羅門不應恭敬尊重禮事供養汝當答言若沙門婆羅門眼見色未離貪未離欲未離愛未離渴未離念內心不寂靜所行非法行行踈澀行耳鼻舌身意法亦復如是如是像類比丘不應恭敬尊重禮事供養作是說已當復問言何故如此像類沙門婆羅門不應恭敬尊重禮事供養汝應答言我等眼見色不離欲不離愛不離渴不離念內心不寂靜耳鼻舌身意法亦復如是彼沙門婆羅門眼見色亦不離貪不離欲不離愛不離渴不離念內心不寂靜行非法行踈澀行耳鼻舌身意法亦復如是我於斯等求其差別不見差別之行是故我於斯等像類沙門婆羅門不恭敬尊重禮事供養若復問言何等像類沙門婆羅門所應恭敬尊重禮事供養汝應答言若彼眼見色離貪離欲離愛離渴離念內心寂靜不行非法行行等行不行踈澀行耳鼻舌身意法亦復如是如是像類沙門婆羅門所應恭敬尊重禮事供養若復問言何故於此像類沙門婆羅門恭敬尊重禮事供養汝應答言我等見色不離貪不離欲不離愛不離渴不離念內心不寂靜行非法行

行踈澀行耳鼻舌身意法亦復如是斯等像類沙門婆羅門離貪離欲離渴離念內心寂靜行如法行不行踈澀行耳鼻舌身意法亦復如是我等於彼求其差別見差別故於彼像類沙門婆羅門所應恭敬尊重禮事供養如是說已若復問言彼沙門婆羅門有何行有何形貌有何相汝等知是沙門婆羅門離貪向調伏貪離恚向調伏恚離癡向調伏癡汝應答言我見彼沙門婆羅門有如是像類住空閑處林中樹下卑牀草蓐修行遠離離諸女人近樂獨人同禪思者若於彼處無眼見色可生樂著無耳聲鼻香舌味身觸可生樂著若彼沙門婆羅門有如是行如是形貌如是相令我等知是沙門婆羅門離貪向調伏貪離恚向調伏恚離癡向調伏癡時諸沙門婆羅門長者白佛言奇哉世尊不自譽不毀他正說其義各各自於諸入處分別染汙清淨廣說緣起如如來應等正覺說譬如士夫溺者能救閉者能開迷者示路闇處然燈世尊亦復如是不自譽不毀他正說其義乃至如如來應等正覺說爾時頻頭城婆羅門長者聞佛所說歡喜作禮而去

如是我聞一時佛住王舍城迦蘭陀竹園時有縈髮目揵連出家來詣佛所共相問訊問訊已退坐一面爾時世尊告縈髮目揵連汝從何來縈髮目揵連白佛言我從彼衆多種種異道沙門婆羅門遮羅迦出家集會未曾講堂聽法從彼林來佛告縈髮目揵連汝為何等福力故從彼衆多種種異道沙門婆羅門遮羅迦出家所聽其說法縈髮目揵連言

我試聽其競勝論義福利聽其相違反論議福利故佛告目揵連長夜久遠種種異道沙門婆羅門遮羅迦出家競勝論議相違反論議福利逓相破壞縈髮目揵連白佛言瞿曇為諸弟子說何等法福利令彼轉為人說不謗如來不增不減誠說法說法次法說無有餘人能來比校難詰訶責佛告目揵連明解脫果報福利為人轉說者不謗如來不乖其理法次法說無有能來比校難詰嫌責縈髮目揵連白佛言瞿曇諸弟子有法修習多修習令明解脫福利滿足者不佛告縈髮目揵連有七覺分修習多修習明解脫福利滿足縈髮目揵連白佛言有法修習能令七覺分滿足不佛告縈髮目揵連有四念處修習多修習能令七覺分滿足縈髮目揵連白佛復有法修習多修習令四念處滿足不佛告縈髮目揵連有三妙行修習多修習能令四念處滿足縈髮目揵連白佛言復有法修習多修習令三妙行滿足不佛告目揵連有六觸入處律儀修習多修習令三妙行滿足縈髮目揵連白佛言云何六觸入處律儀修習多修習令三妙行滿足佛告目揵連若眼見適意可愛念能長養欲樂令人緣著之色彼比丘見已不喜不讚歎不緣不著不住若眼見不適意不可愛念順於苦覺之色諸比丘見已不畏不惡不嫌不恚於彼好色起眼見已永不緣著不好色起眼見已永不緣著內心安住不動善修解脫心不懈惓耳鼻舌身意識法亦復如是如是於六觸入修習多修習滿足三妙行云何修三妙行滿足四念處多

聞聖弟子於空閑處林中樹下作如是學如是思惟此身惡行現世後世必得惡報我若行身惡行者必當自生猒悔他亦嫌薄大師亦責諸梵行者亦復以法而嫌我惡名流布遍於諸方身壞命終當墮地獄於身惡行見現世後世如是果報是故除身惡行修身妙行口意惡行亦復如是是名修習三妙行已得四念處清淨滿足云何修四念處得七覺分滿足目揵連比丘如是順身身觀住彼順身身觀住時繫念安住不忘爾時方便修習念覺分方便修習念覺分已得念覺分滿足於彼心念選擇於法覺想思量爾時方便修習擇法覺分方便修習擇法覺分已逮得擇法覺分滿足選擇彼法覺想思量方便修習精進覺分方便修習精進覺分已逮得精進覺分滿足勤精進已生歡喜心爾時修習方便歡喜覺分修習歡喜覺分已逮得歡喜覺分滿足心歡喜已身心止息爾時修習猗息覺分修習猗息覺分已逮得猗息覺分滿足身心息已得三摩提爾時修習定覺分修習定覺分已定覺分滿足謂一其心貪憂滅息內心行捨方便修習捨覺分方便修習捨覺分已逮得捨覺分清淨滿足受心法念處亦如是說如是修習四念處七覺分滿足云何修習七覺分明解脫滿足目揵連若比丘修念覺分依遠離依離欲依滅捨於進趣修念覺分逮得明解脫清淨滿足乃至修習捨覺分亦如是說是名修習七覺分已明解脫清淨滿足如是目揵連法法相依從此岸而到彼岸說是法時縈髮目揵連遠塵離垢得法

眼淨時縈髮目揵連見法得法知法入法度諸疑惑不由於他於諸法律得無所畏從座起整衣服爲佛作禮合掌白佛言我今寧得於正法律出家得具足比丘分不佛告目揵連汝今已得於正法律出家具足得比丘分得出家已專精思惟不放逸住乃至成阿羅漢

如是我聞一時佛住迦徵伽羅牟真隣陀林中時有年少名鬱多羅是波羅奢那弟子來詣佛所恭敬問訊已退坐一面爾時世尊告鬱多羅汝師波羅奢那爲汝等說修諸根不鬱多羅言說已瞿曇佛言鬱多羅汝師波羅奢那云何說修諸根鬱多羅白佛言我師波羅奢那說眼不見色耳不聽聲是爲修根佛告鬱多羅若如汝波羅奢那說盲者是修根不所以者何唯盲者眼不見色爾時尊者阿難在世尊後執扇扇佛尊者阿難語鬱多羅言如波羅奢那所說聾者是修根不所以者何唯聾者耳不聞聲爾時世尊告尊者阿難異於賢聖法律無上修諸根阿難白佛言唯願世尊爲諸比丘說賢聖法律無上修根諸比丘聞已當受奉行佛告阿難諦聽善思當爲汝說緣眼色生眼識見可意色欲修如來猒離正念正智眼色緣生眼識不可意故修如來不猒離正念正智眼色緣生眼識可意不可意欲修如來猒離不猒離正念正智眼色緣生眼識不可意可意欲修如來不猒離猒離正念正智眼色緣生眼識可意不可意可不可意欲修如來猒不猒俱離捨心住正念正智如是阿難若有於此五句心善調伏

善關閉善守護善攝持善修習是則於眼色無上修根耳鼻舌身意法亦如是說阿難是名賢聖法律無上修根尊者阿難白佛言世尊云何賢聖法律爲賢聖修根佛告阿難眼色緣生眼識生可意生不可意生可意不可意彼聖弟子如是如實知我眼色緣生眼識生可意生不可意生可意不可意此則寂滅此則勝妙所謂俱捨得彼捨已離猒不猒譬如力士彈指頃滅如是眼色緣生眼識生可意生不可意生可意不可意俄爾盡滅得離猒不猒捨如是耳聲緣生耳識生可意生不可意生可意不可意聖弟子如是如實知我耳識聞聲生可意生不可意生可意不可意此則寂滅勝妙所謂爲捨得捨已離猒不猒譬如大力士夫彈指發聲即滅如是耳聲緣生耳識生可意生不可意生可意不可意生已盡滅是則爲捨得彼捨已離猒不猒鼻香緣生鼻識生可意生不可意生可意不可意聖弟子如是如實知鼻香緣生鼻識生可意生不可意生可意不可意此則寂滅此則勝妙所謂爲捨得彼捨已離猒不猒譬如蓮華水所不染如是鼻香緣生鼻識生可意生不可意生可意不可意生已盡滅所謂爲捨得彼捨已離猒不猒舌味緣生舌識生可意生不可意生可意不可意彼聖弟子如是如實知舌味緣生舌識生可意生不可意生可意不可意生已盡滅寂滅勝妙所謂爲捨得彼捨已離猒不猒譬如力士舌端唾味盡唾令滅如是舌味緣生舌識生可意生不可意生可意不可意生已盡滅所謂爲捨得彼捨已

離猒不猒身觸緣生身識生可意生不可意生可意不可意生已盡滅聖弟子如是如實知身觸緣生身識生可意生不可意生可意不可意生已盡滅寂滅勝妙所謂爲捨得彼捨已離猒不猒譬如鐵丸燒令極熱小滴水灑尋即消滅如是身觸緣生身識生可意生不可意生可意不可意生已盡滅所謂爲捨得彼捨已離猒不猒意法緣生意識生可意生不可意生可意不可意生已速滅聖弟子如是如實知意法緣生意識生可意生不可意生可意不可意生已盡滅是則寂滅是則勝妙所謂爲捨得彼捨已離猒不猒譬如力士斷多羅樹頭如是意法緣生意識生可意生不可意生可意不可意生已盡滅所謂爲捨得彼捨已離猒不猒阿難是爲賢聖法律爲聖弟子修諸根云何爲聖法律覺見跡佛告阿難眼色緣生眼識生可意生不可意生可意不可意彼聖弟子慙恥猒惡耳鼻舌身意法緣生意識生可意生不可意生可意不可意彼聖弟子慙恥猒惡阿難是名賢聖法律覺見跡阿難是名賢聖法律無上修諸根已說賢聖修諸根已說覺見跡阿難我爲諸聲聞所作所作已作汝等當作所作廣說如篋毒蛇經佛說此經已尊者阿難聞佛所說歡喜奉行

雜阿含經卷第十一

音釋

脅虚業切腋下也　屠同都切殺也　剥北角切割剥也　筋舉欣切骨絡也

篋苦協切箱篋　齅許救切以鼻𢷬氣也　澀所立切　詰苦吉切問也

鬱紆勿切　唾湯卧切口液也

雜阿含經卷第十二

宋天竺三藏求那跋陀羅譯

如是我聞一時佛住舍衛國祇樹給孤獨園爾時世尊告諸比丘若於結所繫法隨生味著顧念心縛則愛生愛緣取取緣有有緣生生緣老病死憂悲惱苦如是如是純大苦聚集如人種樹初小軟弱愛護令安壅以糞土隨時溉灌冷暖調適以是因緣然後彼樹得增長大如是比丘結所繫法味著將養則生恩愛愛緣取取緣有有緣生生緣老病死憂悲惱苦如是如是純大苦聚集若於結所繫法隨順無常觀住生滅觀無欲觀滅觀捨觀不生顧念心不縛著則愛滅愛滅則取滅取滅則有滅有滅則生滅生滅則老病死憂悲惱苦滅如是如是純大苦聚滅猶如種樹初小軟弱不愛護不令安隱不壅糞土不隨時溉灌冷暖不適不得增長若復斷根截枝段段斬截分分解析風飄日炙以火焚燒燒以成糞或颺以疾風或投之流水比丘於意云何非為彼樹斷截其根乃至焚燒令其磨滅於未來世成不生法耶答言如是世尊如是比丘於結所繫法隨順無常觀住生滅觀無欲觀滅觀捨觀不生顧念心不縛著則愛滅愛滅則取滅取滅則有滅有滅則生滅生滅則老病死憂悲惱苦滅如是如是純大苦聚滅佛說此經已諸比丘聞佛所說歡喜奉行

如是我聞一時佛住舍衛國祇樹給孤獨園爾時世尊告諸比丘若於所取法隨生味著顧念心縛其心驅馳追逐名色名色緣六入處六入處緣觸觸緣受受緣愛愛緣取取緣

有有縁生生縁老病死憂悲惱苦如是如是純大苦聚集譬大樹根榦枝條柯葉華果下根深固壅以糞土溉灌以水彼樹堅固永世不朽如是比丘於所取法隨生味著顧念心縛其心驅馳追逐名色名色縁六入處六入處縁觸觸縁受受縁愛愛縁取取縁有有縁生生縁老病死憂悲苦惱如是如是純大苦聚集若於所取法隨順無常觀住生滅觀無欲觀滅觀猒觀心不顧念無所縛著識則不驅馳追逐名色則名色滅名色滅則六入處滅六入處滅則觸滅觸滅則受滅受滅則愛滅愛滅則取滅取滅則有滅有滅則生滅生滅則老病死憂悲惱苦滅如是如是則純大苦聚滅猶如種樹不隨時愛護令其安隱不壅糞土不隨時溉灌冷暖不適不得增長若復斷根截枝段段斬截分分解析風飄日炙以火焚燒燒以成糞或颺以疾風或投之流水比丘於意云何非爲彼樹斷截其根乃至焚燒令其磨滅於未來世成不生法耶答言如是世尊如是比丘於所取法隨順無常觀住生滅觀無欲觀滅觀捨觀不生顧念心不縛著識不驅馳追逐名色則名色滅名色滅則六入處滅六入處滅則觸滅觸滅則受滅受滅則愛滅愛滅則取滅取滅則有滅有滅則生滅生滅則老病死憂悲惱苦滅如是如是純大苦聚滅佛說此經已諸比丘聞佛所說歡喜奉行

如是我聞一時佛住舍衛國祇樹給孤獨園爾時世尊告諸比丘我憶宿命未成正覺時獨一靜處專精禪思生如是念世間難入所

謂若生若老若病若死若遷若受生然諸衆生生老病死上及所依不如實知我作是念何法有故生有何法緣故生有即正思惟起無間等知有有故生有有緣故生有復思惟何法有故有有何法緣故有有即正思惟如實無間等起知取有故有有取緣故有有又作是念取復何緣何法有故取有何法緣故取有即正思惟如實無間等起知取法味著顧念心縛愛欲增長彼愛有故取有愛故緣取取緣有有緣生生緣老病死憂悲惱苦如是如是純大苦聚集諸比丘於意云何譬如緣膏油及炷燈明得燒數增油炷彼燈明得久住不答言如是世尊如是諸比丘於色取味著顧念愛縛增長愛緣故取取緣有有緣生生緣老病死憂悲惱苦如是如是純大苦聚集我時復作是念何法無故無此老病死何法滅故老病死滅即正思惟起如實無間等無生則無老病死生滅故則老病死滅復作是念何法無故無生何法滅故生滅即正思惟起如實無間等有無故生無有滅故生滅又復思惟何法無故有無何法滅故有滅即正思惟生如實無間等觀取無故有無取滅故有滅又作是念何法無故取無何法滅故取滅即正思惟生如實無間等觀所取法無常生滅離欲滅盡捨離心不顧念心不縛著愛則滅彼愛滅故取滅取滅故有滅有滅故生滅生滅故老病死憂悲惱苦滅如是如是純大苦聚滅諸比丘於意云何譬如油炷然燈若不增油治炷非彼燈明未來不生法盡磨滅耶比丘白佛言如是世尊 如是諸比

丘於所取法觀察無常生滅離欲滅盡捨離心不顧念心不縛著愛則滅愛滅則取滅乃至純大苦聚滅佛說此經已諸比丘聞佛所說歡喜奉行

如是我聞一時佛住舍衛國祇樹給孤獨園爾時世尊告諸比丘我憶宿命未成正覺時獨一靜處專精禪思如上廣說差別者譬如載樵十束二十束三十束四十束五十束百束千束百千束積聚燒然作大火聚若復有人增其乾草樵薪諸比丘於意云何此火相續長夜熾然不比丘白佛言如是世尊如是諸比丘於所取法味著顧念心縛著增其愛緣取取緣有乃至純大苦聚集諸比丘若彼火聚熾然不增樵草諸比丘於意云何彼火當滅不答言如是世尊如是諸比丘於所取法觀察無常生滅離欲滅盡捨離心不顧念縛著愛則滅愛滅則取滅如是廣說乃至純大苦聚滅佛說此經已諸比丘聞佛所說歡喜奉行

如是我聞一時佛住舍衛國祇樹給孤獨園爾時世尊告諸比丘我憶宿命未成正覺時獨一靜處專精禪思作是念何法有故老死有何法緣故老死有即正思惟生如實無間等生有故老死有生緣故老死有如是有取愛受觸六入處名色何法有故名色有何法緣故名色有即正思惟如實無間等生識有故名色有識緣故有名色有我作是思惟時齊識而還不能過彼謂緣識名色緣名色六入處緣六入處觸緣觸受緣受愛緣愛取緣取有緣有生緣生老病死憂悲惱苦如是如

是純大苦聚集我時作是念何法無故則老死無何法滅故老死滅即正思惟生如實無間等生無故老死無生滅故老死滅如是生有取愛受觸六入處名色識行廣說我復作是思惟何法無故行無何法滅故行滅即正思惟如實無間等無明無故行無無明滅故行滅行滅故識滅識滅故名色滅名色滅故六入處滅六入處滅故觸滅觸滅故受滅受滅故愛滅愛滅故取滅取滅故有滅有滅故生滅生滅故老病死憂悲惱苦滅如是如是純大苦聚滅我時作是念我得古仙人道古仙人徑古仙人道跡古仙人從此跡去我今隨去譬如有人遊於曠野披荒覓路忽遇故道古人行處彼則隨行漸漸前進見故城邑故王宮殿園觀浴池林木清淨彼作是念我今當往白王令知即往白王大王當知我遊曠野披荒求路忽見故道古人行處我即隨行我隨行已見故城邑故王宮殿園觀浴池林流清淨大王可往居止其中王即往彼止住其中豐樂安隱人民熾盛今我如是得古仙人道古仙人徑古仙人跡古仙人去處我得隨去謂八聖道正見正志正語正業正命正方便正念正定我從彼道見老病死老病死集老病死滅老病死滅道跡見生有取愛受觸六入處名色識行行集行滅行滅道跡我於此法自知自覺成等正覺爲比丘比丘尼優婆塞優婆夷及餘外道沙門婆羅門在家出家彼諸四衆聞法正向信樂知法善梵行增廣多所饒益開示顯發佛說此經已諸比丘聞佛所說歡喜奉行

如是我聞一時佛住王舍城迦蘭陀竹園爾時尊者舍利弗尊者摩訶拘絺羅在耆闍崛山爾時尊者舍利弗晡時從禪覺詣尊者摩訶拘絺羅共相問訊慶慰慰已於一面坐語尊者摩訶拘絺羅欲有所問寧有閑暇見答以不尊者摩訶拘絺羅語尊者舍利弗言仁者且問知者當答尊者舍利弗問尊者摩訶拘絺羅云何尊者摩訶拘絺羅有老不答言有尊者舍利弗復問有死不答言有復問云何老死自作耶爲他作耶爲自他作耶爲非自非他無因作耶答言尊者舍利弗老死非自作非他作非自他作亦非非自作他作無因作然後彼生緣故有老死如是生有取愛受觸六入處名色爲自作爲他作爲自他作爲非自他無因作答言尊者舍利弗名色非自作非他作非自他作非非自他作無因作然彼名色緣識生復問彼識爲自作爲他作爲自他作爲非自非他無因作答言尊者舍利弗彼識非自作非他作非自他作非非自非他無因作然彼識緣名色生尊者舍利弗復問尊者摩訶拘絺羅先言名色非自作非他作非自他作非非自非他無因作然彼名色緣識生而今復言名色緣識此義云何尊者摩訶拘絺羅答言今當說譬如智者因譬得解譬如三蘆立於空地展轉相依而得竪立若去其一二亦不立若去其二一亦不立展轉相依而得竪立識緣名色亦復如是展轉相依而得生長尊者舍利弗言善哉善哉尊者摩訶拘絺羅世尊聲聞中智慧明達善調無畏見甘露法以甘露法具足身作證者

謂尊者摩訶拘絺羅乃有如是甚深義辯種種難問皆悉能答如無價寶珠世所頂戴我今頂戴尊者摩訶拘絺羅亦復如是我今於汝所快得善利諸餘梵行數詣其所亦得善利以彼尊者善說法故我今以此尊者摩訶拘絺羅所說法故當以三十種讚歎稱揚隨喜尊者摩訶拘絺羅說老死猒患離欲滅盡是名法師說生有取愛受觸六入處名色識猒患離欲滅盡是名法師若比丘於老死猒患離欲滅盡向是名法師乃至識猒患離欲滅盡向是名法師若比丘於老死猒患離欲滅盡不起諸漏心善解脫是名法師乃至識猒患離欲滅盡不起諸漏心善解脫是名法師尊者摩訶拘絺羅語尊者舍利弗言善哉善哉於世尊聲聞中智慧明達善調無畏見甘露法以甘露法具足身作證者謂尊者舍利弗能作如是種種甚深正智之問猶如世間無價寶珠人皆頂戴汝今如是普爲一切諸梵行者之所頂戴恭敬奉事我於今日快得善利得與尊者共論妙義時二正士更相隨喜各還所住

如是我聞一時佛住王舍城迦蘭陀竹園爾時世尊告諸比丘愚癡無聞凡夫於四大身猒患離欲背捨而非識所以者何見四大身有增有減有取有捨而於心意識愚癡無聞凡夫不能生猒離欲解脫所以者何彼長夜於此保惜繫我若得若取言是我我所相在是故愚癡無聞凡夫不能於彼生猒離欲背捨愚癡無聞凡夫寧於四大身繫我我所不可於識繫我我所所以者何四大色身或見

十年住二十三十乃至百年若善消息或復少過彼心意識日夜時刻須臾轉變異生異滅猶如獼猴遊林樹間須臾處處攀捉枝條放一取一彼心意識亦復如是異生異滅多聞聖弟子於諸緣起善思惟觀察所謂樂觸緣生樂受樂受覺時如實知樂受覺彼樂觸滅樂觸因緣生受亦滅止清涼息沒如樂受苦觸喜觸憂觸捨觸因緣生捨受捨受覺時如實知捨受覺彼捨觸滅彼捨觸因緣生捨受亦滅止清涼息沒彼如是思惟此受觸生觸樂觸縛彼彼觸樂故彼彼受樂彼彼觸樂滅彼彼受樂亦滅止清涼息沒如是多聞聖弟子於色生猒於受想行識生猒猒故不樂不樂故解脫解脫知見我生已盡梵行已立所作已作自知不受後有佛說此經已諸比丘聞佛所說歡喜奉行

如是我聞一時佛住王舍城迦蘭陀竹園爾時世尊告諸比丘愚癡無聞凡夫於四大色身生猒離欲背捨但非識所以者何四大色身現有增減有取有捨若心若意若識彼愚癡無聞凡夫不能於識生猒離欲背捨長夜保惜繫我若得若取言是我我所相在是故愚癡無聞凡夫不能於彼生猒離欲背捨愚癡無聞凡夫寧於四大色身繫我我所不可於識繫我我所所以者何四大色身或見十年住二十三十乃至百年若善消息或復少過彼心意識日夜時刻須臾不停種種轉變異生異滅譬如獼猴遊林樹間須臾處處攀捉枝條放一取一彼心意識亦復如是種種變易異生異滅多聞聖弟子於諸緣起思惟

觀察所謂樂觸緣生樂受樂受覺時如實知樂受覺彼樂觸滅樂因緣生樂受亦滅止清涼息没如樂受苦觸喜觸憂觸捨觸因緣生捨受捨受覺時如實知捨受覺彼捨觸滅捨觸因緣生捨受亦滅止清涼息没譬如兩木相磨和合生火若兩木離散火亦隨滅如是諸受緣觸集觸生觸集若彼彼觸集故彼彼受亦集彼彼觸集滅故彼彼受集亦滅止清涼息没多聞聖弟子如是觀者於色解脫於受想行識解脫於生老病死憂悲惱苦解脫我說彼於苦得解脫佛說此經已諸比丘聞佛所說歡喜奉行

如是我聞一時佛住王舍城迦蘭陀竹園爾時世尊告諸比丘我說內觸法汝等爲取不時有異比丘從座起整衣服稽首禮足合掌白佛言世尊所說內觸法我已取也時彼比丘於佛前如是如是自記說如是如是世尊不悅爾時尊者阿難在佛後執扇扇佛佛告阿難如聖法律內觸法異於此比丘所說阿難白佛今正是時唯願世尊爲諸比丘說賢聖法律內觸法諸比丘聞已當受奉行佛告阿難善哉諦聽當爲汝說此諸比丘取內觸法應如是思惟若衆生所有種種衆苦生此苦何因何集何生何觸作如是取時當知此苦億波提因億波提集億波提生億波提轉復次比丘內觸法又億波提何因何集何生何觸彼取時當復知億波提愛因愛集愛生愛觸復次比丘取內觸法當復知愛何因何集何生何觸如是取時當知世間所念諦正之色於彼愛生而生繫而繫住而住若諸沙

門婆羅門於世間所念諦正之色作常想恒想安隱想無病想我想我所想而見則於此色愛增長愛增長已億波提增長億波提增長已苦增長苦增長已則不解脱生老病死憂悲惱苦我說彼不解脱苦譬如路側清涼池水香味具足有人以毒著中陽春之月諸行路者風熱渴逼競來欲飲有人語言士夫此是清涼池色香味具足然中有毒汝等勿飲若當飲者或令汝死或近死苦而彼渴者不信而飲雖得美味須臾或死或近死苦如是沙門婆羅門見世間可念端正之色作常見恒見安隱見無病見我我所見乃至不得解脱生老病死憂悲惱苦若諸沙門婆羅門於世間可念端正之色觀察如病如癰如刺如殺無常苦空非我彼愛則離愛離故億波提離億波提離故則苦離苦離故則生老病死憂悲惱苦離譬如路側清涼池水香味具足有人以毒著中陽春之月諸行路者風熱渴逼競來欲飲有人語言此水有毒汝等勿飲若當飲者或令汝死或近死苦彼則念言此水有毒若當飲者或令我死或近死苦我且忍渴食乾麨飯不取水飲如是沙門婆羅門於世間可念之色觀察如病如癰如刺如殺無常苦空非我乃至解脱生老病死憂悲惱苦是故阿難於此法如是見如是聞如是覺如是知於過去未來亦於此道如是觀察

佛說此經已諸比丘聞佛所說歡喜奉行

如是我聞一時佛住王舍城迦蘭陀竹園爾時世尊告諸比丘云何思量觀察正盡苦究竟苦邊時思量衆生所有衆苦種種差別此

諸苦何因何集何生何觸思量取因取集取生取觸若彼取滅無餘衆苦則滅彼所苦滅道跡如實知修行彼向次法是名比丘向正盡苦究竟苦邊所謂取滅復次比丘思量觀察正盡苦究竟苦邊時思量彼取何因何集何生何觸思量彼取愛因愛集愛生愛觸彼愛永滅無餘取亦隨滅彼所乘取滅道跡如實知修習彼向次法是名比丘向正盡苦究竟苦邊所謂愛滅復次比丘思量觀察正盡苦究竟苦邊則思量彼愛何因何集何生何觸知彼愛受因受集受生受觸彼受永滅無餘則愛滅彼所乘愛滅道跡如實知修習彼向次法是名比丘向正盡苦究竟苦邊所謂受滅復次比丘思量觀察正盡苦究竟苦邊時思量彼受何因何集何生何觸知彼受觸因觸集觸生觸緣彼觸永滅無餘則受滅彼所乘觸滅道跡如實知修習彼向次法是名比丘向正盡苦究竟苦邊復次比丘思量觀察正盡苦究竟苦邊時思量彼觸何因何集何生何觸當知彼觸六入處因六入處集六入處生六入處觸彼六入處滅無餘則觸滅彼所乘六入處道跡如實知修習彼向次法是名比丘向正盡苦究竟苦邊復次比丘思量觀察正盡苦究竟苦邊時思量彼六入處何因何集何生何觸知彼六入處名色因名色集名色生名色觸名色永滅無餘則六入處滅彼所乘名色滅道跡如實知修習彼向次法是名比丘向正盡苦究竟苦邊所謂名色滅復次比丘思量正盡苦究竟苦邊時思量名色何因何集何生何觸知彼名色識因

識集識生識觸彼識欲滅無餘則名色滅彼所乘識滅道跡如實知修習彼向次法是名比丘向正盡苦究竟苦邊所謂識滅復次比丘思量觀察正盡苦究竟苦邊時思量彼識何因何集何生何觸知彼識行因行集行生行觸作諸福行善識生作諸不福不善行不善識生作無所有行無所有識生是爲彼識行因行集行生行觸彼行欲滅無餘則識滅彼所乘行滅道跡如實知修習彼向次法是名比丘向正盡苦究竟苦邊所謂行滅復次比丘思量觀察正盡苦究竟苦邊時思量彼行何因何集何生何觸知彼行無明因無明集無明生無明觸彼福行無明無明緣非福行亦無明緣非福不福行亦無明緣是故當知彼行無明因無明集無明生無明觸彼無明永滅無餘則行滅彼所乘無明滅道跡如實知修習彼向次法是名比丘向正盡苦究竟苦邊所謂無明滅佛告比丘於意云何若不樂無明而生明復緣彼無明作福行非福行無所有行不比丘白佛不也世尊所以者何多聞聖弟子不樂無明而生明無明滅則行滅行滅則識滅如是乃至生老病死憂悲惱苦滅如是如是純大苦聚滅佛言善哉善哉比丘我亦如是說汝亦知此於彼彼法起彼彼法生彼彼法滅彼彼法滅止清涼息沒若多聞聖弟子無明離欲而生明身分齊受所覺身分齊受所覺時如實知若壽分齊受所覺壽分齊受所覺時如實知身壞時壽命欲盡於此諸受一切所覺滅盡無餘譬如力士取新熟瓦器乘熱置地須臾散壞熱勢悉

滅如是比丘無明離欲而生明身分齊受所覺如實知壽分齊受所覺如實知身壞命終一切受所覺悉滅無餘佛說此經已諸比丘聞佛所說歡喜奉行

如是我聞一時佛住王舍城迦蘭陀竹園爾時世尊告異比丘我已度疑離於猶豫拔邪見刺不復退轉心無所著故何處有我為彼比丘說法為彼比丘說賢聖出世空相應緣起隨順法所謂有是故是事有是事有故是事起所謂緣無明行緣行識緣識名色緣名色六入處緣六入處觸緣觸受緣受愛緣愛取緣取有緣有生緣生老死憂悲惱苦如是如是純大苦聚集乃至如是純大苦聚滅如是說法而彼比丘猶有疑惑猶豫先不得得想不獲獲想不證證想今聞法已心生憂苦悔恨矇沒障礙所以者何此甚深處所謂緣起倍復甚深難見所謂一切取離愛盡無欲寂滅涅槃如此二法謂有為無為有為者若生若住若異若滅無為者不生不住不異不滅是名比丘諸行苦寂滅涅槃因集故苦集因滅故苦滅斷諸逕路滅於相續相續滅滅是名苦邊比丘彼何所滅謂有餘苦彼若滅止清涼息沒所謂一切取滅愛盡無欲寂滅涅槃佛說此經已諸比丘聞佛所說歡喜奉行

如是我聞一時佛住王舍城迦蘭陀竹園爾時世尊告諸比丘愚癡無聞凡夫無明覆愛緣繫得此識身內有此識身外有名色此二因緣生觸此六觸入所觸愚癡無聞凡夫苦樂受覺因起種種云何為六眼觸入處耳鼻

舌身意觸入處若黠慧者無明覆愛緣繫得此識身如是內有識身外有名色此二緣生六觸入處六觸所觸故智者生苦樂受覺因起種種何等爲六眼觸入處耳鼻舌身意觸入處愚夫黠慧彼於我所修諸梵行者有何差別比丘白佛言世尊是法根法眼法依善哉世尊惟願演說諸比丘聞已當受奉行爾時世尊告諸比丘諦聽善思當爲汝說諸比丘彼愚癡無聞凡夫無明所覆愛緣所繫得此識身彼無明不斷愛緣不盡身壞命終還復受身還受身故不得解脫生老病死憂悲惱苦所以者何此愚癡凡夫本不修梵行向正盡苦究竟苦邊故是故身壞命終還復受身還受身故不得解脫生老病死憂悲惱苦若黠慧者無明所覆愛緣所繫得此識身彼無明斷愛緣盡無明斷愛緣盡故身壞命終更不復受不更受故得解脫生老病死憂悲惱苦所以者何彼先修梵行正向盡苦究竟苦邊故是故彼身壞命終更不復受更不受故得解脫生老病死憂悲惱苦是名凡夫及黠慧者彼於我所修諸梵行種種差別佛說此經已諸比丘聞佛所說歡喜奉行

如是我聞一時佛住王舍城迦蘭陀竹園爾時世尊告諸比丘此身非汝所有亦非餘人所有謂六觸入處本修行願受得此身云何爲六眼觸入處耳鼻舌身意觸入處彼多聞聖弟子於諸緣起善正思惟觀察有此六識身六觸身六受身六想身六思身所謂此有故有當來生老病死憂悲惱苦如是如是純大苦聚集是名有因有緣世間集謂此無故

六識身無六觸身六受身六想身六思身無謂此無故無有當來生老病死憂悲惱苦如是如是純大苦聚滅若多聞聖弟子於世間集世間滅如實正智善見善覺善入是名聖弟子招此善法得此善法知此善法入此善法覺知覺見世間生滅成就聖賢出離貫穿正盡苦究竟苦邊所以者何謂多聞聖弟子世間集滅如實知善見善覺善入故佛說此經已諸比丘聞佛所說歡喜奉行

如是我聞一時佛住王舍城迦蘭陀竹園爾時世尊告諸比丘我今當說因緣法及緣生法云何爲因緣法謂此有故彼有謂緣無明行緣行識乃至如是如是純大苦聚集云何緣生法謂無明行若佛出世若未出世此法常住法住法界彼如來自所覺知成等正覺爲人演說開示顯發謂緣無明有行乃至緣生有老死若佛出世若未出世此法常住法住法界彼如來自覺知成等正覺爲人演說開示顯發謂緣生故有老病死憂悲惱苦此等諸法法住法空法如法爾法不離如法不異如審諦真實不顛倒如是隨順緣起是名緣生法謂無明行識名色六入處觸受愛取有生老病死憂悲惱苦是名緣生法多聞聖弟子於此因緣法緣生法正智善見不求前際言我過去世若有若無我過去世何等類我過去世何如不求後際我於當來世爲有爲無云何類何如內不猶豫此是何等云何有此爲前誰終當云何之此衆生從何來於此沒當何之若沙門婆羅門起凡俗見所繫謂說我見所繫說衆生見所繫說壽命見所

繫忌諱吉慶見所繫爾時悉斷悉知斷其根本如截多羅樹頭於未來世成不生法是名多聞聖弟子於因緣法緣生法如實正知善見善覺善修善入佛說此經已諸比丘聞佛所說歡喜奉行

如是我聞一時佛住拘留搜調牛聚落爾時世尊告諸比丘我當爲汝等說法初中後善善義善味純一清淨梵行清白所謂大空法經諦聽善思當爲汝說云何爲大空法經所謂此有故彼有此起故彼起謂緣無明行緣行識乃至純大苦聚集緣生老死者若有問言彼誰老死老死屬誰彼則答言我即老死今老死屬我老死是我所言命即是身或言命異身異此則一義而說有種種若見言命即是身彼梵行者所無有若復見言命異身異梵行者所無有於此二邊心所不隨正向中道賢聖出世如實不顛倒正見謂緣生老死如是生有取愛受觸六入處名色識行緣無明故有行若復問言誰是行行屬誰彼則答言行則是我行是我所彼如是命即是身或言命異身異彼見命即是身者梵行者無有或言命異身異者梵行者亦無有離此二邊正向中道賢聖出世如實不顛倒正見所謂緣無明行諸比丘若無明離欲而生明彼誰老死老死屬誰者老死則斷則知斷其根本如截多羅樹頭於未來世成不生法若比丘無明離欲而生明彼誰生生屬誰乃至誰行行屬誰者行則斷則知斷其根本如截多羅樹頭於未來世成不生法若比丘無明離欲而生明彼無明滅則行滅乃至純大苦聚

滅是名大空法經佛說此經已諸比丘聞佛所說歡喜奉行

如是我聞一時佛住拘留搜調牛聚落爾時世尊告諸比丘我今當說緣起法法說義說諦聽善思當爲汝說云何緣起法法說謂此有故彼有此起故彼起謂緣無明行乃至純大苦聚集是名緣起法法說云何義說謂緣無明行者彼云何無明若不知前際不知後際不知前後際不知於內不知於外不知內外不知業不知報不知業報不知佛不知法不知僧不知苦不知集不知滅不知道不知因不知因所起法不知善不善有罪無罪習不習若劣若勝染汙清淨分別緣起皆悉不知於六觸入處不如實覺知於彼彼不知不見無無間等癡闇無明大冥是名無明緣無明行者云何爲行行有三種身行口行意行緣行識者云何爲識謂六識身眼識身耳識身鼻識身舌識身身識身意識身緣識名色者云何名謂四無色陰受陰想陰行陰識陰云何色謂四大四大所造色是名爲色此色及前所說名是爲名色緣名色六入處者云何爲六入處謂六內入處眼入處耳入處鼻入處舌入處身入處意入處緣六入處觸者云何爲觸謂六觸身眼觸身耳觸身鼻觸身舌觸身身觸身意觸身緣觸受者云何爲受謂三受苦受樂受不苦不樂受緣受愛者彼云何爲愛謂三愛欲愛色愛無色愛緣愛取者云何爲取四取欲取見取戒取我取緣取有者云何爲有三有欲有色有無色有緣有生者云何爲生若彼彼衆生彼彼身種類生

超越和合出生得陰得界得入處得命根是名爲生緣生老死者云何爲老若髪白露頂皮緩根熟支弱背僂垂頭呻吟短氣前輸任杖而行身體黧黑四體斑駁闇鈍垂熟造行艱難羸劣是名爲老云何爲死彼彼衆生彼彼種類沒遷移身壞壽盡火離命滅捨陰時到是名爲死此死及前說老是名老死是名緣起義說佛說此經已諸比丘聞佛所說歡喜奉行

如是我聞一時佛住拘留搜調牛聚落時有異比丘來詣佛所稽首禮足退坐一面白佛言世尊謂緣起法爲世尊作爲餘人作耶佛告比丘緣起法者非我所作亦非餘人作然彼如來出世及未出世法界常住彼如來自覺此法成等正覺爲諸衆生分別演說開發顯示所謂此有故彼有此起故彼起謂緣無明行乃至純大苦聚集無明滅故行滅乃至純大苦聚滅佛說此經已時彼比丘聞佛所說歡喜隨喜作禮而去

如是我聞一時佛住拘留搜調牛聚落時有異婆羅門來詣佛所與世尊面相慶慰慶慰已退坐一面白佛言云何瞿曇爲自作自覺耶佛告婆羅門我說此是無記自作自覺此是無記云何瞿曇他作他覺耶佛告婆羅門他作他覺此是無記婆羅門白佛云何我問自作自覺說言無記他作他覺說言無記此義云何佛告婆羅門自作自覺則墮常見他作他覺則墮斷見義說法說離此二邊處於中道而說法所謂此有故彼有此起故彼起緣無明行乃至純大苦聚集無明滅則行滅

乃至純大苦聚滅佛說此經已彼婆羅門歡喜隨喜從座起去

如是我聞一時佛住那梨聚落深林中待賓舍爾時尊者[跳-兆+散]陀迦旃延詣佛所稽首佛足退住一面白佛言世尊如世尊說正見云何正見云何世尊施設正見佛告[跳-兆+散]陀迦旃延世間有二種依若有若無爲取所觸取所觸故或依有或依無若無此取者心境繫著使不取不住不計我苦生而生苦滅而滅於彼不疑不惑不由於他而自知是名正見是名如來所施設正見所以者何世間集如實正知見若世間無者不有世間滅如實正知見若世間有者無有是名離於二邊說於中道所謂此有故彼有此起故彼起謂緣無明行乃至純大苦聚集無明滅故行滅乃至純大苦聚滅佛說此經已尊者[跳-兆+散]陀迦旃延聞佛所說不起諸漏心得解脫成阿羅漢

如是我聞一時佛住王舍城耆闍崛山爾時世尊晨朝著衣持鉢出耆闍崛山入王舍城乞食時有阿支羅迦葉爲營小事出王舍城向耆闍崛山遙見世尊見已詣佛所白佛言瞿曇欲有所問寧有閑暇見答以不佛告迦葉今非論時我今入城乞食來還則是其時當爲汝說第二亦如是說第三復問瞿曇何爲我作留難瞿曇云何有異我今欲有所問爲我解說佛告阿支羅迦葉隨汝所問阿支羅迦葉白佛言云何瞿曇苦自作耶佛告迦葉苦自作者此是無記迦葉復問云何瞿曇苦他作耶佛告迦葉苦他作者此亦無記迦葉復問苦自他作耶佛告迦葉苦自他作此

亦無記迦葉復問云何瞿曇苦非自非他無因作耶佛告迦葉苦非自非他無因作者此亦無記迦葉復問云何無因作者瞿曇所問苦自作耶答言無記他作耶自他作耶非自非他無因作耶答言無記今無此苦耶佛告迦葉非無此苦然有此苦迦葉白佛言善哉瞿曇說有此苦爲我說法令我知苦見苦佛告迦葉若受即自受者我應說苦自作苦他受他即受者是則他作若受自受他受復與苦者如是者自他作我亦不說若不因自他無因而生苦者我亦不說離此諸邊說其中道如來說法此有故彼有此起故彼起謂緣無明行乃至純大苦聚集無明滅則行滅乃至純大苦聚滅佛說此經已阿支羅迦葉遠塵離垢得法眼淨時阿支羅迦葉見法得法知法入法度諸狐疑不由他知不因他度於正法律心得無畏合掌白佛言世尊我今已度我從今日歸依佛歸依法歸依僧盡壽作優婆塞證知我阿支羅迦葉聞佛所說歡喜隨喜作禮而去時阿支羅迦葉辭世尊去不久爲護犢牸牛所觸殺於命終時諸根清淨顔色鮮白爾時世尊入城乞食時有衆多比丘亦入王舍城乞食聞有傳說阿支羅迦葉從世尊聞法辭去不久爲牛所觸殺於命終時諸根清淨顔色鮮白諸比丘乞食已還出舉衣鉢洗足詣世尊所稽首禮足退坐一面白佛言世尊我今晨朝衆多比丘入城乞食聞阿支羅迦葉從世尊聞法律辭去不久爲護犢牛所觸殺於命終時諸根清淨顔色鮮白世尊彼生何趣何處受生彼何所得佛告

諸比丘彼已見法知法次法不受於法已般涅槃汝等當往供養其身爾時世尊爲阿支羅迦葉授第一記

如是我聞一時佛住王舍城耆闍崛山中爾時世尊晨朝著衣持鉢入王舍城乞食於路見玷牟留外道出家少有所營至耆闍崛山遊行遥見世尊往詣其所共相慶慰共相慶慰已於一面住白佛言瞿曇欲有所問寧有閑暇爲解説不佛告玷牟留外道出家今非論時須入城乞食來還當爲汝説第二説亦如是第三復請沙門瞿曇將於我所作留難不欲有所問爲我解説佛告玷牟留外道出家隨汝意問當爲汝説玷牟留外道出家即問沙門瞿曇苦樂自作耶佛告玷牟留外道出家説苦樂自作者此是無記復問沙門瞿曇苦樂他作耶佛告玷牟留外道出家説苦樂他作者此是無記復問沙門瞿曇苦樂自他作耶佛告玷牟留外道出家説苦樂自他作者此是無記復問瞿曇苦樂非自非他無因作耶佛告玷牟留外道出家説苦樂非自非他無因作者此是無記廣説如上阿支羅迦葉經乃至世尊爲玷牟留外道出家授第一記

雜阿含經卷第十二

音釋

壅 於隴切培也　溉灌 溉古代切沃也灌古玩切澆也　析 先擊切分也　摩訶拘絺羅 梵語也此云大膝絺抽遲切　癰 於容切癕也　麨 尺沼切乾糧也　分齊 分扶問切齊在計切分齊限量也　黠 胡八切慧也　僂 力主切曲脊也　黧 力奚切黄黑色也　駮 北角切色不純也　跚 蘇干

雜阿含經卷第十三

宋天竺三藏求那跋陀羅譯

如是我聞一時佛住拘留搜調牛聚落爾時世尊告諸比丘我今當爲汝等説法初中後善善義善味純一滿淨梵行清白諦聽善思有六六法何等爲六六法謂六內入處六外入處六識身六觸身六受身六愛身何等爲六內入處謂眼入處耳入處鼻入處舌入處身入處意入處何等爲六外入處色入處聲入處香入處味入處觸入處法入處云何六識身謂眼識身耳識身鼻識身舌識身身識身意識身云何六觸身謂眼觸耳觸鼻觸舌觸身觸意觸云何六受身謂眼觸生受耳觸生受鼻觸生受舌觸生受身觸生受意觸生受云何六愛身謂眼觸生愛耳觸生愛鼻觸生愛舌觸生愛身觸生愛意觸生愛若有説言眼是我是則不然所以者何眼生滅故若眼是我者我應受生死是故説眼是我者是則不然如是若色若眼識眼觸眼觸生受若是我者是則不然所以者何眼觸生受是生滅法若眼觸生受是我者我復應受生死是故説眼觸生受是我者是則不然是故眼觸生受非我如是耳鼻舌身意觸生受非我所以者何意觸生受是生滅法若是我者我復應受生死是故意觸生受是我者是則不然是故意觸生受非我如是比丘當如實知眼所作智所作寂滅所作開發神通正向涅槃云何如實知見眼所作乃至正向涅槃如是比丘眼非我若色眼識眼觸眼觸因緣生受內覺若苦若樂不苦不樂彼亦觀察非我耳

鼻舌身意亦如是說是名如實知見眼所作乃至正向涅槃是名六六法經佛說此經已諸比丘聞佛所說歡喜奉行

如是我聞一時佛住拘留搜調牛聚落爾時世尊告諸比丘我今當為汝等說法初中後善善義善味純一滿淨梵行清白所謂六分別六入處經諦聽善思當為汝說何等為六分別六入處經謂於眼入處不如實知見者色眼識眼觸眼觸因緣生受內覺若苦若樂不苦不樂不如實知見不如實知見故於眼染著若色眼識眼觸眼觸因緣生受內覺若苦若樂不苦不樂皆生染著如是耳鼻舌身意若法意識意觸意觸因緣生受內覺若苦若樂不苦不樂不如實知見不如實知見故生染著如是染著相應愚闇顧念結縛其心長養五受陰及當來有愛貪喜悉皆增長身心疲惡身心燒然身心熾然身心狂亂身生苦覺彼身生苦覺故於未來世生老病死憂悲惱苦悉皆增長是名純一大苦陰聚集諸比丘若於眼如實知見若色眼識眼觸眼觸因緣生受內覺若苦若樂不苦不樂如實知見見已於眼不染著若色眼識眼觸眼觸因緣生受內覺若苦若樂不苦不樂不染著如是耳鼻舌身意法如實知見若法意識意觸意觸因緣生受內覺若苦若樂不苦不樂如實知見如實知見故於意不染著若法意識意觸意觸因緣生受內覺若苦若樂不苦不樂不染不染著故不相雜不愚闇不顧念不繫縛損滅五受陰當來有愛貪喜彼彼染著悉皆消滅身不疲苦心不疲苦身不燒心不

燒身不熾然心不熾然身覺樂心覺樂身心覺樂故於未來世生老病死憂悲惱苦悉皆消滅如是純大苦聚陰滅作如是知如是見者名爲正見修習滿足正志正方便正念正定前說正語正業正命清淨修習滿足是名修習八聖道清淨滿足八聖道修習滿足已四念處修習滿足四正勤四如意足五根五力七覺分修習滿足若法應知應了者悉知悉了若法應知應斷者悉知悉斷若法應知應作證者悉皆作證若法應知應修習者悉已修習何等法應知應了悉知悉了所謂名色何等法應知應斷所謂無明及有愛何等法應知應證所謂明解脱何等法應知應修所謂正觀若比丘於此法應知應了悉知悉了若法應知應斷者悉知悉斷若法應知應作證者悉知悉證若法應知應修者悉知悉修是名比丘斷愛結縛正無間等究竟苦邊諸比丘是名六分别六入處經佛說此經已諸比丘聞佛所說歡喜奉行

如是我聞一時佛住舍衛國祇樹給孤獨園時有異比丘獨一靜處專精思惟作是念比丘云何知云何見而得見法作是思惟已從禪起往詣佛所稽首禮足退坐一面白佛言世尊我獨一靜處專精思惟作是念比丘云何知云何見而得見法爾時世尊告彼比丘諦聽善思當爲汝說有二法何等爲二眼色爲二如是廣說乃至非其境界故所以者何眼色緣生眼識三事和合觸俱生受想思此四無色陰眼色此等法名爲人於斯等法作人想衆生那羅摩㝹闍摩那婆士其福伽羅

者婆禪頭又如是說我眼見色我耳聞聲我鼻齅香我舌嘗味我身覺觸我意識法彼施設又如是言說是尊者如是名如是生如是姓如是食如是受苦樂如是長壽如是久住如是壽分齊比丘是則為想是則為誌是則言說此諸法皆悉無常有為思願緣生若無常有為思願緣生者彼則是苦又復彼苦生亦苦住亦苦滅亦苦數數出生一切皆苦若復彼苦無餘斷吐盡欲離滅息沒餘苦更不相續不出生是則寂滅是則勝妙所謂捨一切有餘一切愛盡無欲滅盡涅槃耳鼻舌身觸緣生身識三事和合觸觸俱生受想思此四是無色陰身根是色陰此名為人如上說乃至滅盡涅槃緣意法生意識三事和合觸觸俱生受想思此四無色陰四大士夫所依此等法名為人如上廣說乃至滅盡涅槃若有於此諸法心隨入住解脫不退轉於彼所起繫著有無我比丘如是知如是見則為見法佛說此經已諸比丘聞佛所說歡喜奉行

如是我聞一時佛住舍衛國祇樹給孤獨園時有異比丘獨一靜處專精思惟作是念云何知云何見名為見法思惟已從禪起往詣佛所稽首禮足退坐一面白佛言世尊我獨一靜處專精思惟作是念比丘云何知云何見名為見法今問世尊惟願解說佛告比丘諦聽善思當為汝說有二法眼色緣生眼識如上廣說尊者如所說偈

眼色二種緣　生於心心法　識觸及俱生
受想等有因　非我非我所　亦非福伽羅
亦非摩㝹闍　亦非摩那婆　是則為生滅

苦陰變易法　於斯等作想　施設於衆生
那羅摩菟闍　及與摩那婆　亦餘衆多想
皆因苦陰生　諸業愛無明　因積他世陰
餘沙門異道　異說二法者　彼但有言說
聞已增癡惑　貪愛息無餘　無明沒永滅
愛盡衆苦息　無上佛明說

佛說此經已諸比丘聞佛所說歡喜奉行

如是我聞一時佛住舍衞國祇樹給孤獨園爾時世尊告諸比丘諸天世人於色染著愛樂住彼色若無常變易滅盡彼諸天人則生大苦於聲香味觸法染著愛樂住彼法變易無常滅盡彼諸天人得大苦住如來於色色集色滅色味色患色離如實知如實知已於色不復染著愛樂住彼色變易無常滅盡則生樂住於聲香味觸法集滅味患離如實知如實知已不復染著愛樂住彼色變易無常滅盡則生樂住所以者何眼色緣生眼識三事和合觸觸緣受若苦若樂不苦不樂此受集此受滅此受味此受患此受離如實知於彼色因緣生阸礙阸礙盡已名無上安隱涅槃耳鼻舌身意法緣生意識三事和合觸觸緣受若苦若樂不苦不樂彼受集受滅受味受患受離如實知如實知已彼法因緣生阸礙阸礙盡已名無上安隱涅槃爾時世尊而說偈言

於色聲香味　觸法六境界　一向生喜悅
愛染深樂著　諸天及世人　唯以此爲樂
變易滅盡時　彼則生大苦　惟有諸賢聖
見其滅爲樂　世間之所樂　觀察悉爲怨
賢聖見苦者　世間以爲樂　世間之所苦

於聖則爲樂　甚深難解法　世間癡惑生
大闇所昏没　盲冥無所見　惟有智慧者
發朦開大明　如是甚深句　非聖孰能知
不還受身者　深達諦明了
佛說此經已諸比丘聞佛所說歡喜奉行
如是我聞一時佛住瞻婆國揭伽池側爾時
尊者鹿紐來詣佛所稽首禮足退坐一面白
佛言世尊如世尊說有第二住有一一住彼
云何第二住云何一一住佛告鹿紐善哉善
哉鹿紐能問如來如是之義佛告鹿紐若眼
識色可愛樂念可意長養於欲彼比丘見已
喜樂讚歎繫著住愛樂讚歎繫著住已心轉
歡喜歡喜已深樂深樂已貪愛貪愛已阨礙
歡喜深樂貪愛阨礙者是名第二住耳鼻舌
身意亦如是說鹿紐有如是像類比丘正使
空閑獨處猶名第二住所以者何愛喜不斷
不滅故愛欲不斷不知者諸佛如來說第二
住若有比丘於可愛樂念可意長養於欲色
彼比丘見已不喜樂不讚歎不繫著住不喜
樂不讚歎不繫著住已不歡喜不歡喜故不
深樂不深樂故不貪愛不貪愛故不阨礙不
歡喜深樂貪愛阨礙者是名爲一一住耳鼻
舌身意亦如是說鹿紐如是像類比丘正使
處於高樓重閣猶是一一住者所以者何貪
愛已盡已知故貪愛已盡已知者諸佛如來
說名一一住爾時尊者鹿紐聞佛所說歡喜
隨喜作禮而去
如是我聞一時佛住瞻婆國揭伽池側爾時
尊者鹿紐來詣佛所稽首禮足退坐一面白
佛言善哉世尊爲我說法我聞法已當獨一

靜處專精思惟不放逸住乃至自知不受後有佛告鹿紐善哉善哉鹿紐能問如來如是之義諦聽善思當爲汝說佛告鹿紐若眼見可愛樂可意可念長養於欲之色見已彼說讚歎繫著欣悅讚歎繫著已則歡喜集歡喜集已則苦集耳鼻舌身意亦如是說鹿紐若有比丘眼見可愛樂可念可意長養欲之色見已不欣悅不讚歎不繫著不欣悅不讚歎不繫著故不歡喜集不歡喜集故則苦滅耳鼻舌身意法亦如是說爾時尊者鹿紐聞佛所說歡喜隨喜作禮而去爾時尊者鹿紐聞佛說法教戒已獨一靜處專精思惟不放逸法乃至得阿羅漢心善解脫

如是我聞一時佛住舍衛國祇樹給孤獨園爾時尊者富樓那來詣佛所稽首禮足退住一面白佛言善哉世尊爲我說法我坐獨一靜處專精思惟不放逸住乃至自知不受後有佛告富樓那善哉善哉能問如來如是之義諦聽善思當爲汝說若有比丘眼見可愛樂可念可意長養欲色見已欣悅讚歎繫著欣悅讚歎繫著已歡喜歡喜已樂著樂著已貪愛貪愛已阸礙歡喜樂著貪愛阸礙故去涅槃遠耳鼻舌身意亦如是說富樓那若比丘眼見可愛樂可念可意長養欲之色見已不欣悅不讚歎不繫著不欣悅不讚歎不繫著故不歡喜不歡喜故不深樂不深樂故不貪愛不貪愛故不阸礙不歡喜不深樂不貪愛不阸礙故漸近涅槃耳鼻舌身意亦如是說佛告富樓那我已略說法教汝欲何所住富樓那白佛言世尊我已蒙世尊略說教戒

我欲於西方輸盧那人間遊行佛告富樓那西方輸盧那人兇惡輕躁弊暴好罵富樓那汝若聞彼兇惡輕躁弊暴好罵毀辱者當如之何富樓那白佛言世尊若彼西方輸盧那國人面前兇惡訶罵毀辱者我作是念彼西方輸盧那人賢善智慧雖於我前兇惡弊暴好罵毀辱我猶尚不以手石而見打擲佛告富樓那彼西方輸盧那人但兇惡輕躁弊暴罵辱於汝則可脫復當以手石打擲者當如之何富樓那白佛言世尊西方輸盧那人脫以手石加於我者我當念言輸盧那人賢善智慧雖以手石加我而不用刀杖佛告富樓那若當彼人脫以刀杖而加汝者復當云何富樓那白佛言世尊若當彼人脫以刀杖而加我者當作是念彼輸盧那人賢善智慧雖以刀杖而加於我而不見殺佛告富樓那假使彼人脫殺汝者當如之何富樓那白佛言世尊若西方輸盧那人脫殺我者當作是念有諸世尊弟子當猒患身或以刀自殺或服毒藥或以繩自繫或投深坑彼西方輸盧那人賢善智慧於我朽敗之身以少作方便便得解脫佛言善哉富樓那汝善學忍辱汝今堪能於輸盧那人間住止汝今宜去度於未度安於未安未涅槃者令得涅槃爾時富樓那聞佛所說歡喜隨喜作禮而去爾時尊者富樓那夜過晨朝著衣持鉢入舍衛城乞食食已還出付囑卧具持衣鉢去至西方輸盧那人間遊行到已夏安居爲五百優婆塞說法建立五百僧伽藍繩牀卧褥供養衆具悉皆備足三月過已具足三明即於彼處入無

餘涅槃

如是我聞一時佛住舍衛國祇樹給孤獨園爾時磨羅迦舅來詣佛所稽首禮足退坐一面白佛言善哉世尊爲我說法我聞法已獨一靜處專精思惟不放逸住乃至不受後有爾時世尊告磨羅迦舅言諸年少聰明利根於我法律出家未久於我法律尚無懈怠而況汝今日年耆根熟而欲聞我略說教戒磨羅迦舅白佛言世尊我雖年耆根熟而尚欲得聞世尊略說教戒唯願世尊爲我略說教戒我聞法已當獨一靜處專精思惟乃至自知不受後有第二第三亦如是請佛告磨羅迦舅汝今且止如是再三亦不爲說爾時世尊告磨羅迦舅我今問汝隨意答我佛告磨羅迦舅若眼未曾見色汝當欲見於彼色起欲起愛起念起染著不答言不也世尊耳聲鼻香舌味身觸意法亦如是說佛告磨羅迦舅善哉善哉磨羅迦舅見以見爲量聞以聞爲量覺以覺爲量識以識爲量而說偈言

若汝非於彼　彼亦復非此　亦非兩中間
是則爲苦邊

磨羅迦舅白佛言已知世尊已知善逝佛告磨羅迦舅汝云何於我略說法中廣解其義爾時磨羅迦舅說偈白佛言

若眼已見色　而失於正念　則於所見色
而取愛念相　取愛樂相者　心則常繫著
起於種種愛　無量色集生　貪欲恚害覺
令其心退減　長養於衆苦　永離於涅槃
見色不取相　其心隨正念　不染惡心愛
亦不生繫著　不起於諸愛　無量色集生

貪欲恚害覺　不能壞其心　小長養衆苦
漸次近涅槃　日種尊所説　離愛般涅槃
若耳聞諸聲　心失於正念　而取諸聲相
執持而不捨　鼻香舌甞味　身觸意念法
忘失於正念　取相亦復然　其心生愛樂
繫著堅固住　起種種諸愛　無量法集生
貪欲恚害覺　退減壞其心　長養衆苦聚
永離於涅槃　不染於諸法　正智正念住
其心不染汙　亦復不樂著　不起於諸愛
無量法集生　貪瞋恚害覺　不退減其心
衆苦隨損減　漸近般涅槃　愛盡般涅槃
世尊之所説

是名世尊略説法中廣解其義佛告磨羅迦舅汝真於我略説法中廣解其義所以者何如汝所説偈

若眼見衆色　忘失於正念　則於所見色
而取愛念相

如前廣説爾時尊者磨羅迦舅聞佛所説歡喜隨喜作禮而去爾時尊者磨羅迦舅於世尊略説法中廣解其義已於獨一靜處專精思惟不放逸住乃至成阿羅漢心得解脱

如是我聞一時佛住舍衞國祇樹給孤獨園爾時世尊告諸比丘有經法諸比丘崇向而於經法異信異欲異聞異行思惟異見審諦忍正知而説我生已盡梵行已立所作已作自知不受後有諸比丘白佛言世尊是法根法眼法依善哉世尊唯願廣説諸比丘聞已當受奉行佛告諸比丘諦聽善思當爲汝説比丘眼見色已覺知色而不覺色貪我先眼識於色有貪而今眼識於色無貪如實知若

比丘眼見於色已覺知色而不起色貪覺我先眼識有貪而言今眼識於色無貪如實知者諸比丘於意云何彼於此爲有信有欲有聞有行思惟有審諦忍不答言如是世尊歸於此法如實正知所知所見不答言如是世尊耳鼻舌身意法亦如是說諸比丘是名有經法比丘於此經法崇向異信異欲異聞異行思惟異見審諦忍正知而說我生已盡梵行已立所作已作自知不受後有佛說此經已諸比丘聞佛所說歡喜奉行

如是我聞一時佛住舍衛國祇樹給孤獨園爾時世尊告諸比丘當斷欲斷眼欲已眼則已斷已知斷其根本如截多羅樹頭於未來世永不復生耳鼻舌身意亦如是說佛說此經已諸比丘聞佛所說歡喜奉行

如是我聞一時佛住舍衛國祇樹給孤獨園爾時世尊告諸比丘若眼生住轉出則苦生病住老死出耳鼻舌身意亦如是說若眼滅息沒苦生則滅病則息死則沒耳鼻舌身意亦如是說佛說此經已諸比丘聞佛所說歡喜奉行

如是我聞一時佛住舍衛國祇樹給孤獨園爾時世尊告諸比丘眼無常若眼是常者則不應受逼迫苦亦應說於眼欲令如是不令如是以眼無常故是故眼受逼迫苦生是故不得於眼欲令如是不令如是耳鼻舌身意亦如是說佛說此經已諸比丘聞佛所說歡喜奉行

如是我聞一時佛住舍衛國祇樹給孤獨園爾時世尊告諸比丘眼苦若眼是樂者不應

受逼迫苦應得於眼欲令如是不令如是以眼是苦故受逼迫苦不得於眼欲令如是不令如是耳鼻舌身意亦如是說佛說此經已諸比丘聞佛所說歡喜奉行

如是我聞一時佛住舍衞國祇樹給孤獨園爾時世尊告諸比丘眼非我若眼是我者不應受逼迫苦應得於眼欲令如是不令如是以眼非我故受逼迫苦不得於眼欲令如是不令如是耳鼻舌身意亦如是說佛說此經已諸比丘聞佛所說歡喜奉行

如內六入處三經外六入處三經亦如是說

如是我聞一時佛住舍衞國祇樹給孤獨園時有生聞婆羅門往詣佛所共相問訊問訊已退坐一面白佛言瞿曇所謂一切者云何名一切佛告婆羅門一切者謂十二入處眼色耳聲鼻香舌味身觸意法是名一切若復說言此非一切沙門瞿曇所說一切我今捨別立餘一切者彼但有言說問已不知增其疑惑所以者何非其境界故時生聞婆羅門聞佛所說歡喜隨喜從座起去

如是我聞一時佛住舍衞國祇樹給孤獨園時有生聞婆羅門往詣佛所面相問訊已退坐一面白佛言瞿曇所謂一切有云何一切有佛告生聞婆羅門我今問汝隨意答我婆羅門於意云何眼是有不答言是有沙門瞿曇色是有不答言是有沙門瞿曇婆羅門有色有眼識有眼觸有眼觸因緣生受若苦若樂不苦不樂不答言有沙門瞿曇耳鼻舌身意亦如是說如是廣說乃至非其境界故佛說此經已生聞婆羅門聞佛所說歡喜隨喜

從座起去

如是我聞一時佛住舍衛國祇樹給孤獨園時有生聞婆羅門往詣佛所共相問訊已退坐一面白佛言沙門瞿曇所謂一切法云何爲一切法佛告婆羅門眼及色眼識眼觸眼觸因緣生受若苦若樂不苦不樂耳鼻舌身意法意識意觸意觸因緣生受若苦若樂不苦不樂是名爲一切法若復有言此非一切法沙門瞿曇所說一切法我今捨更立一切法者此但有言數問已不知增其癡惑所以者何非其境界故佛說此經已生聞婆羅門聞佛說已歡喜隨喜從座起去

如生聞婆羅門所問三經有異比丘所問三經尊者阿難所問三經世尊法眼法根法依三經亦如上說

如是我聞一時佛住舍衛國祇樹給孤獨園時有異比丘往詣佛所稽首佛足退坐一面白佛言世尊如世尊說眼是內入處世尊略說不廣分別云何眼是內入處佛告彼比丘眼是內入處四大所造淨色不可見有對耳鼻舌身內入處亦如是說復白佛言世尊如世尊說意是內入處不廣分別云何意是內入處佛告比丘意內入處者若心意識非色不可見無對是名意內入處復問如世尊說色外入處世尊略說不廣分別云何世尊色外入處佛告比丘色外入處若色四大造可見有對是名色是外入處復白佛言世尊說聲是外入處不廣分別云何聲是外入處佛告比丘若聲四大造不可見有對如聲香味亦如是復問世尊說觸外入處不廣分別云

何觸外入處佛告比丘觸外入處者謂四大及四大造色不可見有對是名觸外入處復問世尊說法外入處不廣分別云何法外入處佛告比丘法外入處者十一入所不攝不可見無對是名法外入處佛說此經已諸比丘聞佛所說歡喜奉行

如是我聞一時佛住舍衛國祇樹給孤獨園爾時世尊告諸比丘有六内入處云何爲六謂眼内入處耳鼻舌身意内入處佛說此經已諸比丘聞佛所說歡喜奉行

如是我聞一時佛住舍衛國祇樹給孤獨園爾時世尊告諸比丘有六外入處云何爲六謂色是外入處聲香味觸法是外入處是名六外入處佛說此經已諸比丘聞佛所說歡喜奉行

如是我聞一時佛住舍衛國祇樹給孤獨園爾時世尊告諸比丘有六識身云何爲六謂眼識身耳識身鼻識身舌識身身識身意識身是名六識身佛說此經已諸比丘聞佛所說歡喜奉行

如是我聞一時佛住舍衛國祇樹給孤獨園爾時世尊告諸比丘有六觸身云何爲六觸身謂眼觸身耳觸身鼻觸身舌觸身身觸身意觸身是名六觸身佛說此經已諸比丘聞佛所說歡喜奉行

如是我聞一時佛住舍衛國祇樹給孤獨園爾時世尊告諸比丘有六受身云何爲六謂眼觸生受耳鼻舌身意觸生受是名六受身佛說此經已諸比丘聞佛所說歡喜奉行

如是我聞一時佛住舍衛國祇樹給孤獨園

爾時世尊告諸比丘有六想身云何爲六謂眼觸生想耳鼻舌身意觸生想是名六想身佛說此經已諸比丘聞佛所說歡喜奉行

如是我聞一時佛住舍衛國祇樹給孤獨園

爾時世尊告諸比丘有六思身云何爲六謂眼觸生思耳鼻舌身意觸生思是名六思身佛說此經已諸比丘聞佛所說歡喜奉行

如是我聞一時佛住舍衛國祇樹給孤獨園

爾時世尊告諸比丘有六愛身云何爲六愛身謂眼觸生愛耳鼻舌身意觸生愛是名六愛身佛說此經已諸比丘聞佛所說歡喜奉行

如是我聞一時佛住舍衛國祇樹給孤獨園

爾時世尊告諸比丘有六顧念云何爲六謂色顧念聲顧念香顧念味顧念觸顧念法顧念是名六顧念佛說此經已諸比丘聞佛所說歡喜奉行

如是我聞一時佛住舍衛國祇樹給孤獨園

爾時世尊告諸比丘有六覆云何爲六謂色有漏是取心覆藏聲香味觸法有漏是取心覆藏是名六覆佛說此經已諸比丘聞佛所說歡喜奉行

如是我聞一時佛住舍衛國祇樹給孤獨園

爾時世尊告諸比丘過去未來眼無常況現在眼多聞聖弟子如是觀者不顧過去眼不欣未來眼於現在眼生猒離欲滅盡向耳鼻舌身意亦如是說如無常如是苦空非我亦如是說如內入處四經外入處四經亦如上說

如是我聞一時佛住拘留搜調牛聚落爾時

世尊告諸比丘今當爲汝說法初中後善善義善味純一滿淨梵行清白諦聽善思謂有因有緣有縛法經云何有因有緣有縛法經謂眼有因有緣有縛何等爲眼因眼緣眼縛謂眼業因業緣業縛業有因有緣有縛何等爲業因業緣業縛業謂業愛因愛緣愛縛愛有因有緣有縛何等爲愛因愛緣愛縛謂愛無明因無明緣無明縛無明有因有緣有縛何等無明因無明緣無明縛謂無明不正思惟因不正思惟緣不正思惟縛不正思惟有因有緣有縛何等不正思惟因不正思惟緣不正思惟縛謂緣眼色生不正思惟生於癡緣眼色生不正思惟生於癡彼癡者是無明癡求欲名爲愛愛所作名爲業如是比丘不正思惟因無明爲愛無明因愛愛因爲業業因爲眼耳鼻舌身意亦如是說是名有因有緣有縛法經佛說此經已諸比丘聞佛所說歡喜奉行

如是我聞一時佛住拘留搜調牛聚落爾時世尊告諸比丘我今當爲汝等說法初中後善善義善味純一滿淨梵行清白所謂第一義空經諦聽善思當爲汝說云何爲第一義空經諸比丘眼生時無有來處滅時無有去處如是眼不實而生生已盡滅有業報而無作者此陰滅已異陰相續除俗數法耳鼻舌身意亦如是說除俗數法俗數法者謂此有故彼有此起故彼起如無明緣行行緣識廣說乃至純大苦聚集起又復此無故彼無此滅故彼滅無明滅故行滅行滅故識滅如是廣說乃至純大苦聚滅比丘是名第一義空

法經佛說此經已諸比丘聞佛所說歡喜奉行

如是我聞一時佛住舍衛國祇樹給孤獨園爾時世尊告諸比丘有六喜行云何爲六如是比丘若眼見色喜於彼色處行耳聲鼻香舌味身觸意識法喜於彼法處行諸比丘是名六喜行佛說此經已諸比丘聞佛所說歡喜奉行

如是我聞一時佛住舍衛國祇樹給孤獨園爾時世尊告諸比丘有六憂行云何爲六諸比丘若眼見色憂於彼色處行耳聲鼻香舌味身觸意識法憂於彼法處行諸比丘是名六憂行佛說此經已諸比丘聞佛所說歡喜奉行

如是我聞一時佛住舍衛國祇樹給孤獨園爾時世尊告諸比丘有六捨行云何爲六諸比丘謂眼見色捨於彼色處行耳聲鼻香舌味身觸意識法捨於彼法處行是名比丘六捨行佛說此經已諸比丘聞佛所說歡喜奉行

如是我聞一時佛住舍衛國祇樹給孤獨園爾時世尊告諸比丘有六常行云何爲六若比丘眼見色不苦不樂捨心住正念正智耳聲鼻香舌味身觸意識法不苦不樂捨心住正念正智是名比丘六常行佛說是經已諸比丘聞佛所說歡喜奉行

如是我聞一時佛住舍衛國祇樹給孤獨園爾時世尊告諸比丘有六常行云何爲六若比丘眼見色不苦不樂捨心住正念正智耳聲鼻香舌味身觸意識法不苦不樂捨心住

正念正智若比丘成就此六常行者世間難得佛說此經已諸比丘聞佛所說歡喜奉行

如是我聞一時佛住舍衛國祇樹給孤獨園爾時世尊告諸比丘有六常行云何爲六若比丘眼見色不苦不樂捨心住正念正智耳聲鼻香舌味身觸意識法不苦不樂捨心住正念正智若比丘成就此六常行者世間難得所應承事恭敬供養則爲世間無上福田佛說此經已諸比丘聞佛所說歡喜奉行

如是我聞一時佛住舍衛國祇樹給孤獨園爾時世尊告諸比丘有六常行云何爲六若比丘眼見色不苦不樂捨心住正念正智耳聲鼻香舌味身觸意識法不苦不樂捨心住正念正智若比丘成就此六常行者當知是舍利弗等舍利弗比丘眼見色已不苦不樂捨心住正念正智耳聲鼻香舌味身觸意識法不苦不樂捨心住正念正智舍利弗比丘來說此六常行故世間難得所應承事恭敬供養則爲世間無上福田佛說此經已諸比丘聞佛所說歡喜奉行

雜阿含經卷第十三

音釋

搜所鳩切　誌職吏切記也　㝹奴侯切　阨於革切限也塞也　麁

紐女久切　輸式朱切

雜阿含經卷第十四

宋天竺三藏求那跋陀羅譯

如是我聞一時佛住王舍城迦蘭陀竹園爾時尊者浮彌比丘住耆闍崛山時有衆多外道出家詣尊者浮彌所共相問訊慶慰共相問訊慶慰已退坐一面語尊者浮彌言欲有所問寧有閑暇見答以不尊者浮彌語諸外道出家隨汝所問當爲汝說時諸外道出家問尊者浮彌苦樂自作耶尊者浮彌答言諸外道出家說苦樂自作者世尊說言此是無記復問苦樂他作耶答言苦樂他作者世尊說言此是無記復問苦樂自他作耶答言苦樂自他作者世尊說言此是無記復問苦樂非自非他無因作耶答言苦樂非自非他無因作者世尊說言此是無記諸外道出家復問云何尊者浮彌苦樂自作耶說言無記苦樂他作耶說言無記苦樂自他作耶說言無記苦樂非自非他無因作耶說言無記今沙門瞿曇說苦樂云何生尊者浮彌答言諸外道出家世尊說苦樂從緣起生時諸外道出家聞尊者浮彌所說心不歡喜呵責而去爾時尊者舍利弗去尊者浮彌不遠坐一樹下爾時尊者浮彌知諸外道出家去已往詣尊者舍利弗所到已與舍利弗面相慶慰慶慰已以彼諸外道出家所問事具白尊者舍利弗我作此答得不謗毀世尊如說說不如法說不爲是隨順法行法得無爲餘因法論者來難詰呵責不尊者舍利弗言尊者浮彌汝之所說實如佛說不謗如來如說說如法說法行法說不爲餘因論義者來難詰呵責所

以者何世尊說苦樂從緣起生故尊者浮彌彼諸沙門婆羅門所問苦樂自作者彼亦從因起生言不從緣起生者無有是處苦樂他作自他作非自非他無因作說者彼亦從緣起生若言不從緣生者無有是處尊者浮彌彼沙門婆羅門所說苦樂自作者亦緣觸生若言不從觸生者無有是處苦樂他作自他作非自非他無因作者彼亦緣觸生若言不緣觸生者無有是處爾時尊者阿難去舍利弗不遠坐一樹下聞尊者舍利弗與尊者浮彌所論說事聞已從座起往詣佛所稽首佛足退住一面以尊者浮彌與尊者舍利弗共論說一一具白世尊佛告阿難善哉善哉阿難尊者舍利弗有來問者能隨時答善哉舍利弗有應時智故有來問者能隨時答若我聲聞有隨時問者應隨時答如舍利弗所說阿難我昔時住王舍城山中仙人住處有諸外道出家以如是義如是句如是味來問於我我為斯等以如是義如是句如是味而為記說如尊者舍利弗所說阿難若諸沙門婆羅門苦樂自作我即往彼問言汝實作是說苦樂自作耶彼答我言如是我即問言汝能堅執持此義言是真實餘則愚者我所不許所以者何我說苦樂所起異於此彼若問我云何瞿曇所說苦樂所起異者我當答言從其緣起而生苦樂如是說苦樂他作自他作非自非他無因作者我亦往彼所說如上阿難白佛如世尊所說義我已解知有生故有老死非緣餘有生故有老死乃至無明故有行非緣餘有無明故有行無明滅則行滅乃

至生滅則老病死憂悲惱苦滅如是純大苦聚滅佛說此經已尊者阿難聞佛所說歡喜隨喜作禮而去

如是我聞一時佛住王舍城迦蘭陀竹園爾時尊者舍利弗尊者摩訶拘絺羅住耆闍崛山時尊者摩訶拘絺羅晡時從禪起詣舍利弗所共相慶慰共相慶慰已退坐一面語尊者舍利弗欲有所問寧有閑暇見答以不尊者舍利弗語尊者摩訶拘絺羅仁者且問知者當答尊者摩訶拘絺羅語尊者舍利弗言多聞聖弟子於此法律成就何法名爲見具足直見成就成就於佛不壞淨來入正法得此正法悟此正法尊者舍利弗語尊者摩訶拘絺羅多聞聖弟子於不善法如實知不善根如實知善法如實知善根如實知云何不善法如實知不善身業口業意業是名不善法如是不善法如實知云何不善根如實知三不善根貪不善根恚不善根癡不善根是名不善根如是不善根如實知云何善法如實知善身業口業意業是名善法如是善法如實知云何善根如實知謂三善根無貪無恚無癡是名三善根如是善根如實知尊者摩訶拘絺羅如是多聞聖弟子不善法如實知不善根如實知善法如實知善根如實知故於此法律正見具足直見成就於佛不壞淨成就來入正法得此正法悟此正法尊者摩訶拘絺羅語尊者舍利弗正有此等更有餘耶尊者舍利弗言有若多聞聖弟子於食如實知食集食滅食滅道跡如實知云何於食如實知謂四食何等爲四一者麤摶食二

者細觸食三者意思食四者識食是名爲食如是食如實知云何食集如實知謂當來有愛喜貪俱彼彼樂著是名食集如是食集如實知云何食滅如實知若當來有愛喜貪俱彼彼樂著無餘斷捨吐盡離欲滅息沒是名食滅如是食滅如實知云何食滅道跡如實知謂八聖道正見正志正語正業正命正方便正念正定是名食滅道跡如實知食滅道跡如實知若多聞聖弟子於此食如實知食集如實知食滅如實知食滅道跡如實知是故多聞聖弟子於正法律正見具足直見成就於佛不壞淨成就來入正法得此正法悟此正法尊者摩訶拘絺羅復問尊者舍利弗正有此等更有餘耶尊者舍利弗語尊者摩訶拘絺羅更有餘多聞聖弟子於病如實知病集如實知病滅如實知病滅道跡如實知云何病如實知謂三病欲病有病無明病是名病如是病如實知云何病集如實知無明集是病集是名病集如實知云何病滅如實知無明滅是病滅如是病滅如實知云何病滅道跡如實知謂八正道如前說如是病滅道跡如實知若多聞聖弟子於病如實知病集如實知病滅如實知病滅道跡如實知故多聞聖弟子於此法律正見具足乃至悟此正法尊者摩訶拘絺羅問尊者舍利弗正有此等更有餘耶尊者舍利弗語尊者摩訶拘絺羅亦更有餘多聞聖弟子於苦如實知苦集如實知苦滅如實知苦滅道跡如實知云何苦如實知謂生苦老苦病苦死苦恩愛別苦怨憎會苦所欲不得苦如是略說五受

陰苦是名爲苦如是苦如實知云何苦集如實知當來有愛喜貪俱彼彼染著是名苦集如是苦集如實知云何苦滅如實知若當來有愛喜貪俱彼彼染著無餘斷乃至息沒是名苦滅如是苦滅如實知云何苦滅道跡如實知謂八聖道如上說是名苦滅道跡如是苦滅道跡如實知多聞聖弟子如是苦如實知苦集苦滅苦滅道跡如實知如是聖弟子於我法律具足正見直見成就於佛不壞淨成就來入正法得此正法悟此正法復問尊者舍利弗正有此法復有餘耶尊者舍利弗答言亦更有餘謂多聞聖弟子老死如實知老死老死集如實知老死滅如實知老死滅道跡如實知如前分別經說云何老死集如實知生集是老死集生滅是老死滅老死滅道跡謂八正道如前說多聞聖弟子於此老死如實知乃至老死滅道跡如實知如是聖弟子於我法律正見具足直見成就於佛不壞淨成就來入正法得此正法悟此正法如是生有取愛受觸六入處名色識行聖弟子於行如實知行集行滅行滅道跡如實知云何行如實知行有三種身行口行意行如是行如實知云何行集如實知無明集是行集如是行集如實知云何行滅如實知無明滅是行滅如是行滅如實知云何行滅道跡如實知謂八聖道如前說摩訶拘絺羅是名聖弟子行如實知行集行滅行滅道跡如實知於我法律正見具足直見成就於佛不壞淨成就來入正法得此正法悟此正法摩訶拘絺羅復問尊者舍利弗隹有此法更有餘耶

舍利弗答言摩訶拘絺羅汝何爲逐汝終不能究竟諸論得其邊際若聖弟子斷除無明而生明何須更求時二正士共論義已各還本處

如是我聞一時佛住王舍城迦蘭陀竹園爾時世尊告尊者舍利弗如我所說波羅延耶阿逸多所問

若得諸法教　若復種種學　具威儀及行

爲我分別說

舍利弗何等爲學何等爲法故時尊者舍利弗黙然不答第二第三亦復黙然佛言真實舍利弗舍利弗白佛言真實世尊世尊比丘真實者猒離欲滅盡向食集生彼比丘以食故生猒離欲滅盡向彼食滅是真實滅覺知已彼比丘猒離欲滅盡向是名爲學復次真實舍利弗舍利弗白佛言真實世尊世尊若比丘真實者猒離欲滅盡不起諸漏心善解脱彼從食集生若真實即是滅盡覺知此已比丘於滅生猒離欲滅盡不起諸漏心善解脱是數法佛告舍利弗如是如是如汝所説比丘於真實生猒離欲滅盡是名法數如是説已世尊即起入室坐禪爾時尊者舍利弗知世尊去已不久語諸比丘諸尊我不能辯世尊初問是故我黙念住世尊須臾復爲作發喜問我即開解如此之義正使世尊一日一夜乃至七夜異句異味問斯義者我亦悉能乃至七夜以異句異味而解説之時有異比丘往詣佛所稽首禮足退住一面白佛言世尊尊者舍利弗作奇特未曾有説於大衆中一向師子吼言我於世尊初問都不能辯

乃至三問默然無答世尊尋復作發喜問我即開解正使世尊一日一夜乃至七夜異句異味問斯義者我亦悉能乃至七夜異句異味而解說之佛告比丘彼舍利弗比丘實能於我一日一夜乃至異句異味七夜所問義中悉能乃至七夜異句異味而解說之所以者何舍利弗比丘善入法界故佛說此經已彼比丘聞佛所說歡喜奉行

如是我聞一時佛住王舍城迦蘭陀竹園爾時世尊告諸比丘有三法世間所不愛不念不可意何等爲三謂老病死世間若無此三法不可愛不可念不可意者如來應等正覺不出於世間亦不知有如來應等正覺知見說正法律以世間有老病死三法不可愛不可念不可意故是故如來應等正覺出於世間世間知有如來等正覺所知所見說正法律以三法不斷故不堪能離老病死何等爲三謂貪恚癡復有三法不斷故不堪能離貪恚癡何等爲三謂身見戒取疑復有三法不斷故不堪能離身見戒取疑何等爲三謂不正思惟習近邪道及懈怠心復有三法不斷故不堪能離不正思惟習近邪道及懈怠心何等爲三謂失念不正知亂心復有三法不斷故不堪能離失念不正知亂心何等爲三謂掉不律儀不學戒復有三法不斷故不堪能離掉不律儀不學戒何等爲三謂不信難教懈怠復有三法不斷故不堪能離不信難教懶惰何等爲三謂不欲見聖不欲聞法常求人短復有三法不斷故不堪能離不欲見聖不欲聞法常求人短何等爲三謂不恭敬

戾語習惡知識復有三法不斷故不堪能離不恭敬戾語習惡知識何等爲三謂無慙無愧放逸此三法不斷故不堪能離不恭敬戾語習惡知識所以者何以無慙無愧故放逸放逸故不恭敬不恭敬故習惡知識習惡知識故不欲見聖不欲聞法常求人短求人短故不信難教戾語懶惰懶惰故掉不律儀不學戒不學戒故失念不正知亂心亂心故不正思惟習近邪道懈怠心懈怠心故身見戒取疑疑故不離貪恚癡不離貪恚癡故不堪能離老病死斷三法故堪能離老病死云何三謂貪恚癡此三法斷已堪能離老病死復三法斷故堪能離貪恚癡云何三謂身見戒取疑此三法斷故堪能離貪恚癡復有三法斷故堪能離身見戒取疑云何爲三謂不正思惟習近邪道起懈怠心此三法斷故堪能離身見戒取疑復三法斷故堪能離不正思惟習近邪道及懈怠心云何爲三謂失念心不正知亂心此三法斷故堪能離不正思惟習近邪道及心懈怠復三法斷故堪能離失念心不正知亂心何等爲三謂掉不律儀犯戒此三法斷故堪能離失念心不正知亂心復有三法斷故堪能離掉不律儀犯戒云何三謂不信難教懶惰此三法斷故堪能離掉不律儀犯戒復有三法斷故堪能離不信難教懶惰云何爲三謂不欲見聖不樂聞法好求人短此三法斷故堪能離不信難教懶惰復三法斷故堪能離不欲見聖不欲聞法好求人短云何爲三謂不恭敬戾語習惡知識此三法斷故離不欲見聖不欲聞法好求人

短復有三法斷故堪能離不恭敬戾語習惡知識云何三謂無慙無愧放逸所以者何以慙愧故不放逸不放逸故恭敬順語爲善知識爲善知識故樂見賢聖樂聞正法不求人短不求人短故生信順語精進精進故不掉住律儀學戒學戒故不失念正知住不亂心不亂心故正思惟習近正道心不懈怠心不懈怠故不著身見不著戒取度疑惑不疑故不起貪恚癡離貪恚癡故堪能斷老病死佛說此經已諸比丘聞佛所說歡喜奉行

如是我聞一時佛住王舍城迦蘭陀竹園若王大臣婆羅門長者居士及餘世人所共恭敬尊重供養佛及諸聲聞衆大得利養衣被飲食卧具湯藥都不恭敬尊重供養衆邪異道衣被飲食卧具湯藥爾時衆多異道聚會未曾講堂作如是論我等昔來常爲國王大臣長者居士及餘一切之所奉事恭敬供養衣被飲食卧具湯藥今悉斷絶但恭敬供養沙門瞿曇聲聞大衆衣被飲食卧具湯藥今此衆中誰有智慧大士堪能密往詣彼沙門瞿曇衆中出家聞彼法已來還廣説我等當復用彼聞法化諸國王大臣長者居士令其信樂可得還復供養如前時有人言有一年少名曰須深聰明黠慧堪能密往沙門瞿曇衆中出家聽彼法已來還宣説時諸外道詣須深所而作是言我今日大衆聚集未曾講堂作如是論我等先來爲諸國王大臣長者居士及諸世人之所恭敬奉事供養衣被飲食卧具湯藥今悉斷絶國王大臣長者居士及諸世間悉共奉事沙門瞿曇聲聞大衆我

此衆中誰有聰明黠慧堪能密往沙門瞿曇衆中出家學道聞彼法已來還宣說化諸國王大臣長者居士令我此衆還得恭敬尊重供養其中有言唯有須深聰明黠慧堪能密往瞿曇法中出家學道聞彼說法悉能受持來還宣說是故我等故來相請仁者當行時彼須深黙然受請詣王舍城迦蘭陀竹園時衆多比丘出房舍外露地經行爾時須深詣衆多比丘而作是言諸尊我今可得於正法中出家受具足修梵行不時衆多比丘將彼須深詣世尊所稽首禮足退住一面白佛言世尊今此外道須深求於正法中出家受具足修梵行爾時世尊知外道須深心之所念告諸比丘汝等當度彼外道須深令得出家時諸比丘願度須深出家已經半月有一比丘語須深言須深當知我等生死已盡梵行已立所作已作自知不受後有時彼須深語比丘言尊者云何學離欲惡不善法有覺有觀離生喜樂具足初禪不起諸漏心善解脫耶比丘答言不也須深復問云何離有覺有觀內淨一心無覺無觀定生喜樂具足第二禪不起諸漏心善解脫耶比丘答言不也須深復問云何尊者離喜捨心住正念正智身心受樂聖說及捨具足第三禪不起諸漏心善解脫耶答言不也須深復問云何尊者離苦息樂憂喜先斷不苦不樂捨淨念一心具足第四禪不起諸漏心善解脫耶答言不也須深復問若復寂靜解脫起色無色身作證具足住不起諸漏心善解脫耶答言不也須深復問云何尊者所說不同前後相違云何

不得禪定而復記說比丘答言我是慧解脱也作是說已衆多比丘各從座起而去爾時須深知衆多比丘去已作是思惟此諸尊者所說不同前後相違言不得正受而復記說自知作證作是思惟已往詣佛所稽首禮足退住一面白佛言世尊彼衆多比丘於我面前記說我生已盡梵行已立所作已作自知不受後有我即問彼尊者得離欲惡不善法乃至身作證不起諸漏心善解脱耶彼答我言不也須深我即問言所說不同前後相違言不入正受而復記說自知作證彼答我言得慧解脱作此說已各從座起而去我今問世尊云何彼所說不同前後相違不得正受而復說言自知作證佛告須深彼先知法住後知涅槃彼諸善男子獨一靜處專精思惟

不放逸住離於我見不起諸漏心善解脱須深白佛我今不知先知法住後知涅槃彼諸善男子獨一靜處專精思惟不放逸住離於我見不起諸漏心善解脱佛告須深不問汝知不知且自先知法住後知涅槃彼諸善男子獨一靜處專精思惟不放逸住離於我見心善解脱須深白佛唯願世尊爲我說法令我得知法住智得見法住智佛告須深我今問汝隨意答我須深於意云何有生故有老死不離生有老死耶須深答曰如是世尊有生故有老死不離生有老死如是生有取愛受觸六入處名色識行無明有無明故有行不離無明而有行耶須深白佛如是世尊有無明故有行不離無明而有行佛告須深無生故無老死不離生滅而老死滅耶須深白

佛言如是世尊無生故無老死不離生滅而老死滅如是乃至無無明故無行不離無明滅而行滅耶須深白佛如是世尊無無明故無行不離無明滅而行滅佛告須深作如是知如是見者爲有離欲惡不善法乃至身作證具足住不須深白佛不也世尊佛告須深是名先知法住後知涅槃彼諸善男子獨一靜處專精思惟不放逸住離於我見不起諸漏心善解脫佛說此經已尊者須深遠塵離垢得法眼淨爾時須深見法得法覺法度疑不由他信不由他度於正法中心得無畏稽首佛足白佛言世尊我今悔過我於正法中盜密出家是故悔過佛告須深云何於正法中盜密出家須深白佛言世尊有衆多外道來詣我所語我言須深當知我等先爲國王大臣長者居士及餘世人恭敬供養而今斷絶悉共供養沙門瞿曇聲聞大衆汝今密往沙門瞿曇聲聞衆中出家受法得彼法已還來宣說我等當以彼聞法教化世間令彼恭敬供養如初是故世尊我於正法律中盜密出家今日悔過惟願世尊聽我悔過以哀愍故佛告須深受汝悔過汝當具說我昔愚癡不善無智於正法律盜密出家今日悔過自見罪自知罪於當來世律儀成就功德增長終不退減所以者何凡人有罪自見自知而悔過者於當來世律儀成就功德增長終不退減佛告須深今當說譬其智慧者以譬得解譬如國王有防邏者捉捕盜賊縛送王所白言大王此人劫盜願王處罪王言將罪人去反縛兩手惡聲宣令周遍國中然後將出

城外刑罪人處遍身四體劖以百矛彼典刑者受王教令送彼罪人反縛兩手惡聲宣唱周遍城邑將出城外刑罪人處遍身四體劖以百矛日中王問罪人活耶臣白言活王復勑臣復劖百矛至日晡時復劖百矛彼猶不死佛告須深彼王治罪劖以三百矛彼罪人身寧有完處如手掌不須深白佛不也世尊復問須深時彼罪人劖以三百矛因緣受苦極苦劇不須深白佛極苦世尊若劖以一矛苦痛難堪況三百矛當可堪忍佛告須深此尚可耳若於正法律盜密出家盜受持法爲人宣說當受苦痛倍過於彼佛說是法時外道須深漏盡意解佛說此經已尊者須深聞佛所說歡喜奉行

如是我聞一時佛住王舍城迦蘭陀竹園爾時世尊告諸比丘如來成就十種力得四無畏知先佛住處能轉梵輪於大衆中震師子吼言此有故彼有此起故彼起謂緣無明行廣說乃至純大苦聚集純大苦聚滅諸比丘此是眞實教法顯現斷生死流乃至其人悉善顯現如是眞實教法顯現斷生死流足令善男子正信出家方便修習不放逸住於正法律精勤苦行皮筋骨立而肉枯竭若其未得所當得者不捨慇懃精進方便堅固堪能所以者何懈怠苦住能生種種惡不善法當來有結熾然增長於未來世生老病死退其大義故精進樂獨住者不生種種惡不善法當來有結熾然苦報不於未來世增長生老病死大義滿足得成第一教法之場所謂大師面前親承說法寂滅涅槃菩提正向善逝

正覺是故比丘當觀自利利他俱利精勤修學我今出家不愚不惑有果有樂諸所供養衣服飲食卧具湯藥者悉得大果大福大利當如是學佛說是經已諸比丘聞佛所說歡喜奉行

如是我聞一時佛住王舍城迦蘭陀竹園爾時世尊告諸比丘善來比丘善出家善得已利曠世時時得生聖處諸根具足不愚不癡不須手語好說惡說堪能解義我今於此世作佛如來應等正覺明行足善逝世間解無上士調御丈夫天人師佛世尊說法寂滅涅槃菩提正向善逝等正覺所謂此有故彼有此起故彼起謂緣無明行緣行識乃至純大苦聚集無明滅則行滅乃至純大苦聚滅諸比丘難得之處已得生於聖處諸根具足乃至純大苦聚集純大苦滅是故比丘當如是學自利利他自他俱利如是出家不愚不癡有果有樂有樂果報供養衣服飲食卧具湯藥者悉得大果大福大利是故比丘當如是學佛說此經已諸比丘聞佛所說歡喜奉行

如是我聞一時佛住王舍城迦蘭陀竹園爾時世尊告諸比丘多聞聖弟子不作是念何所有故此有何所起故此起何所無故此無何所滅故此滅然彼多聞聖弟子知所謂此有故彼有此起故彼起謂緣無明行乃至純大苦聚集無明滅故行滅乃至純大苦聚滅佛說是經已諸比丘聞佛所說歡喜奉行

如是我聞一時尊者那羅尊者茂師羅尊者殊勝尊者阿難住舍衛國象耳池側爾時尊者那羅語尊者茂師羅言有異信異欲異聞

異行覺想異見審諦忍有如是正自覺知見生所謂生故有老死不離生有老死耶尊者茂師羅言有異信異欲異聞異行覺想異見審諦忍有如是正自覺知見生所謂有生故有老死不異生有老死如是說有尊者茂師羅有異信乃至異忍得自覺知見生所謂有滅寂滅涅槃耶尊者茂師羅答言有異信乃至異忍得自覺知見生所謂有滅寂滅涅槃復問尊者茂師羅有滅則寂滅涅槃說者汝今便是阿羅漢諸漏盡耶尊者茂師羅默然不答第二第三問亦默然不答爾時尊者殊勝語尊者茂師羅汝今且止我當爲汝答尊者那羅尊者茂師羅言我今且止汝爲我答爾時尊者殊勝語尊者那羅有異信乃至異忍得自覺知見生所謂有滅則寂滅涅槃時尊者那羅問尊者殊勝言有異信乃至異忍得自覺知見生所謂有滅則寂滅涅槃者汝今便是漏盡阿羅漢耶尊者殊勝言我說有滅則寂滅涅槃而非漏盡阿羅漢也尊者那羅言所說不同前後相違如尊者所說有滅則寂滅涅槃而復言非漏盡阿羅漢耶尊者殊勝語尊者那羅言今當說譬夫智者以譬得解如曠野路邊有井無繩無罐得取其水時有行人熱渴所逼繞井求覓無繩無罐諦觀井水如實知見而不觸身如是我說有滅則寂滅涅槃而自不得漏盡阿羅漢爾時尊者阿難語尊者那羅言彼尊者殊勝所說汝復云何尊者那羅語尊者阿難言尊者殊勝善說眞實知復何言時彼正士各各說已從座起去

如是我聞一時佛住舍衛國祇樹給孤獨園爾時世尊告諸比丘若諸沙門婆羅門於法不如實知法集法滅法滅道跡不如實知彼非沙門沙門數非婆羅門婆羅門數彼亦非沙門義婆羅門義見法自知作證我生已盡梵行已立所作已作自知不受後有云何法不如實知云何法集不如實知云何法滅不如實知云何法滅道跡不如實知謂於老死法不如實知老死集老死滅老死滅道跡不如實知如是生有取愛受觸六入處不如實知六入處集六入處滅六入處滅道跡不如實知如是諸法不如實知法集法滅法滅道跡不如實知若諸沙門婆羅門於法如實知法集法滅法滅道跡如實知當知是沙門婆羅門沙門之沙門數婆羅門之婆羅門數彼以沙門義婆羅門義見法自知作證我生已盡梵行已立所作已作自知不受後有何等法如實知何等法集法滅法滅道跡如實知謂老死法如實知老死集老死滅老死滅道跡如實知如是生有取愛受觸六入處如實知六入處集六入處滅六入處滅道跡如實知如是諸法如實知法集法滅法滅道跡如實知佛說是經已諸比丘聞佛所說歡喜奉行

如是我聞一時佛住舍衛國祇樹給孤獨園爾時世尊告諸比丘若沙門婆羅門於法不如實知法集法滅法滅道跡不如實知當知是沙門婆羅門非沙門之沙門數非婆羅門之婆羅門數彼亦非沙門義非婆羅門義見法自知作證我生已盡梵行已立所作已作

自知不受後有何等法不如實知何等法集法滅法滅道跡不如實知謂六入處法不如實知六入處集六入處滅六入處滅道跡不如實知而於觸如實知者無有是處觸集觸滅觸滅道跡如實知者無有是處如是受愛取有生老死如實知者無有是處若沙門婆羅門於六入處如實知六入處集六入處滅六入處滅道跡如實知者於觸如實知斯有是處如是受愛取有生老死如實知者斯有是處佛說是經已諸比丘聞佛所說歡喜奉行

如是我聞一時佛住舍衛國祇樹給孤獨園爾時世尊告諸比丘如上說差別者若諸沙門婆羅門於六入處不如實知而欲超度觸者無有是處觸集觸滅觸滅道跡超度者無有是處如是超度受愛取有生老死者無有是處超度老死集老死滅老死滅道跡者無有是處若沙門婆羅門於六入處如實知六入處集六入處滅六入處滅道跡如實知而超度觸者斯有是處如是超度受愛取有生老死者斯有是處乃至超度老死滅道跡者斯有是處佛說是經已諸比丘聞佛所說歡喜奉行

如老死乃至六入處三經如是老死乃至行三經亦如是說

如是我聞一時佛住舍衛國祇樹給孤獨園爾時世尊告諸比丘當覺知老死覺知老死集老死滅老死滅道跡如是乃至當覺知行行集行滅行滅道跡云何當覺知老死覺知緣生故有老死如是老死覺知云何老死集

生集是老死集如是老死集覺知云何老死滅覺知謂生滅是老死滅如是老死滅覺知云何老死滅道跡覺知謂八聖道是老死滅道跡如是老死滅道跡覺知乃至云何行覺知謂三行身行口行意行如是行覺知云何行集覺知謂無明集是行集如是行集覺知云何行滅覺知無明滅是行滅如是行滅覺知云何行滅道跡覺知謂八聖道是行滅道跡如是行滅道跡覺知佛說是經已諸比丘聞佛所說歡喜奉行

如是我聞一時佛住舍衛國祇樹給孤獨園爾時世尊告諸比丘有四十四種智諦聽善思當爲汝說何等爲四十四種智謂老死智老死集智老死滅智老死滅道跡智如是生有取愛受觸六入處名色識行智行集智行滅智行滅道跡智是名四十四種智佛說此經已諸比丘聞佛所說歡喜奉行

如是我聞一時佛住舍衛國祇樹給孤獨園爾時世尊告諸比丘有七十七種智諦聽善思當爲汝說云何七十七種智生緣老死智非餘生緣老死智過去生緣老死智非餘過去生緣老死智未來生緣老死智非餘未來生緣老死智及法住智無常有爲心所緣生盡法變易法離欲法滅法斷知智如是生有取愛受觸六入處名色識行無明緣行智非餘無明緣行智過去無明緣行智非餘過去無明緣行智未來無明緣行智非餘未來無明緣行智及法住智無常有爲心所緣生盡法變易法無欲法滅法斷智是名七十七種智佛說此經已諸比丘聞佛所說歡喜奉行

如是我聞一時佛住舍衛國祇樹給孤獨園
爾時世尊告諸比丘有增法滅法諦聽善思
當為汝說云何增法所謂此有故彼有此起
故彼起謂緣無明行緣行識乃至純大苦聚
集是名增法云何滅法謂此無故彼無此滅
故彼滅所謂無明滅則行滅乃至純大苦聚
滅是名滅法佛說此經已諸比丘聞佛所說
歡喜奉行
如增法滅法　如是生法變易法集法滅法如
上說如當說三經有應當知三經如上說
如是我聞一時佛住舍衛國祇樹給孤獨園
爾時世尊告諸比丘若思量若妄想生彼使
攀緣識住有攀緣識住故有未來世生老病
死憂悲惱苦如是純大苦聚集若不思量不
妄想無使無攀緣識住無攀緣識住故於未
來世生老病死憂悲惱苦滅如是純大苦聚
滅佛說此經已諸比丘聞佛所說歡喜奉行
如是我聞一時佛住舍衛國祇樹給孤獨園
爾時世尊告諸比丘若思量若妄想者則有
使攀緣識住有攀緣識住故入於名色入名
色故有未來世生老病死憂悲惱苦如是純
大苦聚若不思量無妄想無使無攀緣識住
無攀緣識住故不入名色不入名色故生老
病死憂悲惱苦滅如是純大苦聚滅佛說此
經已諸比丘聞佛所說歡喜奉行
如是我聞一時佛住舍衛國祇樹給孤獨園
爾時世尊告諸比丘若有思量有妄想則有
使攀緣識住有攀緣識住故入於名色入名
色故則有往來有往來故則有生死有生死
故則有未來世生老病死憂悲惱苦如是純

大苦聚集若不思量無妄想無使無攀緣識住無攀緣識住故不入名色不入名色故則無往來無往來故則無生死無生死故於未來世生老病死憂悲惱苦滅如是純大苦聚滅佛說此經已諸比丘聞佛所說歡喜奉行

如是我聞一時佛住舍衛國祇樹給孤獨園爾時世尊告諸比丘有多聞比丘云何如來施設多聞比丘諸比丘白佛世尊是法根法眼法依唯願爲說多聞比丘諸比丘聞已當受奉行佛告比丘諦聽善思當爲汝說諸比丘若有比丘聞老病死生猒離欲滅盡法是名多聞比丘如是生有取愛受觸六入處名色識行生猒離欲滅盡法是名多聞比丘是名如來所施設多聞比丘佛說此經已諸比丘聞佛所說歡喜奉行

如是我聞一時佛住舍衛國祇樹給孤獨園爾時世尊告諸比丘所謂說法比丘云何說法比丘云何如來施設說法比丘諸比丘白佛世尊是法根法眼法依唯願爲說說法比丘諸比丘聞已當受奉行佛告諸比丘若有比丘說老病死生猒離欲滅盡法是名說法比丘如是說生有取愛受觸六入處名色識行是生猒離欲滅盡法是名說法比丘諸比丘是名如來施設說法比丘佛說此經已諸比丘聞佛所說歡喜奉行

如是我聞一時佛住舍衛國祇樹給孤獨園爾時世尊告諸比丘謂法次法向諸比丘云何名爲法次法向諸比丘白佛世尊是法根法眼法依善哉世尊惟願爲說諸比丘聞已當受奉行佛告諸比丘若比丘於老病死生

猒離欲滅盡向是名法次法向如是生乃至行生猒離欲滅盡向是名法次法向諸比丘是名如來施設法次法向佛說此經已諸比丘聞佛所說歡喜奉行

雜阿含經卷第十四

音釋

呵責 呵虎何切怒言也責側革切誚也 摶食 摶度官切揑聚成圓也

懈怠 懈古隘切嬾也怠徒耐切倦也 戾 力計切很戾也 劖 鋤銜切鑱也

劇 奇逆切甚也

雜阿含經卷第十五

宋天竺三藏求那跋陀羅譯

如是我聞一時佛住舍衞國祇樹給孤獨園爾時世尊告諸比丘謂見法般涅槃云何如來說見法般涅槃諸比丘白佛世尊是法根法眼法依善哉世尊惟願爲說見法般涅槃諸比丘聞已當受奉行云何比丘得見法般涅槃佛告比丘諦聽善思當爲汝說若有比丘於老病生猒離欲滅盡不起諸漏心善解脫是名比丘得見法般涅槃佛說此經已諸比丘聞佛所說歡喜奉行

如是我聞一時佛住舍衞國祇樹給孤獨園爾時世尊告諸比丘毗婆尸佛未成正覺時獨一靜處專精禪思作如是念一切世間皆入生死自生自熟自滅自没而彼衆生於老死之上出世間道不如實知即自觀察何緣有此老死如是正思惟觀察得如實無間等起知有生故言此老死緣生故有老死復正思惟何緣故有此生尋復正思惟無間等起知緣有故有生尋復正思惟何緣故有有尋復正思惟如實無間等起知有取故有有尋復正思惟何緣故有取尋復正思惟如實無間等起觀察取法味著顧念緣觸愛所增長當知緣愛取緣取有緣有生緣生老病死憂悲惱苦如是純大苦聚集譬如緣油炷而然燈彼時時增油治炷彼燈常明熾然不息如前來歎譬城譬廣說佛說是經已諸比丘聞佛所說歡喜奉行

如毗婆尸佛如是尸棄佛毗濕波浮佛迦羅迦孫提佛迦那迦牟尼佛迦葉佛皆如是說

如是我聞一時佛住舍衛國祇樹給孤獨園爾時世尊告諸比丘當勤方便修習禪思內寂其心所以者何比丘禪思內寂其心精勤方便者如是如實顯現云何如實顯現老死如實顯現老死集老死滅老死滅道跡如實顯現生有取愛受觸六入處名色識行如實顯現行集行滅行滅道跡如實顯現此諸法無常有爲有漏如實顯現佛說此經已諸比丘聞佛所說歡喜奉行

如是我聞一時佛住舍衛國祇樹給孤獨園爾時世尊告諸比丘當修無量三摩提專精繫念修無量三摩提專精繫念已如是如實顯現云何如實顯現謂老死如實顯現乃至行如實顯現此諸法無常有爲有漏如是如實顯現佛說此經已諸比丘聞佛所說歡喜奉行

如是我聞一時佛住舍衛國祇樹給孤獨園爾時世尊告諸比丘昔者毗婆尸佛未成正覺時住菩提所不久成佛詣菩提樹下敷草爲座結跏趺坐端坐正念一坐七日於十二緣起逆順觀察所謂此有故彼有此起故彼起緣無明行乃至緣生有老死及純大苦聚集純大苦聚滅彼毗婆尸佛正坐七日已從三昧覺說此偈言

如此諸法生　梵志勤思禪　永離諸疑惑
知因緣生法　若知因生苦　知諸受滅盡
知因緣法盡　則知有漏盡　如此諸法生
梵志勤思禪　永離諸疑惑　知有因生苦
如此諸法生　梵志勤思禪　永離諸疑惑
知諸受滅盡　如此諸法生　梵志勤思禪

永離諸疑惑　知因緣法盡　如此諸法生
梵志勤思禪　永離諸疑惑　知盡諸有漏
如此諸法生　梵志勤思禪　普照諸世間
如日住虛空　破壞諸魔軍　覺諸結解脫

佛說此經已諸比丘聞佛所說歡喜奉行如毗婆尸佛如是尸棄佛毗濕波浮佛迦羅迦孫提佛迦那迦牟尼佛迦葉佛亦如是說

如是我聞一時佛住鬱毗羅尼連禪河側大菩提所不久當成正覺往詣菩提樹下敷草爲座結跏趺坐正身正念如前廣說

如是我聞一時佛住舍衛國祇樹給孤獨園爾時世尊告諸比丘有四食資益衆生令得住世攝受長養何等爲四謂一麤摶食二細觸食三意思食四識食此四食何因何集何生何觸謂此諸食愛因愛集愛生愛觸此愛何因何集何生何觸謂愛受因受集受生受觸此受何因何集何生何觸謂受觸因觸集觸生觸觸此觸何因何集何生何觸謂觸六入處因六入處集六入處生六入處觸六入處集是觸集觸集是受集受集是愛集愛集是食集食集故未來世生老病死憂悲惱苦集如是純大苦聚集如是六入處滅則觸滅觸滅則受滅受滅則愛滅愛滅則食滅食滅故於未來世生老病死憂悲惱苦滅如是純大苦聚滅佛說此經已諸比丘聞佛所說歡喜奉行

如是我聞一時佛住舍衛國祇樹給孤獨園爾時世尊告諸比丘有四食利益衆生令得住世攝受長養何等爲四一麤摶食二細觸食三意思食四識食時有比丘名曰頗求那

住佛後扇佛白佛言世尊誰食此識佛告頗求那我不言有食識者我若言有食識者汝應作是問我說識是食汝應問言何因緣故有識食我則答言能招未來有令相續生有有故有六入處六入處緣觸頗求那復問爲誰觸佛告頗求那我不言有觸者我若言有觸者汝應作是問爲誰觸汝應如是問何因緣故生觸我應如是答六入處緣觸觸緣受復問爲誰受佛告頗求那我不說有受者我若言有受者汝應問爲誰受汝應問言何因緣故有受我應如是答觸緣故有受受緣愛復問世尊爲誰愛佛告頗求那我不說有愛者我若說言有愛者汝應作是問爲誰愛汝應問言何因緣故有愛我應如是答緣受故有愛緣愛有取復問世尊爲誰取佛告頗求那我不說言有取者我若說言有取者汝應問言爲誰取汝應問言何緣故有取我應答言愛緣故有取取緣有復問世尊爲誰有佛告頗求那我不說有有者我若說有有者汝應問言爲誰有汝今應問何緣故有有我應答言緣取故有有能招當來有觸生是名有有六入處六入處緣觸觸緣受受緣愛愛緣取取緣有有緣生生緣老病死憂悲惱苦如是純大苦聚集謂六入處滅則觸滅觸滅則受滅受滅則愛滅愛滅則取滅取滅則有滅有滅則生滅生滅則老病死憂悲惱苦滅如是純大苦聚集滅佛說此經已諸比丘聞佛所說歡喜奉行

如是我聞一時佛住舍衛國祇樹給孤獨園爾時世尊告諸比丘有四食資益衆生令得

住世攝受長養云何爲四謂一麤摶食二細觸食三意思食四識食云何比丘觀察摶食譬如有夫婦二人唯有一子愛念將養欲度曠野險道難處粮食乏盡飢餓困極計無濟理作是議言正有一子極所愛念若食其肉可得度難莫令在此三人俱死作是計已即殺其子含悲垂淚強食其肉得度曠野云何比丘彼人夫婦共食子肉寧取其味貪嗜美樂以不答曰不也世尊復問比丘彼強食其肉爲度曠野險道以不答言如是世尊佛告比丘凡食摶食當如是觀如是觀者摶食斷知摶食斷知已於五欲功德貪愛則斷五欲功德貪愛斷者我不見彼多聞聖弟子於五欲功德上有一結使而不斷者有一結繫故則還生此世云何比丘觀察觸食譬如有牛生剝其皮在在處處諸蟲唼食沙土坌塵草木針刺若依於地地蟲所食若依於水水蟲所食若依空中飛蟲所食卧起常有苦毒此身如是比丘於彼觸食當如是觀如是觀者觸食斷知觸食斷知者三受則斷三受斷者多聞聖弟子於上無所復作所作已作故云何比丘觀察意思食譬如聚落城邑邊有火起無煙無燄時有士夫聰明黠慧背苦向樂猒死樂生作如是念彼有大火無煙無燄行來當避莫令墮中必死無疑作是思惟常生思願捨遠而去觀意思食亦復如是如是觀者意思食斷意思食斷者三愛則斷三愛斷者彼多聞聖弟子於上更無所作所作已作故諸比丘云何觀察識食譬如國王有防邏者捉捕劫盜縛送王所如前須深經廣說以

彼因緣受三百矛苦覺晝夜苦痛觀察識食亦復如是如是觀者識食斷知識食斷知者名色斷知名色斷知者多聞聖弟子於上更無所作所作已作故佛說此經已諸比丘聞佛所說歡喜奉行

如是我聞一時佛住舍衛國祇樹給孤獨園爾時世尊告諸比丘有四食資益衆生令得住世攝受長養何等爲四一者摶食二者觸食三意思食四者識食若比丘於此四食有喜有貪則識住增長識住增長故入於名色入名色故諸行增長行增長故當來有增長當來有增長故生老病死憂悲惱苦集如是純大苦聚集若於四食無貪無欲無貪無喜故識不住不增長識不住不增長故不入名色不入名色故行不增長行不增長故當來有不生不長當來有不生長故於未來世生老病死憂悲惱苦不起如是純大苦聚滅佛說此經已諸比丘聞佛所說歡喜奉行

如是我聞一時佛住舍衛國祇樹給孤獨園爾時世尊告諸比丘有四食資益衆生令得住世攝受長養何等爲四一者摶食二者觸食三意思食四者識食諸比丘於此四食有貪有喜則有憂悲有塵垢若於四食無貪無喜則無憂悲亦無塵垢佛說此經已諸比丘聞佛所說歡喜奉行

如是我聞一時佛住舍衛國祇樹給孤獨園爾時世尊告諸比丘有四食資益衆生令得住世攝受長養何等爲四一者摶食二者觸食三意思食四者識食諸比丘於此四食有貪有喜識住增長乃至純大苦聚集譬如樓

閣宮殿北西長廣東西窻牖日出東方光照西壁如是比丘於此四食有貪有喜如前廣說乃至純大苦聚集若於四食無貪無喜如前廣說乃至純大苦聚滅譬如比丘樓閣宮殿北西長廣東西窻牖日出東方應照何所比丘白佛言應照西壁佛告比丘若無西壁應何所照比丘白佛言應照虛空無所攀緣如是比丘於此四食無貪無喜識無所住乃至如是純大苦聚滅佛說此經已諸比丘聞佛所說歡喜奉行

如是我聞一時佛住舍衛國祇樹給孤獨園爾時世尊告諸比丘有四食資益衆生令得住世攝受長養何等爲四一者摶食二者觸食三意思食四者識食諸比丘於此四食有貪有喜識住增長乃至純大苦聚集譬如比丘樓閣宮殿北西長廣東西窻牖日出東方應照何所比丘白佛言應照西壁佛告比丘如是四食有貪有喜識住增長乃至如是純大苦聚集若於四食無貪無喜亦無識住增長乃至如是純大苦聚滅譬如比丘畫師畫師弟子集種種彩色欲莊畫虛空寧能畫不比丘白佛不能世尊所以者何彼虛空者非色無對不可見如是比丘於此四食無貪無喜亦無識住增長乃至如是純大苦聚滅佛說此經已諸比丘聞佛所說歡喜奉行

如是我聞一時佛住舍衛國祇樹給孤獨園爾時世尊告諸比丘有四食資益衆生令得住世攝受長養何等爲四一者摶食二者觸食三意思食四者識食諸比丘於此四食有貪有喜識住增長乃至純大苦聚集譬如比

丘畫師若畫師弟子集種種彩欲莊畫於色作種種像諸比丘於意云何彼畫師畫師弟子寧能莊於色不比丘白佛如是世尊能莊畫色佛告比丘於此四食有貪有喜識住增長乃至如是純大苦聚集諸比丘若於四食無貪無喜無有識住增長乃至如是純大苦聚滅比丘譬如畫師畫師弟子集種種彩欲離於色有所莊畫作種種像寧能畫不比丘白佛不能世尊如是比丘若於四食無貪無喜無有識住增長乃至如是純大苦聚滅佛說此經已諸比丘聞佛所說歡喜奉行

如是我聞一時佛住波羅柰國鹿野苑中仙人住處爾時世尊告五比丘此苦聖諦本所未曾聞法當正思惟時生眼智明覺此苦集此苦滅此苦滅道跡聖諦本所未曾聞法當正思惟時生眼智明覺復次苦聖諦智當復知本所未聞法當正思惟時生眼智明覺苦集聖諦已知當斷本所未曾聞法當正思惟時生眼智明覺復次苦集滅此苦滅聖諦已知當作證本所未聞法當正思惟時生眼智明覺復以此苦滅道跡聖諦已知當修本所未曾聞法當正思惟時生眼智明覺復次比丘此苦聖諦已知知已出所未聞法當正思惟時生眼智明覺復次此苦集聖諦已知已斷出所未聞法當正思惟時生眼智明覺復次苦滅聖諦已知已作證出所未聞法當正思惟時生眼智明覺復次苦滅道跡聖諦已知已修出所未曾聞法當正思惟時生眼智明覺諸比丘我於此四聖諦三轉十二行不生眼智明覺者我終不得於諸天魔梵沙門

婆羅門聞法衆中爲解脱爲出爲離亦不自證得阿耨多羅三藐三菩提我已於四聖諦三轉十二行生眼智明覺故於諸天魔梵沙門婆羅門聞法衆中得出得脱自證得成阿耨多羅三藐三菩提爾時世尊説是法時尊者憍陳如及八萬諸天遠塵離垢得法眼淨爾時世尊告尊者憍陳如知法未憍陳如白佛已知世尊復告尊者憍陳如知法未拘隣白佛已知善逝尊者拘隣已知法故是故名阿若拘隣尊者阿若拘隣知法已地神舉聲唱言諸仁者世尊於波羅柰國仙人住處鹿野苑中三轉十二行法輪諸沙門婆羅門諸天魔梵所未曾轉多所饒益多所安樂哀愍世間以義饒益利安天人增益諸天衆減損阿修羅衆地神唱已聞虚空神天四天王天三十三天燄摩天兜率陀天化樂天他化自在天展轉傳唱須臾之間聞于梵天自梵天乘聲唱言諸仁者世尊於波羅柰國仙人住處鹿野苑中三轉十二行法輪諸沙門婆羅門諸天魔梵及世間聞法未所曾轉多所饒益多所安樂以義饒益諸天世人增益諸天衆減損阿修羅衆世尊於波羅柰國仙人住處鹿野苑中轉法輪是故此經名轉法輪經佛説此經已諸比丘聞佛所説歡喜奉行

如是我聞一時佛住波羅柰國仙人住處鹿野苑中爾時世尊告諸比丘有四聖諦何等爲四謂苦聖諦苦集聖諦苦滅聖諦苦滅道跡聖諦佛説此經已諸比丘聞佛所説歡喜奉行

如是我聞一時佛住波羅柰國仙人住處鹿

野苑中爾時世尊告諸比丘有四聖諦何等爲四謂苦聖諦苦集聖諦苦滅聖諦苦滅道跡聖諦若比丘於此四聖諦未無間等者當修無間等起增上欲方便堪能正念正知應當覺佛說此經已諸比丘聞佛所說歡喜奉行

如是我聞一時佛住波羅柰國仙人住處鹿野苑中爾時世尊告諸比丘有四聖諦何等爲四謂苦聖諦苦集聖諦苦滅聖諦苦滅道跡聖諦若比丘於苦聖諦當知當解於苦集聖諦當知當斷於苦滅聖諦當知當證於苦滅道跡聖諦當知當修佛說此經已諸比丘聞佛所說歡喜奉行

如是我聞一時佛住波羅柰國仙人住處鹿野苑中爾時世尊告諸比丘有四聖諦何等爲四謂苦聖諦苦集聖諦苦滅聖諦苦滅道跡聖諦若比丘於苦聖諦已知已解於苦集聖諦已知已斷於苦滅聖諦已知已證於苦滅道跡聖諦已知已修如是比丘則斷愛欲縛去諸結於慢無間等究竟苦邊佛說此經已諸比丘聞佛所說歡喜奉行

如是我聞一時佛住波羅柰國仙人住處鹿野苑中爾時世尊告諸比丘有四聖諦何等爲四謂苦聖諦苦集聖諦苦滅聖諦苦滅道跡聖諦若比丘於苦聖諦已知已解於苦集聖諦已知已斷於苦滅聖諦已知已證於苦滅道跡聖諦已知已修如是比丘名阿羅漢諸漏已盡所作已作離諸重擔逮得已利盡諸有結正智善解脫佛說此經已諸比丘聞佛所說歡喜奉行

如是我聞一時佛住波羅柰國仙人住處鹿野苑中爾時世尊告諸比丘有四聖諦何等爲四謂苦聖諦苦集聖諦苦滅聖諦苦滅道跡聖諦若比丘於苦聖諦已知已解於苦集聖諦已知已斷於苦滅聖諦已知已證於苦滅道跡聖諦已知已修如是比丘邊際究竟邊際離垢邊際梵行已終純一清白名爲上士佛說此經已諸比丘聞佛所說歡喜奉行

如是我聞一時佛住波羅柰國仙人住處鹿野苑中爾時世尊告諸比丘有四聖諦何等爲四謂苦聖諦苦集聖諦苦滅聖諦苦滅道跡聖諦若比丘於苦聖諦已知已解於苦集聖諦已知已斷於苦滅聖諦已知已證於苦滅道跡聖諦已知已修如是比丘無有關揵平治城塹度諸險難解脱結縛名爲賢聖建立聖幢佛說此經已諸比丘聞佛所說歡喜奉行

如是我聞一時佛住波羅柰國仙人住處鹿野苑中爾時世尊告諸比丘有四聖諦何等爲四謂苦聖諦苦集聖諦苦滅聖諦苦滅道跡聖諦若比丘於苦聖諦已知已解於苦集聖諦已知已斷於苦滅聖諦已知已證於苦滅道跡聖諦已知已修如是比丘無有關揵平治城塹度諸險難名爲賢聖建立聖幢諸比丘云何無有關揵謂五下分結已斷已知是名離關揵云何平治城塹無明謂之深塹彼得斷知是名平治城塹云何度諸險難謂無際生死究竟苦邊是名度諸險難云何解脱結縛謂愛已斷已知云何建立聖幢謂我慢已斷已知是名建立聖幢佛說此經已諸

比丘聞佛所說歡喜奉行
如是我聞一時佛住波羅㮈國仙人住處鹿野苑中爾時世尊告諸比丘有四聖諦何等爲四謂苦聖諦苦集聖諦苦滅聖諦苦滅道跡聖諦若比丘於苦聖諦已知已解於苦集聖諦已知已斷於苦滅聖諦已知已證於苦滅道跡聖諦已知已修是名比丘斷五支成六分守護於一依倚於四捨除諸諦離四衢證諸覺想自身所作心善解脫慧善解脫純一清白名爲上士佛說此經已諸比丘聞佛所說歡喜奉行
如是我聞一時佛住波羅㮈國仙人住處鹿野苑中爾時世尊告諸比丘有四法成就名曰大醫王者所應王之具王之分何等爲四一者善知病二者善知病源三者善知病對治四者善知治病已當來更不動發云何名良醫善知病謂良醫善知如是如是種種病是名良醫善知病云何良醫善知病源謂良醫善知此病因風起癖癊起涎唾起衆冷起因現事起時節起是名良醫善知病源云何良醫善知病對治謂良醫善知種種病應塗藥應吐應下應灌鼻應熏應取汗如是比種種對治是名良醫善知對治云何良醫善知治病已於未來世永不動發謂良醫善治種種病令究竟除於未來世永不復起是名良醫善知治病更不動發如來應等正覺爲大醫王成就四德療衆生病亦復如是云何爲四謂如來知此是苦聖諦如實知此是苦集聖諦如實知此是苦滅聖諦如實知此是苦滅道跡聖諦如實知諸比丘彼世間良醫於

生根本對治不如實知老病死憂悲惱苦根本對治不如實知如來應等正覺爲大醫王於生根本知對治如實知於老病死憂悲惱苦根本對治如實知是故如來應等正覺名大醫王佛說此經已諸比丘聞佛所說歡喜奉行

如是我聞一時佛住波羅柰國仙人住處鹿野苑中爾時世尊告諸比丘若諸沙門婆羅門於此苦聖諦不如實知此苦集聖諦不如實知此苦滅聖諦不如實知此苦滅道跡聖諦不如實知此非沙門之沙門非婆羅門之婆羅門彼亦不於沙門義婆羅門義見法自知作證我生已盡梵行已立所作已作自知不受後有若沙門婆羅門於此苦聖諦如實知此苦集聖諦如實知此苦滅聖諦如實知此苦滅道跡聖諦如實知當知是沙門婆羅門沙門之沙門婆羅門之婆羅門於沙門義婆羅門義見法自知作證我生已盡梵行已立所作已作自知不受後有是故比丘於四聖諦無間等當起增上欲精勤堪能方便修學何等爲四謂苦聖諦苦集聖諦苦滅聖諦苦滅道跡聖諦佛說此經已諸比丘聞佛所說歡喜奉行

如是我聞一時佛住波羅柰國仙人住處鹿野苑中廣說如上差別者於四聖諦不如實知當知是沙門婆羅門非沙門數非婆羅門數於四聖諦如實知者是沙門數是婆羅門數乃至佛說此經已諸比丘聞佛所說歡喜奉行

如是我聞一時佛住波羅柰國仙人住處鹿

野苑中爾時世尊告諸比丘若沙門婆羅門於苦聖諦不如實知苦集聖諦不如實知苦滅聖諦不如實知苦滅道跡聖諦不如實知當知是沙門婆羅門不得脫苦若沙門婆羅門於苦聖諦如實知於苦集聖諦如實知於苦滅聖諦如實知於苦滅道跡聖諦如實知當知是沙門婆羅門解脫於苦佛說此經已諸比丘聞佛所說歡喜奉行

如於苦不解脫解脫如是捨惡趣不解脫解脫堪能捨戒退滅不捨戒退滅能自說得過人法自證不能自說得過人法作證能於此外求良福田不能於此外求良福田能於此外求大師不能於此外求大師不能越苦堪能越苦不堪能脫苦堪能脫苦如是上諸經重說悉繼以偈

若不知苦者　及彼衆苦因　一切諸苦法
寂滅永無餘　若不知道跡　能思一切苦
心解脫於苦　慧解脫亦然　不能越衆苦
令苦究竟脫　若如實知苦　亦知衆苦因
及一切諸苦　永滅盡無餘　若復如實知
息苦之道跡　意解脫具足　慧解脫亦然
堪能越衆苦　究竟得解脫

佛說此經已諸比丘聞佛所說歡喜奉行

如是我聞一時佛住波羅柰國仙人住處鹿野苑中爾時世尊告諸比丘若善男子正信非家出家學道彼一切所應當知四聖諦法何等爲四謂知苦聖諦知苦集聖諦知苦滅聖諦知苦滅道跡聖諦是故比丘於四聖諦未無間等者當勤方便修無間等如此章句一切四聖諦經應當具說佛說此經已諸比

丘聞佛所說歡喜奉行
如是知如是見如是無間等悉應當說又三結盡得須陀洹一切當知四聖諦何等爲四謂知苦聖諦知苦集聖諦知苦滅聖諦知苦滅道跡聖諦如是當知如是當見無間等佛說此經已諸比丘聞佛所說歡喜奉行
若三結盡貪恚癡薄得斯陀含彼一切皆於四聖諦如實知故何等爲四謂知苦聖諦知苦集聖諦知苦滅聖諦知苦滅道跡聖諦如是當知如是當見如是無間等亦如是說五下分結盡生般涅槃阿那含不還此世彼一切知四聖諦何等爲四知苦聖諦知苦集聖諦知苦滅聖諦知苦滅道跡聖諦如是知如是見如是無間等亦如是說若一切漏盡無漏心解脫慧解脫見法自知作證我生已盡梵行已立所作已作自知不受後有彼一切悉知四聖諦何等爲四謂知苦聖諦知苦集聖諦知苦滅聖諦知苦滅道跡聖諦如是知如是見如是無間等亦如是說若得辟支佛道證彼一切知四聖諦故何等爲四謂知苦聖諦知苦集聖諦知苦滅聖諦知苦滅道跡聖諦如是知如是見如是無間等亦如是說若得無上等正覺彼一切知四聖諦故何等爲四謂知苦聖諦知苦集聖諦知苦滅聖諦知苦滅道跡聖諦如是知如是見如是無間等亦如是說佛說此經已諸比丘聞佛所說歡喜奉行
如是我聞一時佛住波羅柰國仙人住處鹿野苑中爾時世尊告諸比丘譬如日出明相先起如是正盡苦亦有前相起謂知四聖諦

何等爲四知苦聖諦知苦集聖諦知苦滅聖諦知苦滅道跡聖諦如是知如是見如是無間等亦如是說佛說此經已諸比丘聞佛所說歡喜奉行

如是我聞一時佛住波羅㮈國仙人住處鹿野苑中爾時世尊告諸比丘若日月不出世間者一切衆星亦不出於世間晝夜半月一月時節歲數剋數須臾皆悉不現世間常冥無有明照唯有長夜純大闇苦現於世間若如來應供等正覺不出世間時不說苦聖諦苦集聖諦苦滅聖諦苦滅道跡聖諦現於世間世間盲冥無有明照如是長夜純大闇冥現於世間若日月出於世間衆星亦現晝夜半月一月時節歲數剋數須臾悉現世間長夜明照出於世間如是如來應等正覺出於世間說苦聖諦現於世間苦集聖諦苦滅聖諦苦滅道跡聖諦現於世間不復闇冥長夜照明純一智慧現於世間佛說此經已諸比丘聞佛所說歡喜奉行

如是我聞一時佛住波羅㮈國仙人住處鹿野苑中爾時世尊告諸比丘譬如日出周行空中壞諸闇冥光明顯照如是聖弟子所有集法一切滅已離諸塵垢得法眼生與無間等俱三結斷所謂身見戒取疑此三結盡名須陀洹不墮惡趣法必定正覺趣七有天人往生作苦邊彼聖弟子中間雖起憂苦聽彼聖弟子離欲惡不善法有覺有觀離生喜樂初禪具足住不見彼聖弟子有一法不斷能令還生此世者此則聖弟子得法眼之大義是故比丘於此四聖諦未無間等者當勤方

便起增上欲精進修學佛說是經已諸比丘聞佛所說歡喜奉行

如是我聞一時佛住波羅㮈國仙人住處鹿野苑中爾時世尊告諸比丘當作是說我於苦聖諦未無間等苦集聖諦苦滅聖諦未無間等而言我當得苦滅道跡聖諦無間等者此說不應所以者何無是處故若苦聖諦苦集聖諦苦滅聖諦未無間等而苦滅道跡聖諦無間等者無有是處譬如有人言我欲取佉提羅葉合集作器盛水持行者無有是處所以者何無是處故如是言我於苦聖諦苦集聖諦苦滅聖諦未無間等而欲得苦滅道跡聖諦無間等者無有是處若復有言我當於苦聖諦苦集聖諦苦滅聖諦無間等已得復得苦滅道跡聖諦者斯則善說所以者何有是處故若苦聖諦苦集聖諦苦滅聖諦無間等已而欲苦滅道跡聖諦無間等者斯有是處譬如有言我以純曇摩葉摩樓迦葉合集盛水持將行者此則善說所以者何有是處故如是若言我於苦聖諦苦集聖諦苦滅聖諦無間等已而欲苦滅道跡聖諦無間等者斯則善說所以者何有是處故若於苦聖諦苦集聖諦苦滅聖諦無間等已而欲苦滅道跡聖諦無間等者斯有是處故佛說是經已諸比丘聞佛所說歡喜奉行

如是我聞一時佛住波羅㮈國仙人住處鹿野苑中爾時世尊告諸比丘如小綿丸小劫貝華丸置四衢道頭四方風吹則隨風去向於一方如是若沙門婆羅門於苦聖諦不如實知於苦集聖諦於苦滅聖諦苦滅道跡聖

諦不如實知當知彼沙門婆羅門常觀他面常隨他說以不如實知故聞彼所說趣說而受當知此人不宿修習智慧故譬如因陀羅柱銅鐵作之於深入地中四方猛風不能令動如是沙門婆羅門於苦聖諦如實知苦集聖諦苦滅聖諦苦滅道跡聖諦如實知者當知是沙門婆羅門不視他面不隨他語是沙門婆羅門智慧堅固本隨習故不隨他語是故比丘於四聖諦當勤方便起增上欲精進學佛說是經已諸比丘聞佛所說歡喜奉行

如是我聞一時佛住波羅柰國仙人住處鹿野苑中爾時世尊告諸比丘譬如石柱長十六肘八肘入地四方風吹不能令動如是沙門婆羅門於苦聖諦如實知於苦集聖諦苦滅聖諦苦滅道跡聖諦如實知斯等沙門婆羅門至諸論處無能屈其心解脱慧解脱者能使餘沙門婆羅門反生憂苦如是如實知如實見皆是先世宿習故使智慧不可傾動是故比丘於四聖諦當勤方便起增上欲精進修學佛說是經已諸比丘聞佛所說歡喜奉行

如是我聞一時佛住波羅柰國仙人住處鹿野苑中爾時世尊告諸比丘譬如有人火燒頭衣當起增上欲急救令滅佛告比丘莫作是說當置頭衣於四聖諦起增上欲勤加方便修無間等何等爲四謂苦聖諦苦集聖諦苦滅聖諦苦滅道跡聖諦未無間等當勤方便修無間等所以者何比丘長夜熾然地獄畜生餓鬼諸比丘不見極苦如苦聖諦苦集聖諦苦滅聖諦苦滅道跡聖諦未無間等者

是比丘當忍苦樂憂悲於四聖諦勤加精進方便修習無間等應當是學佛說是經已諸比丘聞佛所說歡喜奉行

如是我聞一時佛住波羅㮈國仙人住處鹿野苑中爾時世尊告諸比丘譬如士夫年壽百歲有人語言士夫若欲聞法當日日三時受苦晨朝時受百槍苦日中晡時亦復如是於一日中受三百槍苦如是日日至於百歲然後聞法得無間等汝寧能不時彼士夫爲聞法故悉堪能受所以者何人生於世長夜受苦有時地獄有時畜生有時餓鬼於三惡道空受衆苦亦不聞法是故我今爲無間等故不以終身受三百槍爲大苦也是故比丘於四聖諦未得無間等者當勤方便起增上欲學無間等佛說此經已諸比丘聞佛所說歡喜奉行

如是我聞一時佛住波羅㮈國仙人住處鹿野苑中爾時世尊告諸比丘於四聖諦平等正覺名爲如來應等正覺何等爲四所謂苦聖諦苦集聖諦苦滅聖諦苦滅道跡聖諦於此四聖諦平等正覺名爲如來應等正覺是故諸比丘於四聖諦未無間者當勤方便起增上欲學無間等佛說此經已諸比丘聞佛所說歡喜奉行

如是我聞一時佛在摩竭國人間遊行於王舍城波羅利弗是中間竹林聚落國王於中造福德舍爾時世尊與諸大衆於中宿止爾時世尊告諸比丘我與汝等於四聖諦無知無見無隨順覺無隨順受者應當長夜流浪驅馳生死何等爲四謂苦聖諦苦集聖諦苦

滅聖諦苦滅道跡聖諦我與汝等於四聖諦無知無見無隨順覺無隨順受者應當長夜驅馳生死以我及汝於此苦聖諦順知順入斷諸有流盡諸生死不受後有於苦集聖諦苦滅聖諦苦滅道跡聖諦順知順入斷諸有流盡諸生死不受後有是故比丘於四聖諦未無間等者當勤方便起增上欲修無間等爾時世尊即說偈言

我常與汝等　長夜涉生死　不見聖諦故
大苦日增長　若見四聖諦　斷有大海流
生死永已除　不復受後有

佛說此經已諸比丘聞佛所說歡喜奉行

如是我聞一時佛在摩竭國人間遊行王舍城波羅利弗是中間竹林聚落大王於中作福德舍爾時世尊與諸大衆於中止宿爾時世尊告諸比丘汝等當行共至申恕林爾時世尊與諸大衆到申恕林坐樹下爾時世尊手把樹葉告諸比丘此手中葉爲多耶大林樹葉爲多比丘白佛世尊手中樹葉甚少彼大林中樹葉無量百千億萬倍乃至筭數譬類不可爲比如是諸比丘我成等正覺自所見法爲人定說者如手中樹葉所以者何彼法義饒益法饒益梵行饒益明慧正覺向於涅槃如大林樹葉如我成等正覺自知正法所不說者亦復如是所以者何彼法非義饒益非法饒益非梵行饒益明慧正覺正向涅槃故是諸比丘於四聖諦未無間等者當勤方便起增上欲學無間等佛說此經已諸比丘聞佛所說歡喜奉行

如是我聞一時佛住毗舍離獼猴池側重閣

講堂爾時尊者阿難晨朝著衣持鉢入毗舍離城乞食時有衆多離車童子晨朝從城内出至精舍門持弓箭競射精舍門孔箭箭皆入門孔尊者阿難見已以爲奇特彼諸離車童子能作如是難事入城乞食還舉衣鉢洗足已往詣佛所稽首佛足退住一面白佛言世尊我今晨朝著衣持鉢入毗舍離城乞食見有衆多離車童子從城内出至精舍門競射門孔箭箭皆入我作是念此甚奇特諸離車童子能爲難事佛告阿難於意云何離車童子競射門孔箭箭皆入此爲難耶破一毛爲百分而射一毛分箭箭悉中此爲難耶阿難白佛破一毛百分射一分之毛箭箭悉中此則爲難佛告阿難未若於苦聖諦生如實知此則甚難如是苦集聖諦苦滅聖諦苦滅道跡聖諦如實知見此則甚難爾時世尊而說偈言

一毛爲百分　射一分甚難　觀一一苦陰

非我難亦然

佛說此經已諸比丘聞佛所說歡喜奉行

如是我聞一時佛住獼猴池側重閣講堂爾時世尊告諸比丘譬如大地悉成大海有一盲龜壽無量劫百年一出其頭海中有浮木止有一孔漂流海浪隨風東西盲龜百年一出其頭當得遇此孔不阿難白佛不能世尊所以者何此盲龜若至海東浮木隨風或至海西南北四維圍遶亦爾不必相得佛告阿難盲龜浮木雖復差違或復相得愚癡凡夫漂流五趣暫復人身甚難於彼所以者何彼諸衆生不行其義不行法不行善不行真實

展轉殺害强者凌弱造無量惡故是故比丘於四聖諦當未無間等者當勤方便起增上欲學無間等佛說此經已諸比丘聞佛所說歡喜奉行

雜阿含經卷第十五

音釋

嗜 常利切好也 唼 子合切入口也 揵 巨偃切拒門木也 壍 七艷切坑也 痰 徒含切病液也 癊 於禁切心中病也 槍 七羊切矟也

雜阿含經卷第十六

宋天竺三藏求那跋陀羅譯

雜因誦第三品之四

如是我聞一時佛住王舍城迦蘭陀竹園時有衆多比丘集於食堂思惟世間而思惟爾時世尊知諸比丘心之所念往詣食堂敷座而坐告諸比丘汝等比丘慎莫思惟世間思惟所以者何世間思惟非義饒益非法饒益非梵行饒益非智非覺不順涅槃汝等當正思惟此苦聖諦此苦集聖諦此苦滅聖諦此苦滅道跡聖諦所以者何如此思惟則義饒益法饒益梵行饒益正智正覺正向涅槃過去世時有一士夫出王舍城於拘絺羅池側正坐思惟世間思惟當思惟時見四種軍象軍馬軍車軍步軍無量無數皆悉入於一藕孔中見已作是念我狂失性世間所無而今見之爾時去池不遠更有大衆一處聚集時彼士夫詣大衆所語言諸人我今發狂我今失性世間所無而我今見如上廣說時彼大衆皆謂士夫狂發失性世間所無而彼見之佛告比丘然彼士夫非狂失性所見真實所以者何爾時去拘絺羅池不遠有諸天阿脩羅興四種軍戰於空中時諸天得勝阿脩羅軍敗退入彼池一藕孔中是故比丘汝等慎莫思惟世間所以者何世間思惟非義饒益非法饒益非梵行饒益非智非覺非正向涅槃當思惟四聖諦何等爲四苦聖諦苦集聖諦苦滅聖諦苦滅道跡聖諦佛說此經已諸比丘聞佛所說歡喜奉行

如是我聞一時佛住王舍城迦蘭陀竹園時

有衆多比丘集於食堂作如是論或謂世間有常或謂世間無常世間有常無常世間非有常非無常世間有邊世間無邊世間有邊無邊世間非有邊非無邊是命是身命異身異如來死後有如來死後無如來死後有無如來死後非有非無爾時世尊一處坐禪以天耳聞諸比丘集於食堂論議之聲聞已往詣食堂於大衆前敷座而坐告諸比丘汝等比丘衆多聚集何所言說時諸比丘白佛言世尊我等衆多比丘集此食堂作如是論或說有常或說無常如上廣說佛告比丘汝等莫作如是論議所以者何如此論者非義饒益非法饒益非梵行饒益非智非正覺非正向涅槃汝等比丘應如是論議此苦聖諦此苦集聖諦此苦滅聖諦此苦滅道跡聖諦所

以者何如是論議是義饒益法饒益梵行饒益正智正覺正向涅槃是故比丘於四聖諦未無間等當勤方便起增上欲學無間等佛說此經已諸比丘聞佛所說歡喜奉行

如是我聞一時佛住王舍城迦蘭陀竹園爾時有衆多比丘集於食堂或有貪覺覺者或瞋覺覺者或害覺覺者爾時世尊知諸比丘心之所念往詣食堂敷坐具於衆前坐告諸比丘汝等莫起貪覺覺莫起恚覺覺莫起害覺覺所以者何此諸覺非義饒益非法饒益非梵行饒益非智非正覺不向涅槃汝等當起苦聖諦覺苦集聖諦覺苦滅聖諦覺苦滅道跡聖諦覺所以者何此四聖諦覺義饒益法饒益梵行饒益正智正覺向於涅槃是故諸比丘於四聖諦當勤方便起增上欲正智

正念精進修學佛說此經已諸比丘聞佛所說歡喜奉行

如是我聞一時如上廣說差別者起親里覺國土人民覺不死覺乃至聞佛所說歡喜奉行

如是我聞一時佛住王舍城迦蘭陀竹園時有衆多比丘集於食堂作如是論或論王事賊事鬪戰事錢財事衣被事飲食事男女事世間言語事事業事說諸海中事爾時世尊於禪定中以天耳聞諸比丘論說之聲即從座起往詣食堂敷坐具於衆前坐告諸比丘汝等比丘衆多聚集爲何所說諸比丘白佛言世尊我等於此聚集或論說王事如上廣說佛告比丘汝等莫作是論論說王事乃至不向涅槃若論說者應當論說此苦聖諦苦集聖諦苦滅聖諦苦滅道跡聖諦所以者何此四聖諦以義饒益法饒益梵行饒益正智正覺正向涅槃佛說此經已諸比丘聞佛所說歡喜奉行

如是我聞一時佛住王舍城迦蘭陀竹園時有衆多比丘集於食堂作如是說我知法律汝等不知我所說成就我等所說與理合汝等所說不成就不與理合應前說者則在後說應後說者則在前說而共諍論言我論是汝等不如能答者當答爾時世尊於禪定中以天耳聞諸比丘論諍之聲如是廣說乃至於四聖諦無間等者當勤起方便起增上欲學無間等佛說是經已諸比丘聞佛所說歡喜奉行

如是我聞一時佛住王舍城迦蘭陀竹園時

有衆多比丘集於食堂作如是論波斯匿王頻婆娑羅王何者大力何者大富爾時世尊於樿定中以天耳聞諸比丘論說之聲即從座起往詣食堂敷坐具於衆前坐問諸比丘汝等何所論說時諸比丘即以上事具白世尊佛告比丘汝等用說諸王大力大富爲汝等比丘莫作是論所以者何此非義饒益非法饒益非梵行饒益非智非正覺不向涅槃汝等當說此苦聖諦苦集聖諦苦滅聖諦苦滅道跡聖諦所以者何比四聖諦是義饒益法饒益梵行饒益正智正覺正向涅槃是故比丘於四聖諦未無間等者當勤方便起增上欲學無間等佛說此經已諸比丘聞佛所說歡喜奉行

如是我聞一時佛住王舍城迦蘭陀竹園時有衆多比丘集於食堂作如是論汝等宿命作何等業爲何工巧以何自活爾時世尊於禪定中以天耳聞諸比丘論說之聲即從座起往詣食堂敷坐具於衆前坐問諸比丘汝說何等時諸比丘以上所說具白世尊佛告比丘汝等比丘莫作是說宿命所作所以者何此非義饒益非法饒益非梵行饒益非智非正覺不向涅槃汝等比丘當共論說此苦聖諦苦集聖諦苦滅聖諦苦滅道跡聖諦所以者何此義饒益法饒益梵行饒益正智正覺正向涅槃是故比丘依於四聖諦未無間等者當勤方便起增上欲學無間等佛說此經已諸比丘聞佛所說歡喜奉行

如是我聞一時佛住王舍城迦蘭陀竹園時有衆多比丘集於食堂作如是論說某甲檀

越作麤踈食我等食已無味無力我等不如捨彼麤食而行乞食所以者何比丘乞食時得好食又見好色時聞好聲多人所識亦得衣被卧具醫藥爾時世尊於禪定中以天耳聞諸比丘論説之聲即詣食堂如是廣説乃至正向涅槃佛説此經已諸比丘聞佛所説歡喜奉行

如是我聞一時佛住王舍城迦蘭陀竹園爾時世尊告諸比丘汝等持我所説四聖諦不時有異比丘從座起整衣服爲佛作禮合掌白佛唯然世尊所説四聖諦我悉受持佛告比丘汝云何受持四聖諦比丘白佛言世尊説言此是苦聖諦我即受持此苦集聖諦此苦滅聖諦此苦滅道跡聖諦如是世尊説四聖諦我即受持佛告比丘善哉善哉我説苦聖諦汝眞實受持我説苦集聖諦苦滅聖諦苦滅道跡聖諦汝眞實受持佛説此經已諸比丘聞佛所説歡喜奉行

如是我聞一時佛住王舍城迦蘭陀竹園爾時世尊告諸比丘汝等持我所説四聖諦不時有比丘從座起整衣服偏袒右肩爲佛作禮合掌白佛唯然世尊所説四聖諦我悉受持佛告比丘汝云何持我所説四聖諦比丘白佛言世尊説苦聖諦我悉受持如如不離如不異如眞實審諦不顛倒是聖所諦是名苦聖諦世尊説苦集聖諦苦滅聖諦苦滅道跡聖諦如如不離如不異如眞實審諦不顛倒是聖所諦是爲世尊説四聖諦我悉受持佛告比丘善哉善哉汝眞實持我所説四聖諦如如不離如不異如眞實審諦不顛倒是

名比丘眞實持我四聖諦佛說此經已諸比丘聞佛所說歡喜奉行

如是我聞一時佛住王舍城迦蘭陀竹園爾時世尊告諸比丘汝持我所說四聖諦不時有異比丘從座起整衣服爲佛作禮合掌白佛言唯然世尊所說四聖諦我悉持之云何四諦世尊說苦聖諦我悉持之苦集聖諦苦滅聖諦苦滅道跡聖諦我悉持之佛告彼比丘善哉善哉如我所說四聖諦汝悉持之諸比丘若沙門婆羅門作如是說如沙門瞿曇所說苦聖諦我當捨更立苦聖諦者但有言數問已不知增其疑惑以非其境界故苦集聖諦苦滅聖諦苦滅道跡聖諦我今當捨更立餘四聖諦者彼但有言數問已不知增其疑惑以非其境界故是故比丘於四聖諦未無間等者當勤方便起增上欲學無間等佛說此經已諸比丘聞佛所說歡喜奉行

如是我聞一時佛住王舍城迦蘭陀竹園爾時世尊告諸比丘若比丘於佛有疑者則於苦聖諦有疑苦集聖諦苦滅聖諦苦滅道跡聖諦則有疑惑若於法僧有疑者則於苦聖諦疑惑苦集聖諦苦滅聖諦苦滅道跡聖諦疑惑若於佛不疑惑者則於苦聖諦不疑惑苦集聖諦苦滅聖諦苦滅道跡聖諦不疑惑若於法僧不疑惑者則於苦聖諦不疑惑苦集聖諦苦滅聖諦苦滅道跡聖諦不疑惑佛說此經已諸比丘聞佛所說歡喜奉行

如是我聞一時佛住王舍城迦蘭陀竹園爾時世尊告諸比丘若沙門婆羅門於苦聖諦有疑者則於佛有疑於法僧有疑若於集滅

道疑者則於佛有疑於法僧有疑若於苦聖諦無疑者則於佛無疑於法僧無疑於集滅道聖諦無疑者則於佛無疑於法僧無疑佛說此經已諸比丘聞佛所說歡喜奉行

如是我聞一時佛住王舍城迦蘭陀竹園爾時世尊告諸比丘汝等共行至深險巖諸比丘白佛唯然世尊爾時世尊與諸大衆至深險巖敷座而坐周帀觀察深險巖已告諸比丘此巖極大深險時有異比丘從座起整衣服爲佛作禮合掌白佛言世尊此極深險然復有一極深險極險於此甚可怖畏者不佛知其意即告言如是比丘此極深險然復有大深險險於此者甚可怖畏謂諸沙門婆羅門於苦聖諦不如實知苦集聖諦苦滅聖諦苦滅道跡聖諦不如實知彼於生本諸行樂著於老病死憂悲惱苦生本諸行樂著而作是行老病死憂悲惱苦行轉增長故墮於生深險之處墮於老病死憂悲惱苦深險之處如是比丘此則大深險險於此者是故比丘於四聖諦未無間等者當勤方便起增上欲學無間等佛說此經已諸比丘聞佛所說歡喜奉行

如是我聞一時佛住王舍城迦蘭陀竹園爾時世尊告諸比丘有大熱地獄若衆生生於彼中一向與烔然時有異比丘從座起整衣服爲佛作禮合掌白佛言如世尊說此則大熱世尊唯此大熱復有大熱過於此者甚可怖畏無有過上如是比丘此則大熱亦更有大熱過於此者甚可怖畏無有過上何等爲更有大熱甚可怖畏過於此者謂沙門婆羅

門此苦聖諦不如實知苦集聖諦苦滅聖諦苦滅道跡聖諦不如實知如是乃至生老病死憂悲惱苦大熱熾然是名比丘大熱熾然甚可怖畏無有過者是故比丘於四聖諦未無間等者當勤方便起增上欲學無間等佛說此經已諸比丘聞佛所說歡喜奉行

如是我聞一時佛住王舍城迦蘭陀竹園爾時世尊告諸比丘有大闇地獄彼諸衆生生彼中者不見自身分時有異比丘從座起整衣服爲佛作禮合掌白佛言世尊此則大闇唯此大闇復更有餘大闇甚可怖畏過於此不佛告比丘如是更有大闇甚可怖畏過於此者謂沙門婆羅門於四聖諦不如實知乃至墮於生老病死憂悲惱苦大闇之中是故比丘於四聖諦未無間等者當勤方便起增上欲學無間等佛說此經已諸比丘聞佛所說歡喜奉行

如是我聞一時佛住王舍城迦蘭陀竹園爾時世尊告諸比丘如日遊行照諸世界乃至千日千月照千世界千須彌山千弗婆提千閻浮提千拘耶尼千鬱單越千四天王千三十三天千炎摩天千兜率天千化樂天千他化自在天千梵天是名小千世界此千世界中間闇冥日月光照有大德力而彼不見其有衆生生彼中者不見自身分時有異比丘從座起整衣服爲佛作禮合掌白佛言世尊如世尊說是大闇冥復更有餘大闇冥處過於此耶佛告比丘有大闇冥過於此者謂沙門婆羅門於苦聖諦不如實知乃至墮於生老病死憂悲惱苦大闇冥中是名比丘有大

闇冥過於世界中間闇冥是故比丘於四聖諦未無間等者當勤方便起增上欲學無間等佛說此經已時諸比丘聞佛所說歡喜奉行

如是我聞一時佛住王舍城迦蘭陀竹園爾時世尊告諸比丘從小千世界數滿至千是名中千世界於是中千世界中間闇冥如前所說乃至於四聖諦未無間等者當勤方便起增上欲學無間等佛說此經已諸比丘聞佛所說歡喜奉行

如是我聞一時佛住王舍城迦蘭陀竹園爾時世尊告諸比丘從中千世界數滿至千是名三千大千世界世界中間闇冥之處日月遊行普照世界而彼不見乃至墮於生老病死憂悲惱苦大闇冥中是故諸比丘於四聖諦未無間等者當勤方便起增上欲學無間等佛說此經已諸比丘聞佛所說歡喜奉行

如是我聞一時佛住王舍城迦蘭陀竹園爾時世尊告諸比丘我今當說四聖諦諦聽諦聽善思念之何等爲四謂苦聖諦苦集聖諦苦滅聖諦苦滅道跡聖諦是名四聖諦佛說此經已諸比丘聞佛所說歡喜奉行

如當說如是有如是當知亦如上說

如是我聞一時佛住王舍城迦蘭陀竹園爾時世尊告諸比丘當勤禪思正方便起內寂其心所以者何比丘禪思內寂其心成就已如實顯現云何如實顯現謂此苦聖諦如實顯現此苦集聖諦苦滅聖諦苦滅道跡聖諦如實顯現佛說此經已諸比丘聞佛所說歡喜奉行

如是我聞一時佛住王舍城迦蘭陀竹園爾時世尊告諸比丘當修無量三摩提專心正念所以者何脩無量三摩提專心正念已如是如實顯現云何如實顯現謂此苦聖諦如實顯現苦集聖諦苦滅聖諦苦滅道跡聖諦如實顯現佛說此經已諸比丘聞佛所說歡喜奉行

如是我聞一時佛住王舍城迦蘭陀竹園爾時佛告諸比丘如人擲杖於虛空中尋即還墮或根著地或腹著地或頭著地如是沙門婆羅門於此苦聖諦不如實知苦集聖諦苦滅聖諦苦滅道跡聖諦不如實知當知是沙門婆羅門或墮地獄或墮畜生或墮餓鬼是故比丘於四聖諦未無間等者當勤方便學無間等佛說此經已諸比丘聞佛所說歡喜奉行

如是我聞一時佛住王舍城迦蘭陀竹園爾時世尊告諸比丘如人擲杖置虛空中其必還墮或墮淨地或墮不淨地如是沙門婆羅門於苦聖諦不如實知於苦集聖諦苦滅聖諦苦滅道跡聖諦不如實知以不如實知故或生善趣或生惡趣是故諸比丘於四聖諦未無間等者當勤方便起增上欲學無間等佛說此經已諸比丘聞佛所說歡喜奉行

如是我聞一時佛住王舍城迦蘭陀竹園爾時佛告諸比丘譬如五節相續輪大力士夫令速旋轉如是沙門婆羅門於此苦聖諦不如實知此苦集聖諦苦滅聖諦苦滅道跡聖諦不如實知輪迴五趣而速旋轉或墮地獄或墮畜生或墮餓鬼或人或天還墮惡道長

夜輪轉是故比丘於四聖諦未無間等者當勤方便起增上欲學無間等佛說此經已諸比丘聞佛所說歡喜奉行

如是我聞一時佛住王舍城迦蘭陀竹園爾時世尊告諸比丘如來應等正覺增上說法謂四聖諦開示施設建立分別散說顯現表露何等爲四謂苦聖諦苦集聖諦苦滅聖諦苦滅道跡聖諦是故比丘於四聖諦未無間等者當勤方便起增上欲學無間等佛說此經已諸比丘聞佛所說歡喜奉行

如是我聞一時佛住王舍城迦蘭陀竹園爾時世尊告諸比丘何等爲黠慧爲此苦聖諦如實知此苦集聖諦苦滅聖諦苦滅道跡聖諦如實知爲不知耶諸比丘白佛如我解世尊所說於四聖諦如實知者此爲黠慧佛告比丘善哉善哉於苦聖諦苦集聖諦苦滅聖諦苦滅道跡聖諦如實知者是則黠慧是故諸比丘於四聖諦未無間等者當勤方便起增上欲學無間等佛說是經已諸比丘聞佛所說歡喜奉行

如是我聞一時佛住舍衛國祇樹給孤獨園時須達長者往詣佛所稽首佛足於一面坐白佛言世尊此四聖諦爲漸次無間等爲一頓無間等佛告長者此四聖諦漸次無間非頓無間等佛告長者若有說言於苦聖諦未無間等而於彼苦集聖諦苦滅聖諦苦滅道跡聖諦無間等者此說不應所以者何若於苦聖諦未無間等而欲於苦集聖諦苦滅聖諦苦滅道跡聖諦無間等者無有是處猶如有人兩細樹葉連合爲器盛水持行無有是

處如是於苦聖諦未無間等而欲於苦集聖諦苦滅聖諦苦滅道跡聖諦無間等者無有是處譬如有人取蓮華葉連合爲器盛水遊行斯有是處如是長者於苦聖諦無間等已而欲於苦集聖諦苦滅聖諦苦滅道跡聖諦無間等者斯有是處是故長者於四聖諦未無間等者當勤方便起增上欲學無間等佛說此經已諸比丘聞佛所說歡喜奉行

如須達長者所問有異比丘問亦如是說唯譬有差別如有四隥階道陞於殿堂若有說言不登初階而登第二第三隥第四階陞堂殿者無有是處所以者何要由初階然後次登第二第三第四階得陞殿堂如是比丘於苦聖諦未無間等而欲於苦集聖諦苦滅聖諦苦滅道跡聖諦無間等者無有是處譬如比丘若有人言以四階道陞於殿堂要由初階然後次登第二第三第四階得陞殿堂應作是說所以者何要由初階然後次登第二第三第四階陞於殿堂有是處故如是比丘若言於苦聖諦無間等已然後次第於苦集聖諦苦滅聖諦苦滅道跡聖諦無間等者應作是說所以者何若於苦聖諦無間等已然後次第於苦集聖諦苦滅聖諦苦滅道跡聖諦無間等者有是處故佛說此經已諸比丘聞佛所說歡喜奉行

如異比丘問阿難所問亦如是說唯譬差別佛告阿難譬如四隥梯陞殿堂若有說言不由初隥而登第二第三第四隥陞殿堂者無有是處如是阿難若於苦聖諦未無間等而欲苦集聖諦苦滅聖諦苦滅道跡聖諦無間

等者此不應說所以者何若於苦聖諦未無間等而於苦集聖諦苦滅聖諦苦滅道跡聖諦無間等者無有是處譬如阿難由四隥梯陞於殿堂若有人言要由初隥然後次隥第二第三第四隥陞殿堂者此所應說所以者何要由初隥然後次登第二第三第四隥陞殿堂者有是處故如是阿難於苦聖諦無間等已然後次第苦集聖諦苦滅聖諦苦滅道跡聖諦無間等者斯有是處佛說是經已諸比丘聞佛所說歡喜奉行

如是我聞一時佛住舍衛國祇樹給孤獨園爾時世尊告諸比丘譬如大地草木悉取爲鋝貫大海中一切水蟲悉能貫不比丘白佛不能世尊所以者何大海諸蟲種種形類或極細不可貫或極大不可貫佛告比丘如是如是衆生界無數無量是故比丘於四聖諦未無間等者當勤方便起增上欲學無間等佛說此經已諸比丘聞佛所說歡喜奉行

如是我聞一時佛住王舍城迦蘭陀竹園爾時世尊手執土石問諸比丘於意云何此手中土石爲多彼大雪山土石爲多比丘白佛言世尊手中土石甚少少耳雪山土石甚多無量百千巨億筭數譬類不可爲比佛告比丘其諸衆生於苦聖諦如實知者苦集聖諦苦滅聖諦苦滅道跡聖諦如實知者如我手中所執土石其諸衆生於苦聖諦不如實知於苦集聖諦苦滅聖諦苦滅道跡聖諦不如實知者如彼雪山土石其數無量是故比丘於四聖諦未無間等者當勤方便起增上欲學無間等佛說是經已諸比丘聞佛所說歡

喜奉行

如是我聞一時佛住王舍城迦蘭陀竹園爾時世尊告諸比丘譬如湖池深廣五十由旬其水盈滿若有士夫以髮以毛或以指端滴彼湖水乃至再三云何比丘如彼士夫所滴水多湖池水多比丘白佛如彼士夫毛髮指端再三滴水甚少少耳彼湖大水其量無數乃至筭數譬類不可爲比佛告比丘如大湖水甚多無量如是多聞聖弟子具足見諦得聖道果斷諸苦本如截多羅樹頭於未來世成不生法餘不盡者如彼士夫髮毛指端所滴之水是故比丘於四聖諦未無間等者當勤方便起增上欲學無間等佛說是經已諸比丘聞佛所說歡喜奉行

如大湖水譬如是薩羅多吒迦恒伽耶符那薩羅遊伊羅跋提摩醯及四大海其譬亦如上說

如是我聞一時佛住舍衛國祇樹給孤獨園爾時世尊手捉團土大如梨果告諸比丘云何比丘我手中此團土爲多大雪山中土石爲多諸比丘白佛言世尊手中團土少少耳彼雪山王其土石甚多百千億那由他乃至筭數譬類不得爲比佛告諸比丘如我所捉團土如是衆生於苦聖諦如實知於苦集聖諦苦滅聖諦苦滅道跡聖諦如實知者亦復如是如大雪山王土石者如是衆生於苦聖諦不如實知於苦集聖諦苦滅聖諦苦滅道跡聖諦不如實知者亦復如是是故比丘於四聖諦未無間等者當勤方便起增上欲學無間等佛說是經已諸比丘聞佛所說歡喜

奉行

如雪山王如是尼民陀羅山毗那多迦山馬耳山善見山佉提羅迦山伊沙陀羅山由揵陀羅山須彌山王及大地土石亦復如是如梨果如是阿摩勒迦果跋陀羅果迦羅迦果豆果乃至蒜子譬亦復如是

如是我聞一時佛住舍衞國祇樹給孤獨園爾時世尊以爪甲擎土已告諸比丘於意云何我爪甲上土爲多此大地土多諸比丘白佛言世尊甲上土甚少少耳此大地土甚多無量乃至筭數譬類不可爲比佛告比丘如甲上土者若諸衆生形可見者亦復如是其形微細不可見者如大地土是故比丘於四聖諦未無間等者當勤方便學無間等佛說是經已諸比丘聞佛所說歡喜奉行

如陸地如是水性亦爾如甲上土如是衆生人道者亦復如是如大地土如是非人亦爾如甲上土如是生中國者亦爾如大地土如是生邊地者亦爾如甲上土如是成就聖慧眼者亦如是如大地土如是不成就聖慧眼者亦爾如甲上土如是衆生知此法律者亦如是如大地土如是衆生不知法律亦爾如知如是等知普知正想正覺正解法無間等亦如是如甲上土如是衆生知有父母亦爾如大地土如是衆生不知有父母亦爾如甲上土如是知有沙門婆羅門家之尊長作所應作作福此世他世畏罪行施受齋持戒亦爾如大地土不知有沙門婆羅門家之尊長作所應作作福此世他世畏罪行施受齋持戒亦如是說如甲上土如是衆生不殺不盜

不邪婬不妄語不兩舌不惡口不綺語亦爾如大地土如是衆生不持諸戒者亦爾如是離貪恚邪見及不離貪恚邪見亦如是說如甲上土如是不殺不盜不邪婬不妄語不飲酒如大地土如是不持五戒者亦爾如甲上土如是衆生持八戒者亦如是如大地土如是衆生不持八戒者亦爾如甲上土如是衆生持十善者亦如是如大地土如是衆生不持十善者亦如是如甲上土如是衆生從地獄命終生人中者亦如是如大地土如是衆生從地獄命終還生地獄者亦如是如地獄如是畜生餓鬼亦爾如甲上土如是衆生從地獄命終生天上者亦如是如大地土如是衆生從地獄命終還生地獄者亦如是如地獄如是畜生餓鬼亦爾如甲上土如是衆生人道中没還生人道中者亦如是如大地土其諸衆生從人道中没生地獄中者亦如是如地獄如是畜生餓鬼亦爾如甲上土其諸衆生從天命終還生天上者亦如是如大地土其諸衆生天上没生地獄中者亦如是如地獄畜生餓鬼亦如是

如是我聞一時佛住舍衛國祇樹給孤獨園爾時世尊告諸比丘我本未聞法時得正思惟此苦聖諦正見巳生此苦集聖諦此苦滅聖諦苦滅道跡聖諦正見巳生佛說此經巳諸比丘聞佛所說歡喜奉行

如巳生如是今生當生亦如是如生如是起習近修多修觸作證亦如是

如是我聞一時佛住舍衛國祇樹給孤獨園爾時世尊告諸比丘譬如眼藥丸深廣一由

句若有士夫取此藥丸界界安置能速令盡於彼界界不得其邊當知諸界其數無量是故比丘當善界學善種種界當如是學佛說此經已諸比丘聞佛所說歡喜奉行

如是我聞一時佛住舍衛國祇樹給孤獨園爾時世尊告諸比丘衆生常與界俱與界和合云何衆生常與界俱謂衆生行不善心時與不善界俱善心時與善界俱勝心時與勝界俱鄙心時與鄙界俱是故諸比丘當作是學善種種界佛說是經已諸比丘聞佛所說歡喜奉行

如是我聞一時佛住舍衛國祇樹給孤獨園爾時世尊告諸比丘廣說如上差別者即說偈言

常會故常生　相離生則斷　如人執小木
而入於巨海　人木則俱没　懈怠俱亦然
當離於懈怠　卑劣之精進　賢聖不懈怠
安住於遠離　慇懃精進禪　超度生死流
膠漆得其素　火得風熾然　珂乳則同色
衆生與界俱　相似共和合　增長亦復然

如是我聞一時佛住王舍城迦蘭陀竹園爾時世尊告諸比丘衆生常與界俱與界和合云何與界俱謂衆生不善心時與不善界俱善心時與善界俱鄙心時與鄙界俱勝心時與勝界俱時尊者憍陳如與衆多比丘於近處經行一切皆是上座多聞大德出家已久具修梵行復有尊者大迦葉與衆多比丘於近處經行一切皆是少欲知足頭陀苦行不畜遺餘尊者舍利弗與衆多比丘於近處經行一切皆是大智辯才時尊者大目揵連與

衆多比丘於近處經行一切皆是神通大力時阿那律陀與衆多比丘於近處經行一切皆是天眼明徹時尊者二十億耳與衆多比丘於近處經行一切皆是勇猛精進專勤修行者時尊者陀驃與衆多比丘於近處經行一切皆是能爲大衆修供具者時尊者優波離與衆多比丘於近處經行一切皆是通達律行時尊者富樓那與衆多比丘於近處經行皆是辯才善說法者時尊者迦旃延與衆多比丘於近處經行一切皆能分別諸經善說法相時尊者阿難與衆多比丘於近處經行一切皆是多聞總持時尊者羅睺羅與衆多比丘於近處經行一切皆是善持律行時提婆達多與衆多比丘於近處經行一切皆是習衆惡行是名比丘常與衆俱與界和合是故諸比丘當善分別種種諸界佛說是經時諸比丘聞佛所說歡喜奉行

如是我聞一時佛住王舍城迦蘭陀竹園如上廣說已即說偈言

常會故常生　相離生則斷　如人執小木
而入於巨海　人木則俱沒　懈怠俱亦然
當離於懈怠　卑劣之精進　賢聖不懈怠
安住於遠離　慇懃精進禪　超度生死流
膠漆得其素　火得風熾然　珂乳則同色
衆生與界俱　相似共和合　增長亦復然

如是我聞一時佛住舍衛國祇樹給孤獨園爾時世尊告諸比丘衆生常與界俱與界和合如是廣說乃至勝心生時與勝界俱鄙心生時與鄙界俱殺生時與殺界俱盜婬妄語飲酒心時與飲酒界俱不殺生時與不殺界

俱不盜不淫不妄語不飲酒與不飲酒界俱是故諸比丘當善分別種種諸界佛說是經已諸比丘聞佛所說歡喜奉行

如是我聞一時佛住舍衛國祇樹給孤獨園爾時世尊告諸比丘衆生常與界俱與界和合不信時與不信界俱犯戒時與犯戒界俱無慚無愧時與無慚無愧界俱信心時與信界俱持戒時與持戒界俱慚愧心時與慚愧界俱是故諸比丘當善分別種種諸界佛說是經已諸比丘聞佛所說歡喜奉行

如信不信如是精進不精進失念不失念正受不正受多聞少聞慳者施者惡慧善慧難養易養難滿易滿多欲少欲知足不知足攝受不攝受界俱如上經如是廣說

如是我聞一時佛住舍衛國祇樹給孤獨園爾時世尊告諸比丘我今當說種種諸界諦聽善思當爲汝說云何爲種種界謂眼界色界眼識界耳界聲界耳識界鼻界香界鼻識界舌界味界舌識界身界觸界身識界意界法界意識界是名種種界佛說是經已諸比丘聞佛所說歡喜奉行

如是我聞一時佛住舍衛國祇樹給孤獨園爾時世尊告諸比丘緣種種界生種種觸緣種種觸生種種受緣種種受生種種愛云何種種界謂十八界眼界色界眼識界乃至意界法界意識界是名種種界云何緣種種界生種種觸乃至云何緣種種受生種種愛謂緣眼界生眼觸緣眼觸生眼受緣眼受生眼愛耳鼻舌身意界緣生意觸緣意觸生意受緣意受生意愛諸比丘非緣種種愛生種種

受非緣種種受生種種觸非緣種種觸生種種界要緣種種界生種種觸緣種種觸生種種受緣種種受生種種愛是名比丘緣種種界生種種觸緣種種觸生種種受緣種種受生種種愛佛説此經已諸比丘聞佛所説歡喜奉行

如是我聞一時佛住舍衛國祇樹給孤獨園爾時世尊告諸比丘緣種種界生種種觸緣種種觸生種種受緣種種受生種種愛云何種種界謂十八界眼界色界眼識界乃至意界法界意識界是名種種界云何緣種種界生種種觸緣種種觸生種種受緣種種受生種種愛謂緣眼界生眼觸非緣眼觸生眼界但緣眼界生眼觸緣眼觸生眼受非緣眼受生眼觸但緣眼觸生眼受緣眼受生眼愛非緣眼愛生眼受但緣眼受生眼愛如是耳鼻舌身意界緣生意觸非緣意觸生意界但緣意界生意觸緣意觸生意受非緣意受生意觸但緣意觸生意受緣意受生意愛非緣意愛生意受但緣意受生意愛是故比丘非緣種種愛生種種受非緣種種受生種種觸非緣種種觸生種種界但緣種種界生種種觸緣種種觸生種種受緣種種受生種種愛是名比丘當善分別種種界佛説是經已諸比丘聞佛所説歡喜奉行

如是我聞一時佛住舍衛國祇樹給孤獨園爾時世尊告諸比丘緣種種界生種種觸緣種種觸生種種受緣種種受生種種想緣種種想生種種欲緣種種欲生種種覺緣種種覺生種種熱緣種種熱生種種求云何種種

界謂十八界眼界乃至法界云何緣種種界生種種觸乃至緣種種熱生種種求謂緣眼界生眼觸緣眼觸生眼受緣眼受生眼想緣眼想生眼欲緣眼欲生眼覺緣眼覺生眼熱緣眼熱生眼求如是耳鼻舌身意界緣生意觸緣意觸生意受緣意受生意想緣意想生意覺緣意覺生意熱緣意熱生意求是名比丘緣種種界故生種種觸乃至緣種種熱生種種求比丘非緣種種求生種種熱非緣種種熱生種種覺非緣種種覺生種種想非緣種種想生種種受非緣種種受生種種觸非緣種種觸生種種界但緣種種界生種種觸乃至緣種種熱生種種求佛說是經已諸比丘聞佛所說歡喜奉行

雜阿含經卷第十六

音釋

嶮 虛儉切 危也

烔 徒紅切 赤熱貌

盛水 盛時征切 貯也

隥 都鄧切 登陟之道也

鏘 千羊切 與槍同

膠漆 膠古肴切 黏膏也 漆親吉切 木汁也

珂 丘何切 石次玉

驃 毗召切 潔白如雪者

雜阿含經卷第十七

宋天竺三藏求那跋陀羅譯

雜因誦第三品之五

如是我聞一時佛住舍衞國祇樹給孤獨園爾時世尊告諸比丘緣界種種故生種種觸緣種種觸生種種想緣種種想生種種欲緣種種欲生種種覺緣種種覺生種種熱緣種種熱生種種求云何種種界謂十八界眼界乃至法界云何緣種種界生種種觸云何乃至緣種種熱生種種求謂緣眼界生眼觸非緣眼觸生眼界但緣眼界生眼觸非緣眼觸生眼想非緣眼想生眼觸但緣眼觸生眼想緣眼想生眼欲非緣眼欲生眼想但緣眼想生眼欲緣眼欲生眼覺非緣眼覺生眼欲但緣眼欲生眼覺緣眼覺生眼熱非緣眼熱生眼覺但緣眼覺生眼熱緣眼熱生眼求非緣眼求生眼熱但緣眼熱生眼求如是耳鼻舌身意界緣生意觸乃至緣意熱生意求亦如是廣說是名比丘緣種種界生種種觸乃至緣種種熱生種種求非緣種種求生種種熱乃至非緣種種觸生種種界但緣種種界生種種觸乃至緣種種熱生種種求佛說是經已諸比丘聞佛所說歡喜奉行

如内六入處外六入處亦如是說

如是我聞一時佛住舍衞國祇樹給孤獨園爾時世尊告諸比丘有光界淨界無量空入處界無量識入處界無所有入處界非想非非想入處界有滅界時有異比丘從座起整衣服稽首禮足合掌白佛言世尊彼光界淨界無量空入處界無量識入處界無所有入

處界非想非非想入處界滅界如此諸界何因緣可知佛告比丘彼光界者緣闇故可知淨界緣不淨故可知無量空入處界者緣色故可知無量識入處界者緣內空故可知無所有入處界者緣所有可知非想非非想入處界者緣有第一故可知滅界者緣有身可知諸比丘白佛言世尊彼光界乃至滅界以何正受而得佛告比丘彼光界淨界無量空入處界無量識入處界無所有入處界此諸界於自行正受而得非想非非想入處界於第一正受而得滅界者於有身滅正受而得佛說此經已諸比丘聞佛所說歡喜奉行

如是我聞一時佛住舍衛國東園鹿子母講堂爾時世尊晡時從禪覺於講堂蔭中敷座於大衆前坐說優檀那句告諸比丘緣界故生說非不界緣界故生見非不界緣界故生想非不界緣下界我說生下說下見下想下思下欲下願下士夫下所作下施設下建立下部分下顯示下受生如是中如是勝界緣勝界我說彼生勝說勝見勝想勝思勝願勝士夫勝所作勝施設勝建立勝部分勝顯示勝受生時有婆迦利比丘在佛後執扇扇佛白佛言世尊若於三藐三佛陀起非三藐三佛陀見彼見亦緣界而生耶佛告比丘於三藐三佛陀起非三藐三佛陀見亦緣界而生非不界所以者何凡夫界者是無明界如我先說緣下界生下說下見乃至下受生中勝界生勝說勝見乃至勝受生佛說是經已諸比丘聞佛所說歡喜奉行

如是我聞一時佛住舍衛國祇樹給孤獨園

爾時世尊告諸比丘有因生欲想非無因有因生恚想害想非無因云何因生欲想謂緣欲界也緣欲界故生欲想欲欲欲覺欲熱欲求愚癡凡夫起欲求已此衆生起三處邪謂身口心如是邪因緣故現法苦住有苦有礙有惱有熱身壞命終生惡趣中是名因緣生欲想云何因緣生恚想害想謂害界也緣害界生害想害欲害覺害熱害求愚癡凡夫起害求已此衆生起三處邪謂身口心起三處邪因緣已現法苦住有苦有礙有惱有熱身壞命終生惡趣中是名因緣生害想諸比丘若諸沙門婆羅門如是安於生生危險想不求捨離不覺不吐彼則現法苦住有苦有礙有惱有熱身壞命終生惡趣中譬如城邑聚落不遠有曠野大火卒起彼無有力能滅火者當知彼諸野中衆生悉被火害如是諸沙門婆羅門安於生生危險想身壞命終生惡趣中諸比丘有因生出要想非無因云何爲因生出要想謂出要界緣出要界生出要想出要欲出要覺出要熱出要求謂彼慧者出要求時衆生三處生正謂身口心彼如是生正因緣已現法樂住不苦不礙不惱不熱身壞命終生善趣中是名因緣生出要想云何因緣生不恚不害想謂不害界也不害界因緣生不害想不害欲不害覺不害熱不害求彼慧者不害求時衆生三處正謂身口心彼正因緣生已現法樂住不苦不礙不惱不熱身壞命終生善趣中是名因緣生不害想若諸沙門婆羅門安於生生不害想不捨離不覺不吐現法樂住不苦不礙不惱不熱身壞

命終生善趣中譬如城邑聚落邊有曠野大火卒起有人堪能手足滅火當知彼諸衆生依草木者悉不被害如是諸沙門婆羅門安於生生正想不捨不覺不吐現法樂住不苦不礙不惱不熱身壞命終生善趣中佛說此經已諸比丘聞佛所說歡喜奉行

如是我聞一時佛住舍衛國祇樹給孤獨園時有婆羅門來詣佛所與世尊面相慰勞已於一面住白佛言衆生非自作非他作佛告婆羅門如是論者我不與相見汝今自來而言我不自作不他作婆羅門言云何瞿曇衆生生爲自作爲他作耶佛告婆羅門我今問汝隨意答我婆羅門於意云何有衆生方便界令諸衆生知作方便耶婆羅門言瞿曇有衆生方便界令諸衆生知作方便也佛告婆羅門若有方便界令諸衆生知有方便者是則衆生自作是則他作婆羅門於意云何有衆生安住界堅固界出界造作界令彼衆生知有造作耶婆羅門白佛有衆生安住界堅固界出界造作界令諸衆生知有造作佛告婆羅門若彼安住界堅固界出界造作界令諸衆生知有造作者是則衆生自作是則他作婆羅門白佛有衆生自作有他作瞿曇世間多事今當請辭佛告婆羅門世間多事宜知是時時彼婆羅門聞佛所說歡喜隨喜從座起去

如是我聞一時佛住拘睒彌國瞿師羅園爾時瞿師羅長者詣尊者阿難所禮尊者阿難足退坐一面白尊者阿難所說種種界云何爲種種界時尊者阿難告瞿師羅長者眼界

異色界異喜處二因緣生識三事和合生觸又喜觸因緣生樂受如是耳鼻舌身意法亦如是說復次長者有異眼界異色界憂處二因緣生識三事和合生苦觸彼苦觸因緣生苦受如是耳鼻舌身意法亦如是說復次長者異眼界異色界捨處二因緣生識三事和合生不苦不樂觸不苦不樂觸因緣生不苦不樂受如是耳鼻舌身意法亦如是說爾時瞿師羅長者聞尊者阿難所說歡喜隨喜禮足而去

如是我聞一時佛住拘睒彌國瞿師羅園爾時瞿師羅長者詣尊者阿難所稽首禮足於一面坐白尊者阿難所說種種界云何爲種種界尊者阿難告瞿師羅長者有三界云何三謂欲界色界無色界爾時尊者阿難即說偈言

曉了於欲界　色界亦復然　捨一切有餘
得無餘寂滅　於身和合界　永盡無餘證
三耶三佛說　無憂離垢句

尊者阿難說是經已瞿師羅長者歡喜隨喜作禮而去

如是我聞一時佛住拘睒彌國瞿師羅園爾時瞿師羅長者詣尊者阿難所稽首禮足退坐一面白尊者阿難所說種種界云何名爲種種界尊者阿難告瞿師羅長者有三界色界無色界滅界是名三界即說偈言

若色界衆生　及住無色界　不識滅界者
還復受諸有　若斷於色界　不住無色界
滅界心解脱　永離於生死

尊者阿難說是經已瞿師羅長者歡喜隨喜

作禮而去

如是我聞一時佛住拘睒彌國瞿師羅園爾時瞿師羅長者詣尊者阿難所稽首禮足退坐一面白尊者阿難所說種種界云何爲種種界尊者阿難答瞿師羅長者謂三出界云何三謂從欲界出至色界色界出至無色界一切諸行一切思想滅界是名三出界即說偈言

知從欲界出　超逾於色界　一切行寂滅
勤修正方便　斷除一切愛　一切行滅盡
知一切有餘　不復轉還有

尊者阿難說是經已瞿師羅長者歡喜隨喜作禮而去

如是我聞一時佛住拘睒彌國瞿師羅園爾時尊者阿難往詣上座上座名者所詣已恭敬問訊問訊已退坐一面問上座上座名者言若比丘於空處樹下閑房思惟當以何法專精思惟上座答言尊者阿難於空處樹下閑房思惟者當以二法專精思惟所謂止觀尊者阿難復問上座修習於止多修習已當何所成修習於觀多修習已當何所成上座答言尊者阿難修習於止終成於觀修習觀已亦成於止謂聖弟子止觀俱修得諸解脫界阿難復問上座云何諸解脫界上座答言尊者阿難若斷界無欲界滅界是名諸解脫界尊者阿難復問上座云何斷界乃至滅界上座答言尊者阿難斷一切行是名斷界斷除愛欲是無欲界一切行滅是名滅界時尊者阿難聞上座所說歡喜隨喜往詣五百比丘所恭敬問訊退坐一面白五百比丘言若

比丘於空處樹下閑房思惟時當以何法專精思惟時五百比丘答尊者阿難當以二法專精思惟乃至滅界如上座所說時尊者阿難聞五百比丘所說歡喜隨喜往詣佛所稽首佛足退坐一面白佛言世尊若比丘空處樹下閑房思惟當以何法專精思惟佛告阿難若比丘空處樹下閑房思惟當以二法專精思惟乃至滅界如五百比丘所說時尊者阿難白佛言奇哉世尊大師及諸弟子皆悉同法同句同義同味我今詣上座名上座者問如此義亦以此義此句此味答我如今世尊所說我復詣五百比丘所亦以此義此句此味而問彼五百比丘亦以此義此句此味答如今世尊所說是故當知師及弟子一切同法同義同句同味佛告阿難汝知彼上座爲何如比丘阿難白佛不知世尊佛告阿難上座者是阿羅漢諸漏已盡已捨重擔正智心善解脫彼五百比丘亦皆如是佛說是經已尊者阿難聞佛所說歡喜奉行

如是我聞一時佛住王舍城迦蘭陀竹園爾時尊者羅睺羅詣世尊所稽首禮足退坐一面白佛言世尊云何知云何見我此識身及外境界一切相得無有我我所見我慢繫著使佛告羅睺羅諦聽善思當爲汝說羅睺羅若比丘於所有地界若過去若未來若現在若內若外若麤若細若好若醜若遠若近彼一切非我不異我不相在如實知水界火界風界空界識界亦復如是羅睺羅比丘如是知如是見於我此識身及外境界一切相無有我我所見我慢繫著使羅睺羅若比丘於

此識身及外境界一切相無有我我所見我慢繫著使是名斷愛縛諸結斷諸愛止慢無間等究竟苦邊佛說此經已尊者羅睺羅聞佛所說歡喜奉行

如是我聞一時佛住王舍城迦蘭陀竹園爾時尊者羅睺羅往詣佛所稽首禮足退坐一面白佛言世尊云何知云何見我此識身及外境界一切相得無有我我所見我慢繫著使佛告羅睺羅有三受苦受樂受不苦不樂受此三受何因何集何生何觸謂此三受觸因觸集觸生觸轉彼彼觸因彼彼受生若彼彼觸滅彼彼受亦滅止清涼沒如是知如是見我此識及外境界一切相得無有我我所見我慢繫著使佛說此經已尊者羅睺羅聞佛所說歡喜奉行

如是我聞一時佛住王舍城迦蘭陀竹園爾時尊者羅睺羅往詣佛所稽首禮足退住一面白佛言世尊云何知云何見我此識身及外境界一切相得無有我我所見我慢繫著使佛告羅睺羅有三受苦受樂受不苦不樂受觀於樂受而作苦想觀於苦受作劒刺想觀不苦不樂受作無常想若彼比丘觀於樂受而作苦想觀於苦受作劒刺想觀不苦不樂受作無常滅想者是名正見爾時世尊即說偈言

觀樂作苦想　苦受同劒刺　於不苦不樂
修無常滅想　是則爲比丘　正見成就者
寂滅安樂道　住於最後邊　永離諸煩惱
摧伏衆魔軍

佛說此經已尊者羅睺羅聞佛所說歡喜奉

行

如是我聞一時佛住王舍城迦蘭陀竹園爾時尊者羅睺羅往詣佛所稽首佛足退住一面白佛言世尊云何知云何見我此識身及外境界一切相得無有我我所見我慢繫著使佛告羅睺羅有三受苦受樂受不苦不樂受觀於樂受爲斷樂受貪使故於我所修梵行斷苦受瞋恚使故於我所修梵行斷不苦不樂受癡使故於我所修梵行羅睺羅若比丘樂受貪使已斷已知苦受恚使已斷已知不苦不樂受癡使已斷已知者是名比丘斷除愛欲縛去諸結慢無間等究竟苦邊爾時世尊即說偈言

樂受所受時　則不知樂受　貪使之所使
不見出要道　苦受所受時　則不知苦受
瞋恚使所使　不見出要道　不苦不樂受
正覺之所說　不善觀察者　終不度彼岸
比丘勤精進　正知不動轉　如此一切受
慧者能覺知　覺知諸受者　現法盡諸漏
明智者命終　不墮於衆數　衆數既已斷
永處般涅槃

佛說此經已尊者羅睺羅聞佛所說歡喜奉行

如是我聞一時佛住王舍城迦蘭陀竹園爾時世尊告諸比丘大海深險者此世間愚夫所說深險非賢聖法律所說深險世間所說者是大水積聚數耳若從身生諸受衆苦逼迫或惱或死是名大海極深險處愚癡無聞凡夫於此身生諸受苦痛逼迫或惱或死憂悲稱怨啼哭號呼心亂發狂長淪沒溺無止

息處多聞聖弟子於身生諸受苦痛逼迫或惱或死不生憂悲啼哭號呼心生狂亂不淪生死得止息處爾時世尊即說偈言

身生諸苦受　逼迫乃至死　憂悲不息忍
號呼發狂亂　心自生障礙　招集衆苦增
永淪生死海　莫知休息處　能捨身諸受
身所生苦惱　切迫乃至死　不起憂悲想
不啼哭號呼　能自忍衆苦　心不生障礙
招集衆苦增　不淪沒生死　永得安隱處

佛說此經已諸比丘聞佛所說歡喜奉行

如是我聞一時佛住王舍城迦蘭陀竹園爾時世尊告諸比丘愚癡無聞凡夫生苦受樂受不苦不樂受多聞聖弟子亦生苦受樂受不苦不樂受諸比丘凡夫聖人有何差別諸比丘白佛世尊是法根法眼法依善哉世尊唯願廣說諸比丘聞已當受奉行佛告諸比丘愚癡無聞凡夫身觸生諸受苦痛逼迫乃至奪命憂愁啼哭稱怨號呼佛告諸比丘諦聽善思當爲汝說諸比丘愚癡無聞凡夫身觸生諸受增諸苦痛乃至奪命愁憂稱怨啼哭號呼心生狂亂當於爾時增長二受若身受若心受譬如士夫身被雙毒箭極生苦痛愚癡無聞凡夫亦復如是增長二受身受心受極生苦痛所以者何以彼愚癡無聞凡夫不了知故於諸五欲生樂受觸受五欲樂受五欲樂故爲貪使所使苦受觸故則生瞋恚生瞋恚故爲恚使所使於此二受若集若滅若味若患若離不如實知不如實知故生不苦不樂受爲癡使所使爲樂受所繫終不離苦受所繫終不離不苦不樂受所繫終不離

云何繫謂爲貪恚癡所繫爲生老病死憂悲惱苦所繫多聞聖弟子身觸生苦受大苦逼迫乃至奪命不起憂悲稱怨啼哭號呼心亂發狂當於爾時唯生一受所謂身受不生心受譬如士夫被一毒箭不被第二毒箭當於爾時唯生一受所謂身受不生心受爲樂受觸不染欲樂不染欲樂故於彼樂受貪使不使於苦觸受不生瞋恚不生瞋恚故恚使不使於彼二使集滅味患離如實知如實知故不苦不樂受癡使不使於彼樂受解脫不繫苦受不苦不樂受解脫不繫於何不繫謂貪恚癡不繫生老病死憂悲惱苦不繫爾時世尊即說偈言

多聞於苦樂　非不受覺知　彼於凡夫人
其實大有聞　樂受不放逸　苦觸不增憂
苦樂二俱捨　不順亦不違　比丘勤方便
正智不傾動　於此一切受　黠慧能了知
了知諸受故　現法盡諸漏　身死不墮數
永處般涅槃

佛說此經已諸比丘聞佛所說歡喜奉行

如是我聞一時佛住王舍城迦蘭陀竹園爾時世尊告諸比丘譬如空中狂風卒起從四方來有塵土風無塵土風毗濕波風鞞嵐婆風薄風厚風乃至風輪起風身中受風亦復如是種種受起樂受苦受不苦不樂受樂身受苦身受不苦不樂身受樂心受苦心受不苦不樂心受樂食受苦食受不苦不樂食受樂無食苦無食不苦不樂無食受樂貪受苦貪受不苦不樂貪受樂出要受苦出要受不樂不苦出要受爾時世尊即說偈言

譬如虛空中　種種狂風起　東西南北風
四維亦如是　有塵及無塵　乃至風輪起
如是此身中　諸受起亦然　若樂若苦受
及不苦不樂　有食與無食　貪著不貪著
比丘勤方便　正智不傾動　於此一切受
黠慧能了知　了知諸受故　現法盡諸漏
身死不墮數　永處般涅槃

佛說此經已諸比丘聞佛所說歡喜奉行

如是我聞一時佛住王舍城迦蘭陀竹園爾時世尊告諸比丘譬如客舍種種人住若刹利婆羅門長者居士野人獵師持戒犯戒在家出家悉於中住此身亦復如是種種受生苦受樂受不苦不樂受樂身受苦身受不苦不樂身受樂心受苦心受不苦不樂心受樂食受苦食受不苦不樂食受樂無食受苦無食受不苦不樂無食受樂貪著受苦貪著受不苦不樂貪著受樂出要受苦出要受不苦不樂出要受爾時世尊即說偈言

譬如客舍中　種種人住止　刹利婆羅門
長者居士等　旃陀羅野人　持戒犯戒者
在家出家人　如是等種種　此身亦如是
種種諸受生　若樂若苦受　及不苦不樂
有食與無食　貪著不貪著　比丘勤方便
正智不傾動　於此一切受　黠慧能了知
了知諸受故　現法盡諸漏　身死不墮數
永處般涅槃

佛說此經已諸比丘聞佛所說歡喜奉行

如是我聞一時佛住王舍城迦蘭陀竹園時有異比丘獨一靜處禪思念言世尊說三受樂受苦受不苦不樂受又說諸所有受悉皆

是苦此有何義是比丘作是念已從禪起往詣佛所稽首禮足退住一面白佛言世尊我於靜處禪思念言世尊說三受樂受苦受不苦不樂受又說諸所有受悉皆是苦此有何義佛告比丘我以一切行無常故一切諸行變易法故說諸所有受悉皆是苦爾時世尊即說偈言

知諸行無常　皆是變易法　故說受悉苦
正覺之所知　比丘勤方便　正智不傾動
於諸一切受　黠慧能了知　悉知諸受已
現法盡諸漏　死不墮於數　永處般涅槃

佛說是經已諸比丘聞佛所說歡喜奉行

如是我聞一時佛住王舍城迦蘭陀竹園爾時尊者阿難獨一靜處禪思念言世尊說三受樂受苦受不苦不樂受又復說諸所有受悉皆是苦此有何義作是念已從禪起詣世尊所稽首禮足退住一面白佛言世尊我獨一靜處禪思念言如世尊說三受樂受苦受不苦不樂受又說一切諸受悉皆是苦此有何義佛告阿難我以一切行無常一切行變易法故說諸所有受悉皆是苦又復阿難我以諸行漸次寂滅故說以諸行漸次止息故說一切諸受悉皆是苦阿難白佛言云何世尊以諸受漸次寂滅故說佛告阿難初禪正受時言語寂滅第二禪正受時覺觀寂滅第三禪正受時喜心寂滅第四禪正受時出入息寂滅空入處正受時色想寂滅識入處正受時空入處想寂滅無所有入處正受時識入處想寂滅非想非非想入處正受時無所有入處想寂滅想受滅正受時想受寂滅是

名漸次諸行寂滅阿難白佛言世尊云何漸次諸行止息佛告阿難初禪正受時言語止息二禪正受時覺觀止息三禪正受時喜心止息四禪正受時出入息止息空入處正受時色想止息識入處正受時空入處止息無所有入處正受時識入處想止息非想非非想入處正受時無所有入處想止息想受滅正受時想受止息是名漸次諸行止息阿難白佛世尊是名漸次諸行止息佛告阿難復有勝止息奇特止息上止息無上止息如是止息於餘止息無過上者阿難白佛何等爲勝止息奇特止息上止息無上止息諸餘止息無過上者佛告阿難於貪欲心不樂解脫恚癡心不樂解脫是名勝止息奇特止息上止息無上止息諸餘止息無過上者佛說是經已尊者阿難聞佛所說歡喜奉行

如是我聞一時佛住王舍城迦蘭陀竹園爾時世尊告諸比丘毗婆尸如來未成佛時獨一靜處禪思思惟作如是觀觀察諸受云何爲受云何受集云何受滅云何受集道跡云何受滅道跡云何受味云何受患云何受離如是觀察有三受樂受苦受不苦不樂受觸集是受集觸滅是受滅若於受愛樂讚歎染著堅住是名受集道跡若於受不愛樂讚歎染著堅住是名受滅道跡若受因緣生樂喜是名受味若受無常變易法是名受患若於受斷欲貪越欲貪是名受離佛說是經已諸比丘聞佛所說歡喜奉行

如毗婆尸佛如是式棄佛毗濕波浮佛迦羅迦孫提佛迦那迦牟尼佛迦葉佛及我釋迦

文佛未成佛時思惟觀察諸受亦復如是
如是我聞一時佛住王舍城迦蘭陀竹園爾時有異比丘獨一靜處禪思如是觀察諸受云何受云何受集云何受滅云何受集道跡云何受滅道跡云何受味云何受患云何受離時彼比丘從禪覺已詣世尊所稽首佛足退住一面白佛言世尊我獨一靜處禪思觀察諸受云何爲受云何受集云何受滅云何受集道跡云何受滅道跡云何受味云何受患云何受離佛告比丘有三受樂受苦受不苦不樂受觸集是受集觸滅是受滅若於受愛樂讚歎染著堅住是名受集道跡若於受不愛樂讚歎染著堅住是名受滅道跡若受因緣生樂是名受味若受無常變易法是名受患若於受斷欲貪越欲貪是名受離佛說此經已諸比丘聞佛所說歡喜奉行
如異比丘問經尊者阿難所問經亦如是
如是我聞一時佛住王舍城迦蘭陀竹園爾時世尊告諸比丘云何爲受云何受集云何受滅云何受集道跡云何受滅道跡諸比丘白佛世尊是法根法眼法依善哉世尊惟願廣說諸比丘聞已當受奉行佛告諸比丘諦聽善思當爲汝說佛告比丘有三受樂受苦受不苦不樂受觸集是受集觸滅是受滅若於受愛樂讚歎染著堅住是名受集道跡若於受不愛樂讚歎染著堅住是名受滅道跡若受因緣生喜樂是名受味若受無常變易是名受患若於受斷欲貪越欲貪是名受離佛說是經已諸比丘聞佛所說歡喜奉行
如是我聞一時佛住王舍城迦蘭陀竹園爾

時世尊告諸比丘若我於諸受不如實知受集受滅受集道跡受滅道跡受味受患受離不如實知我於諸天世間魔梵沙門婆羅門天人衆中不得解脫出離脫諸顛倒亦非阿耨多羅三藐三菩提以我於諸受受集受滅受集道跡受滅道跡受味受患受離如實知故於諸天世間魔梵沙門婆羅門天人衆中爲脫爲出爲脫諸顛倒得阿耨多羅三藐三菩提佛說是經已諸比丘聞佛所說歡喜奉行

如是我聞一時佛住王舍城迦蘭陀竹園爾時世尊告諸比丘若沙門婆羅門於諸受不如實知受集受滅受集道跡受滅道跡受味受患受離不如實知者非沙門非婆羅門不同沙門不同婆羅門非沙門義非婆羅門義非現法自知作證我生已盡梵行已立所作已作自知不受後有若沙門婆羅門於諸受如實知受集受滅受集道跡受滅道跡受味受患受離如實知者彼是沙門之沙門婆羅門之婆羅門同沙門同婆羅門沙門義婆羅門義現法自知作證我生已盡梵行已立所作已作自知不受後有佛說是經已諸比丘聞佛所說歡喜奉行

如沙門非沙門如是沙門數非沙門數亦如是

如是我聞一時佛住壹奢能伽羅國壹奢能伽羅林中爾時世尊告諸比丘我欲於此中半月坐禪諸比丘勿復遊行唯除乞食及布薩即便坐禪不復遊行唯除乞食及布薩爾時世尊半月過已敷坐具於衆前坐告諸比

丘我以初成佛時所思惟諸禪少許禪分於今半月思惟作是念諸有衆生生受皆有因緣非無因緣云何因緣欲是因緣覺是因緣觸是因緣諸比丘於欲不寂滅覺不寂滅觸不寂滅彼因緣故衆生生受以不寂滅因緣故衆生生受彼欲寂滅覺不寂滅觸不寂滅以彼因緣故衆生生受以不寂滅因緣故衆生生受彼欲寂滅覺寂滅觸不寂滅以彼因緣故衆生生受以不寂滅因緣故衆生生受彼欲寂滅覺寂滅觸寂滅以彼因緣故衆生生受以彼寂滅因緣故衆生生受邪見因緣故衆生生受邪見不寂滅因緣故衆生生受邪志邪語邪業邪命邪方便邪念邪定邪解脫邪智因緣故衆生生受邪智不寂滅因緣故衆生生受正見因緣故衆生生受正見寂滅因緣故衆生生受正志正語正業正命正方便正念正定正解脫正智因緣故衆生生受正智寂滅因緣故衆生生受若彼欲不得者得不獲者獲不證者證生以彼因緣故衆生生受以彼寂滅因緣故衆生生受是名不寂滅因緣故衆生生受寂滅因緣衆生生受若沙門婆羅門如是緣緣緣緣集緣緣滅緣緣集道跡緣緣滅道跡不如實知者彼非沙門之沙門非婆羅門之婆羅門不同沙門之沙門不同婆羅門之婆羅門非沙門義非婆羅門義非現法自知作證我生已盡梵行已立所作已作自知不受後有若沙門婆羅門於此緣緣緣緣集緣緣滅緣緣集道跡緣緣滅道跡如實知者當知是沙門之沙門婆羅門之婆羅門同沙門同婆羅門以沙門義婆

羅門義現法自知作證我生已盡梵行已立所作已作自知不受後有佛說此經已諸比丘聞佛所說歡喜奉行

如是我聞一時佛住舍衛國祇樹給孤獨園夏安居時爾時給孤獨長者來詣佛所稽首禮足却坐一面佛爲說法示教照喜說種種法示教照喜已從座起整衣服爲佛作禮合掌白佛言唯願世尊與諸大衆受我三月請衣被飲食應病湯藥爾時世尊默然而許時給孤獨長者知佛默然受請已從座起去還歸自家過三月已來詣佛所稽首禮足退坐一面佛告給孤獨長者善哉長者三月供養衣被飲食應病湯藥汝以莊嚴淨治上道於未來世當獲安樂果報然汝今莫得默然樂受此法汝當精進時時學遠離喜樂具足身作證時給孤獨長者聞佛所說歡喜隨喜從座起而去爾時尊者舍利弗於衆中坐知給孤獨長者去已白佛言奇哉世尊善爲給孤獨長者說法善勸勵給孤獨長者言汝已三月具足供養如來大衆淨治上道於未來世當受樂報汝莫默然樂著此福汝當時時學遠離喜樂具足身作證世尊若使聖弟子學遠離喜樂具足身作證得遠離五法修滿五法云何遠離五法謂斷欲所長養喜斷欲所長養憂斷欲所長養捨斷不善所長養喜斷不善所長養憂是名五法遠離云何修滿五法謂隨喜歡喜猗息樂一心佛告舍利弗如是如是若聖弟子修學遠離喜樂具足身作證遠離五法修滿五法佛說是經已諸比丘聞佛所說歡喜奉行

如是我聞一時佛住舍衛國祇樹給孤獨園爾時世尊告諸比丘有食念者有無食念者有無食無食念者有食樂者無食樂者有無食無食樂者有食捨者無食捨者有無食無食捨者有食解脫者無食解脫者有無食無食解脫者云何食念謂五欲因緣生念云何無食念謂比丘離欲離惡不善法有覺有觀離生喜樂初禪具足住是名無食念云何無食無食念謂比丘有覺有觀息內淨一心無覺無觀定生喜樂第二禪具足住是名無食無食念云何有食樂謂五欲因緣生樂生喜是名有食樂云何無食樂謂息有覺有觀內淨一心無覺無觀定生喜樂是名無食樂云何無食無食樂謂比丘離喜貪捨心住正念正知安樂住彼聖說捨是名無食無食樂云何有食捨謂五欲因緣生捨是名有食捨云何無食捨謂彼比丘離喜貪捨心住正念正知安樂住彼聖說捨第三禪具足住是名無食捨云何無食無食捨謂比丘離苦息樂憂喜先已離不苦不樂捨淨念一心第四禪具足住是名無食無食捨云何有食解脫謂色俱行云何無食解脫謂無色俱行云何無食無食解脫謂彼比丘貪欲不染解脫瞋恚愚癡心不染解脫是名無食無食解脫佛說此經已諸比丘聞佛所說歡喜奉行

如是我聞一時佛住舍衛國祇樹給孤獨園爾時尊者跋陀羅比丘及尊者阿難俱住祇樹給孤獨園爾時尊者阿難往詣尊者跋陀羅所共相問訊慰勞已於一面住時尊者阿難問尊者跋陀羅比丘言云何名為見第一

云何聞第一云何樂第一云何想第一云何有第一尊者跋陀羅語尊者阿難言有梵天自在造作化如意爲世之父若見彼梵天者名曰見第一阿難有衆生離生喜樂處處潤澤處處數悦舉身充滿無不滿處所謂離生喜樂彼從三昧起舉聲唱說徧告大衆極寂静者離生喜樂極樂者離生喜樂諸有聞彼聲者是名聞第一復次阿難有衆生於此身離喜之樂潤澤處處潤澤數悦充滿舉身充滿無不滿處所謂離喜之樂是名樂第一云何想第一阿難有衆生度一切識入處無所有無所有入處具足住若起彼想者是名想第一云何有第一復次阿難有衆生度一切無所有入處非想非非想入處具足住若起彼有者是名有第一尊者阿難語尊者跋陀羅比丘言多有人作如是見如是說汝亦同彼有何差别我所方便問汝汝當諦聽當爲汝說如其所觀次第盡諸漏是爲見第一如其所問次第盡諸漏是名聞第一如所生樂次第盡諸漏者是名樂第一如其所想次第盡諸漏者是名想第一如實觀察次第盡諸漏是名有第一時二正士共論說已從座起去

如是我聞一時佛住王舍城迦蘭陀竹園爾時瓶沙王詣尊者優陀夷所稽首作禮退坐一面時瓶沙王白尊者優陀夷言云何世尊所說諸受優陀夷言大王世尊說三受樂受苦受不苦不樂受瓶沙王白尊者優陀夷莫作是言世尊說三受樂受苦受不苦不樂受正應有二受樂受苦受若不苦不樂受是則

寂滅如是三說優陀夷不能爲王立三受王亦不能立二受俱詣佛所稽首禮足退住一面時尊者優陀夷以先所說廣白世尊我亦不能立三受王亦不能立二受今欲共來具問世尊如是之義定有幾受佛告優陀夷我有時說一受或時說二受或說三四五六十八三十六乃至百八受或時說無量受云何我說一受如說所有受皆悉是苦是名我說一受云何說二受說身受心受是名二受云何三受樂受苦受不苦不樂受云何四受謂欲界繫受色界繫受無色界繫受及不繫受云何說五受謂樂根喜根苦根憂根捨根是名說五受云何說六受謂眼觸生受耳鼻舌身意觸生受云何說十八受謂隨六喜行隨六憂行隨六捨行受是名說十八受云何三十六受依六貪著喜依六離貪著喜依六貪著憂依六離貪著憂依六貪著捨依六離貪著捨是名說三十六受云何說百八受謂三十六受過去三十六未來三十六現在三十六是名說百八受云何說無量受如說此受彼受等比丘如是無量名說是名說無量受優陀夷我如是種種說受如實義世間不解故而共諍論共相違反終竟不得我法律中眞實之義以自止息優陀夷若於我此所說種種受義如實解知者不起諍論共相違反起未起諍能以法律止令休息然優陀夷有二受欲受離欲受云何欲受五欲功德因緣生受是名欲受云何離欲受謂比丘離欲惡不善法有覺有觀離生喜樂初禪具足住是名離欲受若有說言若衆生依此初禪唯是

爲樂非餘者此則不然所以者何更有勝樂過於此故何者是謂比丘離有覺有觀內淨定生喜樂第二禪具足住是名勝樂如是乃至非想非非想入處轉轉勝說若有說言唯有此處乃至非想非非想極樂非餘亦復不然所以者何更有勝樂過於此故何者是謂比丘度一切非想非非想入處想受滅身作證具足住是名勝樂過於彼者若有異學出家作是說言沙門釋種子唯說想受滅名爲至樂此所不然所以者何應當語言此非世尊所說受樂數世尊說受樂數者如說優陀夷有四種樂何等爲四謂離欲樂遠離樂寂滅樂菩提樂佛說此經已尊者優陀夷及瓶沙王聞佛所說歡喜奉行

如是我聞一時佛住王舍城迦蘭陀竹園爾時世尊告諸比丘若於一法生正猒離不樂背捨得盡諸漏所謂一切衆生由食而存復有二法名及色復有三法謂三受復有四法謂四食復有五法謂五受陰復有六法謂六內外入處復有七法謂七識住復有八法謂世八法復有九法謂九衆生居復有十法謂十業跡於此十法生猒不樂背捨得盡諸漏佛說此經已諸比丘聞佛所說歡喜奉行

如是我聞一時佛住王舍城迦蘭陀竹園爾時世尊告諸比丘若於一法生正猒離不樂背捨究竟苦邊解脫於苦謂一切衆生由食而存復有二法名及色復有三法謂三受復有四法謂四食復有五法謂五受陰復有六法謂六內外入處復有七法謂七識住復有八法謂世八法復有九法謂九衆生居復有

十法謂十業跡於此十法生正猒離不樂背捨究竟苦邊解脱於苦佛說此經已諸比丘聞佛所說歡喜奉行

如是我聞一時佛住王舍城迦蘭陀竹園爾時世尊告諸比丘若於一法觀察無常觀察變易觀察離欲觀察滅觀察捨離得盡諸漏謂一切衆生由食而存復有二法名及色復有三法謂三受復有四法謂四食復有五法謂五受陰復有六法謂六内外入處復有七法謂七識住復有八法謂世八法復有九法謂九衆生居復有十法謂十業跡於此十法正觀無常觀察變易觀察離欲觀察滅觀察捨離得盡諸漏佛說此經已諸比丘聞佛所說歡喜奉行

如是我聞一時佛住王舍城迦蘭陀竹園爾時世尊告諸比丘若於一法觀察無常觀察變易觀察離欲觀察滅觀察捨離究竟苦邊解脱於苦謂一切衆生由食而存復有二法名及色復有三法謂三受復有四法謂四食復有五法謂五受陰復有六法謂六内外入處復有七法謂七識住復有八法謂世八法復有九法謂九衆生居復有十法謂十業跡於此十業跡觀察無常觀察變易觀察離欲觀察滅觀察捨離究竟苦邊解脱於苦佛說此經已諸比丘聞佛所說歡喜奉行

雜阿含經卷第十七

音釋

瞿曇梵語也此云純淑瞿其俱切曇徒含切　拘睒彌梵語也正云憍賞彌睒失冉切　刺七自切直傷也　呲頻脂切　旃陀羅梵語也此云嚴熾旃諸延切　勵力制切勉也　跋蒲撥切

雜阿含經卷第十八

宋天竺三藏求那跋陀羅譯

弟子所説誦第四品

如是我聞一時佛住摩竭提國那羅聚落爾時尊者舍利弗亦在摩竭提國那羅聚落時有外道出家名閻浮車是舍利弗舊善知識來詣舍利弗問訊共相慰勞已退坐一面問舍利弗言賢聖法律中有何難事舍利弗告閻浮車唯出家難云何出家難答言愛樂者難云何愛樂難答言樂常修善法難復問舍利弗有道有向修習多修習常修善法增長耶答言有謂八正道謂正見正志正語正業正命正方便正念正定閻浮車言舍利弗此則善道此則善向修習多修習於諸善法常修習增長舍利弗出家常修習此道不久疾得盡諸有漏時二正士共論議已各從座起而去如是比閻浮車所問序四十經閻浮車問舍利弗云何名善説法者爲世間正向云何名爲世間善逝舍利弗言若説法調伏欲貪調伏瞋恚調伏愚癡是名世間説法者若向調伏欲貪向調伏瞋恚向調伏愚癡是名正向若貪欲已盡無餘斷知瞋恚愚癡已盡無餘斷知是名善逝復問舍利弗有道有向修習多修習能起善斷舍利弗言有謂八正道正見乃至正定時二正士共論議已各從座起而去閻浮車問舍利弗謂涅槃者云何爲涅槃舍利弗言涅槃者貪欲永盡瞋恚永盡愚癡永盡一切諸煩惱永盡是名涅槃復問舍利弗有道有向修習得涅槃耶

舍利弗言有謂八正道正見乃至正定時二

正士共論議已各從座起而去閻浮車問舍利弗何故於沙門瞿曇所出家修梵行舍利弗言爲斷貪欲故斷瞋恚故斷愚癡故於沙門瞿曇所出家修梵行復問舍利弗有道有向修習多修習得斷貪欲瞋恚愚癡耶舍利弗言有謂八正道正見乃至正定時二正士共論議已各從座起而去閻浮車問舍利弗謂有漏盡云何名爲有漏盡舍利弗言有漏者三有漏謂欲有漏有有漏無明有漏此三有漏欲盡無餘名有漏盡復問舍利弗有道有向修習多修習得漏盡耶舍利弗答言有謂八正道正見乃至正定二正士共論議已各從座起而去閻浮車問舍利弗所謂阿羅漢者云何名阿羅漢舍利弗言貪欲已斷無餘瞋恚愚癡已斷無餘是名阿羅漢復問舍利弗有道有向修習多修習得阿羅漢耶舍利弗言有謂八正道正見乃至正定時二正士共論議已各從座起而去閻浮車問舍利弗所謂阿羅漢者云何名阿羅漢者舍利弗言貪欲永盡無餘瞋恚愚癡永盡無餘是名阿羅漢者復問有道有向修習多修習得阿羅漢者耶舍利弗言有謂八正道正見乃至正定時二正士共論議已各從座起而去閻浮車問舍利弗所謂無明者云何爲無明者云何爲有明舍利弗言所謂無明者於前際無知後際無知前後中際無知佛法僧寶無知苦集滅道無知善不善無記無知內無知外無知若於彼彼事無知闇障是名無明閻浮車語舍利弗此是大闇積聚復問舍利弗有道有向修習多修習斷無明耶舍利弗言

有謂八正道正見乃至正定時二正士共論議已各從座起而去閻浮車復問尊者舍利弗所謂有漏云何有漏如前說閻浮車問舍利弗所謂有云何爲有舍利弗言有謂三有欲有色有無色有復問舍利弗有道有向修習多修習斷此有耶舍利弗言有謂正見乃至正定時二正士共論議已各從座起而去閻浮車問舍利弗所謂有身云何有身舍利弗言有身者五受陰云何五受陰謂色受陰受想行識受陰復問舍利弗有道有向斷此有身耶舍利弗言有謂八正道正見乃至正定時二正士共論議已各從座起而去閻浮車問舍利弗所謂苦者云何爲苦舍利弗言苦者謂生苦老苦病苦死苦恩愛别離苦怨憎會苦所求不得苦略說五受陰苦是名爲苦復問舍利弗有道有向斷此苦耶舍利弗言有謂八正道正見乃至正定時二正士共論議已各從座起而去閻浮車問舍利弗所謂流者云何爲流舍利弗言流者謂欲流有流見流無明流復問舍利弗有道有向修習多修習斷此流耶舍利弗言有謂八正道正見乃至正定時二正士共論議已各從座起而去閻浮車問舍利弗所謂栀者云何爲栀如流說閻浮車問舍利弗所謂取者云何爲取舍利弗言取者四取謂欲取我取見取戒取復問舍利弗有道有向修習多修習斷此取耶舍利弗言有謂八正道正見乃至正定時二正士共論議已各從座起而去閻浮車問舍利弗所謂縛者云何爲縛舍利弗言縛者四縛謂貪欲縛瞋恚縛戒取縛我見縛

復問舍利弗有道有向修習多修習斷此縛耶舍利弗言有謂八正道正見乃至正定時二正士共論議已各從座起而去閻浮車問舍利弗所謂結者云何爲結舍利弗言結者九結謂愛結恚結慢結無明結見結他取結疑結嫉結慳結復問舍利弗有道有向修習多修習斷此結耶舍利弗言有謂八正道正見乃至正定時二正士共論議已各從座起而去閻浮車問舍利弗所謂使者云何爲使舍利弗言使者七使謂欲貪使瞋恚使有愛使慢使無明使見使疑使復問舍利弗有道有向修習多修習斷此使耶舍利弗言有謂八正道正見乃至正定時二正士共論議已各從座起而去閻浮車問舍利弗所謂欲者云何爲欲舍利弗言欲者謂眼所識色可愛樂念染著色耳聲鼻香舌味身所識觸可愛樂念染著觸閻浮車此功德非欲但覺想思惟者是時舍利弗即說偈言

非彼愛欲使　世間種種色　唯有覺想者
是則士夫欲　彼諸種種色　常在於世間
調伏愛欲心　是則黠慧者

復問舍利弗有道有向修習多修習斷此欲耶舍利弗答言有謂八正道正見乃至正定時二正士共論議已各從座起而去閻浮車問舍利弗言所謂蓋者云何爲蓋舍利弗言蓋者有五蓋謂貪欲蓋瞋恚蓋睡眠蓋掉悔蓋疑蓋復問舍利弗有道有向修習多修習斷此五蓋耶舍利弗答言有謂八正道正見乃至正定時二正士共論議已各從座起而去閻浮車問舍利弗謂蘇息者云何爲蘇息

舍利弗言蘇息者謂斷三結復問舍利弗有道有向修習多修習斷三結耶舍利弗答言有謂八正道正見乃至正定時二正士共論議已各從座起而去閻浮車問舍利弗謂得蘇息者云何爲得蘇息者舍利弗言得蘇息者謂三結已盡已知復問有道有向斷此結耶舍利弗答言有謂八正道正見乃至正定時二正士共論議已各從座起而去閻浮車問舍利弗謂得上蘇息云何爲得上蘇息舍利弗言得上蘇息者謂貪欲永盡瞋恚愚癡永盡是名得上蘇息復問舍利弗有道有向修習多修習得上蘇息耶舍利弗答言有謂八正道正見乃至正定時二正士共論議已各從座起而去閻浮車問舍利弗謂得上蘇息處云何爲得上蘇息處舍利弗言得上蘇息處者謂貪欲已斷已知永盡無餘瞋恚愚癡已斷已知永盡無餘是爲得上蘇息處復問舍利弗有道有向修習多修習得上蘇息處耶舍利弗答言有謂八正道正見乃至正定時二正士共論議已各從座起而去閻浮車問舍利弗所謂清涼云何爲清涼舍利弗言清涼者五下分結盡謂身見戒取疑貪欲瞋恚復問有道有向修習多修習斷此五下分結得清涼耶舍利弗言有謂八正道正見乃至正定時二正士共論議已各從座起而去閻浮車問舍利弗謂得清涼云何爲得清涼舍利弗言五下分已盡已知是名得清涼復問舍利弗有道有向修習多修習得清涼耶舍利弗言有謂八正道正見乃至正定時二正士共論議已各從座起而去閻浮車問

舍利弗所謂上清涼者云何爲上清涼舍利弗言上清涼者謂貪欲永盡無餘瞋恚愚癡永盡無餘一切煩惱永盡無餘是名上清涼復問有道有向得此上清涼耶舍利弗言有謂八正道正見乃至正定時二正士共論議已各從座起而去閻浮車問舍利弗所謂得上清涼云何名得上清涼舍利弗言得上清涼者謂貪欲永盡無餘已斷已知瞋恚愚癡永盡無餘已斷已知是名得上清涼復問舍利弗有道有向得此上清涼耶舍利弗言有謂八正道正見乃至正定時二正士共論議已各從座起而去閻浮車問舍利弗所謂愛云何爲愛舍利弗言有三愛謂欲愛色愛無色愛復問有道有向斷此三愛耶舍利弗言有謂八正道正見乃至正定時二正士共論議已各從座起而去閻浮車問舍利弗謂業跡云何爲業跡舍利弗言業跡者十不善業跡謂殺生偷盜邪婬妄語兩舌惡口綺語貪欲瞋恚邪見復問舍利弗有道有向斷此十業跡耶舍利弗言有謂八正道正見乃至正定時二正士共論議已各從座起而去閻浮車問舍利弗所謂穢者云何爲穢舍利弗言穢者謂三穢貪欲穢瞋恚穢愚癡穢復問舍利弗有道有向斷此三穢耶舍利弗言有謂八正道正見乃至正定時二正士共論議已各從座起而去

如穢如是垢膩刺戀縛亦爾如閻浮車所問經沙門出家所問亦如是

如是我聞一時佛住王舍城迦蘭陀竹園爾時尊者舍利弗亦在彼住時尊者舍利弗語

諸比丘若有比丘得無量三昧身作證具足住於有身滅涅槃心不樂著顧念有身譬如士夫膠著於手以執樹枝手即著樹不能得離所以者何膠著手故比丘無量三摩提身作證心不樂著有身滅涅槃顧念有身終不得離不得現法隨順法教乃至命終亦無所得還復來生此界終不能得破於癡冥譬如聚落傍有泥池泥極深溺久旱不雨池水乾消其地破裂如是比丘不得見法隨順法教乃至命終亦無所得來生當復還墮此界若有比丘得無量三昧身作證具足住於有身滅涅槃心生信樂不念有身譬如士夫以乾淨手執持樹枝手不著樹所以者何以手淨故如是比丘得無量三昧身作證具足住於有身滅涅槃心生信樂不念有身現法隨順法教乃至命終不復來還生於此界是故比丘當勤方便破壞無明譬如聚落傍有泥池四方流水及數天雨水常入池其水盈溢穢惡流出其池清淨如是皆得現法隨順法教乃至命終不復還生此界是故比丘當勤方便破壞無明尊者舍利弗說此經已諸比丘聞其所說歡喜奉行

如是我聞一時佛住王舍城迦蘭陀竹園時尊者舍利弗告諸比丘若阿練若比丘或於空地林中樹下當作是學內自觀察思惟心中自覺有欲想不若不覺者當於境界或於淨相若愛欲起違於遠離譬如士夫用力乘船逆流而上身小疲怠船則倒還順流而下如是比丘思惟淨想還生愛欲違於遠離是比丘學時修下方便行不淳淨是故還爲愛

欲所漂不得法力心不寂靜不一其心於彼淨想隨生愛欲流注浚輸違於遠離當知是比丘不敢自記於五欲功德離欲解脫若比丘或於空地林中樹下作是思惟我内心中爲離欲不是比丘當於境界或取淨相若覺其心於彼遠離順趣浚注譬如鳥翮入火則卷不可舒展如是比丘或取淨相即順遠離流注浚輸比丘當如是知於方便行心不懈怠得法寂靜寂止息樂淳淨一心謂我思惟已於淨相順於遠離隨順修道則能堪任自記於五欲功德離欲解脫尊者舍利弗說是經已諸比丘聞其所說歡喜奉行

如是我聞一時佛住王舍城迦蘭陀竹園尊者舍利弗在耆闍崛山中爾時尊者舍利弗晨朝著衣持鉢出耆闍崛山入王舍城乞食於路邊見一大枯樹即於樹下敷座具斂身正坐語諸比丘若有比丘修習禪思得神通力心得自在欲令此枯樹成地即時爲地所以者何謂此枯樹中有地界是故比丘得神通力心作地解即成地不異若有比丘得神通力自在如意欲令此樹爲水火風金銀等物悉皆成就不異所以者何謂此枯樹有水界故是故比丘禪思得神通力自在如意欲令枯樹成金即時成金不異及餘種種諸物悉成不異所以者何以彼枯樹有種種界故是故比丘禪思得神通力自在如意爲種種物悉成不異比丘當知比丘禪思神通境界不可思議是故比丘當勤禪思學諸神通舍利弗說是經已諸比丘聞其所說歡喜奉行

如是我聞一時佛住王舍城迦蘭陀竹園時

尊者舍利弗在耆闍崛山中爾時尊者舍利弗告諸比丘其犯戒者以破戒故所依退減心不樂住不樂住已失喜息樂寂靜三昧如實知見猒離離欲解脫已永不能得無餘涅槃如樹根壞枝葉華果悉不成就犯戒比丘亦復如是功德退減心不樂住不信樂已失喜息樂寂靜三昧如實知見猒離離欲解脫失解脫已永不能得無餘涅槃持戒比丘根本具足所依具足心得信樂得信樂已心得歡喜息樂寂靜三昧如實知見猒離離欲解脫得解脫已悉能疾得無餘涅槃譬如樹根不壞枝葉華果悉得成就持戒比丘亦復如是根本具足所依成就心得信樂得信樂已歡喜息樂寂靜三昧如實知見猒離離欲解脫疾得無餘涅槃尊者舍利弗說是經已諸比丘聞其所說歡喜奉行

如是我聞一時佛住舍衛國祇樹給孤獨園爾時舍利弗告諸比丘若諸比丘諍起相言有犯罪比丘舉罪比丘彼若不依正思惟自省察者當知彼比丘長夜强梁諍訟轉增共相違反結恨彌深於所起之罪不能以正法律止令休息若比丘有此已起諍訟若犯罪比丘若舉罪比丘俱依正思惟自省察剋責當知彼比丘不長夜强梁共相違反結恨轉增於所起之罪能以法律止令休息云何比丘正思惟自省察比丘應如是思惟我不是不類不應作罪令彼見我若我不為此罪彼則不見以彼見我罪不喜嫌責故舉之耳餘比丘聞者亦當嫌責是故長夜諍訟强梁轉增諍訟相言於所起之罪不能以正法律止

令休息我今自知如已輸稅是名比丘於所起罪能自觀察云何舉罪比丘能自省察舉罪比丘應如是念彼長老比丘作不類罪令我見之若彼不作此不類罪者我則不見我見其罪不喜故舉餘比丘見亦當不喜故舉之長夜諍訟轉增不息不能以正法律止所起罪令其休息我從今日當自去之如已輸稅如是舉罪比丘善能依正思惟內自觀察是故諸比丘有罪及舉罪者當依正思惟而自觀察不令長夜彊梁增長諸比丘得不諍訟所起之諍能以法律止令休息尊者舍利弗說是經已諸比丘聞已歡喜奉行

如是我聞一時佛住舍衛國祇樹給孤獨園爾時尊者舍利弗詣佛所稽首佛足退坐一面白佛言世尊若舉罪比丘欲舉他罪者令心安住幾法得舉他罪佛告舍利弗若比丘令心安住五法得舉他罪云何爲五實非不實時不非時義饒益非非義饒益柔輭不麤澀慈心不瞋恚舍利弗舉罪比丘具此五法得舉他罪舍利弗白佛言世尊被舉比丘復以幾法自安其心佛告舍利弗被舉比丘當以五法令安其心念言彼何處得爲實莫令不實令時莫令非時令是義饒益莫令非義饒益柔輭莫令麤澀慈心莫令瞋恚舍利弗被舉比丘當具此五法自安其心舍利弗白佛言世尊我見舉他罪者不實非實非時非是時非義饒益非爲義饒益麤澀不柔輭瞋恚非慈心世尊於不實舉他罪比丘當以幾法饒益令其改悔佛告舍利弗不實舉罪比丘當以五法饒益令其改悔當語之言長老

汝今舉罪不實非是實當改悔不時非是時非義饒益非是義饒益麤澀非柔軟瞋恚非慈心汝當改悔舍利弗不實舉他罪比丘當以此五法饒益令其改悔亦令當來世比丘不爲不實舉他罪舍利弗白佛言世尊彼不實舉罪比丘復以幾法令不變悔佛告舍利弗彼不實舉罪比丘當以五法不自變悔彼應作是念彼比丘不實舉罪非是實非時非是時非義饒益非是義饒益麤澀非柔軟瞋恚非慈心我真是變悔彼不實舉罪比丘當以此五法自安其心不自變悔舍利弗白佛言世尊有比丘舉罪實非不實時不非時義饒益不非義饒益柔軟非麤澀慈心非瞋恚實舉罪比丘當以幾法饒益令不改變佛告舍利弗實舉罪比丘當以五法饒益令不變悔當作是言長老汝實舉罪非不實時不非時義饒益不非義饒益柔軟非麤澀慈心非瞋恚舍利弗實舉罪比丘當以此五法義饒益令不變悔亦令來世實舉罪比丘而不變悔舍利弗白佛言世尊彼實舉罪比丘當以幾法饒益令不變悔佛告舍利弗彼舉罪比丘當以五法饒益令不變悔當作是言彼比丘實舉罪非不實汝莫變悔時不非時義饒益不非義饒益柔軟非麤澀慈心非瞋恚汝莫變悔舍利弗白佛言世尊我見彼實舉罪比丘有瞋恚者世尊彼實舉罪瞋恚比丘當以幾法令於瞋恨而自開覺佛告舍利弗彼實舉罪瞋恚比丘當以五法令自開覺當語彼言長老彼比丘實舉汝罪非不實汝莫瞋恨乃至慈心非瞋恚汝莫瞋恨舍利弗彼實

舉罪瞋恚比丘當以此五法令於恚恨而得開覺舍利弗白佛言世尊有實不實舉我罪者於彼二人我當自安其心若彼實者我當自知若不實者當自開解言此則不實我今自知無此法也世尊我當如是如世尊所說解林譬經說教諸沙門若有賊來執汝以鋸解身汝等於賊起惡念惡言者自生障礙是故比丘若以鋸解汝身汝當於彼勿起惡心變易及起惡言自作障礙於彼人所當生慈心無怨無恨於四方境界慈心正受具足住應當學是故世尊我當如是如世尊所說解身之苦當自安忍況復小苦小謗而不安忍沙門利沙門欲欲斷不善法欲修善法於此不善法當斷善法當修精勤方便善自防護繫念思惟不放逸行應當學舍利弗白佛言世尊我若舉他比丘罪實非不實時非不時義饒益非非義饒益柔輭非麤澀慈心不瞋恚然彼被舉比丘有懷瞋恚者佛問舍利弗何等像類比丘聞舉其罪而生瞋恚舍利弗白佛言世尊若彼比丘諂曲幻僞欺誑不信無慚無愧懈怠失念不定惡慧慢緩違於遠離不敬戒律不顧沙門不勤修學不自省察爲命出家不求涅槃如是等人聞我舉罪則生瞋恚佛問舍利弗何等像類比丘聞汝舉罪而不瞋恨舍利弗白佛言世尊若有比丘不諂曲不幻僞不欺誑有信慚愧精勤正念正定智慧不慢緩不捨遠離深敬戒律顧沙門行尊崇涅槃爲法出家不爲性命如是比丘聞我舉罪歡喜頂受如飲甘露譬如剎利婆羅門女沐浴清淨得好妙華愛樂頂戴以

冠其首如是比丘不諂曲不幻僞不欺誑正信慙愧精勤正念正定智慧不慢緩心存遠離深敬戒律顧沙門行勤修自省爲法出家志求涅槃如是比丘聞我舉罪歡喜頂受如飲甘露佛告舍利弗若彼比丘諂曲幻僞欺誑不信無慙無愧懈怠失念不定惡慧慢緩違於遠離不敬戒律不顧沙門行不求涅槃爲命出家如是比丘不應教授與共言語所以者何此等比丘破梵行故若彼比丘不諂曲不幻僞不欺誑信心慙愧精勤正念正定智慧不慢緩心存遠離深敬戒律顧沙門行志崇涅槃爲法出家如是比丘應當教授所以者何如是比丘能修梵行能自建立故佛說此經已尊者舍利弗聞佛所說歡喜奉行

如是我聞一時佛住那羅揵他賣衣者菴羅園爾時舍利弗詣世尊所稽首禮足退坐一面白佛言世尊我深信世尊過去當來今現在諸沙門婆羅門所有智慧無有與世尊菩提等者況復過上佛告舍利弗善哉善哉舍利弗善哉所說第一之說能於衆中作師子吼自言深信世尊言過去當來今現在沙門婆羅門所有智慧無有與佛菩提等者況復過上佛問舍利弗汝能審知過去三藐三佛陀所有增上戒不舍利弗白佛言不知世尊復問舍利弗知如是法如是慧如是明如是解脫如是住不舍利弗白佛言不知世尊佛告舍利弗汝復知未來三藐三佛陀所有增上戒如是法如是慧如是明如是解脫如是住不舍利弗白佛言不知世尊佛告舍利弗汝復能知今現在佛所有增上戒如是法如

是慧如是明如是解脫如是住不舍利弗白佛言不知世尊佛告舍利弗汝若不知過去未來今現在諸佛世尊心中所有諸法云何如是讚歎於大衆中作師子吼說言我深信世尊過去當來諸沙門婆羅門所有智慧無有與世尊菩提等者況復過上舍利弗白佛言世尊我不能知過去當來今現在諸佛世尊心之分齊然我能知諸佛世尊法之分齊我聞世尊說法轉轉深轉轉勝轉轉上轉轉妙我聞世尊說法知一法即斷一法知一法即證一法知一法即修習一法究竟於法於大師所得淨信心得淨世尊是等正覺世尊譬如國王有邊城城周帀方直牢固堅密惟有一門無第二門立守門者人民入出皆從此門若入若出其守門者雖復不知人數多少要知人民唯從此門更無他處如是我知過去諸佛如來應等正覺悉斷五蓋惱心令慧力羸墮障礙品不向涅槃者住四念處修七覺分得阿耨多羅三藐三菩提彼當來世諸佛世尊亦斷五蓋惱心令慧力羸墮障礙品不向涅槃者住四念處修七覺分得阿耨多羅三藐三菩提今現在諸佛世尊如來應等正覺亦斷五蓋惱心令慧力羸墮障礙品不向涅槃者住四念處修七覺分得阿耨多羅三藐三菩提佛告舍利弗如是如是舍利弗過去未來今現在佛悉斷五蓋惱心令慧力羸墮障礙品不向涅槃者住四念處修七覺分得阿耨多羅三藐三菩提佛說是經已尊者舍利弗聞佛所說歡喜奉行

如是我聞一時佛住王舍城迦蘭陀竹園爾

時尊者舍利弗在耆闍崛山中時有月子比丘是提婆達多弟子詣尊者舍利弗共相問訊慰勞已退住一面退住一面已尊者舍利弗問月子比丘言提婆達多比丘爲諸比丘說法不月子比丘答言說法尊者舍利弗問月子比丘言提婆達多云何說法月子比丘語尊者舍利弗言彼提婆達多如是說法言比丘心法修心是比丘能自記說我已離欲解脫五欲功德舍利弗語月子比丘言汝提婆達多何以不說法言比丘心法善修心離欲心離瞋恚心離愚癡心得無貪法無恚法無癡法不轉還欲有色有無色有法彼比丘能自記說言我生已盡梵行已立所作已作自知不受後有耶月子比丘言彼不能也尊者舍利弗爾時尊者舍利弗語月子比丘言若有比丘心法善修心者能離貪欲心瞋恚愚癡心得無貪法無恚無癡法是比丘能自記說我生已盡梵行已立所作已作自知不受後有譬如村邑近有大石山不斷不壞不穿厚密正使東方風來不能令動亦復不能過至四方如是南西北方四維風來不能傾動亦不能過如是比丘心法善修心者離貪欲心離瞋恚心離愚癡心得無貪法無恚法無癡法是比丘能自記說我生已盡梵行已立所作已作自知不受後有譬如因陀銅鐵及銅柱深入地中築令堅密四方風吹不能傾動如是比丘心法善修心已離貪欲心離瞋恚心離愚癡心得無貪法無恚法無癡法是比丘能自記說我生已盡梵行已立所作已作自知不受後有譬如石柱長十六肘八

肘入地四方風吹不能傾動如是比丘心法善修心已悉離貪欲心離瞋恚心離愚癡心得無貪法無恚法無癡法能自記說我生已盡梵行已立所作已作自知不受後有譬如火燒未燒者燒已不復更燒如是比丘心法修心已離貪欲心離瞋恚心離愚癡心得無貪法無恚法無癡法能自記說我生已盡梵行已立所作已作自知不受後有舍利弗說此經已諸比丘聞其所說歡喜奉行

如是我聞一時佛住王舍城迦蘭陀竹園時尊者舍利弗亦住王舍城迦蘭陀竹園爾時尊者舍利弗晨朝著衣持鉢入王舍城乞食乞食已於一樹下食時有淨口外道出家尼從王舍城出少有所營見尊者舍利弗坐一樹下食見已問言沙門食耶尊者舍利弗答言食復問云何沙門下口食耶答言不也姊妹復問仰口食耶答言不也姊妹復問云何方口食耶答言不也姊妹復問四維口食耶答言不也姊妹復問我問沙門食耶答我言食我問仰口耶答我言不下口食耶答我言不方口食耶答我言不四維口食耶答我言不如此所說有何等義尊者舍利弗言姊妹諸所有沙門婆羅門明於事者明於橫法邪命求食者如是沙門婆羅門下口食也若諸沙門婆羅門仰觀星曆邪命求食者則是沙門婆羅門則爲仰口食也若諸沙門婆羅門爲他使命邪命求食者如是沙門婆羅門則爲方口食也若有沙門婆羅門爲諸醫方種種治病邪命求食者如是沙門婆羅門則爲四維口食也姊妹我不墮此四種邪命而求

食也然我姊妹但以法求食而自活也是故我說不爲四種食也時淨口外道出家尼聞尊者舍利弗所說歡喜隨喜而去時淨口外道出家尼於王舍城里巷四衢處讃歎言沙門釋子淨命自活極淨命自活諸有欲爲施者應施沙門釋種子若欲爲福者應於沙門釋子所作福時有餘外道出家聞淨口外道出家尼讃歎沙門釋子聲以嫉妬心害彼淨口外道出家尼命終之後生兜率天以於尊者舍利弗所生信心故也

如是我聞一時佛住王舍城迦蘭陀竹園爾時尊者大目揵連在王舍城耆闍崛山中爾時尊者大目揵連告諸比丘一時世尊住王舍城迦蘭陀竹園我於此耆闍崛山中住我獨一靜處作如是念云何爲聖默然復作是念若有比丘息有覺有觀內淨一心無覺無觀三昧生喜樂第二禪具足住是名聖默然復作是念我今亦當聖默然息有覺有觀內淨一心無覺無觀三昧生喜樂具足住多住多住已復有覺有觀心起爾時世尊知我心念於竹園精舍沒於耆闍崛山中現於我前語我言目揵連汝當聖默然莫生放逸我聞世尊說已即復離有覺有觀內淨一心無覺無觀三昧生喜樂第二禪具足住如是再三佛亦再三教我汝當聖默然莫放逸我即復息有覺有觀內淨一心無覺無觀三昧生喜樂第三禪具足住若正說佛子從佛口生從法化生得佛法分者則我身是也所以者何我是佛子從佛口生從法化生得佛法分以少方便得禪解脫三昧正受譬如轉輪聖王

長太子雖未灌頂已得王法不勤方便能得五欲功德我亦如是爲佛之子不勤方便得禪解脱三昧正受於一日中世尊以神通力三至我所三教授我以大人處所建立於我尊者大目揵連説此經已諸比丘聞其所説歡喜奉行

如是我聞一時佛住王舍城迦蘭陀竹園爾時尊者大目揵連在王舍城耆闍崛山中爾時尊者大目揵連告諸比丘一時世尊住王舍城我住耆闍崛山中我獨一靜處作如是念云何名爲聖住復作是念若有比丘不念一切相無相心正受身作證具足住是名聖住我作是念我當於此聖住不念一切相無相心正受身作證具足住多住多住已取相心生爾時世尊知我心念如力士屈伸臂頃以神通力於竹園精舍没於耆闍崛山中現於我前語我言目揵連汝當住於聖住莫生放逸我聞世尊教已即離一切相無相心正受身作證具足住如是至三世尊亦三來教我汝當住於聖住莫生放逸我聞教已離一切相無相心正受身作證具足住諸大德若正説佛子者則我身是從佛口生從法化生得佛法分所以者何我是佛子從佛口生從法化生得佛法分以少方便得禪解脱三昧正受譬如轉輪聖王太子雖未灌頂已得王法不勤方便能得五欲功德我亦如是爲佛之子不勤方便得禪解脱三昧正受於一日中世尊以神通力三至我所三教授我以大人處建立於我尊者大目揵連説此經已諸比丘聞其所説歡喜奉行

如是我聞一時佛住舍衛國祇樹給孤獨園爾時尊者舍利弗尊者大目揵連尊者阿難在王舍城迦蘭陀竹園於一房共住時尊者舍利弗於後夜時告尊者目揵連奇哉尊者目揵連汝於今夜住寂滅正受尊者目揵連聞尊者舍利弗語尊者目揵連言我都不聞汝喘息之聲尊者目揵連言此非寂滅正受麤正受住耳尊者舍利弗我於今夜與世尊共語尊者舍利弗言目揵連世尊住舍衛國祇樹給孤獨園去此極遠云何共語汝今在竹園云何共語汝以神通力至世尊所爲是世尊神通力來至汝所尊者目揵連語尊者舍利弗我不以神通力詣世尊所世尊不以神通力來至我所然我於舍衛國王舍城中聞世尊及我俱得天眼天耳故我能問世尊所謂慇懃精進云何名爲慇懃精進世尊答我言目揵連若此比丘晝則經行若坐以不障礙法自淨其心初夜若坐經行以不障礙法自淨其心於中夜時出房外洗足還入房右脇而卧足足相累繫念明相正念正知作起思惟於後夜時徐覺徐起若坐亦經行以不障礙法自淨其心目揵連是名比丘慇懃精進尊者舍利弗語尊者目揵連言汝大目揵連眞爲大神通力大功德力安坐而坐我亦大力得與汝俱目揵連譬如大山有人持一小石投之大山色味悉同我亦如是得與尊者大力大德同座而坐譬如世間鮮淨好物人皆頂戴如是尊者目揵連大德大力諸梵行者皆應頂戴諸有得遇尊者目揵連交遊往來恭敬供養者大得善利我今亦得與

尊者大目揵連交遊往來亦得善利時尊者大目揵連語尊者舍利弗我今得與大智大德尊者舍利弗同座而坐如以小石投之大山得同其色我亦如是得與尊者大智舍利弗同座而坐爲第二伴時二正士共論議已各從座起而去

雜阿含經卷第十八

音釋

闇（烏紺切不明也）憎（作滕切惡也）梔（於華切與軶同）掉（徒弔切搖也）穢（於廢切汚也）膩（女利切肥也）浚（私閏切深也）翮（下革切鳥之勁羽也）耆闍崛（梵語也此云鷲頭即靈鷲山也耆渠伊切闍石遮切崛渠勿切）嫌（戶兼切憎也）輭（而兖切弱也）鋸（居御切刀鋸也）喘息（喘昌兖切疾息也）

雜阿含經卷第十九

宋天竺三藏求那跋陀羅譯

如是我聞一時佛住王舍城迦蘭陀竹園爾時尊者大目揵連在耆闍崛山時釋提桓因居上妙堂觀於夜來詣尊者大目揵連所稽首禮足退坐一面時釋提桓因光明普照耆闍崛山周帀大明爾時釋提桓因坐已即說偈言

能伏於慳垢　大德隨時施　是名施中賢
來世見殊勝

時大目揵連問帝釋言憍尸迦云何爲調伏慳垢見於殊勝而汝說言

能調伏慳垢　大德隨時施　是則施中賢
來世見殊勝

時天帝釋答言尊者大目揵連勝婆羅門大姓勝刹利大姓勝長者大姓勝四天王勝三十三天稽首敬禮故尊者大目揵連我爲勝婆羅門大姓勝刹利大姓勝長者大姓勝四王天勝三十三天恭敬作禮見斯果報故說此偈復次尊者大目揵連乃至日所周行照於諸方至千世界千月千日千須彌山王千弗婆提舍千鬱多羅提舍千瞿陀尼迦千閻浮提千四天王千三十三天千燄摩天千兜率陀天千化樂天千他化自在天千梵天名爲小千世界此小千世界中無有堂觀與毗闍延堂觀等者毗闍延有百一樓觀觀有七重重有七房房有七天后后各七侍女尊者大目揵連於小千世界無有如是堂觀端嚴如毗闍延者我見是調伏慳故有此妙果故說斯偈大目揵連語帝釋言善哉善哉憍尸

迦汝能見此勝妙果報而說斯偈時天帝釋聞尊者大目揵連所說歡喜隨喜忽然不現

如是我聞一時佛住王舍城時尊者大目揵連在耆闍崛山中爾時尊者大目揵連獨一靜處禪思作是念若有時釋提桓因於界隔山石窟中問世尊愛盡解脫之義世尊爲說聞已隨喜似欲更有所問義我今當往問其喜意作是念已如力士屈伸臂頃於耆闍崛山沒至三十三天去一分陀利池不遠而住時天帝釋與五百婇女遊戲浴池有諸天女音聲美妙爾時帝釋遥見尊者大目揵連語諸天女言莫歌莫歌時諸天女即便默然天帝釋即詣尊者大目揵連所稽首禮足退住一面尊者大目揵連問帝釋言汝先於界隔山中問世尊愛盡解脫義聞已隨喜汝意云何爲聞說隨喜爲更欲有所問故隨喜耶天帝釋語尊者大目揵連我三十三天多著放逸樂或憶先事或時不憶世尊今在王舍城迦蘭陀竹園尊者欲知我先界隔山中所問事者今可往問世尊如世尊說汝當受持然我此處有好堂觀新成未久可入觀看時尊者大目揵連默然受請即與天帝釋共入堂觀彼諸天女遥見帝釋來皆作天樂或歌或舞諸天女輩著身瓔珞莊嚴之具出妙音聲合於五樂如善作樂音聲不異諸天女輩既見尊者大目揵連悉皆慚愧入室藏隱時天帝釋語尊者大目揵連觀此堂觀地好平正其壁柱梁重閣窻牖羅網簾障悉皆嚴好尊者大目揵連語帝釋言憍尸迦先修善法福德因緣成此妙果如是帝釋三自稱歎問尊

者大目揵連尊者大目揵連亦再三答時尊者大目揵連作是念今此帝釋極自放逸著界神住歎此堂觀我當令彼心生猒離即入三昧以神通力以一足指撇其堂觀悉令震動時尊者大目揵連即没不現諸天女衆見此堂觀震掉動揺顛沛恐怖東西馳走白帝釋言此是憍尸迦大師有此大功德力耶時天帝釋語諸天女此非我師是大師弟子大目揵連梵行清淨大德大力者諸天女言善哉憍尸迦乃有如此梵行大德大力同學大師德力當復如何

如是我聞一時佛住三十三天驄色虛輭石上去波梨耶多羅拘毗陀羅香樹不遠夏安居爲母及三十三天説法爾時尊者大目揵連在舍衞國祇樹給孤獨園安居時諸四衆詣尊者大目揵連所稽首禮足退坐一面白尊者大目揵連知世尊夏安居處不尊者大目揵連答言我聞世尊在三十三天驄色虛輭石上去波梨耶多羅拘毗陀羅香樹不遠夏安居爲母及三十三天説法時諸四衆聞尊者大目揵連所説歡喜隨喜各從座起作禮而去時諸四衆過三月安居已復詣尊者大目揵連所稽首禮足退坐一面時尊者大目揵連爲諸四衆種種説法示教照喜示教照喜已默然而住時諸四衆從座而起稽首作禮白尊者大目揵連尊者大目揵連當知我等不見世尊已久衆甚虛渴欲見世尊尊者大目揵連若不憚勞者願爲我等往詣三十三天普爲我等問訊世尊少病少惱起居輕利安樂住不又白世尊閻浮提四衆願見

世尊而無神力昇三十三天禮敬世尊三十三天自有神力來下人中唯願世尊還閻浮提以哀愍故時尊者大目揵連默然而許時諸四衆知尊者大目揵連默然許已各從座起作禮而去爾時尊者大目揵連知四衆去已即入三昧如其正受如大力士屈伸臂頃從舍衛國没於三十三天驄色虛輭石上去波梨耶多羅拘毗陀羅香樹不遠而現爾時世尊與三十三天衆無量眷屬圍繞說法時尊者大目揵連遥見世尊踊躍歡喜作是念今日世尊諸天大衆圍繞說法與閻浮提衆會不異爾時世尊知尊者大目揵連心之所念語尊者大目揵連言大目揵連非爲自力我欲爲諸天說法彼即來集欲令其去彼即還去彼隨心來隨心去也爾時尊者大目揵

連稽首佛足退坐一面白世尊言種種諸天大衆雲集彼天衆中有曾從佛世尊聞所說法得不壞淨身壞命終來生於此佛告尊者大目揵連如是如是此中種種諸天來雲集者有從宿命聞法得佛不壞淨法僧不壞淨聖戒成就身壞命終來生於此時天帝釋見世尊與尊者大目揵連歎說諸天衆共語已語尊者大目揵連如是如是尊者大目揵連此中種種衆會皆是宿命曾聞正法得於佛不壞淨法僧不壞淨聖戒成就身壞命終來生於此時有異比丘見世尊與尊者大目揵連及天帝釋語言善相述可已語尊者大目揵連如是如是尊者大目揵連是中種種諸天來會此者皆是宿命曾聞正法得於佛不壞淨法僧不壞淨聖戒成就身壞命終而來

生此時有一天子從座起整衣服偏袒右肩合掌白佛世尊我亦成就於佛不壞淨故來生此復有天子言我得法不壞淨有言得僧不壞淨有言聖戒成就故來生此如是諸天無量千數於世尊前各自記說得須陀洹法悉於佛前即沒不現時尊者大目揵連知諸天衆去不久從座起整衣服偏袒右肩白佛言世尊閻浮提四衆稽首敬禮世尊足問訊世尊少病少惱起居輕利安樂住不四衆思慕願見世尊又白世尊我等人間無有神力昇三十三天禮覲世尊然彼諸天有大德力悉能來下至閻浮提唯願世尊還閻浮提愍四衆故佛告目揵連汝可還彼語閻浮提人却後七日世尊當從三十三天還閻浮提僧迦舍城於水門外優曇鉢樹下尊者大目揵連受世尊教即入三昧譬如力士屈伸臂頃從三十三天沒至閻浮提告諸四衆諸人當知世尊却後七日從三十三天還閻浮提僧迦舍城於水門外優曇鉢樹下如期七日世尊從三十三天下閻浮提僧迦舍城優曇鉢樹下天龍鬼神乃至梵天悉從來下即於此時名此會名天下處

如是我聞一時佛住王舍城迦蘭陀竹園時有四十天子來詣尊者大目揵連所稽首作禮退坐一面時尊者大目揵連語諸天子言善哉諸天子於佛不壞淨成就法僧不壞淨成就時四十天子從座起整衣服偏袒右肩合掌白尊者大目揵連我等於佛不壞淨於法僧不壞淨聖戒成就故生天上有一天言得於佛不壞淨有言得法不壞淨有言得僧

不壞淨有言聖戒成就身壞命終得生天上時四十天子於尊者大目揵連前各自記說得須陀洹即沒不現如四十天子如是四百八百十千天子亦如是說

如是我聞一時佛住王舍城迦蘭陀竹園時尊者大目揵連與尊者勒叉那比丘共在耆闍崛山中尊者勒叉那晨朝詣尊者大目揵連所語尊者大目揵連共出耆闍崛山入王舍城乞食時尊者大目揵連默然而許即共出耆闍崛山入王舍城乞食行至一處尊者大目揵連心有所念欣然微笑尊者勒叉那見微笑已即問尊者大目揵連言若佛及佛弟子欣然微笑非無因緣尊者今日何因何緣而發微笑尊者大目揵連言所問非時且入王舍城乞食還於世尊前當問是事是應時問當爲汝說時尊者大目揵連與尊者勒叉那入王舍城乞食而還洗足舉衣鉢俱詣佛所稽首佛足退坐一面尊者勒叉那問尊者大目揵連我今晨朝與汝共出耆闍崛山乞食汝於一處欣然微笑我即問汝微笑因緣汝答我言所問非時今復問汝何因何緣欣然微笑尊者大目揵連語尊者勒叉那我路中見一衆生身如樓閣啼哭號呼憂悲苦痛乘虛而行我見是已作是思惟如是衆生得如此身而有如是憂悲大苦故發微笑爾時世尊告諸比丘善哉善哉我聲聞中實眼實知實義實法決定通達見是衆生我亦見此衆生而不說者恐人不信所以者何如來所說有不信者是愚癡人長夜受苦佛告諸比丘過去世時彼大身衆生在此王舍城爲

屠牛見以屠牛因緣故於百千歲墮地獄中從地獄出有屠牛餘罪得如是身常受如是憂悲苦惱如是諸比丘如尊者大目揵連所見不異汝等受持佛說此經已諸比丘聞佛所說歡喜奉行

如是我聞一時佛住王舍城迦蘭陀竹園爾時尊者大目揵連與尊者勒叉那在耆闍崛山尊者勒叉那於晨朝時詣尊者大目揵連所語尊者大目揵連共出耆闍崛山入王舍城乞食尊者大目揵連默然而許即共出耆闍崛山入王舍城乞食行至一處尊者大目揵連心有所念欣然微笑尊者勒叉那見尊者大目揵連微笑即問言尊者若佛及佛聲聞弟子欣然微笑非無因緣尊者今日何因何緣而發微笑尊者大目揵連言所問非時且乞食還於世尊前當問是事是應時問尊者大目揵連與尊者勒叉那共入城乞食食已還洗足舉衣鉢俱詣佛所稽首佛足退坐一面尊者勒叉那問尊者大目揵連我今晨朝與汝共入王舍城乞食汝於一處欣然微笑我即問汝何因緣笑汝答我言所問非時我今問汝何因何緣欣然微笑尊者大目揵連語尊者勒叉那我於路中見一衆生筋骨相連舉身不淨臭穢可猒烏鵄鵰鷲野干餓狗隨而攫食或從脅肋掏其内藏而取食之極大苦痛啼哭號呼我見是已心即念言如是衆生得如是身而受如是不饒益苦爾時世尊告諸比丘善哉比丘我聲聞中住實眼實智實義實法決定通達見如是衆生我亦見是衆生而不說者恐不信故所以者何如

來所說有不信者是愚癡人長夜當受不饒益苦諸比丘是衆生者過去世時於此王舍城屠牛弟子緣屠牛罪故已百千歲墮地獄中受無量苦彼屠牛惡行餘罪緣故今得此身續受如是不饒益苦諸比丘如大目揵連所見眞實不異汝等受持佛說此經已諸比丘聞佛所說歡喜奉行

如是我聞一時佛住王舍城迦蘭陀竹園尊者大目揵連與尊者勒叉那在耆闍崛山中尊者勒叉那於晨朝時詣尊者大目揵連所語尊者大目揵連共出耆闍崛山入王舍城乞食尊者大目揵連默然而許即共出耆闍崛山入王舍城乞食行至一處尊者大目揵連心有所念欣然微笑尊者勒叉那見尊者大目揵連微笑即問言尊者若佛及佛聲聞弟子欣然微笑非無因緣尊者今日何因何緣而發微笑尊者大目揵連言所問非時且乞食還於世尊前當問是事是應時問尊者大目揵連與尊者勒叉那共入城乞食已還洗足舉衣鉢俱詣佛所稽首佛足退坐一面尊者勒叉那問尊者大目揵連我今晨朝共入王舍城乞食汝於一處欣然微笑我即問汝微笑因緣汝答我言所問非時我今問汝何因何緣欣然微笑尊者大目揵連語勒叉那我於路中見一大衆生舉身無皮純一肉段乘空而行烏鵄鵰鷲野干餓狗隨而攫食或從脅肋探其內藏而取食之苦痛切迫啼哭號呼我即思惟如是衆生得如是身乃受如是不饒益苦佛告諸比丘善哉比丘我聲聞中住實眼實智實義實法決定通達見是

衆生我亦見是衆生而不說者恐不信故所以者何如來所說有不信者是愚癡人長夜當受不饒益苦諸比丘是衆生者過去世時於此王舍城爲屠羊者緣斯罪故已百千歲墮地獄中受無量苦今得此身餘罪緣故續受斯苦諸比丘如大目揵連所見眞實無異汝等受持佛說此經已諸比丘聞佛所說歡喜奉行

如是我聞一時佛住王舍城乃至尊者大目揵連於路中見一大身衆生舉體無皮形如脯腊乘虛而行乃至佛告諸比丘此衆生者過去世時於此王舍城爲屠羊弟子屠羊罪故已百千歲墮地獄中受無量苦今得此身續受斯罪諸比丘如大目揵連所見眞實無異當受持之佛說此經已諸比丘聞佛所說歡喜奉行

如是我聞一時佛住王舍城乃至路中見一大身衆生舉體無皮形如肉段乘虛而行乃至佛告諸比丘此衆生者過去世時於此王舍城自墮其胎緣斯罪故墮地獄中已百千歲受無量苦以餘罪故今得此身續受斯苦諸比丘如大目揵連所見眞實無異當受持之佛說此經已諸比丘聞佛所說歡喜奉行

如是我聞一時佛住王舍城乃至尊者大目揵連於路中見一大身衆生舉體生毛毛如大針針皆火然還燒其體痛徹骨髓乃至佛告諸比丘此衆生者過去世時於此王舍城爲調象士緣斯罪故已百千歲墮地獄中受無量苦地獄餘罪今得此身續受斯苦諸比丘如大目揵連所見眞實不異當受持之佛

說此經已諸比丘聞佛所說歡喜奉行

如調象士如是調馬士調牛士好譏人者及諸種種苦切人者亦復如是

如是我聞一時佛住王舍城乃至尊者大目揵連於路中見一大身衆生舉身生毛毛利如刀其毛火然還割其體痛徹骨髓乃至佛告諸比丘此衆生者過去世時於此王舍城好樂戰諍刀劒傷人已百千歲墮地獄中受無量苦地獄餘罪今得此身續受斯苦諸比丘如目揵連所見眞實不異當受持之佛說此經已諸比丘聞佛所說歡喜奉行

如是我聞一時佛住王舍城乃至尊者大目揵連於路中見一大身衆生遍身生毛其毛似箭皆悉火然還燒其身痛徹骨髓乃至佛告諸比丘此衆生者過去世時於此王舍城曾爲獵師射諸禽獸緣斯罪故已百千歲墮地獄中受無量苦地獄餘罪今得此身續受斯苦諸比丘如大目揵連所見眞實不異當受持之佛說此經已諸比丘聞佛所說歡喜奉行

如是我聞一時佛住王舍城乃至我於路中見一大身衆生舉體生毛毛如穳矛毛悉火然還燒其身痛徹骨髓乃至佛告諸比丘此衆生者過去世時於此王舍城爲屠猪人穳殺羣猪緣斯罪故已百千歲墮地獄中受無量苦地獄餘罪今得此身續受斯苦諸比丘如大目揵連所見眞實不異當受持之佛說此經已諸比丘聞佛所說歡喜奉行

如是我聞一時佛住王舍城乃至我於路中見一大身無頭衆生兩邊生目胷前生口身

常流血諸蟲唼食痛徹骨髓乃至佛告諸比丘此衆生者過去世時於此王舍城好斷人頭縁斯罪故巳百千歲墮地獄中受無量苦今得此身續受斯苦諸比丘如大目揵連所見眞實不異當受持之佛說此經巳諸比丘聞佛所說歡喜奉行

如斷人頭捉頭亦復如是

如是我聞一時佛住王舍城乃至我於路中見一衆生陰卵如瓮坐則踞上行則肩擔乃至佛告諸比丘此衆生者過去世時於王舍城作鍛銅師僞器欺人縁斯罪故巳地獄中受無量苦地獄餘罪今得此身續受斯苦諸比丘如大目揵連所見眞實不異當受持之佛說此經巳諸比丘聞佛所說歡喜奉行

如鍛銅師如是斗秤欺人村主市監亦復如是

如是我聞一時佛住王舍城乃至路中見一衆生以銅鐵羅網自纏其身火常熾然還燒其體痛徹骨髓乘虛而行佛告諸比丘此衆生者過去世時於此王舍城爲捕魚師縁斯罪故巳地獄中受無量苦地獄餘罪今受此身續受斯苦諸比丘如大目揵連所見眞實當受持之佛說此經巳諸比丘聞佛所說歡喜奉行

如捕魚師捕鳥網兎亦復如是

如是我聞一時佛住王舍城乃至路中見一衆生頂有鐵磨盛火熾然轉磨其頂乘虛而行受無量苦乃至佛告諸比丘此衆生者過去世時於此王舍城爲卜占女人轉勑卜占欺妄惑人以求財物縁斯罪故巳地獄中受

無量苦地獄餘罪今得此身續受斯苦諸比丘如大目揵連所見眞實不異當受持之佛説此經已諸比丘聞佛所説歡喜奉行

如是我聞一時佛乃至路中見一衆生其身獨轉猶若旋風乘虛而行乃至佛告諸比丘此衆生者過去世時於此王舍城爲十占師誤惑多人以求財物緣斯罪故已地獄中受無量苦地獄餘罪今得此身續受斯苦諸比丘如大目揵連所見眞實不異當受持之佛説此經已諸比丘聞佛所説歡喜奉行

如是我聞一時佛住王舍城乃至路中見一衆生傴身藏行狀如恐怖舉體被服悉皆火然還燒其身乘虛而行佛告諸比丘此衆生者過去世時於此王舍城好行他婬緣斯罪故已地獄中受無量苦地獄餘罪今得此身續受斯苦諸比丘如大目揵連所見眞實不異當受持之佛説此經已諸比丘聞佛所説歡喜奉行

如是我聞一時佛住波羅柰仙人住處鹿野苑中時尊者大目揵連尊者勒叉那比丘晨朝共入波羅柰城乞食於路中尊者大目揵連思惟顧念欣然微笑時尊者勒叉那白尊者大目揵連言世尊及世尊弟子欣然微笑必有因緣何緣尊者今日欣然微笑尊者大目揵連語尊者勒叉那此非時問且乞食還詣世尊前當問此事時俱入城乞食還洗足舉衣鉢俱詣世尊稽首禮足退坐一面時尊者勒叉那問尊者大目揵連晨朝路中何因何緣欣然微笑尊者大目揵連語尊者勒叉那我於路中見一大身衆生舉體膿壞臭穢

不淨乘虛而行烏鵄鵰鷲野干餓狗隨逐攫食啼哭號呼我念衆生得如是身受如是苦一何痛哉佛告諸比丘我亦見此衆生而不說者恐不信故所以者何如來所說有不信者是愚癡人長夜受苦此衆生者過去世時於此波羅柰城爲女人賣色自活時有比丘於迦葉佛所出家彼女人以不清淨心請彼比丘比丘直心受請不解其意女人瞋恚以不淨水灑比丘身緣斯罪故已地獄中受無量苦地獄餘罪今得此身續受斯苦諸比丘如大目揵連所見真實不異當受持之佛說是經已諸比丘聞佛所說歡喜奉行

如是我聞一時佛住波羅柰國仙人住處鹿野苑中乃至我於路中見一大身衆生舉體火然乘虛而行啼哭號呼受諸苦痛乃至佛告諸比丘此衆生者過去世時於此波羅柰城爲自在王第一夫人與王共宿起瞋恚心以然燈油灑王身上緣斯罪故已地獄中受無量苦地獄餘罪今得此身續受斯苦諸比丘如大目揵連所見真實不異當受持之佛說是經已諸比丘聞佛所說歡喜奉行

如是我聞一時佛住波羅柰國仙人住處鹿野苑中乃至尊者大目揵連言我於路中見一衆生舉體糞穢以塗其身亦食糞穢乘虛而行臭穢苦惱啼哭號呼乃至佛告諸比丘此衆生者過去世時於此波羅柰城爲自在王師婆羅門以憎嫉心請迦葉佛聲聞僧以糞著飯下試惱衆僧緣斯罪故已地獄中受無量苦地獄餘罪今得此身續受斯苦諸比丘如大目揵連所見真實不異當受持之佛

說此經已諸比丘聞佛所說歡喜奉行

如是我聞一時佛住舍衛國祇樹給孤獨園乃至尊者大目揵連言我於路中見一大身衆生頭上有大銅鑊熾然滿中洋銅流灌身體乘虛而行啼哭號呼乃至佛告諸比丘此衆生者過去世時於此舍衛國迦葉佛所出家爲知事比丘有檀越送油應付諸比丘時有衆多客比丘知事比丘不時分油待客比丘去然後乃分緣斯罪故已地獄中受無量苦地獄餘罪今得此身續受斯苦諸比丘如大目揵連所見眞實不異佛說此經已諸比丘聞佛所說歡喜奉行

如是我聞一時佛住舍衛國祇樹給孤獨園乃至尊者大目揵連言我於路中見一大身衆生有熾熱鐵丸從身出入乘虛而行苦痛切迫啼哭號呼乃至佛告諸比丘此衆生者過去世時於此舍衛國迦葉佛法中出家作沙彌次守衆僧果園盜取七果持奉和尚緣斯罪故已地獄中受無量苦地獄餘罪今得此身續受斯苦諸比丘如大目揵連所見眞實不異當受持之佛說此經已諸比丘聞佛所說歡喜奉行

如是我聞一時佛住舍衛國乃至尊者大目揵連言我於路中見一大身衆生其舌廣長見有利斧餤火熾然以斫其舌乘虛而行啼哭號呼乃至佛告諸比丘此衆生者過去世時於此舍衛國迦葉佛法中出家作沙彌以斧斫石蜜供養衆僧著斧刃者盜取食之緣斯罪故入地獄中受無量苦地獄餘罪今得此身續受斯苦諸比丘如大目揵連所見眞

實不異當受持之佛說此經已諸比丘聞佛所說歡喜奉行

如是我聞一時佛住舍衛國乃至尊者大目揵連言我於路中見是大身衆生有雙鐵輪在兩脅下熾然旋轉還燒其身乘虛而行啼哭號呼乃至佛告諸比丘此衆生者過去世時於此舍衛國迦葉佛法中出家作沙彌持石蜜餅供養僧盜取二餅著於腋下緣斯罪故已地獄中受無量苦地獄餘罪今得此身續受斯苦諸比丘如大目揵連所見真實不異當受持之佛說此經已諸比丘聞佛所說歡喜奉行

如是我聞一時佛住舍衛國乃至尊者大目揵連言我於路中見一大身衆生以熾然鐵鍱以纏其身衣被牀卧悉皆熱鐵炎火熾然食熱鐵丸乘虛而行啼哭號呼乃至佛告諸比丘此衆生者過去世時於此舍衛國迦葉佛法中出家作比丘爲衆僧乞衣食供僧之餘輙自受用緣斯罪故已地獄中受無量苦地獄餘罪今得此身續受斯苦諸比丘如大目揵連所見真實不異當受持之佛說此經已諸比丘聞佛所說歡喜奉行

如比丘如是比丘尼式叉摩那沙彌沙彌尼優婆塞優婆夷亦復如是

如是我聞一時佛住舍衛國乃至尊者大目揵連言我於路中見一大身衆生熾然鐵車而駕其頸拔其頸筋及連四脚筋以鞅其頸行熱鐵地乘虛而去啼哭號呼乃至佛告諸比丘此衆生者過去世時於此舍衛國駕乘牛車以自生活緣斯罪故於地獄中受無量

苦地獄餘罪今得此身續受斯苦諸比丘如大目揵連所見真實不異當受持之佛說此經已諸比丘聞佛所說歡喜奉行

如是我聞一時佛住舍衛國乃至尊者大目揵連言我於路中見一大身衆生其舌長廣熾然鐵釘以釘其舌乘虛而行啼哭號呼乃至佛告諸比丘此衆生者過去世時於此舍衛國迦葉佛法中出家作比丘爲摩摩帝呵責諸比丘言諸長老汝等可去此處儉薄不能相供各隨意去求豐樂處饒衣食所衣食牀卧應病湯藥可得不乏先住比丘悉皆捨去客僧聞之亦復不來緣斯罪故已地獄中受無量苦地獄餘罪今得此身續受斯苦諸比丘如大目揵連所見真實不異當受持之佛說此經已諸比丘聞佛所說歡喜奉行

如是我聞一時佛住舍衛國乃至尊者大目揵連言我於路中見一大身衆生比丘之像皆著鐵鍱以爲衣服舉體火然亦以鐵鉢盛熱鐵丸而食之乃至佛告諸比丘此衆生者過去世時於此舍衛國迦葉佛法中出家作比丘作摩摩帝惡口形名諸比丘或言此是惡禿此惡風法此惡衣服以彼惡口故先住者去未來不來緣斯罪故已地獄中受無量苦地獄餘罪今得此身續受斯苦諸比丘如大目揵連所見真實不異當受持之佛說此經已諸比丘聞佛所說歡喜奉行

如是我聞一時佛住舍衛國乃至佛告諸比丘此衆生者過去世時於此舍衛國迦葉佛法中出家作比丘好起諍訟鬬亂衆僧作諸口舌令不和合先住比丘猒惡捨去未來者

不來緣斯罪故已地獄中受無量苦地獄餘罪今得此身續受斯苦諸比丘如大目揵連所見眞實不異當受持之佛說此經已諸比丘聞佛所說歡喜奉行

如是我聞一時佛住舍衞國祇樹給孤獨園爾時尊者阿那律住松林精舍時尊者大目揵連住跋祇聚落失收摩羅山恐怖稠林禽獸之處時尊者阿那律獨一靜處禪思思惟作是念有一乘道淨衆生離憂悲滅苦惱得眞如法所謂四念處何等爲四身身觀念處受心法法觀念處若於四念處遠離者於賢聖法遠離於賢聖法遠離者於聖道遠離聖道遠離者於甘露法遠離甘露法遠離者則不能脫生老病死憂悲惱苦若於四念處信樂者於聖法信樂聖法信樂者於聖道信樂聖道信樂者於甘露法信樂甘露法信樂者得脫生老病死憂悲惱苦爾時尊者大目揵連知尊者阿那律心之所念如力士屈伸臂頃以神通力於跋祇聚落失收摩羅山恐怖稠林禽獸之處沒至舍衞城松林精舍尊者阿那律前現語阿那律言汝獨一靜處禪思思惟作是念有一乘道令衆生清淨離生老病死憂悲惱苦得眞如法所謂四念處何等爲四身身觀念處受心法法觀念處若於四念處不樂者於賢聖法不樂聖法不樂者於聖道不樂不樂聖道者於甘露法亦不樂不樂甘露法者則不能脫生老病死憂悲惱苦若於四念處信樂者樂賢聖法樂賢聖法者樂於聖道樂聖道者得甘露法得甘露法者得脫生老病死憂悲惱苦耶尊者阿那律語

尊者大目揵連言如是如是尊者大目揵連語尊者阿那律言云何名爲樂四念處尊者大目揵連若比丘身身觀念處心緣身正念住調伏止息寂靜一心增進如是受心法念處正念住調伏止息寂靜一心增進尊者大目揵連是名比丘樂四念處時尊者大目揵連即如其像三昧正受從舍衛國松林精舍沒還至跋祇聚落失收摩羅山恐怖稠林禽獸之處

如是我聞一時佛住舍衛國祇樹給孤獨園乃至尊者大目揵連問尊者阿那律云何名爲四念處修習多修習尊者阿那律語尊者大目揵連言若比丘於内身起猒離想於内身起不猒離想猒離不猒離俱捨想正念正知如内身如是外身内外身内受外受内外受内心外心内外心内法外法内外法作猒離想不猒離想猒離不猒離俱捨想住正念正知如是尊者大目揵連是名四念處修習多修習時尊者大目揵連即入三昧從舍衛國松林精舍入三昧神通力如力士屈伸臂頃還到跋祇聚落失收摩羅山恐怖稠林禽獸住處

雜阿含經卷第十九

音釋

撇普滅切小擊也　鵄赤脂切鳶也　鵰都聊切鷙也　鷲疾僦切大鵰也　攫居縛切爪持也　肋盧則切脅骨也　探他酣切取也　脯腊脯方矩切腊思積切脯腊乾肉也　讒鋤銜切讒毀也　穳矛穳子筭切短矛也矛莫浮切勾兵也　啑作答切嚙也　瓮於貢切罌也　踞居御切蹲也　斧斫斧方矩切斤斧也斫之若切斬也　鍱與涉切

雜阿含經卷第二十

宋天竺三藏求那跋陀羅譯

如是我聞一時佛住舍衛國祇樹給孤獨園爾時尊者大目揵連尊者阿那律住舍衛國手成浴池側尊者舍利弗詣尊者阿那律所共相問訊慰勞已於一面坐尊者舍利弗語尊者阿那律言奇哉阿那律有大德神力於何功德修習多修習而能致此尊者阿那律語尊者舍利弗言於四念處修習多修習成此大德神力何等爲四念處內身身觀念處精勤方便正念正知調伏世間貪憂如是外身內外身內受外受內外受內心外心內外心內法外法內外法觀念處精勤方便正念正知如是調伏世間貪憂尊者舍利弗是名四念處修習多修習成此大德神力尊者舍利弗我於四念處善修習故於小千世界少作方便能遍觀察如明目士夫於樓觀上觀下平地種種之物我少作方便觀察小千世界亦復如是如是我於四念處修習多修習成此大德神力時二正士共論議已各從座起而去

如是我聞一時佛住舍衛國祇樹給孤獨園尊者舍利弗尊者大目揵連尊者阿難尊者阿那律住舍衛國爾時尊者大目揵連詣尊者阿那律所共相問訊慰勞已於一面坐時尊者大目揵連問尊者阿那律於何功德修習多修習成此大德神力尊者阿那律語尊者大目揵連我於四念處修習多修習成此大德神力何等爲四內身身觀繫心住精勤方便正念正知除世間貪憂外身內外身內

受外受內外受內心外心內外心內法外法內外法觀繫心住精進方便除世間貪憂是名四念處修習多修習成此大德神力於千須彌山以少方便悉能觀察如明目士夫登高山頂觀下千多羅樹林如是我於四念處修習多修習成此大德神力以少方便見千須彌山如是尊者大目揵連我於四念處修習多修習成此大德神力時二正士共論議已各從座起而去

如是我聞一時佛住舍衛國祇樹給孤獨園尊者舍利弗尊者大目揵連尊者阿難尊者阿那律住舍衛國手成池側爾時尊者阿難往尊者阿那律所共相問訊慰勞已於一面坐尊者阿難問尊者阿那律於何功德修習多修習成就如是大德大力大神通尊者阿那律語尊者阿難我於四念處修習多修習成此大德大力何等爲四內身身觀念處繫心住精勤方便正念正知除世間貪憂如是外身四外身內受外受內外受內心外心內外心內法外法內外法觀念處繫心住精勤方便除世間貪憂如是尊者阿難我於此四念處修習多修習少方便以淨天眼過天人眼見諸衆生死時生時好色惡色上色下色善趣惡趣隨業受生皆如實見此諸衆生身惡行口意惡行誹謗賢聖邪見因緣身壞命終生地獄中如是衆生身善行口意善行不誹謗賢聖正見成就以是因緣身壞命終得生天上譬如明目士夫住四衢道見諸人民若來若去若坐若卧我亦如是於四念處修習多修習成此大德大力神通見諸衆生死時

生時善趣惡趣如是衆生身惡行口意惡行誹謗賢聖邪見因緣生地獄中如是衆生身善行口意善行不謗賢聖正見因緣身壞命終得生天上如是尊者阿難我於四念處修習多修習成此大德大力神通時二正士共論議已各從座起而去

如是我聞一時佛住舍衛國祇樹給孤獨園爾時尊者阿那律在舍衛國松林精舍身遭病苦時有衆多比丘詣尊者阿那律所問訊慰勞已於一面住語尊者阿那律言尊者阿那律所患增損可安忍不病勢漸損不轉增耶尊者阿那律言我病不安難可安忍身諸苦痛轉增無損即說三種譬如上叉摩經說然我身已遭此苦痛且當安忍正念正知諸比丘問尊者阿那律心住何所而能安忍如是大苦正念正知尊者阿那律語諸比丘言住四念處我於所起身諸苦痛能自安忍正念正知何等爲四念處謂内身身觀念處乃至受心法觀念處是名住於四念處身諸苦痛能自安忍正念正知時諸正士共論議已歡喜隨喜各從座起而去

如是我聞一時佛住舍衛國祇樹給孤獨園時尊者阿那律在舍衛國松林精舍病差未久時有衆多比丘往詣阿那律所問訊慰勞已於一面坐問尊者阿那律安隱樂住不阿那律言安隱樂住身諸苦痛漸已休息諸比丘問尊者阿那律住何所住身諸苦痛漸得安隱尊者阿那律言住四念處身諸苦痛漸得安隱何等爲四謂内身身觀念處乃至法法觀念處是名四念處住此四念處故身諸

苦痛漸得休息時諸正士共論議已歡喜隨喜各從座起而去

如是我聞一時佛住舍衛國祇樹給孤獨園時尊者阿那律在舍衛國松林精舍時有衆多比丘詣尊者阿那律所共相問訊慰勞已於一面坐問尊者阿那律若比丘在於學地上求安隱涅槃住聖弟子云何修習多修習於此法律得盡諸漏無漏心解脫慧解脫現法自知作證我生已盡梵行已立所作已作自知不受後有尊者阿那律語諸比丘言若比丘在於學地上求安隱涅槃心住聖弟子云何修習多修習於此法律得盡諸漏無漏心解脫慧解脫現法自知作證我生已盡梵行已立所作已作自知不受後有者當住四念處何等爲四謂內身身觀念處乃至法法觀念處如是四念處修習多修習於此法律得盡諸漏無漏心解脫慧解脫現法自知作證我生已盡梵行已立所作已作自知不受後有時諸比丘共聞尊者阿那律所說歡喜隨喜各從座起而去

如是我聞一時佛住舍衛國祇樹給孤獨園時尊者阿那律在舍衛國松林精舍住時有衆多比丘詣尊者阿那律所與尊者阿那律共相問訊慰勞已於一面坐語尊者阿那律言若阿羅漢比丘諸漏已盡所作已作捨離重擔離諸有結正智心善解脫亦修四念處耶尊者阿那律語比丘言若比丘諸漏已盡所作已作捨離重擔離諸有結正智心善解脫彼亦修四念處也所以者何不得者得不證者證爲現法樂住故所以者何我亦離諸

有漏得阿羅漢所作已作心善解脫亦修四念處故不得者得不到者到不證者證乃至現法安樂住時諸正士共論議已歡喜隨喜各從座起而去

如是我聞一時佛住舍衛國祇樹給孤獨園時尊者阿那律在舍衛國松林精舍時有衆多外道出家詣尊者阿那律所共相問訊慰勞已於一面坐語尊者阿那律尊者何故於沙門瞿曇法中出家尊者阿那律言爲修習故復問何所修習答言謂修諸根修諸力修諸覺分修諸念處汝欲聞何等修復問根力覺分我不知其名字況復問義然我欲聞念處尊者阿那律言諦聽善思當爲汝說若比丘內身身觀念處乃至法法觀念處時多衆外道出家聞尊者阿那律所說歡喜隨喜各從座起而去

如是我聞一時佛住舍衛國祇樹給孤獨園爾時尊者阿那律在舍衛國住松林精舍時尊者阿那律語諸比丘譬如大樹生而順下隨後隨輸若伐其根樹必當倒隨所而順下是比丘修四念處長夜順趣後輸向於遠離順趣後輸向於出要順趣後輸向於涅槃尊者阿那律說此經已諸比丘聞其所說歡喜奉行

如是我聞一時佛住舍衛國祇樹給孤獨園爾時尊者摩訶迦旃延在跋蘭那聚落烏凖池側時有執澡罐杖梵志詣摩訶迦旃延所共相問訊慰勞已於一面坐問摩訶迦旃延言何因何緣王王共諍婆羅門居士婆羅門居士共諍摩訶迦旃延答梵志言貪欲繫著

因緣故王王共諍婆羅門居士婆羅門居士共諍梵志復問何因何緣出家出家而復共諍摩訶迦旃延答言以見欲繫著故出家出家而復共諍梵志復問摩訶迦旃延頗有能離貪欲繫著及離此見欲繫著不尊者摩訶迦旃延答言梵志有我大師如來應等正覺明行足善逝世間解無上士調御丈夫天人師佛世尊能離此貪欲繫著及見欲繫著梵志復問佛世尊今在何所答言佛世尊今在婆羅者人中拘薩羅國舍衛城祇樹給孤獨園爾時梵志從座起整衣服偏袒右肩右膝著地向佛所住處合掌讚歎南無南無佛世尊如來應等正覺能離欲貪諸繫著悉能遠離貪欲縛及諸見欲淨根本時持澡鑵杖梵志聞尊者摩訶迦旃延所說歡喜隨喜從座起去

如是我聞一時佛住舍衛國祇樹給孤獨園尊者摩訶迦旃延在婆羅那烏溼池側與衆多比丘集於食堂爲持衣事時有執杖梵志年耆根熟詣食堂所於一面拄杖而住須臾默然已語諸比丘諸長老汝等何故見老宿士不共語問訊恭敬命坐時尊者摩訶迦旃延亦在衆中坐時尊者摩訶迦旃延語梵志言我法有宿老來皆共語問訊恭敬禮拜命之令坐梵志言我見此衆中無有老於我者不恭敬禮拜命坐汝云何言我法見有宿老恭敬禮拜命其令坐摩訶迦旃延言梵志若有耆年八十九十髮白齒落成就年少法者此非宿士雖復年少年二十五色白髮黑盛壯美滿而彼成就耆年法者爲宿士數梵志

問言云何名爲八十九十髮白齒落而復成就年少之法年二十五膚白髮黑盛壯美色爲宿士數尊者摩訶迦旃延語梵志言有五欲功德謂眼識色愛樂念耳識聲鼻識香舌識味身識觸愛樂念於此五欲功德不離貪不離欲不離愛不離念不離濁梵志若如是者雖復八十九十髮白齒落是名成就年少之法雖年二十五膚白髮黑盛壯美色於五欲功德離貪離欲離愛離念離濁若如是者雖復年少二十五膚白髮黑盛壯美色成就老人法爲宿士數爾時梵志語尊者摩訶迦旃延如尊者所說義我自省察雖老則少汝等雖少成耆年法世間多事今便請還尊者摩訶迦旃延言梵志汝自知時爾時梵志聞尊者摩訶迦旃延所說歡喜隨喜還其本處

如是我聞一時佛住舍衛國祇樹給孤獨園尊者摩訶迦旃延在稠林中住時摩偷羅國王是西方王子詣尊者摩訶迦旃延所禮摩訶迦旃延足退坐一面問尊者摩訶迦旃延婆羅門自言我第一他人卑劣我白餘人黑婆羅門清淨非非婆羅門是婆羅門子從口生婆羅門所化是婆羅門所有尊者摩訶迦旃延此義云何尊者摩訶迦旃延語摩偷羅王言大王此是世間言說耳世間言說言婆羅門第一餘人卑劣婆羅門白餘人黑婆羅門清淨非非婆羅門是婆羅門從婆羅門生生從口生婆羅門所化是婆羅門所有大王當知業眞實者是依業者王語尊者摩訶迦旃延此則略說我所不解願重分別尊者摩

訶迦旃延言今當問汝隨問答我即問言大王汝爲婆羅門王於自國土諸婆羅門刹利居士長者此四種人悉皆召來以財以力使其侍衛先起後卧及諸使令悉如意不答言如意復問大王刹利爲王居士爲王長者爲王於自國土所有四姓悉皆召來以財以力令侍衛先起後卧及諸使令皆如意不答言如意復問大王如是四姓悉皆平等有何差别當知大王四種姓者皆悉平等無有勝如差别之異摩偷羅王白尊者摩訶迦旃延實爾尊者四姓皆等無有種種勝如差别是故大王當知四姓世間言説爲差别耳乃至依業眞實無差别也復次大王此國土中有婆羅門有偷盜者當如之何王白尊者摩訶迦旃延婆羅門中有偷盜者或鞭或縛或驅出國或罰其金或截手足耳鼻罪重則殺及其盜者然婆羅門則名爲賊復問大王若刹利居士長者中有偷盜者當復如何王白尊者摩訶迦旃延亦鞭亦縛亦驅出國亦罰其金亦復斷截手足耳鼻重罪則殺如是大王豈非四姓悉平等耶爲有種種差别異不王白尊者摩訶迦旃延如是義者實無種種勝如差别尊者摩訶迦旃延復語王言當知大王四種姓者世間言説言婆羅門第一餘悉卑劣婆羅門白餘人悉黑婆羅門清淨非非婆羅門生生從口生婆羅門化婆羅門所有當依業眞實業依耶復問大王婆羅門殺生偷盜邪婬妄言惡口兩舌綺語貪恚邪見作十不善業跡巳爲生惡趣耶善趣耶於阿羅呵所爲何所爲何所聞王白尊者摩訶迦旃延

婆羅門作十不善業跡當墮惡趣阿羅呵所作如是聞刹利居士長者亦如是說復問大王若婆羅門行十善業跡離殺生乃至正見當生何所爲善趣耶爲惡趣耶於阿羅呵所爲何所聞王白尊者摩訶迦旃延若婆羅門行十善業跡者當生善趣阿羅呵所作如是聞如是刹利居士長者亦如是說復問云何大王如是四姓爲平等不爲有種種勝如差別耶王白尊者摩訶迦旃延如是義者則爲平等無有種種勝如差別是故大王當知四姓悉平等耳無有種種勝如差別世間言說故有婆羅門第一婆羅門白餘者悉黑婆羅門清淨非非婆羅門婆羅門生生從口生婆羅門作婆羅門化婆羅門所有當知業眞實業依王白尊者摩訶迦旃延實如所說皆是世間言說故有婆羅門勝餘者卑劣婆羅門白餘者悉黑婆羅門清淨非非婆羅門婆羅門生生從口生婆羅門化婆羅門所有皆是業眞實依於業爾時摩偷羅王聞尊者摩訶迦旃延所說歡喜隨喜作禮而去

如是我聞一時佛住舍衛國祇樹給孤獨園爾時尊者摩訶迦旃延住阿槃提國拘羅羅咤精舍尊者摩訶迦旃延晨朝著衣持鉢入拘羅羅咤精舍次第乞食至迦梨迦優婆夷舍時優婆夷見尊者摩訶迦旃延即敷牀座請令就坐前禮尊者摩訶迦旃延足退住一面白尊者摩訶迦旃延如世尊所說答僧耆多童女所問如世尊說僧耆多童女所問偈

實義存於心　寂滅而不亂　降伏諸勇猛
可愛端正色　一心獨靜思　服食妙禪樂

是則爲遠離　世間之伴黨　世間諸伴黨
無習近我者

尊者摩訶迦旃延世尊此偈其義云何尊者摩訶迦旃延語優婆夷言姊妹有一沙門婆羅門言地一切入處正受此則無上爲求此果姊妹若沙門婆羅門於地一切入處正受清淨鮮白者則見其本見患見滅見滅道跡以見本見患見滅見滅道跡故得眞實義存於心寂滅而不亂姊妹如是水一切入處火一切入處風一切入處青一切入處黃一切入處赤一切入處白一切入處空一切入處識一切入處爲無上者爲求此果姊妹若有沙門婆羅門乃至於識處一切入處正受清淨鮮白者見本見患見滅見滅道跡以見本見患見滅見滅道跡故是則實義存於心寂滅而不亂善見善入是故世尊答僧耆多童女所問偈

實義存於心　寂滅而不亂　降伏諸勇猛
可愛端正色　一心獨靜思　服食妙禪樂
是則爲遠離　世間之伴黨　世間諸伴黨
無習近我者

如是姊妹我解世尊以如是義故說如是偈優婆夷言善哉尊者說眞實義唯願尊者受我請食時尊者摩訶迦旃延默然受請時迦梨迦優婆夷知尊者摩訶迦旃延受請已即辦種種淨美飲食恭敬尊重自手奉食時優婆夷知尊者摩訶迦旃延食已洗鉢澡漱訖敷一卑座於尊者摩訶迦旃延前恭敬聽法尊者摩訶迦旃延爲迦梨迦優婆夷種種說法示教照喜示教照喜已從座起而去

如是我聞一時佛住舍衛國祇樹給孤獨園爾時尊者摩訶迦旃延在舍衛國祇樹給孤獨園尊者摩訶迦旃延語諸比丘佛世尊如來應等正覺所知所見說六法於苦處昇於勝處說一乘道淨諸衆生離諸惱苦憂悲悉滅得眞如法何等爲六謂聖弟子念如來應等正覺所行法淨如來應等正覺明行足善逝世間解無上士調御丈夫天人師佛世尊聖弟子念如來應所行法故離貪欲覺離瞋恚覺離害覺如是聖弟子出染著心何等爲染著心謂五欲功德於此五欲功德離貪恚癡安住正念正智乘於直道修習佛念正向涅槃是名如來應等正覺所知所見說第一出苦處昇勝處一乘道淨於衆生離苦惱滅憂悲得如實法復次聖弟子念於正法念於世尊現法律離諸熱惱非時通達即於現法緣自覺悟爾時聖弟子念此正法時不起欲覺瞋恚害覺如是聖弟子出染著心何等爲染著心謂五欲功德於此五欲功德離貪恚癡安住正念正知乘於直道修習念法正向涅槃是名如來應等正覺所知所見說第二出苦處界於勝處一乘道淨於衆生離苦惱滅憂悲得如實法復次聖弟子念於僧法善向正向直向等向修隨順行謂向須陀洹得須陀洹果向斯陀含得斯陀含向阿那含得阿那含向阿羅漢得阿羅漢如是四雙八士是名世尊弟子僧戒具足定具足慧具足解脫具足解脫知見具足供養恭敬禮拜處世間無上福田聖弟子如是念僧時爾時聖弟子不起欲覺瞋恚害覺如是聖弟子出染著

心何等爲染著心謂五欲功德於此五欲功德離貪恚癡安住正念正知乘於直道修念僧正向涅槃是名如來應等正覺所知所見說第三出苦處昇於勝處一乘道淨於衆生離苦惱滅憂悲得如實法復次聖弟子念於戒德念不缺戒不斷戒純厚戒不離戒非盜取戒善究竟戒可讚歎戒梵行不增惡戒若聖弟子念此戒時自念身中所成就戒當於爾時不起欲覺瞋恚害覺如是聖弟子出染著心何等爲染著心謂五欲功德於此五欲功德離貪恚癡安住正念正知乘於直道修戒念正向涅槃是名如來應等正覺所知所見說第四出苦處昇於勝處一乘道淨於衆生離苦惱滅憂悲得如實法復次聖弟子自念施法心自欣慶我今離貪垢雖在居家解脫心施常施捨施樂施具足施平等施若聖弟子念於自所施法時不起欲覺瞋恚害覺如是聖弟子出染著心於何染著謂五欲功德於此五欲功德離貪恚癡安住正念正知乘於直道修施念正向涅槃是名如來應等正覺所知所見說第五出苦處昇於勝處一乘道淨於衆生離苦惱滅憂悲得如實法復次聖弟子念於天德念四王天三十三天焰摩天兜率陀天化樂天他化自在天清淨信心於此命終生彼諸天我亦如是信戒施聞慧於此命終生彼天中如是聖弟子念天功德時不起欲覺瞋恚害覺如是聖弟子出染著心於何染著謂五欲功德於此五欲功德離貪恚癡安住正念正知乘於直道修天念正向涅槃是名如來應等正覺所知所見說

第六出苦處昇於勝處一乘道淨於衆生離苦惱滅憂悲得如實法尊者摩訶迦旃延說此經已諸比丘聞其所說歡喜奉行

如是我聞一時佛住舍衛國祇樹給孤獨園爾時尊者摩訶迦旃延住釋氏訶梨聚落精舍時訶梨聚落長者詣尊者摩訶迦旃延所稽首禮足退坐一面白尊者摩訶迦旃延如世尊義品答摩揵提所問偈

斷一切諸流　亦塞其流源　聚落相習近
牟尼不稱歎　虛空於五欲　永以不還滿
世間諍言訟　畢竟不復爲

尊者摩訶迦旃延此偈有何義尊者摩訶迦旃延答長者言眼流者眼識起貪依眼界貪欲流出故名爲流耳鼻舌身意流者謂意識起貪依意界貪識流出故名爲流長者復問尊者摩訶迦旃延云何名爲不流尊者迦旃延語長者言謂眼識眼識所識色依生愛喜彼若盡無欲滅息沒是名不流耳鼻舌身意意識意識所識法依生貪欲彼若盡無欲滅息沒是名不流復問云何尊者摩訶迦旃延答言謂緣眼及生眼識三事和合生觸緣觸生受樂受苦受不苦不樂受依此染著流耳鼻舌身意意識意識法三事和合生觸緣觸生受樂受苦受不苦不樂受依此受生受喜流是名流源云何亦塞其流源謂眼界取心法境界繫著使彼若盡無欲滅息沒是名塞流源耳鼻舌身意取心法境界繫著使彼若盡無欲滅息沒是名亦塞其流源復問云何名習近相讚歎尊者摩訶迦旃延答言在家出家共相習近同喜同憂同樂同苦凡所爲

作悉皆共同是名習近相讚歎復問云何不讚歎在家出家不相習近不同喜不同憂不同苦不同樂凡所爲作悉不相悅可是名不相讚歎云何不空欲謂五欲功德眼識色愛樂令長養愛欲深染著耳聲鼻香舌味身觸愛樂令長養愛欲深染著於此五欲不離貪不離愛不離念不離渴是名不空欲云何名空欲謂於此五欲功德離貪離欲離愛離念離渴是名空欲說我繫著使是名心法還復滿彼阿羅漢比丘諸漏巳盡斷其根本如截多羅樹頭於未來世更不復生云何當復與他諍訟是故世尊說義品答摩揵提所問偈

若斷一切流　亦塞其流源　聚落相習近
牟尼不稱歎　虛空於諸欲　永巳不還滿
不復與世間　共言語諍訟

是名如來所說偈義分別也爾時訶梨聚落長者聞尊者摩訶迦旃延所說歡喜隨喜作禮而去

如是我聞一時佛住舍衛國祇樹給孤獨園爾時尊者摩訶迦旃延住釋氏訶梨聚落精舍時訶梨聚落主長者詣尊者摩訶迦旃延所稽首禮足退坐一面白尊者摩訶迦旃延如世尊於界隔山天帝釋石窟說言憍尸迦若沙門婆羅門無上愛盡解脫心正善解脫究竟邊際究竟無垢究竟梵行畢竟清淨云何於此法律究竟邊際究竟無垢究竟梵行畢竟清淨尊者摩訶迦旃延語長者言謂眼眼識眼識所識色相依生喜彼若盡無欲滅息沒於此法律究竟邊際究竟無垢究竟梵行畢竟清淨耳鼻舌身意意識意識所識法

相依生喜彼若盡滅息沒比丘於此法律究竟無垢究竟梵行畢竟清淨時訶梨聚落主長者聞尊者摩訶迦旃延所說歡喜隨喜作禮而去

如是我聞一時佛住舍衛國祇樹給孤獨園爾時尊者摩訶迦旃延在釋氏訶梨聚落時聚落主長者詣尊者摩訶迦旃延所稽首禮足退坐一面問尊者摩訶迦旃延如世尊界隔山石窟中爲天帝釋說言憍尸迦若沙門婆羅門無上愛盡解脫心善解脫邊際究竟究竟無垢究竟梵行畢竟清淨云何於此法律究竟邊際究竟無垢究竟梵行畢竟清淨尊者迦旃延語長者言若比丘眼界取心法境界繫著使彼若盡無欲滅息沒於此法律究竟邊際究竟無垢究竟梵行畢竟清淨耳鼻舌身意意界取心法境界繫著使若盡離滅息沒於此法律究竟邊際究竟無垢究竟梵行畢竟清淨時訶梨聚落主長者聞尊者摩訶迦旃延所說歡喜隨喜作禮而去

如是我聞一時佛住舍衛國祇樹給孤獨園爾時尊者摩訶迦旃延住釋氏訶梨聚落時訶梨聚落主長者身遭病苦尊者摩訶迦旃延聞訶梨聚落主長者身遭病苦聞已晨朝著衣持鉢入訶梨聚落乞食次第入訶梨聚落主長者舍訶梨聚落主長者遥見尊者摩訶迦旃延從座欲起尊者摩訶迦旃延見長者欲起即告之言長者莫起幸有餘座我自可坐於餘座語長者言云何長者病可忍不身諸苦痛漸差與不得無增耶長者答言尊者我病難忍身諸苦痛轉增無損即說三種

譬如前叉摩比丘經説尊者摩訶迦旃延語長者言是故汝當修佛不壞淨法不壞淨僧不壞淨聖戒成就當如是學長者答言如佛所説四不壞淨我悉成就我今成就佛不壞淨法不壞淨僧不壞淨聖戒成就尊者摩訶迦旃延語長者言汝當依此四不壞淨修習六念長者當念佛功德此如來應等正覺明行足善逝世間解無上士調御丈夫天人師佛世尊念法功德於世尊正法律現法離諸熱惱非時通達緣自覺悟念僧功德善向正向直向等向修隨順行謂向須陀洹得須陀洹向斯陀含得斯陀含向阿那含得阿那含向阿羅漢得阿羅漢如是四雙八士是名世尊弟子僧具足戒定慧解脱解脱知見供養恭敬尊重之處堪爲世間無上福田念戒功德自持正戒不毀不缺不斷不壞非盜取戒究竟戒可讚歎戒梵行戒不增惡戒念施功德自念布施心自欣慶捨除慳貪雖在居家解脱心施常施樂施具足施平等施念天功德念四王天三十三天燄摩天兜率陀天化樂天他化自在天清淨信戒於此命終生彼天中我亦如是清淨信戒施聞慧生彼天中長者如是覺依四不壞淨增六念處長者白尊者摩訶迦旃延世尊説依四不壞淨增六念處我悉成就我當修習念佛功德念法念僧念戒念施念天尊者摩訶迦旃延語長者言善哉長者能自記説得阿那含是時長者白尊者摩訶迦旃延願於此食尊者摩訶迦旃延默然受請訶梨聚落主長者知尊者摩訶迦旃延受請已具種種淨美食自手供養

飯食訖澡鉢洗漱畢爲長者種種說法示教照喜示教照喜已從座起去

如是我聞一時佛住舍衛國祇樹給孤獨園爾時尊者摩訶迦旃延於釋氏訶梨聚落住時有八城長者名曰陀施身遭病苦尊者摩訶迦旃延聞陀施長者身遭苦患晨朝著衣持鉢入八城乞食次到陀施長者舍如訶梨長者經廣說

如是我聞一時佛住娑祇城安禪林中爾時衆多比丘尼詣佛所稽首禮足退住一面爾時世尊爲衆多比丘尼種種說法示教照喜示教照喜已默然住時諸比丘尼白佛言世尊若無相心三昧不涌不没解脫已住住已解脫此無相心三昧世尊說是何果何功德佛告諸比丘尼若無相心三昧不涌不没解脫已住住已解脫此無相心三昧智果智功德時諸比丘尼聞世尊所說歡喜隨喜作禮而去時衆多比丘尼往詣尊者阿難所稽首禮足退坐一面白尊者阿難若無相心三昧不涌不没解脫已住住已解脫此三昧說是何果何功德尊者阿難語諸比丘尼姊妹若無相心三昧不涌不没解脫已住住已解脫世尊說是智果智功德諸比丘尼言奇哉尊者阿難大師及弟子同句同味同義所謂第一句義今諸比丘尼詣世尊所以如是句如是味如是義問世尊世尊亦以如是句如是味如是義爲我等說如尊者阿難所說不異是故奇特大師及弟子同句同味同義時諸比丘尼聞尊者阿難所說歡喜隨喜作禮而去

如是我聞一時佛住拘睒彌國瞿師羅園爾時尊者阿難亦在彼住時有闍知羅比丘尼詣尊者阿難所稽首禮足退坐一面問尊者阿難若無相心三昧不涌不没解脱已住住已解脱尊者阿難世尊説此何果何功德尊者阿難語闍知羅比丘尼若無相心三昧不涌不没解脱已住住已解脱世尊説是智果智功德闍知羅比丘尼言奇哉尊者阿難大師及弟子同句同味同義尊者阿難昔於一時佛在娑祇城安禪林中時有衆多比丘尼往詣佛所問如此義爾時世尊以如是句如是味如是義爲諸比丘尼説是故當知奇特大師弟子所説同句同味同義所謂第一句義時闍知羅比丘尼聞尊者阿難所説歡喜隨喜作禮而去

如闍知羅比丘尼迦羅跋比丘尼亦爾

如是我聞一時佛住俱睒彌國瞿師羅園爾時尊者阿難亦住俱睒彌國瞿師羅園時有異比丘得無相心三昧作是念我若詣尊者阿難所問尊者阿難若比丘得無相心三昧不涌不没解脱已住住已解脱此無相心三昧何果世尊説此何功德尊者阿難若問我言比丘汝得此無相心三昧耶我未曾有實問異答我當隨逐尊者阿難脱有餘人問此義者因而得聞彼比丘即隨尊者阿難經六年中無有餘人問此義者即自問尊者阿難若比丘問無相心三昧不涌不没解脱已住住已解脱世尊説此是何果何功德尊者阿難問彼比丘言比丘汝得此三昧彼比丘默然住尊者阿難語彼比丘言若比丘得無相

心三昧不涌不没解脱已住住已解脱世尊説此是智果智功德尊者阿難説此法時異比丘聞其所説歡喜奉行

雜阿含經卷第二十

音釋

慰勞（慰於胃切安之也勞郎到切）病差（差楚懈切病瘳也）涅（年題切）澡鑵（澡子皓切洗手也鑵古玩切瓦瓶也）摩訶迦旃延（梵語也此云文飾旃諸延切）咤（陟駕切）漱（蘇奏切盪口也）